coortext
VERLAG

UWE NIEMEIER

Die Flammen von Nemi

Thriller

Bibliografische Information der Deutschen Nationalbibliothek:
Die Deutsche Nationalbibliothek verzeichnet diese Publikation in der Deutschen Nationalbibliografie; detaillierte bibliografische Daten sind im Internet über http://dnb.dnb.de abrufbar.

Buchcover: Germancreative/Oliver Fürste

Druck: epubli – ein Service der neopubli GmbH, Berlin

Für Berit

In memoriam

Wilhelm Niemeier (1909-1969)
Helga Niemeier (1930-2018)

»Flieg, Gedanke, auf goldenen Schwingen,
lass dich nieder auf jenen Hängen und Hügeln,
wo sanft und mild der wonnige Hauch
der Heimaterde duftet.«

Aus der Oper »Nabucco« (1841)
von Giuseppe Verdi

Vorbemerkung

Der Roman spielt auf zwei Zeitebenen, wobei die Handlung im Zweiten Weltkrieg vor dem Hintergrund tatsächlicher Ereignisse und historischer Zeitabläufe erzählt wird. Die Geschichte selbst hat nichts mit realen Vorkommnissen zu tun. Auch die Darstellung historischer Personen aus der Zeit 1943/44 entspricht nicht den Vorbildern. Vielmehr sind die Charaktere und Handlungen aller Figuren fiktional und vom Autor frei erfunden.

Prolog

Rom, Palatin, 24. Januar 41 n.Chr.
Zur Mittagsstunde, Hora Sexta

Das Schwert bohrte sich in den Hals des Kaisers und riss eine tiefe Wunde. Caligula stürzte auf die Knie, schrie auf. Der Schmerz lähmte ihn. Cassius, Tribun der Prätorianergarde, holte erneut aus und stieß die Klinge in Richtung Herz. Caligula sackte auf dem winterlich kalten Marmorboden in sich zusammen. Ein tiefes Stöhnen. Dann – Stille. Cassius schrie seinen Zorn heraus: »Nieder mit dem Tyrannen! Tod seiner Familie! Tod all' seinen Getreuen!« Die Rufe hallten weit in den Palast hinein.

Aurelius' Schlafkammer lag unweit der kaiserlichen Privatgemächer. Erst gegen Mittag, zur sechsten Stunde, kam der Leibsklave des Kaisers zu sich. Wer schrie da so aufgeregt? Was war los? Er stemmte seinen Kopf zwischen die Hände und wollte diesen pochenden Schmerz in seinem Schädel herauspressen. Langsam erinnerte er sich an den späten Abend des Vortages, als Caligula von einem dieser üblichen Gelage in seine Gemächer zurückgekehrt war und wie er, Aurelius, von einer der Palastsklavinnen einen Nachttrunk bekommen hatte. Dann war er in seiner Kammer in einen tiefen Schlaf versunken.

»Ein starkes Schlafmittel«, flüsterte er sich selbst zu und schüttelte kräftig den Kopf. »Wie konnte ich so dumm sein.« Nur mühsam fand er zu sich. Doch was war mit seinem Herrn? Er hörte von irgendwoher Schreie im Palast. Todesschreie! Jemand brüllte »der Imperator ist tot«. Er erkannte die vor Angst bebende Stimme eines kaiserlichen Beraters. Aurelius begriff allmählich. Der Kaiser selbst – ermordet von den eigenen Wachen. Auch er als Getreuer war in Todesgefahr. Er musste handeln.

In Windeseile zog er sich seine Tunika über, kramte aus einem Schränkchen ein paar Sachen zusammen und klemmte sich eine Schatulle aus Ebenholz unter den Arm. Vorsichtig blickte er in den Gang vor seiner Kammer. »Niemand zu sehen!« Dann setzte er alles auf eine Karte und rannte los. Er lief vorbei an herumirrender Dienerschaft, duckte sich weg vor flüchtenden Günstlingen des Kaisers, sprang über leblose Körper, schlug sich mal links, dann wieder rechts in schmale dunkle Gänge abseits der Gemächer. Immer auf der Flucht vor den Mördern. Bald darauf tauchte er an einer kleinen Pforte unterhalb des Palatins auf und sah die Januar-Sonne über dem Aventin stehen. Die Luft war frisch und half ihm, wieder klarer zu denken. Doch sein Körper schüttelte sich vor Angst. Er fürchtete die Prätorianer und ihre Schwerter. Er musste Rom verlassen, schnell. Aber wohin? Er war Sklave und kein freier Mann.

»Zum Tempel der Göttin Diana«, raste es ihm durch den Kopf. Dorthin, wo für ihn als Tempeldiener alles angefangen und wo sein Genius ihn schicksalhaft gelenkt hatte. Zum Nemi-See in den Albaner Bergen. Dorthin wollte er flüchten. Dort hatte er im Auftrag des obersten Priesters ein Geschenk mit magischer Wirkung an Caligula überreichen dürfen und als Dank die Weihen zum Ankleider erhalten. Aurelius war dem Kaiser als Leibsklave nach Rom gefolgt. Und die Magie des Tempel-Hains schützte den Imperator fortan vor dem bösen Blick, vor Krankheiten und Angriffen seiner

Feinde. Weil er, Aurelius, das Geschenk persönlich beaufsichtigte und jeden Morgen um den Hals des Kaisers legte. Bis heute, zur Hora Sexta, der 6. Stunde. Dann war alles schiefgegangen. Weil er, Aurelius, geschlafen hatte.

Der Sklave raufte seine dunklen Locken und warf sich reumütig vor, am Tod des Imperators mitschuldig zu sein. Doch er hatte keine Zeit, viele Gedanken darauf zu verschwenden. Die Prätorianer würden nach ihm suchen und den Tod bringen. Bei Tag müsste er versteckt bleiben und sich in der Nacht entlang der Via Appia in Richtung Südosten durchschlagen, bis an den Nemi-See. Dann den steilen Weg hinunter zum Tempel am Kratersee. Er schätzte, dass es 18 bis 20 römische Meilen waren. Er trieb sich zur Eile, um Rom möglichst schnell zu verlassen. Und tauchte ein in das Labyrinth der engen Gassen. Weiter, sagte er sich, immer weiter. Immer Richtung Südosten.

Vier Tage und drei Nächte später war Aurelius am Nemi-See, wo er im Tempel Zuflucht fand. Der oberste Priester der Göttin Diana ließ ihn zu sich rufen und erkannte den früheren Diener wieder, den er einst während einer Kultfeier auf dem See mit einem Geschenk zum Kaiser geschickt hatte. Denn Caligula hatte sich nach dem Tod seines Großonkels Kaiser Tiberius als großer Verehrer der Göttin der Jagd und des Mondes erwiesen und durch seine häufige Anwesenheit auf zwei Prunkschiffen auf dem See für einen wirtschaftlichen Aufschwung des Tempels gesorgt. Für die Priesterschaft bedeutete dies Reichtum, Einfluss und großes Ansehen. Caligula war für sie ein Glücksfall, und die Pilgerströme aus dem Land rissen nicht mehr ab.

»Mein guter Aurelius«, empfing der Priester den Sklaven aus Rom. Der Alte mit den schütteren Haaren hatte sich im heiligen Hain des Tempels unter einer Eichenkrone postiert und umklammerte den Knauf seines Holzstabes. »So sehen wir uns wieder. Wie ist es dir ergangen? War der Kaiser gut zu dir?«

»Es war eine große Gnade. Doch nun fürchte ich um mein Leben, denn die Prätorianer ...« Weiter kam Aurelius nicht.

»Hier bist du in Sicherheit«, unterbrach ihn der Alte. Er sah in den Augen des Heimgekehrten die Hoffnung auf Schutz und erinnerte sich im selben Moment daran, dass auch er einst als junger entlaufener Sklave in den Tempel geflüchtet war. Plötzlich aber erwachte die Angst in ihm. »Damals! Heute! Schließt sich jetzt der Kreis«, fragte er sich. Seine Stimme zitterte. »Aurelius, bist du gekommen, um meinen Platz einzunehmen? Mich zu töten?«

Der Sklave erschrak, denn sein Genius hatte ihm erst jetzt die Augen für sein Schicksal geöffnet und ihn ans Ziel eines langen Weges geführt – zum obersten Diana-Priester, dem Rex Nemorensis. Dieser Priesterkönig, so lautete das ungeschriebene Gesetz der Vorväter, musste ein entlaufener Sklave sein und hatte im Zentrum des Heiligtums eine der Göttin geweihte Eiche zu bewachen. Dafür wurden ihm Freiheit und Unverletzlichkeit garantiert. Er durfte so lange König bleiben, bis ein anderer geflohener Sklave einen Ast vom heiligen Baum brach, den Priesterkönig im Kampf tötete und so seinerseits das gefährliche Amt übernahm.

Aurelius antwortete seinem alten Mentor nicht, sondern eilte ein paar Schritte auf ihn zu. Er brach einen herabhängenden Zweig, legte seine Hände um den faltigen Hals des Priesters und drückte entschlossen dessen Kehle zu. Gegenwehr verspürte er nicht. Er sah nur die Angst in den trüben Augen des Mannes. Dann sackte der leblose Körper in den Staub.

Der Sklave verharrte einige Minuten, schwieg und schaute seine Hände wie die eines Fremden an. Er fühlte Kälte. Der Nordwind kreiste im Oval über dem Kratersee und blies beißende Böen in den Tempelbezirk. Ein paar Meter hinter Aurelius raschelte es an einer Mauer. Er drehte sich um. Es war nicht der Wind. Er entdeckte eine Gruppe von vier Vestalinnen, die ihn im Schutz einer halbhohen Steinmauer beobachtet hatten.

»Was macht ihr da? Kommt raus! Ich sehe, ihr seid Dienerinnen der Vesta, der Hüterin des heiligen Feuers.« Aurelius spürte, wie seine Kraft wieder wuchs. »Kümmert euch um den Toten und schafft ihn weg«, rief er hinüber. »Und sorgt für eine anständige Bestattung.«

Die Jahre vergingen. Aurelius wurde alt, sehr alt. Niemand hatte ihn seit diesem Tag im späten Ianuarius herausgefordert. Und Claudius und Nero, die Kaiser nach Caligula, hatten sich für den Diana-Tempel nicht mehr interessiert. Die neue Politik Roms ging am Heiligtum vorbei.

Irgendwann spürte der Rex Nemorensis auch seine Zeit gekommen. Er fühlte sich schwach, legte ein Stück Pergament zurecht und schrieb bis zum Abend.

»… All das habe ich heute aufgeschrieben, am Ende meiner Tage. Doch das Geheimnis der Schatulle will ich nicht den neuen Herren in Rom überlassen, die das Andenken meines geliebten Kaisers Caligula in den Schmutz gezogen haben und ihn der Vergessenheit Preis geben wollen. Die Schatulle mit der Gemme, dem göttlichen Zauber und auch meine Geschichte werde ich gut im Tempel der Diana verstecken, bis sie jemand findet, der es verdient. Und dann wird eine neue Zeit anbrechen.«

Nachdenklich strich Aurelius im Licht der untergehenden Sonne über das feine Ebenholz, das er einst aus dem Kaiserpalast in Rom mitgenommen hatte. Ob der Inhalt des Kästchens alles hätte ändern können? Damals, als Caligula getötet worden war? Der Priesterkönig dachte nach, wie so häufig in den vielen Jahren am See. Der Zauber der Gemme mit dem kunstvoll herausgeschnittenen Abbild der Göttin Diana hatte für ihn als neuen Besitzer einen Schutz ausgebreitet und ihn sehr alt werden lassen. Er spürte für einen Moment wieder diese geheimnisvolle Wärme in seiner Hand. Er wusste aus uralten Mythen aber auch, dass der Zauber eine dunkle Seite in sich barg. Wann immer der Besitzer wechselte, ging dies mit einer Katastrophe oder einer Naturgewalt einher, wie bei der Übergabe des wertvollen Schmucksteins an Caligula, als am Tag zuvor die Erde und der See gebebt hatten. Oder mit Mord und Totschlag. So wie beim Sturz des Kaisers. Nur, dass damals nicht die Mörder in den Besitz gekommen waren. Sondern er – der kleine Tempeldiener, der kaiserliche Haussklave, der Rex Nemorensis. Vielleicht der Letzte seiner Art.

Der Grieche schaute hinaus in das sanfte Licht, das sich auf dem See spiegelte. Ein kalter Abendhauch wehte durch sein Fenster.

1

Fast zwei Jahrtausende später
Italien, im September 1943
Nemi, Albaner Berge bei Rom

Francesca fühlte ihr Herz bis zum Hals schlagen. Schnell, hektisch, unnachgiebig. Sie hatte das Gefühl, ein böser Alptraum würde gerade beginnen. Aber es war wirklich. In der Gasse unter ihnen stampften Stiefel über das Kopfsteinpflaster, die Schritte kamen Sekunde für Sekunde näher. Sie spürte Furcht. Ihr Freund Tommaso kauerte regungslos neben ihr am Boden. Hinter einer Sitzbank. Kreidebleich im Gesicht. Sie schaute ihn an. »Wir müssen weg, Tommaso, schnell!« Er nickte nur und sprach kein Wort.

Francesca zog sich an der Bank hoch und schaute ängstlich. Sie befanden sich im kleinen Kirchgarten von Nemi, mitten in der Altstadt, und sie wusste, dass es von hier nur einen Fluchtweg gab. Weg, nach hinten, um die Kirche herum. Sie mussten schnell sein, wenn sie den Handlangern des faschistischen Bürgermeisters nicht in die Arme fallen wollten. Schnell laufen, vielleicht auch klettern. Für ein Mädchen mit siebzehn kein Problem. Aber für Tommaso. Der Sohn der Kaufmannsfamilie Fabrizi aus ihrer Nachbarschaft hinkte mit dem rechten Bein. Seit seiner furchtbaren Kinderlähmung. Er konnte flink sein, wusste Francesca. Aber laufen?

Die beiden hatten zu viel gehört. Sie waren zum falschen Zeitpunkt am falschen Ort. Francesca knetete unruhig mit den Händen an ihrem kleinen schwarzen Gebetbuch herum. Dann fasste sie einen Entschluss. Laufen! Sie mussten es probieren.

Dabei hatte der Tag so ruhig mit einem Gottesdienst in der Kirche Santa Maria del Pozzo begonnen. Die Kirche im Zentrum von Nemi, einer italienischen Kleinstadt in den Albaner Bergen und fast 200 Meter über einem Kratersee gelegen, war an diesem Tag besonders voll gewesen. Im Halbdunkel des Kirchenraumes war Francesca der Messe nur oberflächig gefolgt, denn zu sehr hatte sie die Anwesenheit der kompletten Riege der Honoratioren des Städtchens beschäftigt. Nicht, dass es sie verwunderte, wenn die Kirche gut besucht war. Schließlich war Krieg, und die Menschen brauchten immer dann besonders viel Trost und Zuversicht, wenn die Not am größten war. Aber heute schien der Bedarf auf Hoffnung und Fürbitte dringend, und späte Besucher mussten sogar an der Eingangspforte stehen bleiben.

Francesca und ihre Eltern saßen vorne. In der ersten Reihe, wo seit Generationen der Name der Fürstenfamilie Capriri in die blankgesessene Holzbank eingraviert war. Sie hatte ihr bestes Sonntagskleid angezogen, das dunkelgrüne mit dem weißen Bubikragen, und sich kleine Schleifen in ihr halblanges, schwarzes Haar gebunden. Nicht zu groß, nicht zu auffallend, eher dezent. Sie fand es langweilig. Ihre Mutter nicht. Die legte Wert auf Zurückhaltung und war heute mit dem Aussehen ihrer fast erwachsenen Tochter zufrieden. Denn Pater Lucius, der knapp vierzigjährige Pfarrer der Kirchengemeinde, musterte die junge Principessa seit der Kommunion recht genau und achtete in dem kleinen Bergstädtchen streng auf Sitte und Anstand.

Das junge Mädchen war eine Schönheit, schlank und groß gewachsen. Francescas ovales Gesicht verzauberte mit ebenmäßigen Zügen und einem strahlenden Lächeln. Ihre kohlschwarzen Augen schauten frech und neugierig in eine Welt hinein, die sich in diesen Kriegsjahren so abgrundtief schlecht zeigte. Francesca war impulsiv, zum Leidwesen ihrer Eltern hin und wieder zu impulsiv. Und sie neigte zu spontanen Abenteuern, wenn sie den grauen Familienpalazzo in der Altstadt erst verlassen hatte. Speziell nach dem Privatunterricht bei einem ältlichen Tutore privato, der Musik, Sprachen und Literatur lehrte, hielt es sie immer seltener zuhause. Die Mutter war über diese Ausflüge besorgt. Der Vater dagegen blieb zuversichtlich. Solange sich die Tochter an seine Regeln hielt.

In der Kirchenreihe hinter den Capriri saß Tommaso Fabrizi. Der sieben Jahre ältere Sohn des Kaufmanns aus der Nachbarschaft war eingeklemmt zwischen seinem Vater und seiner Mutter und trug mit missmutigem Gesicht seinen guten Sonntagsanzug. Die langen Haarsträhnen, die ihm sonst wild über die Stirn wedelten, waren heute streng nach hinten gekämmt. Francesca konnte seine frisch aufgelegte Pomade mit einer dezenten Duftmischung aus Limone und Sandelholz riechen, die Tommasos Vater von einer Reise aus Venedig mitgebracht hatte.

Eine Reihe hinter den Fabrizi saß die Familie des wohlhabenden Apothekers Matteo Mancini. Er betrieb sein Geschäft in einem alten Patrizierhaus in der Hauptgasse am Kraterrand und bewohnte mit seiner Familie die Räume darüber. Francesca hatte sich mit zarten 14 Jahren den Avancen des jüngsten Sohnes Marcello ausgesetzt gefühlt, der ihr schöne Augen machte. Doch sie mochte weder den beißenden Geruch von Arznei noch den von stinkenden Salben – und ihr großer Bruder Vittorio, der kurz darauf zum Militär musste, hatte auf ihr Bitten hin alle Probleme in der Angelegenheit beseitigt.

Ihr war nie klar geworden, wie Vittorio dies geschafft hatte. Erst gerieten der ältere Mancini-Sohn Mario und ihr Bruder heftig aneinander und schließlich die Väter. Später war nur noch von einem Missverständnis die Rede. Und bald darauf grüßten sich die Familien Capriri und Mancini wieder ausgesprochen höflich, wenn sie sich in der kleinen Stadt begegneten. Und das geschah häufig.

Es kam der große Krieg. Und der jüngste Apothekersohn starb als Soldat elendig in einem ostafrikanischen Schlammloch. Nun beteten die Eltern für das Seelenheil des verstorbenen Marcello und noch intensiver für die unversehrte Rückkehr des ältesten Sohnes Mario, der bis zur Invasion der Alliierten auf Sizilien stationiert war.

Auch die Capriri beteten. Für Vittorio, den Erben des Principe. Francescas großer Bruder kämpfte seit drei Jahren als Offizier im Krieg und war zuletzt in Norditalien stationiert. Dann – vor wenigen Tagen – hatten der König und Marschall Badoglio ihren Ministerpräsidenten Mussolini abgesetzt, inhaftiert und die Waffenniederlegung im Kampf gegen die Alliierten befohlen. Fast alle italienischen Soldaten wollten jetzt nach Hause. Dies jedoch gegen den Willen der weiterkämpfenden Deutschen, dem bisherigen Bündnispartner. Von Vittorio hatte die Familie seitdem nichts mehr gehört. Francesca sah mit Sorge, dass die Mutter schon am Morgen verweinte Augen hatte.

Selbst Bürgermeister Jacopo Rossi hatte sich an diesem Sonntag mit zwei Begleitern in die Messe gesetzt, was Francesca überraschte. Rossi hatte die Hand auf dem Städtchen. Er war in den dreißiger Jahren von der Faschistischen Einheitspartei als Bürgermeister eingesetzt worden, nachdem die Faschisten den liberalen Vorgänger wegen angeblicher Veruntreuung von Geldern aus dem Amt gejagt hatten. Der neue Mann aus

Ariccia, von der anderen Seite des Sees, glaubte immer noch an Mussolini und an den Fascismo. Jacopo Rossi liebte es, Menschen zu schikanieren und sich hofieren zu lassen. Nur vor der Kirche hatte er Respekt. Genügend jedenfalls, um Pater Lucius in Ruhe zu lassen. Und der Bürgermeister hatte Achtung vor Principe Umberto, dem Fürsten. Doch er fürchtete ihn nicht. Seit Mussolinis Absetzung aber war die Lage unsicher geworden und er verspürte großes Unbehagen. Bis jetzt war er das politische Oberhaupt in der kleinen Gemeinde. Doch wie lange noch? Urplötzlich suchte Jacopo Rossi eine Nähe zu Gott.

Die Heilige Messe ging unter dem Geläut der Kirchenglocke zu Ende und die Besucher drängten hinaus. Francesca kniff ein wenig die Augen zusammen, als sie dicht hinter ihren Eltern die dunkle Kirche verließ und ins gleißend helle Mittagslicht trat. Sechs Stufen führten nach unten auf einen kleinen Platz im Zwickel zwischen der rauen Fassade des Bürgermeisteramtes und dem Sakralbau. Schnell bildeten sich dort erste Grüppchen. Ihr Vater hatte als Principe eine besondere Rolle in dem Auflauf nach der Messe. Er galt als Ansprechpartner für weltliche Nöte, gefolgt vom Pfarrer als Helfer in allen Glaubensfragen und bei familiären Problemen. Matteo Mancini erteilte medizinische Ratschläge abseits teurer und zeitraubender Sprechstunden beim Arzt, und Kaufmann Simone Fabrizi machte den Müttern aus Nemi die Aufwartung – immer in der Hoffnung, seinen hinkenden Sohn mit einer der Töchter in den Hafen der Ehe zu lotsen. Er wollte endlich einen Erben. Tommaso, wie Francesca wusste, hasste diese Auftritte. Sie zupfte ihn am Ärmel und zog ihn im Getümmel vor der Kirche von seinem Vater weg.

»Was ist heute nur los? Da kann unser Pfarrer ja demnächst anbauen.« Die junge Principessa ging mit Tommaso ein paar Meter auf einem kleinen Weg am

Gotteshaus entlang, der oberhalb einer engen und abfallenden Gasse in den Kirchgarten führte. Während Tommaso seinen Sonntagsanzug glatt streifte und an den Knöpfen seiner Jacke nestelte, hatte Francesca schon die Eisenpforte geöffnet. Sie wedelte ungeduldig mit ihrem Gebetbuch zwischen den Fingern und lotste ihren Freund weiter hinein.

Sie setzte sich mit ihrem knielangen Sonntagskleid auf eine Holzbank und drehte mit der Hand einen ihrer Zöpfe nach. »Also, mein lieber Tommaso, was ist mit meinem Bruder? Als ich gestern bei euch im Hof war, hast du erzählt, dass er zu uns unterwegs ist. Von Norditalien. Un lungo percorso.« Sie drängte auf eine Antwort.

Tommaso setzte sich neben sie. »Ja, das ist ein langer Weg. Vittorio ist zuletzt am Trasimener See gesehen worden, noch weit vor Rom. Das haben mir Soldaten aus der Stadt Velletri berichtet, die ihn aus der Einheit kennen und die bei uns nachts vor zwei Tagen heimlich durchgekommen sind.« Dann beugte er sich weiter zu ihr und sprach mit leiser Stimme: »Heute Nacht, wieder sind versprengte Soldaten durch unsere Stadt gezogen. Die haben mir gesagt, dass Vittorio Helfer gefunden hat. Vielleicht ist er morgen schon in Nemi. Vielleicht später. Wir wissen nicht, was auf dem Weg alles geschehen kann.«

Den letzten Satz überhörte Francesca wissentlich. »Oh, Tommaso, das sind gute Nachrichten.« Sie strahlte. »Mein Bruder, er ist bald wieder hier.«

»Langsam, Franca. Denn auch, wenn er in Nemi ist, muss er sich erstmal verstecken. Schließlich ist er bei uns als Offizier und Sohn des Fürsten zur Genüge bekannt, leider auch bei unseren italienischen Faschisten im Ort, beim Bürgermeister, und somit auch bei den Nazis. Ich werde mit deinem Vater darüber sprechen.

Denn Bürgermeister Rossi, der Hund, wird seine Augen überall haben. Und du weißt, dass die Deutschen weiterkämpfen und unsere Soldaten wieder in den Krieg schicken wollen. Mit oder ohne Mussolini, aber bestimmt für ihren Hitler. Wer sich weigert, wird festgenommen. Oder eben gleich an die Wand ...« Seine Stimme stockte.

»Was meinst du mit gleich an die Wand?« Francesca ahnte die Antwort. Das Strahlen in ihrem Gesicht wich auf der Stelle. Wie eingefroren wirkte sie plötzlich. »Tommaso, wir müssen was tun. Wir müssen Vittorio helfen.« Sie griff seine Hand und drückte fest zu.

Tommaso rückte auf der Bank ein wenig näher an Francesca heran, sodass sie wieder deutlich den Duft seiner Haarpomade roch. Er hob einen Finger. »Ich habe dir doch erzählt, dass viele unserer Soldaten nach Hause kommen, weil sie von Badoglio und dem König den Befehl erhalten haben, die Waffen niederzulegen. Der Krieg ist für sie vorbei. Aber nicht für die Deutschen. Man hört von Internierungen, von Erschießungen, von Gräueltaten. Daher versuchen unsere Soldaten zu Tausenden, nachts durchs Land zu flüchten, über Berge, durch Wälder, um durch die deutschen Linien zu kommen. Aber sie stecken ja noch in ihren Uniformen und tragen Waffen – das kann nicht gutgehen. Da fackeln die Deutschen nicht lange.«

»Dann sollen sie doch die Uniformen ausziehen.« Francesca dachte pragmatisch.

»Gute Idee, da sind die Jungs auch schon draufgekommen. Und dann? Sollen sie in Unterhosen rennen? Und was ist mit ihren Gewehren?« Tommaso blickte dem Mädchen ernst ins Gesicht.

»Aber ...«, sie überlegte kurz, »aber wie können wir da nur helfen?« Die Principessa legte ihre Hand vorsichtig auf Tommasos Arm und ermunterte ihn zu weiteren Erklärungen.

Tommaso bestärkte mit eindringlichen Gesten seine Worte. »Franca, in ganz Italien haben sich örtliche Gruppen gebildet, die alte Kleider sammeln, verstecken und an unsere Soldaten austeilen, wenn sie in der Nacht an unsere Türen klopfen und sich mit dem verabredeten Geheimzeichen zu erkennen geben.«

»Das ist doch gefährlich. Wenn die Deutschen ...«

»Die alten Uniformen verbrennen wir. Ihre Waffen werden versteckt. Unsere Partisanen in den Bergen können Gewehre und Munition gut gebrauchen. Die Deutschen können so nichts finden und niemanden beschuldigen. Wir wollen auch in Nemi vorbereitet sein, um unseren Soldaten zu helfen. Die sind in Not. Auch bei der Verpflegung.«

»Und das funktioniert?«

»Ja, so gut es eben geht. Seit unserem Waffenstillstand mit den Alliierten wurden auf diese Art Tausende Soldaten im ganzen Land neu eingekleidet, versteckt, ernährt, versorgt und wieder auf den Weg zu ihren Heimatorten gebracht. Andere bleiben als Partisanen in den Bergen und wollen gegen die Nazis weiterkämpfen. Auch, weil sie im Süden zuhause sind, wo gerade die Front tobt.«

»Das ist gut, Tommaso. Da will ich mithelfen, ich bin dabei. Schließlich ist auch mein Bruder zu uns unterwegs und bestimmt vielen Gefahren ausgesetzt.« Francesca war entschlossen und wiederholte. »Ich will mitmachen.« Dabei ließ sie ihre Hand langsam vom Arm des Freundes gleiten und gab ihm einen Kuss auf die Wange.

Der Pakt war besiegelt. Ob er wollte oder nicht. Tommaso fühlte sich großartig und spürte eine warme Röte auf Stirn und Wangen aufsteigen. Vielleicht, so hoffte er, würde Francesca von seiner Verlegenheit nichts bemerken. Denn das Mädchen war für den Kaufmannssohn ein Traum, ein unerreichbarer Traum, wie er glaubte. Und schließlich war Franca ja auch die Schwester seines besten Freundes Vittorio, dem er zu Kriegsbeginn ein Versprechen abgegeben hatte. »Tommaso«, hatte Vittorio vor drei Jahren zu ihm gesagt, »ich muss in den Krieg und du wirst auf meine kleine Schwester aufpassen. Versprich es mir!« Der junge Fabrizi hatte sich geehrt gefühlt und die Hand zum Schwur unter Freunden erhoben.

»Du machst also mit«, fragte Tommaso. »Dann pass auf, hör mir genau zu.« Er klopfte mit den Fingerknochen seines Handrückens fünf Mal auf eine der Holzrippen in der Bank.

Tock-tock-tock-tock-tock.

Es war eine schnelle Rhythmusfolge. Dann machte er eine kleine Pause. Noch einmal klopfte er fünfmal. »Das ist unser Zeichen. Daran erkennen wir uns.«

Francesca schaute ihn verständnislos an. »Ich verstehe nicht. Was soll das? Zweimal fünfmal klopfen?«

»Du musst dabei eine Melodie im Ohr haben, dann geht es besser. Du wirst sie kennen. Unsere Partisanen singen das Lied.« Tommaso sprach mit leiser Stimme in einem Singsang: »Una mattina mi son svegliato.« Dann klopfte er fünfmal im schnellen Rhythmus auf die Bank, wobei er das vierte Anschlagen speziell betonte:

Tock-tock-tock-**tock**-tock.

»U-na mat-**ti**-na.«

Dann, nach einer kleinen Pause, pochte er mit den Fingerknochen erneut auf die Holzrippe: »Mi son sveg-**lia**-to.«

Tommaso brach ab. »Erkennst du es? Das Lied?«

Er flüsterte weiter in dem Sprechgesang: »Eines Morgens erwachte ich ...«

Jetzt erkannte Francesca die Melodie. Sie hatte sie im Sommer bei den Arbeiterinnen auf den Feldern gehört. Seitdem immer wieder mal an den Ständen des kleinen Marktes in der Altstadt, wo das Warenangebot dürftiger geworden war. Und neulich erst hatte im Palazzo die Köchin der Familie die Anfangstöne gepfiffen, als sie ein Huhn rupfte. Das Lied der Partisanen! Die Deutschen durften es nicht hören. Wenn sie es denn überhaupt kannten. Aber die italienischen Faschisten kannten es und die hatten ihre Ohren überall.

Francesca sang den Refrain leise im Flüsterton.

»O bella, ciao! Bella, ciao! Bella, ciao ciao ciao!
Eines Morgens erwachte ich
und fand den Eindringling vor.«

Sie und Tommaso steckten die Köpfe zusammen und sagten die zweite Strophe auf:

»O Partisan, bring mich fort,
O Schöne, tschau, Schöne tschau,
Schöne tschau tschau tschau,
O Partisan, bring mich fort,
Denn ich fühle, dass ich bald sterben werde.«

»Nicht vergessen«, sagte Tommaso, »zweimal fünfmal klopfen, Betonung auf vier, mit einer kleinen Pause dazwischen.«

Francesca nickte. Sie verstand. Dann hörten sie plötzlich Stimmen aus der abschüssigen Gasse unterhalb des Kirchengärtchens. Und was sie hörten, war nicht für ihre Ohren bestimmt.

Sie sahen ihn nicht. Aber es war die markante Stimme des Bürgermeisters Jacopo Rossi.

»Also, was ist jetzt? Die Deutschen wollen wissen, wer in Nemi unseren geflüchteten Soldaten und den Partisanen in den Bergen hilft. Eure Informationen? Ich warte.«

Eine für Francesca und Tommaso nicht gleich zuzuordnende Stimme mit einem heiseren Unterton antwortete dem Bürgermeister. »Letzte Nacht, irgendwas muss gelaufen sein. Deutsche Feldjäger haben heute Morgen einen Trupp Italiener in Zivil in den Bergen entdeckt, südlich von hier. Die waren auf dem Weg runter nach Velletri, quer durch den Wald. Sechs Mann wurden festgenommen, drei andere konnten weglaufen, zwei haben sie auf der Flucht gleich erschossen. Alles italienische Soldaten, zwar in Zivil, aber eben noch mit Militärstiefeln an den Füßen. Die Deutschen kennen da keinen Spaß.«

Dann hörten Francesca und Tommaso wieder die Stimme von Jacopo Rossi, der mit einem mahnenden Unterton sprach. »Ich bekomme keine Befehle mehr von der Partei, wie wir uns verhalten sollen. Alles geht drunter und drüber, und die Deutschen besetzen Rom. Wir müssen uns mit ihnen mehr als bisher arrangieren. Sie sind jetzt die Herren im Land. Und wo unser Duce in Haft ist, weiß der Geier.«

»Aber Badoglio und der König ...« Eine dritte Stimme war zu hören. Sie klang zaghaft.

»Alles Verräter.« Das war wieder Rossi. Seine Stimme zischte wie eine Schlange. »Die werden noch ihre Quittung bekommen. So lange müssen wir möglichst gut mit den Deutschen auskommen.«

»Und unsere Landsleute verraten?« Es war wieder die dritte, zaghafte Stimme zu hören, die die beiden unfreiwilligen Zuhörer oben im Kirchgarten nicht zuordnen konnten, aber die zu einem der Helfer des Bürgermeisters gehören musste.

»Wenn du lieber an der Wand stehen willst ...« Jacopo Rossi wurde schärfer im Ton. »Jetzt pass mal auf. Wenn die Deutschen herausbekommen, dass in unserer Stadt den fahnenflüchtigen Soldaten geholfen wird und hier womöglich auch noch Waffen für die Partisanen versteckt werden, dann sind wir am Arsch. Klar? Und andere auch. Die Deutschen werden ein Exempel statuieren und zur Abschreckung viele Menschen an die Wand stellen. Und, was meint ihr, machen sie wohl mit uns?«

Danach herrschte kurzes Schweigen. Schließlich hörten Francesca und Tommaso erneut die drängende Stimme des Bürgermeisters. »Was ist also besser? Wegschauen oder verraten, wie du es nennst? Stupido idiota! Wir müssen den deutschen Stellen die Verantwortlichen melden. Also, nochmal, was wissen wir?«

Jetzt gaben seine Begleiter ihre Zurückhaltung auf. Der Heisere sprach: »Die Frau des Apothekers Matteo Mancini hat gestern Abend alte Kleider über die Straße geschleppt, so kurz nach acht. Zu den Fabrizi.«

»Woher weißt du das? Hast du es gesehen?« Die Stimme des Bürgermeisters klang neugierig.

»Eine Mitarbeiterin der Apotheke hat's mir gesteckt. Rosalie, die Brünette.«

»Kann man ihr trauen?«

»Ich war gestern Nacht bei ihr zuhause, du weißt schon.«

»Mit wem du's treibst, na, ist deine Sache. Deswegen wird deine Rosalie auch nicht glaubwürdiger. Vielleicht sollten wir bei den Fabrizi vorbeischauen, ganz überraschend sozusagen und fragen, ob sie ihr Geschäftsmodell gewechselt haben. Vielleicht können wir den Deutschen einen Tipp geben, wer den flüchtenden Soldaten und Partisanen hilft.« Dann, nach einer Pause, sprach der Bürgermeister weiter. »Am besten gehen wir gleich, holen die Gemeindepolizei, den Posten unserer Polizia Municipale dazu und machen eine Hausdurchsuchung. Wenn wir was finden, ist der Apotheker dran. Und du darfst deine Brünette zum Essen einladen. Auf Staatskosten.«

Francesca oben im Kirchgarten dachte an den Vorabend, an das Gespenst auf der Gasse. Sie hatte das Treffen des Vereins der »Kulturfreunde Nemi« besucht, die im Hof der Fabrizi ein kleines Bühnenstück einstudierten. Tommaso war der Regisseur. Spät war es geworden, weit nach acht. Die schmale Straße zum Fürstenpalazzo lag in einem grauen Halbdunkel, da im Krieg kein Licht die Stadt erhellen durfte. Francesca war aus dem Hoftor der Fabrizi hinausgegangen und über das Kopfsteinpflaster geeilt. Sie war allein auf der Gasse und fürchtete schon das Donnerwetter ihres Vaters, der sie mit Sicherheit längst erwartete. Nein, nicht ganz allein, wie sie sah. Weiter vorne, an der Kante des Eckhauses zum Corso, kam eine schmächtige, untersetzte Person geschlichen. Gebeugt, von einer Last. Francesca hatte einen Sack auf dem Buckel erkannt. War das gespensterartige Wesen eine Frau? Sie war sich nicht sicher gewesen. Es ging alles so schnell. Die Gestalt hatte Francesca bemerkt, war stehengeblieben und zurückgegangen.

Jetzt war der Principessa klar, wen sie gesehen hatte. Die Apothekerfrau. Der Kumpane des Bürgermeisters hatte die Wahrheit gesprochen, beziehungsweise seine

Geliebte, die Brünette aus der Apotheke. Sie sah die junge Verkäuferin vor sich: pausbackiges Gesicht, graue Augen, eine markante Nase, grauer Verkaufskittel und dieser kleine weiße Knopf an der Bluse, der – je nach Besucher – mal aufsprang oder geschlossen blieb. »Diese Denunziantin! Wie niederträchtig«, ging es Francesca durch den Kopf. Die Eltern von Tommaso schwebten in höchster Gefahr. Und die Frau des Apothekers. Nein, sagte sie sich, die ganze Familie war in Gefahr.

Tommaso musste in diesem Moment ebenso denken. Sie konnten von der Gasse aus nicht gesehen werden, aber instinktiv rutschten sie von der Bank im Kirchgarten nach unten auf den Boden. Der Kopf der Principessa stieß an Tommasos Schulter und ihr glänzendes Haar lag direkt vor seinem Gesicht. Ein Hauch von Lavendel kroch ihm in die Nase. War da ein Kribbeln? Zu spät. Er konnte es nicht mehr verhindern und nieste krachend in die hochgerissene Armbeuge seines Sonntagsanzugs.

Unten auf der Gasse stockte das Gespräch. Oben im Gärtchen sah Francesca erschrocken in Tommasos bleiches Gesicht. Auch sie sprachen kein Wort und hielten die Luft an.

Einer der Rossi-Kumpane wurde laut. »Das war doch über uns!«

Dann folgte die Stimme des Bürgermeisters: »Der Kirchgarten. Los, schaut nach. Avanti. Wir brauchen keine Mitwisser.«

Francesca und Tommaso hörten schwere Stiefel über das Pflaster rennen. Zur Kirche hoch, zu ihnen in den Garten. Sie mussten fort, sie mussten Tommasos Eltern warnen. Und sie mussten die Frau des Apothekers informieren. Und sich selber in Sicherheit bringen. Die Principessa zog Tommaso hoch und zerrte ihn in den rückwärtigen Teil des Gartens. Ihr Sonntagskleid verhakte sich dabei in der verholzten Hecke neben der Bank. Mit einem beherzten Ruck am Kleid löste sie das Problem. »Komm, weiter. Dort, über die Mauer.«

Die halbhohe Mauer am Ende des Gärtchens war für Tommaso ein Hindernis. Konnte er das mit seiner Gehbehinderung schaffen? Francesca dachte kurz nach. Noch hatten sie Zeit. Im letzten Moment sah sie ihr Gebetbüchlein im Staub des Gartens liegen und hob es auf. »Jetzt nur nichts vergessen.« Das Geschenk ihrer Mutter zur Erstkommunion hatte einen schwarzen Einband mit dem goldenen Aufdruck »Massime eterne« – Sprüche für die Ewigkeit. Die Principessa stellte sich mit dem Rücken zur Mauer, legte das Büchlein wieder zur Seite und formte mit beiden Händen einen Tritt. Der Druck durch das Gewicht des sieben Jahre älteren Tommaso war größer, als sie vermutet hatte. Sie schwankte und ging in die Knie. Aber sie hielt durch. Dann hatte sich der Freund unter heftigem Schnaufen seitlich über ihre Schulter gerollt und lag auf dem höher liegenden Teil der Gartenterrasse.

Francesca schaute zurück in Richtung Kirche. Kamen schon die Männer des Bürgermeisters gerannt? Wie viele waren es überhaupt? Noch waren sie nicht zu sehen. Und sie mussten über den vollen Kirchplatz. »Das hält sie auf.« Und was, fragte sich Francesca, wenn sie einfach stehen bliebe und wartete? Schließlich war sie die Tochter des Principe, des Fürsten, und man durfte sie nicht einfach jagen. Sie war eine Principessa, jung zwar, aber mit Respekt zu behandeln. Und welche Macht hatten die Faschisten ohne Mussolini? Die Gedanken flogen ihr nur so durch den Kopf. Was würde passieren, wenn man sie gleich mitverdächtigte? Und sie damit ihren königstreuen, aber liberalen Vater in Gefahr brachte, der den Faschisten ohnehin ein Dorn im Auge war? Darauf durfte und wollte sich Francesca nicht einlassen. Die Faschisten waren immer noch mächtig in Nemi und konnten Ärger machen. Und Unheil verbreiten.

Sie mussten weiter. Jetzt. Beide liefen einen schmalen Weg entlang, der auf eine bebaute Ebene führte. Tommaso keuchte und schnaufte. Francesca drehte sich um. Sie sah, dass er zwar wenige Meter hinterherblieb, sich trotz seiner Behinderung aber tapfer schlug und Anschluss hielt. Nach hinten öffnete sich für Francesca jetzt ein atemberaubender Blick auf den still ruhenden Kratersee, der weit unter ihnen azurblau in der Mittagssonne strahlte und seinem antiken Ruf als »Spiegel der Diana« alle Ehre machte. Der See funkelte wie eine mit Juwelen bestickte Decke, entrückt aus der Welt der Sterblichen. Francesca erinnerte sich an ihre Großmutter, die Nonna, die ihr als Kind von einem Zauber am See erzählt hatte, von etwas Verborgenem im alten Tempel. Dort unten, wo das Unkraut sich ausbreitete, gleich neben den Erdbeerfeldern. Sie hatte dafür jetzt keinen Sinn, drehte sich nach vorne um und rannte weiter. Zu ihrer Linken wucherte eine grüne Hecke, dahinter lag ein Garten. Francesca hörte die Stimmen der Verfolger. Jetzt brauchte sie einen Zauber, besser ein Wunder.

»Sch-sch-sch.« Eine leise Stimme, ganz nah bei ihr. Oder bildete sie sich das nur ein? Nein. »Sch-sch-sch.«

2

Italien, im September 1943
Pratica di Mare, südlich von Rom

Er hatte sich ein wenig davongeschlichen und lag der Länge nach auf dem hellen, von der Nachmittagssonne erwärmten Strand. Feine Kiesel blinkten wie Diamantsplitter im Sand, und ein schwacher Wind wehte durch eine Reihe knorriger Korkeichen, die etwas abseits des Ufers standen. Er stützte das Kinn auf die verschränkten Arme. Dort, wo er lag, auf dem Kamm der Düne, ging es rechts sanft abwärts zum blauen Funkeln des Tyrrhenischen Meeres. Geradeaus, in Richtung Süden, blickte er in die Weite der Pontinischen Ebene, wo er durch den Dunstschleier hindurch den schräg nach Westen ansteigenden Monte Circeo zu erahnen glaubte. Der Berg, auf dem einst Odysseus der zauberhaften Kirke erlegen war.

»M wie Mailand, N wie Neapel, O wie Ostia.« Sein Blick rutschte im Buchregister weiter nach unten.

Über dem nahen Meer stieg feuchtwarmer Dunst auf, ließ sich träge über den Strand treiben und schlich sich wie eine dünne klebrige Folie auf die Haut. Neugierig leckte der Leutnant in seine Armbeuge und schmeckte feine Salzkristalle, die sich in die Poren gelegt hatten. Dann trank er einen Schluck Wasser aus der Feldflasche und wischte sich mit dem Ärmelrücken den Schweiß von seiner Stirn. Anschließend blickte er wieder zum Buch, das er in einer kleinen Sandkuhle vor sich aufgeschlagen hatte.

»P wie Padua, Pompeji, P - Prrrr. Prato... Pratica di Mare? Nichts!«, flüsterte er vor sich hin. »Nichts. Ein Nest.«

Vergebens blätterte er in den dünnen Seiten seines dunkelrot eingebundenen Reisehandbuches. Doch mehr als einen Fliegenschiss auf einer Übersichtskarte für die Umgebung Roms konnte er nicht finden. Der junge Mann, groß und hager, mit blondem, sonnengebleichtem Haar und heißroten Wangen im Gesicht, trug einen dünnen, abgescheuerten Flieger-Overall und halb aufgeschnürte Stiefel an den Füßen. Die Koppel seiner Uniform schmorte im Sand neben ihm. Dann schlug er das Büchlein mit dem Daumen zu, um es vorne auf den ersten Seiten gleich wieder aufzuschlagen. Seine Augen glitten mit Sehnsucht über die auf Seite IV mit blauer Tinte akkurat gezeichnete Sütterlinschrift. Die Worte kannte er auswendig, und wenn er ein wenig in sich hineinlauschte, dann hörte er sogar die Stimme seines Stiefvaters.

»Mein lieber Curth,
möge Dir dieses Buch zum 18. Geburtstag
viel Freude schenken und in Dir die Neugier wecken,
fremde Länder und deren Menschen zu erforschen.
Va, pensiero, sull'ali dorate!
Dein dich liebender Vater.«
Mainz, 1934

Va, pensiero, sull'ali dorate! Der Gedanke aus Verdis Oper Nabucco, auf goldenen Schwingen zu fliegen, war Curth von Alban in den Kriegsjahren ein ums andere Mal zum ideellen Lebensretter geworden. Manchmal, wenn er in den kleinen Pausen dieses verheerenden Krieges die Muße hatte, in dem Italien-Reiseführer mit Texten von Karl Baedeker zu lesen, schöpfte er ein wenig Hoffnung. Hoffnung, dem zerstörerischen Treiben um ihn herum mit heiler Haut zu entkommen. Und

Hoffnung, irgendwann dieses herrliche Land wieder in Frieden bereisen zu können.

»Ach, Verdi«, seufzte er mit geschlossenen Augen. Seine Gedanken trugen ihn fort vom Strand, fort aus dem Nest Pratica di Mare, wohin er seit kurzem auf den von der deutschen Wehrmacht und Luftwaffe besetzten Militärflugplatz abkommandiert war. Auch er fühlte sich wie ein Mitglied des hebräischen Gefangenenchores im babylonischen Reich, der in Verdis Oper das ferne Heimatland beklagt und Gott um Hilfe ruft. Und er verachtete die von den Nazis erfundene arisierte Fassung mit Ägyptern statt Israeliten als Gefangene.

Leise summte er die Melodie vor sich hin. Mit geschlossenen Augen sah er jetzt den Mainzer Rosengarten unterhalb der väterlichen Villa vor sich liegen und glaubte im selben Moment, den Duft der Tausende von Rosen im Stadtpark zu wittern, die im September oft noch einmal in voller Blüte standen. Er ließ sich treiben.

»Flieg, Gedanke, auf goldenen Schwingen,
lass dich nieder auf jenen Hängen und Hügeln,
wo sanft und mild der wonnige Hauch
der Heimaterde duftet.«

Eine raue Männerstimme riss ihn aus seiner Melancholie.

»Hey, Pilot, wenn die Kettenhunde dich hier erwischen, gibt's Ärger, richtig Ärger.«

Mit schweren Schritten stampfte ein korpulenter Krauskopf die Düne hoch. Die polternden Worte rissen Curth jäh aus seiner Träumerei. Er schlug das Büchlein zu und blickte auf zu einem jungen Mann, den er gestern als Koch und Küchenfeldwebel im Offizierscasino des Flugplatzes kennen und wegen seiner blitzenden Augen und seines wachen Verstandes schnell schätzen gelernt hatte. Er fühlte sich mit ihm auf einer Wellenlänge.

»Reg dich ab, Hänschen. Es ist alles ruhig.«

»Das kann man nie wissen«, antwortete der Krauskopf.

»Die Kettenhunde, die du meinst, haben nach den Bomben auf unser Oberkommando in Frascati alle Hände voll zu tun, die versprengten Truppenteile dort wieder einzusammeln.« Curth zeichnetet dabei seelenruhig ein paar Striche in den Dünensand. »Der Rest der Feldjäger ist nach Rom abkommandiert und fährt wahrscheinlich schon schneidig ums Kolosseum herum. Niemand achtet da auf einen für 'ne Viertelstunde abtrünnigen Wehrmachtspiloten aus der zweiten Reihe.«

»Ja, du hast Recht.« Der Krauskopf atmete intensiv die schwere Seeluft ein, wobei sich sein Brustkorb imposant spannte. »Und ich werde nichts sagen. Aber mit dem Rumdrücken hier am Strand bekommt unser junger Herr Leutnant bestimmt keinen Orden vom Führer verpasst.«

»Orden? Diese Blechanhänger? Kann er für sich behalten, von mir aus sonst wo ... Ritterkreuze stehen mir nicht. Und? Was ist mit dir? Hast du in der Küche nichts zu tun?«

Der Krauskopf antwortete nicht darauf, grummelte nur kurz und ließ seine Knie in die warme Düne neben Curth von Alban einsinken. Dann rutschte er erschöpft in die Hocke. »Wenn das hier alles vorbei ist, werde ich die Schänke meines Vaters in Köln übernehmen. Du weißt ja, der Endsieg ist nah. Gerade jetzt, wo die Italiener uns in den Rücken gefallen sind.« Dabei kniff er die Augen zu kleinen Schlitzen zusammen und legte seinen Kopf auf die Seite.

Curth wusste Hänschens Mimik zu deuten. Dann schlug er in seinem Reisebuch die Seite XXI auf und reichte es dem jungen Koch rüber: »Hier, lies mal, die Umgangsregeln für Italien. Von 1926. Da kannst du noch was lernen.«

Hänschen, der Hans Kempener hieß, wischte sich seine Hand an der Hose ab, griff neugierig nach dem weinroten Buch und hielt es mit dem Rücken gegen die flacher werdende Sonne über dem Meer. Er las laut vor.

»Der Reisende ist Vertreter seines Volkes und wird darum durch Achtung der Landesart und taktvolles, zurückhaltendes und nicht unnötig lautes oder überhebliches Auftreten mitarbeiten, diesem Achtung und Freundschaft zu erwerben.«

Hänschen verzog den Mund zu einem breiten Grinsen, Curth schwieg. Denn der italienische Kriegssommer 1943 lieferte eine ganz andere Realität als Respekt, Achtung und Rücksichtnahme.

»Achtung und Freundschaft – gilt das auch uns gegenüber?« Der Krauskopf reichte Curth das Buch zurück. »Schließlich sind die Alliierten vor acht Wochen auf Sizilien gelandet und rücken seitdem weiter vor. Und? Was macht Italien?« Hänschen Kempener wartete nicht auf eine Antwort des jungen Leutnants. »Gut zwei Wochen nach der Invasion im Süden, im Juli, setzt die italienische Regierung den Mussolini ab und steckt den Duce irgendwo in den Knast. Mit der Bündnistreue uns gegenüber war's dann ja schnell vorbei.«

»Die Italiener wollen endlich Frieden und nicht kämpfen. Sie sehen keinen Sinn mehr darin.« Curth von Alban dachte wieder an Verdi, an Heimaterde und

Rosengarten. Und an Abschiede. So war er vor wenigen Wochen als Pilot einer Kuriermaschine aus dem besetzten Frankreich nach Mittelitalien verlegt worden. Die Stimme seines alten Vorgesetzten lag ihm noch im Ohr: »Adieu Herr Leutnant, Sie werden jetzt in Italien eingesetzt. Hinter den Linien, als schnelle Verbindung zwischen den Kommandoeinheiten. Passen Sie gut auf sich auf.«

Bald erreichten weitere Nachrichten die deutschen Truppen. Die neue italienische Regierung in Rom unter Marschall Pietro Badoglio hatte einen Waffenstillstand mit den Amerikanern und Briten ausgehandelt, das Bündnis mit Hitler aufgekündigt und den eigenen Truppen die Einstellung aller Kampfhandlungen gegen die Alliierten befohlen. Die Regierung selbst floh mit König Viktor Emanuel III. vor den Deutschen in den Süden, nach Brindisi. Das deutsche Oberkommando Süd in Frascati wurde am gleichen Tag von US-Bombern heimgesucht, die die Stadt größtenteils in Schutt und Asche legten. Und Leutnant Curth von Alban, der als Kurierflieger im Stab von General Benno Birkholz diente, war dem Grauen in Frascati nur mit knapper Not entgangen.

Jetzt hatte ihn der Krieg also im Nest Pratica di Mare ausgespuckt, was zwischen Pomezia und dem Tyrrhenischen Meer ein überaus ärmliches Dasein fristete, und wo die Italiener Ende der dreißiger Jahre einen kleinen Flugplatz abseits der Dünen gebaut hatten. Curths einmotorige Maschine, ein Fieseler Storch, wurde an diesem Nachmittag im Hangar an der Start- und Landebahn gewartet. Für ihn eine willkommene Pause, um am nahen Meeresstrand einmal durchzuatmen. Sofern ein Durchatmen in diesen Kriegstagen überhaupt möglich war. Sofern dieser kurzgeschorene Krauskopf nicht aufgekreuzt wäre, dachte Curth. Dann hörte er ihn wieder losplappern.

»Da gibt's ein Gerücht.« Der Küchenfeldwebel hatte im Casino Wortfetzen und Andeutungen aufgeschnappt. Und jetzt verspürte er den Drang, diese Neuigkeiten sofort bei dem jungen Leutnant loszuwerden, den er durch das von Fettdunst verschmierte Küchenfenster in Richtung Düne hatte schleichen sehen.

»Also, das war gegen Mittag«, sagte Hänschen Kempener und blickte seinem Gegenüber ins Gesicht, als würde er gleich vom Ableben des Führers oder wenigstens von Hermann Göring berichten. »Ich brachte gerade den Hasen ins Offizierscasino rein, frisch aus den Albaner Bergen.« Dabei hob er seinen rechten Arm und drehte die Hand wie zum Servieren mit der Innenseite nach oben.

»Und, was soll schon sein?«, unterbrach ihn Curth. »Die Alliierten rücken vor, wir haben Rom eingenommen und stehen kurz vor dem Endsieg.« Dabei ließ er eine Handvoll Sand zwischen seinen Fingern rieseln und beobachtete gleichmütig das Glitzern der Körnchen.

»Nein, nein. Da ging es um was anderes. Die waren am Tuscheln, von einem Geheimkommando war die Rede. Oder so ähnlich. Ich glaube, die Herren Offiziere wissen in diesen Tagen mal wieder selbst nicht so recht, was gerade läuft.«

Leutnant von Alban ärgerte sich über den abschätzigen Ton, schaltete auf formale Dienstsprache um und deutete mit zwei Fingern auf seine ranghöheren Schulterabzeichen. »Das hört sich despektierlich an. Die Führung weiß immer ...« Doch weiter kam er nicht.

»Ja, ist schon recht.« Der Koch stützte sich auf seine kräftigen Arme und stemmte seinen schweren Körper hoch. Dann reichte er Curth von Alban seine Hände.

»Na, komm schon, Herr Leutnant. Es wird Zeit, dass wir wieder zurückkehren und uns blicken lassen. Wenn ich bitten darf.«

Curth griff die verschwitzten Hände und ließ sich mit einem Ruck hochziehen. Sie klopften sich den Sand aus den groben Uniformstoffen und verschwanden im Sichtschutz der Düne in ein angrenzendes Waldstück mit Pinien, wo ein staubiger Pfad zurück zum Flugplatz führte. Nicht, dass sie fürchteten, bei ihrem kleinen Ausflug erwischt zu werden. Schließlich hatten sie gerade eine Art Dienstpause. Aber Spitzel und Denunzianten gab es in diesen Tagen genügend.

Der Küchenfeldwebel suchte das Gespräch. »Was hat den Herrn Leutnant eigentlich hierher verschlagen, wo kommst du her?«

»Mainz«, antwortete Curth. »Und wenn wir allein sind, können wir uns gerne duzen. Das machen wir ja jetzt schon. Nun offiziell: Ich heiße Curth, genauer Leutnant Curth von Alban, bin aus Mainz.«

»Oh, auch noch von Adel. Ich heiße Hans, Hans Kempener, aber das weißt du ja schon. Für viele einfach Hänschen. Kein Adel, aber alter Kölner Klüngel.«

»Das mit dem von Alban«, erwiderte Curth, »ist eine längere Geschichte. Die kurze. Mein Vater blieb 1918 im großen Weltkrieg zurück, meine Mutter heiratete später einen Bankier. Einen von Alban. Ich selbst bin also nicht von Adel.«

»Aber du erbst doch alles. Namen, Titel, Geld. Na, eben alles. Oder hast du noch Brüder?«

»Einen Titel gibt es nicht. Wir sind schließlich nicht Fürsten oder Grafen. Na, du weißt schon. Außerdem bist du ziemlich neugierig.«

»Wir Kölner sind eben sehr gesellig, dazu gehört auch eine gewisse Neugier.« Hänschen Kempener spürte, dass er nicht weiter bohren sollte. Dann, nach einer kurzen Weile, dem Flugplatz schon näher, konnte er seine nächste Frage nicht länger zurückhalten.

»Was hat der Herr Leutnant denn vor dem Krieg gemacht?«

»Ich bin Archäologe, habe in Heidelberg studiert. Dann holte mich der Wehrdienst. Als passionierter Segelflieger habe ich bei der Luftkriegsschule schließlich den Pilotenschein gemacht. Jetzt bin ich Kurierflieger für Birkholz, unseren Fliegergeneral.«

»Ja, und kein schlechter Pilot, wie man so hört.«

Curth ärgerte sich über die Worte von Hänschen. »Was hörst du? Darüber rede ich nicht gerne, und du besser auch nicht. Wer weiß, wofür ich sonst noch eingesetzt werde.«

»So gereizt?« Der Krauskopf wunderte sich.

»Ich will aus diesem Schlamassel nur mit heiler Haut wieder rauskommen. Und nicht vorne in der ersten Reihe tanzen. Du verstehst?« Curth schaute seinem Freund scharf in die Augen.

Schweigend legten der junge Leutnant und der Koch das letzte Wegstück zu dem kleinen Flugplatz zurück. Der heiße Sommer hatte den Pinien zugesetzt, und unter den Tritten der Männer staubte der Boden. Es roch würzig nach verharzten Zweigen und trockenen Nadeln. Beide atmeten tief ein und genossen die letzten Minuten der Stille, bevor der Betrieb auf dem Flugplatz sie wieder einholen würde.

Plötzlich, schon nahe an den Unterkünften der Mannschaftsdienstgrade, plauderte der bislang schweigsame Hänschen wieder drauf los. »Herr Leutnant, ich muss noch was fragen, bevor ich wieder auf die Stube gehe. Was heißt eigentlich despecktierisch?«

Curth rollte die Augen. »Das heißt despektierlich. Respektlos. Und das hat nichts mit Speck zu tun. Und jetzt, du bist ja da – abtreten!« Er schnallte die Koppel strammer, ließ Hänschen stehen und eilte mit langen Schritten in Richtung Offiziersbau davon.

Hänschen schaute ihm nach, überlegte einen Moment und versteifte seinen Rücken. Dann ließ er den rechten Arm kurz herausschnellen. »Jawoll, Herr Leutnant, habe verstanden. Respektlos.«

Aber da war Curth von Alban schon außer Hörweite und sein Blick ging weit nach vorne. Etwas anderes hatte sein Interesse geweckt.

Auf dem Rollfeld, vor den Hangars und auf den Verbindungswegen war es deutlich voller und belebter als am frühen Nachmittag. Aber das musste nichts bedeuten, sagte sich Curth. Es war Krieg, und ständig wurden Truppenverbände und Luftwaffeneinheiten irgendwohin verschoben. Gerade jetzt. Einen Tag nach der Besetzung Roms. Nach der Bombardierung von Frascati. Und die Front im Süden rückte näher. Aber heute, so spürte er, war es anders. Unbehagen stieg in ihm auf. Er schob den Zeigefinger seiner rechten Hand unter den Kragen des Overalls und legte den Kopf leicht zur Seite, um sich Luft zu verschaffen. Er glaubte, neben dem Offizierscasino eine Uniform der Waffen-SS zu erkennen. Nein, er war sich sicher.

»Ausgerechnet! Was wollen die hier?«, fragte sich Curth. Dann, im Schlepptau dieser ersten Uniform, tauchten zehn, zwölf, vielleicht 20 weitere Soldaten an der Gebäudekante auf.

»Wie die Kampfameisen. Ein Trupp Waffen-SS«, durchzuckte es ihn. Und dort, am Hangar, »Fallschirmjäger, viele Fallschirmjäger«, die offensichtlich gerade angekommen waren. Curth spürte, dass etwas in der Luft lag. Etwas, das Probleme machen könnte. Etwas, das möglichst weit weg von ihm bleiben sollte.

3

Nemi, im Kirchgarten, September 1943

Sch-sch-sch.« Francesca hörte eine Stimme zischen. Jetzt wieder. »Sch-sch-sch!«

Sie sah nichts. Aber sie hörte es. Dieses Zischen, es kam nicht aus Richtung Kirche, nicht aus dem kleinen Kirchgarten, wo sie die Verfolger mittlerweile vermutete. Die Männer des faschistischen Bürgermeisters Jacopo Rossi mussten näher herangekommen sein, befürchtete Francesca, denn ihr Freund Tommaso hatte die letzten Meter mit seinem behinderten Bein kaum noch laufen können. Er war am Ende mit seiner Kraft und drohte jeden Augenblick auf den Weg zu stürzen.

Da, wieder dieses »sch-sch-sch«. Das Zischen kam aus dem Hof hinter einer mannshohen Gartenhecke, an der sie auf dem schmalen Weg über der Felswand entlanggelaufen waren. Jetzt hörte sie eine Stimme, eine dunkle Männerstimme. »Signorina, sch-sch, hallo Signorina Francesca. Hierher! Durch den Spalt in der Hecke.«

Diese Stimme, sie kam ihr vertraut vor. »Aber wer ...?« Francesca blieb konzentriert stehen und verharrte regungslos auf der Stelle. Ihr Sonntagskleid klebte vor Anstrengung auf dem Rücken und sie spürte Schweißperlen im Nacken. Sie deutete Tommaso, dass er stehenbleiben sollte. »Pssst!«

Dann wieder diese Stimme. »Verehrte Principessa, brauchen eure Hoheit eine besondere Einladung?« Aus einem schmalen Spalt in der Hecke schaute der schwarze Ärmel einer Soutane hervor. Die Finger einer schlanken Hand deuteten den beiden Fliehenden den Weg.

Francesca zögerte nicht länger und schob sich durch die Öffnung. Dann traute sie ihren Augen nicht.

»Pater Lucius! Hochwürden! Was machen Sie denn hier? Ich meine, warum ...?« Ohne die Antwort abzuwarten, zog sie entschlossen den erschöpften Tommaso hindurch. Der keuchte und stammelte »non posso, non posso« - ich kann nicht mehr.

»Jetzt redet nicht so viel. Ruhig, silenzio. Sie kommen.« Pater Lucius scheuchte das schnaufende Duo durch den Garten und zeigte auf eine halbgeöffnete Tür. Sie führte in das Haus hinein, das sich nach Südosten an die Apsis der Kirche anschloss. Er selbst blieb stehen und wartete. Francesca schleppte ihren Freund in die Wohnung und sog tief die Luft ein. Dann lauschte sie und legte Tommaso einen Finger auf den Mund.

Von der anderen Seite der Hecke drang eine Männerstimme in den Garten. »Euer Hochwürden? Wir haben Ihre Stimme gehört. Sie sind doch im Garten, oder? Auf ein Wort!«

Pater Lucius wusste, dass er sich der Situation stellen musste. Und rief durch die Hecke zurück. »Meine Herren, was wollen Sie? Warum stören Sie meine Mittagsruhe im Garten? Wenn Sie Beistand wollen, hätten Sie mich nach dem Gottesdienst ansprechen können.«

»Hier sind Lorenzo Minotti und Diego Pallucca. Wir sind die Freunde des Bürgermeisters. Wir brauchen keinen Beistand. Wir suchen einen Freund von uns. Er muss hier vorbeigelaufen sein.« Minottis heisere Stimme klang erschöpft und außer Atem.

»Hier ist niemand vorbeigekommen.« Der Padre rief durch die Hecke zu den beiden Männern zurück und schickte im selben Moment eine stille Bitte an Gott, er möge ihm diese Notlüge verzeihen.

Minotti gab nicht nach: »Also, Euer Hochwürden, hier sind Fußspuren auf dem Weg, und hier, am Spalt in der Hecke, da ist doch jemand durchgelaufen. Da liegen abgerissene Zweige und Blätter.«

Pater Lucius fasste sich ein Herz, ging forsch von der Gartenseite auf den Spalt zu und steckte seinen Kopf nach draußen durch. Lorenzo Minotti machte gerade Anstalten, seinen bulligen Körper durchzuzwängen.

»Na, na, meine Herren, ich muss doch sehr bitten. Dieses Haus und der Garten stehen unter Gottes Schutz. Und wenn Sie so wollen, die Hecke auch.« Er schob Lorenzo Minotti mit den Händen wieder auf den Weg zurück und stellte sich schützend vor den Spalt. »Nur, weil wir dieselbe Farbe tragen, haben Sie hier keinen Zugang.« Dabei zeigte er auf die schwarzen Hemden der Männer, die zur Uniform der faschistischen Miliz gehörten. Dann zeigte er auf sich. »Meine Soutane fordert Respekt!«

Diego Pallucca, der von der brünetten Apothekenhelferin Rosalie den Tipp auf die Kleideraktion bekommen hatte, gab seine Zurückhaltung auf und drängte weiter. »Hören Sie, Hochwürden, wir repräsentieren hier den italienischen Staat, die Kommune und den Bürgermeister. Und jetzt lassen Sie uns in den Garten! Unseren Freund mitnehmen!«

»Sie, meine Herren, haben doch seit Mussolinis Absetzung eigentlich nichts mehr in Nemi zu sagen. Und erst recht nicht mehr seit der Bekanntgabe des Waffenstillstands mit den Alliierten.« Pater Lucius lief jetzt zur Hochform auf und sprach weiter. »Der König und Badoglio haben die Miliz, wenn ich es recht verstanden habe, einfach aufgelöst. Und Ihr Mussolini? Wo ist er denn? Er sitzt irgendwo im Gefängnis. Und jetzt, meine Herren, richten Sie dem Bürgermeister bitte meine besten Wünsche aus. Buona giornata!«

Die beiden Schwarzhemden schauten irritiert bis fassungslos. Diesen Mut hatten sie vom Pater nicht erwartet. An diesem Hochwürden, da waren sie sich einig, gab es heute kein Vorbeikommen. Und einen Riesenärger mit der Kirche – den wollten beide nicht riskieren. Sie gaben auf.

»Rossi wird toben«, fauchte Minotti.

»Na und, wir haben niemanden gesehen. Den Pater auch nicht. Capito?« Diego Pallucca wedelte mit den Händen. »Aber die Fabrizi und die Apothekerfrau, die werden wir uns kaufen. Und diesen Pfaffen, den merken wir uns für später vor.«

4

Pratica di Mare, September 1943

Es war Sonntag, früh morgens und die Luft war kühl und klar. Durch das Fenster seines Zimmers im zweiten Obergeschoss zeigte sich am Horizont, weit hinten in den Albaner Bergen, ein dünner Lichtschimmer. Ein leuchtender, milchiger Streifen zunächst, schmal, und nur zu sehen, wenn sich die Augen auf die Ferne konzentrierten. Dann aber zerstreute sich dieses magische Leuchten und machte Platz für eine neue, in Orange gepinselte Kulisse. Der Tag brach an.

Curth rieb sich die Augen und öffnete weit die Fensterflügel mit den dünnen Glasscheiben, die bei einem stärkeren Druck mit den Fingern zu splittern drohten. Die frische Luft strich durch seine Haare.

Aurora, die Göttin der Morgenröte, schien es heute gut mit ihm zu meinen. Jedenfalls beschloss er das beim Waschen hinten im Eck seines Zimmers. Und hatte nicht der heldenhafte Aeneas genau hier an der Küste des Latiums sein Glück gefunden, als der trojanische Prinz nach langer Irrfahrt an Land ging und eine Stadt gründete? Curth dachte zurück an seine erste Studienreise durch Italien in den Semesterferien, die ihm sein Stiefvater ermöglicht hatte und die ihn zusammen mit zwei Kommilitonen für fast drei Monate nach Florenz und Rom führte. Neben Besuchen auf Ausgrabungsstätten und in Museen las er Vergils »Aeneis« und verbesserte seine Italienischkenntnisse, in Rom sogar mit Hilfe eines Lehrers, bis er zuletzt Unterhaltungen in der Landessprache führen konnte.

In der Nacht war Curth erst spät eingeschlafen. Lange quälten ihn die Gespräche der anderen Offiziere am Vorabend im Casino. Viele hielten sich für überaus wichtig, Heldengeschichten machten die Runde, jeder lästerte in allen erdenklichen Variationen über die abtrünnigen Italiener, die sie verächtlich Lumpen- oder Dreckspack nannten. Nur selten, und wenn, dann versteckt hinter einem halbvollen Glas mit italienischem Edel-Brandy, hatte er bei einigen Kameraden eine sorgenvolle Miene entdeckt.

Das eiskalte Wasser, das Curth sich jetzt ins Gesicht spritzte, schärfte wieder seine Erinnerung an den Vorabend.

»Italien wird Deutsch«, hatte ein ebenso übereifrig wie schneidig auftretender Oberleutnant der Fallschirmjäger geprahlt, der zum engen Kreis von General Benno Birkholz zu zählen war. Curth von Alban dagegen zog es vor, sich möglichst unauffällig zu verhalten und sich wenig gemein zu machen mit einem Mob, der plündernd und mordend durch Europa zog. Aber absondern, nein, das wollte sich der junge Leutnant keinesfalls erlauben, um nicht ins Visier von Denunzianten und SS-Schergen zu geraten. Er ging ins Casino, wie zuvor in Frankreich, wenn es die Zeit erlaubte, verschwand abends nicht zu früh auf seine Stube, aber auch nicht zu spät, um nicht bei den Letzten im Offizierscasino in dumme Gespräche verwickelt zu werden. Gespräche, die er am nächsten Morgen schon bereuen könnte. Curth wollte nicht glänzen. Er nahm sich vor, stets unauffällig zu bleiben. Und sich und seine Maschine, den einmotorigen Fieseler Storch Fi 156, sicher von einem Auftrag zum nächsten zu steuern. Denn darin, so fühlte der junge Pilot, war er ein Könner. Das für extrem kurze Start- und Landebahnen gebaute Flugzeug mit dem hochbeinigen Fahrgestell war ideal für den Einsatz hinter den Linien, für Erkundungsflüge und als schneller Luft-Kleintransporter. Hinter den Linien, genau dort wollte er bleiben. Er hasste den Krieg, er verachtete die Nazis, und doch hatte er sein Schicksal, wie viele andere Tausende von Männern in den Krieg einberufen zu werden, nicht abwenden können.

Jetzt stand Curth vor dem Spiegel in seiner Stube. Mit dem Rasiermesser zog er den eingeschäumten Hals glatt und arbeitete sich zum Kinn hoch.

Am Vortag hatte er für heute den Befehl erhalten, bei einem Aufklärungsflug ein Gebiet zwischen Ostia und den Albaner Bergen in geringer Höhe zu überfliegen, um nach versprengten Truppeneinheiten der Italiener zu suchen. Bewaffnete Truppen, die sich nordwestlich von Pomezia oder in den Bergen im Rücken von Frascati versteckt halten könnten. Und so zu einem unberechenbaren Faktor für die deutschen Interessen wurden. Natürlich musste er mit feindlichen Fliegerangriffen rechnen, sagte er sich, wenn Luftverbände der Alliierten die deutschen Stellungen in Mittelitalien angriffen. Doch für US-Jagdflieger war der Storch mit seiner geringen Flughöhe bei sehr langsamer Geschwindigkeit schwer zu erwischen. Gut für ihn.

Curth zog mit der Klinge über die linke Wange, bis sie glatt war.

»Aaalbaan!«

Eine Stimme wie eine Kreissäge durchschnitt die Morgenstille. Dann wieder Ruhe. Curth setzte das Messer ab.

Ein zweites Mal: »Aaalbaan!«

Die Stimme auf dem Flur war drohend nähergekommen und stand ohne Frage unmittelbar vor seinem Zimmer. Doch bevor er den Griff herunterdrücken konnte, sprang die Tür mit einem Krachen auf.

»Mein Gott, haben Sie Watte in den Ohren? Ich schrei' mir ja die Lunge aus dem Leib.«

Breitbeinig stand Major Bender in der Tür und stemmte seine Hände in die Hüften. Curth hielt den

Kommandeur des Flugplatzes bislang für einen ruhigen, ausgeglichenen Menschen, mit dem er vernünftig reden konnte. Aber Klaus Bender, knapp über fünfzig, Weltkriegsveteran aus Hamburg, machte an diesem frühen Morgen nicht den Eindruck, dass er sich von einem jungen Leutnant Kommentare anhören wollte. So hatte er den Alten, wie viele ihn nannten, noch nicht erlebt. Mit dickem Hals und rotem Kopf. Völlig aufgebracht.

Bei dem Vorgesetzten hob sich der Brustkorb, er holte tief Luft.

»Aaalbaan." Jetzt schrie der Major wieder, obwohl Curths Gesicht nur 15 Zentimeter von ihm entfernt war. »Aalbaan, was muss ich machen, damit sie ihren Arsch so schnell wie möglich zu mir ins Dienstzimmer bringen? Das ist übrigens keine Frage, sondern ein Befehl!«

Curth roch kalten Kaffee in der Nase, schlug im Bruchteil einer Sekunde die Hacken zusammen und brüllte unentspannt zurück: »Jawoll, Herr Major, Arsch ins Dienstzimmer. Sofort.«

Er beobachtete, wie sich Klaus Benders Gesichtsausdruck wieder entspannte, die Röte aus dem Gesicht wich und sich sogar ein mildes Lächeln zeigte. Dann bemerkte Curth, wie der Major seine halbfertige Rasur, die blanke Brust und die kurzen Unterhosen musterte. Der Alte sprach mit ruhiger Stimme zu ihm: »Herr Leutnant, ich würde es begrüßen, wenn sie sich vorher noch anziehen könnten.« Dann machte der Kommandeur kehrt und verschwand wieder durch die Tür. Curth presste die angehaltene Luft aus seinen Lungen heraus. »Mann, was will der Alte von mir?« Dann trieb er sich zur Eile.

Nur wenige Minuten später und korrekt bekleidet rannte der Leutnant die Treppe ins Erdgeschoss hinunter und raus in den Morgen. Aus der Ferne hörte er das

Schreien eines Falken, der in der Dämmerung nach Beute spähte. Mit eiligen Schritten kam Curth am Hangar vorbei und erreichte das Rollfeld, wo er die Silhouetten der Maschinen sah. Ihm stieg der vertraute Geruch von Flugbenzin in die Nase. Jetzt schwenkte er quer über die Betonpiste. Gegenüber, an der dem Meer zugewandten Westseite des Flugplatzes, lag im hinteren Bereich die Kommandantur in einem grauen Zweckbau. Er trat ein.

Im Foyer führte eine Holztreppe in die oberen Stockwerke, links und rechts leiteten Flure in die Flügel des Gebäudes und zu den Dienststellen und Büros. Etliche Tagesbefehle und Wetterprognosen hingen an den Wänden, Hermann Göring drängte sich in einem Bilderrahmen den Vorbeieilenden auf. Ein paar Soldaten flitzten mit Aktenordnern von Zimmer zu Zimmer, irgendwo brüllte eine kräftige Stimme, wo der Kaffee bleibe. Es herrschte trotz der frühen Stunde reger Betrieb – und Curth erkannte hinten im Flur etliche Soldaten in SS-Uniformen, die offenbar warteten. Ausgerechnet dort, dachte er, vor der Tür von Kommandeur Bender, seinem Ziel. Er spürte wieder dieses beklemmende Unbehagen zwischen Bauch und Galle, dass sich schon am Vortag angesichts der SS-Horde am Offizierscasino eingestellt hatte. Hatte Aurora seinen morgendlichen Wunsch nicht gehört, dass dies ein guter Tag wird?

»Hallo, Herr Leutnant.« Von der Seite im Foyer hörte Curth eine vorsichtig gedämpfte Stimme, die ihm vertraut vorkam. Er drehte sich über die rechte Schulter und sah eine ihm bekannte Person auf der Wartebank sitzen.

»Ja, hallo, ich bin's, Hänschen. Schnell, auf ein Wort, bitte!« Der Küchenfeldwebel stand auf, ruderte mit Händen und Armen und zog den überraschten Leutnant an sich heran.

»Was machst du in der Kommandantur«, fragte Curth leise. Dann sah er die müden Augen seines Kameraden. »Ein langer Abend im Casino? Ich habe jetzt keine Zeit für dich, muss zum Alten.« Er wollte gehen.

Hänschen Kempener hielt ihn versteckt am Ärmel zurück und flüsterte. »Ich weiß! Das ist jetzt wichtig. Letzte Nacht, ich mach's kurz: Ich schloss erst sehr spät das Casino ab, hörte von oben, aus den Gästezimmern, ein Jammern. Ich also hoch. Dort wälzte sich vor Schmerzen irgendein Oberleutnant im Bett, beide Hände auf der rechten Bauchseite. Wie bei meinem Onkel Karl. Den hatte ich vor dem Krieg mit den gleichen Symptomen ins Krankenhaus bringen müssen. Blinddarm!«

»Und was hat das alles mit mir zu tun?« Curth wurde ungeduldig, der Alte wartete schließlich auf ihn.

»Ja, gleich.« Hänschen zog ihn noch dichter zu sich und gleichzeitig ein paar Schritte zur Wand, direkt vor Görings Konterfei. Er wurde konspirativ. »Jetzt pass auf. Ich hole also den Stabsarzt, der ihm ein wenig auf dem Bauch rumdrückt. Und, wie ich schon sagte, der Blinddarm. Zwickte gewaltig. Sofort ins Lazarett, zur OP, sagte der Doktor. Der Oberleutnant, blassfahl im Gesicht, krümmte sich, stammelte, er sei Pilot mit einem Sonderauftrag und wir müssten sofort Major Bender informieren. Sofort, sagt er.«

Curth reichte es. »Ja, sofort. Wenn du nicht sofort ...«

»Jetzt warte doch. Ich und der Doc weckten den Alten gleich aus seinem Tiefschlaf. Fand der gar nicht lustig. Aber dann, als der Stabsarzt von Sonderauftrag und Pilot berichtete, der mit Blinddarm auf dem Weg zur OP ist, da wurde der Bender glockenwach.« Hänschen sprach nun leiser. »Der Major brüllte was von einer Katastrophe, einem Führerbefehl und dass er noch heute Morgen einen guten Mann für den Storch benötige, und zwar schnell. Sonst könne er einpacken und sich an der Ostfront melden. Dabei lief er in seinem Zimmer auf und ab. Total fertig, der Mann. Da habe ich ...«

»Nee, Hänschen, oder? Du hast doch nicht ...« Curth ahnte, was kommen sollte.

Na klar. Du bist hier der beste Storch-Pilot im Stall. Und ich dachte, das ist deine Chance aufs Ritterkreuz oder wenigstens für eine andere Auszeichnung. Also hab' ich dem Stabsarzt was geflüstert, und der wiederum dem Bender ...«

Curth griff sich an den Kopf. »Ich fass' es nicht. Hatte ich dir nicht gestern erst am Strand gesagt ...?«

»Aber das meintest du ja wohl nicht im Ernst, oder?«

Curth hatte jetzt keine Zeit mehr, mit Hänschen zu diskutieren, riss sich ruppig vom Ärmelgriff des Küchenfeldwebels los und eilte nach hinten in den Flur. Er stahl sich durch die Phalanx der SS-Männer und klopfte an die Tür des Kommandanten. Dahinter hörte er Stimmen einer aufgeregten Unterredung, die abrupt verstummte.

»Reeiiin! Sofort!« Das war die Stimme von Major Bender, dem Alten. Und Curth hatte ein mieses Gefühl in der Magengegend.

Der Major wartete kaum ab, dass Leutnant von Alban im Zimmer stand und machte es kurz. »Pass auf, Junge. Das ist Hauptmann Maybaum von den Fallschirmjägern. Er wird dich einweisen. Das andere ist SS-Obersturmführer Wilkisch. Herr Hauptmann, Sie haben das Wort.«

Maybaum schwieg erstmal. Er hatte schon viele junge Fallschirmjäger und Piloten seit Kriegsausbruch kommen und sterben sehen. Zuallererst auf Kreta, dann bei Einsätzen im Osten und in Afrika. Zuletzt auf Sizilien bei der Invasion der Alliierten. Opfer sah er als notwendig an für den Endsieg, den Mut der Männer eines Landes als Garant für die Überlegenheit der Rasse. Er musterte den jungen Mann in der Mitte des Raumes. Groß, hager, drahtig, mit blonden, leicht welligen Haaren und hellen Augen. Waren sie blau? »Nicht wichtig«, sagte er zu sich selbst im Stillen. »Ich brauche keinen Vorzeige-Arier, sondern einen gewieften Piloten. Gut, zuverlässig, befehlstreu.«

Nach einem kurzen Seitenblick auf SS-Obersturmführer Wilkisch sagte er mit entschlossener Stimme, die an ein Reibeisen erinnerte: »Sie sind also dieser von Alban. Herr Leutnant, man hat Sie mir als Pilot empfohlen. Und ich brauche Sie mit dem Storch für ein heikles Sonderkommando in den Bergen.« Maybaum drehte sich zum SS-Obersturmführer hin. »Einwände?«

Wilkisch antwortete militärisch knapp: »Ihr Auftrag, Ihre Leute.« Seine Stimme war scharf und abweisend.

Maybaum sprach weiter: »Also, Leutnant, Sie bekommen heute einen neuen Einsatzbefehl und unterstehen vorerst meinem persönlichen Kommando. Sie halten sich zur Verfügung. Wir warten noch auf Weisung direkt aus Berlin, vom Führer.« Er merkte, wie sich ihm beim Gedanken an Hitler der Hals zuschnürte. Er hatte sein Schicksal gerade einem ihm unbekannten jungen Piloten anvertraut. Dann schaute er zu Major Bender rüber und nickte kurz.

Der Alte verstand das Zeichen. »Danke meine Herren, wir sehen uns um 8 Uhr zur Lagebesprechung. Herr Leutnant, Sie können abtreten.«

Auf dem Weg zurück zu seiner Unterkunft ging Curth schweigend durch die SS-Reihe vor der Tür und beachtete sie kaum. Und stoisch ignorierte er Hänschen Kempener, der im Foyer gewartet hatte und fragende Blicke zu ihm herüberwarf. Vergeblich. Curth würdigte ihm keinen einzigen Blick. In Gedanken versunken ging er zum Hangar, wo seine Maschine frisch gewartet für den nächsten Einsatz bereitstand. »In welchen Mist sind wir da reingeraten?«, fragte er in Richtung des Storchs. Antwort bekam er keine.

Zurück im Zimmer warf er sich auf sein Bett. Das Fenster stand weit offen und die Farben der Morgenröte in den Albaner Bergen waren zerflossen. Die ersten Sonnenstrahlen pulverisierten den Frühdunst über der Pontinischen Ebene und versprachen einen blankgeputzten Himmel über dem Latium.

»Perfektes Flugwetter«, machte sich Curth ein wenig Mut. »Was soll schon schiefgehen?«

Gleich darauf zweifelte er wieder. »Und wenn doch? Wenn ich nur bald wüsste, um was es eigentlich geht.«

Er setzte sich auf die Bettkante, überlegte kurz und blickte auf seinen Schrank. Gleich darauf kam er von dort mit einem Füllhalter und einem Büchlein zurück, eingefasst in einen braunen, matt glänzenden Ledereinband. Dann schob er sich den Stuhl vor den Tisch und schrieb in sein Tagebuch.

***

Italien, 12. September 1943, früh morgens

Dem Bombenhagel auf Frascati bin ich zum Glück mit heiler Haut entgangen. Die verstreut liegenden Kommandozentralen unserer Obersten Heeresleitung sind, so habe ich gehört, weitgehend unzerstört geblieben. Und auch mein Storch hat alles gut überstanden. Aber die Stadt liegt in Schutt und Asche, bestimmt Hunderte von Toten, wenn nicht Tausende. Furchtbar, diese armen Menschen.

Ich wurde abkommandiert auf einen noch intakten Flugplatz in Pratica di Mare, einem Nest südlich von Rom.

Immerhin am Meer. Der einzige Lichtblick ist hier ein Küchenfeldwebel aus Köln, Hänschen Kempener. Aber jetzt komme ich ausgerechnet durch ihn in irgendeinen Schlamassel. Denn ich soll den Ersatz-Piloten für ein Sonderkommando spielen. Der Auftrag kommt direkt aus Berlin, vom Führer. Wohl darum ist auch die Waffen-SS dabei.

Mehr weiß ich noch nicht. Keine Ahnung, um was es geht. Aber mir ist flau. Gleich, um 8 Uhr, muss ich zur Besprechung.

Ich denke an meine liebe Mutter und den Vater. Wie gern wäre ich jetzt bei ihnen, würde im Spätsommer im Garten unserer Villa sitzen und einfach nur die Ruhe genießen.

Va, pensiero, sull'ali dorate!

5

Abruzzen, Gebirgsmassiv Gran Sasso
September 1943

Weißgraue Felsen blitzten überall in der Mittagssonne, mal spitz in die Höhe ragend, mal schroff und kantig am Rande des breiten Hochplateaus. Steile Abhänge zogen seinen Blick in die Tiefe, und zwischen den weiten Flächen mit hellgrünen Wiesen und dunklen Moosflechten entdeckte er immer wieder Geröllmulden und Gesteinsbrocken, die mal größer und mal kleiner schienen, wie Streuselklumpen auf einem welligen Blechkuchen.

Aus dem verglasten Cockpit seiner Maschine heraus konnte Curth von Alban das Zielgebiet auf 2100 Meter Höhe im Gran Sasso gut beobachten. So sehen wohl Island, Irland und Schottland aus der Luft aus, überlegte Curth, obwohl er diese Nordländer nie besucht hatte. »La bella addormentata« – die Italiener hatten den Gebirgszug »die schlafende Schöne« getauft. Entrückt, berauschend. Aber die Schöne konnte mit hässlichen Winden überraschen, die wie aus dem Nichts aufbrausten und das Wetter umschlagen ließen. Heute, am Tag der Göttin Aurora, zeigte sich »bella addormentata« von ihrer besten Seite.

Gut zehn Minuten kreiste er auf Augenhöhe mit dem höchsten Gipfel in den Abruzzen, begleitet vom Brummen seines Fieseler Storches. Weit unter ihm, auf einem kargen Hochplateau, waren gegen zwei Uhr mehrere deutsche Lastensegler mit fast hundert Soldaten im Bauch lautlos gelandet, nachdem die Schleppflugzeuge sie ausgeklinkt hatten. Wie Ameisentrupps, so hatte Curth beobachtet, waren die Männer ausgeschwärmt und größtenteils in Richtung eines rotgrauen Gebäudes gelaufen. Das deutsche Kommando hatte dort nur ein einziges Ziel: die Befreiung eines Mannes, der da unten in den Räumen seines Gefängnisses saß. Und ausgerechnet er, Curth von Alban, Leutnant und Pilot einer Kurier-Maschine, Archäologe aus Mainz und in diesem Nest Pratica di Mare zur falschen Zeit am falschen Ort, ausgerechnet er war mittendrin. Und ausgerechnet er wartete auf das verabredete Zeichen am Boden, um diesen Mann in den Bergen zu retten und auszufliegen.

Er hatte sich schon am Morgen verraten und verkauft gefühlt, als Hänschens Geistesblitz ihn direkt ins Bender-Büro geführt hatte. Er sah sich vor Hauptmann Maybaum von den Fallschirmjägern strammstehen, der ihm eine Schlüsselrolle für ein, wie er sagte, »heikles Sonderkommando in den Bergen« verpasste. Um neun Uhr war General Birkholz von Oberkommando in Frascati verspätet am Hangar in Pratica di Mare aufgetaucht. Und noch vor ihm zwanzig Schlepp- und Segelflugzeuge einer deutschen Lastenfliegerstaffel, die im Morgengrauen in Grosseto bei Elba gestartet waren.

General Birkholz ließ die Offiziere des Fallschirmjäger-Kommandos und den jungen Leutnant im Besprechungszimmer von Major Bender antreten. »Meine Herren, ich habe Befehl direkt vom Führer. Unternehmen Eiche! Wir befreien heute den Duce aus seiner Haft bei den italienischen Rebellen.« Benno Birkholz wirkte entschlossen bei seinen Worten und blickte jedem Einzelnen der Flugzeug- und Truppführer prüfend in die Gesichter. Curth hatte das Gefühl, der General schaue ihm länger als anderen in die Augen.

Der Fliegergeneral sprach weiter. »Mussolini sitzt auf dem Gran Sasso. Im Wintersporthotel Campo Imperatore. Das ist jetzt sein Gefängnis in zweitausend Meter Höhe, bewacht von vielleicht drei- bis vierhundert Carabinieri. Mit denen werden wir Schlitten fahren.« Der die gefährliche Lage verharmlosende Witz verpuffte bei den Offizieren im Nichts. Birkholz war das egal. Er drückte seinen Rücken durch und streckte die Brust heraus, wobei das Ritterkreuz zwischen seinen Kragenspiegeln leicht schaukelte und sich die bunten Orden auf der Uniform nach vorne beulten. Dann fuhr er fort. »Wir können in dem zerklüfteten Gebiet mit wechselnden Winden nicht mit dem Schirm landen. Aber unsere Lastensegler, auf dem Plateau vor dem Hotel. Meine Herren, wir werden die Italiener überrumpeln. Danach landet Leutnant von Alban mit seinem Storch und fliegt den Duce aus.«

Im Bender-Büro war es mucksmäuschenstill geworden. Die Offiziere drehten sich zu dem jungen Leutnant um. Curth bemerkte die überraschten wie neugierigen Blicke, wollte sich aber unbeeindruckt zeigen. Er konzentrierte sich auf den General.

Birkholz nickte dem jungen Piloten aufmunternd zu und sprach weiter. »Hauptmann Maybaum hat die Verantwortung für die Operation, er leitet das Kommando. Die SS wird auf Wunsch Berlins als Beobachter dabei sein und wartet bereits am Hangar. Meine Herren, gibt es noch Fragen?« Schweigen. »Dann übernimmt alles weitere Hauptmann Maybaum. Er wird mir Bericht erstatten. Viel Glück!«

Das war heute Morgen gewesen. Mittlerweile, Stunden später, drehte Curth seine gefühlt zwanzigste Runde über dem Campo Imperatore. Er war überwältigt von diesem außergewöhnlichen Panorama, das sich ihm dort oben bot: die kalkige Bergkulisse des Gran Sasso, im Osten die blauschimmernde Adria, das im Spätsommer braune mittelitalienische Hügelland, unter ihm die karge Hochebene und im Nordwesten das glitzernde Auge des Stausees Lago di Campotosto. Und der knapp 3000 Meter hohe Corno Grande, das

Große Horn, glänzte im Norden wie eine Speckschwarte in der Mittagssonne. Fast zum Greifen nah.

Der Wind frischte auf. Die Maschine ruckelte. Curth umfasste fest seinen Steuerknüppel. Endlich erblickte er die ausgemachten Signale. Ein riesiges weißes Bettlaken wurde aus einem der Hotelfenster gehängt und gleichzeitig zischte eine Leuchtrakete in den Mittagshimmel. Curth nahm Kurs, kippte seinen Storch mehr auf die Seite und steuerte die Maschine hinunter in Richtung Plateau. Einige Minuten später landete das hochbeinige Flugzeug trotz des auffrischenden Windes sicher auf dem Felsen und blieb bergan auf einer abfallenden Ebene stehen. Curth kletterte aus seinem Cockpit. Zahlreiche deutsche Soldaten, die das Landemanöver auf dem kurzen Gelände beobachtet hatten, winkten dem Piloten erleichtert zu und deuteten in Richtung des hundert Meter entfernten Hotels. Dort, am runden Eingangsportal des Baus, hatten Fallschirmjäger einige Carabinieri an zwei Maschinengewehr-Posten überrumpelt und hielten sie mit ihren Waffen in Schach. »Mani in alto« riefen sie. »Hände hoch!«

Curth kümmerte sich nicht darum und lief entschlossen zum Gebäude. Wo war Hauptmann Maybaum? Er suchte ihn. Aufgeregte Rufe drangen aus dem Hotel nach draußen. Die deutschen Posten winkten ihn durch.

Ein baumlanger Soldat in Tropenuniform stellte sich ihm mitten im Foyer in den Weg. »Halt, wer sind Sie? Welchen Auftrag haben Sie?«

Dieser zwei Meter große Hüne sprach breites Wienerisch. Curth erschrak angesichts eines von Schmissen gezeichneten Gesichts. Um sich herum bemerkte er Gruppen von Fallschirmjägern, deutsche Soldaten in Tropenuniform und etliche Carabinieri.

Der baumlange Kerl mit den Furchen im Gesicht blieb breitbeinig vor ihm stehen. »Also, was ist? Dein Auftrag?« Curth bekam kein Wort heraus.

Hinten, an der von Soldaten umlagerten Rezeption, schrie eine Stimme über den Lärmteppich. »Johann, das ist Leutnant von Alban! Unser Pilot für den Duce.« Der Ruf stach durch die Hotelhalle hindurch. Und ein ebenfalls in Tropenuniform gekleideter Mann eilte vom Empfang zu ihnen hinüber. Curth erkannte ihn sofort. Es war SS-Obersturmführer Wilkisch, den er am Abend zuvor in Benders Dienstzimmer kennengelernt hatte.

»Johann«, wie SS-Wilkisch mit seiner kalten Stimme das Narbengesicht gerufen hatte, packte Curth an der Schulter. »Leutnant, sind Sie endlich da?! Wir müssen sehen, dass wir Mussolini rausfliegen, bevor die Italiener mit ihren noch immer bewaffneten Truppen unten bei L'Aquila Wind von der Sache bekommen. Ich habe zwar hier oben das Funkgerät im Hotel zerstört, aber ... man weiß ja nie.«

Curth schaute verwundert auf die Tropenuniform. Dem Narbengesicht blieb dies nicht verborgen.

»Herr Leutnant, ich bin SS-Hauptsturmführer Johann Krambock, Berlin, Reichssicherheitshauptamt. Wir sind offiziell gar nicht hier, die Uniformen sind Tarnung. Und, vor allem, ich habe den Duce. Kommen Sie mit. Das ist ein Befehl.« Curth hatte noch immer kein Wort gesprochen.

Der lange Wiener mit den Schmissen im Gesicht eilte das Treppenhaus hoch, nahm drei Stufen auf einmal und verschwand im ersten Stock in einen von milchigem Lampenlicht gefluteten Hotelflur. Curth hatte Mühe, dem Tempo zu folgen. Von hinten schob ihn SS-Mann Wilkisch die Treppe hoch. »Hier, zweite Tür.«

Curth trat ein. Vorbei an zwei schwer bewaffneten deutschen Wachposten. Dann sah er ihn.

6

Abruzzen, Hochplateau Campo Imperatore
September 1943

Benito Mussolini war eher klein. Kleiner als Curth erwartet hatte. Er blickte traurig. Seine schwarzen Augen lagen tief. Trotz seiner Befreiung. Seine zivile Kleidung verstärkte das Bild eines gedemütigten Mannes, der es früher gewohnt war, in staatstragenden Uniformen mit großen Gesten aufzutreten. Mussolini hatte seinen Hut tief in die Stirn gezogen, den Kragen des dunklen Mantels hoch angestellt. Er war bereit, sich nach Wochen der Einzelhaft ausfliegen zu lassen.

Er litt. Und er hasste. Der König hatte ihn im Stich gelassen, war sich Mussolini sicher, aber vor allem das Badoglio-Regime. Dieser Pietro Badoglio hatte als neuer Ministerpräsident dafür gesorgt, dass er, der Duce, erst auf der Insel Ponza draußen im Tyrrhenischen Meer inhaftiert und anschließend im La-Maddalena-Archipel vor Sardinien versteckt worden war. Eine Demütigung. Und schließlich hatte ihn das neue Regime in das Hotel Campo Imperatore im Gran-Sasso-Massiv verlegt. Hoch oben, in den Felsen. Ausgerechnet Badoglio, haderte Mussolini mit seinem Schicksal, jener Mann, den er einst selbst zum »Marschall Italiens« befördert hatte. Er fühlte sich einsam, verlassen in einer Festung in den Bergen. Ausweglos. Ein kaltes Grab. Mit zu viel Zeit, über sich selbst nachzudenken. Über seine grausamen Mordbefehle. Über seine Opfer. Bis die Deutschen heute kamen.

SS-Offizier Krambock wartete zusammen mit Hauptmann Maybaum, Mussolini und zwei weiteren Soldaten auf den Piloten. Curth stand jetzt mitten im

Zimmer und nahm Haltung an. Bevor Maybaum etwas sagen konnte, erhob Krambock selbstherrlich seine Stimme: »Duce, ich darf Ihnen Leutnant von Alban vorstellen. Er fliegt Sie in die Freiheit!« Das Narbengesicht betonte das Wort Freiheit wie eine Fanfare.

Benito Mussolini zeigte sich wenig gerührt und nur bei dem Wort Freiheit schienen seine Augen einen Schimmer zu bekommen. War das der Duce, den Curth auf den zahlreichen Plakaten in Italien gesehen hatte? Nein, sagte er sich, dies war nur der Schatten eines Mannes. Ein gebrochener Despot.

Curth stand militärisch stramm, legte die Hand an seine Fliegerkappe. »Duce, es ist mir eine Ehre«, sagte er auf Deutsch. Aber in Wahrheit, so fühlte er bei seinen Worten, würde er lieber aus dem Fenster springen und weit weglaufen, als diesen Diktator für die SS und für Berlin aus dem Feuer zu holen. Dann, für alle überraschend, trat Mussolini einen Schritt nach vorne auf den jungen Piloten zu.

»Nein, nein, mein junger Soldat. Es ist vielmehr mir eine Ehre mit Ihnen zu fliegen.« Der Duce sprach deutsch, zwar mit einem starken italienischen Akzent, doch für alle im Zimmer mit einer nicht erwarteten Klarheit. Dann nahm er einen großen Schluck aus seinem mit Rotwein gefüllten Glas. »Aber ist der Start von hier oben nicht zu riskant?«

Maybaum drängte mit kratziger Stimme zur Eile, bevor Curth oder jemand anderes antworten konnte. »Meine Männer haben die Startpiste vom Geröll freigeräumt. Es muss jetzt losgehen. Der Führer erwartet Sie in Berlin!«

Dann kreuzte der Hauptmann demonstrativ die Laufrichtung des Narbengesichts, um ihm zu zeigen, wer hier das militärische Sagen hat. Er hatte sich über das Vorpreschen des SS-Offiziers geärgert und keinesfalls vor, diesem, wie er es sah, aufgeblasenen Wiener und seinem lächerlichen Verkleidungskommando den Ruhm der Rettungsaktion zu überlassen.

Auf dem Plateau am Campo Imperatore hatte der Wind weiter aufgefrischt. Curth inspizierte das Gelände und suchte nach dem besten Startfenster. Die Piste war kurz. Soldaten hatten die größeren Gesteinsbrocken zur Seite geräumt. Dennoch würde es Probleme geben. Er spürte mit Sorge, dass die Luftmassen talabwärts drückten und seinem Storch buchstäblich in den Rücken fielen. Denn für den Start gab es nur die eine Richtung: abwärts und hinaus auf die Kante zu. An der Kante selbst drohte ohne Auftrieb von vorne der Absturz, zwei- oder dreihundert Meter am Felsen runter. Doch Curth war zuversichtlich, trotz kurzer Startbahn und einem Mann mehr Gewicht, dieses Kunststück zu schaffen. Hatte er überhaupt die Wahl? Es rauschten so viele Gedanken auf einmal durch seinen Kopf. Was, wenn er es nicht schaffte? Und abschmierte? Sah er die Sonne zum letzten Mal? Und dann diesen Duce im Gepäck. Für Himmler und Hitler ein Geschenk. Schlimme Vorstellung! Er hatte doch nichts mit diesen Nazis zu tun. Warum ausgerechnet er? Sollte er nach dem Start besser in Richtung Süden abdrehen, zu den Alliierten überlaufen? Mit dem wichtigsten Gefangenen, den es in Italien geben konnte? Wie weit würde er kommen, bis ihn die deutsche Luftwaffe abschießen oder die Alliierten vom Himmel ballern würde? Ohne zu wissen, wer da kommt.

Im Pulk der Soldaten, die an der Maschine standen, tat sich etwas. Krambock scherte aus. Das Narbengesicht schob den Duce entschlossen auf den Sitz hinter dem Piloten und kletterte selbst, trotz seiner langen Beine und mit dem Gewicht eines Zwei-Meter-Mannes, hinter Mussolini. In einer Art Hockstellung saß er mit gespreizten Beinen da und grinste über das ganze

Gesicht, als ein Kameramann der Kriegswochenschau auftauchte und einen Film drehte. Er und Mussolini, dachte das Narbengesicht, »was für Bilder in der Heimat. Ich werde Kriegsheld!«

Curth hatte die Kamera gescheut. Plötzlich fuhr ihm der Schreck in die Knochen. Mit diesem Mussolini allein war der Start angesichts der Windverhältnisse schon riskant genug. Aber ein Passagier mehr – das würde den sicheren Tod bedeuten, wenn der Storch mit zu viel Gewicht und ohne genügende Geschwindigkeit auf den Abhang zurollt. Er schätzte zusätzliche hundert Kilo an Bord. Weit mehr als geplant. Und wenn er es schaffte – und nach Süden abdrehen würde? Er hätte sofort den kalten Lauf der Pistole von Krambock im Genick.

»Herr Hauptsturmführer, ich muss Sie bitten, den Platz wieder zu verlassen. Wir sind sonst zu schwer.«

»Ich denke gar nicht daran. Fliegen Sie los, Alban, wir haben keine Zeit zu verlieren.«

Curth wurde mutiger. »Keinesfalls. Das bedeutet den Tod. Und die ganze Aktion war umsonst. Ich muss Sie auffordern ...«

»Hören Sie mal, Herr Leutnant, was maßen Sie sich an? Ich entscheide hier. Sie hören meinen Befehl. Fliegen Sie endlich! Der Führer wartet auf mich und den Duce. Oder wollen Sie vors Kriegsgericht?«

Curth hatte sich halb auf seinen Pilotensitz hochgezogen und beobachtete seine Passagiere im engen Cockpit. Mussolinis Augen sprachen eine andere Sprache als kurz zuvor beim Schaulaufen vor der Kamera des Kriegsreporters. Er schien Angst vor dem Ungewissen zu haben und drückte sich den Hut fester in die Stirn. Das Narbengesicht kauerte hinter dem Sitz des Duces und sah spannungsgeladen über dessen Schulter. Curth suchte mit den Augen verzweifelt nach

Hauptmann Maybaum, der auf dem Felsplateau stand und sich mit anderen Soldaten um das Gepäck von Mussolini kümmerte, das auf dem Landweg nachgeschickt werden sollte. Aber er war zu weit weg von der Maschine, um eingreifen zu können.

Maybaum hatte das eigenmächtige Handeln des SS-Offiziers mitbekommen und fragte sich, ob er Krambock stoppen sollte? Mit der Waffe in der Hand? Die ganze Mission stand auf der Kippe. »Mit Waffengewalt? Ausgeschlossen«, überlegte Maybaum, »vor allen Männern hier, SS, Fallschirmjäger und Carabinieri, einen Mann aus dem Reichssicherheitshauptamt in Berlin mit der Waffe stoppen. Bin ich verrückt? Nein.« Aus dem Augenwinkel beobachtete er Wilkisch. Der hatte sich neben ihn auf den Koffer des Duces gesetzt und erwartete mit Spannung den Start. »Den Koffer haben sie auch schon«, dachte Maybaum resigniert.

Der Hauptmann winkte Curth aus der Entfernung zu. »Junge«, rief er gegen das anwachsende Dröhnen des Propellers an, »jetzt lass sehen, was du kannst.« Dann sagte er sich im Stillen: »Wenn der Storch abschmiert, trägt die Schuld das Reichssicherheitshauptamt.«

Der Rotor an der Nasenspitze des Flugzeugs kam auf Touren. Curth drehte den Motor hoch und ließ ihn warmlaufen. Die Maschine schüttelte sich und vibrierte. Dann setzte sich der Storch langsam in Bewegung. Seine Räder rumpelten über das unebene Felsplateau, kamen nach wenigen Metern ins ruhige Rollen – bis die schwer beladene Maschine auf dem abschüssigen Gelände ins Gleiten geriet. Der Start lief gut an, auch wenn Windböen von hinten auf die Tragflächen drückten. Curth gab jetzt Vollgas, der Storch schoss in Richtung Felskante.

»Los«, sagte er sich, »Aurora steh mir bei!« Dann erreichten die Rollen des kleinen Flugzeugs schon die Kante des Abhangs. Curth glaubte, von hinten Gebetsgemurmel zu hören, konnte aber nicht lokalisieren, wer von seinen beiden Passagieren den göttlichen Beistand erflehte.

Der Fieseler Storch sackte auf der Stelle durch und verlor sofort an Höhe. Sie stürzten in den Abgrund. Schneller als in einem Aufzug. Für die Soldaten auf dem Plateau verschwand die Maschine unerwartet rasch aus dem Blickfeld. Nur das Dröhnen des Motors war noch für Sekunden zu hören. Dann – Stille! Nur der Wind pfiff leise auf dem Campo Imperatore. Die enthusiastisch zum Hitlergruß ausgestreckten Arme der Soldaten sanken schlaff zu Boden. Den Männern standen Enttäuschung und Ratlosigkeit in den Gesichtern.

»Alles umsonst«, haderte Hauptmann Maybaum. »Der Führer wird toben.«

»Der Duce wird sterben«, dachte Obersturmführer Wilkisch. »Ich werde mir eine Kugel durch den Kopf jagen.«

Der nach wochenlanger Haft farblose Mussolini wurde beim Absturz in die Tiefe noch bleicher. Sein Magen drückte mächtig auf Leber und Zwerchfell, er spürte Rotwein und Säure nach oben schießen. Er sagte kein Wort, aber er verdammte diese Deutschen. »Erst befreien sie mich, dann schicken sie mich in den Tod.« Er riss seine Augen weit auf und sah das Gelände links wie rechts an sich vorbeirasen, während die Maschine aufheulte. Er hatte sich sein Ende anders vorgestellt. Viele Gedanken gleichzeitig rasten durch den kahlgeschorenen Schädel. Seine frühere Zeitungsredaktion, die Familie, das Landgut bei Forli, seine Geliebte. Dann drängten sich ihm Gräuelbilder von Verbrechen auf. Von Gefolterten, Vergifteten, Geschändeten.

Aufgerissene Augen, verätzte Gesichter und von Kugeln zerfetzte Brustkörbe. Mussolinis Schreie gingen im Fahrtwind unter. Dann rief er die Madonna an.

Sturzflug. Das Narbengesicht hinter Mussolini hielt die Luft an. »Jetzt und hier, alles vorbei«, fragte er sich. »Dieser Pilot, ich habe gleich gedacht, das wird nichts.« Die Verzweiflung fraß an seinen Gedanken. Seine Karriere, der Führer, seine Frau, die Kinder, »alles verloren« – Krambock hatte ein mieses Gefühl und seine Beine in der Hockstellung wurden immer weicher.

Curth hatte den Sturzflug erwartet. Aber nicht so dramatisch. Heftiger als befürchtet hatte der böige Rückenwind am Plateau seinen Storch nach unten in den von schroffen Hängen umrahmten Canyon geworfen. Schon einmal hatte er seine Maschine in einer brenzligen Situation wieder hochziehen können. Vor Wochen, als er in einem Luftloch in den Albaner Bergen plötzlich durchgesackt war. Und die Wipfel eines dichten Kiefernwaldes fast abrasiert hatte.

»Ruhig, Junge, ruhig«, machte er sich Mut. Seine Mutter im Sonntagskleid tauchte vor seinen Augen auf, im Bruchteil derselben Sekunde sein Schaukelpferd aus Kindheitstagen. Dann erschien wie in einem Film etwas anderes.

»Die heilige Monstranz«, zuckte Curth auf. Und weiter, voller Ehrfurcht: »Aus meiner Firmkirche! Mariae Heimsuchung in Mainz-Laubenheim. Die Monstranz mit dem Dorn aus der Krone Christi.« Dann, laut und fordernd: »Herrgott, jetzt hilf doch!«

Gut dreißig Meter über dem Felsboden riss der Druck des Luftstroms vom Hochplateau ab. Curth nahm es nicht wahr, wie sich seine Hand am Steuerknüppel entspannte, er mit viel Gefühl die durchsackende Maschine in den Griff bekam und präzise dirigierte. Der Propeller krallte sich in die kühle Bergluft.

Der Storch stemmte sich zehn Meter über dem Boden wieder hoch und presste Curth mit aller Macht in seinen schmalen Pilotensitz.

Am Cockpit rauschte links wie rechts die kalkweiße Bergkulisse vorbei. Kein Baum, kein Strauch, nur Leere. Kurz darauf blickte Curth auf die ersten, mit blassgrünen Flechten bewachsenen Hänge und auf unzählige trockene Wasserläufe, die sich über Jahrhunderte in den felsigen Untergrund gefräst hatten. Er konnte in diesem Moment nicht ahnen, wie sich die deutschen Soldaten auf dem Hochplateau jubelnd in den Armen lagen. Für sie war der Storch aus dem Nichts wieder-aufgetaucht. Wie ein Phoenix aus der Asche.

Kurz darauf lenkte Curth seinen Storch mit ruhiger Hand durch den sich immer grüner färbenden Gebirgseinschnitt. Auf einmal spürte er von hinten die Hand des Duces auf seiner Schulter und dessen Finger, die sich wie zum stillen Dank in seine Muskeln gruben.

Curth nahm einen südwestlichen Kurs über das Städtchen L'Aquila, ließ schnell die Ausläufer der Abruzzen hinter sich und erreichte gegen halb vier das Rollfeld Pratica di Mare. Curth landete neben drei größeren Kampfflugzeugen, die Mussolini, den SS-Offizier, ärztliche Begleiter und Sicherheitspersonal weiter ins Deutsche Reich bringen sollten.

Mit steifen Knochen kletterten die drei Insassen aus ihren engen Sitzpositionen, der Duce ergriff Curths Hand. »Junger Leutnant, Ihnen verdanke ich mein Leben.« Curth sah in die müden Augen eines gebrochenen Mannes. Wiederholt drückte Mussolini ihm die Hand, diesmal nicht so kräftig, eher mit Gefühl und aus großer Dankbarkeit. Dann lupfte er seinen Hut, einen dunklen Borsalino, vom Kopf und setzte ihn dem Piloten auf. Dabei schrie er gegen das Dröhnen der zweimotorigen Maschinen an. »Den brauche ich nicht mehr. Ein Geschenk für Sie. Passen Sie gut auf ihn auf.«

Krambock schob Mussolini in die erste Maschine und kletterte hinterher. Das Narbengesicht drehte sich zu Curth um und brüllte. »Sie können den Ruhm hier in Italien ernten. In Berlin gehört er mir. Kommen Sie mir nie wieder in die Quere!« Dann ruckelte die Maschine kurz, wendete in Richtung Meer und rollte zum Start. Die beiden anderen Flugzeuge folgten in Abständen. Das tiefe Brummen der Triebwerke wurde leiser, dann war es still.

»Das war's also«, überlegte Curth, als er für einen Moment allein auf dem Rollfeld stand. »Oder besser, um mit dem Alten zu sprechen, ich habe dem Duce den Arsch gerettet. Aber eigentlich habe ich in erster Linie mir selbst den Arsch gerettet.« Er fühlte keinen Stolz, nur Erleichterung.

Schon stürmten von allen Seiten etliche Soldaten mit lautem Johlen auf ihn zu, die am Rollfeld auf die Rückkehrer gewartet hatten. Da sah er den Alten, Major Klaus Bender, auf sich zu rennen, und im nächsten Moment krachte die Hand des Kommandanten auf seine Schulter. Bender brüllte: »Mensch, Junge! Wir sind ja so stolz auf dich.« Dann zerrten sie alle an seinen Armen. Immer wieder klatschten Hände auf seinen Rücken.

Curth machte für die begeisterten Kameraden eine freudige Mine, doch insgeheim grübelte er über seine Situation. Was war, wenn sie ihn nach diesem Kunststück für neue gefährliche Sonderaufgaben einsetzen? Oder in Kampfgebiete schicken? Mit den Kurierflügen würde es vorbei sein. Ihm schauderte. Er wollte doch nur überleben.

Etwas abseits der Piste stand ein Küchenfeldwebel mit schmutziger Schürze. Er hatte am Herd im Casino von der glücklichen Rückkehr seines Freundes erfahren, als er das Abendessen der Offiziere vorbereitete. Dann war er hinaus auf das Rollfeld gelaufen. Hänschen Kempener ging langsam auf Curth zu. Er hatte nicht vergessen, dass der »Herr Leutnant«, wie er ihn gerne nannte, am Morgen nicht gut auf ihn zu sprechen gewesen war. Vorsichtig näherte er sich dem Piloten, der mit dem Rücken zu ihm stand. »Curth, hallo Herr Leutnant«, sagte der Küchenfeldwebel. »Da darf man wohl beglückwünschen.« Hänschen bückte sich, um den dunklen Hut aufzuheben, der bei dem Schulterklopfen zu Boden gefallen war.

Curth drehte sich um. Er war froh, das vertraute Gesicht des Krauskopfes vor sich zu sehen, auch wenn der ihm dieses Kommando eingebrockt hatte. »Hänschen«, sagte Curth, so, dass ihn nur sein Gegenüber hören konnte, »nie wieder, Hänschen, das ist ein Befehl, nie wieder wirst du mich empfehlen. Ja?«

Der Krauskopf nickte und drückte ihm den Borsalino schräg auf den Kopf. Dann fielen sie sich in die Arme. Curth und Hänschen ahnten in diesem Moment, dass ihre friedlichen Auszeiten zwischen warmen Dünen, knorrigen Korkeichen und dem Blau des Meeres zu Ende gingen.

Im Schweißband des Huts knisterte es beim Aufsetzen. Wie ein Papier, das zusammengedrückt wird. Doch das überhörte Curth in alldem Getümmel.

7

Nemi, Wohnung des Pfarrers
September 1943

Was, um Himmelswillen, ist hier eigentlich los? Von oben, aus meinem Fenster, sehe ich euch zwei aus dem Kirchgarten fortrennen und über die Mauer klettern. Dich, Tommaso, höre ich schnaufen und keuchen. Ich wusste ja gar nicht, dass du trotz deines Beines so flink sein kannst.«

Pater Lucius zupfte beim Eintreten ins Pfarrhaus seelenruhig ein paar grüne Blätter aus der Soutane, die er sich an der Gartenhecke eingefangen hatte, und zog sich den Stoff glatt. »Und du, Francesca, du machst eine Räuberleiter am heiligen Sonntag! Und warum waren die Schwarzhemden Minotti und Pallucca hinter euch her?« Er schloss die knarzende Terrassentür zum Garten. »Also, ich höre.«

Francesca und Tommaso konnten ihre Rettung vor den beiden Verfolgern nicht verstehen, waren aber überglücklich. Pater Lucius hatte die Männer des Bürgermeisters draußen abgewimmelt und war nun zurück ins Haus gekommen. Die Principessa schaute sich im Zimmer um. Sie hatte sich die Pfarrwohnung hinter der Kirche immer anders vorgestellt, größer und vornehmer möbliert. Anstelle teurer Schränke, gepolsterter Sessel, guter Tischdecken und kunstvoll gedrechselter Stühle sah sie eine dunkel verfärbte Anrichte einsam vor einer Wand mit Kruzifix stehen, einen rustikalen Tisch ohne Decke und einfachste Stühle mit zerschlissenen Sitzen. Auf dem Tisch lagen die Heilige Schrift und eine trübe Glasschale mit frischen Äpfeln, wie sie am Markttag in Nemi verkauft wurden. Es roch im

Zimmer dezent nach Weihrauch, und Francesca sah schnell, dass die Hand der Haushälterin für gründliche Sauberkeit sorgte.

Mittelpunkt des Raumes, bei dem es sich um das Wohnzimmer des Pfarrers handelte, war für Francesca ein Sessel am Fenster zum Garten. An dem braunroten Bezug mit abgescheuerten Armlehnen und Flecken auf der hochgezogenen Lehne hatte der Zahn der Zeit seine Spuren hinterlassen. Das Polster war durchgesessen, und durch die Stoffbahn drückte sich der Federkern. Wie anders sah es bei ihr zuhause aus.

Francesca wollte etwas sagen, doch Tommaso war wieder zu Atem gekommen. »Euer Hochwürden, wir müssen Ihnen danken. Die zwei Männer, Sie sagen Schwarzhemden, aber wir haben sie nicht gesehen, nur gehört, wir waren hinten im Garten und ...«

Pater Lucius unterbrach. »Langsam Tommaso, der Reihe nach!«

»Bene, ja gut. Nach dem Gottesdienst sind die Principessa und ich noch ins Kirchgärtlein gegangen, um das eine oder andere zu besprechen.« Während der junge Fabrizi redete, wälzte er gleichzeitig seine Gedanken. Was konnte er dem Pfarrer erzählen? Keinesfalls etwas über die Hilfe für die Soldaten, war Tommaso klar, geschweige denn zu der Einkleidungsaktion. Und schon überhaupt nicht, dass die Frau des Apothekers Mancini Kleidersäcke zu seinen Eltern gebracht hatte, für die italienischen Soldaten auf dem Weg nach Hause. »Naja, was haben wir da schon gemacht? Was wir jungen Leute so reden.« Tommaso sah im Gesicht des Pfarrers, dass dies eine dumme Antwort war. Zudem fühlte er die Zeit im Nacken, denn Rossi wollte seine Eltern zuhause heimsuchen. Und die Mancini-Familie.

»Nein, mein junger Fabrizi, deswegen rennen nicht zwei Männer des Bürgermeisters hinter euch her und belästigen mich zudem am heiligen Sonntag in meinem Garten. Da muss doch irgendetwas vorgefallen sein.«

Francesca erkannte das Dilemma, dem Pfarrer einerseits zwar die Situation ohne Lüge erklären zu müssen, andererseits aber nichts verraten zu dürfen. »Euer Hochwürden«, sagte sie, »es geht ... also, Euer Hochwürden, es geht um meinen Bruder.« Dabei setzte sie eine besorgte Miene auf, die Pater Lucius erschrecken ließ.

»Was ist mit deinem Bruder, ist er noch im Krieg ... oder? Beim Allmächtigen, er wird doch nicht?« Er hob die Hände zum Bekreuzigen.

»Nein, Hochwürden, er lebt und ist auf dem Weg nach Hause. Tommaso hat Soldaten aus seiner Einheit getroffen, die ihm von seiner Heimkehr erzählt haben. Aber er ist noch unterwegs. Das haben wir im Kirchgärtlein besprochen.« Francesca war zufrieden mit dieser Version der Geschichte. Sie musste nicht den Pfarrer belügen und konnte dennoch das Wichtigste verheimlichen. Tommaso nickte in diesem Moment zustimmend.

Pater Lucius grübelte. Tommasos Nicken war zu auffällig, und die junge Principessa hielt er für geschickt genug, ihm nur die halbe Wahrheit aufzutischen. Er ahnte, dass sich dahinter mehr verbarg. Hatte er sich für diese dünne Erklärung so vehement an der Gartenhecke gegen die ungehobelten Schwarzhemden Minotti und Pallucca eingesetzt? Nein, er wollte jetzt alles wissen.

»Meine Kinder, wieviel Vaterunser soll ich euch für diese Geschichte aufbrummen? Zwanzig? Das wird reichen! Ihr glaubt doch nicht, dass ich glaube, dass diese Männer des Bürgermeisters ganz ohne Grund hinter euch her waren?« Pater Lucius sah Francesca und Tommaso prüfend ins Gesicht. »Im Übrigen, Minotti und

Pallucca wissen nicht, dass ihr es gewesen seid, hinter denen sie her waren. Sie wissen nicht mal, dass sie hinter zwei Personen her waren. Sie sprachen nur von einem Freund, den sie angeblich suchen. Naja! Dafür rennt man hier nicht auf dem Felsenweg und in den Hinterhöfen rum, oder?«

Francesca fiel ein Stein vom Herzen. Die Sache im Pfarrhaus schien gerettet. In den Augen von Tommaso sah sie große Erleichterung. Doch sie hatte das untrügliche Gefühl, dass Pater Lucius mehr von der Geschichte benötigte, um endlich Ruhe zu geben. Ihr Blick heftete sich auf das verblasste Kruzifix an der Wand. Sie suchte Hilfe beim Gottessohn und wollte ihr Gebetbuch in den Händen kneten. Aber – wo war es nur? Sie schaute verzweifelt. Doch verloren? Dann kam ihr ein Einfall.

»Euer Hochwürden, wenn ihr es nicht weiter verratet: Mein Bruder kommt nach Haus und will nicht mehr kämpfen. Der König hat ja die Niederlegung der Waffen befohlen. Und, was machen die Faschisten? Sie verraten unsere Soldaten an die Deutschen, die sie als Deserteure erschießen.«

Pater Lucius überlegte. Das grausame Verhalten der Deutschen war ihm bekannt. Er schwieg.

Francesca legte gleich nach. »Wir haben vom Kirchgarten aus Bürgermeister Rossi reden gehört, wie er sich unten auf der Gasse mit zwei Männern über Deserteure unterhalten hat, auch aus unserem schönen und gottesfürchtigen Nemi, und die sie an die Deutschen verraten wollen, um die eigene Haut zu schützen. Sie wissen doch, was das bedeutet, oder?«

Sie unterbrach kurz und schaute Pater Lucius in die Augen. Der Geistliche schien interessiert zuzuhören. Sie sprach einfach weiter.

»Dann hat Tommaso plötzlich niesen müssen. Und dieser Rossi hat uns gehört. Und wir ihn. Dann jagte er seine beiden Schwarzhemden, wie wir jetzt wissen, hoch in den Kirchgarten, weil er keine Mitwisser haben will. Das waren wohl Minotti und Pallucca. Den Rest kennen Sie, Euer Hochwürden.«

Der Padre wurde nachdenklich. Er hatte genug gehört. »Jetzt geht nach Hause. Verhaltet euch ruhig und unauffällig.« Dann, nach einer kleinen Pause, sagte er: »Die Schwarzhemden, die überlasst ihr mir.«

Er scheuchte die Kinder, wie er sie bezeichnete, mit wedelnden Armen zur Haustür hinaus. Anschließend bekreuzigte er sich. »Es wird ernst«, sagte er zu sich selbst. Dann, im Flüsterton, wie zu einer Wolke, die irgendwo in seinem Wohnzimmer schwebte: »Herr, wir brauchen deine Hilfe. Jetzt.«

8

Italien, 13. September 1943
Tagebuch, Pratica di Mare

Auf meiner Soldatenstube

Es ist Mittag, und ich durfte heute ausnahmsweise etwas länger schlafen. Gestern Abend war es spät geworden. Aber was für ein Tag! Die Kameraden haben mich im Offizierscasino hochleben und mal so richtig die Korken knallen lassen. Für die bin ich ein Held.

Major Bender war völlig aus dem Häuschen und hat mir andauernd auf die Schultern geklopft – bis er irgendwann total betrunken über den Tisch stürzte. Aber ich mag ihn. Wir sind jetzt per du! Und Hänschen hat ständig flüssigen Nachschub gebracht. Spumante, Schnaps und Bier. Deutsches Bier! Aus Berlin. Wir haben sogar gesungen. Wo der wohl die vielen Flaschen her hat?

Im Verlaufe des Abends kam unser Funker aufgeregt reingerannt. Eilmeldung aus Berlin, direkt vom Führer. Wir alle vom Unternehmen Eiche sollen das Ritterkreuz bekommen. Da gab's kein Halten mehr. Aber ich sah immer die leeren Augen von Mussolini vor mir. Wie wird es ihm gehen? Und ich? Stehe an einem Scheideweg. Das spüre ich.

Dann passierte etwas Merkwürdiges. Im Offizierscasino tauchte ein SS-Mann auf, den ich vorher nicht bei uns gesehen habe. Er stellte sich als Standartenführer Harald Hugin vor. Archäologe in Diensten von Himmlers Forschungsgemeinschaft Deutsches Ahnenerbe. Hat gesoffen wie ein Loch. Als ich erzählte, dass ich Archäologie in Heidelberg studiert habe, rückte er mir nicht mehr von der Seite. Man müsse ja zusammenhalten und so.

Ich hatte immer geglaubt, die SS-Archäologen würden nur in Deutschland graben. Doch Hugin – also: Himmler will Hitler zum Geburtstag etwas Besonderes schenken. Deswegen habe der Reichsführer SS ihn persönlich nach Norwegen und Schweden geschickt. Geheimauftrag, sagte Hugin. Alte Grabanlagen und so.

Dann verriet er mehr. »Thors Hammer«, stammelte Hugin in seinem besoffenen Kopf vor sich hin, mit dieser Wunderwaffe könne der Führer den Krieg entscheiden. Aber bei seiner Suche nach dem Kriegshammer sei nichts rausgekommen. Nichts gefunden.

***

Curth ließ seinen Stift sinken. Er zögerte. Sollte er alles im Tagebuch festhalten? Alles was er dachte? Natürlich hielt er die Idee mit Thors Hammer für Unsinn. Und Himmler und Hitler, die ganze Bande – er hasste die Nazis, die Deutschland und Europa in diese Katastrophe getrieben hatten. Und er hasste besonders die SS, die er seit seinen Kriegserlebnissen fürchtete. Und jetzt hatte ausgerechnet er diesen Mussolini gerettet und der SS und Hitler in die Hände gespielt. Das würde ihm nun sogar das Ritterkreuz einbringen. Das er nie haben wollte. »Bin ich das wirklich noch? Curth von Alban, Archäologe aus Mainz?« Sein Puls ging schneller, und er versuchte, sich zu beruhigen, atmete ein paar Mal tief durch. Dann griff er wieder zum Schreibstift.

***

Jetzt ist Hugin von Himmler nach Italien geschickt worden. Mit einem neuen Auftrag. Ein alter Zauber aus der Antike, sagt er. Hat was mit einem Diana-Tempel zu tun, in den Albaner Bergen, gar nicht weit von hier. Hugin faselte von

Schutz und ewiger Gesundheit, steigerte sich hinein und sprach sogar vom ewigen Leben. Aber da war er schon stockbetrunken, wie alle.
Ich muss gleich zum Alten. Zum Bender, also zu Klaus. Auf zwölf. Aber militärisch bleibt es beim Sie und bei Herr Major.

Hoffentlich muss ich jetzt nicht an die Front.

***

Curth schaute auf die Uhr. Er hatte eine Viertelstunde Zeit, bis er bei Major Bender antreten sollte. Er legte das Tagebuch zurück in seinen zerschlissenen Rucksack und erinnerte sich an den Reiseführer seines Vaters. »Diana-Tempel, Albaner Berge? Moment, da stand doch was.« Auf Seite 358 im Abschnitt über die Umgebung Roms stieß er auf einen kleinen Eintrag: »Der Nemi-See ... vulkanischen Ursprungs ...« Er überflog die Passage: Perle des Albanergebirges, wunderbarer Ausblick bei hochstehender Sonne, heiliger Hain der Göttin Diana, Tempelreste unten am See. Sein Interesse wuchs mit jeder Zeile. Er las leise vor: »Kaiser Caligula hatte auf dem See zwei große Prunkschiffe, deren Reste man zuletzt 1895 und 1904 zu heben versucht hat.«

Curth erinnerte sich, wie ihm sein Vater Anfang der dreißiger Jahre einen Zeitungsausschnitt vorgelegt hatte. Das Bergdorf Nemi und der See waren über Nacht weltberühmt geworden: Die Italiener hatten in dem trockengelegten Kratersee zwei mehr als 70 Meter lange antike Schiffe aus dem Schlick geborgen, die trotz zweier Jahrtausende sensationell gut erhalten waren. Nun bauten sie ein großes Museum am See, schrieb die Zeitung, direkt unterhalb von Nemi.

Seine archäologische Leidenschaft fing Feuer. Er erinnerte sich an ein Geheimnis, das mit dem längst zerstörten Diana-Tempel verbunden war, und schloss die Augen. Er sah das große Bücherregal seines Vaters in Mainz. Er erkannte die dicken alten Wälzer hinter dem Lesesessel mit der Stehlampe. Und er roch geradezu das edle Holz des breiten Schreibtischs im Arbeitszimmer. Wie in einem Traum durchschritt er den Raum in Richtung der Bücherwand. Zielsicher streckte er seine Hand aus, in die vierte Reihe von unten. Dann griff er sich einen dieser schwarzen Einbände. Curth sah in seinen Gedanken den Buchtitel und murmelte leise, während er kerzengerade auf dem Stuhl saß und sich aufs Höchste konzentriert: »Der Goldene Zweig – The Golden Bough, von James George Frazer.«

Sein Stiefvater hatte das Buch des Anthropologen Ende der zwanziger Jahre von einem Verlag in Leipzig gekauft. Der Titel, wusste Curth, ging zurück auf das Epos »Aeneis« des römischen Dichters Vergil, in dem ein goldener Zweig dem trojanischen Helden Aeneas einen sicheren Weg in die Unterwelt ermöglichte. Und zurück. Die Studie des Schotten Frazer handelte von Zusammenhängen zwischen Mythologie, Religion und Wissenschaft. »Wie mit der heiligen Monstranz in Laubenheim«, dachte Curth, »das ist wie mit dem Dornenkrönchen. Eine Glaubensfrage.«

Jetzt sah er alles vor seinen Augen: Die alte Kultstätte der Diana lag in Nemi. Von dort, aus dem heiligen Hain, stammte angeblich der goldene Zweig, der vor Gefahren schützt. Und Hugin suchte für Himmler nach einem Zauber aus Nemi. Es konnte sich dabei also nur um den Zweig handeln. Hugin? War das überhaupt sein richtiger Name? Hatte der Namen nicht etwas mit Odin zu tun? Mit dem Göttervater des germanischen Himmels?

Eine krachende Reibeisenstimme durchbrach die Stille. »Aaalbaan!« Und nochmal: »Aaalbaan!«

Im selben Moment sprang die Tür seiner Soldatenstube fast aus den Angeln. Curth zuckte herum.

»Ich glaub' es nicht! Der Herr Leutnant sitzt hier mit geschlossenen Augen auf seinem Arsch?« Major Bender stand jetzt direkt vor ihm und schrie mit voller Kraft: »Wenn ich zwölf sage, meine ich zwölf, und nur zwölf. Zwööööölf! Ist das klar?«

Curth sprang aus seinem Stuhl hoch und schlug die Hacken zusammen. Aber das half ihm nichts mehr.

»Zwööööölf!« Wieder dieses Geschrei aus dem Hals des Alten. »Wie sollen wir den Krieg gewinnen, wenn hier jeder macht, was er will. Vielleicht halten sich unsere Fliegerhelden für was Besseres, wie?«

Curth sah verstohlen auf seine Armbanduhr. »Zehn nach zwölf. Warum muss mir das passieren?« Dann schaute er wieder in das puterrote Gesicht des Alten.

»Sie hätten mal früher auf Ihre Uhr schauen sollen! Und hopp im Galopp, Herr von Leutnant. Wenn ich bitten darf!« Major Bender trieb Curth vor sich her. »Sie kommen sofort zu mir!«

Dann kam der entscheidende Satz: »Es gibt neue Befehle für Sie.«

9

Fast 74 Jahre später
Mainz, Juni 2017
Kirche Mariae Heimsuchung

Klong – klong – klong. Das Glöckchen auf dem Schieferdach der alten Dorfschule schlug drei Mal dumpf an. Es war Viertel vor zehn, und mühsam ging es für die kleine Gruppe die steile Treppe zur Kirche hinauf. Ein Mann und eine Frau in schwarzer Trauerkleidung stiegen vorweg, sie sprachen kein Wort. Knapp hinter ihnen zwei Frauen, die Blicke starr auf die Treppenkanten gerichtet, die unter der Last jahrzehntelanger Kirchgänge zerbröselt waren.

Leon von Albans Blick schweifte hinunter in die Rheinebene. Er spürte, wie frühsommerliche Wärme den Hang bei Mainz-Laubenheim hinaufstieg und die frische Morgenluft langsam wich. »Wenigstens haben wir schönes Wetter.« Er blinzelte wehmütig. »Das hat der alte Herr verdient.« Der alte Herr, das war sein Vater. Biblische 101 Jahre war er alt geworden, und bis auf die letzten Monate hatte er sich in bester Gesundheit am Leben erfreut.

Als sich die Kirchenpforte von Mariae Heimsuchung mit einem Knarzen öffnete, setzte die Orgel ein und holte Leon von Alban in die Gegenwart zurück. Pachelbels Kanon in D-Dur walzte in beruhigenden Klängen von der Holzempore in den Kirchenraum. Er und seine Halbschwester Alexandra hatten diese versöhnlich stimmende Komposition ausgesucht, denn sie wollten kein tränenreiches Trauerspektakel, sondern ein stilvolles Abschiednehmen. So stilvoll, wie ihr Vater Zeit seines Lebens gewesen war.

Beim Durchschreiten der lichtdurchfluteten Barock-Kirche war Leon von Alban überrascht von der Menge der Trauergäste. Die Luft roch nach Weihrauch, die Orgel verstummte. Es wurde still. Der Pfarrer mit einer Stola über dem Chorhemd ergriff das Wort. »Liebe Angehörige, liebe Trauergemeinde, dem Allmächtigen hat es gefallen, Curth von Alban zu sich zu rufen. Gott sagt: Fürchte dich nicht, denn ich habe dich erlöst.«

Leon versank in Gedanken. Der Tod schmerzte ihn. Er sah seinen Vater wieder vor Augen, mit den Furchen und Altersflecken auf Hals und Wangen, mit den weißen Haaren und der angedeuteten Locke auf der hohen Stirn. Gerne trug er ein blütenweißes Hemd mit offenem Kragen und einen Seidenschal um den Hals. Und die Brille saß etwas zu tief auf dem Nasenrücken. Sein Vater war ihm aus vielerlei Gründen ein Vorbild, vor allem als Humanist und Archäologe. Aber er empfand ihn mitunter als rätselhaft. Denn so gut er gesundheitlich und geistig beisammen war, so abweisend konnte er bis zum Schluss sein, wenn ihm das Gesprächsthema nicht passte. Ganz zuletzt, nach dem Tod seiner zweiten Ehefrau und Leons Mutter Marie vor einem Jahr, war der Lebensmut des Vaters schnell gesunken und er hatte abgebaut – bis eines Nachts in der Woche vor Pfingsten das Herz versagte. Bei diesen Gedanken stahlen sich Tränen in die Augenwinkel von Leon.

»Professor Dr. Curth von Alban«, sagte der Pfarrer jetzt mit sonorer Stimme, »geboren 1916 in Laubenheim als Sohn von Albert und Auguste Damsberg, wurde im Alter von nur zwei Jahren früh zur Halbwaise. Sein Vater kämpfte im Völkerringen des Ersten Weltkriegs als Soldat an der Westfront, blieb im Sommer 1918 bei Amiens als vermisst zurück und wurde bald darauf für tot erklärt – wie über 20.000 andere Soldaten in dieser letzten deutschen Offensive.« Der Geistliche legte eine kurze Pause ein und fuhr fort: »Die Mutter heiratete

1920 den Bankier Max von Alban – auch, um dem Jungen eine sichere Zukunft und ein gutes, christliches Zuhause bieten zu können. Es folgten Adoption, Schule sowie Firmung durch Bischof Ludwig Maria Hugo. 1929 zog die junge Familie in eine neue Residenz nach Mainz. Nach dem Abitur ...«

Die monoton schwingende Stimme des Pfarrers kam einer Mantra-Rezitation gleich und verfehlte bei Leon nicht ihre beruhigende Wirkung. Er erinnerte sich zurück an seine Kindheit, wie der Vater ihm und seiner Schwester Alexandra von einer heiligen Reliquienmonstranz vorgeschwärmt hatte, die früher in der Laubenheimer Kirche zum Kuss gereicht worden war. Ein »kleines Dörnchen von der Dornenkrone Christi« trage dieses Kleinod in sich, so hatte es in den zwanziger Jahren der Laubenheimer Pfarrer Sebastian Jakob den staunenden Kindern im Firm-Unterricht erklärt.

Ein Stück der Dornenkrone! Als junger Firmling musste der Vater von diesem Gedanken überwältigt gewesen sein. In jener Zeit, da war sich Leon sicher, hatte sich dessen Frömmigkeit gegenüber Kirchenschätzen und Jahre später das Interesse an antiken Artefakten und Schriften entwickelt. Fragen nach der Echtheit der Laubenheimer Reliquie hatte der Vater stets abgetan. Das, sagte er, spiele doch nur eine untergeordnete Rolle. Entscheidend sei der Glaube daran und das mystische Empfinden. Leon hatte diese Begeisterung geerbt, Archäologie studiert und ein Buchgeschäft und Antiquariat in Darmstadt eröffnet.

Auf einmal wurde es wieder still in der Kirche. Der Pfarrer schwieg. Leon schaute zur Seite. Seine Halbschwester links neben ihm, seine Vertraute Sara Sander auf der anderen Seite und daneben Annette Sternberg, die Haushälterin der Familienvilla in Mainz, schienen wie er in Gedanken vertieft. Leon atmete durch. Dann setzte die Orgel wieder ein. Nach gut einer Stunde neigte sich die Bestattungsfeier dem Ende zu. Der Trauerzug folgte dem Sarg wie ein schwarzer Lindwurm. Hinten, fast in der letzten Reihe, wurde es unruhig.

»Ich habe es euch doch gesagt, der alte Knochen hatte was Besonderes an sich, irgendeine Aura war um ihn herum«, raunzte ein dicker Mann verschwörerisch seine drei Begleiter an. Dabei richtete er sich beim Gehen ein wenig auf, um seinen Worten mehr Gewicht zu verleihen. »Ich habe nicht nur jahrelang meinen Wein zu ihm nach Mainz geliefert, sondern manchmal auch einen Schoppen mit ihm in der Bibliothek gehoben«, plapperte der Dicke weiter, der Toni Farrenberg hieß. Der Weinhändler aus Nierstein am Rhein strich dabei seine Krawatte über dem Bauch glatt. »Da habe ich viel mitgekriegt. Gut, dass ich dann in der Zeitung gelesen habe, dass der Alte hin ist.«

»Ach, komm«, stichelte der Mann im Zentrum des dunkel gekleideten Männerquartetts, »du alter Saufsack. Es wird nicht bei dem Schöppchen geblieben sein. Ich kenn' dich doch.« Armin Hainburg, Kunsthändler aus Köln, zog bei seinen Worten die Augenbrauen hoch und zupfte den Winzer aus Nierstein versteckt am Ärmel. »Mein lieber Toni, wenn Sandro sich nicht neulich bei deinen weinseligen Plaudereien am Telefon an den Namen Alban erinnert hätte, dann wären wir doch gar nicht erst gekommen.« Dabei wendete er seinen Blick von Farrenberg ab und legte eine Hand auf die Schulter seines Jugendfreundes Sandro, den Dritten im Bunde. Dann sah er nach hinten und lächelte seinen Sohn Lasse an, der das Quartett vervollständigte. Sie mussten jetzt Anschluss halten und gingen einen Schritt schneller.

»Ja, genauso war's«, flüsterte Sandro, der mit vollem Namen Alessandro d'Ariccia hieß, zu seinen Freunden. Sie bogen das letzte Wegstück zur Grabstätte ein. »Alban, Alban? Als ich Alban hörte, ich sag's euch, da klickte es bei mir. Diese uralte Familiengeschichte aus

Italien.« Er machte mit einer Handbewegung deutlich, wie viel in der Geschichte steckte. Oder stecken könnte. Seine zwei protzigen Ringe an den Fingern funkelten blau-golden im Sonnenlicht.

Der Pfarrer wartete geduldig, bis der letzte aus der Trauergruppe im Halbrund am Familiengrab stand. Die sechs mit schwarzen Umhängen gekleideten Sargträger ließen die dicken Hanfseile durch ihre Hände rutschen, an denen der Sarg mit einem Surren in die Tiefe glitt. Als das Vaterunser folgte, konnten Leon und Alexandra nicht mehr ihre Tränen unterdrücken. Sara Sander und Annette Sternberg rückten näher an die Geschwister heran. Auch sie mit feuchten Augen.

Alexandra von Alban, die Ältere von beiden, starrte wie eingefroren auf den Grabstein. Jetzt lagen Mutter, Stiefmutter und der Vater im Familiengrab, beklagte sie sich in heimlicher Stille bei den überirdischen Mächten. Sie war drei Jahre alt, als 1964 ihre Mutter Renate bei einem Autounfall ums Leben gekommen war. Bald darauf hatte der Vater ihr Kindermädchen Marie zur zweiten Ehefrau genommen, was Alexandra keine größeren Probleme mit ihr als Stiefmutter bereitet hatte. Im Gegenteil. Viele Jahre später erblickte Halbbruder Leon das Licht der Welt. Da war sie fünfzehn, und mit einem krähenden Baby wusste sie nicht viel anzufangen.

Es wurde Mittag und der Tag heißer. Armin Hainburg, sein Sohn Lasse, Sandro d'Ariccia und Winzer Farrenberg reihten sich in die Kondolenz-Schlange am Grab ein und sprachen ihr Mitgefühl aus. Dann stiegen sie etwas weiter unten im Dorf in die Großlimousine des Kölner Kunsthändlers ein und fuhren die Straße ein Stück bergauf. Zum Leichenschmaus im Hofgut Laubenheimer Höhe. Bis jetzt, überlegte Armin Hainburg, entsprach alles seinen Erwartungen. Sie waren erfahren genug, um im richtigen Moment das Richtige zu tun.

10

Mainz, Hofgut Laubenheimer Höhe

Die Gäste der Trauerfeier hatten sich im Hofgut Laubenheimer Höhe rasch über ein Winzerbrett mit Wurst, Schinken, Forelle und Spundekäs' hergemacht, und der abschließende Wacholderschnaps baute den Lebensmut aller Beteiligten wieder auf. Toni Farrenberg wollte sich gerade einen Riesling einschenken, als Armin Hainburg drängte. »Ne, nichts da. Kein Glas mehr. Wir müssen jetzt mal zur Sache kommen und das Gespräch suchen«, forderte er den Winzer zum Handeln auf. »Du kennst die Albans doch gut, also los!«

Etwas genervt vom Befehlston wuchtete Farrenberg sich aus dem Sitz und suchte mit dem Kölner Trio im Gefolge die Alban-Geschwister. Die waren inzwischen auf die Aussichtsterrasse des Hofguts hoch über der Rheinebene bei Laubenheim umgezogen und mit Gästen der Trauerfeier in Erinnerungen vertieft.

Leon hatte bei dieser Gelegenheit nach dem Verbleib der Reliquienmonstranz mit dem heiligen Dörnchen gefragt und dem Geistlichen die Geschichte seines Vaters mit Pfarrer Jakob erzählt. »Die Monstranz ist natürlich noch da, in unserem Besitz«, erklärte dieser stolz und blickte auf die Geschwister. Dabei zuckte eine Augenbraue leicht nach oben. »Sie hat einen Ehrenplatz bei uns in der Gemeinde, wird aber nicht mehr zum Kuss gereicht«, sagte er mit einem Schmunzeln. »Das ist lange vorbei, obwohl einige ältere Gemeindemitglieder dies sehr bedauern. Denn unsere Monstranz hat eine lange Tradition.«

Mit diesen Worten eröffnete der Pfarrer eine mittellange Historie, wonach die Reliquie aus dem 18. Jahrhundert und aus Brixen stammte und 1850 vom Großvater des Laubenheimer Theologen Sebastian Jakob bei einem Altwarenhändler in Salzburg gekauft worden war – mit bischöflichem Brief und Siegel zur Echtheit.

»Pilot und Archäologe. Ihr Vater war ein Vorbild für uns alle«, unterbrach ein älterer Mann mit kratzender Stimme die Runde, der sich jetzt an der Reihe fühlte und den Pfarrer entschlossen abwürgte. Am Knopfloch seines Anzugrevers steckte eine kleine Spange mit der Silhouette eines silbernen Sportflugzeugs, die in der Sonne blinkte. Der Mann hob den Kopf und schaute in die Runde. »Curth«, sagte er, »durfte dank seines begüterten Stiefvaters bereits früh die Segelfliegerei lernen. Und die Fluglizenz meisterte er mit Bravour.«

»Sie kennen ihn von früher?« Leon wandte sich dem Mann interessiert zu.

»Ich habe ihn nach dem Krieg kennengelernt. Er unterstützte damals die heimischen Flugschulen«, erinnerte sich der weißhaarige Vertreter vom Oppenheimer Aero-Club. »Ich bin mit ihm Ende der siebziger Jahre viele Runden den Rhein entlang geflogen.« Dabei drehte er sich erst nach Süden in Richtung Nierstein und Oppenheim und beschrieb dann mit seinem ausgestreckten Zeigefinger eine Schleife ostwärts vom hessischen Ried, über Hochheim und Mainz bis hinter die Kuppe der Laubenheimer Höhe in Richtung Rheingau. Hier oben bot sich ein großartiger Ausblick in die Ebene bis zu den Frankfurter Bankentürmen und an den Hang der Taunus-Kämme.

Alexandra folgte mit ihrem Blick nur kurz dem Zeigefinger des Weißhaarigen. Ihr fielen bei dieser kleinen Geschichte sofort die schwierigen Jahre Ende der Siebziger und Anfang der Achtziger mit dem Vater ein.

Nach einem großen Zerwürfnis war sie mit dem Abitur in der Tasche von zuhause ausgezogen und hatte eine Bankenlehre in Frankfurt begonnen, statt mit einem Archäologie-Studium in Heidelberg in die Fußstapfen des Alten zu treten. Sie hatte es nie bereut.

»Ja, das Fliegen war viele Jahre seine Passion, neben der Archäologie«, antwortete Alexandra dem Luftfahrt-Veteran.

Toni Farrenberg stand drei Meter von den Gesprächspartnern auf der Terrasse entfernt. Sandro d'Ariccia war ihm dicht gefolgt und bekam in diesem Moment große Ohren. Hatte der Mann dort gerade etwas vom Fliegen erzählt? Und dass der Verstorbene ein Pilot und Archäologe war? Und hatte die Frau dabei nicht genickt? Er war aufs Äußerste angespannt und kratzte sich am Kinnbart. War doch was dran an der alten Geschichte?

Die Gedanken von Sandro d'Ariccia wanderten zurück. Erst im vergangenen Jahr hatte er bei einem Besuch in Italien eine spannende Geschichte gehört, als er mit Familienoberhaupt Don Roberto bei einem guten Essen ins Plaudern gekommen war. Von einem deutschen Archäologen im Zweiten Weltkrieg war die Rede, der Albano oder Albani hieß und der mit dem Tod eines Familienmitglieds in Verbindung stand. Alles war ausgesprochen geheimnisumwittert, hatte der Don erzählt.

Sandro d'Ariccia hatte sich der Meinung nach dem dritten Glas aus einer Flasche Rotwein Cesanese del Piglio angeschlossen. Es musste zum Streit zwischen diesem Deutschen und dem Groß-Groß-Onkel von ihm gekommen sein. Und im Kriegsjahr 1944, so viel wusste Don Roberto, ging es um einen bedeutenden Fund am Nemi-See bei Rom. Irgendwas Wichtiges, etwas Wertvolles. Bald darauf hatte die Familie einen toten

Archäologen zu beklagen, die US-Armee die deutschen Truppen aus Rom und Latium vertrieben – und der Deutsche? Der blieb verschwunden. Sowie der Fund. Keine Spur, nur Gerüchte.

Die Geschichte hatte Sandro d'Ariccia schnell wieder vergessen. Den guten Rotwein nicht. Bis vor wenigen Tagen ein Anruf von Farrenberg bei Armin Hainburg in Köln auflief – und der Name Alban fiel. Der Name verband sich für ihn mit einem Geschmack auf der Zunge, der ihn an Sauerkirsche, Lakritze und Veilchen denken ließ. Und an den Don. Und schließlich an diese Geschichte.

Jetzt war Sandro d'Ariccia wieder Feuer und Flamme. »Das passt doch, das Fliegen meine ich«, ließ er seinen Schulfreund Armin und den schweigsamen Lasse an seinen Gedanken teilhaben. »Auch davon hatte mir Don Roberto erzählt. Es soll sich um einen deutschen Wehrmachtspiloten gehandelt haben, der 1943 oder 1944 mit dem Archäologen aus meiner Familie so was wie eine Freundschaft geknüpft hatte. Zunächst jedenfalls.«

Der Halbitaliener aus Köln, dessen Vater aus der Kleinstadt Ariccia in den Castelli Romani stammte und seinen Nachnamen Rossi bei der Einreise nach Deutschland wegen Verstrickungen in Mafia-Geschäfte gefälscht hatte, blickte in gespannte Gesichter seiner drei Freunde. Seinen Zuhörern ging in diesem Moment ein und derselbe Gedanke durch die Köpfe: Der Deutsche hatte den Italiener ermordet, den Fund mitgehen lassen und war geflüchtet, als die Front kam. Jetzt lag Curth von Alban, um den es sich vermutlich handelte, auf dem Laubenheimer Friedhof – und die private Kunstsammlung des Verstorbenen wäre doch einen Besuch wert.

»Jetzt komm' endlich«, forderte Armin Hainburg mit seiner tiefen Stimme unmissverständlich auf. Er schob Farrenberg nach vorne und ließ ihn das Gespräch eröffnen.

»Liebe Alexandra, lieber Leon, wenn ich Sie als Geschäftsfreund Ihres Vaters so ansprechen darf, uns tut der Verlust unendlich leid, trotz des ja schon hohen Alters.« Toni Farrenberg bemühte sich dabei um ein schmerzvolles Gesicht. »Wir hatten so viele schöne Momente zusammen, die über ein geschäftliches Interesse weit hinausgingen«, setzte er mit Pathos in der Stimme seine Ansprache fort. »Und wir führten hin und wieder interessante Gespräche in der Bibliothek der Villa und bei der Besichtigung seiner archäologischen Privatsammlung.« Niemand musste ja wissen, dachte er, dass es dazu höchstens zwei oder drei Mal in zwanzig Jahren gekommen war.

Der Winzer aus Nierstein machte einen Schritt zur Seite und bezog mit einer Handbewegung den Kunsthändler aus Köln und dessen Begleiter in die Unterredung mit ein. »Darf ich Ihnen auch Herrn Armin Hainburg, seinen Sohn Lasse und Herrn Alessandro d'Ariccia vorstellen? Alle aus Köln. Geschäftspartner Ihres Vaters. Vielleicht haben Sie schon von ihnen gehört.«

Lasse Hainburg strich sich ein wenig die leicht gewellten Haare aus der Stirn und reichte Sara Sander die Hand, die neben Leon stand. Die Frau mit den zusammengesteckten schwarzen Haaren, dem engen Kostüm und den dunklen Strümpfen an den Beinen schätzte er auf Ende zwanzig. In wenigen Augenblicken hatte er sie gemustert. Und fühlte sich gefordert.

»Lasse Hainburg«, sagte er und blickte aufreizend in ihre großen dunklen Augen, dann auf die Lippen.

»Sara Sander«, erwiderte die Frau höflich und ergriff zögerlich die Hand des Gegenübers, den sie leicht jünger als sich einschätzte.

Das Auftreten und die gierigen Blicke seines Sohnes blieben Armin Hainburg nicht verborgen. Rasch riss er das Gespräch an sich. »Ihr Vater hatte gelegentlich Geschäfte mit meinem Kunstkontor abgeschlossen. Daher lassen Sie mich als Geschäftspartner noch einmal mein aufrichtiges Beileid aussprechen, auch im Namen meiner Familie und meiner rechten Hand, Herrn d'Ariccia.« Der Kölner Kunsthändler machte eine kurze Pause und schaute entschuldigend zu den Frauen.

Erneut platzte ihm Lasse in den Auftritt, der die Geschwister ansprach. »Vielleicht können wir uns mal über den Nachlass Ihres Vaters unterhalten und die Sammlung anschauen«, sagte er forsch und verströmte eine würzige Fahne mit Wacholderschnaps-Aroma. »Ich bin Experte für germanisch-keltische Kunstgegenstände.« Wieder wanderten seine Blicke zu Sara Sander und hefteten sich an ihrem Busen fest. Was den Umstehenden nicht verborgen blieb.

Sara Sander reagierte verärgert und zog sich die Kostümjacke zurecht. Alexandra holte tief Luft und schaute verwundert zuerst auf Farrenberg, dann zu dem jungen Mann aus Köln und zu dessen Vater und schließlich auf den Halbitaliener mit den dicken Ringen an den Fingern. Das alles passte ihr nicht.

Leon spürte, dass die Situation in Schieflage geraten war. »Dieser Lasse«, dachte er gereizt, »was für ein Idiot.« Er ahnte, dass Alexandra gleich mit der ihr eigenen Schärfe reagieren würde, und ergriff schnell das Wort. »Vielen Dank für Ihre Anteilnahme. Aber vielleicht sollten wir das Gespräch zu einem anderen Zeitpunkt fortsetzen. Sie werden verstehen, dass wir im Moment ...«

Bald darauf fand sich das Kölner Quartett am Parkplatz ein. Farrenberg war froh, dass die peinliche Situation schnell beendet war. Armin Hainburg dagegen schäumte vor Wut über seinen Sohn, der alles in den Sand gesetzt hatte. Lasse selbst versteckte sein Haupt zwischen den Schultern und vermied jeden Blickkontakt.

Sandro d'Ariccia schüttelte nur den Kopf, als sie auf dem Parkplatz hinter der Laubenheimer Höhe wieder in die Limousine einstiegen. »Gut, dass wir uns wenigstens für morgen Nachmittag zu einem Treffen mit ihnen verabreden konnten«, zog er ein aus seiner Sicht halbwegs zufriedenstellendes Resümee. »Da geht noch was.«

»Ja, das Treffen ist bei mir in der Winzerstube, im Hinterzimmer«, sagte Farrenberg mit einem schnippischen Unterton, »aber leider nicht in der Villa des Alten. Bei mir werdet ihr euer komisches Artefakt aus dem Dingsbums-See bestimmt nicht finden.«

Im Männerquartett herrschte jetzt große Anspannung. Jeder spürte, dass es schwierig werden könnte.

»Wir werden die beiden Albans bis dahin mal im Auge behalten«, beschloss Armin Hainburg. Er fingerte den Knoten seiner Krawatte auf, griff zum Mobiltelefon und tippte auf der Tastatur herum.

»Hallo Pietro, hallo Frode, seid ihr noch auf dem Parkplatz unten an der Dorfkneipe? Gut. Passt auf! Frode steigt bei uns ein und kommt mit nach Nierstein«, ordnete er knapp an. »Pietro, du bekommst einen Sonderauftrag und bleibst an den beiden dran, wenn sie nach Hause in die Villa fahren, und berichtest mir, was die zwei in Mainz treiben. Ich will einfach auf dem Laufenden sein. Bleib' einfach dran, mehr nicht, auch über Nacht. Klar?«

11

Darmstadt, Rosenhöhe

Pietro hatte seinen Auftrag kurz bestätigt und ging ans Werk. Kein Problem, sagte sich der Halb-Italiener aus der Kölner Südstadt. Er war ein treuer Soldat der Hainburg-Sippe, ein Mann für Sonderaufgaben, teils im Gespann mit einem grobschlächtigen Skandinavier. Frode, aus Schweden, war vor einigen Jahren nach einem Länderspiel der Nordländer in Gelsenkirchen betrunken in einen ICE nach Köln statt Malmö eingestiegen und hatte sich am Rheinufer noch über den zu schmalen Öresund, der Meerenge zwischen Dänemark und seiner Heimatstadt Malmö gewundert. Dann hatte er eine alte Frau ausgeraubt, weil er Geld brauchte. Und sich in einer Bierkneipe besoffen. Das gefiel ihm. Frode blieb in Köln. Am Laubenheimer Marktplatz, wo er mit Pietro vor einem Bistro gewartet hatte, wechselte er jetzt in den Wagen von Armin Hainburg.

»Mach's gut, Frodo«, frotzelte Pietro ihm hinterher – in Anspielung auf Frodo Beutlin, dem Hobbit im Film »Herr der Ringe«. »Und pass auf, im Dorf ist Weinfest. Du verträgst aber nur Kölsch!«

Frode blickte düster und antwortete mit einem in die Höhe gestreckten Mittelfinger. Viele Worte waren nicht sein Ding.

Pietro lenkte seinen unauffälligen Kleinwagen hügelaufwärts in Richtung Laubenheimer Höhe. Für alle Fälle drehte er auf dem Weg nach oben drei Mal eine Münze am Hals mit dem Konterfei des antiken Gottes Janus um seine Finger. Das brachte Glück, war er sich sicher. Zumindest glaubte er das. Die alte römische

Gottheit, so hatte er es von seinem Vater gelernt, stand bei den Menschen der Antike für den Anfang und das Ende, für Licht und Dunkelheit. Außerdem war er ein männliches Gegenbild zur Göttin Diana. Dieser Gedanke gefiel Pietro, dem weibliche Gottheiten gründlich suspekt waren. Er wollte – zur Vorsicht – vorwärts und rückwärts blicken können, wie Janus eben. Und sich von den Dianen dieser Welt nichts sagen lassen. Ja, zwiespältig wie ein Janus-Doppelkopf war er, sinnierte Pietro – ein guter Mensch, aber er konnte auch anders. Er gab Gas und nahm die erste Aufwärtskurve mit viel Schwung.

***

Es war später Nachmittag geworden, die Sonne klebte hoch über dem Hofgut. Leon und Alexandra hatten die Abordnungen der Stadt, der Universität und etlicher Vereine verabschiedet. Nachbarn aus dem Mainzer Rosengarten-Viertel, wo die Familie seit fast neunzig Jahren wohnte, kondolierten wiederholt, bis auch sie den Rückweg antraten. Annette von Sternberg und Sara Sander hatten es sich derweil auf der schattigen Terrasse mit dem Ausblick in die Rheinebene bequem gemacht.

»Ich glaube, es wird langsam Zeit für uns«, sagte Alexandra, die inzwischen müde wirkte.

Annette Sternberg nahm ihre Tasche vom Polstersessel. »Setz dich erst mal«, sprach sie beruhigend auf sie ein. Über die Jahre war ihr die stets perfekt wirkende, ehrgeizige Alexandra, die als Finanzexpertin in ihrer Wahlheimat London arbeitete, ans Herz gewachsen. Auch wenn sie nur selten im Elternhaus in Mainz zu Besuch war. Bei der Beerdigung ihrer Stiefmutter vor einem Jahr hatte Alexandra ihr das Du angeboten, wie der Bruder auch. Sie gehörte jetzt zur Familie.

Die weißhaarige Frau mit der streng zurückgekämmten Frisur war zunächst die Haushälterin des Ehepaares Curth und Marie und schließlich Pflegerin und Vertraute des Vaters bis zu dessen Tod gewesen. »Ohne sie wäre vieles schwerer«, dachte Alexandra und ließ sich erschöpft in den Polstersessel fallen.

Leon kam in diesem Moment aus dem Restaurant und setzte sich in die Runde dazu. »Was macht unser Buchladen in Darmstadt, Sara, ist heute alles klargegangen?«

Die Angesprochene schaute zu ihm. Blonde Locken, sportlich schlanke Figur, meerblaue Augen – mit seinen 41 Jahren und seiner Größe kam er bei Frauen gut an. Sie blickte in sein markantes Gesicht, das am heutigen Tag viel Traurigkeit verriet, und betrachtete seine feingliedrigen, aber kräftigen Hände. Ein wohliger Schauer durchlief sie kurz. Doch das, überlegte sie, lenkte jetzt nur ab.

»Ich habe gegen Mittag mit Robert telefoniert« antwortete sie mit weicher Stimme. »Er hält die Stellung in Darmstadt. Ein paar Stammkunden haben im Antiquariat vorbeigeschaut. Très bien, Monsieur.« Wobei sie sich das »mon cher« gerade noch verkneifen konnte. Dieser französische Akzent der Frau mit provenzalischer Mutter und deutschem Vater gefiel Leon besonders gut.

Für Annette Sternberg fuhr kurz darauf das Taxi vor, um sie zurück zur Villa zu bringen. Sara und Alexandra stiegen bei Leon in den Wagen. Sie wollten den Ort für das Treffen am nächsten Tag mit Farrenberg und seinen Begleitern ausfindig machen. Gut zwanzig Minuten dauerte die Fahrt entlang des Rheins, bis die ersten Hinweisschilder auf Weingüter und Vinotheken in Nierstein auftauchten und Plakate eine Weinwanderung am Roten Hang angekündigten. Schon jetzt waren einige Stichstraßen gesperrt, Pavillons aufgebaut und erste Schnutetunker, wie man hier liebevoll-spöttisch die Weintrinker nannte, mit dem Schoppen in der Hand unterwegs.

»Irgendwo muss doch dieser Gutshof Prinz zu Nierstein sein.« Leon schaute suchend nach rechts in eine Gasse seitlich der großen Ringstraße. Und tatsächlich, wie vom Winzer Farrenberg versprochen, war das Ziel dort leicht zu finden.

»Morgen Nachmittag sehen wir weiter«, sagte Leon, »aber ich halte nicht viel von der Sache. Den Farrenberg, den kenne ich ein wenig. Aber nicht die Typen aus Köln. Komische Leute.«

»Vielleicht haben sie aber tatsächlich Interesse an der Sammlung«, überlegte Alexandra laut. »Hauptsache, das ganze Treffen dauert nicht so ewig. Wir haben morgen Nachmittag mit der Testamentseröffnung in Mainz noch genug zu tun.«

Sara Sander auf dem Rücksitz hörte zu, mischte sich aber nicht ein. Das war Sache der Geschwister, nicht ihre. Sie würde morgen mit ihrem Kollegen den Buchladen öffnen und – »Que c'est beau« – das Wochenende einläuten.

Leon wendete jetzt seinen Wagen auf der Ringstraße scharf zurück zum Rhein, bevor aus der entgegengesetzten Richtung ein größerer Blech-Konvoi von Tagesausflüglern näher rollte. »Es wird voll. Wir fahren zu mir nach Darmstadt«, kündigte er an.

Das überraschende Fahrmanöver löste einige Meter hinter ihm am Steuer eines unscheinbaren Kleinwagens eine Schimpfkanonade aus. »Stronzo!« Arschloch! Wie konnte er jetzt dranbleiben?

Waghalsig brach Pietro mit einer Wende nach links in die Kolonne aus und zwang die Entgegenkommenden zur Vollbremsung. Vielleicht 80 Meter vom Verfolgten getrennt und neun oder zehn Fahrzeuge zurück, musste er im Stau vor der nächsten Kreuzung dem Wagen mit dem Darmstädter Kennzeichen hinterherschleichen.

»Caca cazzo!«, schrie er gegen sein dudelndes Autoradio an.

Der weiße Wagen aus Darmstadt bog an der Kreuzung nach rechts ab. Pietro war außer sich. Rot! Er fuhr trotzdem. Er musste dranbleiben, sagte er sich und sah gerade noch, wie der Wagen nach links zur Fähre Kornsand abbog und auf die Rampe rollte. Vorne standen die Albans, hinten auf der Fähre war Platz – doch der Fährmitarbeiter senkte den rotweißen Schlagbaum.

»No, no, no!« Der Janus-Jünger drehte verzweifelt mehrmals seinen Talisman an der Halskette herum. »Jetzt brauche ich dich. Hilf mir und ich werde dir ein Tieropfer bringen«, versprach er mit Inbrunst und erschrak im selben Moment über sein ihm nun merkwürdig erscheinendes Angebot. Was hatte er da vor sich hingeplappert? Ein Tieropfer?

Der Fährangestellte griff in diesem Moment tief in seine Hosentasche und zog ein schepperndes Smartphone heraus. Für einen Augenblick war er durch den Anruf abgelenkt und unterbrach das Senken der Schranke. In diesem Moment preschte Pietro mit seinem Wagen über die Rampe auf die Fähre vor und schaffte, was nicht mehr zu schaffen war. Er wischte sich den Schweiß von der Stirn. »Ti ringrazio! Janus, ich danke dir!«, schickte er leise ein Stoßgebet gen Himmel. Und an dieses Tieropfer dachte er auch. »Verrückt, aber ich mach's!«

Nach kurzer Überfahrt auf dem Strom zwischen Rheinland-Pfalz und Hessen setzte sich der Pulk der Fahrzeuge in Bewegung. Ohne die geringste Ahnung von ihrem Verfolger kamen Leon und Alexandra nach Darmstadt, wo sie Sara im Szene-Viertel Bessungen absetzten. Dann ging es weiter auf die Rosenhöhe. Leon hatte dort vor Jahren ein Loft in der grünen Lunge der ehemaligen Residenzstadt gekauft.

Bei Pietro war nach dem Aufreger an der Fähre die Langeweile ausgebrochen und er hatte sich das Autoradio aufgedreht. Ohne Probleme konnte er den Albans bis hoch auf die Rosenhöhe folgen. Der weiße Wagen gut hundert Meter vor ihm bremste ab und verschwand nach rechts in die Tiefgarage eines Hauses. Pietro stoppte in sicherer Entfernung.

»Chef, ich bin jetzt in Darmstadt, nicht in Mainz. Die Albans sind am Ziel«, berichtete er Armin Hainburg kurz darauf am Telefon von seinem Ausflug »in die südhessische Steppe«, wie er es etwas blasiert formulierte.

»Gab es bis jetzt was von Interesse?«, fragte sein Chef.

»Nichts, niente«, antwortete Pietro knapp.

Armin Hainburg zeigte sich enttäuscht, weil die Albans nicht wie erwartet in der Mainzer Villa übernachteten und die ganze Aktion bislang nichts gebracht hatte. Doch letztlich war es ihm egal. »Morgen sehen wir weiter, und du bleibst dran.«

Pietro fand den Auftrag »completamente« überzogen, was er aber seinem Chef besser nicht sagte. Dann machte er einen Check im Wagen, um zu schauen, was er für den Abend und die Nacht dabeihatte. Ein paar Kekse mit Schokofüllung, eine angebrochene Flasche Wasser, eine Notzahnbürste im Handschuhfach, einen Flachmann mit italienischem Kräuterlikör im

Seitenfach und eine Decke im Kofferraum. »Schlecht vorbereitet«, warf er sich vor. »Aber es muss reichen.«

Es wurde langsam dunkel, und er versuchte, sich so gut wie möglich in seinem Wagen einzurichten. Nach zwei Schluck aus dem Flachmann fiel sein Blick auf ein Hofgut in der Nachbarschaft und auf einen mobilen Verschlag auf Rädern auf der Wiese gegenüber. Dort war es still und friedlich, und er kurbelte neugierig seine Autoscheibe herunter. Der beißende Geruch einer Hühnerkolonie zog in seine Nasenflügel. Dort, in dem Verschlag, dachte er kurz nach, das wäre schon die Lösung.

Er stahl sich bei Dunkelheit aus dem Fahrzeug und huschte mit dem Flachmann in der Hosentasche an einer stacheligen Hecke entlang. Zum Holzverschlag. »Janus, ich komme,« sagte Pietro halblaut zu sich selbst. Dann kippte er einen Schluck Kräuterlikör hinunter und brach entschlossen den Stall auf. Das Gackern der Hühner war kurz und verlor sich in der Nacht.

12

Darmstadt, am Woog

Nach einem anstrengenden Tag hatten Leon und Alexandra am Abend auf der Rosenhöhe bei einem Glas Rotwein zusammengesessen und Erinnerungen an den Vater ausgetauscht. Leon hatte einige angestaubte Schwarzweiß-Aufnahmen aus einer Schuhkiste hervorgekramt. Eins der Fotos zeigte den jugendlich aussehenden Vater mit einer jungen hübschen Frau im Arm, die sich bei einem Gartenfest stolz im gepunkteten Sommerkleid mit breitem Lackgürtel präsentierte. Zwischen den beiden drängte sich ein kleines Mädchen in Strumpfhose, Rock und Ringelpullover.

»Das war in den frühen Sechzigern«, erinnerte sich Alexandra, »wir waren zu einem Gartenfest an der Universität in Mainz eingeladen. Und Mutter hatte sich richtig aufgebrezelt.«

Leon hörte interessiert zu. Er besaß nur wenige Fotos aus dieser Zeit, in der eine ihm fremde Frau an der Seite des Vaters stand. Umso mehr wusste er diese alten Aufnahmen zu schätzen, die ihm wie Fenster in eine andere Welt erschienen. Während Alexandra ihrer Mutter auf dem Foto wie aus dem Gesicht geschnitten war, ähnelte Leon hingegen dem Vater in jungen Jahren. Dieselbe widerspenstige Locke, die immer wieder in die Stirn rutschte, dasselbe energische Kinn, die blauen Augen, die wach in eine zu entdeckende Welt blickten. Ganz der Vater.

Alexandra erzählte im Verlauf des Abends über ihren Beruf, den Stress, die 60-Stunden-Wochen, die inzwischen fast zur Selbstverständlichkeit geworden waren. Ihr war ihre gute Position bei der Privatbank

Kempper & Aaron aus Südafrika längst ins Blut übergegangen. Und London, ihre Wahlheimat seit der Jahrtausendwende, fand sie faszinierend – wenn sie mal Freizeit hatte. Und die verbrachte sie gerne in den Bergen in Wales, beim Wandern.

Leon freute sich über diese seltene Offenheit und wollte mehr erfahren. »Und was ist mit Männern?«, hatte er gefragt und dabei Alexandras müdes Abwinken registriert.

»Manchmal, du weißt schon, ein One-Night-Stand. Aber nichts Festes. Das ist okay für mich.« Als Finanz- und Börsenexpertin hatte sie sich antrainiert, Gespräche so effizient wie möglich zu gestalten. Ein Fehler, wie sie ahnte, wenn es um Privates ging. Vielleicht, so warf sie sich vor, war sie deshalb die meisten Jahre ohne festen Freund geblieben und mit 56 noch Single. Ein Dauerzustand.

So viel hatte seine Schwester lange nicht von sich erzählt, dachte Leon. Er selbst hatte da beruflich wie privat weniger Stress. Sein im Souterrain gelegener Buch- und Antiquariatsladen in einem alten Patrizierhaus hatte genügend Stamm- und Laufkundschaft für ein gutes Auskommen, und auf Facebook und Instagram sorgte sein Mitarbeiter Robert Fuchs für Aufmerksamkeit dank ausgefallener Ideen. Fuchs war Mitte dreißig, ebenfalls Buchhändler und ein wahres Genie bei der Suche nach seltenen und verloren geglaubten Büchern oder Textquellen. Wenn es das Buch gab, Robert fand es. Auf seinen Spitznamen »Fox« war er stolz, ebenso auf seine krausen Haare, die stark an die 68er und Rainer Langhans erinnerten.

Und dann gab's Sara Sander. Leon schätzte sie als geistreiche Gesprächspartnerin und zuverlässige Mitarbeiterin in seinem Antiquariat. Diese Eigenschaften, wusste er, hatte sie von ihrer französischen Mutter geerbt, deren jüdische Großeltern sich samt Kindern im Zweiten Weltkrieg vor den Nazis verstecken mussten, tief in den Luberon abtauchten und nach Kriegsende einen kleinen, bald erfolgreichen Buchhandel eröffneten. Zwischen Leon und der Dreißigjährigen gab es diese Harmonie in privaten wie beruflichen Dingen, eine stille Übereinkunft ohne Vertrag. Bei einem Essen in einer lauschigen Trattoria im Sommer vor zwei Jahren hatte sich ein prickelndes Arrangement ergeben, das in der Nacht eine stürmische Premiere feierte. Und doch waren sie kein Liebespaar. Dazu schätzten beide ihre Unabhängigkeit viel zu sehr. Vor allem Sara, die gerne betonte, dass sie mit sich selbst am glücklichsten war.

Leon dachte kurz an Sara und konzentrierte sich dann wieder auf seine Schwester. Es war morgens halb zehn. Er saß mit ihr am Frühstückstisch auf der Rosenhöhe. Der Espresso dampfte aus den braun-weißen Tassen, die er sich vor ein paar Jahren im Café Tazza d'Oro in Rom gekauft hatte, und sorgte für eine entspannte Atmosphäre. Die offene Küche mit Barhockern und Hochtisch ging über in eine moderne Wohnlandschaft mit weißer Ledercouch und einer Bibliothek, die das halbe Zimmer umrundete. Die Regale waren gefüllt mit Fachliteratur über die Antike und Kunstbänden, mit seltenen Büchern aus dem Antiquariat und einer Reihe von Romanen querbeet durch Italien, Frankreich und den Süden überhaupt. Dazwischen kleine und große Artefakte von seinen Studienreisen, hinter Glas eine vergoldete Totenmaske aus Mykene und eine Replik des tanzenden Fauns. Der war ihm vor vielen Jahren von einem Straßenhändler in Pompeji für wenig Geld aufgedrängt worden.

Leon liebte die Statue des altitalischen Gottes der Natur und des Waldes, die mit ihrer tänzelnden Leichtigkeit stellvertretend stand für seine frühen Jahre während des Studiums und für eine Zeit der persönlichen

Entdeckungen und großen Freiheit. Auch an diesem Morgen heftete sich sein Blick an das Mischwesen aus einem Menschen und einem Ziegenbock. Sein Vater, so erinnerte er sich, hatte ihn damals milde belächelt, als er zuhause das gut verpackte Stück aus seinem Reiserucksack hervorzauberte und auf dem Wohnzimmertisch präsentierte. »Du wirst sicher ein guter Archäologe«, hörte er ihn sagen, »aber an manchen Dingen müssen wir noch feilen.«

»Ohne die guten Ratschläge und das Geld von unserem Vater hätte ich mir das Geschäft damals nicht aufbauen können«, erzählte Leon. »Obwohl er ja nach meinem Studium gehofft hatte, dass ich in seine Fußstapfen trete und Archäologe werde. Aber ich wollte Buchhändler werden. Du kennst meine Liebe zu allem Gedruckten.« Der Vater habe trotzdem zu ihm gehalten, betonte Leon. »Irgendwie tat er mir dann auch leid.«

Er nahm einen Schluck heißen Espresso und rechnete nicht damit, dass Alexandra darauf einging. Seine Halbschwester war ohnehin eher verschlossen als redselig, insbesondere, wenn es um die frühen Jahre ging. Dann senkte sie meist den Blick oder sah geistesabwesend aus dem Fenster heraus – und schwieg. Doch heute bemerkte Leon eine unerwartete Reaktion.

Sie schaute ihm ins Gesicht und begann zu reden. »Lieber Leonidas, du bist ihm eben geblieben, nachdem ich Ende der Siebziger das Haus verlassen und eine Bleibe in Frankfurt gefunden hatte.«

Leonidas! Dieser Name! Leon hatte es nie verstanden, warum sein Vater ihn nach dem berühmten König von Sparta benannt hatte. Taufname Leonidas! Spätestens in der zweiten Klasse und nach ein paar Prügeleien auf dem Schulhof hatte er die Kurzform durchgesetzt. Nur seine Schwester benutzte manchmal die strenge

Langfassung. Leon fühlte sich dabei jedes Mal bedrängt. So wie jetzt.

»Was war damals wirklich los, liebe Alex?«, fragte Leon mit einem ungeduldigen Unterton, »ich war ja viel zu klein, drei glaube ich, und später hat mich Vater nur mit Ausreden abgespeist. Du hast dich bei unseren seltenen Treffen in Frankfurt, London oder zuhause in Mainz auch nie darüber ausgelassen.« Jetzt wollte er es wissen: »War meine Geburt der Grund für Euer Zerwürfnis?«

»Nein, wirklich nicht«, schüttelte Alexandra den Kopf. »Ich hatte mit fünfzehn und danach zwar andere Interessen als mit einem ständig schreienden Kleinkind zu spielen«, sagte sie mit einem liebevollen, dann schlagartig ernsten Gesicht. »Aber es gab da schon was.« Jetzt erschrak sie für einen Moment und verstummte. Hatte sie mit ihrer Andeutung nicht eben den kleinen Spalt einer Schleuse geöffnet, woraus ein reißendes Wasser werden konnte?

Die Reaktion ihres Bruders kam wie befürchtet und prompt.

»Okay Alex, und jetzt alles! Erzähl' schon.« Leon richtete sich auf, schob die Unterarme auf den Küchentisch vor und schaute seiner Schwester erwartungsvoll in die Augen. Doch die sprang auf, eilte durch den Raum, schnappte sich an der Garderobe ihre Windjacke und flüchtete aus der Haustür ins Freie. Damit hatte Leon nicht gerechnet.

»Komm mit«, rief Alexandra ihm über die Schulter zu. »Ihr habt in der Nähe diesen See. Lass uns eine Runde frische Luft schnappen, dann erzähle ich dir, was damals los war.«

Leon holte sie mit großen Schritten ein. Der Vater, so seufzte er, wird doch nicht Frauengeschichten gehabt haben? Oder gab es Ärger zwischen Alex und der zweiten Ehefrau des Vaters, der Stiefmutter? Er befürchtete Schlimmes. Wollte er wirklich alles wissen?

Die Geschwister gingen den Hügel von der Rosenhöhe zum Ostbahnhof hinunter, wo hinter einer vielbefahrenen Bundesstraße ein Gewässer mit Spazierwegen und einigen Sportstätten lag. Die vom frischen Grün der Kastanienbäume gesäumte Allee führte vorbei an Wohnsilos zur einen und einer riesigen, langgezogenen grauen Mauer zur anderen Seite, hinter der ein historischer Park mit hohen Bäumen lag. Ein erfrischender Luftstrom blies von dort in die Stadt hinein. Der Große Woog, wie der trübe Naturbadesee nahe der Darmstädter Innenstadt hieß, hatte stets eine große Anziehung auf die Bevölkerung ausgeübt. Auch an diesem Juni-Samstag war der Rundweg zu früher Stunde belebt.

Zwischen entspannten Spaziergängern, strampelnden Radfahrern, Müttern mit Kinderwagen und zahlreichen Leinenträgern mit freilaufenden Hunden fiel daher ein einzelner Italiener aus der Kölner Südstadt nicht weiter auf, der sich mit Abstand an die Fersen der Albans geheftet hatte. Und der inzwischen Hunger und Durst verspürte. Und an den Händen nach Hühnerstall stank. Und vom Gespräch so gar nichts mithören konnte. Pietro schimpfte im Stillen auf diesen dümmlichen Beschattungsauftrag, wie er es empfand. Dann konnte er beobachten, wie die Frau mit Armen und Händen in Bewegung geriet und aufgeregt schien.

»Von wegen *immer nur guter Vater*«, begann Alexandra und beendete damit ihr selbst auferlegtes Redeverbot über das Zerwürfnis, das seit Ende der siebziger Jahre bestand und nie gekittet worden war. »Hast du dich eigentlich mal gefragt, was er im Zweiten Weltkrieg so getrieben hat?«

Leon war überrascht. Keine Frauengeschichten und kein Streit mit der Stiefmutter. Sicher, er wusste, dass

Vater im Krieg war. Wie viele Männer. In Frankreich. Und in Italien, wo er schwer verletzt wurde. Aber Details? Nein, die kannte er nicht. Er durfte nicht mal wissen, woher seine Brandwunde am Arm und die Narben auf der Brust stammten. »Alte Geschichten«, hatte Vater immer gesagt. Und war frostig geblieben.

»Eines Tages, noch vor meinem Abi«, setzte Alexandra ihre Erzählung fort, »habe ich auf unserem Speicher rumgekramt und einen alten, braunen Ledereinband gefunden. Total eingestaubt. Ich pustete die Flusen weg und wischte den Einband an meiner Hose ab. Ich hatte ein Büchlein entdeckt, und wie sich ganz schnell herausstellte ...«, Alexandra legte eine kurze Pause ein, »war es das Kriegstagebuch unseres Vaters.«

Ein Kriegstagebuch? Leon blieb abrupt stehen. Davon hatte er noch nie etwas gehört oder gar gesehen. Eine Windböe von der Rosenhöhe blies in die dichten Wipfel der Bäume am Ufer, und es schien geradeso, als seufzten die Blätter und flüsterten sich ein Geheimnis zu. Leons Augen schauten gebannt auf Alex.

»Ich war wie elektrisiert, habe das Büchlein hinten im Hosenbund versteckt und mich in mein Zimmer zurückgeschlichen«, sprach sie mit gedämpfter Stimme als habe sie etwas zu verbergen. »Denn ich wusste auf Anhieb: Das war nicht für mich bestimmt! Gerade deshalb musste ich es lesen. Ich musste, verstehst du?«

Als Gymnasiastin hatte sie ihren Vater oft vergeblich nach seiner Zeit als Soldat im Weltkrieg gefragt. Denn schließlich gehörten die Hintergründe und die Verbrechen der Deutschen zum Standardprogramm des Geschichtsunterrichts. Das prägte jeden Oberstufenschüler, jedenfalls fast jeden, war sich Alexandra sicher. Die Studentenrevolte der sechziger Jahre gegen die Vätergeneration war Ende der Siebziger zwar schon abgeklungen, doch noch immer herrschte eine Zeit der kritischen Nachfragen und des Auflehnens gegen das Schweigen. Das alles kürzte er beim Spaziergang um den Woog kurzerhand ab und kam gleich auf den Punkt: »Ich hatte sein Kriegstagebuch von 1943 bis Ende Mai 1944 in den Händen. Und einen Nachtrag von 1953. Was da steht, ist unfassbar ...«

Leon drängte. »Unfassbar? Was denn?«

»Weißt du eigentlich, dass unser Vater das Ritterkreuz hat? Nein, natürlich nicht, darüber hat er ja nie gesprochen. Er hat es für seinen Einsatz bei einem Spezialkommando bekommen.«

Alexandra überlegte genau, was sie erzählen sollte und was nicht. Vielleicht war es besser, wenn Leon selbst das Tagebuch las und sich ein eigenes Bild von den Vorgängen machte. »Vater ist als Archäologe in Himmlers Deutsches Ahnenerbe eingetreten und hat einen Fund am Nemi-See bei Rom gemacht.« Sie forderte mit ihren Blicken den Bruder zu einer Reaktion auf. »Du weißt schon, diese SS-Truppe von Heinrich Himmler, die mit dem Nachweis von Arier- und Germanenkulten die Rassenideologie der Nazis untermauern sollte. Und über Leichen ging. Und Kunstgüter raubte. Und ...«

Leon spürte, wie sich ein Unwetter in seinem Kopf zusammenbraute. Er war über die SS-Forschungsgemeinschaft Deutsches Ahnenerbe und Himmler, dem Reichsführer der SS, gut informiert. Halbwegs wenigstens, wie er einräumte. Daher erinnerte er sich, dass der Nazi-Verein die übelsten Menschenversuche in Konzentrationslagern zu verantworten hatte. In Dachau.

»Was weißt du noch?«, bohrte Leon. Dann schwieg er wieder.

Alexandra stockte kurz, sprach dann aber weiter.

»Ich stellte Vater ultimativ zur Rede, und er schilderte mir endlich die Kriegsereignisse bis zu seiner schweren Verletzung Ende Mai 1944 und was danach geschah. Jedenfalls aus seiner Sicht – davon ist er nie abgerückt. Ob das nun alles war oder er noch etwas verheimlichte, weiß ich natürlich nicht. Aber ich sage dir: Unser Vater hat Blut an den Händen! Als Soldat und als Archäologe! Er hat mindestens einen Menschen auf dem Gewissen. Das habe ich später nachgeforscht, und es stimmt. Ein toter italienischer Archäologe am Nemi-See. Keine Zweifel. Und alles passt zusammen mit einem Brand, bei dem antike Party-Schiffe von Kaiser Caligula in einem Museum zerstört wurden. Und vermutlich viele Menschen starben.«

Leon schluckte. Das verheerende Feuer im Museo delle Navi am Nemi-See war ihm durch sein Archäologie-Studium gut bekannt. Zwei über 70 Meter lange, fast zweitausend Jahre alte Schiffe hatten die Italiener 1929 und 1930 aus dem abgelassenen See geborgen. Eine Weltsensation damals. Doch dann wurden die aus der Antike stammenden Schiffe bei einem Feuer im Zweiten Weltkrieg zerstört. Die Ursache des Brandes konnte nie geklärt werden. Heute sind im Museum nur kleinere Nachbauten zu sehen.

»Mit diesem Italiener – Alex, war das Mord?«, fragte er bestürzt. Seine Schwester, so wünschte er sich, konnte es doch nicht bei diesen schweren Anschuldigungen lassen, ohne konkret zu werden.

»Ich denke, du solltest dir selbst ein Bild machen. Er hat mir das Tagebuch damals wieder abgenommen und es gab einen Riesenkrach zwischen uns. Ich konnte ihm das alles nicht verzeihen, denn er hatte unseren Familiennamen beschmutzt. Ich bin weg von Zuhause, deshalb hat er mich geschnitten und mir wiederum nicht verziehen. Also lass uns schauen, ob es das Büchlein nach den vielen Jahrzehnten noch gibt und wo er es versteckt haben könnte. Dann lies selbst. Und wir können darüber reden.« Sie machte eine Pause und sprach weiter. »Weißt du, da ist noch etwas. Es hat damals wohl eine Frau gegeben. Von einer Francesca ist im Tagebuch die Rede. Vater schwärmt darin von ihr. Und dann bricht alles abrupt ab.«

Die Geschwister hatten den See jetzt halb umrundet und kamen zum »Café am Woog«, einem Steg-Haus am Westufer. Der Blick auf ein altes, weißgraues Badehaus und friedlich schwimmende Enten im Weiher, die beim Starten und Landen kleinere Wellen produzierten, wirkte beruhigend.

Aber das Unwetter im Kopf von Leon war nicht verzogen, sondern drohte inzwischen mit den heftigsten Blitzeinschlägen. Natürlich wollte er das Tagebuch jetzt lesen, keine Frage. Egal, was ihn erwartete. Der Vater, ein Mörder? Dieser Gedanke fühlte sich für ihn an wie ein Weltuntergang.

»Zwei Eistee für uns.« Alexandra kehrte mit ihrer Bestellung in die Gegenwart zurück. Sie und Leon registrierten die Bedienung im Café nur kurz und übersahen, dass die gute Laune der jungen Frau die Aufmerksamkeit zahlreicher Gäste auf sich lenkte. Dem gut eine Minute später eintreffenden Pietro blieb die Gute-Laune-Bedienung keineswegs verborgen. Er hatte sich einen Platz nahe am Eingang gesucht – mit guter Sicht zum Tresen und auf die Bedienung sowie in Hörweite zu den Albans. Außerdem hatte er großen Hunger und bestellte sich mit einem breiten Lächeln bei der jungen Schönen ein »Frühstück spezial« mit Käse- und Schinkenvariationen sowie zwei Eier im Glas. Hatte sie nicht eben zu ihm zurückgelächelt?

Pietro fühlte sich großartig und verschwand zum Frischmachen und zum Durchkämmen seiner dicken schwarzen Haare in der Toilette des Cafés. Und bei dieser Gelegenheit konnte er gleich den penetranten Hühnerstallgeruch an seinen Händen abwaschen.

So hörte er nicht mehr, wie die Bedienung seine Bestellung an die Küche weitergab und dabei die Nase rümpfte: »Frühstück spezial für den Hühnerbaron an Tisch zwei.«

Leon und Alexandra hatten sich in den nächsten zwanzig Minuten ein wenig in Rage geredet, dann wieder beruhigt und darauf geeinigt, dass der Jüngere zunächst selbst das Tagebuch lesen sollte. Wortfetzen wie »Zweiter Weltkrieg«, »Italien« und »Nemi-See« drangen dabei an das Ohr von Pietro. Er spürte deutlich, dass die Albans durch irgendetwas in Zusammenhang mit ihrem verstorbenen Vater erregt waren. War es das, was sein Chef wissen wollte? Zumindest konnte er mit einer wichtigen Nachricht aufwarten.

Dann kam der Aufbruch. Leon bezahlte und schritt zum Ausgang, vorbei an der Bedienung, die er jetzt kurz musterte. Er sah sie beim Kassieren am Tisch eines lächelnden Italieners, der mit ihr flirtete.

Nur kurz hatte Leon das Gefühl, dass ihn der Fremde aus den Augenwinkeln beobachtete. Nur kurz, dann verwarf er den Gedanken wieder. Er hatte sich um Wichtigeres zu kümmern. Und da störte der am frühen Nachmittag bevorstehende Termin mit Farrenberg und der Sippe aus Köln gewaltig.

Pietro griff draußen am Ufer des Sees entspannt zum Mobiltelefon und gab seinen Bericht an Armin Hainburg ab. »Chef, ich habe die Albans immer im Auge gehabt. Und ich habe gehört, dass es sehr erregt um den Weltkrieg ging, um Italien, den toten Vater und um einen See, den Nemi-See glaube ich.«

»Gut gemacht, Pietro«, reagierte Armin Hainburg ebenso knapp wie erfreut, als er beim Mittagsbrunch in Nierstein saß. Und natürlich konnte er mit diesen Informationen etwas anfangen, denn sie bestätigten erneut, dass an der Geschichte etwas Wahres dran sein musste.

»Etwas? Nein«, dachte Armin Hainburg, »ganz viel Wahres.« Sein Instinkt und sein Riecher für vielversprechende Kunst-Deals hatten ihn richtig geleitet.

Dann fragte er am Hörer provokant: »Wie war deine Nacht?«

Pietro ließ sich nicht ärgern und antwortete schlagfertig: »Ich hatte Gesellschaft, lauter junge hübsche Hühner.«

»Okay, dann komm zurück.« Armin Hainburg legte auf. »Diese Italiener«, wunderte er sich, »haben bei den Frauen doch immer gute Chancen.«

13

Nierstein, am selben Tag

Gegen Mittag waren Leon und Alexandra nach Nierstein aufgebrochen. Sie sprachen kaum und dachten an ihr Gespräch am Woog. Auf der anderen Rheinseite wurde der Verkehr dichter, da vor einer Stunde die Winzer ihre Pavillons zum Weinfest eröffnet hatten. 60 Weine mit allen Nuancen, die ein Riesling vom Roten Hang bieten konnte, warteten auf durstige Weintrinker. Erste Besucher trafen ein.

Leon schimpfte vor sich hin. »Das hat uns noch gefehlt, dass wir in so einen Rummel reinkommen.« Er musste schmunzeln und sah zu Alexandra. »Andererseits, in London wird dir das nicht so schnell geboten.« Dann entdeckte er die Abbiegung von der Ringstraße in die Altstadt. »Da vorne ist der Gutshof, der Prinz zu Nierstein.«

In der Einfahrt zur Hofreite wartete Toni Farrenberg, der auf Geheiß von Armin Hainburg seit einer Viertelstunde nach dem Darmstädter Wagen Ausschau hielt. Leon registrierte auf den ersten Blick, dass sich der Gastronom festlich herausgeputzt und eine blaue, folkloristisch anmutende Winzerweste mit Waffelmuster über sein weißes Hemd gezogen hatte, was seinem Bauch ein wenig Einhalt gebot. Leon fühlte sich bei ihm an einen italienischen Parkplatzanweiser in der Via Partenope in Neapel erinnert, der bei einem Studienaufenthalt vor vielen Jahren seinen Mietwagen mit rudernden Händen auf einen freien Platz dirigiert hatte.

Farrenberg wedelte mit seinen Wurstfingern und deutete zu einer Linde. »Da kommt nachher Schatten«, rief er Leon zu. »Wir sind hinten im Clubraum, im

Glockenspiel-Zimmer«, erklärte er und lotste die Besucher durch den Gutsausschank.

Leon sah halbhohe, mit dunklem Holz vertäfelte Wände und nahm eine Geruchsmischung aus Most und Tabak wahr, die von alten, wallnussbraunen Tischen und Bänken ausströmte. Das Hinterzimmer, in das sie eintraten, hatte seinen Namen von einem Glockenspiel auf der Rückseite des Anwesens, wo in der Altstadtgasse früher ein Nebeneingang gewesen war. Farrenberg erzählte, dass sein Vater in einer Weinlaune den Einfall für eine Schänke samt Geläut hatte. Seitdem ließen 16 kleine Bronzeglocken viermal am Tag deutsche Volks- und Weinlieder erklingen. Die Stube war zwar nach der Jahrtausendwende geschlossen und vorne der Gutshof eröffnet worden. Das Glockenspiel aber blieb.

Der Raum wirkte hell und freundlich, bleich gewaschene Gardinen hingen in Wellen vor den Butzenfenstern, und ein großer, runder Holztisch stand in der Mitte. Der obligatorische Keramik-Aschenbecher mit kupfernem Bügelgriff und der Aufschrift »Stammtisch« durfte nicht fehlen. Ebenso wenig wie eine weiße Orchidee. So manches lukrative Geschäft war hier schon abgeschlossen worden. Denn hinter der Fassade des diensteifrigen Winzers verbarg sich eine breite Palette krimineller Energie. Betrug, illegales Glücksspiel, Hehlerei. Der enge Kontakt zu der Kölner Familie war da von großer Hilfe.

Armin Hainburg klopfte gerade mit den Fingern an den Bügel des Aschenbechers und brachte ihn zum Schwingen, als Leon und Alexandra eintraten. Er erhob sich. »Meinen Geschäftsfreund Alessandro d'Ariccia kennen Sie ja schon. Meinen Sohn darf ich entschuldigen. Er hat Termine.«

Ohne langes Hin und Her kam Armin Hainburg, der sich zu diesem Festsamstag in ein schwarzes Hemd und schwarzes Sakko gekleidet hatte, rasch auf den Punkt. »Ich weiß, dass Sie viel hinter sich haben und noch etliche Aufgaben nach dem Tod Ihres Vaters auf Sie zukommen. Wir wissen von der umfangreichen Privatsammlung Ihres Vaters in Mainz, denn als Archäologe, Reisender nach Italien und Griechenland und als Professor an der Mainzer Gutenberg-Universität ist über die Jahrzehnte ja einiges an Kunstgegenständen zusammengekommen. Wir haben mit Ihrem Vater ja schon zu tun gehabt. Wenn Sie mit uns ins Geschäft kommen möchten, würden wir uns die Sammlung gerne mal anschauen.«

Armin Hainburg unterbrach kurz, blickte zu seinem Freund Sandro d'Ariccia und ließ sich seine Worte durch ein leichtes Kopfnicken bestätigen. »Wir interessieren uns für einige Stücke«, fuhr er fort, »und haben gute Kunden in Europa und Übersee. Und das soll nicht zu Ihrem finanziellen Nachteil sein. Wir zahlen gut.«

»Die Sammlung unseres Vaters ist natürlich recht groß und wir müssen sie zunächst mal sichten«, versuchte Leon mit einer kleinen Lüge das Vorhaben der Kölner zu bremsen. Mit dem Verbleib der Stücke würde er sich frühestens in ein paar Wochen beschäftigen. »Suchen Sie denn was Bestimmtes?«

Leon blickte bei dieser Frage Armin Hainburg in die Augen. »Ich habe den noch nie bei uns in Mainz gesehen«, sagte er sich im Stillen. »Woher will er also von der Sammlung wissen?«

»Wir haben da – unter anderem, versteht sich – etwas Spezielles im Auge«, antwortete Armin Hainburg. »Ein Artefakt vom Nemi-See, vielleicht in den vierziger Jahren von Ihrem Vater gefunden, vielleicht vom Tempel der Diana. Ihr Vater war während des Zweiten Weltkriegs doch dort. Oder?«

Armin Hainburg war sich im Klaren darüber, dass er sich weit aus dem Fenster gelehnt hatte. Denn alles von ihm war Spekulation. Mehr nicht. In den vielen Jahren als Kunsthändler hatte er sich umfangreiche Kenntnisse über die alte Geschichte angeeignet, er wusste grob von dem Tempel und vom »Spiegel der Diana«, wie der Nemi-See in der Antike genannt wurde. Das kam ihm zugute. Er pokerte. Und er glaubte fest an sein goldenes Händchen für lukrative Geschäfte. Denn Artefakte aus der Antike, so wusste er, und zudem mit einer geheimnisvollen Geschichte verbunden, sind auf dem Schwarzmarkt eine Sensation. Sie sorgen bei Sammlern für großes Interesse – und öffnen die Geldbörsen.

Er war entschlossen, ein Artefakt in die Hände zu bekommen, das offenbar einen Mord wert gewesen war. Vielleicht handelte es sich bei dem Fund sogar um eine Wunder-Reliquie, überlegte Armin Hainburg. So wie das Santo Bambino, das heilige Jesu-Kind, das 1994 aus einer Kirche in Rom gestohlen worden war. Die Krankheiten heilende Holzfigur gilt bis heute als verschollen. Ein Vermögen würde dafür bezahlt werden – von jemandem, der an Wunder glaubt. Oder ein Wunder dringend benötigt.

Der Kölner musterte das Geschwisterpaar. Würden sie auf seine Finte hereinfallen? Gespannt wartete er auf die Reaktion.

Leon war überrascht über das forsche, aber – wie er merkte – nicht ungeschickten Vorgehen. Es ärgerte ihn, doch er ließ sich nichts anmerken. Bei seinem Archäologie-Studium in Mainz und Heidelberg hatte er zwar viel gelernt. »Aber warum bin ich nicht selbst auf den Diana-Tempel gekommen«, überlegte er. Alex hatte ihm doch von dem Eintrag im Tagebuch und von einem Fund am Nemi-See erzählt? »Und warum«, fragte er sich, »habe ich bis heute Vormittag nicht mal gewusst, dass unser Vater dort war?«

Leon entschloss sich zum Gegenangriff. »Der Nemi-See?« Er stellte sich unwissend und blickte Armin Hainburg wieder konzentriert in die Augen. »Was glauben Sie denn sonst noch von unserem Vater aus dem Zweiten Weltkrieg zu wissen?«

Sandro d'Ariccia und Toni Farrenberg waren die ganze Zeit schweigsam geblieben und hatten sich kaum auf ihren Stühlen bewegt. Sie spürten, dass das Gespräch an einer entscheidenden Stelle war. Alexandra hatte ebenfalls geschwiegen. Denn Artefakte und Sammlungen waren nicht ihre Welt, da kannte sich ihr jüngerer Bruder besser aus.

Schlagartig sprang die Eingangstür des Clubraums auf und zwei Ausflügler vom Weinfest schoben sich in das Zimmer. »Gibt's hier denn mal 'nen Schoppen oder'n Piffchen, oder ist noch zu?« Der ältere Mann mit Safari-Weste und einem aus Wolle gehäkelten Glashalter um den Hals schob sich das Brillengestell höher auf den Nasenrücken. »Vorne war auf, aber keiner da«, schilderte der Festbesucher. »Nur dieser junge freundliche Mann. Der hat zu mir und meiner Frau gesagt, gehn'se mal durch. Da kommt was.«

Farrenberg sprang hinter dem Holztisch auf. Die beiden Besucher mussten so schnell wie möglich wieder verschwinden. »Ne, ne, hier ist noch geschlossen«, bedrängte er das Ehepaar mit ausgebreiteten Armen und stellte seinen Bauch in den Weg. »Wir haben eine Besprechung. Bitte gehen Sie«, fuhr er die Touristen an.

Während das Ehepaar sich mit einem leisen »Entschuldigung« hinausschlich und Sandro d'Ariccia ungeduldig seine Ringe am Finger drehte, nutzte Leon die Gunst des Augenblicks. »So, ich habe Sie gefragt, was wissen Sie von unserem Vater aus dem Zweiten

Weltkrieg?« Keine Antwort. Dann wurde er energischer. »Meine Herren, es gibt weder ein Artefakt vom Nemi-See in der Sammlung unseres Vaters, noch ist uns bekannt, was er oder wer auch immer in den vierziger Jahren dort zu tun hatte – wir wissen darüber nichts und das steht auch nicht zur Diskussion.« Er war entschlossen, das Gespräch schnell zu beenden, auch mit einer Lüge. Woher wussten diese merkwürdigen Zeitgenossen von alldem, was Alex vor fast vierzig Jahren aus dem Tagebuch des Vaters erfahren hatte? Warum standen sie buchstäblich auf der Matte der Villa, um die Sammlung anzuschauen?

Alexandra ahnte, dass es mehr geben musste als die Aufzeichnungen. Aber interessierte es sie? Für sie hatten die Kurse der Londoner Stock Exchange und die Immobilienpreise im Königreich oberste Priorität. Und ihre Direktoren der Privatbank Kempper & Aaron erwarteten vollen Einsatz – ruhig, souverän, mit kühlem Kopf. Dieses alles hier in Mainz und Nierstein lag hinter ihr. Doch sie wollte ihren Bruder wenigstens unterstützen.

»Sehr geehrter Herr Hainburg, wir haben heute Nachmittag noch andere Termine«, beendete sie kurzerhand die Unterredung. »Sie entschuldigen uns. Wir haben es eilig.«

Leon stand als Erster auf und stieß seinen Stuhl zurück. Dann sagte er: »Meine Schwester hat recht. Ihr Besuch bei uns in Mainz muss entfallen. Wir bedauern. Ich persönlich empfehle Ihnen einen Besuch am Roten Hang und einen Schoppen mit einem frischen Sauvignon blanc – vom Winzer in der Nachbarstraße.« Farrenberg, da war er sicher, konnte ihm künftig gestohlen bleiben. Schnell waren sie durch die Tür verschwunden.

An der Hauswand zur Altstadt sprang das Geläut an. Die hellen Schläge drangen durch das leicht geöffnete Butzenfenster und beschallten das Clubzimmer mit einem alten Volkslied. Armin Hainburg versenkte den Kopf tief in seinen Händen. Dann bimmelte ihnen eine Melodie ins Ohr, die er aus seinen Jugendtagen kannte.

»Bruder Jakob, Bruder Jakob,
Schläfst du noch? Schläfst du noch?
Hörst du nicht die Glocken?
Ding dang dong,
ding dang dong.«

Er tobte. »Das hat hier alles keinen Sinn, wir fahren noch heute Abend zurück nach Köln.«

In diesem Moment kam Lasse durch die Tür, der im Gastraum hinter der Tür gehorcht und sich den Spaß mit den Touristen erlaubt hatte, um seinen Vater zu ärgern. »Ihr bekommt es irgendwie nicht gebacken, scheint mir«, lästerte er. »Und jetzt bläst du alles ab?«

»Natürlich blase ich alles ab. Wir können doch nach deinem Auftritt von gestern und der geplatzten Unterhaltung von heute nicht in die Mainzer Villa einbrechen und den Krempel fortschaffen«, schimpfte Armin Hainburg. »Was meinst du, Sohnemann, auf wen würde wohl der Verdacht fallen?«

Er ließ keinen Zweifel an seiner Absicht und zog mit der rechten Handkante eine Linie durch die Luft. »Heute Abend fahren wir. Basta! Bis dahin können wir uns noch auf dem Weinfest volllaufen lassen. Komm, Sandro, lass uns gehen.« Dann drehte er sich zu seinem Sohn. »Ach ja, Lasse, du wirst uns heute nach Hause fahren. Kurz vor Mitternacht.«

»Wie jetzt?«

»Was heißt *wie jetzt*? Nüchtern. Klar?«

Lasse Hainburg erschrak ein wenig, ließ sich aber nichts anmerken. Denn in der vergangenen Nacht hatte er seine Vorkehrungen getroffen, um dieses Wunderding vom See, wie er es nannte, in seine Hände zu bekommen. Den Gedanken seines Vaters, wer außer ihnen bei einem Einbruch in die Villa verdächtigt werden würde, hatte er nicht bedacht. Der Alte war ja manchmal recht clever, sagte sich Lasse. Er grübelte. »Da muss mir was einfallen. Und zwar schnell.«

14

Mainz, Villa am Rosengarten

Leon und Alexandra hatten auf dem Weg zur Villa das Grab in Mainz-Laubenheim besucht und schweigsam die vielen Schleifen und Kränze betrachtet. Leon zeigte auf den großen, dunklen Granitstein am Kopf des Familiengrabes. »Unser Vater hat ein paar Wochen nach dem Tod meiner Mutter ihren Namen Marie eingravieren lassen. Meine Mutter steht jetzt gleich unter dem Namen deiner Mutter.«

»Und der kleine hübsche Stein da? Auch neu?« Alexandra hatte bis gestern lange nicht am Grab gestanden.

»Später, du warst nach der Beerdigung schon wieder in London, ließ er noch diesen Schmuckstein einarbeiten. Übrigens, mit einer Diana drauf. Aber warum?« Beide gingen näher heran.

»Ich habe dem keine größere Bedeutung beigemessen«, sagte Leon, »er war schließlich Archäologe. Aber jetzt ... Vater, Diana, Nemi, diese Kölner, das Tagebuch. Langsam wird's interessant, oder?« Er zeigte auf den kleinen Stein aus Onyx mit der antiken Frauenbüste. »Und wir beide werden irgendwann auch im Familiengrab liegen. Es sei denn, du willst lieber in London ...?«

Alexandra unterbrach den Bruder. »Da haben wir noch Zeit. Jetzt schauen wir erst mal, was uns der Notar zu sagen hat, bevor wir hier Rätsel lösen. Die Testamentseröffnung wartet auf uns. Aber wenn es dir nichts ausmacht, dann würde ich mir gerne die Monstranz in der Kirchensakristei anschauen, die unser Vater so geliebt hatte«, lenkte sie auf ein anderes Thema. »Du weißt doch, die zum Kusse gereicht wurde. Ich habe gestern dem Pfarrer gesagt, dass wir heute kommen.«

Leon folgte Alexandra leicht unwillig zur Kirchenverwaltung und in die Sakristei, wollte ihr aber den Wunsch nicht ausschlagen. Der Mitarbeiter, der sich als Raimund vorstellte, holte den einer Sonnenscheibe nachgebildeten Strahlenkranz aus einer verschlossenen Vitrine hervor und stellte ihn vorsichtig auf einen kleinen Tisch. »In der Mitte«, erklärte Raimund, ein Mittfünfziger mit spärlichem Haarkranz, »liegt unter Glas ein Splitter in Kreuzform vom Holzkreuz Jesu, oben im Kranz die spinea corona, das Dornenstück, hinter Glas gesetzt wie alle anderen Reliquien auch.« Dann zeigte er die Rückseite mit dem Öffnungsriegel für den in Samt gebetteten Holzsplitter, der mit kleinen Edelsteinen verziert war.

Raimund war stolz. »Ein Schmuckstück. Wissen Sie, in der Romanik um die Jahrtausendwende herum musste alles von den Gläubigen angefasst werden. Aber zur Gotik hin ändert sich diese Frömmigkeit etwa ab dem 12. Jahrhundert. Es ging jetzt mehr ums Schauen. Daher wurde im Barock das Drumherum wichtiger und prachtvoller. Wie bei unserer Monstranz.«

Alexandra war bewegt, sah den Vater vor sich, wie der als Bub die Monstranz geküsst haben musste. »Davon hat er mir nie erzählt.«

Da stieß ihr Leon leicht in die Seite. »Der Notar wartet.«

15 Minuten später erreichten beide das Elternhaus im Mainzer Rosengarten-Viertel. Die Villa oberhalb einer Parkanlage strahlte in der Nachmittagssonne, sodass ihr die Jahre seit Anfang des 20. Jahrhunderts nicht anzusehen waren. Das einst von französischen Offiziersfamilien nach dem Ersten Weltkrieg bewohnte

Gebäude hatte 1929 Großvater Max von Alban gekauft, um sich selbst als Bankdirektor, seiner Frau Auguste und Curth ein standesgemäßes Zuhause in großzügigen Verhältnissen zu bieten. Von seinem Stiefvater Max übernahm Curth die Begeisterung für Archäologie und dessen Sammelleidenschaft, als Alleinerbe das komplette Vermögen und den Massivbau mit seinen klassizistischen Formen samt Grundstück in bester Lage. Er lebte dort fast 90 Jahre und drückte der Villa seinen Stempel auf.

Im Arbeitszimmer im ersten Stock entsiegelte und verlas der Notar das Testament Curth von Albans. Doch entgegen den Erwartungen von Leon verbarg sich darin weder eine persönliche Erklärung noch etwas Ungeheuerliches zur Vergangenheit des Vaters, geschweige denn irgendetwas mit Italien. Er selbst erbte Haus und Grundstück in Mainz samt Mobiliar, inklusive der großen Privatsammlung. Alexandra erhielt sämtliche Wertanlagen und Fonds übertragen, die sie zum Teil für sich selbst beanspruchen durfte, zu einem anderen Teil zusammen mit dem Bruder verwalten sollte. Leon und Alexandra waren von nun an vermögend.

Haushälterin Annette Sternberg war vom Patriarchen als Miterbin bedacht worden. Für ihre Verdienste um die Familie hatte ihr Curth von Alban eine große Leibrente aus den Bankeinlagen zugestanden und zudem Wohnrecht auf Lebenszeit im komfortabel ausgebauten Obergeschoss garantiert. Sie war jetzt Mitte sechzig, hatte ebenfalls ausgesorgt und freute sich auf ihr neues Leben mit vielen Reisen in Länder, von denen der Professor ihr immer erzählt hatte. Italien, Griechenland, Frankreich – die Welt war für sie jetzt groß geworden.

Es wurde später Nachmittag und früher Abend. Nachdem die Haushälterin aus Küchenbeständen schnell »Weck, Worscht und Woi« aufgetischt hatte, das Lokalgericht mit Fleischwurst, Senf, Brötchen und einem Glas Riesling, gingen die drei zu vorgerückter Stunde zum gemütlichen Teil des Abends über. Leon holte einen Rotwein aus dem Weinkeller und entkorkte einen trockenen 2012er Merlot aus dem Barriquefass vom Weingut der Stadt Mainz.

Über die geschwungene Holztreppe im Foyer stiegen sie in das mittlere Stockwerk mit Arbeitszimmer, Bibliothek und der Sammlung des Vaters, die er in späteren Jahren bis in die Jugendzimmer seiner Kinder ausgedehnt hatte. Annette Sternberg zog sich zur Nacht in ihre Privaträume zurück. Sie verabredeten sich für Sonntag in der Villa, um am Schreibtisch nach unerledigter Korrespondenz zu suchen.

»Ich mag sie wirklich gerne«, sagte Leon zur Schwester, nachdem Annette Sternberg sich verabschiedet hatte, »aber in Wahrheit will ich morgen nach dem Tagebuch suchen. Nach deinen Erzählungen von heute will ich der Sache nachgehen. Doch das geht unsere Annette nichts an.« Etwas müde drückte er sich aus dem gesteppten, kaffeebraunen Chesterfield-Sofa hoch und warf einen anerkennenden Blick auf das sechs Reihen hohe Bücherregal des Vaters mit Literatur überwiegend aus Europa und Bildbänden wie Sachbüchern von den antiken Schauplätzen der Welt. »Wirklich beeindruckend, was unser alter Herr alles angesammelt und gelesen hat«, sagte er mit Bewunderung. »Das eine oder andere Stück würde mein Antiquariat in Darmstadt gut ergänzen.«

Alexandra schenkte sich ein weiteres Glas Merlot ein. »Es gehört dir. Vielleicht kann ich mal durchschauen und ein paar Erinnerungsstücke für mich behalten, bevor du irgendwas aus dem Haus gibst. Aber du hast Zeit. Es eilt nicht.«

Leon zog sie durch eine zweitürige Flügeltür aus geschliffenem Glas weiter in den nächsten Raum. »Lass uns mal durch die Sammlung laufen, was er alles neu angekauft hat. Du wirst staunen.«

Der Bronzenachguss eines antiken Diskuswerfers eröffnete einen Reigen von Preziosen, um die viele Archäologie-Professoren den Senior bei Besuchen beneidet hatten. Leon geriet ins Schwärmen. »Hier, ein Diskobolos, nach Myron aus Griechenland, antike Hochklassik, 5. Jahrhundert vor Christus. Ich glaube, er hat sich die Figur mal aus München besorgt. Es ist die Abkehr von der Archaik mit ihren Frontalansichten hin zu kraftvoller Bewegung im Raum.«

Alexandra ahnte, was jetzt folgte, denn ihr Bruder begann Feuer zu fangen. Vielleicht hätte Leon nach dem Studium doch besser Archäologe werden sollen, sagte sie sich im Stillen.

»Und dort, Alex, schau nur, die Kopie einer Marsyas-Statue. Der törichte Satyr war mit einer Doppelrohrflöte im Wettstreit ausgerechnet gegen Apollon mit der Leier angetreten, den Gott der Musik. Marsyas, wie du siehst, endete gehäutet am Baum.« Leon vermutete, der Vater habe die Kopie vom Louvre gekauft.

»Und hier, ein Prunkstück der Sammlung«, sagte Leon und deutete auf ein rotfiguriges Tongefäß in der Mitte des Raumes, worauf ein junger Krieger von einer Frau in langem Gewand bedient wird. »Diese Glockenkrater, so nennt man heute die antiken Gefäße zum Weinmischen, kamen bei Symposien zum Einsatz. Der hier im 4. Jahrhundert vor Christus in Kampanien, wo sich viele Griechen angesiedelt hatten.«

Alexandra staunte, denn dieser Henkeltopf, wie sie salopp sagte, war kaum beschädigt und zeigte eine nahezu intakte Bemalung. »Also, Symposien«, warf sie ein, »das war doch was zwischen Gastmahl und Besäufnis, oder?«

Leon nickte. »Ja, aber nach strengen Regeln, und es ging bei Männer-Gelagen durchaus auch zotig zu, etwa mit derben erotischen Darstellungen in den Trinkschalen.«

»Und was kostet so was heute«, fragte sie knapp.

Leon zog die Augenbraue leicht hoch und verfolgte mit seinen Augen den Lorbeerfries unter der Mündung des oberen Randes. »Schlappe 13.000 Euro, hat Vater mir mal verraten. Aus einem deutschen Auktionshaus. Mit Echtheitszertifikat.«

Jetzt standen beide an einer blank geputzten Glasvitrine mit Münzen, gebettet auf dunklem Samt. Darunter ein Janus-Kopf mit Lorbeer aus dem 2. Jahrhundert vor Christus, eine bronzene Falschgeld-Münze aus der Zeit Kaiser Caligulas, antikes Delphingeld aus Olbia an der Schwarzmeerküste und ein fünf Zentimeter großes Medusenhaupt mit eingelegten Silberaugen aus dem 1. bis 2. Jahrhundert. An der schmalen Seite der Vitrine steckte ein riesiges, altertümlich anmutendes Vergrößerungsglas in einer zerschlissenen Stoffhülle.

»Damit hat schon lange keiner mehr auf Details geschaut«, bemerkte Leon nachdenklich. Sein Blick fiel auf einen kleinen römischen Republiksdenar. »Der war mir bisher nicht aufgefallen, oder unser Vater hat ihn erst in den letzten Monaten hier platziert. Naja, nichts Besonderes, mal schauen.«

Leon griff zur Lupe und beugte sich hinunter. Dann war er sicher – und aufgeregt. »Die Büste der Diana Nemorensis.«

Alexandra schaute ihren Bruder fragend an. »Ja, und?« Der Rotwein zeigte Wirkung.

»Diana, Nemorensis, das heißt, aus Nemi – schon wieder geht es um diesen Tempel am See in den Bergen bei Rom. Du erinnerst dich, der alte Hainburg hatte heute Nachmittag davon gesprochen. Und Vater hat auf dem Grabstein doch auch ...«

Er nahm die Silbermünze aus der Vitrine und drehte sie neugierig um. »Die Rückseite zeigt die dreifache Kultstatue der Diana Nemorensis mit Diana, Hecate und Selene. Die gehörten zum Inventar des heiligen Hains im Tempel.«

Seine Schwester winkte ab. »Das ist mir jetzt zu speziell. Lass' uns zurück nach Darmstadt fahren, bevor ich vor Müdigkeit umfalle.«

Kurz darauf preschte Leon mit seinem Wagen auf die Autobahn. Alexandra meldete sich bei der Weisenauer Rheinbrücke ab und schlummerte vor sich hin. Zuhause schob Leon sie aufs Gästebett und grübelte bis zum Einschlafen über die Geschichte des Tempels. Er erinnerte sich an den Mythos, wonach der oberste Priester als ein Priesterkönig galt, der sein Amt nur erlangen konnte, wenn er seinen Vorgänger tötete. Er nahm sich vor, dies morgen in seiner Bibliothek nachzulesen.

Leon schlief schlecht. Wilde Traumszenen setzten ihm zu. Seinen Vater erkannte er kurz als kalt grinsenden Nazi in Uniform, dann wieder als stolz kämpfenden Rex Nemorensis gegen einen Gladiator, der sich als italienischer Archäologe entpuppte. Sein Vater, wie immer im weißen Hemd mit Seidenschal um den Hals, schleuderte einen Speer in Richtung des Gladiators, der getroffen zu Boden sank. Im Hintergrund, an einer Eiche gelehnt, lag lasziv eine nackte Diana, die Ähnlichkeit mit Sara Sander hatte. Leon selbst sah sich als jungen Satyr mit Ziegenbeinen auf den Vater zulaufen und schrie. »Was machst du da, was machst du da?« Er wälzte sich herum. Bekam keine Antwort. Dann zog der Rex Nemorensis ein Mobiltelefon aus der

Pistolentasche seiner Uniform, und es klingelte beim Satyr, der in seinem Fell nach einem Telefon suchte. »Nein, nein«, murmelte Leon im Schlaf, »nur ein Traum.«

Das Klingeln wurde eindringlicher. Leon riss die Augen auf. Er griff instinktiv zum Telefon auf seinem Nachttisch, das gnadenlos rappelte. Dann hörte er das Flüstern einer vertrauten Stimme.

»Ich bin's, Annette. Ich glaube, hier sind Einbrecher.« Sie stockte. Dann: »Was soll ich machen?«

Leon war auf der Stelle glockenwach. »Ganz ruhig, ruf' die Polizei, ich bin gleich da.« Dann legte er auf und sprang aus dem Bett. Er riss Alexandra aus dem Schlaf. »Los, wir haben ein Problem. Komm schon!«

Fünf Minuten später raste der Wagen durch die Nacht, es war morgens 2.20 Uhr. Bis Mainz brauchten sie 30 Minuten.

15

Von Nierstein nach Köln

Lasse Hainburg schaute heimlich auf seine Armbanduhr, als er im Hof zusammen mit Farrenberg seinen müden Vater und den sturzbetrunkenen Sandro d'Ariccia in die Limousine hievte. Der Wein vom Roten Hang hatte im Verlaufe des Festabends nicht seine Wirkung verfehlt. Es war 15 Minuten vor Mitternacht. Von Nierstein aus, rechnete Lasse, brauchte er zwei Stunden für die etwa 200 Kilometer bis Köln, ein wenig mehr bis an die Haustür. Ab jetzt musste alles nach Plan laufen.

Vor der verabredeten Abfahrt am Bistro hatte er sich mit Pietro und Frode besprochen und ihnen letzte Anweisungen gegeben. Nachts um 1.30 Uhr sollten sie in einer Nachbarstraße der Alban-Villa in Mainz parken und zunächst beobachten, ob dort alles ruhig war.

»Mehr als die Haushälterin habt ihr nicht zu befürchten,« hatte er dem Duo erklärt, »und wenn ihr leise seid, wird die Alte nichts merken.« Und falls doch, schob er nach, »dann macht, was nötig ist.«

Pietro und Frode kam der Einbruch gelegen. Sie waren geübt in Kunstdiebstählen und hatten lange nicht mehr einen lukrativen Job im Auftrag ihres Chefs übernehmen dürfen. Der älteste Hainburg-Sohn hatte ihnen nun einen besonders hohen Anteil versprochen, wenn die erbeuteten Artefakte aus der Privatsammlung erst gewinnbringend verkauft sein würden. »Ihr bekommt jeder zehn Prozent«, hatte Lasse mit großen Versprechungen gelockt. Er hatte es satt, hinter seinem Vater immer nur die Nummer zwei zu sein.

»Ach, was heißt eigentlich Nummer zwei?«, hatte Lasse sich am Morgen bei der Rasur in der Farrenberg-Pension über die Hackordnung in seiner Familie beklagt. »Vor mir kommen noch Sandro, dann Mira, mein liebes Schwesterlein, und dann Bruderherz Finn. Bruderherz! Pah! Ich bin doch nur die Nummer fünf.« Die Klinge hatte die rechte Wange geritzt. Er war entschlossen, diese Hackordnung in den nächsten Wochen und Monaten zu ändern. Er war jetzt 27 Jahre alt. Als ältester Sohn erhob er den Anspruch, »die Firma«, wie sie genannt wurde, irgendwann zu übernehmen. Und Geduld zählte nicht zu seinen Stärken. Dann hatte er das Blut an der Wange mit einem Kosmetiktuch abgetupft.

Diese Firma war alles andere als ein seriöses Unternehmen, wie Lasse schon früh in seiner Jugend gelernt hatte. Das Kunstkontor in der Kölner Altstadt war ein Blendwerk für verschiedene Verstrickungen des Vaters in europaweite Händel auf dem Schwarzmarkt. Und dabei schreckten er und sein Schulfreund Sandro d'Ariccia nicht davor zurück, sich die Kunstgegenstände mit Gewalt zu besorgen, wenn Kunden gut zahlten.

Lasse hatte alles getan, um seinem Vater zu gefallen. Er stählte sich als Hobbyboxer in einem Sportclub, hatte nach einem durchschnittlichen Abitur ein wenig studiert und sich als Experte für germanisch-keltische Kunst und Kultur in die Firma eingearbeitet. Und entwickelte eine Abneigung gegen alles Fremdartige, gegen die Kirche, gegen Ausländer, und redete von völkischen Idealen, die ihm sein Vater vorgegeben hatte. Doch Anerkennung, so empfand er, erntete er nicht dafür. Und Mutter? Die hielt sich aus allem raus. Das war ihre Rolle.

Lasse schaute wieder auf die Uhr. Es war kurz nach eins in der Nacht. Sein Vater und Sandro d'Ariccia hatten es sich auf Beifahrersitz und Rücksitz bequem gemacht. Sandro war auf der A3 bei Wallau in einen festen Schlaf gefallen. Sein Vater hatte ein wenig vom Weinfest erzählt, über den »dümmlichen Farrenberg« gelästert und dann die Augen geschlossen. Die A3 war leer, und Lasse konnte den Wagen fliegen lassen.

»Ja, Mira, die Schöne. Papas Liebling«, grübelte er am Steuer in sich hinein. Seine drei Jahre ältere Schwester hatte sich bei einem der vielen Feste der italienischen Großfamilie von Sandro in Luca Esposito verknallt, den ältesten Sohn eines örtlichen Paten. »Nein, eigentlich hat sie ihn in ihren gut gefüllten Ausschnitt blicken lassen und kurzerhand verführt«, erinnerte sich Lasse amüsiert an das plötzliche Verschwinden der beiden am Festabend. Ein Jahr später hatte »das Blondchen«, wie er seine Schwester nannte, Köln verlassen und sich der Esposito-Familie in Palestrina angeschlossen, einem alten Bergdorf östlich von Rom. Als deutsche Ehefrau von Luca Esposito. Seitdem waren die Beziehungen nach Italien besser geworden, und Mira hatte sich zu einer geschäftstüchtigen Ehefrau entwickelt, die für beide Familien gewinnbringend arbeitete.

Und schließlich gab es Finn, seinen jüngeren Bruder. Der hatte sich als kahlgeschorener Deutsch-Rapper einen Namen in der Szene gemacht. »Naja, eher Untergrund-Szene«, wie Lasse im Stillen hetzte. Jetzt versuchte sich Finn als Promoter in der Rapper-Szene mit deutschem Liedgut. Erfolglos. »Hauptsache, er kommt mir nicht in die Quere«, dachte er. Das Autobahndreieck Köln-Heumar kam näher. Jetzt war es nicht mehr weit. Er wurde nervös und schaute auf die Uhr. Es war Punkt 1.45 Uhr.

»Odin hilf! Pietro und Frode stehen hoffentlich schon in den Startlöchern«, schickte er ein kleines Gebet in den germanischen Götterhimmel. Und er setzte großes Vertrauen in Toni Farrenberg, der bei diesem Coup mit ihm gemeinsame Sache machte und als Hehler fungieren sollte. Der dicke Winzer hatte zwei seiner schweren Jungs abgestellt, die mit einem kleinen, unscheinbaren Lieferwagen in der Nähe der Villa warteten. Sie sollten die Beute übernehmen und seinem Plan folgen. Lasse gab Gas. Auf der Zoobrücke über den Rhein, wie er wusste, war eine Radarkamera installiert. Noch 20 Meter. Dann krachte in der Nacht ein grelles Blitzlicht auf.

Armin Hainburg fuhr aus seinem Sitz hoch und schaute verkatert ins Dunkel. »Nee, nicht wirklich, bei dem Tempo! Bist du von allen guten Geistern verlassen?«

Lasse blieb ruhig. »Mist«, heuchelte er, »aber so schnell war ich ja nicht. Nur knapp drüber. Kann passieren.«

Sandro war im Fond zum Leben erwacht. »Oh Mann, bin ich voll.« Er hob den Kopf. »Was war das, das Grelle?«, fragte er mit schwerer Zunge. Die Antwort wartete er nicht ab. »Hey, Lasse, die Zoobrücke! Weiß doch jeder!«

Lasse schaute auf die Uhr. Es war kurz vor zwei Uhr.

16

Mainz, Villa am Rosengarten

Annette Sternberg war nach einem Glas Merlot ins obere Stockwerk gegangen, das sie in der Villa am Rosengarten seit Jahren bewohnte. Sie hatte den Tag Revue passieren lassen und war mit sich und der Welt zufrieden. Dann versank sie in einen tiefen Schlaf.

Irgendwann wurde sie unruhig und wachte auf. Es knarrte und knackte im Haus.

»War da was?« Die Haushälterin hatte das Gebälk der alten Holztreppe im Foyer in Verdacht, das bei bestimmten Wetterlagen mitunter knarzte. Es blieb aber ruhig. Im halbwachen Zustand schob sie alle Befürchtungen beiseite und zog sich das weiche Federbett wieder zurecht – um im nächsten Moment die Augen weit aufzureißen.

»Stimmen«, sagte sie sich in einem Anfall von Panik, »da sind Stimmen.«

Es war stockdunkel im Haus. Leon und Alexandra, überlegte Annette Sternberg, hatten die Villa längst verlassen. Der Wecker auf dem Nachttisch zeigte kurz nach zwei. Sie setzte sich auf und lauschte ängstlich in die Stille hinein. Jetzt war wieder alles ruhig. Hatte sie sich getäuscht? Ein dumpfer Aufprall irgendwo im Stockwerk unter ihr beseitigte alle Zweifel. Ihr schossen im Bruchteil einer Sekunde gleich viele Gedanken auf einmal durch den Kopf.

»Ich muss die Polizei anrufen. Und Leon alarmieren. Dieser Patriarch, hätte er doch bloß die Alarmanlage reparieren lassen. Aber nein, er sagte ja immer, hier hat in 90 Jahren noch keiner eingebrochen. Und jetzt das.«

Während sie mit sich selbst sprach, fasste sie ein wenig Zuversicht. Sie stieg lautlos aus dem Bett und griff im Dunkeln hinter ihre Anrichte vor dem Fenster, das zur Gartenseite hinausging. Den Baseballschläger hatte sie sich vor Jahren von einem ihrer Neffen geborgt, nachdem Curth von Alban sie wieder einmal beim Gespräch über die defekte Alarmanlage abgewimmelt hatte.

Auf nackten Füßen und im weißen Schlafhemd schlich sich Annette Sternberg in den Flur. »Licht? Besser nicht«, sagte sich die Mittsechzigerin. »Ich muss sehen was da los ist, ohne selbst bemerkt zu werden. Und ich muss zum Telefon.« Das aber stand am Ende des Flurs. Vorsichtig setzte sie Fuß für Fuß voran, alle Sinne angespannt.

Da, wieder, ein leises, aber deutliches Knacken aus dem mittleren Stock.

Sie war endlich am Telefon, hob den Hörer und drückte die Wahlwiederholung, da sie zuletzt mit Leon telefoniert hatte. Sie flüsterte. »Ich bin's, Annette. Ich glaube, hier sind Einbrecher in der Villa.« Sie stockte. Und fragte: »Was soll ich machen?«

Leon klang trotz der Uhrzeit glockenwach. »Ganz ruhig, ruf die Polizei, ich bin gleich da.« Dann legte er auf.

Frode mit der Sturmhaube über dem Kopf hatte die Schritte auf dem knarrenden Dielenboden über sich gehört, dann eine flüsternde Frauenstimme. Mit kraftvollen Schritten sprang er die Treppe hoch und stand im Flur urplötzlich vor einer Gestalt im weißen Nachthemd. Frode handelte instinktiv, schlug der Frau das Telefon aus der Hand und stieß sie vom Apparat weg.

Annette Sternberg stolperte rückwärts und stürzte gegen einen Kleiderschrank. Benommen ging sie in die Knie. Rücken und Kopf schmerzten nach dem Aufprall. Die Haushälterin spürte, wie die Angst ihr die Kehle zuschnürte. Wen konnte sie um Hilfe rufen?

Dann besann sie sich des Baseballschlägers, den sie noch fest in ihrer Hand umklammerte, und stand auf. Mit einer Drehung rammte sie den Prügel in die Magengrube des Einbrechers, der mit einem lauten Stöhnen einknickte. Sie fasste ihren ganzen Mut zusammen und holte zum Schlag aus, während sich der Vermummte noch krümmte. Der Schläger krachte dumpf auf die Schulter des Mannes, der seinen Kopf zwar zur Seite ziehen konnte, aber mit einem brennenden Schmerz zu Boden sank.

»Weg, nichts wie weg.« Sie rannte die Treppe hinunter.

Frode hatte sich schnell erholt und lief hinterher. Nach wenigen Sekunden hatte er sie. Durch die Sehschlitze seiner Sturmhaube schaute er auf das weiße Nachthemd, das dicht vor ihm zappelte. Wie eine Motte im Spinnennetz. Frode war skrupellos genug, die Frau wie ein lästiges Insekt zu beseitigen. Mit der linken Hand griff er in seine Hosentasche hinein, mit dem rechten Arm umklammerte er eisern sein Opfer. Eine schnelle Bewegung, dann schnürte er eine Drahtschlinge um den pulsierenden Hals der Frau. Frode wusste, dass es kein Entkommen gab.

Sein Opfer versuchte, die Finger unter die Schlinge zu schieben. Doch immer enger zog sich der dünne Draht in das Fleisch. Wie eine tief schwingende Basssaite, die langsam verstummt, entglitten Annette Sternberg die Sinne. Sie tauchte ab in eine Schattenwelt. Ein letztes Aufbäumen, ein Ringen nach Luft – Dunkelheit. Es war vorbei.

Frode schaute teilnahmslos in die toten Augen der Haushälterin und ließ den leblosen Körper zu Boden sinken. Dann hörte er Schritte, die vom Foyer in den ersten Stock heraufpolterten. Es war Pietro, der jetzt fassungslos die Leiche auf dem Boden anstarrte.

Pietro schrie: »Hundesohn! Bist Du von allen guten Geistern verlassen?«

»Was hätte ich machen sollen? Mit ihr Rommé spielen?« Frode blieb eiskalt und rieb sich die schmerzende Schulter. »Lass' uns lieber den Rest zusammenraffen, die beiden Jungs vom Farrenberg alarmieren und den ganzen Krempel im Lieferwagen verstauen – bevor hier die Bullen auftauchen. Ich glaube, sie hat noch telefoniert. Wir müssen machen, dass wir hier wegkommen.«

Pietro kochte vor Wut über den Schweden. Er packte ihn fest am Arm. »Ein Stoß zur Seite, Du hättest sie fesseln und im Zimmer einschließen können. Das hätte gereicht. Du Idiot!«, schimpfte er. Doch jetzt, fühlte Pietro, war nicht die Zeit, um zu diskutieren. Sie trieben sich zur Eile.

Wenige Minuten später war der Großteil der Vasen, Skulpturen und Münzen aus der Bibliothek ins Erdgeschoss verfrachtet. Klaas und Eike, die Jungs von Toni Farrenberg, hatten ihren Lieferwagen vor die Villa in der schwach beleuchteten Straße gefahren. Es musste schnell gehen. Die beiden bärtigen Männer hatten ihre Wollmützen über den Kopf gezogen, nahmen wortlos die Beute entgegen und verstauten die Gegenstände in Windeseile in Spezialkartons. Pietro und Frode liefen noch einmal ins Haus hinein, den Rest holen.

Plötzlich flackerte am Ende der Straße ein grelles Scheinwerferlicht auf. Rasend schnell kam ein Wagen näher. Klaas und Eike sprangen in ihren Lieferwagen und gaben Gas. Pietro hörte durch die offenstehende Haustür das Quietschen der Reifen und rannte hinaus.

»Merda!« Pietro erkannte den heranpreschenden Wagen sofort wieder. »Die Albans. Wir bekommen Probleme«, rief er Frode zu. »Wir müssen abhauen, subito!« Doch das grell blendende Auto war zwischen ihnen und dem eigenen Fluchtauto. Pietro rannte in den dunklen Garten der Villa, Frode blieb im Haus zurück.

Leon und Alexandra sahen gerade noch, wie zwei vermummte Männer im Lichtkegel ihres Scheinwerferlichts wegliefen. Leon stemmte sich mit aller Gewalt in die Bremsen und riss die Tür auf. »Die kriegen wir noch«, schrie er wie entfesselt und sprang beherzt halb über, halb durch die Hecke in den dunklen Garten.

Dort, im hinteren Teil, hatte sich Pietro in einen lila blühenden Rhododendron-Busch geworfen, der ein blickdichtes Versteck bot. Doch das erregte Zetern und Flattern einer aufgescheuchten Amsel verriet ihn.

»Uccello cazzo!«, fauchte er. »Verdammter Vogel!«

Leon rannte in Richtung Busch. Mit der Geschmeidigkeit einer Katze hechtete er ins Unterholz, stürzte auf den überrumpelten Einbrecher und rollte mit ihm über zwei dicke Wurzelarme auf den Rasen. Die Gegner verkrallten sich wie Ringer ineinander. Leon spürte eine urwüchsige Gewalt und stemmte sich mit aller Kraft dagegen. Hatte er sich überschätzt?

Mit einer schnellen Drehung entriss er sich dem Griff des Einbrechers und warf ihn auf den Rücken. Sofort verpasste Leon ihm einen hammerharten Schlag und umklammerte dessen Handgelenke seitlich am Kopf. Die Knie und damit sein ganzes Gewicht von 85 Kilo presste er auf die kräftigen Oberarme des Vermummten, der vergeblich zappelte und sich wehrte.

Schreie durchbrachen die nächtliche Stille, rechts und links der Villa zuckten in den Fenstern der Häuser die Lichter der Nachbarn auf. Leon brannten vor

Anstrengung die Muskeln. »Die Polizei«, hoffte er, »die Polizei muss doch endlich kommen.«

Alexandra hatte ihren Bruder wie in Trance rufen gehört und ihn über die Hecke springen sehen. Sie stand allein am Fahrzeug und spürte so etwas wie Furcht, doch ohne groß zu überlegen sprintete sie dem zweiten Vermummten ins Haus hinterher. Was immer sie mit ihm machen würde.

Im dunklen Foyer der Villa blieb sie stehen. Wo war der Einbrecher? Alexandra hielt den Atem an, bewegte sich nicht. Sie konzentrierte sich auf verdächtige Geräusche im Haus. Dann schlug leise eine Tür zu. Hinten, die Tür zur Küche.

»Wie dumm«, dachte sie im selben Moment, denn der alte Dienstboteneingang vom Garten zur Küche war schon seit Jahrzehnten fest verriegelt. »Der Kerl sitzt in der Falle«, war sich Alexandra sicher. Sie fasste Mut.

Frode dagegen wurde nervös. Er zerrte am Hinterausgang, rüttelte, trat – und riss das Küchenfenster auf. Doch schmiedeeiserne Gitter versperrten ihm die Flucht. Er schwitzte unter seiner Sturmhaube.

»Hätte ich doch nur die Kellertür genommen«, ärgerte sich Frode, denn auf diesem Weg waren Pietro und er in die Villa eingedrungen. Er griff in seine Hosentasche und spannte die Drahtschlinge zwischen beide Fäuste. Dann stand er an der Küchentür, holte tief Luft. Er musste sich dem Kampf stellen.

Dieser Gedanke durchfuhr plötzlich auch Alexandra, die mit geballten Fäusten auf der anderen Seite wartete. Wie sollte sie als Frau ...? Da sprang die Tür auf. Noch bevor sie überlegen konnte, wie sie reagiert, spürte sie eine Faust einschlagen. Der Schmerz stach wie ein Fleischermesser in ihren Kopf.

Sie taumelte. Der Schlag hatte sie direkt auf die Schläfe getroffen. Blut spritzte. Im Fallen klammerte sie sich an die Kleidung des Einbrechers. Frode stolperte, geriet ins Wanken. Alexandra riss ihn beim Fallen zu Boden. Beide wälzten sich auf dem Steinboden des Foyers. Frode verlor die Drahtschlinge aus der Hand, Alexandra konnte mit einem raschen Griff die Sturmhaube vom Kopf ziehen – und erschrak. Sie blickte in das düstere Gesicht eines Killers, der sie ohne jeden Zweifel gleich töten würde. Die Lage war hoffnungslos.

Draußen im Garten sah sich Leon schon als Sieger. Er beobachtete die Augen seines Gegners, die vor Zorn zu schmalen Streifen zusammengekniffen waren. Da fiel sein Blick auf den Anhänger an dessen Hals. Für einen kleinen Moment glaubte er, auf der Münze den doppelköpfigen Gott Janus zu erkennen. Kurz war Leon abgelenkt und er lockerte unbewusst seinen Druck auf die Handgelenke des Einbrechers. Fast gleichzeitig krachte die rechte Handkante des Gegners mit voller Wucht an seinen Kopf. Ihm wurde schwarz vor Augen und er sackte seitlich auf den Rasen. Wie durch Watte hörte er stampfende Schritte, die sich rasch entfernten.

»Mist, ich habe ihn entkommen lassen.« Leon richtete sich benommen wieder auf. »Wo ist er hin?« Er suchte in der Dunkelheit nach der Fluchtrichtung des Einbrechers. Vergeblich, der Mann mit der Sturmhaube über dem Gesicht – weg. Sein nächster Gedanke, voller Sorge: Wo war seine Schwester?

Alexandra hielt eisern die Sturmhaube in der rechten Hand fest. Sie schaute in die Augen des Einbrechers, der neben ihr auf dem Boden lag, und rechnete damit, dass er jeden Augenblick neue Kräfte bekam – und sie verloren war.

Doch die Schläge mit dem Baseballprügel und jetzt der Sturz hatten Frode zugesetzt, der sich geschwächt und ohne Sturmhaube entlarvt fühlte. »Weg, nur weg«, hämmerte er sich ein. »Zurück zum Fluchtwagen.« Er verpasste seiner Widersacherin einen Kniestoß in die Magenkuhle, sprang auf und rannte hinaus in die Nacht.

Alexandra hatte genug. Sie blieb mit brennenden Schmerzen liegen, krümmte sich und blickte voller Angst auf ihren mit Blut verschmierten Pullover.

»Leon«, schrie sie und zitterte am ganzen Körper, »Leon, wo bist du?« Doch es dauerte eine Weile, bis ihr Bruder abgekämpft und mit zerrissenem Sweatshirt ins Foyer stürmte, ohne dem zweiten Einbrecher begegnet zu sein.

Leon war besorgt, ging in die Hocke und legte seine Hand auf die Schulter seiner Schwester. »Bist du okay?« Er schaute ihr tief in die Augen, die immer wieder auf und zu klappten.

»Weiß nicht, glaube ja.«

»Gut, gut. Bleib ruhig. Wo ist Annette?«

»Nicht gesehen.« Das Brennen im Bauch ließ nach.

»Oder was von ihr gehört?«

Sie schüttelt den Kopf.

Nur zwei Straßenzüge entfernt in der Salvatorstraße preschten Polizeiwagen in Richtung Villa, alarmiert von Nachbarn. Die Signale der Martinshörner kamen schnell näher, wurden lauter, eindringlicher. Das Blaulicht durchbrach mit rhythmischem Zucken das Dunkel der Nacht. Polizisten sprangen vor dem Haus heraus.

Leon hetzte die große Treppe zum ersten Stock hoch. Dann entdeckte er die Haushälterin. Sie lag tot auf dem Boden. Ihr Hals war blutunterlaufen, das Gesicht schmerzverzerrt. Leon hielt einen Moment inne.

Er schrie. »Nein, nicht du! Nein!« Verzweifelt schlug er seine Hände vors Gesicht. In seinen Gedanken tauchte die Erinnerung auf, wie sich Annette Sternberg bei seinen Eltern einst vorgestellt hatte. Er sah wieder ihr farbenfrohes Frühlingskleid vor seinen Augen. Er glaubte, den Duft des frisch gewaschenen Kleides zu riechen, und erinnerte sich an eine weiße Handtasche, die sie damals schüchtern unter den Arm geklemmt hatte. Jetzt lag die Frau, die solange sein Leben begleitet hatte, totenbleich vor seinen Füßen. Für einen Moment war es still um Leon herum.

Wenige Sekunden später durchbrachen lautstarke »Polizei«-Rufe die Stille. Leon hörte die Tritte schwerer Stiefel im Foyer krachen, dann auf der Treppe. Sie kamen näher. Er konnte Alexandras Stimme ausmachen. Und hörte sich selbst rufen: »Hier oben! Sie ist tot. Wir kommen zu spät.« In seine Trauer hinein wuchs der Zorn.

»Wer immer das getan hat. Ich werde ihn finden. Das schwöre ich!«

17

Darmstadt, am nächsten Tag
Hessisches Landesmuseum

Das Licht fiel weich durch die Deckenöffnung, fächerte sich auf und tauchte den prächtigen Raum in wohlige Wärme. Leon stand zwischen dorischen Säulen, die ein großes antikes Fußbodenmosaik flankierten, und atmete schwer. Der Vater tot, die Vertraute aus Kindertagen ermordet, Alexandras Enthüllungen über dunkle Machenschaften im Dritten Reich, die penetrante Kunsthändlersippe aus Köln. Zu viel. Alles strömte auf Leon zu wie eine dunkle Woge. Er umklammerte das Geländer, das zwischen den Säulen lief und schloss die Augen. Er musste zur Ruhe kommen. Hier. An seinem Kraftort, dem Säulenraum im Hessischen Landesmuseum in Darmstadt.

Er konnte sich genau an den Tag erinnern, als er das erste Mal auf das römische Fußbodenmosaik blickte. In der Mitte das Haupt des Meeresgottes Oceanus, um ihn herum tummelten sich geheimnisvolle Meereswesen aus einer anderen Welt und ließen seine Fantasie fliegen. Der achtjährige Leon meinte fast, leicht plätscherndes Wasser zu hören, das die Meerestiere zum Leben erweckte und sie spielerisch in Bewegung brachte. Da rechts, eine unheimliche Kreatur, halb Mensch, halb Seeschlange. Dort oben, ein seltsames insektenartiges Tier, das direkt auf ihn zu krabbelte. Leon griff nach der Hand seines Vaters. Sie war groß, warm, verlässlich. Mit sanftem Halt umfasste sie seine Finger. Der Vater zeigte auf ein kleines, geflügeltes Kind, das auf einem Delfin ritt und den Arm erhoben hatte. Damals hatte ihm der kleine Junge auf dem Delfin das erste Mal zugewunken. Alles war gut.

Sein Vater war an den Sonntagen oft mit ihm unterwegs gewesen, überall dort, wo sich ein Stück Antike erspüren ließ. Mal in der Saalburg, dem einstigen Römerkastell am Limes-Grenzwall, ein andermal im Pompejanum in Aschaffenburg, dem Nachbau einer römischen Villa in Pompeji. Am liebsten aber im Darmstädter Landesmuseum mit seinen ägyptischen Grabfiguren, zoologischen Schaukästen, Barockgemälden, funkelnden Mineraliensammlungen und dem riesigen Skelett eines urzeitlichen Mastodons. Curth von Alban hatte dem Sohn seine Vorliebe für das 1906 eröffnete Universalmuseum erklärt. Kaum ein anderes Museum vereinige so viele unterschiedliche Sammlungen aus Kunst-, Kultur- und Naturgeschichte, hatte der Vater erzählt. Für Leon war es eine ganze Welt unter einem Dach.

Auch später, ohne seinen Vater, kam er gerne zurück in das Museum am Friedensplatz. Inzwischen wusste der junge Archäologiestudent, dass es sich bei seinem Meeresspielpatz aus Kindertagen um das sogenannte Bad Vilbeler Mosaik handelte, Teil der Thermen einer 17 Jahrhunderte alten römischen Villa, entdeckt 1848/49 beim Bau von Bahngleisen. Einer der bedeutendsten in Deutschland gefundenen Mosaikböden aus der Römerzeit. Der römische Lichthof entfaltete für Leon immer noch seinen Zauber. Hier träumte er von einem Leben als erfolgreicher Archäologe, der nach einem sensationellen Fund im Blitzlichtgewitter der Presse stand.

Als er nach Darmstadt umsiedelte, die Archäologie zum Hobby geworden war und der Buchhandel zum Beruf, zog es ihn immer noch regelmäßig hierher. Für ihn war es inzwischen sein ganz persönlicher Ruhepol. Meeresspielplatz, Showbühne, Kraftort.

Leon öffnete die Augen. Das Licht fiel weich durch die Deckenöffnung, fächerte sich auf und tauchte den prächtigen Raum in wohlige Wärme. Der kleine Junge auf dem Delfin schien ihm zuzuwinken. Leons Atem wurde ruhiger. Er würde den Mörder von Annette Sternberg finden. Und er würde das Geheimnis um die Vergangenheit seines Vaters lüften.

18

Italien, im Juni 2017
Rom, Trastevere

Sie schaute zufrieden auf das mit cognacfarbenem Satin bezogene Bett. Das also war ihre neueste Trophäe. Der Mann, der unter der Sommerdecke in ihrem Apartment vor sich hin schnarchte und so friedlich aussah wie ein Engel. Ein gefallener Engel, wie sie wusste. Aber das störte sie nicht.

Dabei war es ihr nicht schwergefallen, dieses Mannsbild – sie sah in ihm tatsächlich ein gestandenes Mannsbild, auch wenn er im Kopf nicht hell erleuchtet schien – um den Finger zu wickeln. Sie hatte sich ihn einfach gegönnt. Wie ein artiges Mädchen, das eine Belohnung bekommt. Aber so wenig, wie er ein Engel war, war sie ein artiges Mädchen.

Jetzt lag er also in ihrem Bett in Trastevere, in der Via di San Francesco di Sales. Schlafend. So hatte sie ihn das erste Mal auch gesehen. Vor zwei Tagen, im Bergdorf Palestrina bei Rom. Auf dem Anwesen ihres Vaters. Als die Männer ihn nachts reintrugen. Und er so hilflos aussah. Am nächsten Morgen hatte der Familienrat getagt: ihr Vater Don Emilio Esposito, ihr älterer Bruder Luca, sie selbst – sowie diese angeheiratete Verwandtschaft aus Köln, allen voran Lucas Ehefrau Mira und ihr schräger Bruder Lasse Hainburg. Eine Krisensitzung! Niemand im Familienrat ahnte, dass ausgerechnet sie ... Und dann hatte sie sich bei der Besprechung als Helferin in der Not profilieren können: Sie – das Abräumkommando. Sie – die Problemlöserin. Sie – stets mit guten Ideen. Das hatte dem alten Don, mit dem sie eine Hassliebe verband, wieder mal gefallen.

Und ihr großer Bruder? Luca hatte dumm aus der Wäsche geschaut. Und Gattin Mira, die Tedesca, kochte seitdem.

Sie ließ ihr Netzwerk spielen, um die Probleme des Familienclans zu lösen. Ein geheimer Informant zur richtigen Zeit an der richtigen Stelle. Er verriet ihr alles! Guter Bursche! Danach folgte ein Blick in digitale Karrierenetzwerke. Auf den Seiten fand sie Telefonnummer und Adresse von der Frau, die beseitigt werden musste. Sogar ein Foto. Und ihr Aufenthaltsort? Sie rief beim Arbeitgeber an und landete bei einer geschwätzigen Sekretärin. Dann war alles eingefädelt und auf den Weg gebracht. Genau dafür wollte sie sich belohnen.

Gegen Mittag lief ihr der Mann, den zwei Handlanger der Familie am Abend zuvor ins Haus geschleppt hatten, in der Küche über den Weg. Eine gute Stunde später fuhren sie im Wagen auf der Pia Pedemontana, einer schmalen und langen Allee durch das grüne Herz zwischen den Bergen im Osten und Rom im Westen. Es war ohnehin besser für »das Mannsbild«, in Rom abzutauchen als im Dorf als Fremder aufzufallen. Schon gar nicht nach dieser Sache im Wald.

Und jetzt lag das Mannsbild schnarchend unter der Sommerdecke in ihrem Bett. »Ich könnte ihn vielleicht noch brauchen«, dachte sie. Dann verschwand sie im Bad.

19

Rom-Trastevere

»Aaah! Diese Luft!« Pietro stand mit blanker Brust und zerzausten Haaren vor dem geöffneten Fenster. Es war später Vormittag. Trotz der ansteigenden Temperatur wehte noch eine erfrischende Brise vom bewaldeten Hügel Gianicolo herunter und brachte kühle Luft in das Wohnviertel westlich des Tiber. Außer seiner Kette mit dem doppelköpfigen Janus um den Hals hatte Pietro nichts an. Er strich über seine Brustbehaarung, beugte die Arme über den Kopf und streckte seinen Oberkörper. Er fühlte sich – großartig. »Was für eine Nacht!«

Hinter ihm, im Rücken, war das Bett verwaist, in dem er noch vor fünf Minuten schlaftrunken, aber glücklich herumgedöst hatte. Es war ja alles so anders hier als in seiner Junggesellenbude in Köln, wo die Tapeten vergilbten. Wo der zerschlissene Sessel mit dem harten Fußschemel streng zum Fernseher ausgerichtet war. Und wo sich auf dem Tisch Flaschen und leere Pizzakartons stauten. Hier, in diesem Appartement in Rom, waren die Wände frisch weiß gestrichen und mit einer hellblauen Farbe hinter dem Bett geschmackvoll abgesetzt. Das goldbraune Holzparkett im Rautenmuster war so blank gewienert, dass Pietro beim Aufstehen kaum seine nackten und leicht schmutzigen Füße auf den Boden setzen wollte. Er sah einen kleinen beigefarbenen Sessel links neben dem Bett, eine modern geschwungene Tischlampe mit hellem Bezug auf dem Nachttisch und einen brillant geschliffenen Spiegel, eingelassen in einem riesigen hellbraunen

Kleiderschrank an der langen Wandseite. Pietro war beeindruckt.

Dann überlegte er, wie er eigentlich hierhergekommen war. »Na klar. Gestern Nacht. Da war diese Bar im Centro Storico, der Altstadt. Und diese Frau. Der viele Wein, später der Schnaps. Oder war's Likör?« Er strich jetzt mit seinen Händen nachdenklich durch seine dichten schwarzen Haare. »Wie ... wie war doch gleich ihr Name?« Pietro schaute sich um. »Wo ist sie eigentlich? Wahrscheinlich im Bad«, sprach er mit sich selbst. »Wow, da habe ich aber mal wieder richtig den Lostopf erwischt. Ein Kracher!«

»Da war was mit C. Vielleicht Chhh ... Chaka ... Charlotte. Nee, jetzt weiß ich: Carlotta!« Dann fiel Pietros Blick auf ein seltsames Gebilde neben dem Schrank. Unten ein Dreifuß, in der Mitte führte ein stabiles Rohr nach oben. Darüber ein großer runder Behälter, überdeckt mit einem weißen Tuch. Er stutzte. Daran konnte er sich nicht mehr erinnern. Aber gleich verteidigte er sein schlechtes Gedächtnis. »Es ging ja auch alles sehr schnell mit dieser, ähm, Carlotta.« Pietro trat vom geöffneten Fenster weg und sah sich den verhängten Wunderbaum genauer an. In dem Moment, als er das Tuch weglupfte, krähte es ihm entgegen: »Iiiieeeetrooo!« Und wieder: »Iiiieeeetrooo!« Er erschrak. Und legte das Tuch schnell wieder über die Voliere.

»Ah, du hast meinen Pippo gefunden.« Eine dunkle Frauenstimme kam vom Flur des Appartements. »Sei so gut und ärgere ihn nicht. Und lass' die Voliere aufgedeckt. Es ist schließlich heller Tag.«

Pietro kannte die Stimme. Dunkel, mit weichen, kehligen Lauten. Das war sie. Seine Carlotta. »Du bist also doch da?« Er zog das weiße Tuch vom Vogelkäfig herunter und ließ es auf das Parkett gleiten. Zum Vorschein kam ein stattlicher, blau-gelb glänzender Ara mit einem beeindruckenden Hackschnabel, wie Pietro befand. Das also war Pippo.

»Iiiieeeetrooo! Iiiieeeetrooo!« Wieder dieses Geschrei, das ihn jetzt – beim vierten Mal – deutlich an seinen Namen erinnerte. Pietro überlegte. Dann grinste er über beide Ohren. »Ich finde, das hört sich an wie du beim Sex. Dieser Pippo, er macht dich nach! Nur mit dem P hat er wohl Probleme.« Dann gestikulierte er mit den Händen und formte sie zu einer zotigen Geste. »So hast du meinen Namen geschrien, als ich dir meinen ...« Weiter kam er nicht. Ihm flog ein schweres, nasses Badetuch an den Kopf.

»Ich glaub' es geht los!« Carlottas Stimme hörte sich auf einmal nicht mehr so weich und kehlig an. Eher rau und herrisch, wie Pietro empfand. »Nur weil du mich in der Nacht vögeln durftest, gestattet dir das keine Anzüglichkeiten. Capito?«

Pietro zog das Badetuch vom Kopf. Wie gut es roch. Jetzt stand Carlotta in voller Blüte vor ihm. Unbekleidet. Frisch aus der Dusche entstiegen. Der cremige Hauch eines intensiven Mandelaromas wehte ihr voraus. Pietro musterte die Frau, die er um die dreißig schätzte. In Carlottas dunklem Teint glaubte er, die Merkmale einer klassischen Römerin zu erkennen, geschwungene Lippen, kantiges Profil, volle weiche Brüste. Beim näheren Hinsehen entdeckte er ein paar strenge Züge um Mund und Nase. Ihre halblangen schwarzen Haare waren im Nacken zu einem Knoten geschlungen und glänzten. »Ben fatto«, sagte er sich, »gut gelungen.«

Carlotta dagegen schaute kalt an Pietro herunter. »Wie ich sehe, gefalle ich dir.« Dann, nach einer Pause, ergänzte sie leicht geringschätzig: »Aber mach' dir mit deinem kleinen Morgenvogel da unten keine falschen Hoffnungen. Kannst du vergessen! Ich habe zu tun.«

Sie riss ihm das Badetuch aus der Hand. »Ach, du könntest auch mal wieder duschen. Deine Füße!« Dann machte sie abrupt kehrt und verschwand wieder im Badezimmer.

Jetzt kam Pietro alles ins Bewusstsein. Diese Carlotta – er hatte sie nicht am Abend vorher, sondern bereits am Vormittag kennengelernt. Er griff sich an den Kopf. »Hätte ich nur nicht diesen gelben Schnaps getrunken! Oder war es Likör?« Er hatte die Frau gestern zum ersten Mal in Palestrina gesehen, einem kleinen Ort in den Bergen, eine knappe Autostunde östlich von Rom. Ein Kaff, wie Pietro befand. Dorthin hatte ihn Lasse Hainburg geholt, nach dem Desaster im Wald. Und nach seinem Blackout in einem Graben. »Diese Katastrophe!« Langsam kehrte seine Erinnerung zurück.

»Limoncello!« Es war ihm wieder eingefallen. »Wieviel Gläser von diesem zuckersüßen Zitronenzeug habe ich gestern Abend runtergekippt? Waren es wirklich fünf? Oder sieben?«

Lasse Hainburg, Pietro, Frode aus Malmö und Toni Farrenberg waren vor ein paar Tagen mit dem Wagen von Köln über Nierstein nach Rom gefahren, da »die Firma« einige Dinge in Italien zu regeln hatte. Klaas und Eike, die Handlanger des Winzers, hatten die Beute aus dem Einbruch in der Mainzer Villa nach Italien geschmuggelt und sich streng an die Anweisungen gehalten. Lasses Schwester Mira aus der Esposito-Familie in Palestrina hatte eigens dafür einen alten, verborgenen Schuppen in den dichten Wäldern der Albaner Berge aufgetrieben. »Ein sicheres Versteck«, hatte Mira ihrem Schwiegervater versprochen, »da haben unsere Freunde aus den Bergen die Hand drauf.« Es kam anders. Als Klaas und Eike zusammen mit Frode und Pietro den Großteil der geraubten Kunstgegenstände dort verstaut hatten, kreuzten hinter den moosbewachsenen dichten Bäumen schwerbewaffnete

Carabinieri auf. »Attenzione! Attenzione! Questa è la polizia!« Pietro schepperte der Polizeilautsprecher noch Stunden später in den Ohren. »Eine Katastrophe«, ging es ihm in Carlottas Appartement durch den Kopf.

Dann war alles schnell gegangen. Klaas und Eike sprangen in den gestohlenen Geländewagen und preschten mit offener Seitentür auf die Blockade der Carabinieri zu. Pietro, ein paar Meter vom Schuppen entfernt, sprintete mit aller Kraft voran und klammerte sich an die Tür der Beifahrerseite. Die Uniformierten hechteten vor dem Geländewagen nach rechts und links in den Wald und feuerten im Liegen Schüsse auf das Fahrzeug ab, die ein paar Löcher in der Heckklappe hinterließen. Unter Beschuss flehte Pietro seine Janus-Münze um Beistand an – und wurde erhört. Er blieb unverletzt. Klaas riss das Lenkrad zur Seite und umkurvte auf dem kleinen Waldweg mit viel Geschick ein quer gestelltes Polizeifahrzeug. Es krachte, es splitterte. Ein Baum rasierte den Außenspiegel auf der Fahrerseite ab. Dann drückte ein kreidebleicher Klaas das Pedal auf Vollgas, wobei er vergaß, einen Gang höher zu schalten. Der Motor heulte auf, und es rumpelte kräftig auf dem trockenen Waldboden. Pietro konnte sich nicht halten, flog in der vierten oder fünften Bodenwelle – so genau wusste er es später nicht mehr – von der Tür weg, rollte etliche Meter hangabwärts und spürte nur noch, wie er in einen Graben stürzte.

»Das war's dann wohl«, dachte Pietro. »Wenn ich jemals hier wieder rauskomme«, sagte er zu sich und drehte an seiner Münze, »dann werde ich anständig. Ich verspreche es. Wie Mama es immer gewollt hatte. Meine liebe Mama!« Ihm wurde schwarz vor Augen und er verlor die Besinnung. Und er merkte nicht mehr, wie ein Schwung alter Blätter vom aufgewühlten Waldboden auf ihn rieselte und bedeckte.

Frode dagegen hatte keine Chance. Er war der Letzte in dem Schuppen und zu weit weg vom Geländewagen, als der Polizeilautsprecher durch den Wald brüllte. Er schloss die Tür von innen und fingerte in seiner Hosentasche nach der Drahtschlinge, die er sich nach dem Mord an der Haushälterin in Mainz neu zugelegt hatte. Ob er damit die Carabinieri in Schach halten konnte? »Wohl kaum«, sagte er zu sich. Dann rüttelte es schon an der Schuppentür. Jemand rief: »Vieni fuori! Con le mani in alto!« Frode verstand zwar kein Italienisch. Aber dafür brauchte er keine Übersetzung. Er war erledigt. Dann klickten die Handschellen. Klaas und Eike waren da schon längst über alle Berge.

Pietro kam erst Stunden später wieder zur Besinnung. Es war inzwischen dunkel im Wald, und die Carabinieri hatten ihn nicht gefunden. Der Kopf schmerzte vom Sturz. Er schlug sich ein wenig den Dreck aus Hose und Hemd und schlich sich den Hang hinunter. Am Übergang zu Wiesen und verwilderten Vorgärten blieb er im Dickicht verborgen, bis er eine Straße und Häuser erkannte. Im Dunkel der Nacht sah er ein Schild. Er griff zum Handy, das den Sturz unbeschadet überstanden hatte. »Sie haben mich nicht. Holt mich hier raus!« Pietro wartete kurz eine Reaktion ab. »Ja, hier steht was. Via Rocca Priora. Ich warte am Ende der Straße, kurz vor dem Wald.« Er musste nicht lange warten.

Im Wagen von Armando und Benedetto, zwei Brüdern in Diensten des Esposito-Clans, ging die Fahrt für Pietro erst quer durch einen Wald und im Schutz dunkler Provinzstraßen nach Palestrina. Das dauerte knapp 30 Minuten. Pietro war am Ortseingang des Bergdorfes östlich von Rom erschöpft eingeschlafen. So hörte er nicht mehr das Gespräch zwischen den beiden.

»Es hat einen Verräter gegeben«, sagte Armando. Dabei schaute er ernst, blickte auf den Rücksitz zum schlafenden Pietro und dann zu seinem jüngeren Bruder Benedetto auf dem Beifahrersitz.

»Bei uns in der famiglia?« Benedetto grinste. »Wohl eher bei den Tedeschi, oder gleich bei dieser deutschen Schlampe.«

»Pass auf was du sagst. Mira ist die Schwiegertochter von Don Emilio. Vielleicht haben ja auch diese Halsabschneider aus den Bergen alles verraten, denen das Versteck gehört. Alles Neider. Bastarde!«

»Mira ist eine intrigante Hexe. Blond. Was sage ich.« Benedetto schaute stur geradeaus in die Nacht. »Du weißt doch, was ich von Frauen halte, die einen größeren Ausschnitt haben als es sich bei uns gehört. Und wenn sie zehnmal die Frau von Luca ist.«

»Don Emilio weiß, dass er eine durchtriebene Deutsche an der Backe hat«, antwortete Armando. Nur weil Luca, sein Ältester, nicht die Nase aus dem Dekolleté heraushalten konnte.«

Benedetto lachte. »Es ist ja nicht bei der Nase geblieben.«

»Sei nicht so laut. Sonst wacht uns der Deutsch-Italiener dahinten auf. Der versteht uns.«

»Ach was.« Benedetto drehte sich nach hinten um. »Der schläft fest.«

»Also, nochmal, da gibt es einen Verräter«, sagte Armando. »Sonst hätten die Carabinieri ja wohl nicht im Wald den Tedeschi aufgelauert.«

»Das wird wieder eine Sache für Carlotta.«

»Stimmt. Der Liebling vom Don wird sich drum kümmern. Da wächst bald kein Kraut mehr.«

Der Wagen bog auf den Hof eines größeren Anwesens ein. »Hey, Tedesco, wir sind da.« Noch bevor Armando an den Beinen von Pietro rütteln konnte, sprangen aus einer Ecke neben der Garage ein hagerer Mann und ein Dicker hervor. Lasse Hainburg und Toni Farrenberg.

»Pietro, mein Gott. Bist du okay?« Lasse Hainburg beugte sich in den Wagen.

»Ich brauche ein Bett und ´ne Mütze Schlaf.« Pietro hörte sich erschöpft an.

»Was weißt du von Frode?«

»Der Hundesohn? Keine Ahnung.«

Farrenberg zerrte von hinten an Lasse Hainburg. »Jetzt lass ihn doch erstmal aussteigen. Und dann lass ihn schlafen. Wo immer auch Frode ist, auf den Schweden ist Verlass.«

»Und was ist mit den beiden Jungs von dir, Klaas und Eike?«, fragte Lasse Hainburg.

»Die sind raus aus dem Mist«, sagte Farrenberg. »Ich habe sie sofort zurückgeschickt. Die sind schon auf dem Rückweg.« Dann, nach einer kurzen Pause: »Sag' mal, müssten wir nicht mal deinen Vater informieren?«

»Ne, lass' mal. Der weiß ja noch von nichts. Darum kümmere ich mich morgen. Ich muss erst mit meiner Schwester Mira sprechen.«

Eine dunkle Stimme drängte sich in die Unterredung im Hof. »Hey, Ihr da! Sssst! Armando, Benedetto! Rein mit ihm, holt ihn rein.«

Eine Frau stand breitbeinig in der Garagentür und stemmte die Arme in die Hüften. Mit einer Hand strich sie sich eine Strähne aus der Stirn, mit der anderen schnippte sie mit den Fingern. »Avanti. Avanti.« Dann zischte sie zu Lasse Hainburg und Toni Farrenberg. »Hier geht ja alles schief! Morgen, neun Uhr, Besprechung beim Don.« Carlotta Esposito wartete keine Antwort ab. Sie ging zurück ins Haus und streifte Pietro mit ihrem prüfenden Blick.

»Iiiieeeetrooo! Iiiieeeetrooo!« Wieder dieser Papagei. Pietro ging das Gekrächze mit seinem Namen auf die Nerven. Wenn er den Hals des Vogels in die Hände nehmen würde und ... »Nein, du willst ja anständig werden«, erinnerte er sich an seine Flucht in den Albaner Bergen und an sein Versprechen an Janus und seine Mama. »Ja, der Pietro, immer schön lieb. Und außerdem hat der Pippo einen hübschen spitzen Schnabel, mit dem er bestimmt kräftig hacken kann.« Dabei tippte er mit dem Finger an das Gestänge der Voliere und lächelte freundlich in Richtung des großen Aras.

Pietro stellte fest, dass er immer noch nackt durch die Wohnung in Trastevere lief, hob das Volieren-Tuch vom Fußboden auf und wickelte es sich notdürftig um die Hüften. Dann schaute er in die Küche, ob vielleicht jemand einen Kaffee für ihn gekocht hatte. Oder zumindest eine Espresso-Maschine dampfte. Carlotta war im Bad, er hörte sie summen. Auf dem Tisch lag ihr Smartphone. Der jüngste Chat war noch zu lesen. Er konnte nicht widerstehen.

»Ich bin ganz heiß auf dich! Morgen mehr. Il tuo coniglietto«

»Wie?« Pietro erschrak. »Coniglietto? Hase? Morgen?« Schnell verstand er, dass er nicht der einzige Liebhaber von Carlotta war. Er fluchte. »Schöne Schlampe! Cazzo!«

Pietro stampfte zornig und ein wenig unglücklich ins Schlafzimmer zurück und hörte Carlotta, die im Bad eine Melodie aus den italienischen Charts summte. Er schimpfte vor sich hin: »Ja, Putz' dich nur heraus!« Da ging die Tür vom Badezimmer auf.

»Pietro, was treibst du da eigentlich?« Sie hatte sich angezogen und verströmte wieder dieses betörende Mandelaroma, auf das er so stand. Bis vorhin jedenfalls.

»Hallo mein Hase«, sagte Pietro leicht spitz, »da bist du ja.« Und verschwand beleidigt im Schlafzimmer. Er sah, wie sich der blau-gelbe Ara in der Sonne reckte, die durch das Fenster flutete.

»Du kannst ja nichts für dein Frauchen«, sagte Pietro liebevoll zu Pippo. Hielt das Tuch um seine Hüften fest und tippte wieder an den Käfig. »Wie schön du aussiehst.« Dann streckte er den Zeigefinger hinein.

Pippo jedoch hatte eine unruhige Nacht hinter sich, stand nicht auf Zärtlichkeiten und sah außerdem sein Volieren-Tuch in fremden Händen. Er stieß seinen Kopf schnell nach vorne und hackte dem ungebetenen Besucher eine tiefe Fleischwunde unter den Fingernagel. Das Blut tropfte auf den Boden der Voliere und aufs Parkett. Pietro schrie kurz auf und fluchte. Der Vogel spreizte elegant seine Flügel und begann zu krächzen. Aber diesmal anders als von Pietro erwartet.

»Putz'.« Dann wieder dieses elende Krächzen: »Putz'.«

Pietro war außer sich. »Wer zum Teufel ist denn dieser Alfredo?«

20

Darmstadt/Rom
Ein Tag später im Juni 2017

Das stete Brummen der Maschine sorgte für ein beruhigendes Gefühle in Leons Magengrube. Aus dem Fenster zur Rechten blickte er in ein helles Blau. Unter ihm duckte sich der Vierwaldstätter See wie eine kleine, schmutzige Regenlache weg, während sich weiter vorne das Gotthard-Massiv mit seinen strahlend weißen Schneefeldern auftürmte. Von hier oben, in gut 11.000 Meter Höhe, wirkten die Gebirgszüge wie Wellenkämme. Wild, urwüchsig, archaisch. Und frei. Ohne Ordnung.

Dann erfasste ihn eine unsichtbare Hand. Der Airbus nach Rom sackte ab und schüttelte ihn und die anderen Passagiere kräftig durch. Die Maschine taumelte innerhalb von wenigen Sekunden von einer Turbulenz in die nächste. Leon von Alban spürte seinen harten Schalensitz vibrieren. Und er erinnerte sich plötzlich an das Hühnchen in Weißweinsauce, das die Bordcrew den Passagieren des Flugs LH 234 zum Mittag serviert hatte. Aber das leichte Krampfen im Bauch entspannte sich rasch, als sich die Turbulenzen nach zwei, drei Minute abschwächten und die Maschine wieder in einen gefälligen Gleitflug überging. Es wurde still in der Kabine. Leon träumte sich in die Berglandschaft der Schweizer Alpen hinein. »Irgendwo da unten«, überlegte er, »da müsste doch ...«

Weiter kam er nicht mit seinen Gedanken. Er spürte einen spitzen Ellenbogen in seinen linken Rippen. Nicht besonders heftig, aber eindeutig genug, um seine Aufmerksamkeit dem Sitznachbarn zu widmen.

»Das war ja schön rumpelig, wie?« Die Stimme des Mannes drang leise an sein Ohr. »Letztens erst, also vielleicht vor einem halben Jahr, musste ich nach Mazedonien, nach Skopje. Also, mehr Nordmazedonien, oder wie es jetzt heißen soll. Quer über den Balkan. Na, ich sage Ihnen, da hat es vielleicht geruckelt.«

Leon hatte aus reiner Höflichkeit den Kopf zu seinem Sitznachbarn gedreht, aber er hörte nicht wirklich hin. Der Sitznachbar hatte ihn am Vormittag zusammen mit einem schweigsamen Begleiter und einer Chauffeurin mit modischer Bob-Frisur aus Darmstadt abgeholt. »Über dem Balkan also«, sagte Leon beiläufig, »ja, da kann es rumpelig werden.« Dann blätterte er wieder in seinem Bordmagazin und hoffte auf einen ruhigen Flug. Doch sein Sitznachbar gab keine Ruhe.

»Die Stewardess – solche Beine hatte die – also, und der ganze Kaffee schwappte – meine Sitznachbarin hat dann die heiße Tunke auf meiner Hose mit einer Serviette trocken getupft. Wirklich heiß, diese Sitznachbarin, verstehen Sie? Noch dazu Italienerin!« Er machte eine Handbewegung zum Oberschenkel hin und lachte rau, wie bei einem Husten. Dann wieder formte er beide Hände mit aufgefächerten Fingern zu großen Bällen.

Leon war genervt, ließ es sich aber nicht anmerken. Er musste mit dem Mann neben ihm ein paar Tage auskommen. Am Morgen war eine schwarze Limousine mit dunkel getönten Scheiben vor seinem Haus auf der Rosenhöhe in Darmstadt vorgefahren und hatte seitlich an der Straße geparkt. Wenige Sekunden später klingelte es an der Tür – wie von Leon erwartet. »Bernhard Brettmeier, BKA Wiesbaden. Guten Morgen Herr von Alban!« Dann hatte ihm Brettmeier einen Dienstausweis unter die Nase geschoben, mit der anderen Hand an einem schlanken Bluetooth-Headset am Ohr gefingert und dabei etwas geflüstert, was sich wie »Zielperson angetroffen« anhörte. Der zweite Mann, gut drei

Meter hinter dem ersten, hatte sich breitbeinig auf dem Weg zur Haustür aufgebaut und wartete. »Das ist mein Kollege, Sandmann, auch BKA.« Dabei zeigte Brettmeier mit dem Daumen nach hinten.

Das Bundeskriminalamt aus Wiesbaden war vor fast genau 24 Stunden bei Leon aufgetaucht, als er sich im Hinterzimmer seines Buchladens in Darmstadt durch die Geschäftspost vom Vortag quälte. Sara Sander hatte an diesem Mittag Unterlagen im Aktenschrank eingeordnet.

»Leon – Besuch für dich!« Das laute Rufen von seinem Mitarbeiter Robert Fuchs riss ihn aus seinen Gedanken. Die Stimme von Fox drang von vorne aus dem Verkaufsraum nach hinten und hörte sich wichtig an. »Er will zu dir. Ich schicke ihn durch, ja?«

»Fox, wer ist es denn?«

»Ein Herr Al Uff, oder so.«

Der »Herr Al Uff oder so« stellte sich Leon als Herr Aluf vom Bundeskriminalamt Wiesbaden vor, Abteilung Organisierte Kriminalität. Er war kurz angebunden. »Wir müssen reden.« Der Mann berichtete knapp und präzise von einer Wendung und neuen Ermittlungsansätzen im Mordfall Annette Sternberg beziehungsweise im Fall der geraubten Kunstgegenstände und Artefakte aus der väterlichen Villa in Mainz. Und dass nun das BKA zuständig war.

Leon horchte auf. Denn die ersten Ermittlungen der Mainzer Polizei in Richtung dreier hochgradig verdächtiger Kölner waren rasch im Sande verlaufen. Zu rasch, wie er fand. Die ganze Sippe um Armin Hainburg mit Sohn Lasse und Alessandro d'Ariccia hatte offensichtlich ein wasserdichtes Alibi. Exakt zur Tatzeit war der Wagen der Kölner mit Lasse am Steuer, seinem Vater auf dem Beifahrersitz und Alessandro d'Ariccia hinten im Fond von einem Geschwindigkeitsradar auf einer Rheinbrücke bei Köln geblitzt worden. Die Lage schien klar: gestochen scharfe Bilder für ein blitzsauberes Alibi.

Ob die Mainzer Kriminalpolizei trotzdem die Spur im Auge behielt – was für Leon nach dem Auftreten des Quartetts nahe lag –, hatte das Polizeipräsidium für sich behalten. Und natürlich blieben die aus der Villa gestohlenen Artefakte und Kunstgegenstände unauffindbar, bislang jedenfalls. Keine Spur. Die Einbrecher waren schnell, kaltblütig und professionell vorgegangen. Die Spurenlage war dünn. Bis auf eine Drahtschlinge, die der Mörder von Annette Sternberg im Foyer verloren hatte, und seine vom Kopf gerissene Sturmhaube.

Es schien hoffnungslos. Zumal Alexandra nur eine knappe Personenbeschreibung von dem Täter liefern konnte. Sie erinnerte sich an kräftige Augenbrauen, dunkle und tief liegende Augen, ein düsteres Gesicht und ... nein, mehr hatte sie sich nicht einprägen können. Auch Leons Beschreibung vom zweiten Täter, mit dem er im Garten der Villa gerungen hatte, war spärlich: Sturmhaube mit Sehschlitzen, dunkle Augen, dunkle Kleidung. »Und dann krachte die Handkante an meine Schläfe«, hatte er auf dem Präsidium zur Entschuldigung gesagt. Es blieb ein blinder Fleck in seiner Erinnerung. Ihm fehlten ein paar Augenblicke.

Jetzt also das BKA, seit gestern. »Sie und Ihre Schwester müssen uns nach Rom begleiten«, hatte Aluf genäselt und dabei keinen Zweifel gelassen, dass er Widerspruch nicht dulden würde.

»Und was ist der Anlass, wenn ich das noch erfahren darf«, fragte Leon. Er fühlte sich ein wenig überrumpelt. »Es wird ja wohl kein Urlaubstrip auf Staatskosten werden.«

»Natürlich nicht.« Aluf bemühte sich nun um einen deutlich freundlicheren Ton. »Beschreibungen und Bilder der gestohlenen Gegenstände aus der Villa hatten wir über Interpol zur Fahndung herausgegeben. Und tatsächlich, gestern haben uns die italienischen Behörden über antike Gegenstände informiert, die sie bei einer Razzia im Raum Latium sichergestellt haben. Irgendwo bei Rom.«

»Bei Rom? Interessant.« Leons Neugier war geweckt. Er schob die Geschäftspost zur Seite. »Geht das genauer?«

»Eine Aktion der römischen Kulturgutpolizei, in einem alten Schuppen im Wald. Mehr kann ich Ihnen nicht sagen. Das alles ist ganz frisch. Aber die Gegenstände ähneln den Beschreibungen aus der Villa Ihres Vaters. Das müssen wir überprüfen. Und dazu brauchen wir Sie.«

Natürlich wollte Leon bei der Aufklärung des Verbrechens helfen und die geraubten Artefakte wiederhaben. Und er brannte darauf, dass der Mord an Annette Sternberg gesühnt wurde. »Gut, also nach Rom. Das geht alles sehr schnell. Aber meine Schwester ist weder hier noch in London.« Er machte eine kleine Pause, ob Aluf darauf etwas sagen wollte. Doch der schwieg. Leon sprach weiter. »Nach ihrer Zeugenaussage in Mainz ist Alexandra nach London zurückgeflogen und später in die Schweiz gereist. Sie macht Urlaub. Die Polizei brauchte sie ja nicht weiter. Und mit den antiken Artefakten aus der Villa kennt sie sich wenig bis ...«

»Im Urlaub?« Aluf unterbrach ihn an dieser Stelle. »Darauf können wir keine Rücksicht nehmen. Wir brauchen sie. Sie ist eine wichtige Augenzeugin. Denn die Carabinieri haben nicht nur Artefakte sichergestellt. Haben Sie die Urlaubsanschrift oder eine Telefonnummer?«

»Andermatt, Hotel Gemsstock. Was heißt Augenzeugin?« Leon wollte sich nicht ausfragen lassen, ohne selbst Antworten zu bekommen.

»Ich kann Ihnen da keine Details nennen. Nur so viel: Die Italiener haben einen Verdächtigen erwischt, vielleicht ein Schwede, Norweger oder Däne. Kein Pass, kein Name. Er spricht kein Wort. Hat dichte Augenbrauen. Vielleicht der Mann, der Ihre Schwester angegriffen hat und der seine Maske verlor. Dann könnte sie ihn identifizieren. Sie selbst haben den zweiten Einbrecher ja nur mit Maske gesehen.«

»Verstehe. Sie haben ihre Anschrift in der Schweiz. Außerdem wird sie ihr Mobiltelefon dabeihaben, die Nummer dürften Sie aus den Unterlagen der Mainzer Polizei kennen. Aber ich gebe sie Ihnen gerne nochmal.«

Aluf war hörbar zufrieden. »Wir setzen uns mit ihr in Verbindung und schicken ein Team zum Abholen«, näselte er weiter. »Und Sie, Herr von Alban, halten sich morgen Vormittag bereit. Denken Sie an Ihren Personalausweis.«

»Sie verlieren ja wirklich keine Zeit. Wann geht es los? Ich muss schließlich meine Mitarbeiter informieren.«

»Sie fliegen mit der 12-Uhr-Maschine ab Frankfurt. Meine Leute holen Sie um halb zehn ab. Und Sie müssen mit zwei oder drei Übernachtungen rechnen. Alle Reisekosten übernehmen wir. Noch Fragen?« Leon hatte keine. Dann verabschiedete sich Aluf.

Kurz nach dem Abflug vom Frankfurter Flughafen hatten sich Brettmeier und sein Kollege Sandmann etwas eingehender vorgestellt. Demnach gehörten beide einer BKA-Abteilung gegen Organisierte Kriminalität an und operierten im In- wie im Ausland. Brettmeier hatte Leon nach Alexandra gefragt. »Unser Chef hat

Ihre Schwester telefonisch nicht erreicht. Wissen Sie mehr?«

»Nein, das ging mir genauso. Ich konnte Alex gestern nur auf den Anrufbeantworter sprechen. Sie war wohl ohne Handy unterwegs, um mal abzuschalten. Beim Wandern in den Bergen. Oder hat keinen Empfang.«

»Tja, wissen Sie, das Hotel hat uns mitgeteilt, dass sie gestern Morgen tatsächlich zu einer Bergtour aufgebrochen ist, mit einer geführten Gruppe zusammen. Wohl mit zwei Übernachtungen auf einer Hütte oben im Gebirge.«

»Dann wird sie ja morgen Abend wieder zurück im Hotel sein.«

»Die Geschäftsleitung weiß Bescheid. Die Schweizer Kantonspolizei auch. Ein Team von uns wird heute nach Andermatt aufbrechen.«

Der Airbus LH 234 hatte inzwischen das Gotthard-Massiv überflogen und war im ruhigen Flug zwischen kleinen Wolkenbänken hindurchgetaucht. Leon schaute aus dem Fenster. »Irgendwo da unten müsste Alexandra sein. Wir sehen uns in Rom.«

21

Schweiz, Juni 2017
Eine Alpenhütte bei Andermatt

Tufania schaute auf die Leuchtdioden ihrer Armbanduhr. Vier. Bald müssten ihre Tropfen wirken. Sie war entspannt, schickte aber ein stilles Gebet in den Himmel. Oder in die Hölle?

»Morta steh mir bei.« Sie schloss kurz die Augen.

Sie war sich nie im Klaren darüber, ob ihr Handwerk einem göttlichen Schutz unterlag. Sicher, ihre Mutter, von der sie in jungen Jahren alles erlernt hatte, sprach stets von den drei römischen Schicksalsgöttinnen. Sie hörte sie kurz vor ihrem Tod sagen: »Tufania, mein Kind, höre mir zu. Nona spinnt den Lebensfaden, Decima lenkt das Geschick des Lebens – und Morta, die dritte im Bunde, schneidet den Lebensfaden wieder ab. Wir sind also ein Teil dieses Schicksals, das sich Leben nennt. Bewahre dies.« Dann hatte ihr die Mutter auf dem Sterbebett schwach die Hand gedrückt und für immer die Augen geschlossen.

Tufania schielte jetzt zu dem Stockbett über den Gang rechts neben ihr. Oben schlief der Schweizer Bergführer, dem sie sich in Andermatt angeschlossen hatte. Dieser Silvan. Sie musste ihn im Auge behalten. Er wirkte blitzgescheit und hellwach. Selbst wenn er schlief, wie jetzt, hatte sie Respekt vor ihm. Aber nur ein wenig.

Tufania war über vierzig, groß und kräftig. Und sie fühlte sich erfahren genug. Nach dem Tod ihrer Mutter hatte sie die Aufträge der Familie übernommen, zwei oder drei im Jahr, und diese Sonderfälle stets unauffällig und mit Präzision erledigt. Nicht mit Stolz. Aber mit einer gewissen Genugtuung. Sie hatte sich Achtung verdient. Achtung war ihr das Wichtigste. Kein Arzt hatte je etwas anderes in den Totenschein geschrieben als »Herzversagen«. Nichts deutete je auf ein Verbrechen hin, nichts auf einen Mord, geschweige denn auf einen Giftmord. Dieses hässliche Wort war ihr ohnehin verpönt. Sie sprach von »casi speciali«. Und dafür gab es von der Familie gutes Geld.

Der Bergführer, den sie in der Dunkelheit auf der Hütte taxierte, schlief fest. »So ist es gut. Den kann ich jetzt nicht gebrauchen.« Sie drehte sich auf ihrer schmalen Schlafpritsche ein wenig weiter auf der Schulter herum, damit sie das gegenüberliegende Bett besser einsehen konnte. Dort lag sie, diese Deutsche, die Tedesca. Und schon bald müsste das Gift wirken, das sie am Abend heimlich in ihren Tee geschüttet hatte. »Morta steh mir bei!« Tufania bekreuzigte sich versteckt unter der warmen Daunendecke, die der Hüttenwirt zur Übernachtung verteilt hatte. Denn im Sommer konnte es nachts in den Bergen auf über 2000 Meter empfindlich kalt werden.

Fast zwei Tage war es her, dass sie in ihrem kleinen Häuschen am Fuß des waldreichen Monte Cavo in den Albaner Bergen diesen Anruf bekommen hatte. Nach dem üblichen »Pronto« hatte eine dunkle Frauenstimme sie zunächst gefragt, ob Angelina Dardelli am Telefon sei, »die mit den Deutschkenntnissen?« Was Tufania mit knappen Worten bestätigte. »Dringend – urgente«, hieß es dann von der Anruferin. Und von »senza ritardo« sprach die Frau mit der dunklen Stimme, also ohne Aufschub. Mehr erfuhr Tufania nicht. Jedenfalls nicht gleich, und schon gar nicht am Telefon.

Eine Stunde später stand sie auf dem Schotterparkplatz eines schmalen Waldweges oberhalb ihres Dorfes, der auf den knapp tausend Meter hohen Vulkankegel führte und nur Einheimischen bekannt war. Schon bald hörte sie ein Motorengeräusch. Ein schmutziger Fiat-Panda kam die Schleife zum Waldparkplatz heraufgeknattert, aus dem wenige Minuten später ein kräftiger Mann in einem blauen Monteuranzug herauskletterte. Die Sonnenbrille hatte er fest auf seinen Nasenrücken geschoben. Über den Brillenrand schoben sich dichte, urwüchsige schwarze Augenbrauen. Sie kannte den Mann nicht. Und der Wagen, darauf achtete Tufania in aller Schnelle, hatte eins der üblichen anonymen Nummernschilder in Italien, das ohne jegliche Herkunftshinweise auskam und nur eine Versicherungsnummer angab. Der namenlose Bote drückte ihr einen braunen Umschlag in die Hände, und sie knetete die Wattierung zwischen ihren Fingern, als wollte sie die Schwere des Auftrags prüfen.

»Sai cosa intendo – du weißt, was ich meine«, sagte der Mann mit ruhiger Stimme. Tufania nickte. Das reichte zum Verständigen.

Als der Bote wieder verschwunden war – und nicht eine Sekunde früher – öffnete Tufania den Umschlag. Sie zog ein Papier heraus, auf dem wenige Notizen vermerkt waren: ein Name, vage Angaben über Gewicht und Körpergröße, eine Hoteladresse. Und sie erhielt ein Schwarzweiß-Foto, das frisch nach Druckerfarbe roch. Das war die Zielperson. Eine deutsche Bankerin aus London. Und damit alles »senza ritardo« gehen konnte, hatte die Auftraggeberin gleich ein Flugticket Rom-Zürich mit einem Abflugtermin noch am Nachmittag miteingesteckt. Diesmal flog sie als Angelina Dardelli. Das war einer ihrer Aliasnamen, für die sie gefälschte Pässe im Schrank versteckte. In Zürich würde sie sich ein Auto mieten und nach knapp zwei Stunden in Andermatt eintreffen. Im Hotel Gemsstock war ein Zimmer reserviert. Tufania merkte sich die Adresse, den Namen der Deutschen und verbrannte alles außer Ticket und Foto. In einem verrosteten Mülleimer am Rande des Parkplatzes.

Tufania schaute in der Dunkelheit des Schlafsaals wieder auf ihre Armbanduhr, dann quer über den Mittelgang. Die Tedesca, sie schlief. Es müsste gleich passieren. Sie hatte die Mischung aus Belladonna, wie die Tollkirsche im alten Familienbuch »La strega nera« genannt wird, einer Prise Arsen und einem starken Schlafmittel schon zuhause angerührt. Nur eine kleine, genau dosierte Menge war notwendig, um eine erwachsene Frau um die 65 Kilo zu einem bestimmten Zeitpunkt im Schlaf zu töten. Lautlos. Ohne Aufsehen. Ohne Nachweis. Das Trockenextrakt hatte sie im Handgepäck durch die Sicherheitskontrollen am römischen Flughafen geschmuggelt. Versteckt als Pulver in einem Asthma-Inhalator, den sie in einem durchsichtigen Beutel auf das Band für den Gepäckscanner gelegt hatte. Alles lief problemlos. Im Hotelzimmer mischte sie das Extrakt mit ein paar Tropfen Wasser. Fertig war die hochgiftige Tinktur.

Die schwarze Hexe war angespannt. Das Gift – es müsste doch wirken. Hatte sie sich beim Abfüllen in den Tee vertan, den sie – so freundlich, wie sie nur konnte – der Tedesca an den Tisch gebracht hatte? »Niemals! Oder hat diese Teufelin einen Gegenzauber?« Tufania überlegte. Wieder der Blick zur Uhr. Vier Uhr dreißig. Bis zum Sonnenaufgang blieb eine Stunde. Da tat sich was im Bett der Deutschen.

22

Alexandra von Alban atmete flach und kurz. Rang nach Luft. Sie spürte den Brustkorb nicht mehr. Ein bleischweres Panzerhemd hatte sich wie eine unsichtbare Weste eng um ihren Oberkörper gezogen. Ihr war übel, ein Schmerz brannte in ihren Lungen. Sie schob eine Hand auf die Stirn. Kalt und trocken. Sie wollte aufstehen, doch die Beine reagierten nicht. Sie blickte verschwommen zur Decke, die auf sie zuzustürzen drohte. Träumte sie?

Ihr kam der Abend vor dem Bergaufstieg in Erinnerung. Wie ein Film aus den zwanziger Jahren des vorigen Jahrhunderts. Schwarzweiß. Stumm und lautlos lief der kurze Film ab. Da war diese Frau. Die Italienerin. An der Hotelbar. Auf dem Hocker neben ihr. Nicht sonderlich sympathisch, aber freundlich. Die Italienerin hatte sie angesprochen.

Konnte sie ihre Beine zur Bettkante drehen? Alexandra musste es versuchen.

Die Italienerin wirkte unglücklich, erzählte von ihrem Mann, der sie seit Jahren betrog, bis sie ihn zuletzt verlassen hatte. Und nun nicht wusste, wohin mit sich. Alexandra wurden diese persönlichen Geschichten zu viel. Zu viel Emotionen, nicht kalkulierbar. Eine Fremde, und nicht ihr Problem. »Ich bin ab morgen bei einer Bergtour dabei. Wandern, da muss ich früh raus«, hatte sie der Frau gesagt. Und die Fremde? Ließ nicht locker. »Wandern? Oh, wie schön«, sagte sie in gebrochenem Deutsch mit einem italienischen Akzent. »Bergwandern, escursioni in montagna, che bello, das will ich auch!«

Alexandra hatte es geschafft, unter größten Mühen. Die Beine im Bett zur Seite, leicht angewinkelt. Jetzt den

Fuß rausschieben und auf den Boden setzen. Sie arbeitete sich voran. Kämpfte. »Luft, mein Gott, mehr Luft.« Der Mund war so trocken wie eine verdorrte Ackerkrume. Sie wollte in den Waschraum der Hütte, Wasser trinken. »Ich muss den Flur runter, die Tür, dann gleich links.«

Irgendwie gelang ihr das Aufsetzen auf die Bettkante. Sollte sie den Bergführer Silvan wecken. »Nur weil ich Durst habe und mir schlecht ist? Ich muss nur trinken.« Sie robbte sich den Flur entlang. »Es geht schon, es geht schon. Ich muss nur trinken.«

Wieder setzte sich in ihren Gedanken der Schwarzweiß-Film in Bewegung, wie im Zeitraffer eines alten Filmprojektors. Sie sah sich an ihrer Hoteltür stehen. Mit der Italienerin Angelina, die mit einem verlassenen Blick »gute Nacht« murmelte. Sie hörte sich selbst sprechen. »Dann schließ dich doch morgen der Tour an, da kannst du auf andere Gedanken kommen. Ich muss jetzt schlafen. Sonst komme ich morgen nicht raus.« Sie drückte sich gegen ihre Hoteltür, die sofort aufsprang. Und verschwand in ihrem Zimmer.

Die Tür vom Schlafraum der Hütte zum Verbindungsflur hatte sie auf allen vieren aufgeschoben. Jede Bewegung der Hand und der Arme schmerzte. Sie rutschte auf den Knien und schleifte die kaum fühlbaren Beine und nackten Füße hinter sich her. Sie spürte, dass sie nicht mal mehr schreien konnte. Auch wenn sie es wollte.

Alexandra sah erneut diesen Film vor ihren Augen flimmern. Nächster Morgen, das Hotelfoyer. Bergführer Silvan, die anderen Teilnehmer der Wandertour, Angelina, die sich kurz vor dem Abmarsch für die Tour angemeldet hatte. Da war der helle Kleinbus, der sie zum Startpunkt an einer Kapelle am Ortsausgang brachte. Und Angelina, die sich im Bus einen Platz weit hinter ihr gesucht hatte. Als wenn nichts gewesen wäre. Als würde die Italienerin sie nicht kennen. Das ging den ganzen Tag so. Sie verstand das nicht.

»Endlich. Das Bad. Ich muss trinken.«

Alexandra von Alban zog sich mit großer Kraftanstrengung am Waschbecken hoch – bis sie auf ihren Füßen stand und den Kopf zum Wasserhahn recken konnte. Mit einer Hand drehte sie den Hebel auf, stützte sich mit der anderen ab. Sie spritzte sich den ersten Guss in ihr Gesicht. Kaltes Gebirgswasser. Das tat gut. Dann hörte sie die Tür hinter sich ins Schloss schnappen.

23

Tufania war aufs Höchste alarmiert. Sie konnte es sich nicht erklären. Hatte sie einen Fehler gemacht? Ihr Herz schlug bis zum Hals. Sie sah diese Tedesca, die sich unter größten Mühen von der Schlafpritsche wälzte und auf allen vieren in Richtung Schlafsaaltür kroch.

»Was machst du da? Devi morire. Du musst sterben.« Sie schickte ein leises Gebet zum Himmel. Oder in die Hölle?

Sie riss die Augen auf, um besser durch die Dunkelheit schauen zu können. Die Anderen? Schliefen fest. Auch der Bergführer. »Nur diese Teufelin von einer Tedesca nicht. Ich muss sie töten.«

Sie wartete und zog die Daunendecke über den Mund bis an die Nasenspitze hoch. Niemand sollte ihr aufgeregtes Atmen hören. »Jetzt nur keinen Fehler machen«, sprach sie still zu sich selbst. »Kein Risiko, nur der Auftrag zählt.«

Während sie listig wie eine Spinne wartete, arbeitete ihr Gehirn auf Hochtouren. »Sechs, sieben ... acht.« Tufania erinnerte sich an das heimliche Träufeln der giftigen Mixtur in den Teebecher der Tedesca, als sie vor der Küchendurchreiche stand. Und zählte im Stillen. »Nove, dieci, undici... Momento! Der Hüttenwirt!« Ein leichter Stoß in den Rücken. »Bastardo!« Vielleicht waren einige Tropfen neben dem Becher gelandet. Das Gift, es wirkte nicht. Oder nicht zu hundert Prozent.

Jetzt hatte die Tedesca, wie Tufania beobachtete, schon die Tür zum Flur aufgeschoben und kroch aus dem Schlafsaal heraus. »Gut so, gut so, nur weiter.« Sie dachte sich einen neuen Plan aus. »Nur weiter. Raus mit dir, wir brauchen keine Zeugen!«

Sie schob sich von ihrer Schlafpritsche herunter. Ein Knarren. Sie schaute sich um. Aber das Geräusch war zu leise, als dass es einen Schlafenden im Saal wecken konnte. Wie eine Raubkatze setzte sie vorsichtig ihre nackten Füße auf den Boden und schlich der halb sterbenden, halb lebenden Deutschen hinterher. Als sie die Tür zum Flur öffnete, hörte sie das Schleifen von Knien und Füßen auf dem Boden und ein stilles Wimmern. Dann umwehte Tufania ein kühler Hauch. Die Tedesca musste die Tür zum Waschraum geöffnet haben.

Tufania schloss hinter sich die Tür zum Schlafsaal, nahm aber nicht den direkten Weg in den Waschraum. Mit kleinen Schritten eilte sie in die Küche. »Muss ich die Teufelin mit den eigenen Händen erwürgen?« Sie überlegte. Die Frau war schwach, große Gegenwehr erwartete sie nicht. Aber Würgemale am Hals würden ein sicheres Indiz für einen Mord hergeben. Auch ein Küchenmesser kam aus denselben Überlegungen nicht in Frage. Es durfte unter keinen Umständen nach einem Mord aussehen. Die Familie würde sie strafen. Da sah sie die Lösung.

»Morta steh mir bei!« Sie griff sich einen kleinen grauen Sack, der neben der Mikrowelle der Küchenzeile lag. Sie schaute auf die Vorderseite und las. Trotz ihrer Deutschkenntnisse verstand Tufania nicht alles. »Altes Hausmittel« – das war leicht für sie zu übersetzen. Aber? Wie hieß das nur?

Sie buchstabierte: »K-i-r-s-c-h-k-e-r-n-s-a-c-k? Egal.« Sie musste handeln. Jetzt.

24

Alexandra von Alban stand im Waschraum mit dem Rücken zum Eingang. Dann hörte sie hinter sich das Schloss leise schnappen. Durchzug? Hatte sie die Tür aufgelassen? Sie dachte nur kurz darüber nach. Das frische Wasser in Mund und Hals holte sie ein wenig ins Leben zurück. Sie fühlte sich besser, doch das Atmen fiel schwer. Und dazu diese Dunkelheit. Zum ersten Mal spürte sie Todesangst. Woher kam nur diese Atemnot? Was war das für ein bleischweres Panzerhemd um ihre Brust? Licht. Sie brauchte jetzt Licht.

Mühsam stützte sie sich am Waschbecken ab. Und sah rechts einen Schalter. Dann ging alles schnell. Für den Bruchteil einer Sekunde glaubte sie, den Geruch eines muffigen Tuchs zu wittern. Jemand drückte ihr von hinten ein knisterndes Kissen über Mund und Nase. Es war erst weich, dann hart. Der Druck nahm sofort zu. Alexandra wehrte sich. Riss die Arme hoch und versuchte mit den Händen, das todbringende Etwas von ihrem Gesicht zu ziehen. Dabei zerrte sie an zwei kräftigen Unterarmen, die den Druck verstärkten. Ihre Gedanken rasten. »Kämpf! Kämpf um dein Leben. Komm schon!« Sie wurde schwächer. Sackte zusammen. Spürte nicht mehr, wie ihr Körper statt auf den kalten Fliesenboden in die Arme ihrer Hotelbekanntschaft Angelina Dardelli glitt.

Tufania ließ das Kirschkernkissen einige Sekunden aufs Gesicht gedrückt, um sicherzugehen. Dann griff sie der Deutschen unter die Arme, schleppte sie aus dem Waschraum heraus und zog sie über den Flur und durch die Ausgangstür in die Nacht. Es ging leichter als von ihr befürchtet. In den Bergen war es immer noch dunkel und empfindlich kalt. Sie entdeckte vor dem Eingang der Hütte eine alte, verbeulte Schubkarre für Kaminholz. »Grazie Morta, grazie!« Wieder schickte sie ein Stoßgebet an die römische Schicksalsgöttin.

Sie wuchtete den leblosen Körper in die blecherne Lade. Arme und Beine baumelten seitlich und nach vorne zu ihr heraus, während der Kopf hinten auf der Kante lag. Dann ging sie in die Hütte zurück, um sich eine warme Jacke und Wanderschuhe anzuziehen. Sie lauschte. Es war immer noch still im Gebäude, und die schwarze Hexe versicherte sich, dass niemand wach geworden war. Dann schritt sie entschlossen zur Tat, packte die Karre an den Holzgriffen und schob sie samt Ladung über einen Pfad in Richtung einer Felskante, die sie beim Heraufwandern im Südosten der Hütte gesehen hatte. Ein schwarzes Loch, ein Felsabbruch, vielleicht hundert Meter tief, unten mit einem kleinen Gebirgsbach. Niemand würde die Tote schnell finden. Und wenn schon. Ein Unfall eben.

Sie hatte es einige hundert Meter weit. Und während sie durch die Nacht auf den Felsabbruch zuschob, stellte sie sich vor, wie ihre tote Mutter die Aktion sehen würde. Sie wäre nicht stolz auf sie und hätte ein strenges Gesicht aufgelegt. Denn irgendwie war der gesamte Plan aus dem Ruder gelaufen. Offenbar als Strafe pfiff ihr der Wind mit beißender Kälte ins Gesicht, und sie fühlte nicht mehr ihre eisigen Finger an den Holzgriffen.

Endlich – durchgefroren, aber entschlossen – war Tufania am Felsabbruch angekommen und hatte die Schubkarre an der Kante abgestellt. Sie ging um die Karre herum und schaute, ob die Stelle geeignet war. Sie blickte sich um. Es gab keine Zeugen. Die Sonne würde bald im Osten hinter riesigen Bergkämmen aufgehen. Sie bemerkte nicht, wie die vermeintlich tote Deutsche trotz der Kälte wieder einen schwachen

Lebenswillen bekommen hatte. Das Kirschkernkissen hatte doch nicht ganze Arbeit geleistet. Aber das wusste Tufania nicht.

Als die Karre seitlich abkippte, griff Alexandra von Alban im Fallen nach dem Jackenärmel ihrer Mörderin und verkrallte sich im Stoff. Damit hatte die schwarze Hexe nicht gerechnet. Sie stand auf einem geröllartigen Untergrund. Verlor den Halt. Strauchelte und kippte samt Schubkarre und Opfer in die Tiefe. Ein gellender Schrei. Ein dumpfes Aufschlagen an einem Felsvorsprung, dann die Tiefe. Stille.

Bald darauf ging die Sonne auf. Der Wind pfiff eiskalt über den gewaltigen Gebirgskamm im Unteralptal. Und in der Berghütte hoch über Andermatt erwachte langsam das Leben.

25

Rom, Juni 2017
Am selben Tag

Leon genoss den Anflug. Die Mittagsmaschine LH234 hatte den Bracciano-See im Nordwesten von Rom überflogen und legte sich in eine kleine Kurve gen Westen. Dann zog der Airbus über die Autostrada Azzurra hinweg und in direkter Linie auf den Aeroporto Rom-Fiumicino zu. Leon verfolgte durch das Fenster die hellblaue Küstenlinie am Tyrrhenischen Meer, sah die glitzernden Sandstrände vor Fregene und erkannte in der Ferne bunte Bagno-Abschnitte. Die letzten Häuser, dann setzte die Maschine auf der langen, nach Norden hinausschießenden Landebahn auf. Von seinem Fensterplatz aus sah er die Mittagshitze über der Piste wie ein unsichtbares Feuer brennen. Dann rollte die Maschine langsam voran, und ein paar Minuten später stand das Fluggerät am Terminal.

Die beiden BKA-Beamten Brettmeier und Sandmann griffen sich ihr Bordgepäck aus der Ablage, nahmen Leon in die Mitte und verständigten sich kurz mit ihm. Brettmeier schien besorgt. »Sie bleiben immer schön bei uns.«

Leon kam sich vor wie bei einem Gefangenentransport. »Vielleicht darf ich noch mein Bordgepäck mitnehmen.« Unmissverständlich drängte er sich zwischen die beiden Männer hindurch.

Brettmeier trat ein Stück zur Seite. »Oh, Entschuldigung. Aber wissen Sie, ab jetzt sind wir vor Überraschungen nicht gefeit. Das ist kein Heimspiel mehr.« Sandmann, der bisher kaum ein einziges Wort gesprochen hatte, feixte quer über das Gesicht. »Benvenuti in

Italia, Signore di Alban.« Dann schob er sich die Sonnenbrille auf die Nase. »Allora, andiamo! Also, gehen wir.«

Leon lächelte mühsam und fragte sich insgeheim, ob er in einem Mafia-Krimi gelandet war. Aber er spielte mit, warf sich die alte Lederjacke über die Schultern und trottete mit den beiden Kommissaren den langen Weg zwischen Abfertigungsschaltern und Geschäftszeilen zur Gepäckausgabe entlang.

Knapp dreißig Minuten später preschten sie in zwei blankgeputzten Alfa Romeo über die holprige Autostrada gen Rom – das Abholkommando der Carabinieri. Leon und Brettmeier saßen auf dem Rücksitz im ersten Fahrzeug, Sandmann folgte in einem zweiten Alfa. Der Polizeioffizier auf dem Beifahrersitz, der sie in der Ankunftshalle begrüßt und sich als Brigadiere Conti vorgestellt hatte und demnach im Rang eines Feldwebels war, versank während der Fahrt alsbald in Schweigen. Sie fuhren vorbei an massiven Wohnsilos, die in der Mittagssonne ausgeblichen wirkten wie hellgraue Kalkwände. Niemand sprach ein Wort.

Leon versuchte, sich im Fond des Wagens etwas bequemer hinzusetzen, und streckte die Beine weit unter den Fahrersitz. Dann schob er eine Hand in seinen zerschlissenen Rucksack am Boden. Für einen Moment bemerkte er den Geruch von altem Leder und Tabak. Das beruhigte ihn. »Alles noch da.« Er drückte das Büchlein im Rucksack zwischen seinen Fingern. »Du wirst mir deine Geheimnisse schon noch verraten.«

Und dann dachte er zurück an den Moment vor wenigen Tagen, als er im Schreibzimmer seines Vaters in Mainz diese fürchterlich klemmende Schublade aufgezogen hatte. Erst war es ihm gar nicht aufgefallen, aber dann schien es so, als gebe es eine zweite, verdeckte Ebene, mit einer extra eingezogenen Bodenplatte. Ein

Versteck vor neugierigen Blicken? Er klopfte. Tatsächlich, es klang dumpf und hohl. Mit ein bisschen Fingerspitzengefühl lupfte er eine Seite der dünnen Platte an, bis er eine Handbreit darunter schieben konnte. Ein leicht muffiger Geruch stieg ihm in die Nase. Er hatte es. Eingebunden in braunem Leder. Wie von Alexandra beschrieben.

Der Vater hatte das Tagebuch und damit seine Geheimnisse aus der Zeit als Soldat im Zweiten Weltkrieg gut versteckt, nachdem es Alexandra vor fast 40 Jahren auf dem Speicher in Mainz entdeckt und unerlaubt gelesen hatte. Und jetzt hatte es Leon endlich gefunden. Er hörte die dramatischen Worte seiner Schwester am Darmstädter Woog in sich nachklingen: *»Unser Vater hat Blut an den Händen!«* Schon beim ersten Durchblättern fand er viele Notizen, mal sehr kurz, mal lang, Datumseinträge, Skizzen, offenbar von einem Schmuckstück, und handgezeichnete Lagepläne von einer Ausgrabung. Dann war Schluss. Ende Mai 1944 brach das Tagebuch plötzlich ab. Warum nur? Er nahm sich vor, alles in Ruhe zu lesen. Zu verstehen. Doch der Besuch vom BKA kam dazwischen, und er steckte sich das Buch am Morgen vor dem Abflug in den Rucksack. Nicht mal Alexandra hatte er bisher von seinem Fund erzählen können.

Doch das war nicht alles in der Schublade mit den zwei Bodenplatten. Er entdeckte ein Ritterkreuz der Nazis, sorgsam aufbewahrt in einer mit Watte ausgelegten alten Zigarrenschachtel. Das Ritterkreuz! Auch davon hatte seine Schwester erzählt. Und die Schachtel mit dem Aufdruck »Toscano Garibaldi«? Hatte sein Vater je Zigarren geraucht? Er konnte sich nicht daran erinnern. Er fand alte Briefe. Briefe aus Italien. Er las den Absender: »Milano. Also Mailand.« Sein Vater hatte nie irgendetwas von Mailand erwähnt. Mehr vom Absender konnte er nicht entziffern. Und es gab ein zweites

Buch, das schnell das Interesse von Leon geweckt hatte. Ein dunkelrot eingebundenes Reisehandbuch, abgewetzt und ausgeblichen von der Sonne – »Baedekers Italien von den Alpen bis Neapel«. Von 1926. Er hatte es sofort aufgeschlagen und auf den vorderen Seiten eine Widmung gefunden:

»Mein lieber Curth,
möge Dir dieses Buch zum 18. Geburtstag viel
Freude schenken und in Dir die Neugier wecken,
fremde Länder und deren Menschen zu
erforschen.
Va, pensiero, sull'ali dorate!
Dein dich liebender Vater.«
Mainz, 1934«

Verdi! Sein Vater liebte Verdi! Und der hatte es wiederum von seinem Stiefvater. Leon ging dieser Eintrag nahe und er summte jetzt im Wagen der Carabinieri leise vor sich hin. Bei Tempo 150. »Flieg, Gedanke, auf goldenen Schwingen. Lass dich nieder auf jenen Hängen und Hügeln ...« Es war ihm fast so, als bekäme er feuchte Augen. Dann rüttelte ein tiefes Bodenloch den Alfa Romeo kräftig durch und Leon spürte schmerzhaft die harte Federung unter seinem Sitz. Er war mit den Gedanken wieder im Hier und Jetzt angekommen.

Der Wagen legte sich scharf in eine Kurve, die ihn von der Autostrada 91 auf die Via Cristoforo Colombo katapultierte. Leons Sitznachbarn Brettmeier warf es fest in den Gurt. Dabei rutschte dem BKA-Beamten das Mobiltelefon aus der Hand, auf dem er während der Fahrt munter herumgetippt hatte.

»Verflixt nochmal ...« Weiter kam Brettmeier nicht.

»Cinquecentodieci cavalli di potenza«, schnaufte der Fahrer voller Inbrunst und warf einen herausfordernden Blick in den Rückspiegel. »Diesen Deutschen muss man's mal zeigen«, dachte er. »Tedeschi! Tutti sapientoni.« Alles Besserwisser.

Brigadiere Conti auf dem Beifahrersitz legte eine Hand auf die Schulter des Fahrers. »Piano, ragazzo, piano.« Dann drehte er sich nach hinten zu den Deutschen. »Signori, Sie müssen wissen, wir haben neue Wagen. Unser Alfa Romeo, der hat cinquecentodieci cavalli di potenza. Die wollen auch mal ausgefahren werden. Capisce? Sie verstehen?«

»510 PS. Was für ein Angeber.« Während Leon vor sich hin grummelte, hörte er Brettmeiers drängelnde Stimme. »Herr von Alban, mein Telefon, da, schauen Sie mal, es liegt da unten. Zwischen Ihren Füßen.«

Leon bückte sich nach dem weggerutschten Gerät und fragte die Carabinieri zwischen den Vordersitzen hindurch: »Cinquecentodieci, wirklich. Ah, si?«

»Si, si, si«, der korpulente Fahrer richtete sich im Sitz ein wenig auf. Aus seinen Worten war Stolz herauszuhören. Von »macchine nouve« sprach er mit tiefer Stimme, von neuen Autos, und von »solo pochi«, nur wenige, und von einer speziellen Fahrschulung. Leon hatte jetzt das Mobiltelefon von Brettmeier aus dem Fußraum in der Hand und wollte es hinüberreichen. Da fiel sein Blick auf das Display. »Verrò stasera«, las er in der oberen Sprechblase. »Ich komme heute Abend.« Und in der Blase darunter erkannte er ein weibliches Emoji-Gesicht mit Hasenohren. Und ein zweites. Leon war sich nicht ganz sicher: Hatte das zweite Emoji-Gesicht wirklich zwei Penisse in den Augen? Darunter war zu lesen: »Andiamo! Andiamo!«

Da riss Brettmeier ihm das Smartphone aus der Hand. »Privat. Das geht Sie nichts an, Herr von Alban.«

Leon musste breit grinsen. Den Satz »il tuo coniglietto« hatte er noch gelesen. »Dein Hase.«

Mit hohem Tempo ging es durch ein breites Tor in der Aurelianischen Stadtmauer, vorbei an den Caracalla-Thermen und entlang der Senke mit den Resten des antiken Circus Maximus, während sich rechts die Ruinen des Palatins auftürmten. Leon beobachtete, wie »Signore Cinquecentodieci«, wie er den Fahrer getauft hatte, in Höhe des Marcellus-Theaters das Blaulicht einschaltete, und spürte, wie dieser unterhalb des Kapitols langsam in die Bremsen stieg. Das Blechgewühl an der Piazza Venezia blieb ihnen damit zwar nicht erspart. Aber die Verkehrspolizisten mit ihren weißen Sommerhemden und Mützen ruderten in der Mitte des Platzes mit den Armen wie entfesselte Dirigenten und machten für den kleinen Konvoi eine schmale Gasse frei.

Sie waren jetzt mitten auf dem Platz. Der Lärm unzähliger Autos, Busse und Lieferwagen drang durch die geschlossenen Scheiben. Hupen und Fanfaren durchbrachen die aufgeheizte Luft, überhitzte Bremsen quietschten und wetteiferten um den grellsten Ton, Achsen knarzten gegen das Knattern hochdrehender Motorroller an, und über alldem dominierte das gnadenlose Horn der römischen Krankenwagen. Wie ein überdimensioniertes Memento mori für die Straße. Gedenke Deiner Sterblichkeit.

»Was für ein Konzert! Wie aus einer anderen Welt«, dachte Leon und freute sich. Er liebte Rom und diese Geräuschkulisse. Er hatte dieses Gefühl vermisst seit seiner letzten Reise an den Tiber. Dann wurde es plötzlich still im Fahrzeug. Signore Cinquecentodieci war hinter dem Palazzo Venezia nach rechts in eine kleine Seitengasse eingebogen und ließ den Wagen über das schwarze, holprige Kopfsteinpflaster rumpeln. Sie befanden sich im engen Centro Storico, der Altstadt. Zwischen den dicken, jeden Lärm schluckenden Mauern der Palazzi öffnete sich eine andere Welt als draußen auf den Straßen mit dem alltäglichen Chaos. Das Caffè Doria im alten Adelspalast der Pamphilj huschte vorbei. Und nach einer engen Rechts-Links-Links-Kombination im Gewusel der Gassen waren sie am Ziel angelangt.

»Siamo qui«, sagte Brigadiere Conti, »wir sind da. Unser wunderschönes Hauptquartier im Herzen der Altstadt.« Er lotste die beiden Deutschen aus dem Fond des Alfa heraus und zeigte auf einen halbrunden, senffarbenen Rokoko-Bau gleich vis-à-vis des mächtigen Kirchenportals von Sant'Ignazio. »Comando Carabinieri Tutela Patrimonio Culturale – das ist die offizielle Bezeichnung. Wir nennen uns Kulturgutpolizei. Die Kulturgutpolizei.«

Leon schaute sich um. Er kannte den Platz, der ihn schon immer an eine Theaterkulisse im Rokokostil erinnert hatte. Das blank geputzte Dienstschild der Carabinieri, ihre dunklen Alltagsuniformen mit den roten Streifen an der Hose und das weiße Bandelier über der Brust taten ihr übriges. Hier passte alles zusammen. Während er zu den Touristenströmen an der Jesuitenkirche hinüberblickte, vor der sich die knochigen Hände von Bettlerinnen den Besuchern entgegenstreckten, rollte der zweite Wagen mit Sandmann heran und stoppte vor einem Restaurant an der Ostseite des Platzes.

»Ah, Signore Sandmann. Ich hoffe, Sie hatten eine gute Fahrt. Wussten Sie, dass wir neue, schnellere Wagen haben?« Brigadiere Conti wartete die Antwort nicht ab, ignorierte das blasse und entsetzte Gesicht des zweiten BKA-Mannes und lotste das deutsche Trio in Richtung Eingang. »Es ist heiß heute. Lassen Sie uns hineingehen. Ihr Gepäck bleibt im Auto. Und zum Hotel geht es anschließend. Andiamo, meine Herren.«

Im Inneren des vierstöckigen Gebäudes war es angenehm kühl, und Leon folgte der kleinen Gruppe in den zweiten Stock. Er war überrascht, wie leise und gedämpft alles klang. Sie gingen in einen langen Flur mit dicken roten Teppichen, bogen mal links, dann wieder rechts ab. Schließlich standen sie vor einer Tür im hinteren Bereich des Palazzos. Der Brigadiere klopfte. »Entrate!«, rief eine befehlsgewohnte Stimme aus dem Büro. »Vi sto aspettando. Ich erwarte Sie schon.«

Ein schlanker Mann erhob sich hinter einem großen dunklen Schreibtisch. Sein blütenweißes Hemd hatte er bis zur Armbeuge aufgekrempelt. Dazu leichte Bräune, dichte schwarze Haare, gepflegter Drei-Tage-Bart. Leon schätzte ihn auf vierzig. Er blickte in hellwache rabenschwarze Augen, die die Besucher aus Deutschland in Bruchteilen von Sekunden musterten. Dann griff sich der Carabinieri seine Uniformjacke von der Stuhllehne, zog sie über und drehte routiniert drei silberne Uniformknöpfe in die mittleren Löcher.

»Darf ich vorstellen«, sagte der Brigadiere. »Primo Capitano Raffaele Capriri, mein Chef. Zuständig für Rom und Latium." Eine kurze Pause, dann: »Die Signori Brettmeier und Sandmann vom deutschen Bundeskriminalamt.« Dabei mühte er sich redlich, das für Italiener schwierige Wort Bun-des-krimi-nal-amt deutlich auszusprechen. »Und hier, das ist Leon von Alban, aus Darmstadt. Unser Zeuge.«

»Va bene, Brigadiere, grazie mille.« Dann wandte sich der Schwarzhaarige den drei Männern zu und reichte ihnen die Hand. Kühl und schlank. Fester Griff. »Kurz zur Erläuterung, meine Herren. Primo Capitano, das ist bei Ihnen so etwas wie ein Stabshauptmann. Ich freue mich, dass wir zusammenarbeiten.«

Brettmeier war überrascht. »Sie sprechen ein gutes Deutsch?«

»Aber natürlich, Signore, ich bin zuständig für international übergreifende Be-zie-hun-gen. Schweres Wort. Sie entschuldigen. Außerdem habe ich schon früh mit Deutsch angefangen. Es ist Tradition in unserer Familie.«

Leon schaute sich kurz im Büro um. Hinter dem Schreibtisch klemmte an einem Ständer eine bunte Landkarte mit Rom im Zentrum. Ein paar Städte waren rot umrandet, hier und da steckten Nadeln mit kleinen Fähnchen in Ortschaften oder auf Nebenstraßen. Das Fenster war durch graue Holzläden halb geschlossen und ließ gerade so viel Licht hinein, wie zum Arbeiten nötig war. In einem Regal waren Aktenordner aufgereiht, in der obersten Reihe ruhte ein Ventilator, daneben – er sah es nur kurz – ein Buch über ...? Leon wurde in diesem Moment vom Capitano angesprochen.

»Und Sie, Signore, Ihr Name war Leonardo di Albano? Sie also sind unser wichtiger Zeuge.«

»Eigentlich Leon von Alban, aber ...«, er dachte an den großen Maler Leonardo da Vinci und schmunzelte. »Gerne auch Leonardo. Der Zeuge ist jedoch meine Schwester Alexandra. Aber wenn Sie wissen wollen, ob Ihr Fund aus der Villa meines Vaters stammt, bin ich der richtige Mann.«

Sandmann schaltete sich ein. »Capitano, die Frau ist noch in der Schweiz. Vermutlich werden wir sie erst morgen oder übermorgen nach Rom holen können. Sie hat einen der Einbrecher gesehen. Vielleicht den Mörder einer älteren Frau.«

»Ah, capisco. Ich verlasse mich da auf das BKA. Unsere Abteilung für Kunstraub wurde von Ihnen über Interpol informiert. Aber, bitte, setzen wir uns doch.« Raffaele Capriri ließ die Besucher an einem kleinen Tisch Platz nehmen und zog sich seinen Bürostuhl heran.

»Capitano, wie werden wir weiter verfahren?« Brettmeier wollte mehr Details wissen.

»Wir haben alles organisiert. Domani mattina – morgen früh ist es so weit. Die sichergestellten Kunstgegenstände befinden sich in einem Depot außerhalb der Stadtmauer. Dort fahren wir zuerst hin. Unser Fahrer holt Sie vom Hotel um neun Uhr ab.«

»Und wo haben Sie die Beute gefunden?«

»In den Bergen. Vor wenigen Tagen. Südöstlich von Rom. Da gibt's viel Wald, Hütten, Höhlen und abgelegene Ecken.«

»Woher wussten Sie ...?«

»Ein Informant. Mehr kann ich nicht sagen. Auch wir von der Kulturgutpolizei haben unsere Geheimnisse.« Dabei setzte der Capitano ein gewinnendes Lächeln auf, das Leon von Alban und Sandmann ansteckte. Nur Brettmeier nicht. Der fragte weiter.

»Und der Festgenommene, redet er inzwischen? Wo wird die Gegenüberstellung sein?«

»Ah, Signore Brettmeier, Sie wollen viel wissen. Unser Mann redet nicht. Er bleibt stumm. Und die Gegenüberstellung wird drüben in Trastevere sein, in der Via Anicia. Da haben wir unsere Cella. Wie heißt das auf deutsch – Cella, con vetro cieco trasparente?«

Leon schaltete als erster. »Eine Zelle mit Einwegspiegel. Ganz klar.« Er hatte schnell begriffen, was der Primo Capitano sagen wollte. Die BKA-Beamten nickten fleißig.

Die Tür ging auf und Brigadiere Conti jonglierte ein kleines Tablett mit vier Caffè und einer Dose randvoll mit weißen Zuckerstückchen hinein. Der Espresso lockerte die Stimmung auf, und die Unterredung wurde lebendiger. Leon beobachtete Raffaele Capriri, der mit seiner Eleganz die Runde schnell für sich einnahm und dem er eine gehörige Portion Raffinesse attestieren würde. Er merkte auch, dass der Carabinieri ihn ebenfalls beobachtete. Oder täuschte er sich? Dann fiel sein Blick auf den Schreibtisch. Auf der hinteren Ecke entdeckte er ein Bild, das seine Aufmerksamkeit weckte. Von seinem Platz aus konnte er die Frau auf dem Foto sogar recht gut erkennen. »Was für ein Lächeln!« Leon ließ sich nichts anmerken von seiner Begeisterung. »So ein Glückskerl, dieser Capitano.« Fasziniert blickte er auf das Gesicht.

»Allora, signori. So weit haben wir alles geklärt. Ich lasse Sie nun zum Hotel bringen. Es ist nicht weit. Gleich am Parlamento. Falls Sie nicht zu müde sind, können wir zusammen Abendessen. Sagen wir 20 Uhr?« Der Capitano machte eine kurze Pause. »Gut? Bene!« Und zog sich das Telefon heran. »Brigadiere, all'albergo, per favore.«

Dann, überraschend für Leon, griff er zum Bild auf dem Schreibtisch und drehte sich wieder zum Tisch. »Ich habe Ihre Aufmerksamkeit für das Foto bemerkt, Signiore di Albano. Das ist Rubina. Sie ist mein ein und alles.« Dabei legte er seine Hand an die linke Brust. Die drei Deutschen nickten höflich. Leon blickte noch einen Moment auf das Porträt. Es fesselte ihn. Dann schweiften seine Augen zum Regal. Das Buch – jetzt konnte er den Titel lesen: »Biografia di Giuseppe Verdi!«

Fünf Minuten später standen die Tedesci wieder auf der Piazza Sant'Ignazio. Ein bekanntes Gesicht hatte sie übernommen und mit einem kehligen »Buona sera! Bagagli già in albergo« begrüßt. Es war Signore Cinquecentodieci. Dann erfuhren sie, dass es zu Fuß durch die Altstadt gehen würde. »Cinque minuti, solo cinque minuti.« Dabei zeigte Signore Cinquecentodieci fünf gespreizte Finger.

»Gut, das Gepäck ist im Hotel«, sagte Brettmeier und fingerte wieder an seinem Headphone herum.

»Folgen wir also diesem Rennfahrer. Moment, ein Anruf kommt rein.« Er drehte sich ab. Und folgte der kleinen Gruppe mit ein wenig Abstand zum Albergo Obelisco, einem Hotel an der Piazza di Montecitorio, in direkter Nachbarschaft zum Parlament.

Bei der Schlüsselübernahme an der Rezeption bemerkte Leon das verstörte Gesicht von Brettmeier. »Keine guten Nachrichten?«

»Nein. Wir müssen gleich mal reden. Aber erst machen wir uns auf unseren Zimmern frisch.« Brettmeier schaute auf die Uhr. Es war halb fünf. »Ich muss meinen Partner informieren, nochmal mit Wiesbaden sprechen, dann die Italiener. Sagen wir also um sechs? Bei Ihnen?«

»Ja, Zimmer 382. Tre – otto – due.« Leon spürte, dass irgendetwas schiefgelaufen sein musste. »Klopfen Sie einfach an meiner Tür.«

26

Punkt sechs standen Brettmeier und Sandmann an der Zimmertür im zweiten Stock des Albergo Obelisco. Leon hatte die hohen Flügelfenster in den zwei großen Erkern weit geöffnet und beobachtete entspannt das Treiben vor dem Parlament. Er sah versprengte Touristen in Shorts, Kinder mit bunten Eistüten, Asiatinnen in wallenden Sommerkleidern, Parlamentarier in ihren feinen Anzügen und überhaupt viele gut gekleidete Römer, die nach Büroschluss über das Pflaster stolzierten wie auf einem Laufsteg. Angenehm frische Luft strömte von der schattigen Nordseite des Hotels in das Zimmer. Es klopfte.

»Herr von Alban«, begann Brettmeier, »wir müssen es Ihnen sagen, denn wir sind uns nun sicher: Ihre Schwester gilt seit heute Morgen als vermisst.«

»Nein, Sie wissen doch, sie ist auf einer Hütte in den Bergen, bei Andermatt. In der Schweiz.«

»Dort ist sie eben nicht.«

Leon wurde leicht nervös. »Wie? Hatten Sie nicht selber gesagt, dass sie zu einer Bergtour aufgebrochen ist, mit Führer und Gruppe?«

»Ja, sicher. Das war auch unser Kenntnisstand. Jetzt sieht die Sache anders aus.« Brettmeier sprach mit ruhiger Stimme weiter: »Heute Morgen war ihr Bett leer. Auf der Hütte konnten sie sich zunächst keinen Reim darauf machen und hatten gedacht, dass ihre Schwester vielleicht eine Runde läuft, wegen der guten Luft. Doch sie tauchte nicht auf. Der Bergführer ist dann wie geplant mit den anderen aus der Gruppe zu einer Wanderung aufgebrochen.«

»Vielleicht macht Alex ja auch eine Wanderung. Alleine. Manchmal ist sie eben eigensinnig.«

Sandmann schaltete sich ein. »Im Schlafanzug? Wohl kaum. Es ist so: Ihre Schwester fehlte am Morgen. Aber nicht ihre Bekleidung, außer dem Schlafanzug. Das kam dem Hüttenwirt merkwürdig vor, als er sich die Sachen Ihrer Schwester anschaute. Der Hüttenwirt hat die Polizei eingeschaltet.«

»Sie glauben doch nicht im Ernst, dass sie morgens bei der Schweinekälte in den Bergen nur im Schlafanzug rausrennt?«

Beide BKA-Beamten schwiegen kurz. Dann sprach Brettmeier leise weiter: »Sie fehlt nicht alleine. Auch eine Italienerin aus der Gruppe ist seit den Morgenstunden verschwunden. Sagt Ihnen der Name Angelina Dardelli was?«

»Nie gehört. Was ist mit dieser Frau?«

»Das wissen wir nicht. Aber die Frau hat ihre Jacke und Wanderstiefel mitgenommen. Ihre Schwester hat gar nichts mitgenommen. Nicht mal Socken.«

»Das macht ja alles keinen Sinn. Was sagt denn der Bergführer, der die Gruppe auf die Hütte raufgebracht hat?«

»Der sagt, die beiden hatten überhaupt nichts miteinander zu tun. Nur abends, da habe die Italienerin ihrer Schwester Tee an den Tisch gebracht. Das wissen wir aus Wiesbaden, und unsere Leute wissen es von der Schweizer Kantonspolizei.« Brettmeier blätterte dabei in seinem Notizbuch herum, was er sich sonst noch bei dem Gespräch mit der BKA-Zentrale aufgeschrieben hatte.

»Das erscheint mir alles recht unverdächtig.« Leon weigerte sich beharrlich, eine schlechte Nachricht herauszuhören.

»Wir haben Namen und Anschrift der Frau überprüft. Alles falsch. Aber es geht noch weiter.« Brettmeier las in seinem Notizheft. »Ein Hotelangestellter, der von der Bar, hat die beiden am Abend zuvor bedient. Sie sollen miteinander gesprochen haben. Und ein Gast hat die beiden am selben Abend vor der Hoteltür Ihrer Schwester gesehen.«

»Na, dann ist es eine lockere Urlaubsbekanntschaft.« Leon glaubte immer noch, es gebe für alles eine sinnvolle Erklärung.

»Es gibt noch weitere Ungereimtheiten.« Brettmeier sah vom Notizheft auf. »Die Schweizer Kantonspolizei hat die Hütte heute Nachmittag untersucht. Im Waschraum der Frauen entdeckten sie einen bunten Stofffetzen, wie von einem Schlafanzug. Dort lag auch ein Kirschkernkissen, das eigentlich in die Küche gehört. Und im Gepäck der Italienerin wurde ein verdächtiges Pulver gefunden, zumindest kleine Reste. Es könnte sich um Gift handeln. Ist schon im Labor, zur Analyse.«

Leon wurde still. Jetzt erkannte er das Ausmaß. »Hätte das BKA nicht gleich ...«

Brettmeier machte nach einer kleinen Pause weiter mit seinem Bericht. »Die Schweizer haben am Nachmittag mit einer Suchaktion begonnen. Stand jetzt, sechs Uhr abends: Ihre Halbschwester und die andere Frau gelten als vermisst.«

»Hat das alles mit Rom zu tun?«, fragte sich Leon. »Alex sollte doch den Gangster identifizieren.« Ihn beschlich eine böse Ahnung. Aber er mochte den Gedanken nicht zu Ende bringen.

Als Brettmeier und Sandmann sich wieder verabschiedet hatten, ging Leon zurück an das geöffnete Fenster. Er war wie betäubt, brauchte frische Luft, viele Gedanken kreisten in seinem Kopf. Was war mit Alexandra? Was war in den Bergen passiert? Wer ist Angelina Dardelli?

Draußen, auf dem großen Vorplatz des Parlaments, der Piazza di Montecitorio, riegelten Polizeikräfte einen

Teil zwischen dem Obelisken und der Via della Colonna Antonina ab, um eine Gruppe von Demonstranten hinter der Bannmeile zu halten. Er lehnte sich aus dem Fenster und erkannte bunte Transparente, auf denen gegen die Zwangsräumung eines Wohnblocks mit tausend Flüchtlingen aus Eritrea protestiert wurde. Die große Uhr gegenüber in der barocken Südfassade des Parlaments schlug sieben – sette di sera. Der Himmel war pastellblau poliert und versprach einen milden Abend. Leon hatte noch Zeit. Erst um acht würden sie sich mit dem Capitano treffen. Rom – das hatte er sich anders gewünscht.

27

Centro storico
Historisches Zentrum

Die Taverne vis-à-vis der Piazza Capranica lag nur einen Steinwurf vom Hotel entfernt und auf halber Strecke zum Pantheon. Leon hatte das Gefühl, dass ihm nach den schlechten Nachrichten aus der Schweiz etwas Ablenkung guttun würde, und er schloss sich ohne Zögern den beiden BKA-Beamten an. Die Tische vor der Taverne auf einem schmalen Streifen zwischen der ockerfarbenen Hauswand und der Gasse Via in Aquiro waren besetzt, da der abendliche Ansturm auf die Restaurants im Centro Storico begonnen hatte. Der Capitano hatte einen Vierer-Tisch im Inneren des Palazzos aus dem 15.Jahrhundert reserviert. Gedämpftes gelbes Licht tauchte den holzvertäfelten Saal in eine warme und freundliche Atmosphäre. Raumhohe Weinregale mit Flaschen aus Friaul bis Sizilien lösten bei Leon den Eindruck unbeschwerter Lebensfreude aus. Er fragte sich, warum er diese Taverne nicht schon auf früheren Reisen entdeckt hatte. Hier drin, so hörte er links wie rechts an der Sprache, aßen offenkundig die Römer. Oder wenigsten Italiener. Die Touristen zog es wie immer nach draußen, auf die Straße.

Raffaele Capriri saß weiter hinten, neben einem lackschwarzen Piano, und winkte durch den Saal. »Signori, ecco, hierher. Bitte, nehmen Sie Platz.« Er hatte die Uniform mit dunklen Bluejeans und einem hellblauen Hemd getauscht und seine leichte Sommerjacke über die Armlehne des Stuhls gehängt. Leon setzte sich ihm gegenüber, mit Blick auf das Piano und auf eine alte Registrierkasse mit Tasten und Kurbel, die zuletzt zu Lire-

Zeiten in Betrieb gewesen sein musste. Er bestellte sich ein paar Crostini und eine Saltimbocca nach römischer Art. Der Capitano ließ einen Merlot aus dem Latium, dem römischen Umland, aus einem der Regale holen. »Montiano Cotarella, aus Viterbo, am Lago die Bolsena«, sagte er. Es klang wie ein Qualitätsversprechen. Leon roch ein intensives Bouquet mit Gewürzen, Tabak und dunklen Früchten. Der erste Schluck – sanft, zugänglich und reif, wie er feststellte, und mit einem leichten Röstaroma beim Abgang.

»Signore Capitano, das nenne ich mal einen Wein.« Leon hob sein Glas, schwenkte es und beobachtete die Schlieren des ablaufenden Merlot an der Innenseite. »Wir nennen das ein Kirchenfenster, finestre della chiesa.« Er schaute in das ratlose Gesicht des Capitano und musste lachen. »Ich glaube, dass ist nicht die richtige Übersetzung.«

»Finestre della chiesa? Äh, no, mi dispiace. Ich verstehe nicht. Aber ich glaube, Sie könnten unsere lacrime meinen, Tränen. Manche sagen auch archi dazu, ganz einfach Bögen. Sie verstehen etwas von Wein? Von woher aus Germania kommen Sie genau, Signore di Albano?«

»Aus Mainz, Magonza, wir leben mitten in einem Weinanbaugebiet und wachsen damit auf.«

»Ah, Mogontiacum, am Rhein, unser altes Legionslager. Da sollte es Ihnen nicht schwerfallen, einen guten Wein zu erkennen. Wir Römer haben ja die Zivilisation zu Ihnen gebracht, nicht wahr?« Der Capitano schaute jetzt so spitzbübisch zu ihm herüber, dass Leon kaum glauben konnte, einen Carabiniere vor sich zu haben.

»Und Sie, Capitano, woher kommen Sie? Rom?«

»Si, ich habe in Rom meine Stadtwohnung. Aber ich bin aus Nemi. Ein kleiner Ort in den Bergen, meine Familie lebt dort.«

Leon nahm einen Schluck Merlot. »Nemi, wieder dieses Nemi.« Er ließ sich nichts anmerken, aber sein Gehirn arbeitete auf Hochtouren. »Alexandra und das Tagebuch – Vater in Italien – Diana, Nemi, der alte Hainburg – ein Artefakt – der Einbruch in die Villa, Mord, BKA.« Ihm ging so viel durch den Kopf. »Verdammt nochmal, um was geht es hier eigentlich? Der Carabiniere ist aus Nemi, ausgerechnet! Das ist doch reiner Zufall. Oder?« Er blieb äußerlich ruhig und versuchte, sich nichts anmerken lassen.

Raffaele Capriri registrierte die leichte Verstörtheit des Deutschen, wollte aber aus Höflichkeit nicht nachfragen. Brettmeier und Sandmann, die schweigend ihre Pizzen verschlungen hatten, nutzten die Funkstille zwischen den beiden Männern.

»Signore Primo Capitano«, begann Brettmeier förmlich, »berichten Sie doch ein wenig von unserem Fall. Was ist Stand der Dinge?«

»Allora, also dann: Ein Informant hat uns den Tipp auf das Versteck in den Bergen gegeben, ein schwer zugängliches Gelände östlich von Rocca di Papa. Gestohlene Kunstgegenstände aus Germania, hieß es von unserer Quelle, von unschätzbarem Wert, sollten dort – wie sagt man bei Ihnen – gebunkert werden.« Der Capitano spielte mit seiner Serviette und zog sie langsam durch die Finger. »Wir haben in einer Senke gewartet, versteckt. Als die Bande anrückte, haben wir zugeschlagen. Es waren vier. Drei konnten mit einem Geländewagen entkommen, obwohl wir geschossen haben. Doch einen haben wir ja. Und einen Schuppen voller Artefakte.«

Brettmeier konnte nur schwer seinen Zweifel unterdrücken, ob die Aktion der Carabiniere ein Erfolg oder ein Schlag ins Wasser war. »Was wissen wir über den Mann, den Sie festgenommen haben?«

»Wenig« antwortete der Capitano, »Nordeuropäer, vielleicht Schwede. Spricht kein Wort. Niente, nichts.«

»Irgendwas bei ihm gefunden?«

»Si, eine Cappio – wie sagt man bei Ihnen – eine Halsschlinge. Fatto di filo.«

»Filo. Draht, eine Drahtschlinge.« Leon war jetzt wieder höchst konzentriert. »Mit einer Drahtschlinge ist unsere Haushälterin ermordet worden.« Er war nicht zu bremsen. »Die Schlinge am Tatort in Mainz ist von einem der Täter. Er ist ein Mörder.«

»Und die Sturmhaube des Täters haben wir auch«, sagte Sandmann, der sich in das Gespräch einschaltete. »Die Haube ist im Labor, wird untersucht auf Hautfetzen. Das dauert, aber vielleicht können DNA-Spuren gefunden werden.«

»Ah, Signori, dann haben wir vielleicht Ihren Mann, den Mörder. Und Sie, Signore di Albano, können morgen die Artefakte identifizieren. Wirklich schade, dass Ihre Schwester verschwunden ist. Wissen Sie schon mehr?« Der Capitano war froh, mit seiner Frage ein wenig von dem Festgenommenen und der Aktion im Wald ablenken zu können. Sicher, auch er sah nur einen halben Erfolg. Aber er hatte den drei Deutschen am Tisch nicht alles erzählt. BKA hin oder her. Noch waren dies seine Ermittlungen und es war sein Fall. Das Mobiltelefon, das seine Mitarbeiter – allen voran Brigadiere Conti – in der Hosentasche des Gangsters gefunden hatten, musste erst ausgewertet werden. Und schließlich: »Kann ich allen trauen«, überlegte er. Zu oft waren in der Vergangenheit wichtige Informationen aus Kreisen der Justiz und selbst der Carabinieri in die Verbrecherwelt gesickert. »Irgendwo muss ein Maulwurf stecken, oder gleich mehrere. Vorsicht, Raffaele, pass auf, auch bei diesen Deutschen.«

»Wo steckt denn dieser Mann«, wollte Brettmeier wissen.

»In einem Gefängnis in Trastevere, in der Via Anicia. Das sagte ich doch schon heute Nachmittag zu Ihnen. Sie erinnern sich bestimmt, dieses schwierige Wort: Zelle-mit-Ein-weg-spie-gel.« Brettmeier nickte. Der Capitano machte eine kurze Pause. »Wissen Sie, das hier ist auch kein Ort für Details. Auch ein Kellner hat Ohren, und der wiederum hat Verwandte und Freunde und so weiter – e così via, e così via.«

»Vielleicht noch eine Frage«, ergriff Leon das Wort, dem das alles zu schnell ging. »Capitano, haben Sie schon mal den Namen Angelina Dardelli gehört? Eine Italienerin, sie scheint irgendwie mit dem Verschwinden meiner Schwester in Verbindung zu stehen.«

Die beiden BKA-Beamten versteinerten in diesem Moment und ärgerten sich. Was dachte sich dieser von Alban dabei, die Ermittlungsergebnisse aus der Schweiz auszuplaudern?

Raffaele Capriri dagegen horchte auf. »Dardelli, hm, da fällt mir erstmal nichts ein.« Er strich sich nachdenklich über den Drei-Tage-Bart. »Ich lasse das bei unserer Kriminalpolizei überprüfen, bei der Questura, bene?«

Der Capitano knüllte seine Serviette und legte sie an den Rand. »Morgen, wie besprochen, alle nove, neun Uhr. Unser Fahrer holt Sie vom Hotel ab. Brigadiere Conti und ich warten im Depot.« Mit einem fragenden Blick wandte er sich an Leon und die beiden BKA-Beamten: »Es ist noch früh, und wenn Sie Zeit und Lust haben, ich kenne ein gutes Caffè in der Via della Pace, gepflegtes Publikum, hinter der Piazza Navona, zehn Minuten von hier. Wenn wir den Massen ein wenig ausweichen.«

Brettmeier und Sandmann winkten ab. »Grazie, Capitano, aber wir gehen zurück ins Hotel.«

Leon dagegen war keineswegs müde, sondern glockenwach. Die Ereignisse der vergangenen Tage und die Eindrücke in Rom hatten ihn geradezu wachgerüttelt – und die Sorge um Alexandra ließ ihn ohnehin nicht schlafen. »Vengo con voi«, sagte er in bestem Italienisch, »ich komme mit.«

Beim Abschied von den beiden BKA-Beamten vor der Taverne kam ihm das Mobiltelefon von Brettmeier in Erinnerung, das er im Alfa Romeo von Signore Cinquecentodieci aufgehoben hatte. »Was war da doch gleich zu lesen? Verrò stasera. Ich komme heute Abend. Kein Wunder, dass Brettmeier wegwill.« Leon lächelte still vor sich hin, ohne sich etwas anmerken zu lassen, und sah in der Erinnerung wieder das Display vor seinen Augen: »Il tuo coniglietto. Dein Hase.«

28

Centro storico
Bar »La Quinta Sibilla«

Es war für Carlotta wieder einer dieser Abende, an denen man nicht wusste, wie sie enden. Die Herren in ihrem feinen römischen Zwirn machten auf wichtig und wohlhabend, und die Damen neben ihnen posierten um die Wette mit ihren langen, seidigen Haaren, den engen Röcken und den Stilettos mit Riemchen um die Knöchel. So oft hatte sie das schon beobachtet. Manchmal rutschte der Chefin der Bar »La Quinta Sibilla« ein stichelndes Wort über die Lippen. »Mit den Schuhen brauchst du einen Waffenschein.« Und bei den Herren verfehlte ihr lasziver Augenaufschlag mit den langen Wimpern nie seine Wirkung. Wobei der Augenaufschlag länger andauerte, je wichtiger die Besucher waren.

Aber wie anders hätte Carlotta sich gegen die Konkurrenz dieser großgewachsenen, schlanken und herausgeputzten jungen Damen in ihrem Caffè behaupten sollen? Die Natur, so fühlte sie instinktiv, hatte ihr als Mädchen aus den Bergen nur wenige Attribute mitgegeben, die die Herrenwelt in Entzücken ausbrechen ließen: ein dunkler Teint, Züge einer klassischen Römerin, geschwungene Lippen, ein kantiges Profil, volle weiche Brüste. Aber sie besaß Entschlossenheit. Und Skrupellosigkeit. Das war mehr als nützlich bei den ach so vornehmen Herren aus Kreisen der Justiz, der Polizei oder aus dem Parlament, von den Medien und aus der Wirtschaft. Männer, die ja nicht zwischen Laszivität und Berechnung unterscheiden konnten.

Sie alle liebten dieses prickelnd-vornehme Ambiente in Carlottas Bar »La Quinta Sibilla«, die sich am Ende der Via della Pace in einem kleinen Zwickel an der Kirche Santa Maria della Pace versteckte. Ein Fresko in der Kirche mit vier Sibyllen des Renaissance-Künstlers Raffael hatte Carlotta zur Namenstaufe inspiriert. Oben ein Caffè, im Kellergeschoss eine Bar. Oben das Tagesgeschäft, unten die Nacht. Hier war sie die capo donna, die Chefin. Hier spann sie ihre Fäden. Und wer gut genug war, mit dem verschwand sie nach Geschäftsschluss bei Viola, ihrer Freundin. Ihre Vertraute und ältere Schwester, wie sie sagte. Dabei wusste sie, dass Viola vom Alter her ihre Mutter sein könnte.

Viola hatte ein plüschiges Etablissement, nicht weit von der »Quinta Sibilla« entfernt. Um drei Ecken nur, nahe am Tiber, in einer Seitengasse. Vielleicht etwas zu plüschig, vielleicht mit einem etwas zu billigen Parfümduft in den Räumen. Dafür verschwiegen. Ein Bordell, und gut geeignet, um Männer mit Rang auszuspionieren. Das war Carlottas Revier.

Carlotta schaute auf die Uhr, kurz nach zehn. Sie wischte den Tresen in der Kellerbar sauber, füllte Gläser mit klebrigem Spumante und beobachtete die kleinen Tische und breiten Sofas mit den Gästen. Gegen elf hatte sie noch eine Verabredung, und bis dahin würde sie den Laden in Schwung halten. Da stampfte ein stämmiger Mann die Kellertreppe zur Bar herunter. Sie sah sofort seine dicke weiße Bandage an einer Hand.

»Pietro, wie kannst du?« Carlotta machte keine Anstalten, ihren Ärger zu unterdrücken. »Ich hatte dir gesagt, nicht in meine Bar! Du dummer Tedesco!« Sie schaute ihn mit strenger Miene an. »Wenn du schon für ein paar Tage bei mir bleibst, dann halte dich abends von der Quinta Sibilla fern. Caaa – piiii – toooo??!!« Dabei drückte sie in guter italienischer Manier die

Fingerspitzen der rechen Hand aneinander und bewegte sie auf und ab: Was willst du?

Pietro blieb unbeeindruckt und baute sich vor dem Tresen auf. »Caaa – piiii – toooo? Du hörst dich an wie dein Papagei. Dieser Poppi.« Dabei hielt Pietro seinen dick verbundenen Finger demonstrativ in die Höhe. »Du hast so schöne Augen. Carlotta, was ist schon dabei, wenn ich dich hier besuche?«

»Der heißt Pippo. Und komm' mir jetzt nicht so! Hier sitzen Leute aus Polizeikreisen und der Justiz. Wenn die dich erkennen?!«

»Im Wald hat mich niemand erkannt.«

»Woher willst du das wissen?« Carlotta blieb ungnädig.

»Mein Gesicht, ich hatte ja an der Autotür geklebt. Und als ich wegrollte, war ich längst außer Sichtweite.« Dabei strich er mit seiner nicht bandagierten Hand unter dem Kinn nach vorne. Die Geste kannte er von seinem Vater: Es ist mir egal, was du sagst!

»Oh, dio mio! Das glaub ich nicht!« Sie packte Pietros Arm. »Hör mal, du musst hier wieder verschwinden.« Jetzt klopfte Carlotta mit der linken Hand mehrmals auf die Kante der rechten und machte ihm damit unmissverständlich klar: »Zisch ab! Sonst bekommst du einen Grund für eine weitere Bandage.«

»Du siehst überhaupt recht hübsch aus.« Pietro gab nicht nach. »Aber diese langen Wimpern, hm, und der Knopf an deiner Bluse, also, ehrlich – zu weit auf. Da kann ja jeder ...«

»Mein Ausschnitt geht dich nichts an.«

»Zuhause bei dir aber schon.«

»Das ist was anderes.« Carlotta kochte. »Du bildest dir zu viel ein.« Sie wollte kein Aufsehen mit diesem dummen Tedesco, wie sie ihn nannte. Einige Gäste blickten schon herüber. Was sollte sie tun? »Pietro, hör mal, ein Bier. Nur eins. Geht aufs Haus. Dann verschwindest du wieder. Klar?«

»Geht klar. Bedienst du mich? Stell' es mir einfach hierhin.« Er nestelte auffällig am obersten Knopf seines Hemdes herum. »Schau, ich habe auch was zu bieten.« Dann öffnete er den Knopf und strich mit der Hand in sein Hemd hinein.

»Vecchio chauvi, du bist ein alter Chauvi. Ich muss jetzt arbeiten.« Carlotta ließ das volle Bierglas vor Pietro auf den Tresen krachen. Sein Hemd bekam eine Schaumdusche ab.

In diesem Moment kamen Gäste die Treppe zum Kellerlokal herunter. Carlotta hörte die Stimmen. »Signore di Albano, lassen Sie uns hier ein Bierchen zischen. Sagt man das nicht so bei Ihnen in Germania?« Dann standen sie schon im Raum.

Leon war sich nicht sicher, ob er sich in dem Kellerlokal wohlfühlen würde. Er schaute sich um. Das Lokal war halb gefüllt, gedämpftes Licht, nicht zu hell, nicht zu dunkel, gepflegte Sitzmöbel mit kleinen Tischchen, auf denen Kerzen in geschliffenen Gläsern auf silberfarbenen Ständern flackerten. Die Wände schmückten in Holz gerahmte Bilder mit Variationen der Sibyllen. Leon drehte sich einmal um seine Achse. »Angestaubt, einfach nur angestaubt«, sagte er zu sich selbst.

»Attenzione, per favore!« Eine Frau mit einem energischen Timbre in der Stimme holte ihn von den Sibyllen weg. Sie schob sich mit einem vollen Tablett vorbei und drückte ihm sanft in den Rücken. Und nochmal: »Giovanotto, attenzione, per favore.« Dann grüßte sie stumm und vertraut in Richtung des Capitano, der ihren Gruß still erwiderte.

»Oh, sie hat Giovanotto gesagt, also junger Mann. Ich glaube, sie hat schnell Gefallen an Ihnen gefunden.«

Raffaele Capriri zog Leon an einen freien Tisch. »Das ist die Chefin hier«, deutete er auf die Frau mit dem Tablett. »Ein Feger. Und sogar eine entfernte Verwandte von mir, aus Palestrina, ein Kaff in den Bergen. Und da vorne«, er nickte mit dem Kopf leicht in Richtung Ausgang, »dort sitzen ein älterer Staatsanwalt und ein Journalist vom Fernsehen. Die junge Frau neben den zwei Männern kenne ich nicht. Wahrscheinlich gehört sie zum Staatsanwalt.« Der Capitano schaute sich weiter um. »Dort drüben, unter der Sibylle mit der Tafel in der Hand, ein hoher Beamter aus der Questura, unserer Art von Polizeipräsidium. Sie sehen, Signore di Albano, Sie sind in guter Gesellschaft.«

Leon hätte nach dem trockenen Rotwein lieber ein erfrischendes Bier draußen vor einer der Tavernen zwischen Piazza Navona und Piazza del Fico getrunken. Es hätte ihn ein wenig abgelenkt von der Sorge um seine Schwester. Nun aber stand diese fünfte Sibylle vor ihm, wie er sie getauft hatte, und beugte sich mit einem ausladenden Dekolleté zu ihm herunter.

Eine weiche, kehlige Stimme sprach zu ihm. »Gli occhi blu sono bellissimi. Cosa posso portarti?" Er schaute in zwei rabenschwarze Augen.

Der Capitano rutschte leicht nervös auf seinem Sessel herum. »Ich glaube, sie hat ...«

»Ich weiß, dass ich blaue Augen habe«, unterbrach ihn Leon und blickte kurz zu ihm hinüber. »Ich bin aber nur an einem Bier interessiert.« Dann schaute er wieder hoch in diese rabenschwarzen Augen. »Una birra, per favore.«

Sie lächelte. »Si, naturalmente, una birra.« Als Carlotta zurück am Tresen war, sah sie Pietro hastig sein Glas austrinken. »Was ist los? Plötzlich so eilig?«

»Ich muss weg hier. Der Typ da, bei dem du dich gerade so offenherzig vorgebeugt hast, den habe ich schon mal gesehen.« Pietro war sichtlich nervös und nestelte an seinem Hemd herum.

»Wie? Du weißt, wer das ist?« Carlotta wurde unruhig. »Ist der auch aus Köln?«

»Nee, ach, das ist eine andere Geschichte. Ich habe mit ihm nur beim Einbruch in Mainz im Garten gekämpft. Er ist der Sohn des verstorbenen Villenbesitzers. Kräftiges Kerlchen. Aber ich habe ihn mit einem Schlag ausgeknockt.«

»Oh no! Hat er dich erkannt?«

»Nein, ich hatte ja die Sturmhaube auf dem Kopf. Nur Frode, der Hundesohn, hatte sich seine vom Kopf reißen lassen, von dieser Frau aus London. Daher jetzt der ganze Mist.«

»Egal. Du musst weg. Hau ab in meine Wohnung. Und bleib dort! Bis ich komme. Das wird spät heute, sehr spät. Klar? Caaa – piiii – toooo?« Dann, nach einer kleinen Pause, zischte Carlotta: »Und sag nie wieder, dass ich wie mein Papagei klinge!« Ihre Stimme hörte sich nicht mehr weich und kehlig an, sondern wie das Fauchen eines Panthers kurz vor dem Sprung.

Pietro wischte sich den Bierschaum vom Mund. »Ich muss nochmal, du weißt schon, das Gabinetto.« Dann verschwand er durch eine schmale Tür unter der Kellertreppe.

Carlotta wollte sich gerade etwas beruhigen. Da sah sie, wie der Deutsche mit den blauen Augen aufstand und ebenfalls in Richtung Toilette ging. Jetzt musste sie handeln. Oder beten. Und hoffen.

Leon war schon fast da, als die fünfte Sibylle sich ihm in den Weg stellte, ihn dezent am Hemd zupfte und an den Tresen zog. »Du mit den blauen Augen, schenk mir ein paar Minuten«, hörte er sie auf Italienisch mit der Stimme balzen und fragen, ob er aus Deutschland sei. Leon war das zu dumm, doch er wollte nicht unhöflich sein. Zumal der Capitano seine Verwandte und ihn mit Sicherheit beobachtete. »Ich kenne ja nicht mal deinen Namen«, sagte Leon. Und wartete.

»Wie willst du mich nennen? Was ist dein Lieblingsname?« Sie spielte mit ihrer Stimme und lehnte sich aufreizend an den Bartresen, um Zeit und Aufmerksamkeit zu gewinnen. Eine Hand ließ sie am Hemd des Deutschen. Mit der anderen strich sie durch ihr schwarzes Haar. Wieder balzte sie mit ihrer Stimme. »Hast du keine Träume?«

Das reichte Leon. Seine Geduld war am Ende. Er riss sich vom Arm der Frau los. »Was immer Ihre Träume sind«, redete er auf Deutsch auf Carlotta ein, »das weiß ich nicht. Aber meine Träume führen mich schnurstracks hinter die Kellertreppe.« Dann verschwand er durch die schmale Tür. Carlotta verstand zwar kein Wort, aber das war nicht nötig. Sie trommelte mit ihren lackierten Fingernägeln ungeduldig auf der Theke und wartete ab.

Pietro stand am Waschbecken und betrachtete seine Haare in einem halbblinden und zudem schlecht beleuchteten Spiegel. Ob er bald färben müsste? Er strich an einer grauen Strähne seiner Schläfen lang. Da sprang die Tür auf. Dieser Mann, dieser von Alban aus dem Garten in der Mainzer Villa – er stand plötzlich vor ihm und drängte sich am Waschbecken vorbei. Er war jetzt direkt vor seinem Gesicht.

»Scusi, Signore, scusi.« Leon legte einen höflichen Ton in seine Stimme, doch im Stillen schimpfte er über diese engen italienischen Toiletten, in denen zwei Männer kaum aneinander vorbeikamen. Er hatte den Italiener am Spiegel jetzt genau vor den Augen und sein Blick wanderte an dessen halboffenem Hemd hinunter. Nochmal, diesmal mit gepresster Stimme, »scusi, signore«. Dann war er vorbei, und der Fremde verschwand mit einem rasch dahingesprochenen »keine Ursache« aus dem engen Gang. Leon konnte nicht mehr sehen, wie der Mann wortlos und mit langen Schritten die Treppe hochstampfte und durch verwinkelte Gassen in Richtung Trastevere lief. Über die Brücke Guiseppe Mazzini war Pietro in wenigen Minuten auf der anderen Tiber-Seite und in Carlottas Apartment, in der ruhigen Via di San Francesco di Sales.

***

Leon und der Capitano beobachteten in der »Quinta Sibilla«, wie sich die Chefin von ihren Mitarbeitern verabschiedete – was Leon überaus beruhigte, keine weiteren Charme-Offensiven abwehren zu müssen. Nach einer halben Stunde bezahlten sie und gingen hinaus auf die Gasse an der Kirche Santa Maria della Pace. Es war immer noch sehr mild und ihr Rückweg zum Albergo Obelisco führte vorbei an den Ruinen des Stadions des Domitian, nördlich der Piazza Navona. Es waren noch genauso viel Menschen auf der Straße wie am frühen Abend. Sie bogen an der Päpstlichen Universität Santa Croce durch ein schmales Straßentor in die kleine Via di San Agostini ab, auf der sie schneller und ruhiger ihrem Ziel näherkamen. Leon und der Capitano hatten einen guten Draht zueinandergefunden und unterhielten sich fast wie Freunde. Auf halber Strecke zum Hotel, in der engen Via delle Coppelle, entdeckten sie die hellbeleuchtete Geschäftsauslage eines Händlers, der neben vielen alten Möbeln einige gusseiserne Türklopfer verkaufte. Ein besonders blank geputztes Exemplar in Bronze-Optik fiel Leon sofort ins Auge.

»Schauen Sie, Capitano, ein Janus-Doppelkopf am Ende des Klöppels. Wie schön das klingen muss, wenn er auf Holz schlägt.«

»Janus ist ein alter italischer Gott. Viele glauben, dass er längst in Vergessenheit geraten ist.«

»Dabei ist sogar der erste Monat im Jahr nach ihm benannt«, sagte Leon. Er überlegte und kramte sein Wissen aus alten Universitätstagen hervor. »Der römische Gott des Anfangs und des Endes, Gott der Türe und Tore, Vater aller Dinge. Ein Gegenentwurf zur Göttin Diana. Sein Heiligtum stand ganz früher auf dem Forum Romanum.«

»Und befand sich das Römische Reich im Krieg«, nahm der Capitano den Faden auf, »waren die Tore des Janustempels weit geöffnet. Beide Gesichter der Statue des Gottes waren dann für alle zu sehen. Herrschte aber Frieden, blieben die Tore geschlossen.«

Leon nickte. »Vom Tempel ist leider nichts übriggeblieben.«

»Aber von den Prunkschiffen des Caligula auf dem Nemi-See kennen wir einen wunderschönen Bronzestab mit Januskopf.«

Leon wurde immer ruhiger und nachdenklicher. Er hatte den Vorfall mit dieser fünften Sibylle, der Bar-Chefin, und dem unbekannten Mann auf der Toilette fast schon vergessen. Aber irgendetwas war in seinem Unterbewusstsein wach geworden, während er auf den Türklöppel mit dem Januskopf starrte. »Capitano«, sagte Leon. Dann erneut, jetzt lauter: »Capitano! Der Mann auf der Toilette, da baumelte was um seinen Hals. Ich habe es gesehen, als ich mich vorbeidrängen musste.« Er schaute hoch in die sternenklare römische Nacht, als ob dort oben die Antwort zu finden wäre. »Ja, jetzt sehe ich es wieder deutlich vor mir. Um den

Hals baumelte eine Münze. Doppelseitig. Ein Januskopf!«

Der Capitano konnte mit diesem Hinweis nichts anfangen. Er schaute Leon fragend ins Gesicht. »E cosa significa? Was soll das bedeuten?«

»Das kann kein Zufall sein. Ich habe diesen Anhänger schon mal gesehen, ganz sicher. Er hing um den Hals des Einbrechers, mit dem ich im Garten der Villa meines Vaters gekämpft habe. Ich hatte es nur vergessen, nach einem Schlag gegen die Schläfe. Wenn das nun derselbe Mann war? Augen, Größe, könnte passen!«

Der Capitano verstand augenblicklich. »Ich rufe sofort die Carabinieri-Wache an.« Er riss förmlich das Mobiltelefon aus seiner Jacke. Während er mit dem Finger auf die Tasten klopfte, sprach er mit Leon. »Dieser Italiener hat kurz darauf die Bar verlassen. Vielleicht kennt ihn meine Verwandte oder das Personal. Wir müssen alles probieren.«

Leon redete weiter, während der Capitano telefonierte. »Was hat das alles mit Nemi zu tun? Diana, Janus. Was ist das für ein Geheimnis am Nemi-See. Was ist so wichtig oder wertvoll, dass ein Mensch sterben musste?« Leon schwor sich, dass er das Tagebuch seines Vaters weiterlesen musste, um das Rätsel zu lösen.

Der Capitano hatte seinen Anruf beendet und während des Gesprächs mit der Wache die Worte von Leon registriert. »Nemi – da komme ich ja her, Signore di Albano. Und über den Tempel der Diana gibt es einen alten Mythos, den ich sehr genau kenne. Übrigens von meiner Nonna, der Großmutter.«

»Ich weiß, der Mythos vom Rex Nemorensis.«

»Ja, das auch. Aber ...«, der Capitano zögerte. »Da gibt es noch etwas.« Er zögerte erneut. »Ein alter Schutz, vielleicht gegen Gefahren, eine Art Zauber.

Und eine alte Familiengeschichte aus der Zeit der Faschisten und der deutschen Besatzung. Doch wir wissen wenig, leider sehr wenig. Nur eins: Schon einmal musste deswegen jemand sterben.«

Leon stand wie angewurzelt und wagte kaum zu atmen. Erneut gingen ihm die Gedanken durch den Kopf. »Hat doch alles mit meinem Vater zu tun?« Dann konzentrierte er sich auf den Carabinieri-Hauptmann: »Capitano, dieser Typ in der Bar war kein Italiener. Der ist ein Deutscher. Ganz sicher. Er sagte beim Rausgehen aus der Toilette sowas wie keine Ursache. Auf Deutsch!«

»Piano! Leonardo, piano! Nicht so schnell. Und ich habe ihn beim Reinkommen italienisch sprechen hören.« Der Capitano griff wieder zum Mobiltelefon: »Personenfahndung, Deutscher, spricht italienisch, Mitte dreißig, vielleicht eins achtzig groß, hat dichtes schwarzes Haar, trug schwarzes Hemd, dunkle Hose, soweit ich bei dem Licht sehen konnte.«

Leon ergänzte: »Dunkle Augen. Sehr dunkel.«

»Vielleicht können meine Kollegen damit was anfangen. Aber, ganz ehrlich, das ist alles viel zu vage. Wir werden morgen unsere Chefin von der Quinta Sibilla fragen. Ich glaube, sie hat sich mit dem Mann unterhalten.«

Kurz vor dem Albergo Obelisco verabschiedeten sich die zwei Männer. »Morgen, alle nove, neun Uhr. Sie werden vom Hotel abgeholt. Vielleicht gibt es schon Informationen zu diesem Mann in der Kellerbar.« Der Capitano reichte ihm die Hand. »Signore di Albano, buona notte, morgen ist ein neuer Tag.« Dann verschwand er über die Piazza di Montecitorio in Richtung Corso.

Leon schaute sich kurz um. Im Parlament war alles dunkel, und nur aus einem kleinen Fenster im

Dachgeschoss strahlte ein zaghaftes Licht. Er holte seinen Hotelschlüssel aus der Hosentasche und prüfte sein Smartphone auf neue Nachrichten, vielleicht aus Deutschland. Ein Anruf. Er schaute auf die Uhr. Vor dreißig Minuten. Das war die Nummer von Sandmann. Offenbar hatte es in der Kellerbar keinen Empfang gegeben. Er hörte auf seiner Sprachbox die klare Stimme des bisher so schweigsamen BKA-Kommissars: »Herr von Alban, wir haben eine gute Nachricht. Ihre Halbschwester – sie lebt. Schweizer Bergretter haben sie am frühen Abend auf einem Felsvorsprung über einer Schlucht gefunden. Und geborgen.« Sandmann hatte eine kurze Pause gemacht. »Aber sie ist schwer verletzt und es geht ihr nicht gut. Sie liegt im Koma.« Wieder eine kleine Pause. »Und da ist noch etwas. Wissen Sie zufällig, wo mein Kollege Brettmeier ist? Ich vermisse ihn, seit wir aus der Taverne zurück im Hotel sind.« Innerhalb von Sekunden durchlebte Leon einen raschen Wechsel von intensiven, unterschiedlichen Gefühlen. Glück, Entsetzen, Ratlosigkeit. Alexandra – sie lebte. »Im Koma? Was ist passiert?« Und dann Sandmann, der seinen Kollegen vermisste. Aber was ging ihn das an?

Er rauschte mit einem flüchtigen »Buona sera« an der Rezeption des Hotels vorbei, verschwand im Fahrstuhl und hörte beim Schließen der Aufzugstür ein halblautes »Buona notte«, das ihm jemand nachrief.

Die enge Kabine ruckelte mit einem Kratzen an den Stahlseilen in den zweiten Stock hoch. An Leons Zimmertür klebte ein kleiner gelber Zettel. »Kommen Sie bei mir vorbei. Gleich! Egal wieviel Uhr. Sandmann.«

29

Rom, Albergo Obelisco

Leon klopfte. Ein nervöser Kriminalbeamter öffnete und sprudelte gleich los. »Das ist so gar nicht seine Art. Einfach verschwinden. Der Brettmeier, meine ich. Er hatte sich von mir an der Rezeption verabschiedet. Und dann – nichts mehr. Die Zentrale in Wiesbaden hat auch schon gefragt, was los ist. An sein Handy geht er nicht ran. Völlig ungewöhnlich.«

»Langsam, Herr Sandmann. Vielleicht können Sie mir zunächst mal berichten, was mit meiner Schwester ist. Also, sie lebt, ja? Und was ist das für ein Felsvorsprung? Was ist mit der Frau, dieser Dardelli?« Leon hatte den sonst so schweigsamen BKA-Beamten bisher nicht so zerfahren erlebt.

»Ja, natürlich. Schweizer Bergretter haben Ihre Schwester am späten Nachmittag bei Andermatt entdeckt, weit oben. Ein Gebirgskamm im Unteralptal. Sie lag verkrümmt auf einem Felsvorsprung, zehn Meter unter dem Gesteinsabbruch, der weit runter in die Tiefe stürzt. Völlig unterkühlt. Sie muss von oben ...«

»Alex lebt also, ja?« Leon wurde ungeduldig.

»Über Winden haben sich die Bergretter zu ihr abgeseilt. Sie war schwerverletzt. Stark unterkühlt und nicht bei Bewusstsein. Ein Helikopter hat sie in eine Klinik nach Luzern geflogen.«

»An einem Felsabbruch? Gibt es da Spuren?«

»Das muss die Schweizer Kantonspolizei noch klären. Denken Sie daran, dies alles ist erst am späten Nachmittag passiert. Aber eins sagten mir noch meine

Kollegen aus Wiesbaden, die von den Schweizer Behörden informiert worden sind.«

»Ja, und was? Ich bitte Sie, Herr Sandmann, lassen Sie sich doch nicht alles aus der Nase rausziehen.« Leon drängte auf mehr Informationen.

»Spuren, oben auf dem Gelände an der Felskante. In Richtung Hütte, wo der Boden weicher ist. Wie von einem kleinen Reifen.«

»Ein Reifen? Nicht zwei? Oder vier?«

»Ja, Herr von Alban, genau das müssen wir klären.«

»Nun ja, das ist alles sehr dünn. Ich werde gleich morgen in die Schweiz fliegen. Aber erst machen wir noch den Termin bei den Carabinieri.«

»Verstehe. Aber, jetzt mal direkt gefragt. Hat mein Kollege Brettmeier gesagt, ob er nach dem Essen in der Taverne noch etwas vorhatte?« Sandmann war die Frage unangenehm. »Wir besprechen sonst jeden Schritt miteinander.«

Leon musste nicht lange überlegen. Sein Wissen über Brettmeier und dessen Abendverabredung mit dem coniglietto, dem Hasen – jetzt sollte er es dem BKA anvertrauen. »Auf unserer Fahrt vom Flughafen zu den Carabinieri fiel Ihrem Kollegen das Mobiltelefon auf den Boden. Ich heb' es auf – und was lese ich zufällig auf dem Display? Ganz frisch, eine Nachricht. Verrò stasera stand da, übersetzt etwa ich komme heute Abend. Und den Satz il tuo coniglietto konnte ich noch lesen – dein Hase.«

»Hase?« Sandmann schien sich plötzlich zu entspannen. »Ah, verstehe, eine Frauengeschichte. Dann lasse ich die Sache mal ruhen.« Er stand auf. »Bis morgen, Herr von Alban. Dann sehen wir weiter.«

Er schaute auf den Reisewecker in seinem Hotelzimmer 382. Eine halbe Stunde vor Mitternacht. Leon fühlte sich aufgekratzt. Dachte nicht ans Schlafen. Griff sich aus der Minibar eine Flasche Nastro Azzurro, ging damit zum Aufzug und drückte den Knopf zum vierten Stock. Wieder scheuerte sich die enge Kabine in dem alten Schacht hoch und ruckelte beim Anhalten in der Etage unter der Dachterrasse. Über einen Gang mit einem abgetretenen dunkelroten Teppich kam Leon zu einer Treppe, die steil zu einer weitläufigen Terrassenanlage führte. Es war sehr warm geworden an diesem Abend, und es schien, als würde der Sommer in dieser Nacht gleich literweise Feuchtigkeit vom Meer landeinwärts nach Rom schaufeln.

Er war allein dort oben und kostete den Moment aus. Von einer Sitzecke der Terrasse aus sah er die hell angestrahlte Kuppel des Petersdoms, die seit mehr als vierhundert Jahren wie eine religiöse Fackel der Erleuchtung über der Stadt wachte. Etwas weiter rechts, im Nordwesten, warf die weiße Fassade des monströsen Justizpalastes das spärliche Abendlicht der Straßenlaternen zurück. Dort, an jener Stelle, wo der Tiber sich nach Südosten krümmt und einen Bogen um das Marsfeld schlägt, drückt sich der Fluss in einem tiefen Trog unter der Ponte Sant' Angelo an der Engelsburg hindurch. Im Osten, mit Blick zum Quirinal, sah Leon die von Scheinwerferlicht theatralisch inszenierte Trikolore über dem auf einer Anhöhe thronenden Palast des Staatspräsidenten wehen. Das vom leichten Nachtwind in Wellen gelegte Grün-Weiß-Rot bildete den politischen Gegenpol zum religiösen Zentrum im Westen. Und schließlich blieben seine Augen wie magisch angezogen an dem hell erleuchteten Monumentalbau für den ehemaligen König Vittorio Emanuele II. kleben. Wie eine weiße Trutzburg verstellte dieser Altar des italienischen Vaterlandes den Blick in Richtung Süden zum Forum Romanum. »Macchina da scrivere«, flüsterte Leon, »die Schreibmaschine. Ein guter Name für diesen Klotz am Kapitol.«

Er lauschte in die Nacht hinein. Der monoton ratternde Kompressor einer Klimaanlage presste stickige Luft ins Freie hinaus. In der Ferne heulte in den breiten Straßen am Largo di Torre Argentina das Signalhorn eines Polizeiwagens und verlor sich winselnd auf einer der großen Ausfallstraßen in Richtung Norden. Leon überlegte. Würde sich bei Alexandra noch alles zum Guten wenden? Dann hörte er in der Weite des Dachgartens ein Plätschern. Ein dunkles, warmes Plätschern. Wie aus einer verschwiegenen Grotte. Es klatschte nass auf Stein. Jetzt war es wieder still – bis auf den Kompressor. Befand sich hier oben ein Swimmingpool?

Neugierig schlich sich Leon aus der Sitzecke heraus zum anderen Ende der Terrasse, wo ihn eine von schlanken Säulen getragene Pergola erwartete. Ein üppig begrünter Rosenstock mit vielen Blüten schluckte das Licht des Mondes und verwandelte den Gang in ein dunkles Gewölbe. Irgendwo von dort hinten kam das Geräusch, dieses leise Gurgeln und Plätschern. Er zückte sein Mobiltelefon, schaltete das Taschenlampenlicht ein und folgte dem Lichtkegel, der nur schwach in die Dunkelheit hineinleuchtete und sich tänzelnd an einer grünen Wand verlor. Leon roch den träge unter der Pergola wabernden Duft der Blüten, der sich mit einem Hauch von Myrrhe mischte und ihn an den Rosengarten in Mainz erinnerte. Der Gang knickte an dieser Stelle im Neunzig-Grad-Winkel ab. Und Leon stand auf einmal vor einer märchenhaften Badekulisse.

Umringt von spitz aufragenden Zypressen in Terrakottakübeln und in Szene gesetzt mit gelb flackernden Flämmchen etlicher Zitruskerzen ruhte friedlich ein kleiner Swimmingpool. Munter plätscherte Wasser in das idyllische Rund hinein. Leon erkannte den Hinterkopf einer Person, die mit nacktem Schultern zu ihm im Wasser stand oder saß. Doch das romantische Bild bekam urplötzlich einen Riss. Ein blutrotes Rinnsal schlängelte sich von dieser Person weg und faserte wie eine wuchernde Krebszelle in das Nachtblau des Wassers hinein. Leon erschrak, doch er fasste sich ein Herz. Mit zwei, drei Schritten war er am Rand des Pools und griff mit den Händen in den Schopf des Menschen, dessen Gesicht nach vorne gefallen und halb im Wasser versunken war. Leon ging in die Knie, riss den Kopf hoch, schlug seine Unterarme unter die Schultern des leblosen Körpers. Ein paar kräftige Züge, dann hatte er den Mann auf die Steinplatten der Terrasse gehievt. Er erkannte ihn auf der Stelle. Es war BKA-Kommissar Brettmeier. Er war nackt. Mausetot. Und mit etlichen kleinen Stichen in Hals und Brust gepeinigt, aus denen dickes Blut sickerte.

Leon war sich sofort bewusst, dass der Tod erst vor ganz kurzer Zeit eingetreten sein musste. Vielleicht trennten ihn nur wenige Minuten von der Tat und damit vom Mörder. War der noch in der Nähe? Hätte er ihm nicht begegnen müssen? War er selbst in Gefahr?

Bevor er sich weitere Fragen stellte, wollte er handeln. Er tippte schon die Rufnummer des Capitano in sein Mobiltelefon ein, da entdeckte er nasse Spuren auf den Steinplatten. Nah an der Stelle, wo er Brettmeier aus dem Wasser gezogen hatte und wo der Überlauf des Pools gurgelte. Er erkannte den Abdruck nackter Füße. Zu klein für Brettmeier. Während Leon auf den Knien rutschte, verfolgten seine Augen den weiteren Weg der Spuren, die zu einer Sitzgruppe mit einem runden, schmiedeeisernen Gartentisch führten. Er sah Jeans, Hemd, ein paar Sommerschuhe und Herrenunterwäsche. »Der Größe nach von Brettmeier«, sagte sich Leon. Und er erkannte auf dem Boden vor einem Gartenstuhl viele kleine Fußabdrücke, die sich auf der Stelle drehten. »Da hat sich vielleicht jemand angezogen und war noch ganz nass«, ging es ihm durch den Kopf. Und da war ein schwach süßlicher Geruch in der

Luft, den er nicht einzuordnen wusste. Er konzentrierte sich auf die Fußabdrücke.

Seine Blicke folgten den Abdrücken bis zu einer Tür, die er im schwachen Licht der Kerzenlandschaft halb verdeckt hinter einer Hecke sah. Leon sprang auf. Rannte zum Portal. Rüttelte. Doch die schwere Eisentür bewegte sich nur einen Spalt, wurde durch irgendetwas zurückgehalten. Er war zu allem entschlossen. Hörte in diesem Moment ein blechernes Klacken im Schlosszylinder. Als wenn jemand auf der anderen Seite die Tür verriegelte. Doch es war nur ein kurzes Geräusch. Der Zylinder – er schnappte nicht ins Schloss ein. Leon riss mit aller Kraft. Im gleichen Augenblick rauschte der Flügel der Eisentür ohne Widerstand auf ihn zu. Er spürte einen dumpfen Schlag an der Schulter, ließ los und stürzte auf den Rücken. Ein weißblitzendes Augenpaar loderte gefährlich aus dem Dunkel des Treppenabganges zu ihm heraus, zwei Hände griffen von innen nach der Tür, rissen sie krachend ins Schloss zurück, der Zylinder knackte zweimal. Verriegelt! Leon hämmerte wütend gegen die Tür. Verdammt! So nah war er dran. Er musste die Carabinieri anrufen! Dann drehte er sich um zum Pool, zur Leiche und zu den nassen Fußabdrücken, die anfingen zu trocknen. Schon bald würden sie sich ins Nichts auflösen.

Irgendetwas ließ Leon stutzig werden.

»Die Füße, am Boden ... da stimmt doch was nicht.«

Er kniete sich wieder hin. Seine Augen prüften jedes Detail der schwindenden Spur. Dann sah er den Fehler. Diese Fußabdrücke, sie waren nicht nur klein, wie von einer Frau oder von einem Kind. Nein, sie hatten ein besonderes Muster auf den Steinen hinterlassen: Vier statt fünf! Der kleine Zeh des rechten Fußes – er fehlte.

30

Rom, Juni 2017
Am nächsten Tag

Die Nachmittagsmaschine LX1727 der Swiss International Air Lines startete pünktlich um kurz vor drei ab Rom. Der weiße Airbus zog steil hoch über den Strand und rauschte mit einem tiefen Brummen hinein in das Blau über dem Tyrrhenischen Meer. Leon hatte sich einen Platz auf der rechten Seite des Airbusses reservieren lassen und genoss weit unter sich das helle Band der Mittelmeerstrände, die ihm wie in Reih und Glied ausgelegte Badetücher erschienen. Auf einer kleinen Landzunge an der Küste glaubte er, die graue Burg des Badeorts Santa Severa mit ihrem charakteristischen Rundturm erkennen zu können. Seit dem Buch »Quattro Stagioni« des deutschen Autors Stefan Ulrich hatte er sich vorgenommen, diesen Ort samt Castello und Fischrestaurants einmal persönlich zu besuchen. Das musste erneut warten. Zürich würde er in gut einer Stunde erreicht haben. Und mit einem Mietwagen vom Flughafen konnte er in einer weiteren Stunde in Luzern sein. Rechtzeitig genug, um am selben Tag am Krankenbett seiner Schwester zu sitzen.

Die Nacht zuvor war kurz gewesen. Der Capitano hatte nach dem Anruf von Leon sofort die Questura eingeschaltet, die wiederum die Staatspolizei und eine mobile Einheit der Kriminalpolizei alarmierte. Leon hatte Sandmann informiert und ihm die schlechte Nachricht vom Tod Brettmeiers überbracht. Danach glich die nächtliche Terrassenlandschaft innerhalb kürzester Zeit einem Ameisenhaufen. An die 20 Polizisten, blaue Uniformen, weiße Overalls, Dutzende von

Absperrbändern, gleißend helle Scheinwerfer, penibel geführte Untersuchungen am Tatort und im schmalen Treppenabgang, der hinunterführte in eine rückwärtige Gasse zwischen der Piazza Colonna und der Piazza Montecitorio. Die Presse belagerte in der Nacht das Albergo Obelisco. Und die Lage für die italienische Polizei war durchaus als unangenehm zu bezeichnen. Ein toter Kommissar des deutschen Bundeskriminalamtes, unterwegs in offizieller Mission, erstochen im Swimmingpool über den Dächern von Rom, der Täter über eine Hinterhaustreppe geflüchtet – das warf Fragen auf. Fragen, die auch Leon bei seiner Vernehmung nicht beantworten konnte, obwohl er – fast – den Täter gesehen hatte. Doch er erinnerte sich nur an die dämonisch aufblitzenden Augen im schwarzen Nichts des Treppenhauses. An den süßlichen Duft. Und an den fehlenden Zeh im nassen Fußabdruck. Immerhin, ein Anhaltspunkt.

Um Punkt neun stand Signore Cinquecentodieci mit seinem blank geputzten Wagen vor der Hoteltür. Als Leon und Sandmann durch die gläserne Schiebetür auf die Piazza Montecitorio hinausgingen und sich in den Alfa Romeo setzten, zuckten die Blitzlichter der Pressefotografen auf, die sich nach der »Mordnacht in der römischen Altstadt«, wie die Online-Portale am Morgen meldeten, neue Bilder erhofften. Die Fahrt verlief schweigsam – und vom Tempo her gesittet, wie Leon registrierte. Auch Sandmann schien zufrieden über die mäßige Geschwindigkeit und hatte diesmal, gemessen an der ersten Fahrt, seine gesunde Gesichtsfarbe behalten. Der BKA-Kommissar hatte nur kurz zu Leon gesprochen. Knapp, wie gewohnt. »Das ist alles eine Riesensauerei und wird ein Nachspiel haben.«

Kurz darauf war der Alfa Romeo der Carabinieri an der Porta San Paolo durch die Aurelianische Stadtmauer gefahren und holperte über eine Schlaglochpiste vorbei an der Cestius-Pyramide und weiter in Richtung Süden. Von der Via Ostiense aus bog der schweigsame Fahrer vor der Centrale Montemartini in ein kleines Gewerbegebiet ab und fuhr nach wenigen Minuten durch eine Schranke mit Sicherheitscode. Im Hof des Außenlagers der Kulturgutpolizei, wo Leon die in den Albaner Bergen sichergestellten Kunstgegenstände identifiziert sollte, warteten Primo Capitano Raffaele Capriri und Brigadiere Conti. Sie empfingen die beiden Deutschen auf dem Parkplatz unterhalb einer hohen und mit Stacheldraht bestückten Ziegelsteinmauer.

»Signori, nach dem schlimmen Vorfall aus der Nacht kann ich Ihnen nur mein Bedauern ausdrücken.« Der Capitano ergriff die Hände fester als bei der ersten Begrüßung. »Seien Sie sicher, unsere Sicherheitsbehörden werden alles Mögliche ...«

Sandmann unterbrach ihn rüde. »Das hoffe ich sehr. In Ihrem Mafialand ist ja niemand mehr sicher.«

Leon schwieg betreten. Ihm war die Situation unangenehm. Denn er war in der Nacht von Sandmann aufgefordert worden, nichts über die abendliche Verabredung Brettmeiers mit diesem coniglietto, dem Hasen, an die italienischen Polizeibehörden weiterzugeben. »Diese Frauengeschichte bleibt unter uns«, hatte der BKA-Mann im Hotel gesagt. »Kein Wort zu den Italienern. Klar? Das bringt nur Verstrickungen. Und hat mit unserem Fall nichts zu tun.«

»Und wenn die Italiener das private Mobiltelefon Ihres Kollegen finden und die Daten auswerten?«, hatte Leon gefragt.

»Keine Sorge. Das liegt sicher bei mir. Habe ich mir schon aus seinem Zimmer geholt.«

»Ist das nicht Unterschlagung von Beweismitteln?« Leon dachte nicht daran, die Anweisung einfach so zu befolgen.

»Herr von Alban, Sie hängen sich da bitte nicht rein«, hatte Sandmann einen strengen Ton angeschlagen. »Wer weiß, was da noch alles auf dem Telefon zu entdecken ist. Und das wollen wir doch nicht den Italienern überlassen, während wir leer ausgehen und ahnungslos bleiben. Unsere Leute in Wiesbaden werden die Daten auswerten. Und wenn die Informationen relevant sind, werden wir die italienische Polizei natürlich informieren.«

Den Ton von Sandmann fand Leon unangebracht, das Vorgehen selbst hielt er für grenzwertig. Andererseits wollte er sich aber nicht gegen die Interessen des BKA stemmen. Gerade jetzt, mitten in den wiederaufgenommenen Ermittlungen um den Einbruch in die Mainzer Villa und den Mord an Annette Sternberg. Er nickte. Was er brauchte, war ein Kompromiss. »Eine Woche gebe ich Ihren Leuten Zeit. Dann informiere ich die italienische Polizei über die Verabredung mit diesem Hasen.«

Diesmal schwieg Sandmann. Dann nickte er. »Gut, aber sagen wir zehn Tage.«

Leon, Sandmann, der Capitano und Brigadiere Conti gingen über den Hof des Depots. Durch eine graue Eisentür betraten sie einen Industriebau, der nach einer Wirtschaftskrise Mitte der siebziger Jahre vom Besitzer aufgegeben und später an den Staat verkauft worden war. In einem Büro warteten zwei weibliche Carabinieri, die – mit einem Schlüssel in der Hand – in die Tiefe des Gebäudes vorangingen. Dann endlich öffneten sie eine massive Holztür. Etliche blasse Leuchtstofflampen an der weiß getünchten Decke knackten um die Wette und sprangen eine nach der anderen zaghaft an. Leon packte das Gefühl, plötzlich in die Villa seines Vaters zu blicken. Oder wenigstens auf vertraute Dinge aus dem Haus. »Das glaub' ich jetzt nicht.« Schnell schob er sich vor Sandmann in den

Lagerraum, der vielleicht zweihundert Quadratmeter groß war. Auf mehreren Tischen und Decken hatten die Carabinieri ihre Funde ausgebreitet.

Er griff mit beiden Händen zu. Dort lag der gestohlene Bronzenachguss eines antiken Diskuswerfers nach Myron, die wertvolle Kopie der Marsyas-Statue seines Vaters, antike Vasen, der Festkrug mit Satyr und der kostbare griechische Glockenkrater zum Weinmischen aus dem 4. Jahrhundert vor Christus aus Kampanien. Leon ging zum nächsten Tisch mit Münzen. Er erkannte den Janus-Kopf mit Lorbeer aus dem 2.Jahrhundert v. Chr., der ihn anzulächeln schien. Oder war es hämische Freude im Gesicht der alten Gottheit? Daneben lag das seltene Falschgeld aus der Zeit Kaiser Caligulas, auch das Delphingeld aus Olbia und das kleine, nur fünf Zentimeter große Medusenhaupt mit eingelegten Silberaugen, welches Leon so liebte. Und schließlich fehlte in der Sammlung nicht der römische Republiksdenar mit der Büste der Diana Nemorensis darauf, den er zuletzt in der Mainzer Villa seiner Schwester gezeigt hatte. Leon nahm die Silbermünze vom Tisch und drehte sie mit den Fingern ein paar Mal herum. Still sprach er zu sich: »Diana, was kannst du mir über meinen Vater verraten? Sprich mit mir!«

Der Capitano sah, dass Leon in eine andere Welt abgetaucht war. »Signore di Albano, alles in Ordnung? Sind das die gestohlenen Gegenstände?«

Er hörte ihn nicht. Dafür hatte er die Stimme von Alex aus der Mainzer Villa wieder im Ohr, als sie sich gemeinsam die Sammlung des Vaters angeschaut hatten: »Das ist mir jetzt zu speziell. Lass' uns zurück nach Darmstadt fahren, bevor ich vor Müdigkeit umfalle.«

»Signore di Albano?« Der Capitano sprach lauter und griff ihm an den Oberarm. »Alles gut?«

Leon schreckte auf. »Ja, danke, ich war gerade in Gedanken an Zuhause und meine Schwester. Sie wissen ja, sie liegt im Krankenhaus in der Schweiz, im Koma. Und da will ich so bald wie möglich hin.«

»Das ist in Ordnung, ich verstehe.« Der Capitano winkte kurz zu Brigadiere Conti. »Kümmere dich um den Papierkram.« Dann schaute er wieder zu Leon. »Um die Gegenstände an Sie zurückgeben zu können, brauchen wir die Eigentumsnachweise.«

Eigentumsnachweise? Ob sein Vater alles sauber erworben hatte? Oder hatte er sich nicht gerne mal auf dem Schwarzmarkt bedient? Schnell schob er diese Gedanken zur Seite. »Geht klar, Capitano. Ich kümmere mich drum.«

Dann zog Sandmann die Aufmerksamkeit auf sich. »So, nachdem dies ja geklärt ist, werden wir uns mal dem Mord an meinem Partner zuwenden.«

»Alles zu seiner Zeit«, reagierte Brigadiere Conti mit gereizter Stimme. »Wir besprechen das bei uns im Büro.«

Fünfzehn Minuten später saß Leon wieder im Wagen von Signore Cinquecentodieci. Diesmal durfte er ausdrücklich schnell fahren, um das Flugzeug nach Zürich zu erreichen. Was er mit Freude übernahm. Leon fragte ihn auf halber Strecke: »Come si chiama, signore? Wie heißen Sie eigentlich?«

»Renzo, solo Renzo. Appuntato Renzo." Dabei klopfte er mit den Fingern auf sein Dienstabzeichen auf der Schulter. »Appuntato.«

Ein unterer Mannschaftsdienstgrad, vermutete Leon. Sowas wie ein Stabsgefreiter, besser Oberstabsgefreiter. »Mille Grazie, Renzo.« Bald darauf verschwand er mit seinem Rucksack am römischen Flughafen Leonardo da Vinci in Richtung der Check-in-Schalter.

Die Nachmittagsmaschine LX1727 war auf dem Weg nach Zürich. Santa Severa lag bereits einige Flugminuten zurück, und durch die kalkweißen Wolkenbänke hindurch hatte Leon weit unter sich den großen Bolsena-See erkennen können. Er schloss die Augen. Öffnete seinen alten Rucksack und griff hinein. In der Hand hielt er das Tagebuch seines Vaters, eingebunden in abgegriffenes Leder. Er hatte das Gefühl, den Zipfel um ein lang verborgenes Geheimnis zu lupfen. Gespannt blätterte er das Büchlein auf. Er begann von vorne. Sein Herz schlug schneller.

***

Kriegsjahr 1943, Nordfrankreich

Sonntag, 3. Januar
Flugplatz St. Omer, Pas-de-Calais

Ein neues Jahr. Wieder ein Kriegsjahr! Seit Herbst bin ich nun schon in St. Omer rund 40 Kilometer südöstlich von Calais stationiert. Über den Ärmelkanal sind es 50 bis Dover an der englischen Küste. Und vielleicht 100 Kilometer südlich liegt die französische Stadt Amiens, wo mein leiblicher Vater 1918 im Weltkrieg vermutlich getötet wurde. Komisches Gefühl. Ich muss oft an ihn denken, obwohl ich ja damals noch ganz klein war und keine Erinnerung an ihn habe. In meinen Gedanken sehe ich ihn manchmal vor mir als eine Art Göttervater – entrückt, mit weißem Bart. Wie Zeus. Oder eben Jupiter.
Trotz Krieg ist bei uns Gott sei Dank alles ruhig. Doch wie lange noch? Kommt mein Marschbefehl an die Ostfront, nach Stalingrad, Moskau oder in den Süden Russlands, an den Don?

Den Jahreswechsel habe ich zusammen mit ein paar Kameraden in einem kleinen Restaurant im Ort gefeiert. Ein schmales, beiges Haus mit roten Fensterläden, gleich hinter dieser riesigen Kathedrale von St. Omer. Urgemütlich. Wir haben getrunken, bis die Cognac-Vorräte leer waren! Einer von uns hat immer abwechselnd am Fenster im Treppenhaus zum oberen Stock Wachposten geschoben. Und als unsere Feldpolizei im Ort Streife lief, haben wir uns ganz still verhalten. Die französischen Gäste haben gelacht. Bei anderen Offizieren als uns hätten sie das mit Sicherheit bitter bereut.

Hier geht im neuen Jahr alles seinen gewohnten Gang. Selbst wenn der Winter bitterkalt ist – der Krieg ist weit weg.

***

3. Februar 1943
St. Omer

Mein Gott! Das Oberkommando der Wehrmacht hat heute Mittag über den Großdeutschen Rundfunk eine Sondermeldung verkündet. Unsere 6. Armee, Stalingrad, hunderttausend deutsche Soldaten und Verbündete – alle tot. Was ist in Russland nur passiert? Wir sind tief erschüttert.

***

6. Februar 1943
St. Omer

In der Offizierskantine ist so einiges zu hören, aber nur hinter vorgehaltener Hand. Demnach hat der britische Feindsender BBC gemeldet, dass bei der Kapitulation in Stalingrad über 90.000 deutsche Soldaten in Gefangenschaft gegangen sind. Auch General Paulus. Für die Niederlage wird Hitler verantwortlich gemacht, für die Lüge mit den toten deutschen Soldaten aber Goebbels.

***

Dienstag, 23. März 1943
St. Omer

Das »Maison rouge« vom Silvesterabend ist mein Stammlokal geworden. Es gibt dort einen guten Pastis und einen mindestens ebenso guten Anisette-Likör. Die Speisen sind allerdings eingeschränkt, denn das meiste, was produziert wird, müssen die Franzosen abgeben und ins Deutsche Reich liefern. Daher ist hier für die Einheimischen so gut wie alles Mangelware. Viele hungern, und die Franzosen haben schon ein Wort aus unserer Sprache übernommen – »Ersatz«. Für Kaffee aus Eicheln zum Beispiel.

Gleich über dem »Maison rouge« wohnt das französische Besitzerehepaar. Und die junge Tochter des Hauses, die in der Wirtschaft gelegentlich aushilft. Wirklich hübsch. Ob sie Deutsche mag? Sie sprach mich anfangs immer mit Herr Leutnant an, was sich anhörte wie Missjö l'ljütenand. Jetzt sind wir beim Du. Und sie spricht so schön meinen Namen aus – Cürth. Dabei spitzt sie ihre Lippen zu einem bezaubernden Kussmund. Ich bin ganz hin und weg. Kann es sein, dass ich mich verliebt habe?

Morgen muss ich die Küste zu einem Aufklärungsflug nach Westen abfliegen. Und wenn mein Fieseler Storch wieder im Hangar von St. Omer verschwunden ist, hätte ich noch Zeit. Zeit für einen kleinen Abstecher ins »Maison rouge«.

Man kann nie so ganz in die Seele der Franzosen reinschauen. Einerseits sind sie freundlich zu uns Offizieren wie zu anderen Gästen. Und dann wieder hören wir von Widerstandsgruppen, die auf Soldaten, Brücken, Züge oder an

Straßen Anschläge und Attentate auf deutsche Fahrzeuge und unsere Soldaten verüben.
Der Dienst bei uns bleibt aber ruhig. Gleich morgen will ich meinen Eltern in Mainz schreiben. Ich vermisse sie. Zuhause müssten jetzt Schneeglöckchen und Krokusse blühen, der riesige Magnolienbaum im Garten wird erste Blüten zeigen und seinen betörenden Duft verströmen. Wie oft habe ich dort mit meiner Mutter die ersten Blüten im Garten gezählt.

Va, pensiero, sull'ali dorate!

***

Leon spitzte übertrieben seinen Mund und sprach leise die Wörter aus dem Tagebuch seines Vaters nach: »Missjö l'ljütenand.« Wie alt war dieses französische Mädchen? Achtzehn? Zwanzig? »Muss sich ja bezaubernd angehört haben, dieses Cürth aus ihrem Mund«, dachte er. Wie sie wohl hieß? Dann wieder war er gerührt vom Verdi-Zitat. Wie oft hatte er sich in den Kriegsjahren zurück nach zu Hause und zu den Eltern gesehnt? Auf goldenen Schwingen. Leon erinnerte sich, wie der Vater in den achtziger Jahren den alten Magnolienbaum im Garten fällen ließ, weil er faulig geworden war. Als kleiner Junge hatte er sich damals gewundert, warum bei seinem Vater eine verstohlene Träne über die Wange gerollt war, als der breite Baum krachend in die Knie ging. Jetzt, Jahrzehnte später, verstand er. Leon konzentrierte seinen Blick wieder auf die Tagebuch-Seiten.

***

Freitag, 28. Mai 1943
St. Omer, abends auf meiner Dienststube

Meine Tagebucheinträge habe ich zuletzt vernachlässigt. Aber es hat sich so gar nichts ereignet – außer mit Natalie, aber das will ich hier nicht weiter ausführen. Wir treffen uns heimlich. Neben den Kurierflügen mit dem Storch ist mir Natalie das Liebste hier in Frankreich. Auch mein Französisch wird von Woche zu Woche besser.

Jetzt gibt es Gerüchte. Heute habe ich im Offizierscasino gehört, dass die Front im Mittelmeerraum in Gefahr geraten könnte. Die Italiener sind unsichere Verbündete, heißt es immer wieder. Mehr will ich dazu nicht schreiben. Selbst für diese Worte in meinem Tagebuch würde man mich schon zur Verantwortung ziehen und vermutlich wegen Wehrkraftzersetzung, Landes- und Geheimnisverrat in ein Strafbataillon an der Ostfront versetzen. Ich muss vorsichtig sein.

***

Leon schreckte auf. Wie in einem Fahrstuhl rutschte der Airbus ein ganzes Stockwerk in die Tiefe. Sein Becken spürte den Druck des Sicherheitsgurts und seine Magengegend den Verschluss. Turbulenzen! Wieder mal! Die Maschine war an den Alpen angekommen. Er schaute aus dem Fenster und sah ein großes Gewässer, das aus seiner Richtung wie ein auf den Kopf gestelltes Y-Chromosom aussah. Er vermutete dort unten den Comer See, und in der Ferne glänzten die schneebedeckten Gipfel der Schweizer Alpenwelt. Er hatte noch Zeit bis Zürich, hielt das Tagebuch etwas fester in der Hand, um den Turbulenzen zu trotzen, und schlug es wieder auf. War da was mit dieser Frau, in Frankreich?

***

Freitag, 11. Juni 1943
Trouville-sur-Mer

Es ging die letzten Tage alles sehr schnell. Ich wurde mit meinem Fieseler Storch von St. Omer knapp 300 Kilometer südwestlich in die Normandie verlegt. Nach Trouville-sur-Mer, am Ärmelkanal. Ein kleines Seebad mit Sommerfrische. Immerhin. Etwas weiter nördlich, rechts der Seinemündung, liegt Le Havre. Ich soll als Verbindungsoffizier zwischen unseren Stellungen und dem Hauptquartier in Paris fliegen.

Ob mich Natalie aus dem »Maison rouge« schon vermisst? Ich werde sie vielleicht nie wiedersehen. Ich möchte noch einmal meinen Namen aus ihrem Mund hören.

***

Samstag, 19. Juni, 1943
Paris, Montmartre, drei Uhr nachmittags

Was für ein Tag! Nach meinem Kurierflug ins Hauptquartier nach Paris habe ich einen Tag Urlaub bekommen. Jetzt sitze ich in einem Café im Viertel Montmartre, an dem Place du Tertre. Schick! Ich glaube, das heißt hier Restaurant à la mère Cathèrine. Man kann hier tatsächlich gut futtern wie bei Muttern. Der Pastis ist besser als in der Provinz am Ärmelkanal. Im Café sind mehr deutsche Soldaten als Franzosen, komisches Gefühl. Es hat sich in Frankreich ohnehin viel geändert. Unsere Uniformen bestimmen in Paris das Straßenbild, auch hier im Montmartre-Viertel, wo ich an einem kleinen Bistrotisch meine Notizen schreibe. Überall kleben Aufrufe, dass sich junge Franzosen zum Arbeitseinsatz nach Deutschland melden sollen. Zuhause im Reich werden dringend Arbeitskräfte gebraucht. Und an der Bistrotür hängt ein Schild, auf dem »Accès interdit aux Juifs« steht. Juden sind hier verboten. Wie furchtbar. Und es ist kein Wunder, dass uns die Pariser nicht mehr anschauen, wenn man sich auf dem Trottoir begegnet. Und wenn – freundlich geht anders. Ich spüre ihre Angst. Und den Hass in ihnen.

Irgendwo hat es wieder Anschläge gegeben. Der Widerstand heißt jetzt Résistance. Und wir entdecken manchmal merkwürdige Kreuze, hastig auf Schilder gemalt. Ein schwarzes Kreuz mit zwei unterschiedlich langen Querbalken. Das Lothringer Kreuz. Symbol des Widerstands, sagt unser Hauptmann. Wir sollen aufpassen. Leicht gesagt.

Vor ein paar Tagen habe ich Natalie geschrieben. Aber bis heute keine Antwort bekommen. Ich bin traurig. Es war doch so schön mit ihr.

***

Sonntag, 20. Juni 1943
Paris am Nachmittag, Restaurant Cathèrine

Die Nacht war toll. Endlich wieder leben! Paris – was für eine Stadt! Mit anderen Offizieren war ich erst im deutschen Soldatenkino am Boulevard Poissonnière. Es gab »Kollege kommt gleich« mit Albert Matterstock als Oberkellner Robert, der sich für seine Frau überraschend als steinreicher Hotelerbe herausstellt. Was für eine platte Posse! Aber egal, es wurde viel gelacht.

Hinterher sind wir alle ins Kabarett und haben eine Menge französischen Champagner getrunken. Dann kamen ein paar Damen an unseren Tisch. Damen? Na ja. Wurde spät, sehr spät. Und ich habe jetzt einen ausgewachsenen Kater.

Das dicke Ende ist heute Mittag gekommen. Ich habe in unserer Kommandantur von Groß-Paris, die im Nobelhotel »Meurice« direkt gegenüber den Tuilerien untergebracht ist, meinen neuen Marschbefehl bekommen. Die Ostfront bleibt mir erspart. Es geht nach Italien, genauer nach Frascati, in den Stab von Fliegergeneral Birkholz. Ich kenne die Gegend bei Rom gut von meinen Reisen. Dort sollen neue Verbände aufgebaut werden. Ich muss nicht lange überlegen, warum. Wollen die Alliierten im Süden angreifen? Können wir den Italienern noch trauen? In zwei Tagen geht es los. Mit dem Storch, im Etappenflug.

Ich muss vorher zurück nach Trouville-sur-Mer, zu meinem alten Vorgesetzten. Adieu sagen. Und ich muss gleich morgen an meine Eltern schreiben.

***

Der Airbus vibrierte leicht. Leon war in seine Lektüre versunken und hörte nur beiläufig, wie die Swiss LX 1727 aus Rom das Fahrwerk ausfuhr. Die Maschine setzte zum Landeanflug in Zürich an. Beim Aufsetzen schlug er den Ledereinband zu. »Was für eine Natalie?«, fragte sich Leon. Alexandra hatte zwar von einer Frau im Tagebuch gesprochen, aber nicht von einer Natalie. War das in St. Omer eine Affäre des Vaters? Dann würde dem Mädchen ein schlechtes Ende gedroht haben, wusste Leon, da diese Frauen nach der Befreiung »Deutschenflittchen« genannt und mit kahl geschorenem Kopf durch die Straßen getrieben wurden, einige halbnackt, andere ganz nackt. Die Wut der Franzosen auf Kollaborateure musste groß gewesen sein.

Leon versuchte, sich wieder auf die Gegenwart zu konzentrieren. Das Flugzeug rollte über ein Wegekreuz in Richtung Terminal. Das Wetter war gut. Schon bald konnte er bei seiner Schwester in Luzern sein. Und an die Schweizer Polizei hatte er Fragen. Viele Fragen.

31

Schweiz, Luzern im Juni 2017

Am Anfang stand der Schock. Leon sah Alexandra mit dick verbundenem Kopf, geschlossenen Augen und unbeweglich auf der Intensivstation des Luzerner Spitals liegen. Um ihr Krankenbett herum blinkte es gleich auf mehreren Bildschirmen mit medizinischen Daten und Kurven. Auf einem der Überwachungsmonitore war die Herzfrequenz zu beobachten, die über das Gerät eindringliche, aber regelmäßig Töne von sich gab, die Leon wie Stiche ins Herz trafen. Links vom Bett stand ein Tropfgestell mit einem Beutel, aus dem eine durchsichtige Infusionslösung durch einen Schlauch in eine Kanüle an der Hand sickerte. Leon schaute verzweifelt in das nur spärlich freie Gesicht seiner Schwester, das von Schrammen und Wunden gezeichnet war, und strich ihr vorsichtig mit der Hand über die Stirn. »Alex, was machst du denn? Was ist nur passiert?«

Die Tür sprang auf. Ein Mann im weißen Arztkittel, den die Krankenschwester für Leon geholt hatte, rauschte herein und baute sich am Fußende des Bettes auf. »Herr von Alban, nehme ich an? Mein Name ist Keller, Dr. Urs Keller. Ich bin hier der Chefarzt.« Leon sah einen kantigen Mann mit buschigen Augenbrauen vor sich, der gehetzt schien und gleich zur Sache kam. »Ich will Ihnen nichts vormachen. Ihre Schwester ist schwer verletzt, und wir können von Glück reden, dass sie lebt. Unsere Bergretter aus Andermatt, diese mutigen Burschen, haben sie von einem Felsvorsprung geborgen, der ihr das Leben gerettet hat. Sie war aus einer Höhe von zehn Meter abgestürzt, so wurde mir berichtet, und ist in Büschen auf dem Vorsprung hängen geblieben, denn sonst ...« Keller setzte eine besorgte Miene auf. »Die Wand im Gebirge geht dort oben fast hundert Meter in die Tiefe. Außerdem ist es da bitterkalt.«

»Wird sie es schaffen«, fragte Leon. Der Arzt nickte stumm. »Und stimmt es, dass sie nur einen Schlafanzug getragen hat?«

»Auch das wurde mir berichtet«, antwortete der Chefarzt. »Aber da müssen Sie die Kantonspolizei Uri befragen, die die Ermittlungen in Andermatt leitet. Ich glaube, die Kommissarin heißt Eggberge. Ich kann nur mit Sicherheit sagen, dass Ihre Schwester gestern bei der Einlieferung auf die Intensivstation stark unterkühlt war. Sie lag im Koma. Kein Wunder – bei den vielen Knochenbrüchen und Quetschungen, mit einer Beckenfraktur und mit einer schweren Gehirnerschütterung. Wegen Verdachts auf eine Vergiftung haben wir außerdem den Magen ausgespült.«

»Vergiftung? Woher ...?« Weiter kam Leon nicht.

»Auf der Hütte im Gebirge sind wohl Spuren eines verdächtigen Pulvers gefunden worden. Fragen Sie mich jetzt nicht nach Details. Ich bin Arzt, nicht Kommissar.« Die buschigen Augenbrauen des Arztes schnellten ruckartig nach oben. »Jedenfalls mussten wir handeln.«

»Welche Chancen hat sie, Herr Doktor? Wird Alex leben?«

»Die Brüche können wieder zusammenwachsen, die Wunden heilen. Aber so ein Koma ist eine sehr schwere Bewusstseinsstörung und kann lange anhalten, was Folgen hätte. Derzeit ist sie nicht ansprechbar und reagiert nicht auf unsere Stimmen. Doch es gibt Hoffnung.« Keller zog wieder die Augenbrauen hoch. »Die

Patientin ist schmerzempfindlich und zuckt leicht mit dem Arm, wenn wir ihn kneifen. Immerhin etwas.«

»Wenn nichts dagegenspricht, bleibe ich noch eine Weile am Bett meiner Schwester.«

»Natürlich, das kann ihr nur helfen. Aber bitte nicht zu lange. Sprechen Sie mit ihr, auch wenn sie nicht antwortet. Manchmal hilft das, um aus diesem Zustand wieder herauszukommen. Manchmal.« Keller reichte Leon zum Abschied die Hand. »Alles Gute.« Dann eilte er zur Tür – und blieb plötzlich stehen. »Eigentlich darf ich ja nichts darüber sagen, aber schließlich sind Sie ihr engster Angehöriger. Die Kantonspolizei Uri hat heute Morgen eine zerschmetterte Leiche im Unteralptal entdeckt. Am Fuß des Felsens, in einem Gebirgsbach. Eine Frau. Sie hatte weniger Glück und ist nicht an dem Felsvorsprung hängengeblieben. Vielleicht sollten Sie das wissen. Uf Wiederluege.«

Leon erschrak ein wenig. Bei der Toten konnte es sich nur um Angelina Dardelli handeln, von der Brettmeier vor seinem Tod gesprochen hatte. Diese Italienerin, die es laut BKA ja gar nicht gab. Jedenfalls nicht unter diesem Namen. Viele Gedanken gingen Leon durch den Kopf. Er blieb bis zum frühen Abend im Spital, bevor er sein Quartier in einem nahegelegenen Hotel bezog. Am nächsten Morgen besuchte er Alexandra erneut im Spital, verabschiedete sich aber gegen elf, um zur Kriminalpolizei Uri zu fahren, die eine gute halbe Stunde entfernt in Altdorf residierte. Leon musste mehr wissen über diese mysteriösen Umstände, die sich auf der Berghütte bei Andermatt zugetragen haben. Und nicht nur mit Vermutungen abgespeist werden.

Luzia Eggberge, die in dem Fall die Ermittlungen leitete, erwartete Leon in einem nüchtern eingerichteten Dienstzimmer. Die junge Frau mit ihren modisch kurzen, blond-gefärbten Haaren, aber mit langer

Strähne über der hohen Stirn, warf sich nach der Begrüßung in den gefederten Chefsessel der Kriminalpolizei. »Also, Herr von Alban, die Sache mit Ihrer Halbschwester ist – ehrlich gesagt – schwer zu verstehen. Am meisten Probleme bei der Tat macht uns natürlich, dass wir sie nicht vernehmen können. Sie liegt ja im Koma.« Luzia Eggberge hatte sich jetzt eine dünne, orangefarbene Akte vom Stapel rechts auf ihrem Schreibtisch gegriffen und blätterte darin herum.

»Aber Sie werden doch Details kennen? Waren Sie vor Ort?«

Die Kommissarin reagierte gereizt auf Leons Frage. »Sollten wir? Ich weiß nicht, wie bei Ihnen die Polizei ermittelt, Herr von Alban. Aber wir Schweizer sind da sehr gründlich. Und, ach ja, wir gehen auch gelegentlich zu den Tatorten.«

»Nehmen Sie es bitte nicht persönlich. Gibt es denn überhaupt eine Tat, wie Sie sagen?« Leon erzählte nichts von seinem Besuch mit dem BKA in Rom, vom Mord an Brettmeier und seinem Verdacht, dass Alexandra als Zeugin für den Einbruch in die Villa und das Verbrechen an Annette Sternberg aus dem Weg geräumt werden sollte. Er hielt es für klüger, den Unwissenden zu spielen.

»Nach unserem Ermittlungsstand war Ihre Schwester in Andermatt, um Urlaub zu machen. Im Hotel Gemsstock hatte sie sich ein Doppelzimmer zur Alleinnutzung für einige Nächte reserviert. Dann schloss sie sich einer Wandergruppe an, die auf eine Hütte im Unteralptal hochstieg und dort übernachtete. Was auch vom Hotel, vom Bergführer, ein Silvan Scherer, und vom Hüttenwirt bestätigt wurde.« Die Kommissarin machte eine kleine Pause. »Bis dahin ist alles gesichert. Ab jetzt wird's schwierig.«

Leon sah förmlich, wie Luzia Eggberge im Kopf alles zu ordnen begann. »Frau Kommissarin – bis dahin hätte ich alles auch selber gewusst.«

»Nun gut, also: Eine Italienerin hatte sich sehr kurzfristig ebenfalls in das Hotel Gemsstock einquartiert. Einzelzimmer, mit Frühstück. Alles noch völlig unauffällig. Am Abend sind sich Ihre Schwester und diese Frau, die an der Rezeption einen Pass auf den Namen Angelina Dardelli aus Bergamo vorgelegt hatte, an der Hotelbar nähergekommen. Das sagt der Barkeeper. Ebenfalls ein Zeuge. Und schließlich sind die beiden noch auf dem Hotelflur gesehen worden.« Eggberge blätterte weiter in der orangefarbenen Akte. »Am frühen Morgen, kurz vor der Abfahrt mit einem kleinen Bus zum Startpunkt der Wanderung, hat sich diese Dardelli, oder wie sie heißen mag, an der Hotelrezeption noch für die Tour angemeldet. Sie hat im Bus aber ganz woanders gesessen als Ihre Schwester. Und die beiden seien sich auch sonst nicht besonders nahegekommen, sagt der Bergführer. Haben Sie dafür eine Erklärung?«

Leon rutschte ungeduldig auf seinem harten Stuhl vor dem Schreibtisch der Kommissarin herum. Bis jetzt hatte er nichts Neues erfahren, was über den Stand der Informationen vom BKA hinausging.

»Auf der Hütte soll die Italienerin Ihrer Schwester einen Tee gebracht haben.« Luzia Eggberge legte ihren Kopf leicht zur Seite. »Was in der Nacht geschah, können wir anhand der Spurenlage nur vermuten.« Sie berichtete von winzigen Pulverresten in einem Asthma-Inhalator der Italienerin, von den ersten Ergebnissen der Laboruntersuchung, wonach es sich um ein Extrakt mit Spuren aus einer Tollkirsche handeln könnte, von einem Stofffetzen im Waschraum, der zum Schlafanzug von Alexandra gehörte, und von einem Kirschkernkissen auf dem Boden neben dem Handwaschbecken. Ein

Kissen, das eigentlich in der Küche aufbewahrt wird. »Herr von Alban, wir schließen nicht aus, dass Ihre Schwester mit diesem Tee vergiftet werden sollte, aber die Mischung versagt hat. Sie ging irgendwann in der Nacht ins Bad und wurde dort überwältigt. Vielleicht hatte die Italienerin einen Helfer. Wir wissen es nicht genau.«

»Das ist ja furchtbar«, durchfuhr Leon der Schreck. »Also ein Mordversuch. Und wie ging es weiter? Schließlich haben die Bergretter meine Schwester abseits der Hütte auf einem Felsvorsprung entdeckt.«

»Möglicherweise wirkt die Geschichte jetzt abstrus, aber die Spurenlage ...« Die Kommissarin berichtete, dass der Hüttenwirt gegen Mittag seine Schubkarre vermisste, mit der er Brennholz für den Kamin holen wollte. »Wir haben vor Ort dann Reifenspuren einer Karre entdeckt, die in südöstliche Richtung wegführten. Bis zu einer Felswand, bestimmt 700 Meter entfernt.«

»Sie wollen mir sagen, dass diese Dardelli meine Schwester mit der Karre dorthin gefahren hat. Durch die Nacht, durch die Kälte? Das ist ja Irrsinn, völlig bizarr!«

»Genau so muss es gewesen sein. Dieser Spur verdanken wir es, dass wir das Opfer gefunden haben. Und schließlich fanden wir auch die Italienerin. Sie ist die Wand hinabgestürzt. Samt Karre, die zerschellt und in Einzelteilen in der Nähe der Leiche lag. Die Frau war mit Winterjacke, Hose und Schuhe warm bekleidet. Wir gehen von einem Mordversuch aus. Die genauen Umstände an der Felskante, warum dort beide abstürzten, sind vorerst ungeklärt. Eine Unachtsamkeit dieser Italienerin? Ja, vielleicht.« Dann blickte die Kommissarin Leon fordernd in die Augen. »Herr von Alban, hat Ihre

Schwester Feinde? Und warum interessiert sich das BKA so für den Fall?«

Die nächste halbe Stunde verbrachte Leon in einem intensiven Gespräch mit Luzia Eggberge und erzählte ihr alles, was zum Verständnis der Vorgänge beitragen konnte. Fast alles. Die Sache mit Nemi, dem Diana-Tempel und den Kriegserlebnissen seines Vaters behielt er für sich. Auch die Verabredung auf dem Smartphone von Brettmeier mit dem »Hasen« hielt er an dieser Stelle für unerheblich. Außerdem war er deswegen mit Sandmann einen Deal eingegangen, an den er sich halten wollte.

Die Schweizer Kommissarin brachte ihn zur Tür ihres Dienstzimmers. Erst jetzt bemerkte Leon, dass sie eine stattliche Größe hatte. Sie wirkte durchtrainiert, hatte einen klaren Blick und einen kräftigen Händedruck. Sie war offener als zu Beginn ihres Gesprächs. »Da ist noch was Interessantes. Im Koffer der Italienerin haben wir ein Foto von Ihrer Schwester gefunden, offenbar aus dem Internet heruntergeladen. Und unsere Laboranalysen liegen mir seit heute Morgen vor.«

Leon war überrascht und hörte sie gleich weitersprechen. »Ich hatte Ihnen doch von unseren Untersuchungen berichtet. Vom Pulver, aus dem Inhalator. Einer unserer Spezialisten hat alles zerlegt, was es an Spuren gab.« Eggberge machte eine dieser bedeutungsschwangeren Pausen. »Die Schwarze Tollkirsche gibt es überall in Europa. Latropa belladonna – für die Lateiner unter uns. Und neben Arsen, das unsere Chemiker nachgewiesen haben, fanden wir Spuren einer zweiten Pflanze. Schierling, genauer Gefleckter Schierling.«

Leon fiel sofort die griechische Antike ein und eine legendäre Geschichte: »Athen, der Philosoph und der Schierlingsbecher. Sokrates wurde mit diesem Gifttrunk hingerichtet.«

»Ja, Giftmischen hat eine sehr lange Tradition. Auch in Italien, wo unsere geheimnisvolle Tote ja herkommt. Tufania oder auch Teofania war der Name mehrerer Frauen aus Rom, Palermo und Neapel, die im 17. und 18. Jahrhundert ein mörderisches Rezept eben aus einem Extrakt von Tollkirsche, Arsen und Schierling zusammenbrauten. Eine von ihnen endete am Galgen auf dem Campo de Fiori in Rom. Eine andere wurde von Soldaten mit Gewalt aus einem Kloster geholt, gefoltert und mit einem Halseisen erdrosselt. Doch das unrühmliche Handwerk ist mit diesen Frauen nicht ausgestorben.« Sie machte wieder eine Pause. »Übrigens, diese Dardelli, sie hat mit Bergamo nichts zu tun, auch wenn das in ihrem Pass steht. Der Ausweis ist gefälscht. Wir wissen, dass sie in Rom ins Flugzeug gestiegen ist. Vielleicht führt die Spur dorthin.«

Jetzt reichte sie ihm die Hand. »Machen Sie's gut. Und für Ihre Schwester das Beste.«

Wenige Stunden später war Leon im Flughafen Zürich. Bis zum Abflug nach Frankfurt war Zeit und er suchte sich im lichtdurchfluteten Bar- und Restaurantbereich einen ruhigen Platz. Ihm ging so vieles durch den Kopf. Alexandra, die Giftmischerin, die junge Französin im Tagebuch. Und sein Vater – war er in Italien wirklich zum Mörder geworden?

Leon hatte den Gedanken kaum zu Ende gebracht, da spürte er seine Hände in den Rucksack gleiten. Das Tagebuch, es brannte förmlich zwischen seinen Fingern. Er musste weiterlesen.

***

Italien, 12. September 1943,
früh morgens, südlich von Rom

Dem Bombenhagel auf Frascati bin ich zum Glück mit heiler Haut entgangen ... Ich wurde abkommandiert auf einen intakten Flugplatz in Pratica di Mare, einem Nest südlich von Rom. Immerhin am Meer ... Der einzige Lichtblick ist hier ein Küchenfeldwebel aus Köln, Hänschen Kempener. Aber jetzt komme ich ausgerechnet durch ihn in irgendeinen Schlamassel. Denn ich soll den Ersatz-Piloten für ein Sonderkommando spielen. Der Auftrag kommt direkt aus Berlin, vom Führer ... Mehr weiß ich noch nicht. Keine Ahnung, um was es geht ... Gleich, um 8 Uhr, muss ich zur Besprechung.

***

Immer schneller flogen Leons Augen über die Tagebucheintragungen. Immer gespannter blätterte er weiter. Er verschlang förmlich die abenteuerlich klingenden Einträge. Sein Vater in jungen Jahren schien ihm fremd. Selbst die Handschrift hatte nicht die Eleganz, wie er sie kannte. Sie wirkte ruppig und kantig. Und was war das für ein Sonderkommando? Er schlug die nächste Seite auf.

***

»Montag, 13. September 1943,
Italien, meine Soldatenstube in Pratica di Mare

... was für ein Tag! Die Kameraden haben mich im Offizierscasino hochleben und mal so richtig die Korken knallen lassen. Für die bin ich jetzt ein Held ... Wir alle vom Unternehmen Eiche sollen jetzt das Ritterkreuz bekommen ... Aber

ich sah noch immer diese leeren Augen von Mussolini vor mir.

... Im Offizierscasino tauchte ein SS-Mann auf, den ich vorher noch nie bei uns gesehen habe. Er stellte sich als Standartenführer Harald Hugin vor. Archäologe in Diensten von Himmlers Forschungsgemeinschaft Deutsches Ahnenerbe ...

... Jetzt ist dieser Hugin also von Himmler nach Italien geschickt worden. Mit einem neuen Auftrag. Ein Zauber aus der Antike, sagt er. Hat was mit einem Diana-Tempel zu tun.«

***

Leon war wie elektrisiert. Ausgerechnet sein Vater hatte Mussolini vom Gran Sasso ausgeflogen? Nie sprach er ein Wort darüber. Gab es noch Zweifel? Das Ahnenerbe, der Diana-Tempel, ein Zauber aus der Antike, der SS-Archäologe – die Geschichte wurde geheimnisvoller, je mehr Leon wusste. Er starrte versunken über den abgegriffenen Rand des Tagebuchs in die weitläufige Restauranthalle, während seine Gedanken nach Antworten suchten. Schräg gegenüber, in der Ecklounge, hatte sich ein Mann mit hellem Sommerhut hingesetzt und einen kleinen, silberfarbenen Reisekoffer an den Füßen abgestellt. Er schlürfte aus einer Espressotasse, hatte die Montagsausgabe der Neuen Zürcher Zeitung aufgeschlagen und sich in den Seiten vertieft. Leon konnte das verdeckte Gesicht nicht erkennen, aber aus der Distanz die Schlagzeilen lesen. Da faltete der Hutträger das Blatt um. Leon traute seinen Augen nicht. Oben auf der Seite mit den Auslandsnachrichten – ein großes Bild über drei Spalten – war das nicht ...?

Er reckte seinen Kopf nach vorne und kniff die Augen leicht zusammen. Nein, jetzt hatte er keine Zweifel mehr. Das Bild zeigte ihn selbst neben Sandmann, wie sie gestern Morgen in Rom im Blitzlichtgewitter der Presse vor dem Hotel in den Alfa Romeo von Signore Cinquecentodieci einstiegen. Das breite Gesicht von Renzo an der geöffneten Fahrertür war gut zu erkennen, und Leons halblange blonde Haare stachen neben der schwarzen Kurzhaarfrisur des BKA-Mannes heraus. Die Bildüberschrift »Blutige Nacht in der römischen Altstadt« brachte ihn als Zeugen mit dem Mord an Brettmeier in Verbindung, und die Unterzeile »Diplomatische Verwicklungen um Verbrechen an deutschem Kommissar« rückten ihn und Sandmann vollends in den Focus des Interesses. Leon fasste einen Entschluss. Er schlug das Tagebuch zu, zurrte seinen Rucksack zusammen und griff zum Handy.

»Hallo Sara, ich bin's. Ich komme noch nicht zurück nach Darmstadt. Ich bleibe noch in Italien. Meine Mission in Rom, sie ist nicht beendet. Es ist so viel passiert. Und es ist nichts vorbei. Es fängt erst an.«

Die Stimme von Sara Sander tat Leon gut. Er fühlte sich verstanden, als er ihr die wichtigsten Ereignisse der vergangenen zwei Tage erzählte. Und sie hatte ihn darin bestärkt, sich jetzt um die Dinge zu kümmern. Um Rom, um die Sache mit dem Vater. Und um Alexandra und die tote Giftmischerin.

»Bei dir ist das Geschäft in guten Händen«, sagte er. »Aber ich habe noch eine Bitte. Gib Robert Bescheid. Er soll alles herausfinden über den Diana-Tempel, speziell über einen alten Zauber aus der Antike. Oder aus noch früheren Zeiten. Und noch etwas: Vielleicht findet Robert auch etwas über diese Giftmischerbrut aus Italien heraus.«

Dann stopfte er das Mobiltelefon in seine Hosentasche und schaute auf die Uhr. Mit ein bisschen Glück würde er die Abendmaschine nach Rom schaffen. Bis zur Landung in Fiumicino hatte er Zeit für viele weitere Seiten im Tagebuch.

***

19. September 1943,
Pratica di Mare

Die letzten beiden Tage kam das Inferno über uns. US-Bomber haben unseren kleinen Flugplatz Pratica di Mare angegriffen. Die Bomben zerstörten am ersten Tag Teile des Rollfeldes, zahlreiche Unterkünfte und einige Hangars. Es gab zehn Tote. Etliche Maschinen gingen in Rauch auf. Unsere Flakabwehr schoss Löcher in die Luft, aber nicht ein feindliches Flugzeug wurde vom Himmel geholt. Der zweite Angriff folgte tags darauf. Die Bomber kamen frühmorgens aus der Sonne. Ich stand in einem der intakten Hangars an meiner Maschine, die ein Ölproblem hatte und von den Mechanikern durchgesehen wurde. Als die Sirenen losschlugen, flüchteten wir in einen Bunker. Da sah ich meinen Storch zum letzten Mal in ganzer Schönheit, später nur noch in verkohlten Einzelteilen.

Die Einschläge waren erschütternd. Im Bunker rieselte uns der Deckenputz in den Nacken. Ein junger Soldat aus Dresden, höchstens zwanzig, pinkelte sich vor Angst in die Hose. Er schämte sich und stülpte seinen Stahlhelm drüber. Als der Angriff vorbei war und wir aus unseren Löchern krochen, sah ich Rauch über dem Gebäudekomplex mit dem Casino. Was war mit Hänschen? Ich lief hinüber, die Sanitäter waren schon vor mir da, aber ich konnte ihn nicht sehen. Das Dach der Küche war eingestürzt, Feuer schlug heraus. Auch das Offizierscasino mit dem Restaurant war getroffen, dicker schwarzer Rauch qualmte in den Himmel. Major Bender stand plötzlich neben mir. »Was für ein Unglück«, sagte er, »wahrscheinlich hat es unseren Küchenfeldwebel erwischt.« Ich schrie: »Nein, nicht Hänschen!«

Ich wollte losrennen, ihn rausholen. Doch der Alte hielt mich zurück und legte mir eine Hand auf die Schulter, als wollte er mich trösten. »Das ist der Krieg, Junge«, hörte ich ihn sagen. Ich aber musste würgen. Wenig später brüllte vorne einer der Helfer, der auf einem Hügel mit rauchendem Schutt balancierte. »Hierher, Sanitäter! Hier ist noch einer. Der lebt.«

Mein Gott, es war Hänschen! Es dauerte eine Weile, bis wir ihn aus den Trümmern ziehen konnten. Seine Beine waren eingequetscht, der Kopf blutete. Überall Dreck und Staub. Er sah schlimm aus. Als die Sanitäter ihn auf der Trage an mir vorbei schleppten, hob Hänschen seinen Kopf und erkannte mich. Ich beugte mich zu ihm runter. Als mein Ohr dicht an seinem Mund war, hörte ich ihn sprechen: »Ruhig, Herr Leutnant, es ist mit mir noch nicht vorbei.« Er ist jetzt im Lazarett.

***

Italien, 23. September 1943
Pratica di Mare

Es ist alles eine einzige Katastrophe. Jetzt bekomme ich das Ritterkreuz, das ich nie haben wollte, und sollte stolz sein. Doch ich bin todunglücklich. Um mich herum versinkt alles in Schutt und Asche. Viele Kameraden sind beim Bombenangriff auf unseren Flugplatz getötet worden. In Frascati hungern die Menschen, in den Bergen lauern Partisanen und in Norditalien hat Mussolini einen neuen Staat ausgerufen – die Italienische Sozialrepublik. Hauptstadt soll Salò sein, liegt am Gardasee. Und ich? Ich werde in eine neue gefährliche Mission geschickt. Das habe ich davon, dass ich den Duce gerettet habe. Aber alles der Reihe nach.

Der Alte, also unser Kommandeur Major Bender, hatte mich zu sich ins Dienstzimmer geholt – diesmal ohne Geschrei. Erst bot er mir einen Kaffee an. Ich glaube, es war italienischer Espresso. Jedenfalls schmeckte er für mich wie aus einer anderen Welt. Bender fragte nach meinen Eltern und was ich vor dem Krieg beruflich gemacht habe. Er schien mir wirklich interessiert zu sein, als ich von meinem Studium erzählte und dass ich nach dem Krieg Ausgrabungen leiten will.

Doch dann kam der Alte mit zwei Nachrichten rüber, wurde ernst und wechselte vom Du auf das förmliche Sie. »Herr Leutnant, in zwei Tagen ist Ihre Ritterkreuzverleihung, irgendein See in den Bergen. Die Fallschirmjäger von Hauptmann Maybaum haben dort inzwischen Stellung bezogen. Ich komme natürlich mit, und mein Fahrer wird uns dorthin bringen. In ein paar Tagen geht es für Sie dann an die Ostfront, aber als Oberleutnant. Gratuliere zur Beförderung! Generalfeldmarschall Manstein von der Heeresgruppe Süd hat Sie persönlich angefordert. Dort wird wohl auch eine neue Maschine für Sie bereitgestellt. Manstein braucht Helden. Denn der Russe wird immer stärker und rückt gegen unsere Truppen weiter an den Dnjepr vor.«

Die Ostfront! Der Alte hatte meine erstarrten Gesichtszüge bemerkt, denn zu meiner Überraschung fragte er mich mit einem sarkastischen Unterton: »Sie haben in Berlin wohl besonders gute Freunde? Jedenfalls hat Sie dort jemand dem Manstein empfohlen, oder wie soll ich es nennen? Die Empfehlung kam direkt aus dem Reichssicherheitshauptamt. Habe ich gehört.«

Ich schwieg. Krambock! Ich hatte die Auseinandersetzung mit dem SS-Hauptsturmführer auf dem Gran Sasso schon vergessen. Aber Krambock nicht. Das war jetzt seine Rache dafür, dass ich ihm beim Flug mit dem Duce den Einstieg in den Fieseler Storch verweigern wollte und es gewagt hatte, ihm zu widersprechen. Dabei habe ich uns alle ja gerettet, obwohl die Maschine mit dem Narbengesicht viel zu schwer war und absackte wie ein Stein. Mir wird heute noch ganz

flau, wenn ich daran denke, wie ich das geschafft habe. Habe ich dabei wirklich die Monstranz von Pfarrer Jakob vor meinen Augen gesehen?
Ich weiß gar nicht, wie ich das alles meinen Eltern erzählen soll. Ich war ja nicht mal in der Wochenschau zu sehen. Krambock, immer nur Krambock, mal von links, dann von rechts und immer mit dem gequält lächelnden Duce.
Wie riecht eigentlich unsere Heimaterde in Mainz?

***

Leon hatte die letzten Einträge seines Vaters geradezu verschlungen und war so vertieft in das Tagebuch, dass er kaum den Aufruf seiner Maschine nach Rom hörte. 20 Minuten später startete die Swiss in den Abendhimmel über Zürich. Leon brannte darauf weiterzulesen.

32

Ende September 1943
Nemi-See bei Rom

Es war Mittagszeit, Siesta in Italien. Und rings um Curth von Alban herum war es still geworden. Trotz Krieg. Er lag am Ufer des Nemi-Sees und träumte sich in diese spektakulär aufsteigende Kraterlandschaft in den Albaner Bergen hinein. Nur in der Ferne hörte er den Lärm von ächzendem Getriebe und ein dumpfes Röhren von Wehrmachtslastwagen, die sich die enge Straße hinaufquälten. Nach wenigen Minuten verschluckte die dichte Baumkrone am Hang das reibende Getöse und den schwarzen Ruß aus den Auspuffrohren der Transporter. Curth blieb auf dem Rücken im hohen Schilf liegen, hatte die Arme hinter dem Kopf verschränkt und bewegte sich nicht. Endlich Ruhe. Über sich sah er eine Handvoll brauner Rohrkolben, die sich an fragilen Halmen im Wind wiegten. Über dem See funkelte die Sonne aus einem hellblau gepinselten Himmel, wie er ihn nur aus Italien kannte. Als hätte ein Maler mit leichter Hand aus der Reinheit der Farbe eine Welt der Ruhe und Harmonie erschaffen.

Wieder und wieder summte Curth eine Melodie aus Verdis Oper Nabucco vor sich hin. Er schloss die Augen. Konnte das pulsierende Auf und Ab der Streicher geradezu hören, das rhythmische Erwidern der Holzbläser, das melancholische Tirilieren der Flöte, das schlagartige Aufbäumen des gesamten Orchesters. Dann der Chor. Stimmen im Takt der Musik schwangen wie ein Segelboot auf den Wellen eines Ur-Meeres – Va, pensiero, sull'ali dorate. Curths Erinnerung an die

Heimat wurde sehnsuchtsvoller, je mehr sie zu verblassen drohte.

Er hatte vor ein paar Minuten den Eintrag in sein Tagebuch beendet, den in der Sonne weich gewordenen Ledereinband auf seine Uniformjacke gelegt und den Vormittag Revue passieren lassen. Da war die Ritterkreuzverleihung für ihn und die Fallschirmjäger von Hauptmann Maybaum, die wenige Tage nach der Duce-Befreiung an den Nemi-See verlegt worden waren, um Stellungen in den Albaner Bergen gegen Luftangriffe zu sichern. Ein paar markige Worte, kräftiges Schulterklopfen. Hinterher ein Bier für jeden. Und für ihn, den frisch ernannten Oberleutnant, einen Tag Sonderurlaub. Hatte er Stolz verspürt? Nein, er hatte alles schnell hinter sich bringen wollen. Danach – die Ostfront. In ein paar Tagen sollte er dorthin verlegt werden. Ihm graute davor. Er dachte wehmütig an die ruhige Zeit in Frankreich, an Paris, an das »Maison rouge« in St. Omer, an Natalie, ihren Kussmund und ihr gehauchtes Missjö l'ljütenand.

Jetzt wollte er den Moment der Ruhe genießen. Das Blau über ihm. Die Wärme auf seinem Bauch. Curth ließ seine Seele baumeln und träumte sich in den weiter hinten liegenden alten Diana-Tempel hinein, der am Fuße des Hangs unter Erdmassen und Dornenhecken weitgehend verborgen war. Welche Geheimnisse man dort wohl finden könnte? Über allem, auf einer schmalen Terrasse 200 Meter über dem See, thronte trutzig und eng an die Felsen geschmiegt das Örtchen Nemi.

Er schreckte auf. War er kurz eingeschlafen? Irgendetwas störte ihn. Da war eine Stimme, die nach ihm rief.

»Alban, sind Sie hier?« Dann wurde es wieder still.

Fünf Sekunden später: »Herr Oberleutnant? Wo sind Sie denn?«

Hatte er die an seinen Nerven zerrende Stimme schon einmal gehört? Er war sich unsicher. Das hörte sich nicht an wie das Bellen vom alten Bender oder wie die kratzige Stimme von Hauptmann Maybaum. Curth dachte nicht daran zu antworten. Er blieb im Gras liegen. Mit offenen Augen. Und lauschte. Hörte ein Rascheln, als wenn Stiefelspitzen durch dicke Halmbüschel stoßen. Dann – wieder die Stimme.

»Herr Oberleutnant? Jetzt kommen Sie schon.«

Plötzlich stand eine schmale Gestalt dicht neben Curth und warf einen Schatten auf ihn. Es war – Hugin! SS-Standartenführer Harald Hugin. Der Archäologe aus Himmlers Organisation Ahnenerbe. Und er war nüchtern. Nicht so betrunken wie bei der Feier auf dem Flugplatz. Er sprach nur einen Satz.

»Alban, der Führer braucht Sie!«

33

Zur selben Zeit in Nemi, oberhalb des Sees

Francesca saß auf der breiten Mauer am Rand der Caldera und ließ die Beine baumeln. Sie hatte ihren dunkelblauen Lieblingsrock aus weicher Wolle an, dessen Saum frech um die Knie spielte, und trug eine weiße, taillierte Bluse, die oben mit einem geschlossenen Stehkragen endete. Ihren Oberkörper hatte sie leicht nach hinten gelegt, sich dabei mit den Händen abgestützt und ihr Gesicht der warmen Mittagssonne entgegengestreckt. Sie bewegte die Zehen ihrer nackten Füße auf und ab und spielte damit in Richtung einer Ansammlung von Soldaten unten am See.

»Wieder diese Deutschen«, schimpfte sie in sich hinein. »Diavoli tedeschi. Teufel!« Francesca hatte schon am Vormittag aus ihrem Fenster heraus beobachtet, dass sich zahlreiche Truppenverbände unten am Nemi-See eingefunden hatten. Von oben gesehen, aus den Häusern und von der Straße am Rand des Kraters, waren die Menschen zwar klein wie Ameisen. Doch Flak-Geschütze, Transportwagen, Soldaten und diese Hakenkreuz-Flaggen – das alles roch für die Principessa aus der Adelsfamilie der Capriri nach deutschem Dreck und Schweiß. Es stank bis nach oben. Jedenfalls glaubte Francesca daran. Ja, es roch nach diesen Deutschen bis in den Ort hinein, bis an ihr Fenster im Palazzo, das zur Seeseite hinausging und von wo aus sie mit dem Fernglas ihres Vaters einen guten Blick auf See und Ufer hatte. Und wer anders als deutsche Soldaten sollte dort unten am Ufer so einen Aufruhr veranstalten? Die eigenen Truppen hatten vor drei Wochen die Waffen auf Befehl der Regierung niedergelegt, und die italienischen Soldaten versuchten seitdem, einfach nach Hause zu gehen – gegen den Willen der Deutschen. Ein gefährliches Vorhaben.

»Diavoli tedeschi! Sie sollen nur meinen Bruder in Ruhe lassen.« Francesca konnte nur schwer eine kleine Träne unterdrücken, als sie an Vittorio dachte. Ihr großer Bruder, ein stolzer Offizier in den italienischen Streitkräften – er war nach der Waffenniederlegung untergetaucht und zuletzt, so hatte es ihr Freund und Nachbar Tommaso Fabrizi erzählt, zwischen Trasimener See und Rom gesehen worden. In Umbrien also. Lebte Vittorio? War er bei den Partisanen? Francesca klopfte heimlich mit dem Handrücken auf den warmen Mauersteinen herum. Niemand sollte es sehen. Wer weiß schon, dachte sie, wer Freund oder Feind ist?

Fünfmal. Tock-tock-tock-**tock**-tock. »U-na mat-**ti**-na.« Dann, nach einer kleinen Pause, pochte sie wieder fünfmal mit den Fingerknochen auf den Stein. »Mi son sveg-**lia**-to.« Jetzt summte sie leise in sich hinein: »O bella, ciao! Bella, ciao! Bella ciao ciao-ciao!« Es war das geheime Klopfzeichen, mit dem sich Partisanen und ihre Helfer erkennen konnten. Sie wollte es sich immer wieder einprägen. Tommaso hatte es ihr beigebracht. Neulich, oben im Kirchgärtlein, bevor sie von den Schwarzhemden des faschistischen Bürgermeisters Jacopo Rossi verfolgt worden waren. Pater Lucius hatte sie gerettet, ins Pfarrhaus geschleust und Minotti und Pallucca, die Helfer des Bürgermeisters, frech abgewimmelt.

Francesca drehte sich auf der Mauer um. Auf dem Plätzchen hinter ihr, im Knick zwischen dem wuchtigen, wenig edel wirkenden Fürstenpalazzo ihrer Eltern und dem Corso am Kraterrand, war es keineswegs leer und ausgestorben. In der Mittagszeit gingen einige Angestellte der schließenden Geschäfte nach Hause oder mussten Besorgungen erledigen. Freund oder Feind?

Francesca erkannte Rosalie, die Brünette aus der Apotheke von Matteo Mancini. Sofort stieg der Zorn in ihr hoch. Diese verräterische Rosalie, sie hatte den Hinweis an die Faschisten gegeben, dass die Ehefrau des Apothekers ein dickes Bündel Bekleidung für italienische Soldaten ins Haus der Fabrizi geschleppt hatte. Zivile Bekleidung, die die Soldaten sich auf der Flucht vor den Deutschen anziehen konnten, um in ihren Uniformen nicht gleich als Deserteure aufzufallen. Denn in den Augen der Deutschen waren sie alle Deserteure. Und sollten erschossen werden.

Plötzlich hörte sie von hinten eine kräftige Stimme. »Hai perso il senno?« Hast du den Verstand verloren?

Tommaso tauchte aus einem kleinen grauen Krämerladen auf, in dem er ein paar Besorgungen für seine Mamma erledigt hatte. Oder besser: erledigen sollte. Denn in den alten, tiefbraun eingedunkelten Regalen des Krämers Mercante, dessen Familie aus den Abruzzen stammte und vor Jahrzehnten eingewandert war, hatten zuletzt immer weniger Waren gelegen. »Tommaso, der Krieg«, hatte Mario Mercante gesagt und mit den Achseln gezuckt, »der Krieg frisst alles auf. Und das, was übrigbleibt, nehmen sich die Deutschen.« Der Krämer zwinkerte listig mit den Augen. Tommaso wusste, dass es zuhause nun wieder Spaghetti geben würde, mit Tomaten und ein wenig Speck. Immerhin. Wenigstens Tomaten gab es zur Genüge. Von den fruchtbaren Hängen am Nemi-See. »Arrivederci, Mario! Wir sehen uns! Wie gehabt.« Dann stopfte er sich Salz und Mehl in den geflochtenen Korb, ein paar Tomaten, legte vorsichtig ein paar braune Eier dazu und zog sein von einer Kinderlähmung behindertes Bein über die Türschwelle zurück auf den Corso.

Tommaso trat auf die Straße und sah die Principessa. Sie saß waghalsig auf der Mauer der Caldera und ihr halblanges Haar fiel nach hinten über ihre schmalen Schultern. Die weiße Bluse mit den Stehkragen war fast ärmellos, und Francescas schlanke Oberarme verliehen ihr eine sinnliche Ausstrahlung. »Sie ist kein Kind mehr«, stellte Tommaso fest, der die Gefühle für die Schwester seines Freundes gut zu verstecken wusste. Oder dies zumindest glaubte.

»Hast du den Verstand verloren? Du sitzt über dem Abgrund!« Er ruderte mit der freien Hand in der Luft herum, um seiner Sorge mehr Ausdruck zu verleihen. Dann schaute er zur Seite auf eine vorbeieilende Frau. Es war Rosalie, aus der Apotheke. Warum musste sie gerade jetzt vorbeikommen?

Tommaso wurde leiser und blickte Francesca streng an. »Wenn das dein Vater sieht, der würde ...«

»Ja, Tommaso, ist schon gut. Va bene!« Die Principessa hob ihre braun gebrannten Beine zurück über die Mauer und ließ sie ein paar Sekunden frech vor Tommaso kreisen.

»Du weißt doch«, sagte ihr Freund, »ich habe deinem Bruder versprochen, auf dich aufzupassen. Sogar geschworen!«

»Sicher, das war vor drei Jahren, als Vittorio in den Krieg musste. Aber ich – ich bin doch inzwischen erwachsen.« Das Mädchen steckte die Füße in die leichten Sommerschuhe aus Baumwolle, die sie an der Mauer abgestreift hatte, und schaute frech aus den Augen. »Achtzehn, Tommaso, achtzehn!«

»No, no! Du bist erst siebzehn.« Tommaso übte sich im Widerspruch, stand jetzt direkt vor der Principessa und hätte ihr am liebsten selbst die Schuhe über die Füße gestreift, wenn nicht diese dumme Kinderlähmung ...

»Aber bald bin ich achtzehn!« Francescas Stimme hörte sich trotzig und ungnädig an.

»Is' ja gut. Wir haben Wichtigeres zu tun als uns zu streiten.« Der junge Fabrizi-Sohn schielte schräg zum Corso und blickte zu Rosalie, die vor dem Schaufenster von Mario Mercante wie angewurzelt stehen geblieben war. Dann deutete er mit dem Kopf zur Seite und flüsterte: »Pass auf, die Brünette aus der Apotheke.«

»Schon gesehen. Wir dürfen ihr nicht trauen. Sie steht da, und die Ohren werden schon wieder so lang wie ihr Ausschnitt tief ist, wenn dieser Pallucca in der Nähe ist. Puttana fascista!«

»Ssss, leise! Erstmal haben wir ja alles in den Griff bekommen.« Tommaso meinte damit die Flucht vor den Schwarzhemden bis ins Pfarrhaus von Pater Lucius. Hinterher hatte Francesca rechtzeitig die Apothekerfamilie angetroffen, die die Reste der zivilen Kleider für die Soldaten schnell aus dem Keller schaffen konnte, bevor die Faschisten mit den Carabinieri an der Tür standen. Und er selbst hatte seine Eltern warnen können, die die Sachen an die Soldaten verteilen wollten. »Auch wenn es seitdem bei uns im Örtchen nicht besser geworden ist. Die Schwarzhemden schnüffeln überall.«

Dann beugte sich Tommaso an Francescas Ohr. »Die Faschisten um Bürgermeister Rossi trauen niemanden mehr und beäugen die Apothekerfamilie Mancini, natürlich meine Eltern und jetzt auch noch Pater Lucius, der sich beim Bürgermeister über diese aufdringlichen Kerle Minotti und Pallucca beschwert hat, die fast in seinem Gärtlein gestanden haben. Am heiligen Sonntag! Rossi war stinksauer, auf alle. Vor allem aber, weil er keine Beweise gefunden hat, mit denen er sich bei den Deutschen einschleimen konnte. Aber er verdächtigte jetzt grundsätzlich jeden der Kollaboration mit den Partisanen. Auch seine eigenen Leute.«

Francesca nickte. »Es ist nur oberflächig Ruhe eingekehrt. Wir müssen weiter aufpassen, denn die Faschisten und die Deutschen lauern auf Fehler. Und jeder beäugt jeden. Viele schauen auf meinen Vater, weil er als Principe ja Einfluss hat.«

Tommaso überlegte, dann flüsterte er: »Wir rechnen in der Nacht mit weiteren Soldaten, die im Norden vor den Deutschen flüchten und nach Hause wollen. Wir haben ein Versteck in den Bergen eingerichtet, eine alte Hütte, nicht weit von hier. Dort tauschen wir die Kleider. Und haben einen Erdbunker für die alten Uniformen angelegt.«

»Warum verbrennt ihr die alten Sachen nicht?« Francesca war dicht am Ohr von dem jungen Fabrizi. Sie roch wieder das Sandelholz und den Limonenduft in seinen dicken Haaren.

»Der Rauch, Francesca! Rauch, mitten im Wald. Die Deutschen sehen alles.«

Sie nickte. Und hob leicht den Kopf. »Tommaso, sag mir, was weißt du von Vittorio?«

Er schwieg eine Weile. Dann zog er seine Schultern hoch. »Ich weiß nichts.«

Francesca schaute ihn mit ihren dunklen Augen fragend an und legte den Kopf leicht auf die Seite. »Ich will auch mit. Ich bin doch schon fast achtzehn.«

»Kommt gar nicht in Frage.« Er fasste den Griff seines Korbs fester, als wenn er sich selbst Mut zusprechen müsste, um Francesca zu widersprechen.

»Bitte, ich will helfen.«

»Nein, Basta. Und dabei bleibt es.« Er strich sich seine wilden Strähnen aus dem Gesicht. »Ich muss weiter, die Mamma wartet aufs Essen. Pranzo!«, sagte er knapp, Mittagessen! Er schaute sich um. Rosalie war endlich verschwunden, er sah sie nicht mehr.

Tommaso hinkte zurück durch immer enger werdende Gassen, vorbei am grauen Palazzo der Capriri und ahnte, dass er die junge Principessa nicht mehr lange von solch gefährlichen Abenteuern abhalten konnte. Und er selbst? Ein Soldat, wusste Tommaso, könnte er niemals sein. Ein Partisan? Wohl kaum. Was kann ein Partisan mit Kinderlähmung in Bergen und Wäldern ausrichten? Er würde nur seine Kameraden in Gefahr bringen und ansonsten nutzlos sein. Aber jetzt schlug seine Stunde. Die Stunde, in der er – der unbedeutende, behinderte Sohn des Kaufmanns Simone Fabrizi aus Nemi – seinen großen Mut beweisen konnte. Er stand bereit, um den Faschisten und gehassten Deutschen eins auszuwischen. Jetzt, sagte er sich, jetzt hatte er endlich die Möglichkeit, seinem Vater Ehre zu machen. Und dem Vaterland. »Per la patria!«

34

Am See

Curth von Alban stand der Schrecken ein wenig ins Gesicht geschrieben. Diese hagere Gestalt mit langer Nase, in schwarzer Uniform und fast kniehohen Stiefeln wirkte auf ihn – von unten betrachtet – wie ein überdimensionaler Rabe auf Stelzenbeinen.

»Alban, der Führer braucht Sie!« Wieder dieser Satz.

Curth rappelte sich langsam hoch und schlug Erde und kleine Pflanzenreste aus der Uniform. Das Ritterkreuz schaukelte hektisch an seiner Brust hin und her. Dann fand er die Stimme wieder. »Herr Standartenführer, Sie überraschen mich. Was verschafft mir die Ehre?«

»Jetzt passen Sie mal auf, dass Sie nicht gleich wieder Ihr Ritterkreuz verlieren. Hängt wie am seidenen Faden, Sie Held.« Hugin stellte sich mit seinen zu groß geratenen Stiefeln etwas breitbeinig in die halbhohe Uferpflanzung und verschränkte die Arme hinter seinem Rücken. »Wäre doch schade drum. Oder?«

»Wie haben Sie mich gefunden? Wollen Sie mir gratulieren?«

»Ja, ja, Gratulation, auch zum Oberleutnant. Ansonsten stellen Sie zu viele Fragen. Was meinen Sie, warum sage ich wohl, dass der Führer Sie braucht?«

Curth merkte, dass Hugin es ernst meinte. »Ich soll also nach Berlin?« Im selben Moment spürte er, dass dies die dümmste seiner bisherigen Fragen war.

»Nein, nicht Berlin.« Hugin grinste übers ganze Gesicht, was seine ohnehin schon markanten Wangenknochen noch mehr herausspringen ließ und ihn nicht sympathischer machte. »Sie sind doch Archäologe, kennen sich gut in Italien aus. Sie sollen für uns etwas finden. Für mich, für Himmler, und der wiederum will es als Geschenk für Hitler. Ein Artefakt. Damit wird unser Führer unangreifbar.«

»Archäologe? Ja, bin ich, im Zivilberuf. Jetzt sind wir im Krieg, und ich bin Offizier und Pilot für Kurier- und Aufklärungsmaschinen. Sie erinnern sich? Unternehmen Eiche, die wilde Feier im Offizierscasino und ...?« Weiter kam er nicht.

»Jaja, der Duce, diese Flasche! Der hat nur noch propagandistischen Wert. Die Italienische Sozialrepublik, die er seit vorgestern sein Eigen nennen darf, ist ein Marionettenstaat. Mussolini sitzt in Mailand und wird die Anordnungen unterschreiben, die ihm der Führer und Berlin vorlegen. Wir sind jetzt die Herren im Land! Und ich leite das Deutsche Ahnenerbe in Rom, Sektion Italien.«

»Also, was soll ich denn nun finden? Hier unten am Nemi-See gibt's nur den alten, noch immer halb verschütteten Diana-Tempel und das Museum mit den Caligula-Schiffen. Und sowohl das eine wie das andere ist von den Italienern geschlossen und wird vor uns Deutschen streng abgeschirmt. Leider. Das bedauere ich sehr.« Curth merkte, dass Hugin nicht gesagt hatte, wo sich dieses ominöse Artefakt befinden sollte. Und er selbst redete so eifrig vom Nemi-See, dass dies dem hageren SS-Archäologen auffallen könnte. Curth haderte im Stillen mit sich selbst. »Idiot! Beiß' dir gefälligst auf die Zunge!« Jetzt hatte er womöglich sein kleines Geheimnis in Gefahr gebracht, auf das er vor wenigen Tagen gestoßen war. Und welches er tatsächlich Mussolini zu verdanken hatte. Absicht? Ein Versehen? Curth wusste es nicht.

»Über das Artefakt«, sagte Hugin, »werde ich Sie später noch ausführlich informieren. Sie sprechen vom Nemi-See? Da haben Sie als Archäologe den richtigen Riecher bewiesen.«

»Zufall. Aber ich verstehe das alles nicht.« Curth atmete etwas auf. Hugin hatte offenbar nichts bemerkt.

»So, jetzt mal eins nach dem anderen.« Der Standartenführer des SS-Ahnenerbes forderte Curth auf, den Weg mit ihm zum Museum zu gehen. »Museum und Tempel, abgeschlossen oder nicht. Für mich kein Problem. Wollen wir rein?«

Curth war überrascht. Aber diese einmalige Chance wollte er sich nicht entgehen lassen. »Wie wollen Sie das machen? Waffengewalt? Um in ein Museum reinzukommen? Ich bin doch schwer verwundert.«

»Nicht wie Sie denken.« Hugin blieb gelassen und kehrte seine überhebliche Seite heraus. »Der Museumsdirektor, dieser Affe, hat bei mir viel gut zu machen. Er gehört zur Rossi-Familie, die da oben sitzt. Der Clan hat sich überall ausgebreitet.« Dabei zeigte Hugin in westlicher Richtung hoch an den verwachsenen Kraterrand, hinter dem sich – neben Nemi im Nordosten und Genzano im Süden – ein weiteres Städtchen befand. »Ariccia, ein Kaff – alles Mafia«, sagte Hugin verächtlich. »Die handeln mit antiken Gegenständen jeder Art, auch mit Fälschungen. Der Museumsdirektor, der übrigens auch am Diana-Tempel heimlich gräbt, ist uns bei einem krummen Geschäft auf den Leim gegangen Er steht in meiner Schuld. Wir haben ihn am Wickel.«

Curth ließ sich von seiner Überraschung nichts anmerken. So unscheinbar, wie der Archäologe in seiner schwarzen SS-Uniform mitunter wirkte, so schien er doch manches Geheimnis mit sich herumzutragen. Curth war gewarnt und wollte vorsichtig sein.

»Hören Sie, Hugin, Ihr Ahnenerbe, das gräbt doch nur im Deutschen Reich. Und in Skandinavien.«

»Das war gestern! Unsere Beweise für die Überlegenheit der alten arischen Rasse wachsen an. Wir germanisieren unsere Vergangenheit. Nicht nur in Nordeuropa.« Beide schritten an der zum See gelegenen Front des breiten Museumsgebäudes entlang, von wo die zentrale Galerie und die zwei Seitenhallen mit ihren großen Fensterbögen und Satteldächern gut zu erkennen waren. »Kommen Sie, Herr Oberleutnant, wir werden nach dem Direktor suchen.« Hugins Stiefel knirschten auf dem Kies des Vorplatzes.

»Und was für Beweise und Befunde haben Sie? Außer ein paar Scherben mit verunstalteten Hakenkreuzen drauf?« Curth traute sich mehr zu und wollte die Thesen des SS-Ahnenerbes nicht unwidersprochen lassen. »Sonnenräder und Sonnenkreuze gab's früher in vielen Winkeln der Welt, Orient und Okzident, vor Tausenden von Jahren, bevor es irgendwo Germanen gegeben hat.«

»Herr Oberleutnant, Sie haben noch nicht verstanden. Das ist die alte Lehre. Die nationalsozialistische Wissenschaft geht da anders heran und denkt groß. Ganz groß. Wir haben 21 neue Lehrstellen für Vor- und Frühgeschichte an unseren Universitäten geschaffen und sind großzügige Geldgeber für Grabungsexpeditionen. Siebzig Prozent aller Archäologen besitzen seit unserer nationalen Erweckung das Parteibuch. Ihre Kollegen wissen, was zu tun ist: Hakenkreuze finden! Jedenfalls solange wir nichts Besseres haben.«

Curth schluckte. Er hatte sich nie um ein Parteibuch Gedanken gemacht. Wozu auch? War das jetzt ein dezenter Wink von Hugin, endlich der NSDAP beizutreten? Er schob diesen Gedanken zur Seite. »Es geht also um Hakenkreuze in Italien. Am Nemi-See?« Wieder erlaubte er sich eine Spitze: »Haben Sie nicht schon genug Hakenkreuze im Deutschen Reich rumhängen?«

Hugin schüttelte den Kopf und ging über die sarkastische Anmerkung des Oberleutnants hinweg. »Nein, Herr von Alban. Hakenkreuze in Italien? Das interessiert Himmler nicht, der ansonsten die arisch-germanisch Rasse bis nach Tibet suchen lässt. Wussten Sie übrigens, dass die Samurai in Japan Nachfahren germanischer Krieger sind? Und auch Buddha ...«

»Das meinen Sie doch nicht wirklich, oder?« Curth wusste von der großen deutschen Tibet-Expedition 1938, bei der Expeditionstrupps die Schädel der Bevölkerung im Himalaya vermessen hatten. »Und Hitler glaubt doch wohl nicht ernsthaft, dass Buddha der Sohn eines Germanenkriegers ist.«

»Ach, Hitler. Der ist doch völlig anders gestrickt als Himmler. Geradezu reserviert. Der Führer sagte neulich im kleinen Kreis, dass wir nicht so großspurig nach unseren Ahnen suchen sollten. Denn die Römer hätten schon große Bauten geschaffen, als unsere Vorfahren noch in Lehmhütten hausten. Himmler sieht das anders.«

»Aha, deshalb sollten Sie auch den Hammer des nordischen Kriegsgottes Thor in Schweden suchen?« Curth und der schwarze Archäologe hatten die Flakstellungen der deutschen Truppen hinter sich gelassen, die vor und seitlich des Gebäudes unter grauen Netzen in Tarnstellungen lagen.

»Ich bitte Sie! Das ist nicht nur ein profaner Hammer. Sondern eine magische Streitaxt, weiterentwickelt zu einer frühen mächtigen Waffe. Eine Waffe, die elektrische Blitze schleudert.« Hugin glühte jetzt förmlich, riss die grauen Augen weit auf und blickte irgendwo nach oben in den Himmel. »Damit konnte Thor Kämpfe und Kriege entscheiden.« Er machte eine kleine Pause und senkte seinen entrückten Blick wieder: »Sagt jedenfalls Himmler. Doch ich habe in Schweden nichts gefunden. Was nicht bedeutet, dass es den Hammer nicht gibt.«

Für Curth war der Glaube an den Hammer so absurd wie die Suche nach dem Heiligen Gral im Land der Katharer oder nach der Bundeslade. »Alles Unfug«, sagte er sich. Aber kein Wort kam mehr über seine Lippen. Er spürte, dass er schon weit genug gegangen war.

»Jetzt zu Ihnen, Herr von Alban.« Hugin und Curth waren inzwischen einmal um das Museumsgebäude herumgegangen, um den Direktor im Bürotrakt zu suchen, der nach hinten zu den Feldern am Kraterrand angebaut war. »Sie kennen als Archäologe sicher den Mythos vom Rex Nemorensis, dem Sklavenkönig im Diana-Tempel. Und die Geschichte vom Ast der heiligen Eiche, die uns Vergil in seinem Epos Aeneis überliefert hat. In einer anderen, sehr alten Schrift, eher ein Fragment, ist die Rede von einer Schatulle, die einen Zauber in sich birgt und jeden schützt, der ihn besitzt. Wir besitzen die Kopie dieser alten Schrift. Jedenfalls einen Teil davon. Eben ein Fragment.«

Curth hatte das Gefühl, dass sich gerade ein Eimer mit Eiswasser über seinen Kopf ergoss. Das konnte doch nicht sein, was er da hörte. Er kannte die Legende des Rex Nemorensis. Er kannte das Buch »Der Goldene Zweig« von James Georg Frazer, das im Bücherregal seines Stiefvaters in Mainz stand. Und bislang hatte er den goldenen Zweig nur mit der Geschichte des trojanischen Helden Aeneas in Verbindung gebracht, der damit in die Unterwelt eindringen konnte, um sich von seinem toten Vater Anchises die Zukunft weissagen zu lassen. Für die Archäologie ein Mythos. Nur ein Mythos.

So hatte Curth auch gedacht – bis vor wenigen Tagen. Bis er in seiner Offiziersstube in Pratica di Mare den von Mussolini geschenkten Borsalino im Schrank hatte verstauen wollen. Und den alten Hut dafür zusammendrücken musste. Es war nur ein Geräusch, das ihn neugierig gemacht hatte. Ein Rascheln. Im Schweißband des Hutes. Knitterndes Papier. Die Kopie eines alten Textes. Jedenfalls ein Teil davon.

35

Nemi, Palazzo Capriri

Ihr Vater saß in seinem Lieblingssessel am Fenster mit Blick auf den Corso und verbarg sein Gesicht hinter der dicken Zeitung aus Rom. Eine graue Wolke stieg dahinter auf und verlor sich erst allmählich unter der hell getünchten Decke des Salons. Francesca roch die würzige Note des Tabaks, die sie seit ihren Kindheitstagen kannte und auf ewig mit ihrem Vater verbinden würde. Sie beobachtete, wie er die Zeitung langsam und bedächtig nach unten gleiten ließ und mit seinen Augen prüfend über den Zeitungsrand schaute. Er sagte – nichts. Er blickte – streng. Er paffte – noch eine Wolke.

Nur selten war sie mit dem Vater in Streit geraten. Und je erwachsener sie wurde, desto liebevoller hatte er sie angeschaut. Sie war ihrer Mutter wie aus dem Gesicht geschnitten, und zweifelsfrei erinnerte sie den Vater an das Mädchen, in das er sich 1917 als junger Soldat verliebt hatte. Der Bappo, wie Francesca ihn nannte, hatte die Zeitung auf die Knie gelegt.

»Oh, Bappo, die paar Minuten. Ich war nur auf dem Corso, beim Krämer Mercante, und habe die Deutschen unten am See beobachtet.« Dabei legte sie ihr hübschestes Lächeln auf und signalisierte mit ihren weit geöffneten Augen eine kindliche Naivität, der kein italienischer Vater widerstehen kann.

Aber der Bappo blieb eisern. »Fran-ces-ca! Ich habe gesagt, wenn die Deutschen im Ort sind, bleibst du zuhause!« Seine Stimme klang unnachgiebig. Und immer, wenn er streng wirken wollte, sprach er ihren Namen mit kleinen Pausen zwischen den Silben aus. Fran-ces-ca. Sie hasste diesen Ton.

»Sie sind unten am See, nicht im Ort.«

»Das ist egal. Des Vaters Worten ist immer zu folgen!«

»Tommaso war auch da.«

»Der arme Krüppel kann dich im Zweifelsfall nicht beschützen.«

»Er kann sehr schnell mit seinen Beinen unterwegs sein, trotz der Kinderlähmung. Und sag nicht immer Krüppel zu ihm. Schließlich ist er Vittorios bester Freund. Und meiner auch.«

Francesca setzte sich auf den Schoß des Vaters, der nicht mal die Zeitung weglegen konnte. Das dicke Sesselpolster sackte ein wenig durch, während sie ihren rechten Arm um den Hals des Bappo legte. Dann formte sie mit ihren Lippen einen Kussmund und drückte ihn auf seine Wange. »Ich hab' dich lieb, Bappo«, hauchte sie ihm ins Ohr. »Und solange es dich gibt, brauche ich doch nichts zu fürchten. Und ich verspreche, in Zukunft wieder deine folgsame Principessa zu sein.« Sie schwieg kurz, überlegte. »Naja, jedenfalls etwas folgsamer.«

Der Vater gab sich geschlagen und sein verärgerter Blick wandelte sich in tiefe Zuneigung. Er blickte liebevoll der Tochter hinterher, die aufsprang, den Salon verließ und über eine weit geschwungene Treppe im Foyer nach oben eilte. Dann entdeckte er die zerknitterte Zeitung auf seinen Knien. Er seufzte in sich hinein, als die Tür zum Nachbarzimmer aufging. Seine Zigarre qualmte munter weiter.

Francesca war oben vor ihrem Zimmer angekommen und hörte von unten die Stimme der Mutter. »Das nennst du also Erziehung, mein Jupiter! Du lässt ihr zu viel durchgehen. Welcher Mann wird später mal eine

Frau heiraten, die so verwöhnt ist und immer ihren eigenen Kopf durchsetzen will und ...«

»... und so hübsch ist wie unsere Tochter, Luisa? Ich habe da keine Bedenken. Außerdem ...«

»Außerdem? Umberto, was heißt hier außerdem? Wir haben Krieg, du wirst dich erinnern, die Deutschen und die Schwarzhemden lauern überall und viele unserer Soldaten streunen durchs Land und schließen sich den Partisanen an. Es ist gefährlich.« Luisa zog die zerdrückte Zeitung vom Schoß ihres Ehemannes und schüttelte den Kopf. »Und, was gibt es Neues in Rom? Haben sich die Deutschen schon ein Siegesdenkmal gebaut?«

»Außerdem, wollte ich sagen, wird der Krieg vielleicht auch mal beendet sein. Und wir müssen ein neues Italien aufbauen. Unserem König treu dienen, aber eben in einem neuen Italien, ohne Faschisten, ohne Mussolini und seine Mordbande.« Der Principe ruderte mit der Zigarre zwischen den Fingern herum wie ein Dirigent. Und er wirkte dennoch ernst. »Wir wollen Recht und Zukunft. Dazu braucht das Land die junge Generation. Sie soll frei sein von Bevormundung. Mutig, gebildet, selbstbewusst. Wie unsere Tochter, wie Vittorio.«

Francesca wollte nicht lauschen. Aber gerade wurde es spannend. Sie blieb unbemerkt oben am Absatz der Treppe stehen. Sie hörte wieder die Stimme ihrer Mutter.

»Mein Umberto, du wirst mir noch zum Revolutionär. Vergiss nicht, dass du hier der Principe bist, der Fürst. Da kannst du nicht die Verhältnisse auf den Kopf stellen.« Luisa strich ihm mit ihren schlanken Fingern durchs Haar und schaute sehnsüchtig in sein Gesicht. »Wie es Vittorio wohl geht? Der junge Fabrizi hat erzählt, dass er zuletzt in Umbrien gesehen wurde. Ich habe Angst um ihn.«

»Meine Luisa, alles wird gut«, hörte Francesca ihren Vater mit sanfter Stimme sagen. »Unser Vittorio ist erwachsen und kann schon gut auf sich aufpassen.«

Die Principessa hatte sich die Treppe heruntergeschlichen und beugte sich vorsichtig um die Ecke im Foyer, um besser in den Salon schauen zu können. Ihr Bappo zog in diesem Moment ein weißes Taschentuch aus der Strickjacke und tupfte offenkundig ein paar Tränen aus dem geröteten Gesicht der Mutter weg. »Ich werde den Bürgermeister fragen. Vielleicht hat er über seine Kanäle zum Militär etwas gehört. Versprochen, am besten bei unserem nächsten kleinen Empfang für die Honoratioren im Städtchen.«

»Wie schön, das haben wir schon so lange nicht mehr gemacht. Aber pass auf«, sagte Luisa, »dieser Jacopo Rossi ist ein Faschist wie er im Buche steht, ein gemeiner Hund, trau ihm nicht. Sei auf der Hut, wenn du nach Vittorio fragst.« Sie überlegte. »Du wirst nicht drumherum kommen, auch den deutschen Offizier von der Kommandantur einzuladen, diesen Hauptmann Maybaum, der seit Kurzem da ist, und vergiss' bitte nicht den Museumsdirektor vom See, er ist ein Cousin des Bürgermeisters. Ach, und unseren Hauslehrer. Bitte lade auch Pater Lucius ein. Francesca spricht neuerdings so gut über ihn. Und dann ...«

Der Principe quittierte die Einladungsliste seiner Frau wie einen lästigen Einkaufszettel. Er wusste, dass er sich ein Wespennest in sein Haus holen würde.

36

Museum am Nemi-See

Curth von Alban versuchte, seine Überraschung gegenüber Hugin zu verbergen. Die alte Schrift! Er hatte dieses merkwürdige Stück Papier erst vor wenigen Tagen im Schweißband des Mussolini-Hutes gefunden. Kein Original. Eine Abschrift, auf Latein. Der Text war bruchstückhaft und schwer zu entziffern, weil nicht nur ganze Abschnitte und Sätze fehlten, sondern auch einzelne Wörter und Buchstaben innerhalb einer Zeile nicht mehr vorhanden oder lesbar waren. Aber: Von einem secretum war darin die Rede, einem Geheimnis. Genauer von einem Geheimnis der Schatulle. Mehr dazu war im Text nicht zu erfahren. Die Lücken waren zu groß. Aber er las den Namen Caligula, den der Autor der Schrift als geliebten Kaiser bezeichnete, der nicht in den Schmutz gezogen werden dürfe. »Ausgerechnet Caligula«, dachte Curth, »dieser Gewaltherrscher und Despot.« Und schließlich hatte es Curth am Ende des Schriftstückes wie ein Schlag getroffen. Erst traute er seinen Augen nicht, doch dann war er sicher, was er da auf dem letzten Zipfel des Papieres lesen konnte: Aurelius, rex nemorensis. Der Mythos! Und ein Name. Wer war dieser Aurelius?

Wollte sich jemand einen Scherz mit ihm erlauben? Warum versteckte Mussolini dieses Papier heimlich im Hut? Und warum hat der Duce den Hut an ihn verschenkt? Nur ein Versehen, nach der Aufregung um seine Befreiung, oder Absicht? Curth konnte nur spekulieren. Und jetzt kam dieser Hugin und sprach ebenfalls von einem alten Schriftstück, von einem Zauber vom Nemi-See. War das alles noch real?

»Hallo, Herr von Alban? Wo sind Sie denn gerade mit den Gedanken?«

Curth war im Kopf weit entfernt und hörte die Stimme wie durch Watte. Er war dem schwarz uniformierten Archäologen die letzten Meter ins Gebäude nur hinterhergegangen und spürte jetzt dessen Griff am Oberarm. Er riss den nachdenklich gesenkten Kopf hoch und bemerkte, dass er in einem Büro des Museo delle Navi Romane stand.

»Darf ich Ihnen vorstellen: Museumsdirektor Dottore della Rocca, Luigi della Rocca.« Hugin sprach etwas blasiert.

Curth sah einen kleinen Mann mittleren Alters vor sich, der einen dunkelgrauen Anzug aus grobem Stoff trug und mit den Händen verschmutzte Stellen an der Hose abklopfte. Das weiße Hemd von della Rocca hing mit einem Zipfel über der Gürtelschnalle heraus und war verschwitzt. Die grau-grünen Augen des Italieners schienen merkwürdig zu flattern.

»Gigi, darf ich dir Oberleutnant Curth von Alban vorstellen? Unser Pilot, der Mussolini ausgeflogen hat. Ein Held. Übrigens auch ein Archäologe.« Hugin setzte ein hässliches Grinsen über beide Wangenknochen auf und blickte zu Curth. »Ich darf ihn Gigi nennen.« Dann drehte er sich wieder zu della Rocca. »Nicht wahr mein Freund? Ich dachte, du könntest ihm mal die Schiffe zeigen.«

Obwohl Hugin kein Nein erwartete und dies den Museumsdirektor spüren ließ, wehrte della Rocca ab. »Mi dispiace, tut mir leid. Molto svantaggioso. Wie heißt das auf Deutsch? Gerade sehr ungünstig.« Er trat einen Schritt zurück und zeigte auf eine halb geöffnete Tür, die über einen Flur in die Ausstellungshallen führte. »Schauen Sie selbst.«

Curth von Alban und Hugin drängten fast gleichzeitig durch die schmale Tür und rempelten sich an den Schultern. Dann sahen sie in der dreischiffigen Halle eine ganze Reihe von Museumsmitarbeitern, die viele große und kleine Artefakte der Ausstellung aus Vitrinen holten. Ein Medusenhaupt aus Bronze, grimmige Löwenköpfe, Geländerpfosten mit Satyr-Büsten und ein riesiger Unterarm auf einer Platte aus dem gleichen Material verschwanden vor ihren Augen in großen, stabilen Kartonagen und wurden fest verzurrt. Zwei Frauen in Arbeitskleidung kümmerten sich um eine von mehreren mittelgroßen Marmorsäulen, die sie mit Dämmmaterial umwickelten und offensichtlich zum Abtransport vorbereiteten. In der Gebäudemitte, in der durch zahlreiche Rundbögen gestützten Galerie, blickten Curth und der SS-Archäologe auf zwei riesige Schiffsrümpfe auf unzähligen, dünnen Stützpfeilern, die unter den Holzplanken zu einem düsteren Stangenwald zusammenwuchsen.

Curth staunte. Das übertraf alle Erwartungen. Er schätzte die antiken Schiffe auf siebzig Meter in der Länge und zwanzig in der Breite. Im Verhältnis zum kleinen Nemi-See wirkten sie gigantisch. Beide hatten einen flachen Rumpf ohne Kiel und ähnelten einer platten Flunder. Die Prunkschiffe Caligulas – jetzt stand Curth vor ihnen. In seiner Fantasie entfaltete sich das pralle Leben der Antike vor fast 2000 Jahren. Die Zeit, sie schien für einen Moment aufgehoben. Curth sah vor sich, wie Hunderte von Ruderern sich gleichzeitig im Takt streckten und wieder krümmten und das herrschaftliche Schiff über den See gleiten ließen. Zwischen schlanken Säulen und unter einem Dach mit Ziegeln aus vergoldetem Kupfer schritt der Kaiser über einen Mosaikboden in einen kleinen Tempel. Ein Kleinod, das der Imperator auf dem größeren der beiden Schiffe zu Ehren der Göttin Diana hatte bauen lassen. Curth erkannte in diesem Moment ein Stück des Glanzes, der Rom einst ausgemacht hatte. Er war überwältigt.

Hugin wunderte sich derweil über die Arbeiten in der Halle. »Was geht hier vor, Gigi? Kannst du mir das bitte mal erklären?«

»Naturalmente, wir packen ein.«

»Und wozu?«, fragte er mit einem bissigen Unterton zurück. »Wozu soll das gut sein?«

»Weil die Front näherkommt«, sagte della Rocca, »und die Alliierten das Museum bombardieren könnten.«

»Der Feind steht bei Neapel.« Hugin wirkte leicht gereizt. »Das ist weit weg im Süden. Und wir werden ihn aufhalten. Mit Abwehrlinien. Nicht zu überwinden.«

»Ja, sicher, ich möchte Ihnen da keinesfalls widersprechen.« Della Rocca schaute genervt. »Aber bis dahin – die Bomber und Kampfflugzeuge könnt ihr Deutschen ja nicht ausschalten, oder?«

»Die Alliierten haben bisher noch keine Angriffe auf ein ziviles Museum geflogen, wie ich weiß, nur auf unsere militärischen Stützpunkte, wie in Frascati oder Pratica di Mare.«

»Signore Standartenführer, was haben Sie gesehen, als Sie mit Ihrem Freund, dem Ritterkreuzträger, ums Museum herumgelaufen sind?« Bevor Hugin antworten konnte, gab der Museumsdirektor selbst die Antwort: »Posizioni di flak – Flakstellungen. Vier Flakstellungen, vier Kanonen. Und Fallschirmjäger. Viele Fallschirmjäger. Militärisch, oder?«

Curth spürte instinktiv, dass Luigi della Rocca es faustdick hinter den Ohren hatte. Und er fühlte so etwas wie Sympathie, weil der Direktor sich bei Hugin einiges traute. Er sprach ihn daher in seiner Sprache an und vermied den überheblichen Ton vieler deutscher

Offiziere gegenüber Italienern: »Dottore, dove vanno gli oggetti? Wo kommen die Stücke hin?«

»Ah, lei parla italiano. Che bello, Signore di Albano. Sie sprechen Italienisch.« Della Roccas Gesicht heiterte sich auf. »Wollen wir uns nun zu dritt auf Deutsch oder Italienisch weiterunterhalten? Aber, um Ihre Fragen zu beantworten, nach Rom, ins Museo Nazionale. Wir wollen nicht, dass die wertvollen Artefakte zerstört werden.«

Hugin knurrte zurück. »Aha, Rom, ja? Ist unsere Wehrmachtskommandantur in der Via Veneto darüber informiert? Und wer sichert den Transport?«

»Ein paar Carabinieri. Aber bis dahin haben wir noch viel zu tun.«

Curth sah Hugin förmlich an, wie dessen Gehirn auf Hochtouren arbeitete. Dann wurde der Ton des SS-Offiziers schärfer.

»Also, Gigi, du schaffst den Krempel nach Rom, ja? Was davon wirst du uns überlassen?«

»Nichts, niente. Sie vergessen, dass dieser Schatz dem italienischen Volk gehört, nicht den Deutschen.«

Der SS-Offizier verzog sein Gesicht. »Pah, dem Volk! Archäologen-Latein. Wie viel wird auf dem Transport nach Rom wohl verloren gehen und in dunkle Kanäle verschwinden? In die dunklen Kanäle deines Clans.«

»Nulla! Oder sagen wir besser, nur eine gewisse Aufwandsentschädigung für die Arbeit, die ich damit habe.«

»Das ziehst du nicht ohne mich durch.« Hugins Augen blitzten gefährlich auf. »Ich will einen Anteil. Darüber wird zu reden sein.«

Della Rocca verzog das Gesicht. »Wie soll ich das in Rom erklären? Das ist glatter Raub!«

Curth beobachtete, wie die Pupillen des Museumsdirektors wieder hektisch hin- und her flackerten, was ihn an Mitreisende in Zügen erinnerte, deren Augen die schnelle Bildfolge der vorbeifliegenden Landschaft zu korrigieren versuchten. Dann hörte er wieder Hugin sprechen.

»Dein Problem. Außerdem verstehen wir das nicht als Raub, sondern als Schutz vor Kriegseinflüssen.«

»Das ist nichts anderes als organisiertes Verbrechen.«

»Es reicht! Das lasse ich mir nicht bieten!«, wütete Hugin los. »Wenn du nicht heute noch auf einem Wehrmachtslastwagen nach Rom in die Via Tasso landen willst, machst du genau das, was ich dir sage. Capito?« Er griff della Rocca mit einer Hand an den Kragen seines Anzugs und zerrte daran herum. »Du weißt doch, ein Hinweis von mir an deine Dienststelle wegen dieser Geschichte in Castel Gandolfo und du findest dich im Gefängnis wieder.«

»Si, si, bene, ich werde sehen, was sich machen lässt.« Della Rocca lenkte im letzten Moment ein und hatte dabei doch nur einen Gedanken. »Dieser Hugin – er muss weg!«

Curth hatte sich bei dem Streit der beiden Männer zurückgehalten und schwieg. »Häng‘ dich da nicht auch noch rein«, sagte er sich, »ich habe schon genug Probleme mit Krambock und meinem Marschbefehl an die Ostfront.« Er begleitete den schwarzen Archäologen hinaus ins Freie, wo die Nachmittagsluft beide warm empfing, und überlegte. »Was wäre, wenn ...?«

Hugin hatte sich noch nicht wieder beruhigt und atmete kräftig durch seine eng stehenden Nasenflügel. Er sprach kurz, abgehackt, und seine Stimme klang so kalt wie auf einem Kasernenhof im Winter. »Also, Alban, zu Ihnen. Mein Angebot steht. Sie finden das Artefakt für uns. Ich fordere Sie bei Major Bender an, mit Sonderauftrag. Sie müssen natürlich in die SS eintreten, mit Arier-Nachweis und so. Das übliche.«

»Herr Standartenführer, ich fürchte, ich muss Sie enttäuschen, denn ich werde in Kürze an die Ostfront abkommandiert. Sie kommen zu spät.« Curth beobachtete, wie Hugins Gesichtszüge leicht einfroren und sich die Nasenflügel wieder weiteten. »Mein Marschbefehl ist da, kam direkt aus Berlin, aus dem Reichssicherheitshauptamt.«

»Ich verstehe nicht ganz. Das Amt ist dafür nicht zuständig.«

»Das habe ich einem SS-Hauptsturmführer zu verdanken, dem ich bei der Duce-Befreiung auf dem Campo Imperatore widersprochen habe. Er hat mich General Manstein ans Herz gelegt, der in Russland deutsche Helden braucht ...«

»Verstehe. Warten Sie. Das Reichssicherheitshauptamt wird zwar von Kaltenbrunner geleitet, untersteht aber unserem Reichsführer-SS Heinrich Himmler. Und der wiederum ist unser Dienstherr beim SS-Ahnenerbe und will ja dieses Artefakt für Hitler haben. Da müsste doch was zu machen sein! Himmler trägt mit den Wehrmachtsgenerälen ohnehin so seinen Zwist aus. Wie heißt Ihr Freund in Berlin doch gleich, dieser SS-Hauptsturmführer?«

»Krambock, Johann Krambock. Der Held aus der Wochenschau.«

Curth von Alban fiel auf, dass es schon zwei Empfehlungen waren, die sein Leben nachhaltig veränderten. Erst hatte sich sein Freund Hänschen eingemischt und ihn als Ersatz für den erkrankten Piloten vorgeschlagen, dann kam Krambock mit dem Marschbefehl an die Ostfront. Der Krieg, dachte er, machte Marionetten aus den Menschen. Plötzlich wurde es laut.

»Aaalbaan!« Er kannte diese Stimme. Sie schnitt wie ein heiß gelaufenes Sägewerk in die Nachmittagsruhe.

»Aaalbaan! Zum Teufel nochmal. Wo sind Sie denn wieder?«

Major Bender, der Alte, stampfte über den Kiesweg hinter dem Museumsgebäude heran. Dann stand er vor ihm. »Ich suche den Herrn Oberleutnant seit einer geschlagenen Stunde.« Die Stimme klang nicht freundlich.

»Melde mich zur Stelle, Herr Major.« Curth nahm so etwas wie Haltung an.

Bender holte tief Luft und schrie seinen Frust heraus: »Wenn ich sage, um zwei zur Abfahrt an meinem Wagen, dann meine ich«, er holte nochmal tief Luft, »zwaaiiiii!«

»Jawoll, Herr Major, mein Arsch zum Dienstwagen!«

Bender stutzte, schaute Curth überrascht in die Augen und lachte herzhaft. »Ja, jetzt aber Ober-Arsch mit Ritterkreuz.«

Harald Hugin verstand das nicht. Und sehnte sich zurück nach Schweden. In den Norden. Thors Hammer suchen. Er drehte sich von Bender weg zu Curth von Alban und schaute ihm fragend in die Augen. »Herr Oberleutnant, Ihre Entscheidung?«

Curth zögerte. Ostfront oder SS? Dann hörte er sich selbst sprechen. »Wie besprochen. Wir machen es.« Dann sah er Hugin kurz nicken.

37

Italien, Oktober 1943
Ein Wald in den Albaner Bergen

Die beiden Männer waren nicht allein. Und sie drehten sich unruhig um. Doch die dichten, ausladenden Baumkronen der Eichen und Kastanien verschluckten jeden Lichtstrahl, den ein halber Mond vom Nachthimmel in die Albaner Berge schickte. Die Luft war kühl. Und es roch nach schwammigen Baumpilzen und feuchtem Laub. Ihre Augen konnten in der Dunkelheit nicht viel mehr erkennen als die nächste Wegkrümmung zwischen moosbewachsenen Rinden und modernden Stämmen. Dann knackte es wieder irgendwo hinter ihnen. Nur kurz, aber deutlich. Kam das Geräusch wirklich von hinten? Oder von der Seite, aus dem Unterholz? War es fünfzig Meter entfernt? Oder hundert? So genau konnten sie Richtung und Entfernung in der schwarzen Wand nicht abschätzen. Da, wieder ein Knarren.

Tommaso Fabrizi und Mario Mercante sanken mit ihren Schuhen in den lockeren Waldboden ein, suchten Blickkontakt. Nur nicht sprechen oder Geräusche von sich geben, signalisierten sie sich gegenseitig mit dem Finger auf dem Mund. Dabei quälte sich Tommaso schon seit einer halben Stunde mit dem Sack auf dem Rücken herum und würde gerne kräftig seufzen und schnaufen. »Leise, leise«, sagte er sich, »wer weiß schon, wer da hinter uns ist?« Vielleicht nur ein Fuchs, der im Schutz der Dunkelheit seine Beute suchte? Vielleicht deutsche Soldaten? Oder Schwarzhemden? Bei Tommaso brach der Schweiß aus.

Die beiden Männer hatten nach Anbruch der Dunkelheit zunächst eine ganze Weile im Haus der Fabrizi in der Via Giulia abgewartet. Das Anwesen lag an einer Wegkreuzung in den engen Gassen der Altstadt. Von Fenster und Balkon aus hatten sie den direkten Blick in Richtung Corso, zum Stadttor und in die Via Giulia. Alles war irgendwann so ruhig wie auf einem Friedhof. Die Stunde vor Mitternacht. Die Männer griffen sich dicke Bündel mit Kleidung aus einem alten Holzverschlag im Hof, den Tommasos Eltern als Versteck angelegt hatten. Tommaso hatte zwei Flaschen Rotwein in die Taschen seiner Jacke gestopft und Mario Mercante drei Beutel am Gürtel festgeschnallt. »Speck, Käse und Brot«, sagte er und deutete auf die Beutel. »Andiamo – los geht's«, flüsterte der Lebensmittelhändler. »Per la patria«, antwortete Tommaso. Dann schlichen sie sich die Via Giulia hoch und schlugen sich seitwärts auf einen alten, fast zugewachsenen Pfad, den Tommaso seit Kindheitstagen kannte.

Vierzig Minuten stolperten sie schon auf dem Waldweg entlang, der zum Treffpunkt Berghütte führte. Für Tommaso wurde der Weg zur Qual, aber er hielt durch. Und er versuchte, seine Gedanken abzulenken. Er erinnerte sich an den Großvater, seinen geliebten Nonno, der mit ihm als Kind so viele Streifzüge durch die heimischen Kastanienwälder unternommen und vom früheren, ärmlichen Leben im 19. Jahrhundert erzählt hatte. Der phosphorreiche vulkanische Boden hatte die Esskastanien üppig wachsen lassen und die arme Bevölkerung mit Nahrung versorgt. »Das Brot vom Baum«, wie der Nonno die Maronen genannt hatte, bildete als Mehl die Grundlage für Brot, Brei und Kuchen. Tommaso roch jetzt förmlich den Duft heißer Maronen, die seine Großmutter in kalten Herbsttagen für die ganze Familie geröstet hatte. Nonna und Nonno gab es zu seinem tiefsten Bedauern schon seit Jahren nicht mehr, aber die Kastanien waren geblieben.

Tommaso warf seinen Kopf herum. Wieder knackte es, gleich mehrmals. Ihm perlte der Schweiß auf der Stirn. Sie würden ihn schnappen. Verhören. Foltern. Erschießen. Er durchlief in Gedanken alle Gräueltaten, die er gehört hatte. Durften sie überhaupt weitergehen und die italienischen Soldaten in Gefahr bringen, die am Treffpunkt ihre Uniformen gegen Zivilkleidung eintauschen wollten?

»Ruhig, ruhig. Nur ein Fuchs. Weiter, weiter«, hörte Tommaso den Krämer flüstern. »Wir müssten gleich da sein.«

Er keuchte. Hielt aber durch. Trotz Angst. Angst, sagte er sich, ist keine Schande. Aber Feigheit und Gleichgültigkeit. Die Geräusche kamen näher. Hemd und Jacke waren vom Kleidersack auf dem Rücken durchgeschwitzt. Weiter! Er zog sein halbsteifes Bein immer schneller nach. Dann sah er – ein schwaches Licht. Inmitten der Dunkelheit. »Wir sind da.« Wie ein Mantra sprach Tommaso zu sich selbst. »Wir sind da. Grazie, Madonna, grazie.«

Die Männer kamen über eine kleine Lichtung zu einer Baracke mit schwerer Holztür. Zugesperrt. »Wir sind's«, flüsterte Tommaso. Er legte sein Bündel auf den Waldboden und ballte seine rechte Hand zur Faust. Mit den Fingerknochen pochte er an die Tür.

Tock-tock-tock-**tock**-tock. Das Lied der Partisanen.

Er sang leise. »U-na mat-**ti**-na.« Eines Morgens ...

Dann, nach einer kleinen Pause, pochte er erneut auf die Holzrippe: »Mi son sveg-**lia**-to« ... erwachte ich.

Tommaso und Mario Mercante hörten aus dem Inneren der dunklen Baracke eine leise Antwort. »Bella, ciao, bella, ciao, bella, ciao ciao ciao!«

Plötzlich sprang die Tür auf. Tommaso erkannte fünf oder sechs italienische Soldaten in der Hütte, die teils zusammengekauert auf dem Boden lagen. Dann hörte er Stimmen. »Wir sind müde, erschöpft, habt ihr was zum Essen?«

»Ja, und wir haben euch Hemden, Hosen und Schuhe mitgebracht, damit ihr durch die deutschen Linien kommt.« Tommaso vernahm seine eigenen Worte wie in einem Kinofilm.

»Tommaso? Bist du das?« Die Stimme klang erschöpft und kam aus der dunkelsten Ecke der Hütte.

»Wer ist da? Woher kennst du meinen Namen?«

»Soll ich meinen Freund nicht mehr kennen?«

»Oh, Gott, Vittorio! Du bist wieder zuhause!«

38

Die beiden Jugendfreunde fielen sich in der von Kerzenlicht schwach ausgeleuchteten Hütte in die Arme. Tommaso hatte Vittorio seit dessen Fronturlaub vor vielen Monaten nicht mehr gesehen, und er schien ihm hager und knochig. Er sah nicht in das frische Gesicht eines Vierundzwanzigjährigen, sondern in das fahl wirkende Antlitz eines durch den Krieg gezeichneten Frontsoldaten. In den müden Augen entdeckte er kaum noch das forsche Draufgängertum seines Freundes aus früheren Tagen. Tommaso war den Tränen nahe, stammelte »Vittorio, Vittorio« und klopfte dem erschöpften Offizier pausenlos auf Rücken, Schulter und Oberarme. Vittorio liefen ein paar Tränen übers Gesicht, doch er blieb stumm. Bis Tommaso ein dumpfes Klagen hörte.

»Aaahh, nicht so fest, mein Freund.«

»Was ist los, Schmerzen?«

»Die Schulter, eine Kugel.«

»Woher ...?«

Dann hörte Tommaso eine Frauenstimme. Hart, dunkel, entschlossen. »Nazi-Soldaten, sie haben uns aufgelauert. Vor zwei Tagen. Bei Monte Compatri. Wir wollten in der Nacht eine kleine Lichtung überqueren, um in die Berge zu kommen.«

»Dio mio, du brauchst einen Arzt. Ich bringe dich nach Nemi, du weißt doch, unser guter Doktor ...« Tommaso roch frisches Blut an seinen Händen, das beim Klopfen aus Vittorios Wunde gesickert war. Dann schaute er in das Gesicht der Frau. Sie war jung. Vielleicht Ende zwanzig. Das Flackern der Kerze tauchte ihre Haut in ein elfenbeinfarbenes Licht, aus dem zwei blaue Augen herausstachen. Ihre Haare waren kurz, blond und wenig gepflegt. Sie trug schwere Schuhe, eine Stoffhose sowie ein grobes Hemd mit Weste. An der eng gezurrten Koppel über dem Hosenbund erkannte Tommaso einen leeren Pistolengurt. Die Waffe selbst hielt die Frau fest in der Hand.

»Wir können ihn nicht so ohne Weiteres in eure Stadt schleppen«, hörte Tommaso die unbekannte Frau sagen, »das wäre zu gefährlich. Bist du der Fabrizi-Sohn, dieser Tommaso? Vittorio hat von dir erzählt.«

»Ja, sicher, aber wer bist du?«

Vittorio schaltete sich ein. »Das ist Elisa.« Seine Stimme klang wie der Befehlston eines Offiziers. »Wir alle nennen sie nur Elisa.«

Aus der anderen Ecke der Hütte mischte sich Mario Mercante ein, der inzwischen bei drei der vier Soldaten die Uniformen gegen zivile Bekleidung getauscht hatte. »Wenn ich die Signora so reden höre ... ja, sicher, Italienerin. Aber dieser Akzent? Den habe ich schon mal gehört. Ein Verwandter, vor dem Krieg auf Besuch. Aus Americano-Land. Der sprach auch so.« Dann erkannte der Krämer im Halbdunkel den Mann, der gegen Mittag in seinen Laden in Nemi gekommen war, um das Treffen im Wald zu verabreden. Er war der Einzige, der – außer der Frau – keine Uniform, sondern Hose und Jacke eines einfachen Feldarbeiters trug. »Ah, Stefano, tutto bene?« Der Mann nickte.

Dann war wieder die entschlossene Frauenstimme zu hören. »Es ist besser, wenn Sie nicht so viel fragen und nicht so viel wissen. Capito?!« Die Frau wandte sich direkt an den Krämer und hielt die Pistole weiter fest in der Hand. »Sind Ihnen Soldaten gefolgt, Nazis? Oder die Schwarzhemden?«

»Ruhig, Elisa«, beschwichtigte Vittorio, »die Männer aus Nemi sind verlässlich.«

Tommaso war fasziniert von dieser rätselhaften Frau mit den struppigen blonden Haaren. Natürlich, das musste eine Partisanin sein. Er hatte davon schon gehört. Auch Frauen kämpften jetzt mit Waffen. Während er leise »bella ciao, bella ciao« in sich hineinsummte, zog er die Rotweinflaschen aus seinen Taschen. »Un sorso di rosso? Einen Schluck Rotwein?« Dann entkorkte er mit flinker Hand die erste und bot der Partisanin einen Schluck an. »Salute! Vittorios Freunde sind auch meine.« Zu mehr kam er nicht.

Eine Salve von sechs bis acht Schüssen zerriss die Luft und krachte auf die Holzbaracke. Die Kugeln schlugen dumpf in die Seitenwände ein, und die Männer um Elisa warfen sich geistesgegenwärtig auf den Boden. Eine Stimme schrie draußen im Wald.

»Arrendetevi! Ergebt Euch!«

Stille. Niemand in der Baracke wagte zu atmen.

Dann wieder diese Schreie aus dem Wald hinter der Lichtung. »Uscite con le mani in alto!" Und eine zweite, eher bellende Stimme: »Kommt raus, mit erhobenen Händen! Subito!"

Elisa begriff als Erste die Situation. »Nazis! Mindestens ein Italiener ist auch dabei.«

Vittorio versuchte, die anderen Soldaten und seine Freunde aus Nemi zu beruhigen. »Bleibt in Deckung, seid ruhig und nehmt eure Waffen. Sie können nicht wissen, wie viele wir sind.«

»Ich habe sechs Schüsse gehört«, flüsterte einer der Soldaten in der Hütte.

»Nein, es waren acht«, antwortete ein anderer, der vor dem Kleidertausch die Abzeichen eines Feldwebels getragen hatte. »Ich habe acht Schüsse gehört. Gewehre!«

»Dann sind es mindestens sechs da draußen, vielleicht mehr.« Elisa übernahm das Kommando in der

Hütte und schaute zu Vittorio, der dicht neben ihr unter einem der kleinen Fenster lag. »Wir hier sind auch sechs.«

»Mit uns acht«, flüsterte Tommaso.

»Sicher, aber habt ihr Waffen dabei? Nein! Also sechs.« Elisa deutete stumm zu Vittorio, dass sie beide und der Feldwebel Positionen am Fenster zur Lichtung und an den Seitenfenstern einnehmen sollten. »Wir müssen beobachten, was sich da draußen tut. Sie werden wieder feuern. Passt auf die Mündungsfeuer auf. Schießt zurück!«

»Ultimo avvertimento!« Letzte Warnung. Die Stimme aus dem Wald wartete dreißig Sekunden. »Spara!« Schießen! Draußen blitzten grelle Flammenpunkte auf. Und im selben Moment krachten die Projektile dumpf in die Wand. Glas splitterte.

»Hunde!«, presste Elisa aus ihrer Kehle heraus. Dann feuerte sie aus ihrer Pistole drei Schüsse auf eines der Mündungsfeuer im Wald. Vittorio hatte unter brennenden Schmerzen in der Schulter sein Gewehr hochgerissen und ebenfalls drei, vier Schüsse in schneller Folge abgefeuert. Auch die anderen Soldaten in der Hütte hatten den Kampf aufgenommen, während Tommaso und Mario Mercante auf dem Boden kauerten. Sie hörten Schreie, draußen im Wald. Die Deutschen, waren sie getroffen?

Vier Minuten blieb es still, ohne dass ein Schuss fiel oder eine Stimme zu hören war. Dann geschah etwas, womit in der Hütte niemand gerechnet hatte. Das Licht großer Stablampen erhellte einen Teil der Lichtung. Ein deutscher Offizier traute sich zwei, drei Meter aus der Deckung der Bäume heraus und schob eine schmächtige Gestalt vor sich her. Der Lauf seiner Pistole zielte präzise an den Hinterkopf der Person, der man einen Knebel in den Mund gestopft hatte. Gleich hinter dem

Wehrmachtsoffizier, zunächst nur schemenhaft zu sehen, stand ein Mann im Kampfanzug der italienischen Faschisten. Dann wurde sein Gesicht im Schein der Stablampen etwas klarer.

Pallucca. Es war Diego Pallucca. Er brüllte. »Signori, darf ich vorstellen. Principessa Francesca Capriri. Unsere Geisel!«

39

Francesca weinte. Sie hatte Angst wie nie zuvor in ihrem jungen Leben. Der Knebel im Mund ließ sie würgen. Sie spürte den kalten Lauf der Pistole im Nacken, sie roch den heißen Atem des deutschen Offiziers, und sie hörte die erregte Stimme von Diego Pallucca, dem sie zusammen mit Tommaso im Kirchgarten unerkannt entkommen war. Und jetzt?

»Kommt raus! Oder wollt ihr den Tod des Mädchens?« Pallucca schrie wieder zur Holzbaracke rüber. »Hände hoch, keine Waffen, und ganz langsam rauskommen!«

Francesca spürte, dass sie für alles verantwortlich war, was nun geschah. Dabei wollte sie doch nur heimlich ihrem Freund Tommaso folgen und überraschend auftauchen und helfen, wenn er sich mit den italienischen Soldaten im Wald traf. Sie machte sich große Vorwürfe. Wie dumm sie gewesen war. Unbemerkt hatte sie sich am späten Abend aus dem Elternhaus geschlichen, versteckt und beobachtet, wie Tommaso und der Krämer das Haus verließen und mit schweren Säcken auf den Rücken die Via Giulia hochschritten. Immer tiefer war es in den Wald gegangen, und Francesca hatte sich in sicherer Entfernung an die Fersen der Männer geheftet. Alles lief gut. Bis plötzlich Schritte hinter ihr zu hören waren. Und als sie sich umdrehte, spürte sie sofort eine kräftige Männerhand auf ihrem Mund und einen festen Griff um ihre Taille. Sechs deutsche Soldaten, ein Nazi-Offizier, und der Faschist Pallucca, der den Trupp führte. Sie waren – wie sie selbst auch – in sicherer Entfernung zu Tommaso und Mario Mercante geblieben. Woher wussten die Männer von dem Treffen im Wald? Pallucca und die Deutschen, überlegte

Francesca, mussten auf der Lauer gelegen haben. Und die Verfolgung war nicht schwer. Selbst sie konnte sich gut an den hellen Kleidersäcken orientieren, die das spärliche Mondlicht reflektierten.

»Also, was ist jetzt? Kommt raus!« Francesca hörte Pallucca wieder brüllen. Und der Nazi-Offizier, der ihr die Waffe an den Hinterkopf presste, griff mit der anderen Hand in den Haarschopf hinein und riss ihr den Kopf in den Nacken. Sie stöhnte laut auf. Sie fasste sich an den Oberschenkel und bemerkte durch die Hose hindurch das Messer, das sie sich in der Küche des Palazzo eingesteckt hatte. Sie war einem Instinkt gefolgt und wollte bewaffnet sein, wenn es mal ernst werden würde. »Jetzt«, sagte sie sich, »jetzt ist es ernst.« Mit einem schnellen Griff könnte sie das Messer herausziehen und dem Tedesco mit einer einzigen Drehung in die Seite rammen. Sie schloss die Augen. Kämpfte mit sich. Doch ihr fehlte der Mut. Sie spürte, wie die Angst sie lähmte. Ihre Arme gehorchten ihr nicht mehr. Dann hörte sie wieder Pallucca brüllen. »Was ist jetzt?«

»Es ist Francesca.« Tommaso war außer sich. »Sie haben Francesca.« Dann hörte er die leise, aber zornige Stimme von Vittorio, der seine Worte wie einen Fluch herausschleuderte. »Diese Teufel. Sie sollen in der Hölle schmoren.«

Vittorio schaute zu Tommaso. »Was hast du getan?«

»Ich hatte keine Ahnung. Ehrenwort.«

Die Partisanin mit dem amerikanischen Akzent schaltete sich ein. »Wer ist das Mädchen da draußen?«

»Meine Schwester!« Vittorio schlug die Hände vors Gesicht. »Diavoli! Diese Teufel!«

Elisa rückte überrascht vom Fenster ab und drückte ihren Rücken gegen die schwere Holztür. »Warum ist sie hier?«

»Sie muss uns gefolgt sein, heimlich«, flüsterte Tommaso. Sein Blick flackerte und flehte um Verzeihung.

»Und die Deutschen?« Die Partisanin blickte den jungen Fabrizi und den Krämer mit einem kalten, gefährlichen Zug um Augen und Mundwinkel an. »Was ist mit den Deutschen? Wer hat uns verraten?«

»Donna americana, das können wir später klären.« Der Krämer schien nervös. »Die Frage ist doch, was wir jetzt machen? Wir können doch das Mädchen nicht in Gefahr bringen.«

Die Partisanin antwortete eisig. »Sie ist verloren. So oder so.« Elisa vermied dabei den Blick zu Vittorio, der sie entsetzt an den Arm packte.

»Niemals! Nicht mit mir«, zischte er. »Das ist meine Schwester, und sie wird leben.« Tief schaute er Elisa in die Augen. »Ich habe einen Plan. Und du wirst mir helfen. Es gibt keine Wahl.«

40

Flugplatz Pratica di Mare, in derselben Nacht

Oberleutnant Curth von Alban wälzte sich unruhig in seinem Bett herum. Er konnte nicht schlafen. Das Gestell knarrte und quietschte, als er sich von der grob verputzten Wandseite hin zum Fenster mit den dunklen, fast bodenlangen Übergardinen drehte. Noch nie hatte sein Bett diese nervtötenden Geräusche von sich gegeben. Aber heute! Ausgerechnet heute Nacht. In der er sich über so vieles seinen Kopf zerbrach. Über Hugin. Über den Satz »der Führer braucht Sie«. Über das Artefakt, das Curth finden sollte, und über den angeblichen Zauber dieser geheimnisvollen Schatulle. Zauber? Den gab es doch überhaupt nicht, sagte er sich immer wieder. Aber glaubte er nicht auch an die heilige Reliquie in der Laubenheimer Kirche?

Er konnte nicht schlafen. Halb eins. Immer wieder schaute er zum Wecker auf seinem Nachttisch, der zwar tickte, aber die Zeiger nicht bewegte oder nur langsam. Wollte diese Nacht denn überhaupt nicht enden? Was ging ihn der Führer an? Nichts! Selbst wenn er zehnmal einen Eid auf ihn geschworen hatte. Einen Eid, an den er sich nicht gebunden fühlte, weil er einem verbrecherischen Regime dienen musste. Hitler ging ihn so wenig an wie Mussolini. Allesamt Kriegstreiber und Mörder, sagte er sich, die Unheil über ganz Europa und seine Menschen gebracht hatten. Und doch war er, Curth von Alban, ein unbedeutender Wehrmachtspilot aus Mainz, zur zentralen Figur bei Mussolinis Befreiung vom Gran Sasso und zu einem Werkzeug für Hitlers Propaganda geworden.

Und was ging ihn Hugin an, geschweige denn Himmler, grübelte er weiter. Nichts! Und doch bot sich ihm durch das SS-Ahnenerbe eine Möglichkeit, dem Kriegsgeschehen und insbesondere der Ostfront zu entgehen. Endlich könnte er wieder als Archäologe arbeiten. Aber zu welchem Zweck würde das Regime ihn diesmal missbrauchen? War er kein guter Deutscher, weil er die völkischen Ideale für törichten, ja tödlichen Unfug hielt? War er feige, weil er nicht sterben wollte? Musste er ausgerechnet die SS in Kauf nehmen?

Gleich ein Uhr. Die Fragen quälten ihn. Er fand keine Antworten. Aber er hatte zugestimmt, als Hugin ihn am Nemi-See nach seiner Entscheidung gefragt hatte. Und jetzt? Warten. In Berlin wird über ihn entschieden, sagte sich Curth und stopfte sich das Kissen fester unter seinen Kopf. Und wenn ... hätte Hugin ihn dann nicht in der Hand? So wie den Museumsdirektor, diesen Luigi della Rocca.

Curth schlug seine Decke auf. Er setzte sich auf die Bettkante. Er schaute auf den kleinen Schrank an der langen Seite des Raumes. Oben, in der schmalen Ablage, lag der Borsalino von Mussolini, in dem er das Stück Papier mit dem fragmentarischen Text des Aurelius gefunden hatte. Das Papier war nicht mehr im Hut – und gut versteckt vor neugierigen Blicken. Niemand würde es so schnell finden. Hugin hatte vielleicht einen anderen, den fehlenden Teil. Curth nahm seinen Wecker in die Hände und rieb mit dem Daumen am Gehäuse und über die kupferfarbenen Schellen. »Ein paar Stunden Schlaf habe ich ja noch.«

41

Nemi, eine Berghütte im Wald

»Tommaso, du und der Krämer, ihr müsst raus. Außerdem gehen der Feldwebel und zwei seiner Männer mit euch auf die Lichtung.« Vittorio hatte die Männer und Elisa um sich gruppiert und schwor die kleine Gruppe auf seinen Plan ein. »Wenn ihr rausgeht, die Arme hochrecken, klar? Eure Gewehre bleiben bei Elisa, Stefano und mir in der Hütte. Die Pistolen und Messer behaltet ihr bei Euch, versteckt sie hinten im Hosenbund.« Der Sohn des Principe hatte seinen brennenden Schmerz in der Schulter vergessen. »Ihr seid fünf. Das wird den Deutschen erstmal reichen. Sie werden glauben, dass wir nicht mehr sind.«

Vittorio zog Elisa und Stefano näher zu sich heran. »Ich mit meiner Verwundung bin nicht so beweglich wie ihr und bleibe am Fenster, im Verborgenen, das Gewehr im Anschlag. Bevor unsere Freunde auf die Lichtung hinausgehen, werdet ihr beiden nach hinten raus verschwinden.« Er drehte sich um zum hinteren Teil der Holzhütte und deutete auf ein schmales Fenster über der Feuerstelle. »Elisa, du draußen rechts lang. Stefano links. Umlauft die deutschen Soldaten und versteckt euch in deren Rücken. Schleicht leise wie die Katzen, sonst ist alles verloren.«

»Passen wir da durch?« Stefano schaute zum Fenster, legte den Kopf ein wenig auf die Seite und versuchte, die kleine Öffnung besser abzuschätzen.

»Elisa auf jeden Fall. Sie ist schlank und geschmeidig«, antwortete Vittorio, »und du, Stefano, hast den Gürtel in den vergangenen Wochen auch deutlich enger schnallen müssen.«

»Wie schlagen wir zu? Auf welchen Moment warten wir?« Elisa stopfte sich bei ihren Worten die Weste tiefer in die derbe Hose hinein und zog die Koppel zusammen. Ein jungenhafter Körper zeichnete sich dabei ab. »Wer gibt uns das Zeichen?«

»Ich habe hier durch das Fenster den deutschen Offizier im Visier. Die Stablampen da draußen geben mir ein halbwegs gutes Ziel.«

»Oh Gott, du wirst Francesca treffen!«, unterbrach ihn Tommaso und schlug beide Hände vors Gesicht.

»Bleib ruhig, Tommaso. Ich bin ein guter Schütze. Und wenn geschossen wird, wirf dich auf den Boden. Verstanden? Mehr nicht, schmeiß dich einfach auf den Boden! Das gilt auch für dich, Krämer. Oder flüchtet beide beim ersten Schuss in den Wald. Müsst ihr entscheiden, wenn's so weit ist.«

Elisa blickte angespannt. »Du willst also als erstes den deutschen Offizier erschießen?«

»Ja, und das ist auch euer Zeichen. Wenn ich schieße, stürmen Elisa und Stefano von hinten auf die deutschen Soldaten zu. Schießt sofort und erledigt so viele, wie ihr könnt. Unser Feldwebel und seine zwei Leute vor der Hütte schalten als erstes diesen Pallucca aus und kümmern sich dann um meine Schwester. Es muss alles sehr schnell gehen!«

»Und wenn du das Mädchen triffst? Du wirst sie in Gefahr bringen.« Elisa wartete die Antwort auf ihre Frage nicht ab. Es gab keine Alternative. Sie zog sich schon von der Feuerstelle zum Fenster hoch und ließ sich mit Kopf und Oberkörper zuerst durch die Öffnung nach draußen rutschen. Das schwarze Profil ihrer groben Stiefel war das letzte, was die Männer von ihr sahen.

»Jetzt du!« Vittorio verabschiedete sich von Stefano. »Sei auf der Hut!« Dann wartete er zwei Minuten.

»Tommaso, pass auf. Du wirst jetzt vorsichtig die Tür öffnen, denn dich erkennt Pallucca sofort und wird nicht misstrauisch. Ich bin hier am Fenster und habe euch im Visier. Nur Mut! Wird schon schiefgehen!«

Tommasos Herz rutschte tief in die Hose. Seine Hände zitterten und die Kehle war staubtrocken. Doch dann – er wusste nicht einmal, wie er überhaupt einen Ton aus sich herausbringen sollte – hörte er sich selber rufen: »Hey, Pallucca, wir kommen jetzt. Erhobene Hände, keine Waffen, nicht schießen. Der Krämer, ich und noch drei Soldaten.« Er wartete auf Antwort.

»Kommt raus, aber langsam!« Das war Palluccas Stimme.

Dann drückte Tommaso den Griff des Türschlosses vorsichtig nach unten, bis der Riegel sich allmählich hob.

»Padre nostro ...« Er hörte sich beten. Hörte das eiserne Knarren des Schlosses. Hörte in der Ferne das Lied einer Waldohreule. Jetzt standen sie draußen vor der Hütte, die Arme hochgereckt in den schwarzen Nachthimmel.

»Keinen Schritt weiter, genau bis dort!« Der deutsche Offizier schrie in Richtung der fünf Italiener. Die Pistole drückte er fester in den Nacken des Mädchens. Pallucca schrie ebenfalls. »Fermi! Halt!« Dann bellte der Offizier: »Licht aus!« Den Bruchteil einer Sekunde später erloschen die Stablampen der deutschen Soldaten, die aus dem Wald heraus die Szene beleuchtet hatten.

Damit hatte Vittorio nicht gerechnet. Absolute Finsternis. Eine Katastrophe. Wie sollte er jetzt den Offizier mit nur einem Schuss ausschalten, ohne seine Schwester zu treffen? Er riss verzweifelt die Augen auf. Doch die Dunkelheit auf der Lichtung gab ihm nicht den Hauch einer Chance. Wie sollte er jetzt ...?

Tommaso erschrak fast zu Tode. Der Plan, alles vorbei? Was wird aus Francesca? Er wollte sich die Seele aus dem Leib schreien. Dann hielt er inne. »Hey, Pallucca! Ich seh' nichts. Das ist doch gar nicht die Principessa. Du willst uns reinlegen.«

»Un po' di luce«, hörte er Palluccas Stimme. Dann folgte der deutsche Offizier mit einem knappen Befehl. »Obergefreiter, mehr Licht!« Der Schein einer einzelnen Stablampe, aus der Dunkelheit heraus schräg auf das Mädchen und den Offizier gerichtet, setzte Francescas Kopf und ein wenig das Profil des Deutschen in Szene. Es blieb bei einem Umriss.

»Das reicht nicht, das reicht nicht ...« Vittorio war verzweifelt und presste den Gewehrkolben immer fester in seine verletzte Schulter, die unter dem Druck schmerzte. Blut sickerte in seine Jacke und tränkte den derben Stoff dunkelrot. Sein Finger flatterte am Abzugshahn, doch er drückte ihn nicht durch. Er zögerte. Er musste handeln. Irgendwie, nur eine – Idee. »Francescaaa!« Sein Schrei durchbrach die Stille der Nacht. »Ich bin's! Ora! Jetzt!«

Pallucca und der deutsche Offizier blickten entsetzt zur Holzhütte, von wo die Stimme sich wie eine Naturgewalt ausbreitete. Francesca erschrak. Das war ihr Bruder! Ora! Jetzt! Sie verstand – als Erste. Und sie warf in dieser Sekunde Kinn und Kopf so heftig und tief auf die Brust, dass es im Nacken krachte und schmerzte. Dann peitschte ein Schuss durch die Nacht. Sie spürte einen Schlag. Jetzt also würde sie sterben. Jetzt? »Nein, nicht jetzt!« Sie fühlte, wie der Griff des Deutschen in ihrem Nacken schwächer wurde und im selben Moment etwas Warmes an ihren Hals spritze. Ihr versagten die Knie. Sie sackte auf den Waldboden, krallte sich mit vor Angst steifen Fingern in der Erde fest und presste das Gesicht tief hinein in die weiche Schicht aus verrotteten Laubblättern. Nie mehr würde sie diesen humusartigen Geruch vergessen. Sie betete zum Himmelsvater und vergrub sich in Mutter Erde.

Sofort krachten weitere Schüsse durch die Nacht. Vier, fünf, immer mehr, sie kamen von hinten, aus dem Waldstück vor der Lichtung. Francesca zählte nicht mit. Sie hörte Schreie. Dumpfes Stöhnen. Sie hörte Pallucca brüllen. Und sie hörte Tommaso aufheulen, der ungelenk ein paar Meter vorgesprungen war und sich wie ein Raubtier auf Pallucca geworfen hatte. Dann drückte eine Last auf ihren Körper, die ihr den Brustkorb einschnürte. Francesca atmete schwer, verschluckte sich am Knebel in ihrem Mund. Und verlor das Bewusstsein.

Nach einer Weile, sie wusste nicht mehr, wie lange sie auf dem Waldboden gelegen hatte, spürte sie einen festen Griff am Arm. Eine warme Hand, die nach Pulver roch, zog ihr den Knebel heraus und schob sich unter ihren Kopf.

Sie hörte eine Stimme: »Es ist vorbei.«

42

Italien, Freitag, 1. Oktober 1943
meine Stube in Pratica di Mare

Jetzt sitze ich wieder an diesem kleinen wackligen Tisch, schreibe in mein Tagebuch, und die Gedanken gehen immer im Kreis. Habe ich alles richtig gemacht? Ostfront oder Archäologe bei der SS? Seit Tagen keine Nachricht aus Berlin. Mein Marschbefehl ist vorerst wohl auf Eis. Und Hugin? Ist wieder weg, sitzt in Rom. Kein Wort mehr von ihm seit unserem Gespräch am Nemi-See. Ich warte. Mehr kann ich nicht tun.

Hier geht derweil alles drunter und drüber, seit die Alliierten im Süden vorrücken. In Neapel hat es sogar einen Aufstand der Italiener gegen uns gegeben. Viele Tote! Unsere Truppen sind dort abgerückt und sammeln sich nördlich von Neapel an der ersten von etlichen Verteidigungslinien, die das Oberste Heereskommando quer über den Stiefel bis hoch nach Rom aufbaut.

Ich weiß das alles, weil mich Major Bender zur persönlichen Unterstützung vorübergehend in seine Kommandantur gesetzt hat. Was soll er auch mit mir anfangen? Ich bin ein Pilot ohne Maschine. Ersatz für meinen ausgebrannten Storch bekomme ich hier in Italien nicht mehr. Jetzt sitze ich also in dem kleinen muffigen Dienstzimmer neben dem Büro des Alten. Und durch die geöffnete Tür kann ich gut zu ihm hinübersehen.

Unser Major schaut jeden Tag in seine Stapel von Meldungen, die ihm stündlich ein junger, etwas untersetzter Unteroffizier aus dem Fernschreibraum reinträgt und in seine Ablage schüttet. Und dabei strammsteht wie eine deutsche Eiche. Der Alte verzieht immer das Gesicht, besonders wenn der Unteroffizier die Hacken zusammenschlägt. Manchmal kann unser Major dann nicht anders, und ich höre ihn »Müller, raus« brüllen. Dieses leicht heisere Bellen kenne ich nur zu gut. Danach sondiert er die Meldungen, sucht, telefoniert, schüttelt den Kopf und schmeißt mir das eine oder andere Papier auf meinen Schreibtisch. Dann sagt er nur kurz »Herr Oberleutnant, bitte erledigen« und schaut mir freundlich ins Gesicht. Manchmal erzählt er von seinem Sohn, den er liebevoll Kläuschen nennt und der bei der Wehrmacht in Österreich eingesetzt ist. Heute Mittag, nach dem Essen im neuen Offizierscasino in einem intakten Nebengebäude, kam er zu mir rüber. Was denn nun mit Berlin sei, fragte er mich. Ich zuckte mit den Schultern. Und ob da zwei Kräfte an mir zerren und ob ich wirklich zur SS wolle. Ich schwieg. Sein Blick wurde sehr streng. Das werde ich so schnell nicht vergessen.

Übrigens, Kantine. Ich habe heute was von Hänschen gehört, der bei dem Bombenangriff vor elf Tagen schwer verletzt worden war. Er liegt in einem Lazarett nördlich von Rom und soll auf dem Weg der Besserung sein. Der Kurier erzählte, dass Hänschen den Krankenschwestern hinterhermacht. Das passt zu ihm! Hoffentlich bekommt er nach seiner Genesung noch Heimaturlaub.

Ja, Heimaturlaub, das wäre auch was für mich, ist aber weit entrückt. Ich habe Sehnsucht nach Zuhause, nach meinen Eltern. Ob es ihnen gut geht? Zuletzt waren im August vergangenen Jahres Bomben auf Mainz gefallen und hatten die Altstadt schwer getroffen ... wo sanft und mild der wonnige Hauch der Heimaterde duftet.

***

Italien, Sonntag, 3. Oktober 1943
Rom, am Abend

Mein Gott, es ist so weit. Ich bin in Rom, und vermutlich schon morgen in Nemi. Heute früh kam Major Bender in mein kleines Dienstzimmer und wedelte mit einem Fetzen Papier herum. »So, mein Junge«, sagte er und baute sich ganz offiziell vor meinem Tisch auf. Ich stand auf und nahm Haltung an. »Die Ostfront ...«, dann machte der Alte eine kleine Pause, »ja, also, die Ostfront – muss ohne Ritterkreuzträger Curth von Alban auskommen. Herr Oberleutnant hat sich noch heute bei Standartenführer Hugin in Rom zu melden, genauer gesagt in der SS-Kommandantur in der Via Tasso. Dort gibt es Papiere und weitere Befehle.« Der Alte schaute mich besorgt an. »Dieser Hugin? Ist das die Kanaille vom Nemi-See?« Er wartete keine Antwort ab, weil er sie kannte. Dann sagte er leise: »Junge – die SS – weißt du, auf was du dich da einlässt?«

Gut, dass wir alleine waren und nicht etwa Unteroffizier Müller bei uns herumlief und große Ohren bekam. Denn allein dafür hätte er dem Alten mächtig Ärger machen können. Der Major flüsterte so etwas wie »Pass auf dich auf«. Da krachte wieder seine große Hand auf meine Schulter, wie nach der Duce-Befreiung. Man, hat der 'nen Schlag. Dann drehte er ab, ging zurück in sein Büro und schmiss die Tür hinter sich zu. Die Tassen hinter mir im Regal schepperten, als ob gerade die Erde bebt. Ich bin mir nicht sicher, aber hatte der Alte feuchte Augen? Kann ja wohl nicht sein. Doch auch mir war flau im Magen.

Zwei Stunden später saß ich im Kübelwagen von Unteroffizier Müller, der mich auf Befehl des Alten nach Rom chauffieren sollte. Ausgerechnet der Müller. Unser Major wollte ihn wohl loswerden, wenigstens für 'ne Weile. Erst hatte dieser Hackenknaller grimmig geschaut, dann aber dämlich gegrinst, als er das Wort Rom hörte – und sich vermutlich schon in einer Trattoria beim Rotweinsaufen gesehen. Ich hatte in Windeseile meine Habseligkeiten in Rucksack und Tornister verstaut, den Borsalino von Mussolini vorsichtig zusammengerollt und mein Gepäck samt dem Kochgeschirr scheppernd auf den Rücksitz geworfen. Müller saß am Lenkrad, ein junger Soldat klemmte stocksteif neben ihm auf dem

Beifahrersitz. Er stellte sich als Obergefreiter Jan Schevenen vor, und seine Maschinenpistole umklammerte er während der Fahrt fest in den Händen. »Wir sind in Feindesland«, sagte er knapp. Ich fand das übertrieben. Aber wir hielten alle die Augen auf.

Als wir den Flugplatz verließen, drehte ich mich noch einmal um. Die meisten Gebäude lagen in Schutt und Asche, das Rollfeld war überwiegend zerstört. Dort, wo die drei großen Heinkel-Flugzeuge auf Mussolini gewartet hatten, waren die Bombentrichter am größten. Dann bogen wir ab auf die Piste am würzigen Pinienhain vorbei, wo Hänschen und ich noch vor Wochen über den trockenen Waldboden geschlichen waren. Schließlich kamen wir auf eine Landstraße. Immer Richtung Rom.

Zuerst war an der Via Pontina, die aus dem Süden nach Rom führt, alles sehr ländlich und idyllisch. Ich genoss die Stille und das weite Vorland von Rom mit seinen dichten grünen Nadelwäldern zur Meerseite und den von der Sonne verbrannten gelb-braunen Wiesen zur Landseite. Alle paar Kilometer fuhren wir an Höfen vorüber, die teils verlassen und baufällig wirkten. Dann wieder knatterte unser Kübelwagen an kleinen Gruppen von Bäuerinnen vorbei, die stumm – mit Kopftüchern und in zerschlissenen Röcken – am Straßenrand standen und uns regungslos nachschauten. Eine Gruppe von Kindern tobte auf einem abgeernteten Acker und bewarf sich mit Getreidestoppeln. Als sie uns sahen, erstarrten sie in ihrem Spiel. Und als wir vorbei rollten, hörte ich sie rufen. »Crucchi! Bastardi!« Ich drehte mich um und sah, dass sie keine Schuhe an den Füßen hatten. Dann klatschte dumpf eine ausgerissene Stoppel ans Heck. Die trockene Erde am Ballen staubte auf. Müller drehte sich mit Zornesfalten im Gesicht zu mir um. »Sollen wir anhalten«, fragte er mich. »Weiter, Herr Unteroffizier, weiter«, befahl ich, »schauen Sie nach vorne.« Da sah ich schon die ersten Häuser der Vororte von Rom.

Vor der antiken Porta San Paolo mit ihren trutzigen Rundtürmen mussten wir zwei Straßensperren mit schwer bewaffneten deutschen Soldaten passieren. »Halt – Sperrzone« warnten die Stoppschilder auf Deutsch und Italienisch. Gut, dass uns Major Bender die Erlaubnisscheine ausgestellt hatte. Am Tor selber stand neben der spitzen Cestius-Pyramide ein deutscher Panzer, aus dem ein Offizier seinen Kopf herausstreckte. Müller grüßte ihn mit dem ausgestreckten Arm zum Hitlergruß. Mit einem breiten Grinsen rief er hinüber zur Panzerluke: »Und wann tauft ihr den Platz in Piazza Adolf Hitler um?« Der Offizier zeigte sich wenig amüsiert. »Sieh zu, dass du deinen Arsch hier wegschaffst.« Dann rief er einem Dutzend Schwerbewaffneter zu: »Passieren!« Wir waren durch.

Über das Kopfsteinpflaster holperten wir mit unserem Kübelwagen in Richtung Zirkus Maximus, der links von uns unter der bronzenen Oktober-Sonne lag. Auf einer ewig langen, schnurgeraden Straße fuhren wir weiter und rollten direkt auf den Triumphbogen für Kaiser Konstantin zu, der immer größer wurde. Ich murmelte vor mich hin. »Konstantin, Sieg an der Milvischen Brücke, Gegner Maxentius. 312 nach.« Mein Studiumwissen. Warum sollte ich das Müller und Schevenen erzählen? Zwecklos. Dann aber kam das grauweiße Kolosseum in Sicht. Grandios. Müller drehte mit großen Augen eine Ehrenrunde, und wir sahen die immens breite Via dell'Impero, die Mussolini als Paradestraße zwischen Kolosseum und Piazza Venezia quer über die antiken Kaiserforen hat durchbrechen lassen. Wenig Verkehr. Viele deutsche Wehrmachtsfahrzeuge. Am Ende der Prachtstraße erkannten wir das gigantische Denkmal für den italienischen König, das schneeweiß in der Sonne glänzte. Marmor! Was für ein Pomp! Das ist Rom! So hatte ich es seit meiner Studienreise in Erinnerung. Einmal im Kreis um die Piazza Venezia und vorbei am ehemaligen Regierungssitz Mussolinis, ging es zurück über die Via dell'Impero zum Kolosseum und weiter in die Via Labicana, Richtung Lateran, immer den deutschen Wegweisern nach, dann in die Via Tasso. Ein kleines, enges Gässchen. Wir hätten's fast verfehlt. Endlich waren wir da – nur Hugin nicht.

Die SS-Kommandantur vertröstete uns auf den nächsten Tag. Und wir bekamen zur Nacht unsere Gästezimmer in der Villa Wolkonsky zugewiesen. Nobel! Die deutsche Botschaft, in einem riesigen Park, nur einen Steinwurf von der Via Tasso entfernt, hat seit der Besetzung Roms durch unsere Truppen ihre Funktion verloren und wird derzeit aufgelöst. Morgen geht's zum Hugin.

Und jetzt? Ich genehmige mir gleich einen in der Botschaftsbar, die noch in Betrieb ist. Gute Nacht, ihr Sorgen!

43

Rom 1943, am nächsten Morgen

Curth wälzte sich herum. Er war gefangen. Gefangen in einer kalten Hölle aus Stein. Groß wie ein Berg. Und er strich sich über seinen langen roten Bart, der um einen Marmortisch herumgewachsen war. Jetzt schwebte Curth. Er schaute auf sich selbst herab, wie er dort unten schlief, und doch immer wieder mal mit den Augen blinzelte. Dann kam ein dicker Mann in Operettenuniform in sein Gefängnis hinein. Brachte ein Glas. Flößte ihm Kräuterlikör ein. Faselte vor sich hin. Vom Wiedererwachen, der Rettung des Reiches und neuer Herrlichkeit. Von der Rückkehr eines Friedenskaisers. Aber erst dann, wenn der Bart ganz um den Tisch gewachsen ist und ein mächtiger Adler sich aufschwingt, den Berg umkreist und den Rabenschwarm verscheucht. Jetzt erkannte sich Curth. Er war – wie und warum auch immer – im Gewand von Kaiser Barbarossa! Gefangen im Kyffhäuser-Gebirge. Er schlug nach einem Raben, der um seinen steinernen Thron herumflatterte. Ein riesiger Rabe, den er verscheuchen...

»Hallo, Herr Oberleutnant.«

Kaiser Barbarossa hörte eine ferne Stimme. Und blinzelte wieder.

»Herr Oberleutnant. Ich bitte Sie! Lassen Sie los!« Die Stimme klang verzerrt. Und verärgert.

Curth riss die Augen auf. Oder besser, er versuchte, seine schweren Lider zu öffnen. Es roch streng, nach Medizin. Dicht an seinem Bett im Gästeflügel der Villa Wolkonsky stand dieser Rabe, wie auf Stelzenbeinen, tiefschwarz. Mehr erkannte er nicht. Ihm fielen die Augen wieder zu. Er fuchtelte mit seinen Armen, um diesen dummen Vogel zu vertreiben. Hätte er nur nicht die vielen Kräuterschnäpse an der Botschaftsbar getrunken, sagte sich Curth. Und dazu das Gefasel des Oberkellners über alte deutsche Sagen. Über diesen Kyffhäuser-Blödsinn samt Barbarossa. Er lugte durch die Schlitze seiner Augen. Kein Rabe. Aber diese hagere Gestalt mit langer Nase, die schwarze Uniform – die hatte er schon mal gesehen. Wieder diese Stimme.

»Alban, lassen Sie doch meine Uniformjacke los.«

Die Stimme, befand Curth, hörte sich nicht freundlich an.

»... und machen Sie mal das Fenster zu. Im Oktober, nachts offen, Mensch! Ist doch schweinekalt draußen.«

Curth spürte eine kräftige Hand, die seinen ausgestreckten Arm zurückschlug. Dann sah er schemenhaft, wie die schwarze Figur forsch durch sein Zimmer marschierte. Der Fensterriegel rastete kurz darauf ein. Curth richtete sich im Bett auf und glaubte seinen Augen nicht.

»Hugin? Sind Sie verrückt geworden? An meinem Bett! Was machen Sie hier?« Er schmeckte auf seiner Zunge einen pelzigen Geschmack nach abgestandenen Kräutern.

»Alban, jetzt machen Sie nicht so ein Geschrei.«

»Was heißt hier Geschrei?« Curth registrierte den Hauch eines Wachwerdens. »Es ist ... Moment«, er schaute auf seinen Wecker, »es ist halb zwei. Nachts!«

»Blödsinn! Wir haben sieben. Ihr Wecker ist stehengeblieben.« Hugin riss die halb zugezogenen Vorhänge am Fenster auf. »Wie sollen wir den Krieg gewinnen, wenn hier jeder macht, was er will. Vielleicht halten sich unsere Fliegerhelden für was Besseres, wie?«

Curth hatte das untrügliche Gefühl, diese Sätze schon einmal gehört zu haben. Es fiel ihm wieder ein. Von Major Bender. Als er einen Befehl zum Antreten im

Büro des Alten verschlafen hatte. Er fasste sich. »Egal, Hugin! Ob halb zwei oder sieben. Was machen Sie in meinem Zimmer?«

»Ich habe nicht ewig Zeit. Sie hatten vor einer halben Stunde einen Termin bei mir.« SS-Standartenführer Harald Hugin hasste es, wenn man seinen Anordnungen nicht nachkam. Seine Stimme klang gefährlich. »Wollen Sie lieber an die Ostfront?«

»Nein, natürlich nicht. Ich bin Archäologe und ...«

»Ist ja gut, den Satz kenne ich schon.« Hugin wurde ungeduldig. »Jetzt passen Sie mal auf. Und kommen Sie endlich aus dem Bett raus!«

Curth warf sich etwas über und hörte angestrengt der Stimme des SS-Standartenführers zu.

»Sie sind ab sofort Archäologe in Diensten des deutschen Ahnenerbens. SS – klar? Jedenfalls vorerst. Sozusagen auf Probe.« Hugin verschränkte die Arme hinter dem Rücken und versteifte seinen ganzen Oberkörper wie bei einer Truppenansprache. »Ihr Auftrag ist Ihnen bekannt. Für Himmler und den Führer suchen Sie dieses Zauberartefakt am Nemi-See. Aber Klappe halten! Das ist ein geheimer Auftrag. Wenn Sie versagen, wartet Generalfeldmarschall Manstein von der Heeresgruppe Süd am Dnjepr auf Sie. Ostfront, verstanden?«

»Sie haben sich also erfolgreich in Berlin für mich eingesetzt?«

»War nicht ganz leicht. Ihr spezieller Freund, der SS-Hauptsturmführer aus dem Reichssicherheitshauptamt, hat ganz schön gekocht. Der kann ja richtig mies werden.« Hugin lachte und schnitt dabei eine schräge Grimasse. Mit dem Zeigefinger deutete er eine scharfe Linie im Gesicht an.

»Krambock. Die Narbe.« Curth sah das Gesicht des Wieners vor sich. Er spürte förmlich wieder die Kälte, die bei dem kurzen, aber heftigen Aufeinandertreffen auf dem Campo Imperatore und auf dem Flugfeld in Pratica di Mare von diesem Mann ausgegangen war. »Herr Standartenführer, ich bin Ihnen zu Dank verpflichtet.«

»Genau, Herr von Alban. Davon gehe ich aus. Und Sie haben nun die Möglichkeit, das wiedergutzumachen. Ansonsten ... Sie wissen schon.«

»Wenn ich für Sie arbeiten soll, dann brauche ich eine Ausrüstung.« Curth wurde etwas wehmütig ums Herz. »Ich brauche Karten, alte Ausgrabungsergebnisse, Schaufeln, Kellen, ein Rüttelsieb ...«

»Eine Ausrüstung steht für Sie bereit, in der Via Tasso. Jedenfalls erstmal das Nötigste. Den Rest wird Ihnen Museumsdirektor Luigi della Rocca besorgen.« Hugin machte eine kleine Pause und fingerte sich eine Zigarette aus einem silbernen Etui mit eingraviertem Reichsadler heraus. »Und Sie arbeiten natürlich in Zivil. Die Italiener wollen an ihren Kulturdenkmälern und Ausgrabungen keine deutschen Uniformen sehen. Aber im Moment wären Sie in Nemi ohnehin alleine. Niemand arbeitet dort aktuell, soviel ich weiß.«

»... und ich brauche eine Genehmigung, um im Tempelbezirk am See suchen zu dürfen.«

Hugin blies eine dichte Tabakwolke aus seinem Mundwinkel. »Der Museumsdirektor wollte sich drum kümmern. Gigi erwartet Sie.« Im Morgenlicht der römischen Sonne, die langsam durch das Fenster einfiel, waberte der Rauch als grau-blaue Wolke durch die frische, klare Luft im Gästezimmer.

Curth ignorierte das. »Wie haben Sie ihn dazu gebracht? Schließlich besteht dort italienische Kulturhoheit.«

»Kulturhoheit? Papperlapapp! Der Abtransport der Artefakte aus dem Museo delle Navi nach Rom – Sie erinnern sich vielleicht an ihre Ritterkreuz-Verleihung

– da haben wir uns geeinigt, Gigi und ich. Mehr geht Sie nichts an.«

»Und wie komme ich nach Nemi? Mit dem Linienbus?«

»Reden Sie kein Blech. Sie haben doch diesen strammen Unteroffizier samt Kübelwagen mitgebracht. Müller, oder wie der heißt. Tüchtiger Bursche. Ich habe ihn von Major Bender loseisen können. Mit Sonderauftrag und so.« Hugin sah die Fragen in Curths Gesicht. »Müller – er weiß nichts über Ihre wirkliche Mission. Nur, dass Sie jetzt für uns als Archäologe arbeiten. Und so soll es bleiben. Die Dienstpapiere sind ausgestellt. Ich war überrascht, wie schnell Ihr Major zugestimmt hat.«

Curth nickte stumm. Das, dachte er, wird dem Alten gefallen haben. »Was wird mit dem Obergefreiten? Und wo werden wir in Nemi unterkommen?«

»Sie scheinen ja schon wieder glockenwach zu sein. Trotz der sechs Kräuterschnäpse gestern Abend an der Botschaftsbar. Sie sehen, ich bin gut informiert.« Hugin hatte sich zwischenzeitlich in einen der schweren Sessel im Gästezimmer fallen lassen. Seine zu hohen Stiefelschäfte lagen übereinander gekreuzt auf der Platte eines kleinen Tisches. »Obergefreiter Schevenen wird Sie ebenfalls begleiten. Etwas unsicher, der Junge. Aber wer weiß, wofür er noch gut sein kann. Ach ja, wegen der Unterkunft. Wenden Sie sich an meinen Freund Gigi. Sein Cousin ist der Bürgermeister in Nemi, ein gewisser Jacopo Rossi, ein Faschist und Duce-Anhänger. Er besitzt eine Herberge in dem Kaff. Dort können Oberleutnant von Alban und sein Gefolge absteigen.« Beim Wort Gefolge verzog Hugin verächtlich seinen Mund und blies wieder eine grau-blaue Wolke ins Zimmer.

Curth überhörte die zynische Bemerkung. »Dann ist ja bereits alles geklärt.« Er war sich im Klaren, dass das

Wesentliche noch überhaupt nicht geklärt war. Er zog sich seine Uniform über, die in einem kleinen Schrank an der Tür zum Bad gehangen hatte. »Hugin, was wissen Sie über das Artefakt? Wo soll ich suchen? Hatten Sie nicht von der Kopie einer alten Schrift gesprochen?«

»Hatte ich?« Hugin legte großspurig seinen Arm auf die Sessellehne. »Bevor wir dazu kommen, muss ich Sie noch auf ein paar Besonderheiten aufmerksam machen.« Dabei sprangen wieder seine markanten Wangenknochen hervor und verzerrten das sonst eher starre Gesicht.

Curth ahnte, dass jetzt die Nachteile der Mission zur Sprache kamen. Er setzte sich Hugin gegenüber in den zweiten Sessel. »Soll ich uns einen Kaffee bestellen?«

»Nicht nötig. Ich muss zurück in die SS-Zentrale, habe gleich noch ein Treffen. Unsere Leute planen was Großes. Die Juden in Rom. Wir sorgen hier jetzt für Ordnung.« Seine Augen leuchteten plötzlich. »Da werden uns bald einige wertvolle Gegenstände und viel Geld in die Hände gespielt. Mehr kann ich Ihnen nicht verraten.«

Curth versuchte, seine innere Unruhe zu verbergen. Er hatte in Offizierskreisen hinter vorgehaltener Hand von Gräueltaten an Juden gehört. Im deutschen Reich wie in den besetzten Gebieten. Massenerschießungen! Jetzt also auch in Rom? Er überspielte das Thema. »Von was für Besonderheiten sprechen Sie?«

»Ach ja. Also, Sie werden bei Ihren Nachforschungen im Tempelbezirk immer den Museumsdirektor an der Seite haben. Das war die Bedingung, die ich den Italienern nicht abschlagen konnte.«

»Er wird mir also ständig auf die Finger schauen?«

Hugin schnippte Zigarettenasche in eine gläserne Schale auf dem Tisch. »Davon sollten Sie ausgehen.

Gigi ist nicht dumm. Und er ahnt, dass wir etwas suchen. Sie müssen also schlauer sein.«

»War das alles?«

»Nein. Sie werden alle paar Wochen nach Rom kommen, um mir persönlich Bericht zu erstatten. Es sei denn, ich komme nach Nemi. Denken Sie daran, dass unser Führer im April Geburtstag hat. Himmler will ein außergewöhnliches Geschenk für ihn. Und ich will, dass Sie was finden. Rechtzeitig, klar?«

»Irgendwas? Schließlich haben doch schon die Engländer vor fast sechzig Jahren das Ufer am See durchpflügt. Ein Lord Savile hat damals den Diana-Tempel ausgegraben, jedenfalls Teile davon. Viele Kisten mit Antiquitäten sind nach Nottingham ins Museum gekommen. Der Tommy lässt doch nichts liegen, was von Wert ist.«

»Ah, wie ich höre, sind Sie schon vorbereitet. Aber Ihren Spott können Sie sich sparen. Seien Sie vorsichtig, Herr Oberleutnant. Oder sollte ich jetzt nicht besser SS-Obersturmführer von Alban sagen? Wie auch immer, ich akzeptiere kein Versagen. Auch bei Ihnen nicht, Herr Obersturmführer.« Dabei zog er den neuen Dienstgrad wie mit Kaugummi durch die Zähne. »Ooober – stuuurm – füüührer.«

Curth ließ sich seinen Zorn und seine Gedanken nicht anmerken. »Dieser Pinsel, dieser überhebliche schwarze Affe.« Trotzdem versuchte er, seinem Gegenüber so freundlich wie nötig ins Gesicht zu blicken. »Neulich, unten am See, haben Sie mir etwas von einem alten Schriftstück erzählt und von einem geheimen Zauber, der darin erwähnt wird. Sie haben eine Abschrift. Wann kann ich die haben?«

»Dazu kommen wir später. Sie sollten aber bei Ihren Nachforschungen auf etwas achten. Wo würde ein Priester des Tempels etwas verstecken, das die Zeit überdauern sollte? In einer Nische, im Mauerwerk, in einem geheimen Fach vielleicht? Etwas, was die Engländer nicht gefunden haben.« Hugin wuchtete sich aus dem schweren Sessel hoch. »Herr Obersturmführer, ich empfehle mich.« Er drückte seine halb gerauchte Zigarette nachlässig im Aschenbecher aus. Dann stampften die Stiefeltritte des Raben über das Parkett. »Wir sehen uns wieder. In vierzehn Tagen.« An der Tür stach er seinen rechten Arm wie ein Messer zum Führergruß heraus. »Heil Hitler!«

Hugin rauschte hinaus. Im Zimmer blieb der schwere Geruch seines Rasierwassers hängen. Das deutsche Pitralon. Nichts Feines für die Nase. Eher grob und antiseptisch. Wie Medizin.

Curth hing wie ein nasser Sack in seinem Sessel und kam nicht hoch. Die Kräuterschnäpse, der Oberkellner mit dem Kyffhäuser-Geschwätz, jetzt Hugin, dessen stinkende Zigarette im Aschenbecher vor sich hin qualmte. Und dann Müller, der in Nemi an ihm kleben würde. Er kramte aus dem Rucksack den dunkelroten Einband seines Baedeker-Reiseführers heraus. Und schlug die Seite auf, die er mit einem orangefarbenen Lesezeichen markiert hatte. Er las.

»Nemi ist ein mittelalterlicher Ort mit altem Kastell. Das Gasthaus (Trattoria De Sanctis, auch zum Übernachten) hat eine kleine Veranda, die eine herrliche Aussicht gewährt: der See mit dem Schloss von Genzano, dahinter ein alter Wartturm, die weite Ebene und das Meer.«

Er schöpfte Hoffnung.

44

Nemi, 5. Oktober 1943
Trattoria de Sanctis

Es war wie im Traum. Aber real. Diesmal wirklich real. Curth war auf den schmalen Balkon seines Zimmers hinausgetreten und blickte mit großen, fast kindlichen Augen auf den See weit unter ihm. Die Vormittagssonne war hinter der Altstadt steil am Himmel hochgeklettert und warf ihre Strahlen auf ein Meer aus grauer Urzeit. Die Oberfläche ruhte still und glitzerte wie ein mit Silberfäden gesponnenes Gewebe. Das Blau des Wassers weckte in ihm die Sehnsucht nach einer besseren Welt – während es in seinem Kopf gleichzeitig hämmerte: Dieser verdammte Krieg! Curth strich mit seinen Fingern durch das vom Schlaf zerwühlte Haar und schob eine blonde Strähne aus der Stirn. Er blickte auf den Spiegel der Diana, den antiken Speculum Dianae, wie der See in alten Zeiten genannt wurde. Und war überwältigt von der Kraterlandschaft. Überwältigt von den dunkelgrün schimmernden Kronen der Baumriesen, die sich wie ein Schild zum Schutz der heiligen Göttin zusammenfügten. Curth war gebannt von der geheimnisvollen Aura, die den See umgab. Und je länger er schaute, desto ruhiger wurde er. Lag dort unten im Vulkankessel ein verborgener Zauber?

Am Nordufer des Sees konnte er das grau-weiße Dach des Museums und mit einem Abstand drumherum die dürftig getarnten Flakbatterien der deutschen Wehrmacht erkennen, wo er gestern Nachmittag mit Direktor Luigi della Rocca zusammengetroffen war. Der Direttore hatte ihm, Müller und Schevenen die

Adresse der im Reiseführer erwähnten Trattoria de Sanctis – einem einfachen Gasthaus am Corso – gegeben und himmelwärts gezeigt. »Da oben, das ist Nemi. L'albergo di mio cugino – gehört meinem Cousin Jacopo. Er weiß Bescheid.«

Mit dem Fernglas vor Augen wanderte Curths Blick vom Balkon aus weiter nach Osten. Er konnte sogar verschiedene Mauerstrukturen im flachen Hinterland des Sees erkennen – Tempelreste. Rundherum war intensive Feldwirtschaft zu sehen, wobei sich die vielen Längsstreifen der schmalen Parzellen bis an den Fuß der Caldera-Wand heranschoben.

Curth klapperte ungeduldig mit seinem Zimmerschlüssel in der Hand und wartete auf Unteroffizier Müller, der ihn an den See hinunterfahren sollte. Er blickte auf den dicken Knauf aus Eichenholz mit dem bronzenen Schlüssel dran, sah die Zahl 31 und musste lächeln. »Signore di Albano? Camera trentuno« hatte gestern bei der Begrüßung in der Trattoria eine junge Frau mit schwarzen Haaren knapp gesagt, ihm den Schlüssel in die Hand gedrückt. Und ein »buon soggiorno nella nostra suite« gewünscht – einen schönen Aufenthalt in der Suite. Und ihm dabei schelmisch in die Augen geschaut. Dann hatte Eugenia, wie sich die Zimmerwirtin vorstellte, auch die Schlüssel für Müller und Schevenen herausgegeben, sich die Hände an ihrer fleckigen Kittelschürze abgewischt und eine schmale Holztreppe hinaufgezeigt. »Lassù!« Nach oben. Die Stiege führte in den ersten Stock mit einer Veranda zum See. Von dort leitete ein dunkler Gang mit unebenem Boden in ein Nachbargebäude weiter. Eine knarzende Treppe, deren Geländer Curth misstrauisch musterte, brachte die neuen Gäste in die Stockwerke zwei und drei.

Bei der Camera trentuno handelte sich nicht um eine Suite. Aber das hatte Curth keinesfalls anders erwartet.

Im Zimmer roch es frisch gelüftet, und Eugenia hatte das Bett sorgfältig mit weißen Leinen bezogen. Der geräumige Kleiderschrank knarrte beim Öffnen gewaltig, und der Schlüssel im Schloss drehte rettungslos durch. Vor dem Fenster zum Balkon stand ein mit Kerben und Schrammen übersäter Schreibtisch, der in seiner Gravität aber keinen Schaden genommen hatte und den Raum dominierte. Ein einsamer Stuhl vor dem Schreibtisch, ein Kleiderhaken hinter der Tür, ein wackliges Standwaschbecken im Bad und Handtücher so dünn wie Papier. Und an der Wand seitlich des Betts ein mittelgroßes Gemälde, das vor einer Bergkulisse ein junges Bauernmädchen mit einem Heubündel auf dem Kopf zeigte, an das sich eine schwarze und eine weiße Ziege anschmiegten. Das war sein Zimmer für die nächsten Wochen und Monate. Curth fühlte sich auf Anhieb wohl. Ein hoher Standspiegel mit schmaler Holzfassung gab zudem ein Bild von ihm wieder, wie er es lange nicht mehr gesehen hatte. Die Uniform – getauscht gegen eine weitgeschnittene Hose aus robustem Zwirn und gegen ein eng geschnittenes Sakko mit breitem Revers. Die dicke Koppel – ausgewechselt gegen einen schmalen Ledergürtel. Und statt schwerer Soldatenstiefel trug er moderne, leichte Halbschuhe. Natürlich braune. Aus Italien. Das gefiel ihm! Jetzt noch den Mussolini-Hut aufsetzen ...

Es klopfte. Unteroffizier Müller rief vom Gang, als wollte er Wände brechen: »Herr Obersturmführer, wir sind so weit.«

Curth riss entsetzt die Tür auf. »Müller, sind Sie total verrückt geworden? Hatte ich Ihnen nicht klar gesagt, dass ich als Archäologe in Nemi bin. Nicht als SS! Capito?«

Müller wunderte sich. »Haben Sie etwa was gegen unsere SS?«

»Nein, aber ich bin in Zivil hier. Oder sehen Sie an mir eine Uniform kleben? Wir sind doch gestern schon so aus Rom gekommen.« Er strich dabei demonstrativ über sein Sakko, das er sich zusammen mit anderen Sachen aus einer Kleiderkammer in der Via Tasso nehmen durfte. »Zivil, Müller, zivil! Sie wissen noch, was das heißt, oder? Nur Sie und Schevenen tragen Wehrmachtsuniform und sind mein abkommandiertes Begleitpersonal. Ich – zivil! Klar?«

»Sicher, Herr Obersturmführer Wie befohlen. Heil Hitler!«

»Müller, es reicht! Fahren Sie mich jetzt an den See runter. Noch so einen dummen Patzer und Sie graben an der Via Pontini die italienischen Kartoffelacker um. Nochmal. Ich bin als Archäologe hier, nicht als SS-Soldat.« Curth verstand plötzlich, warum der Alte, Major Bender, immer so aus der Fassung geriet, wenn Müller in seinem Büro auftauchte.

Obergefreiter Jan Schevenen wartete vor dem Hotel im offenen Kübelwagen. Er umklammerte hinten auf der Rückbank seine Maschinenpistole noch ein wenig fester, als Zimmerwirtin Eugenia aus der Trattoria heraustänzelte und sich neugierig ins Fahrzeug beugte. Sie zauberte dem Jungen eine schamhafte Röte ins Gesicht. »Ragazzo, nome, eh?« Ihre Stimme schnurrte wie ein durchtriebenes Raubkätzchen.

Schevenen starrte stumm. Und blickte wie versteinert in das junge, hübsche Gesicht mit den schwarzen Augen und geschwungenen roten Lippen.

»Mensch, Schevenen, Sie will wissen, wie du heißt.« Curth von Alban kam mit Müller im Schlepptau aus der Trattoria heraus und scheuchte den jungen Obergefreiten aus seiner Pubertätsstarre auf. »Na, sag' schon was Nettes zu ihr. Du gefällst ihr.«

»Jan, Jan Schevenen.« Der Junge wechselte seine Gesichtsfarbe von blassrosa auf glutrot. Dann packte der Zwanzigjährige alles Italienisch aus, das er in den letzten Wochen in den engen Mannschaftsunterkünften von Pratica di Mare gelernt hatte. »Sig-no-ri-na, buon giorno bella Signorina.«

Eugenia lachte aus dunkler, tiefer Kehle und stemmte ihre Hände in die Hüften, was ihre schmale Taille betonte. Es war nicht das Lachen einer vornehmen Tochter aus gutem Hause.

Unteroffizier Müller hatte inzwischen auf dem Fahrersitz Platz genommen und wieder seinen zornigen Blick aufgesetzt, den er schon bei dem harmlosen Bewurf mit Getreidestoppeln an der Via Pontina bekommen hatte. »Puttana, vattene!« Er scheuchte die Frau mit einem Schlag aus dem Handgelenk vom Wagen weg.

»Ruhig, Müller, unsere Zimmerwirtin tut Ihnen doch nichts. Und beleidigen Sie sie nicht als Hure«, sagte Curth. »Wir sind als Gäste hier, nicht als Besatzer.«

»Das sehe ich anders«, schnappte der Unteroffizier zurück. Müller drehte seinen Kopf zur Beifahrerseite und schaute Curth auffallend ruhig ins Gesicht. »Und mit dieser Meinung bin ich nicht alleine.« Dann ließ er provokant seine Zunge schnalzen: »Sig-no-re di Albano.«

Zum ersten Mal kam Curth der Verdacht, dass Hugin ihm diesen Müller nicht ohne Hintergedanken mitgegeben hatte, und ärgerte sich über seine Arglosigkeit. Er wechselte seine Stimme in einen scharfen Kommando-Ton: »Fahren Sie endlich los.« Dann hörte er noch, wie die Zimmerwirtin in Richtung Müller mit einem sarkastischen Unterton »Oh, che forza« zischte – wie stark. Eugenias »Bastardo« aber ging im aufheulenden Motorlärm bereits unter. Der Kübelwagen mit seinem Tarnmuster rumpelte lautstark über das Pflaster und ließ jeden Anwohner am Corso wissen, dass die Deutschen den Ort verließen. Ein Krämer schleppte gerade seine Körbe auf die Straße, gegenüber fegte eine weißhaarige alte Frau den Dreck vor der Haustür zusammen und ein Messer- und Scherenschleifer schob in aller Gemütlichkeit, aber lautstark, seine armselige Holzkarre von einem Haus zum nächsten. »Forbici – Coltelli!« Die Rufe verloren sich rasch zwischen den Hauswänden. Oberhalb der Mündung einer steil ansteigenden Gasse erkannte Curth eine große Kirche. Ein schwarz gekleideter Priester lief den Weg hinunter und hatte es offenkundig sehr eilig. Und rechts, an einer blassgelben Hauswand unter dem Schriftzug »Farmacia«, sah Curth eine Frau mit auffallend vollen, brünetten Haaren aus einer Tür herauskommen, die sich neugierig für die vorbeikommenden Tedeschi zu interessieren schien. »Weiter, Müller, und fahren Sie der Frau nicht über die Füße.« Dann verschwand der dunkelgrüne Militärkraftwagen hinter einer Biegung.

***

Pater Lucius hatte es eilig. Sehr eilig. Sein schwarzer Talar verklemmte sich bei den raschen Schritten zwischen den Beinen, und mit einer Hand musste er die Kappe festhalten, die beim Laufen vom Kopf rutschte. Er war in heller Aufregung. Und das schon seit gestern Nachmittag. Denn gestern, bei der Montagsbeichte, hatte es Jacopo Rossi endlich zu ihm in die Kirche geschafft. Nach Monaten des Schweigens. Nach Monaten des gottlosen Treibens dieses faschistischen Bürgermeisters. Und was er dabei hörte – er war tief erschüttert. Aber er hatte es ja so gewollt. Er hatte es sogar eingefordert. Nachhaltig. Mit dem Fegefeuer hatte er dem Bürgermeister gedroht. Das war – er dachte beim Lauf hinunter zum Corso kurz nach – am 12. September. Jenem Tag, als Mussolini von den Deutschen befreit wurde. Jenem Sonntag, als die junge Principessa Capriri und Tommaso, der Sohn der Fabrizi, auf dem Weg hinter seinem Garten herumkeuchten und er sie vor zwei Schwarzhemden in Sicherheit brachte. Und er Minotti und Pallucca, die schrägen Handlanger des Bürgermeisters, so mutig an der Hecke abgefertigt hatte. *»Dieses Haus und der Garten stehen unter Gottes Schutz. Und wenn Sie so wollen, die Hecke auch.«*

Hinterher, noch am selben Sonntagnachmittag, war Pater Lucius empört zu Jacopo Rossi gelaufen, um ihn zur Rede zu stellen und sich zu beschweren – natürlich in Gottes Namen. Warum seine Handlanger den heiligen Sonntag stören, wollte er wissen, und an seinem Garten auftauchen. Rossi war stinksauer und der Besuch ihm unangenehm, wie Pater Lucius deutlich spürte. »Ich erwarte Sie in der Beichte, Herr Bürgermeister. Sie haben schon lange nicht mehr Ihre Sünden bekannt.« Und als Rossi immer noch zögerte, griff Pater Lucius zum letzten Mittel: »Das Fegefeuer«, sagte er zu Rossi, »das Fegefeuer! Nur wer seine Sünden bekennt, wird vor Gott bestehen.« Doch der Bürgermeister kam nicht. Und Pater Lucius dachte schon an dessen Exkommunikation. Aber dann ... war er da. Gestern. Und Pater Lucius erschrak fast, als Rossi plötzlich hinter der Trennwand im Beichtstuhl saß und mit leiser Stimme durch das Holzgitter zu ihm sprach. »Hochwürden, ich habe gesündigt.«

Das, was er hörte, dachte Pater Lucius, würde für drei Fegefeuer reichen. Drei kommunistische Landarbeiter, die Rossi in jungen Jahren in einem Straßengraben bei Ariccia erschossen hatte, weil sie zu einem

Streik aufriefen. Zwei Bauern, die entgegen den Wünschen seines Vaters ihr wertvolles Land in einem fruchtbaren Kessel südlich von Ariccia nicht verkaufen wollten – sie waren kopfüber im Häcksler gelandet. Dann der Überfall der Schwarzhemden auf eine Gewerkschaftsversammlung, bei dem ein linker Funktionär im Handgemenge mit dem jungen Jacopo in eine Heugabel gefallen war. Rückwärts. So viel Verdienste um die Sache hatten dem treuen Mussolini-Anhänger irgendwann das Amt des Bürgermeisters von Nemi eingebracht. Morde und andere Unglücksfälle waren für ihn jetzt schwieriger zu bewerkstelligen. Rossi schaffte sich daher mit Lorenzo Minotti und Diego Pallucca zwei skrupellose Ganoven an, die – wie Pater Lucius befand – ebenfalls in die Beichte müssten. Und dann diese brünette Apothekenhelferin Rosalie, die mit Minotti ein Verhältnis hatte, ohne verheiratet zu sein, wie Pater Lucius mit Erschütterung erfuhr – sie war eine gefährliche Denunziantin. Und hatte, wie Rossi beichtete, die Ehefrau des Apothekers Mancini verraten, die heimlich Bekleidung für italienische Soldaten auf der Flucht organisierte.

Noch während Pater Lucius der Stimme von Jacopo Rossi im Beichtstuhl zuhörte und sich bereits ausmalte, wie viel Buße und Sühne er dem sündhaften Bürgermeister aufladen könnte, erschreckte ihn ein Gedanke: War nicht erst vor wenigen Tagen ein Trupp deutscher Soldaten in Nemi angekommen, der hart und entschlossen gegen Unterstützer von Partisanen vorgehen sollte? Und hatte nicht dieser Pallucca den Trupp abends aus dem Ort geführt, wie ein treuer Messdiener ihm vertraulich berichtet hatte? Pallucca war seitdem verschwunden. Ebenfalls die Deutschen. Auch der Bürgermeister sprach in der Beichte darüber, konnte sich aber alles nicht erklären, fürchtete das Schlimmste und plapperte zudem von einem Spitzel unter den

Partisanenhelfern, den nur Pallucca kannte. Aber der war ja verschwunden. Spurlos. Ausgerechnet jetzt, wie der Bürgermeister im Beichtstuhl bedauerte. Pater Lucius war außer sich. Doch er musste ruhig bleiben. Und er dachte nicht daran, den Bürgermeister angesichts schwerster Verbrechen und noch kommender Vergehen von seinen Sünden freizusprechen. »Mein Sohn, du musst erst den erkennbaren festen Vorsatz haben, dein Verhalten zu ändern und dich zu bessern. Du musst Wiedergutmachung betreiben. Erst dann kann ich das Sakrament der Versöhnung aussprechen.«

Der Priester wartete auf eine Antwort. Es dauerte. Plötzlich hörte er hinter der Trennwand etwas Unglaubliches. »Che si fotta!« Scheiß drauf! Dann war dieser leibhaftige Teufel unter Poltern aus dem Beichtstuhl geflüchtet.

Den restlichen Nachmittag und den Abend hatte sich Pater Lucius gequält. Er musste das Beichtgeheimnis wahren. Das war Kirchengesetz. Eine lange Nacht hatte er gegrübelt und sich den Kopf zerbrochen. Würde er nicht das Leben der Gottgläubigen in Nemi gefährden, wenn er angesichts der Verbrechen schwiege? Am nächsten Morgen saß er verzweifelt über seinem dünnen Morgenkaffee, den seine Haushälterin Teodora ihm an den Sessel am Fenster gebracht hatte. Er schaute abwechselnd verdrossen in den Garten oder hilfesuchend auf das Kruzifix, das schweigend über der Anrichte an der Wand hing. Wollte Gott ihm heute nicht antworten?

»Hochwürden bedrückt etwas?«, hörte er Teodora sagen. Und »Gott weiß immer einen Ausweg«. Pater Lucius nickte. Er hörte wieder die Stimme seiner Haushälterin. »Sagt nicht unser Herr Jesu, dass er den errettet, der ihn liebt?« Der Pater blieb stumm und hörte weiter zu. »Und sagt unser Herr nicht auch, er werde den beschützen, der auf seinen Namen vertraut?« Jetzt drehte sich Pater Lucius verwundert zu Teodora um. War sie das wirklich, die zu ihm gesprochen hatte? Sie redete doch sonst kaum ein Wort. Oder war es eine Botschaft? Aus dem Mund dieser alten Frau, die er von seinem Vorgänger übernommen hatte? Eine göttliche Botschaft? Von einer – Frau?

Pater Lucius überlegte. War er nicht Gottes Werkzeug auf Erden, also auch in Nemi? Natürlich. Das war seine Aufgabe. Jetzt wusste er, was zu tun ist. Er musste die Gläubigen schützen. Die gottestreue Apothekerfamilie. Er musste sie wenigstens vor der Denunziantin unter ihrem Dach warnen. Er trank den Kaffee aus, warf sich an der Haustür schnell sein Obergewand über, schnappte die schwarze Kappe und lief mit leicht steifen Beinen die Straße zum Corso hinunter. Keine fünf Minuten später war Pater Lucius an der Apotheke angekommen. Ganz außer Atem. Und dort stand – ausgerechnet – Rosalie vor ihm, die noch einem Militärwagen mit zwei deutschen Soldaten und einem Zivilisten mit Hut hinterherschaute.

»Guten Morgen, Euer Hochwürden. So früh unterwegs?« Die Brünette machte keine Anstalten, aus dem Weg zu gehen und die Tür freizumachen.

»Guten Morgen, mein Kind.« Pater Lucius keuchte. »Ich muss rein.«

»Der Apotheker kommt gleich, er ist noch unterwegs. Besorgungen. Kann ich helfen?«

»Nein, nein. Es ist was Privates.«

»Sie schnappen ja so nach Luft, Hochwürden. Kann ich Ihnen vielleicht etwas Spezielles anbieten?« Sie spielte mit ihrer schmeichelnden Stimme. »Kommen Sie doch rein.« Und strich sich ihren Arbeitskittel glatt.

Pater Lucius zögerte kurz. Dieser schlangenartigen Rosalie wollte er sich nicht ohne Not aussetzen. »Wenn Signore Mancini nicht da ist, werde ich später wiederkommen. Gott beschütze dich, mein Kind.« Er machte auf dem Absatz kehrt und schlenderte etwas planlos den Corso entlang in Richtung der Biegung, hinter der vor zwei Minuten der Wehrmachtswagen verschwunden war.

Rosalie bekreuzigte sich wie ein braves Kommunionsmädchen und beugte die Knie leicht zum Knicks. »Blöder Pfaffe«, dachte sie. »Was will der vom Mancini? Ist da was im Gange?« Sie schnappte sich einen braunen Pappkarton, der für alle Fälle hinter dem Ladentisch lag, und hing das Schild eilig an die Eingangstür. »Torno subito.« Bin gleich zurück. Dann eilte sie den Corso in Richtung Palazzo Capriri hoch, grüßte die alte Frau, die gerade ihren dreckigen Besen ausschüttelte, und hatte ihr Ziel fest im Auge. Und fast schon erreicht. Doch plötzlich – sie zögerte. Aus dem Palazzo kam die junge Principessa heraus. In der Hand einen Einkaufskorb. Rosalie zischte in sich hinein. »Cazzo!« Und schlenderte weiter, grüßte mit einem kurzen, distanzierten Nicken. Mehr nicht. Sie waren keine Freunde. Und sie würden es auch nicht mehr werden.

***

Francesca nahm Rosalie nur bedingt wahr. Nickte kurz. Das musste reichen. Sie atmete frische Luft. Nach vielen Tagen mit strengem Hausarrest. Unter den strafenden Blicken ihrer Eltern. Heute durfte sie erstmals wieder allein auf die Straße. Sie ging zu ihrem Lieblingsplatz am Kraterrand, wo sie zuletzt so frei und unbeschwert ihre Beine über der Mauer hatte baumeln lassen. Und Tommaso zu ihr gestoßen war. Heute war alles anders. Ihre Beine fühlten sich an wie gelähmt, ihr Herz war schwer, ihre Gedanken versanken in Dunkelheit. Sie spürte nicht mehr diese unbändige

Lebensfreude in sich prickeln. Diese Neugier auf Alles. Auf alles in der Welt. Die Erinnerung zerrte an ihr und sog viel Kraft aus ihr heraus. Die Erinnerung an das Gemetzel im Wald. Auf der Lichtung. Sie spürte Hass in sich.

Sie war siebzehn, fast achtzehn, und fühlte sich so matt. Leer. So alt wie ... »Tommaso vielleicht, oder auch so alt wie ... diese Soldaten in der Hütte«, sagte sich Francesca. Es hatte so viele Tote gegeben. Deutsche Soldaten, italienische Soldaten, die doch nur nach Hause wollten. Wie ihr Bruder Vittorio. In jener Nacht sickerte das Blut der Männer in den weichen Waldboden. In denselben Boden, in den sie ihr Gesicht hineingepresst hatte, als die Schüsse fielen.

Wieder und immer wieder durchlebte Francesca ihre Todesangst als Geisel der Deutschen. In Tagträumen. In ihren Alpträumen. Erst der Nazi-Offizier, der ihr die Pistole in den Nacken drückte. Dann peitschten Schüsse, durchbrachen Schreie den dunklen Wald und wurden nach wenigen Metern von dicken Eichenbäumen geschluckt. Und als sie aus ihrer Ohnmacht erwacht war, roch sie Schießpulver. Der beißende Geruch an der Hand ihres Bruders, die sich – als alles zu Ende war – unter ihr Gesicht geschoben hatte. Vittorio! Er lebte! Wenn auch schwerverletzt. Tommaso! Auch er lebte. Und war nur leicht verletzt. Der Fabrizi-Sohn hatte sich in einem Anflug von Verzweiflung und großem Mut auf Pallucca geworfen und ihm sein Messer in den Hals gebohrt. Danach – hatte er wie ein Häuflein Elend auf dem Waldboden neben der Leiche gekauert. Zitternd. Blutüberströmt. Palluccas Blut. Und die Tränen rannen ihm stumm aus seinen Augen. Bis Elisa ihn hochzog, die Partisanin – sie hatte die deutschen Soldaten zusammen mit Stefano aus dem Hinterhalt angegriffen und zwei oder drei von ihnen getötet, den letzten im Nahkampf mit ihrem Messer. Überhaupt hatten sich die Deutschen noch heftig wehren können, als ihr Offizier – von Vittorios Gewehrschuss tödlich getroffen – zusammenbrach wie eine gefällte Eiche. Den italienischen Feldwebel und einen seiner Männer, die mit Tommaso und dem Krämer Mercante auf die Lichtung hinausgegangen waren, hatte eine Gewehrsalve erwischt. Die Kugeln in Brust und Kopf waren tödlich. Und Stefano? Sie fanden ihn hinter einem querliegenden, alten Baumstamm. Mit einem deutschen Kampfmesser im Bauch. Er lebte noch zwanzig Minuten. Das war lang. »Zäher Bursche« hatte die Partisanin am Ende gesagt und sich ihre blutverschmierten Hände an der Hose abgewischt. In derselben Nacht fanden alle Toten ihre letzte Ruhe. In einem tiefen Loch im Wald bei Nemi. Und am frühen Morgen, noch in Dunkelheit, schleppten sich die Überlebenden erschöpft, aber unbemerkt nach Nemi hinein und verschwanden hinter den dicken Wänden der Steinhäuser.

Francesca schaute von der Mauer über der Caldera wie durch einen Tunnel auf den Spiegel der Diana, der trotz Krieg und vieler Toter ruhig und gelassen in der milden Oktober-Sonne lag. War das ihr Leben? Krieg? Tote? Not und Elend um sie herum? Was ist der Sinn? »Ich bin Francesca«, sagte sie sich. »Aber – wer ist Francesca eigentlich?« Ihre Eltern, der Principe Umberto und ihre Mutter Luisa – sie hatten ihre Aufgaben im Leben. Sie hatten ihre Kinder, Vittorio und sie selbst. Ihr Bruder würde seine Rolle finden. Als Nachfolger und Erbe des Fürsten würde er sich eines Tages um die Dinge kümmern müssen. Sicher, ein eher kleines Prinzipat. Und nicht sehr einflussreich. Aber immerhin ein Titel, der mit Ehre und Anerkennung, ja auch mit Respekt verbunden war. Und sie? Eine unbedeutende Frau im kriegszerstörten Italien. Ein Land mit ungewisser Zukunft. Politisch zerrissen. Sie, eine unbedeutende Frau, die den Zorn ihrer Eltern zu spüren bekam, weil sie so leichtsinnig gewesen war. Denn als Francesca, Vittorio und Elisa aus dem Wald nach Nemi kamen und sich in den Palazzo schlichen, hatte ihr aus dem Schlaf gerissener Vater getobt, sich wieder beruhigt, ihren Bruder herzhaft und auch sie gedrückt, umarmt, geküsst. Und wieder getobt.

Francescas Mutter Luisa hatte im Schlafrock in der Küche gesessen und das Gesicht weinend in ihren Händen vergraben. Aus Freude? Aus Angst? Francesca hatte nicht alles verstanden und war zur Mutter in die Küche geschickt worden, als ihr Vater, Vittorio und Elisa das weitere Vorgehen besprachen. Sie hörte Sätze wie »du kannst nicht bleiben« und »du brauchst einen Arzt«, auch Ermahnungen wie »kein Wort, zu niemandem« und »auch nicht zu deiner Schwester«. Was passierte da?

Am nächsten Vormittag, als Francesca aus ihrem Zimmer in die Küche hinunterkam, war vieles anders. Vittorio – verschwunden. Elisa mit ihm. Keine Erklärung. Kein Hinweis. Ihr Vater blickte streng und ordnete Hausarrest für sie an. Keine Diskussion, wie sonst üblich. Ihre Mutter schaute besorgt und konnte ihre rotgeweinten Augen nicht verbergen. Sie blickte fast durch Francesca hindurch. Und dann, von einer Sekunde auf die andere, nahm ihre Mutter sie in den Arm und drückte das warme Gesicht auf ihre Wange. Wie gut sie roch.

»Wo ist Vittorio«, fragte Francesca ihren Vater beim Frühstück. »Und wo ist Elisa?«

Doch der Principe blieb verschlossen und senkte seinen Blick auf den Tisch. »In guten Händen. Mehr geht dich nicht an. Wir werden tief in der Schuld der Familie stehen.« Mehr kam von ihrem Vater nicht über die Lippen. Und Francesca wusste, dass sie nicht weiter fragen durfte. Ihre Mutter stieß sie an den Arm. »Iss' jetzt.

Frag' nicht rum.« Dann erinnerte die Mutter ihren Vater an ein Vorhaben. »Was machen wir mit unserem Empfang, unserer Feier am 16. Oktober für die Honoratioren? In elf Tagen. Alle sind schon eingeladen.«

Der Principe nickte. »Auch wenn Vittorio wieder da ist, was ja keiner weiß. Die Einladung muss bleiben. Alles andere sähe merkwürdig aus und wir müssten uns eine windige Erklärung ausdenken.« Umberto Capriri überlegte, führte die Kaffeetasse zum Mund, probierte bedächtig und blickte zu seiner Ehefrau auf der anderen Tischseite. »Die Deutschen werden schnell merken, dass Pallucca und ihre Soldaten nicht mehr zurückkommen.«

Das war vor neun Tagen gewesen. Jetzt blickte Francesca mit Hass im Herzen hinunter auf die deutschen Flakstellungen im Umfeld des Museums. Und auf ein Lager mit Fallschirmjägern, die hier das Kommando hatten. Die Soldaten – sie hatten ihre geliebte Heimat besetzt. Tod und Elend gebracht. Zerstörung. Und daran waren die Faschisten, dieser Mussolini und Menschen wie Jacopo Rossi, wie Pallucca und Minotti mit schuldig. Vittorio, wo immer er mit der Partisanin Elisa untergetaucht war, würde um sein Leben fürchten müssen. Tommaso – auch er schwebte in Gefahr. Der Feldwebel und der andere Überlebende der italienischen Soldaten, von denen Francesca nicht einmal die Namen kannte, hatten sich im Haus der Fabrizi versteckt, kurz erholt und dann die Stadt mit unbekanntem Ziel verlassen. Mehr wusste Francesca nicht, und mehr – sagte Tommaso – sollte sie besser nie erfahren.

Unten, am Ufer des Sees, lauerte also die Gefahr. Francesca kniff die Augen zusammen, um ihren Blick in die Tiefe zu schärfen. Irgendwo dort, so konnte sie schwach erkennen, bewegte sich ein kleiner Punkt mit mäßigem Tempo auf das Museum zu. Der Punkt stoppte. Ein Wagen der Wehrmacht? Francesca spuckte abfällig von der Mauer hinunter. Sie hasste die Deutschen.

***

Unteroffizier Müller bremste den Kübelwagen vor dem Museum abrupt im Kies ab. Die Steine knirschten und spritzten unter den Reifen zur Seite. »Is' ja ganz schön hier. War mir neulich schon aufgefallen.« Müller schob seine Mütze zurecht und blickte seitlich auf das Wasser.

»Schön, wenn Sie die Landschaft genießen.« Curth versuchte, seinen Fahrer so kurz wie möglich zu halten. »Parken Sie dort im Schatten.« Auf der Fahrt von Nemi an den See hinunter war sein Misstrauen gegenüber dem strammen Nazi gewachsen. »Sie und Schevenen warten hier. Und, Herr Obergefreiter, vielleicht halten Sie nicht gleich jedem Italiener ihre Maschinenpistole unter die Nase.« Curth sprang aus dem Wagen. »Bleiben Sie ruhig, Schevenen. Die Front ist gut 120 Kilometer entfernt. Und unsere wichtigste Verteidigungsstellung, die Gustav-Linie, wird ja wohl halten, was uns versprochen wird.«

»Das will ich meinen, Herr Ober ... äh, Herr von Alban.«

Müller schaltete sich ein. »Wir haben hier in den Bergen mit dreckigen Partisanen zu rechnen. Hinterhältiges Pack.«

»Ist recht, Müller. Bleiben Sie wachsam. Aber machen Sie mir den Obergefreiten nicht unnötig nervös. Und, Schevenen, immer ruhig mit dem Finger am Abzug. Ist das klar?!« Er seufzte innerlich. Mit was für Menschen hatte er es hier zu tun?

»Jawoll.« Die junge Stimme des Obergefreiten hörte sich an wie ein zuschnappendes Schloss.

Curth blickte sich um. Museumsdirektor della Rocca wartete am Haupteingang des Museums auf ihn. »Andiamo, Signore di Albano, kommen Sie. Ich zeige Ihnen erstmal, was es überhaupt zu sehen gibt.« Nach kurzer Begrüßung schob della Rocca den deutschen Archäologen auf einen kleinen, staubigen Pfad, der seitlich am Museum entsprang. »Sie stehen gerade auf der heiligen Straße. Via Sacra, ein antiker Prozessionsweg.« Della Rocca griff mit einer Hand unter den Arm des deutschen Besuchers, mit der anderen deutete er auf das Pflaster zu ihren Füßen. »Noch original erhalten. Erstaunlich, wie?« Er zog ihn weiter. »Kommen Sie, der Weg führt direkt zum Tempel, ist aber größtenteils verborgen und liegt unter dem Schutt der Jahrtausende.«

Abgeerntete Felder bis an die ansteigende Kraterwand zeichneten das Landschaftsbild. Dazwischen ein paar Zäune, niedrige alte Steinmauern, aus denen blassgelbes Kraut wucherte, windschiefe Hütten und hohes Gras. Es ging vorbei an Inseln mit Schilf oder dornigem Gestrüpp. »Sehr urtümlich hier«, sagte Curth. »Was sind das dort für Felder?«

»Walderdbeeren. Alles Erdbeer-Felder. Bis weit in den Sommer hinein ist Erntezeit. Nemi ist die Hauptstadt der Walderdbeeren. Wir haben jedes Jahr eine Erdbeer-Königin und einen Umzug durch den Ort. Grande festa, Signore, grande festa!«

»Che bello.« Curth freute sich, dass der Krieg nicht alles Leben in den italienischen Regionen zerstört hatte. »Und wer war die Glückliche in diesem Jahr? Doch wohl nicht unsere Zimmerwirtin aus der Trattoria de Sanctis.« Curth stellte sich Eugenia als Erdbeer-Königin vor, wie sie mit ihrem aufreizenden Gang und herausfordernden Blicken den Corso entlang tänzelte.

»Ein Mädchen aus dem Dorf da oben. Das ist Tradition. Diesmal sogar eine Principessa.« Della Rocca deutete steil hoch zum Felsvorsprung. »Der Fürstensippe gehört ein Großteil des Geländes hier, seit Generationen. Aber da sind wir auch schon mittendrin in der Geschichte des Tempels. Oder besser – seines traurigen Schicksals.«

»Antikenräuber, Raubgrabungen?«

»Schlimmer. Ausländer! Engländer vor allem, im zurückliegenden Jahrhundert. Mit einem Lord Savile fing alles an, so um 1885. Die feinen Herren haben mit windigen Verträgen die Hälfte von dem mitgenommen, was nicht niet- und nagelfest oder unter einer zu dicken Schicht Erde verborgen war. Viele Funde verschwanden damals nach Nottingham.«

»Und andere Funde?«

»Blieben beim Fürsten. Verkauft auf dem internationalen Kunstmarkt, verschachert an Händler, zu Lire gemacht. Viele Lire. Nur ein Teil blieb erhalten. Bei Sammlern. Oder in unseren Museen.«

Luigi della Rocca hatte Curth von Alban auf dem staubigen Pfad weiter in Richtung Kraterwand geführt. Jetzt standen sie am Fuß einer flachen Ebene mit antiken Mauerstrukturen im ausgeschachteten Boden, mit Umrissen eines größeren Gebäudes. Die Basis eines kleineren Rundtempels schaute aus einem alten Grabungsfeld. Und in einem schmalen Ausgrabungsschnitt durch das Gelände verloren sich halbkreisförmige Nischen in einer massiven Mauer und halbhohe Säulenstümpfe mit Rautenmuster, auf denen sich Verputzreste mit Ockerfarbe und Rottönen über die Zeit gerettet hatten. Curth schätzte die freigelegte Fläche auf wenigstens 10.000 Quadratmeter. Und mindestens ebenso groß schien ihm ein offenbar unbearbeiteter Bereich zu sein, der sich links und oberhalb vom Tempelhof ausbreitete, in dem sie jetzt standen.

See- und Erdbeben hatten dem Diana-Tempel über die Jahrhunderte stark zugesetzt. Viel war zerstört, und das, was Plünderer im Mittelalter übriggelassen hatten, war verschüttet durch Gesteinsabgänge vom Hang oder verschwunden unter struppigen Hecken. Die Ecke einer langen Mauer war von Archäologen im Nordosten freigelegt worden, dahinter wucherte halbhohe Macchia, die sich am Krater hinaufzog. Curth spürte eine Art Kraft von den Ruinen ausgehen. Seine Blicke wanderten über das weite, ausgedorrte Gelände, bis er ein Muster zu erkennen glaubte. Und in seiner Fantasie baute sich der steinerne Bau eines antiken Tempels der Göttin Diana auf. Dorisch. Mit Säulen vor einem Pronaos, der Vorhalle. Eine Doppelreihe schlanker Rundpfeiler aus Marmor wuchs in die Höhe, Marmorblöcke füllten die Mauern und ... doch dann, auf halber Höhe – brach sein Gedankengebilde wieder ein.

Luigi della Rocca unterbrach die Stille, die sich über das vergessene Grabungsfeld gelegt hatte. »Darf ich vorstellen, – il giardino. Der Garten der Diana. Oder das, was davon übriggeblieben ist.«

45

74 Jahre später, Juni 2017
Rom, Centro Storico

Der Morgen dämmerte mit einem sanften Glimmen, stahl sich vom Osten her über die menschenleere Piazza Colonna und schlich sich wie ein Dieb in die schmalen Gassen rechts und links des italienischen Parlaments. Nach Aurora, der Göttin der Morgenröte, kam das Licht. Zuerst kitzelten die Strahlen das zerfurchte Gesicht des Apostels Paulus auf der Spitze der Marc-Aurel-Säule wach, der sein bronzenes Schwert wie ein Bewahrer des Glaubens über die Köpfe der Römer schwingt. Dann stieg Helios mit seinen goldenen Rossen und dem Sonnenwagen himmelwärts. Seine Strahlen senkten sich auf die Piazza und ließen die zartrosa schimmernde Fassade des Palazzo Wedekind wie ein zuckersüßes Bonbon leuchten. Und schließlich durchdrang das Licht die Lamellen der Holzläden am Albergo Obelisco und zauberte in den Zimmern einen goldenen Schleier auf Stuhl, Tisch und Bett. Die Magie der Ewigen Stadt – sie erwachte von Neuem.

Das Klack-klack-klack der Trolleys, die in der Frühe von Büroangestellten über das Pflaster der Piazza Montecitorio zwischen Hotel und Parlament gezogen wurden, polterte hoch bis ins Zimmer 382 – tre-otto-due –, in dem Leon noch fest schlief. Er war am Vorabend mit der Spätmaschine aus Zürich in Rom eingetroffen und hatte in dem Albergo sein altes Zimmer bekommen. Über seine Rückkehr in die italienische Hauptstadt hatte er nur Sara Sander in Darmstadt und den Primo Capitano in Rom informiert. An das BKA nicht mal gedacht – und bei seiner Ankunft im Hotel die von der Polizei noch gesperrte Dachterrasse gemieden. Irgendwo, so ahnte er, gab es einen Zusammenhang zwischen allen Vorgängen seit dem Tod seines Vaters. Und genau das musste er klären.

Klack-klack-klack. Besser als jeder Wecker. Auf neun Uhr hatte sich Leon bei Raffaele Capriri von der Kulturgutpolizei angemeldet. Auf dem Weg dorthin trank er im mahagonivertäfelten Gran Caffè an der Piazza di Pietra zwei Caffè doppio im Stehen. Landestypisch, heiß und süß, mit einem klebrigen Cornetto in der Hand. Das laute Durcheinander am Tresen, der Schuss Koffein und das Gefühl, nach dem Foto in den Gazetten erkannt zu werden – wie aufgedreht umkurvte er mit hochgekrempelten Ärmeln das Gebäude der Carabinieri und ließ sich zum Primo Capitano führen. Sein Hemd klebte von der römischen Morgenhitze und vom doppelten Caffè, der seinen inneren Motor auf Hochtouren gebracht hatte. Wie der Alfa Romeo, den Renzo, der korpulente Signore Cinquecentodieci, über die Autostrada geprügelt hatte.

Entschlossen pochte er an die Tür. Als er nichts hörte – ach, egal, sagte er sich, – stürmte Leon durch die Tür. »Bongiorno Capitano! Da bin ich wieder.«

Schweigen. Stille. Der Schreibtischstuhl – leer. Leon drehte sich langsam nach links zum kleinen Tisch an der Wand, an dem er vor wenigen Tagen zusammen mit Sandmann, Brettmeier und dem Capitano gesessen und Espresso getrunken hatte. Im Augenwinkel bemerkte er dort jetzt eine Person.

»Scusi?« Eine junge Frau mit rotbraunem Haar schaute ihn fragend an. »Scusi? Posso aiutarvi?«

»Oh, äh, scusi. Cerco, ich suche ... dov'è ...?«

»Wo wer ist?« Die junge Frau mit den schulterlangen Haaren antwortete in seiner Sprache, legte ihren

Kopf leicht schräg und schaute zu Leon von Alban wie Prinzessin Leia bei ihrer ersten Begegnung mit Luke Skywalker. »So deutsch und schon bei den Carabinieri?«

Tatsächlich erkannte Leon auf Anhieb die Anspielung auf eine legendäre Szene aus »Star Wars«. Wie oft er den alten Kinofilm wohl gesehen hatte? Etliche Dialoge kannte er auswendig und antwortete fast satzgetreu: »Ich bin Leon von Alban. Ich bin hier, um Sie zu retten.« Dabei strahlte er übers Gesicht und schaute herausfordernd zurück.

Die Frau in enger schwarzer Jeans und kurzer Lederjacke lachte ihn an. »Bravo, Signore, perfetto!« Leon spürte, wie sie ihn mit ihren Blicken prüfte.

»Sie wollen bestimmt zu Raffaele. Er ist nur kurz im Haus unterwegs.« Dann, nach einer kleinen Pause. »Wollen Sie warten? Im Stehen?«

Ihre deutschen Sätze mit dem markanten italienischen Akzent und dem schwingenden Timbre in der Stimme schärften bei Leon alle Sinne. »Si, ich will zum Primo Capitano.« Er ging einen Schritt auf sie zu, reichte die Hand und stand so nah vor ihr, dass er das Fensterlicht in ihren leuchtend grünen Augen erkennen konnte. Dann roch er ihr Parfüm, ein Duft irgendwo zwischen Bergamotte und Zeder. Ein Duft, der ihn wie eine warme Woge umspülte.

»Und mein Name ist Rubina, Rubina Capriri.« Sie musterte den Deutschen jetzt ausführlicher. Wache Augen, blond, ungestüme Locken, schlank und groß, kräftige Hände. Ausgebeulte Jeans, Sportschuhe, weißes Hemd, die Ärmel wie ein Römer gekrempelt. »Für einen Tedesco nicht schlecht!« Aber diesen Gedanken behielt sie für sich.

Die Bürotür sprang erneut auf. »Ah, Signore di Albano, Sie sind schon da.«

Leon fuhr herum. Er kannte diese kräftige, aber auch weiche Männerstimme. Und schaute im nächsten Moment in zwei rabenschwarze Augen. Dann umarmte die junge Frau zärtlich den Carabiniere und hauchte ihm einige Küsse links und rechts auf die Wangen. »Was für ein Paar«, sagte sich Leon. »Wie Blitz und Donner.« Der Capitano und die Frau redeten miteinander in einem italienischen Dialekt, von dem Leon nur Bruchstücke verstand. Von einem Olympia-Kader war die Rede, von einem Sportzentrum, in dem Rubina mit einem Bogen trainieren wollte. Und von Nemi sprachen sie. Es ging alles so schnell. Dann verabschiedete sich die Römerin und bedachte den Deutschen mit einem langen, forschenden Blick. Zurück im Zimmer blieb ihr zarter Duft von Bergamotte und Zeder. »Das also ist Rubina«, dachte Leon. Die Frau, die er bei seinem ersten Besuch als Bild auf dem Schreibtisch des Capitano bewundert hatte.

Raffaele Capriri schaute Rubina nach, als sie verschwunden war. »Was für eine Frau, nicht wahr, Signore di Albano? Wild, ungestüm, grüne Augen. Da kann man sich als Mann – wie sagt man bei Ihnen in Deutschland – nur darin ver-lie-ren?«

»Sie ist wunderschön. Ihre Frau, nehme ich an?« Leon spürte wieder den doppelten Espresso vom Frühstück im Gran Caffè. Oder pochte sein Herz aus einem anderen Grund so heftig? Seine Frage an den Capitano blieb unbeantwortet. Hatte er zu leise gesprochen? Leon konzentrierte sich auf den Anlass seines Besuches. »Ich bin hier, um den Mordanschlag auf meine Schwester aufzuklären. Und den Mord an der Haushälterin meines Vaters. Ich war in der Schweiz. Und es gibt neue Erkenntnisse.« Er machte keine Pause und erzählte von seinem Besuch im Krankenhaus von Luzern, von den Gesprächen mit Chefarzt Keller und Kommissarin Eggberge, die von dem Gift aus Tollkirsche, Arsen und

Schierling berichtet hatte. Und er erzählte von der toten Italienerin, die womöglich einer Giftmischer-Sippe angehörte und unter falschem Namen aus Rom in die Schweiz geflogen war.

Der Capitano hörte aufmerksam zu. Und nickte ab und zu. Er hatte zwischenzeitlich die Ermittlungen im Fall der geraubten Kunstgegenstände aus Mainz vorangetrieben und erste Auswertungen vom Mobiltelefon des Verhafteten vorliegen. Der Mann aus dem Norden schmorte seit seiner Festnahme in einem Gefängnis in Trastevere – und schwieg beharrlich auf alle Fragen der Polizei.

»Ein düsterer Bursche«, sagte der Capitano. »Doch wir haben da was, von seinem Telefonino, auch wenn kürzlich viel gelöscht worden ist, vermutlich noch in der Hütte vor seiner Festnahme.« Netzverbindungen nach Deutschland, »area metropolitana di Colonia«, berichtete der Capitano. »Köln, aber keine direkten Gesprächsnachweise.« Auch Verbindungen aus Italien über Deutschland zurück nach Italien hatten demnach ihre Spuren hinterlassen. »Latium, Rom – wir kommen näher heran. In Kürze werden wir noch mehr Daten auswerten können.« Schließlich hatte der Carabiniere noch ein schweres Geschütz gegen den Verhafteten in der Hand. »Sie erinnern sich an unseren Abend in der Taverne an der Piazza Capranica, mit Ihren beiden Begleitern vom BKA? Cappio al collo und fatto di filo? Dieses schwere Wort – Draatschlinke. Richtig?« Der Capitano ahmte mit seinen Händen einen Würgegriff um den Hals nach. »Handarbeit, Leonardo, mit einer Besonderheit an den Griffen, für mehr Druck beim Zuziehen.« Das Bundeskriminalamt, fuhr er fort, »hat gestern bestätigt, dass es sich bei der Mordwaffe in Mainz um eine identische Waffe handelt«.

Leon war beeindruckt und fühlte sich ein wenig geschmeichelt, weil der Italiener ihn mit seinem

Vornamen angesprochen hatte. »Dann haben wir ihn doch. Den Mörder von Annette Sternberg. Das ist doch der Beweis.«

»Uns wäre ein Geständnis lieber. Denn an der Mordwaffe fehlen wohl Fingerabdrücke. Aber ich denke, in ein, zwei Tagen haben wir den Mann so weit bearbeitet, dass er redet.«

»Was hat Ihre Verwandte, die Bar-Chefin, eigentlich zu dem deutschen Besucher gesagt, bei dem es sich um einen der Täter aus Mainz handeln könnte? Sie wollten sie doch befragen.«

»Carlotta Esposito? Haben wir, aber ich darf Ihnen nichts dazu sagen. Die Ermittlungen laufen noch.« Dann überlegte der Primo Capitano. »Aber, um es kurz zu machen, für meine Verwandte, die gestern Nachmittag befragt wurde, ist der Deutsch-Italiener unbekannt. Namenlos. Ein Gast eben. Er habe ein Bier getrunken, sagt Carlotta, war auf der Toilette und ist wieder verschwunden.«

»Glauben Sie ihr?« Leon war sich unsicher, was er davon halten sollte.

»Schwere Frage. Carlottas Vater, naja, der ist bedenklich. Aber sie selbst, ich meine – ja, wir können ihr glauben.«

»Signore Capitano, ich will herausbekommen, warum diese Giftmischerin beinahe meine geliebte Schwester ...« Leon von Alban spürte Zorn, verschluckte den Rest des Satzes und blickte seinem Gegenüber entschlossen ins Gesicht. »Haben Sie was über diese Angelina Dardelli herausbekommen?«

»Wir sind keine Mordinspektion, Signore, keine Questura und schon gar keine Staatspolizei, sondern von der Kulturgutpolizei. Außerdem ist das ein Fall der Schweizer Behörden.« Raffaele Capriri erkannte eine große Enttäuschung im Gesicht des Deutschen. »Aber ich habe meine Erkundigungen bei Freunden in der Questura eingeholt.« Jetzt sah er die Spannung im Gesicht seines Besuchers zurückkehren. »Sie haben mir einen Tipp gegeben. Denn Giftmischer mit guten Deutschkenntnissen, wie die Schweizer Polizei von den Hotelangestellten in Andermatt erfahren hat, gibt es in Italien bestimmt nicht sehr viele.« Dabei setzte der Capitano wieder dieses Lächeln auf, das ihn schon beim ersten Treffen ausgezeichnet hatte. »Aber, Leonardo – wo sollen wir suchen?«

Leon stutzte. Woher wusste der Capitano von den Deutschkenntnissen der Toten? Er musste mit der Kommissarin in Uri telefoniert haben. Vielleicht vermutete auch er einen Zusammenhang mit dem Mord auf der Dachterrasse des Hotels? Und mit dem Fall der geraubten Kunstgegenstände aus Mainz? Und hatte der Carabiniere nicht selbst von einem Familiengeheimnis gesprochen, von einem Schutz vor Gefahren, einem alten Zauber? Leon ließ sich seine Überraschung nicht anmerken.

»Kennen Sie eigentlich schon Nemi?«, fragte der Carabiniere. »Ein schöner Ort, in den Albaner Bergen, mit Wein und viel Wald drumherum. Und wir sind für unsere Erdbeeren berühmt, die es jetzt in Hülle und Fülle gibt.«

Leon überlegte. Was hatte der Capitano vor? Er fragte direkt. »Ein Ausflug, Signore Capitano?«

»Si-si, ein Ausflug. Escursione. In mein Heimatstädtchen. Ich habe einen freien Tag.«

»Verstehe. Würde mich freuen, wenn Sie mir Nemi zeigen.« Äußerlich blieb Leon gelassen. Doch in Wahrheit brannte er von einer Sekunde auf die andere. Nemi! Die Stadt seines Vaters als Soldat im Zweiten Weltkrieg. Was würde ihn dort erwarten? Er erinnerte sich an den letzten Eintrag im Kriegstagebuch, das er im

Flugzeug von Zürich zurück nach Italien weitergelesen hatte. Oktober 1943, die Villa Wolkonsky in Rom, Müller und Schevenen, das nicht zustande gekommene Treffen mit Hugin. Nach seinem Besuch beim Capitano würde er gleich weiterlesen, bei einem Mittagsessen in einem der zahlreichen Cafés oder einer Trattoria.

Raffaele Capriri bemerkte nicht die Anspannung seines Besuchers. »Gut, bene! Also dann, morgen um zehn. Ich hole Sie vom Hotel ab. Vielleicht nehmen Sie sich ein paar Sachen mit. Wir haben für die Nacht ein Gästezimmer.«

46

Am gleichen Morgen in Rom, Trastevere

Carlotta Esposito räkelte sich nackt auf dem breiten Bett und streckte ihre rot-lackierten Zehen über das Ende der Matratze hinaus. Es war neun. Erst neun. Und sie schaute verträumt durch ihr Fenster im vierten Stock des Hauses in der Via di San Francesco di Sales. Über die grünen Baumriesen des Gianicolo hinweg konnte sie die obere Hälfte des Reiterdenkmals für Guiseppe Garibaldi auf dem Kamm des Hügels sehen. Diesem grünen Hügel am rechten Tiber-Ufer, der sich oberhalb von Trastevere sanft bis zur weißen Vatikanstadt hinzog. Garibaldi, das Raubein der italienischen Freiheitskämpfe im 19.Jahrhundert, hatte die römische Morgensonne im Gesicht und blinzelte Carlotta vertraut zu. Dieses Mannsbild, sagte sie sich, hätte ihr gefallen. Breite Brust, unerschrocken, tapfer gegen Feinde. Sie dagegen – dabei blickte die Römerin hinter sich und versuchte, ein in ihrem Rücken aufsteigendes Schnarchen auszublenden – hatte sich diesen Halbitaliener an Land gezogen. Aber immerhin. Sie schielte auf seinen strammen Hintern und konnte der Versuchung nicht widerstehen. Klatsch! Carlottas Hand landete krachend auf Pietros Hinterteil.

»Hey, Tedesco!« Ihre Stimme war eine Mischung aus kehlig bis raubtierhaft. »Hey, was ist? Genug geschlafen!«

Pietro blinzelte, drehte sich um. Und blickte vor sich auf zwei große weiche Rundungen. Zum Greifen nah. Und die kräftige Hand Carlottas hatte einen gewissen Reiz in seinen Lenden ausgelöst. Er schlug die Augen auf. »Machen wir da weiter, wo wir gestern aufgehört haben?« Pietro hörte sich müde an.

»Hast du sonst nichts zu tun?« Carlottas Stimme klang so gar nicht liebevoll. Die Tochter des Don aus dem Bergdorf Palestrina spürte heute Morgen kein Verlangen nach Sex. Sie fühlte sich eher wie die schwarze Prinzessin, ihr dunkler Geist aus Kindheitstagen. Ihr Vater hatte sie als kleines Mädchen stets wie eine Prinzessin behandelt, ihr alle Wünsche von den Augen abgelesen, ihr alle Steine aus dem Weg geräumt, die ein kleines Mädchen stören konnten. Und da gab es viele Steine. Steine wie Menschen.

Recht früh, mit zwölf, hatte Carlotta die Wahrheit erkannt. Ihr Vater Emilio musste immer arbeiten, kam spät nach Hause, aber er liebte sie abgöttisch – mehr als ihre Brüder Luca und Carlo. Viele Geschenke gab es vom Papà für die kleine Prinzessin. Einen sprechenden Osterhasen zum Beispiel, Schokolade und einen riesigen gelben Teddybären mit roter Schleife, der – wie sie bald erfahren sollte – ein merkwürdiges Innenleben hatte. Bei einem der abendlichen Geschäftstreffen ihres Vaters, das im vornehmen Salotto, dem Wohnzimmer der Familie, mit sehr laut aufgedrehtem Fernsehton ablief, hatte sich die kleine Carlotta aus Spaß unter dem Tisch mit einer langen, weißen Tischdecke versteckt. Sie sah nur Männerbeine, sie hörte viele Stimmen durcheinanderschreien, dann brüllte ihr Vater und sie bekam Angst, rührte sich aber nicht aus dem Versteck heraus. Schläge krachten dumpf, ein Stöhnen, ein Mann stürzte auf den Teppichboden und blieb mit dem Gesicht zu ihr vor dem Tisch liegen. Der Fremde blutete aus Nase und Ohren. Ein rot verschmierter Fleischklopfer polterte neben ihm zu Boden. Dann erkannte sie die vornehmen braunen Halbschuhe ihres Vaters, die mit den großen gesteppten Nähten, die er in Rom gekauft hatte. Die er nur zu besonderen Anlässen trug und die stets blank gewienert waren. Diese feinen Schuhe traten auf das Genick des Fremden, als gebe es keinen Morgen mehr. Dann wurde alles still, und Männer schleiften den Toten aus dem Salotto heraus. Und das kleine Mädchen? Weinte stumm in sich hinein. Doch der Vater bemerkte es und zog das völlig verstörte und zitternde Kind unter dem Tisch hervor. »Meine Pupetta«, hörte Carlotta ihn wie aus weiter Ferne sprechen, »weil du so tapfer bist, bekommst du heute ein besonderes Geschenk von mir.« Er öffnete einen verdeckten Reißverschluss am gelben Teddybären mit den hübschen Schleifen, schnupfte ein weißes Pulver in sich hinein und gab auch ihr eine kleine Menge auf die Zunge. »Probier mal, schmeckt gut, dann wirst du wieder ganz ruhig.«

An diesem Abend und in einer Nacht ohne Ende nahm die schwarze Prinzessin Besitz von ihr. Ihr kindliches Kartenhaus – zerbrochen. Ihr Leben – zerstört. Zerbröselt unter den feinen Schuhen ihres Vaters. Und doch liebte sie ihn. Und doch hasste sie ihn von jetzt an. Nie wieder wollte sich Carlotta klein, hilflos und ausgeliefert fühlen. Nie wieder durfte es jemanden wagen, über sie zu bestimmen. Nicht ihr Vater, nicht ihre Familie, kein Mann. Ab sofort galten nur ihre Regeln. Sie wurde zum Raubtier. Selbst dann, wenn sie über Leichen gehen müsste.

Pietro ahnte nichts von einer schwarzen Prinzessin und streckte in diesem Moment etwas schläfrig, aber erwartungsfroh die Hand nach Carlotta aus, wobei ihn der Verband am Finger von Pippos Hackattacke kaum noch störte.

»Flossen weg!« Die Stimme seiner Bettgespielin klang bedrohlich. Pietro hatte im Moment das flüchtige Gefühl, dass dies nicht sein Tag werden könnte. Und griff dennoch oder gerade deshalb beherzt zu. Warm und fest.

Carlottas Handrücken drosch urplötzlich auf den weißen Verband, der an ihrem Busen herumdrückte. »Es reicht, Tedesco. Wir müssen reden.« Sie hörte ein kurzes Aufjaulen. Und war sich sicher: Pietro hatte verstanden, dass heute nichts mehr lief.

Fünfzehn Minuten später saßen beide mit heißem Cappuccino und fettigem Cornetto auf dem Bett. Pietros Hörnchen krümelte dicke, weiße Flocken auf die Decke, was Carlotta nicht weiter beachten mochte. »Du musst hier verschwinden. Der Typ aus Mainz, dieser Leonardo di Albano, er könnte dich vor drei Tagen im Gabinetto meines Lokals erkannt haben. Er schien mir nicht dumm. Mein Verwandter bei den Carabinieri, der an dem Abend mit dabei war, hat mich zu sich geholt und gefragt, ob ich dich kenne. Natürlich nicht, ist ja klar.«

»Was heißt hier erkennen? Beim Einbruch in Mainz wurde nur Frode gesehen, nicht ich. Frode hat sich die Maske vom Kopf reißen lassen. Mich kann niemand kennen.«

»Du redest immer von Einbruch. Und vergisst, dass Frode diese Haushälterin ermordet hat. Idiota!«

»Damit habe ich nichts zu tun.«

»Das kannst du ja der deutschen Polizei erklären. Für die bist du Mittäter. Und dafür sitzt du viele Jahre hinter Gittern. Willst du das?« Carlotta schaute ernst. »Außerdem wissen wir nicht, was mit der Schwester dieses Albano ist, die deinen Frode identifizieren könnte.«

»Was soll mit dem sein? Und wieso sagst du mein Frode?«

»Ach, lassen wir das. Du musst jedenfalls verschwinden, am besten ganz aus Rom weg. Die Carabinieri könnten irgendwann bei mir an der Tür auftauchen, dumme Fragen stellen, ob ich dich nicht doch kenne. E così via, e così via. Und du – sitzt hier in meinem Bett. Krümelst rum!« Carlotta überlegte kurz. »Wir haben heute Abend Familienrat in Palestrina, zu dem auch deine Kölner Sippe kommt. Also nehme ich dich mit und du tauchst dort für eine Weile unter.«

»Einmal willst du, dass ich aus Palestrina nach Rom verschwinde, jetzt wieder aus Rom nach Palestrina. Dummes Spiel!«

Pietro wischte mit der noch intakten Hand – die andere hatte erst Pippo und jetzt Carlotta malträtiert – einige Krümel von der Decke, die auf dem blanken Parkettboden landeten. Dann drehte er nachdenklich seinen Talisman am Hals mit den beiden Janus-Köpfen zwischen den Fingern herum. Und dachte an sein Versprechen. Das Versprechen, als die Carabinieri im Wald auf ihn schossen. »Ich werde anständig. Ich verspreche es. Wie Mama immer gewollt hat.« Dann überlegte er. Sollte er sich der Polizei stellen? Nein, so dumm würde er nicht sein. Das Leben – es hatte bestimmt noch viele schöne Momente für ihn parat. So warme, weiche wie bei Carlotta. Und es gab doch bestimmt noch viele Carlottas auf der Welt. Aber dafür jetzt diese Carlotta aufgeben? Das wollte er nicht. Sicher, sie war kein Engel, war in der Nacht, als er aus der Bar abhauen musste, nicht nach Hause gekommen, ... dann erinnerte sich Pietro an die Worte seines Vaters, als der ihm die alte Janus-Münze schenkte. »Du bist jetzt alt genug, um das Erbstück zu tragen. Ich habe es von meinem Vater, der wiederum von seiner Frau, die er in Italien kennengelernt hatte. Also von deiner Oma Alessia aus Neapel. Bewahre es gut, denn Janus ist Anfang und Ende zugleich, Licht und Dunkelheit. In schweren Tagen soll dir der Anhänger Glück bringen.« Eine Woche später sprang sein Vater in den Rhein bei Köln. Mit einem Sack Steine am Fußgelenk. Sein Restaurant war pleite.

Gut, beschloss Pietro, er würde bei Carlotta bleiben und ihr zuliebe wieder mitkommen, nach Palestrina, wo auch sein Chef, der alte Hainburg auftauchen würde. Bis Gras über die dumme Sache wuchs, in die er da reingestolpert war. Und vielleicht könnten Carlotta und er später die Bar »La Quinta Sibilla« gemeinsam führen. Das lag quasi im Blut seiner Familie. »Wie Papa und Mamma«, dachte Pietro, und wie Oma und Opa. Während er überlegte, beobachtete er im Augenwinkel einen heute Morgen nervösen Pippo, der in seiner Voliere von einer Kralle auf die andere stelzte. Und dabei Pietros Argwohn nährte. Wer war dieser Aalfräädoo, von dem dieser Vogel mit Halsentzündung gekrächzt hatte? Und was hatte es mit der SMS von Carlotta auf sich, die mit dem Hasen – coniglietto? War sie deswegen neulich nachts nicht nach Hause gekommen? Diese Fragen quälten Pietro.

Das Telefon klingelte. Nur mit der Bettdecke umwickelt, ging Carlotta in den Flur, während Pietro jetzt unbedeckt zurückblieb. Der blau-gelbe Ara streckte seinen langen Hals in Richtung des Nackten, seine Flügel spreizten sich wie bei einem balzenden Gockel. Dann krächzte er wieder lauthals los. »Aalfräädoo.« Pietro wurde unruhig. Er hörte Pippos scharfen Schnabel an einer Stange im Käfig wetzen. Und er fühlte sich beobachtet. Von einem Vogel.

»Sta' zitto«, zischte Carlotta in Richtung der Voliere, was Pietro wie Klappe halten verstand. Dann war sie am Telefon im Flur des Appartements. »Pronto!« Ihre Stimme verstummte im selben Moment. Für Minuten. Sie schien besorgt. Sehr sogar. Pietro konnte vom Bett aus nicht viel verstehen. Carlotta hörte sich überraschend unsicher an – wenn sie denn sprach. Und sie stellte nur knappe Fragen. »Dove« und »quando« hörte Pietro. Wo und wann? »Si, domani.« Morgen also. Sie legte auf und stand wieder vor ihm. »Pietro, mach dich fertig. Ich fahre uns nach Palestrina, zu meiner Familie. Capito?« Sie wirkte angespannt, hatte plötzlich einen scharfen, fast schon gefährlichen Befehlston in ihrer Stimme. Dann ließ sie die Bettdecke an sich heruntergleiten und verschwand in Richtung Bad. Pietro schaute Carlottas rundem Hintern sehnsüchtig hinterher. Doch er zog es vor, jetzt keine Kommentare abzugeben.

Der Familienrat, heute Abend! Das passte Carlotta überhaupt nicht. Nicht jetzt. Und dann diese deutsche Sippe dabei. Die kam ihr so gelegen wie – sie überlegte – »wie eine Stechmücke auf dem Klo, wenn man gerade sitzt«. Sie hatte schon genug Probleme, griff sich die Handdusche im Bad und goss sich einen kräftigen Strahl über ihre Haare. Das entspannte sie etwas. Sie dachte nach. Erst hatte ihr nichtsnutziger Bruder Luca diese Mira Hainburg aus Köln als Ehefrau angeschleppt. Dann tauchten Miras Bruder Lasse und der dicke Farrenberg auf. Der eine – dumm und Schreck des weiblichen Küchenpersonals. Der andere – geschwätzig und Schreck des väterlichen Weinkellers. Und jetzt, zu allem Übel, erschienen Miras Vater und im Schlepptau der Sohn irgendeines italienischen Auswanderers zu Besuch in Palestrina. Für Carlotta ein klarer Fall: Attacco dei Teutoni. Angriff der Germanen.

47

Palestrina bei Rom, am Abend

La Gazza! Don Emilio Esposito hatte sich seinen Spitznamen schon in jungen Jahren verdient. Da war er zwanzig. Redlich verdient, wie er befand. Obwohl er selbst doch nie scharf darauf war. Es hatte sich einfach so ergeben. Und schließlich fand er seinen Spitznamen sogar gut, denn er verbreitete Respekt. La Gazza! Die Elster.

Respekt war wichtig. Respekt war alles. Bei seinen Widersachern. Bei seinen Freunden. Bei allen in Palestrina – und über die kleine Stadtgrenze des Bergdorfes hinaus. Der junge Emilio war damals noch kein Don gewesen. Und sollte den Streit zwischen zwei verfeindeten Familien schlichten. So, wie es früher sein Vater getan hatte. Der Pacificatore, der Friedensstifter im Ort. Doch irgendwann – und dieser schwarze Tag lag lange zurück – hatten zwei Gewehrschüsse den Pacificatore im Nacken erwischt. Aus Büchsen, wie sie die Bauern bei der Jagd auf Wildschweine mitnehmen.

Der junge Emilio also hatte die beiden Oberhäupter der verfeindeten Clans zu einem geheimen Treffen eingeladen, in einer alten Scheune, etwas abgelegen hinter den waldreichen Hügeln östlich von Palestrina. Erst sprach er beruhigend auf die Männer ein, dann setzte er sie nebeneinander an einen Tisch, holte unbemerkt eine Spitzhacke aus dem Heu und drosch von hinten auf die Köpfe ein. Was, wie erwünscht, tiefe Löcher zur Folge hatte. Die Mörder seines Vaters – sie waren tot und lagen vor ihm im Staub. Das war seine Blutrache. Wie eine Elster, die ihren Rivalen im Revier mit spitzen Schnabelhieben den Schädel spaltet. La Gazza! Doch das war viele Jahre her. Und sein Schnabel war inzwischen recht stumpf geworden. Zeit für einen Nachfolger. Oder eine Nachfolgerin.

Carlotta, seine Tochter, schaute den Don jetzt prüfend von der Seite an. Wie würde er entscheiden? Im noblen Wohnzimmer mit den dunklen Möbeln, schweren Polstern und einem alten Kristallleuchter über dem großen Esstisch saßen die Espositos und Hainburgs zusammen, um ein paar wichtige Fragen zu klären. Während Pietro unter den Augen von Armando und Benedetto, den Gehilfen des Don, im benachbarten Fernsehzimmer sitzen musste. Und wo auf Canale Uno die fünfte Staffel einer Kuppelshow mit langbeinigen Models flimmerte. Alle warteten an diesem Abend auf ein Machtwort von Don Emilio. Dann ergriff der Alte das Wort. Und seine tiefen Furchen auf der Wange verzogen sich hässlich bis zu den Ohren.

»Was ist hier los? Was wird hinter meinem Rücken gespielt?« Seine Stimme klang scharf, und er zog die einzelnen Wörter wie tropfnasse Wäsche auf einer Leine auf. Langsam. Ganz langsam. Mit spitzen Fingern. Dann blickte er zu Armin Hainburg, der eilig aus Köln angereist war, um Lasse die Sache aus der Hand zu nehmen, und ihm am Wohnzimmertisch gegenübersaß. »Unsere Geschäftsfreunde aus Colonia schieben uns ohne Absprache heiße Ware aus Germania unter. Stupido!« Seine vom Kokainschnupfen trainierten Nasenflügel weiteten sich zu einem dunklen Loch und sogen die Luft tief ein. Dann ratterten seine Worte wie aus einem Schnellfeuergewehr in die Runde. »Unser Versteck in den Bergen, verpfiffen, an die Carabinieri. Haben wir einen Verräter in der Familie?«

Don Emilio schlug zornig mit der flachen Hand auf den Tisch, der noch immer der alte schwarze aus dem Grande Salotto war, unter dem sich die zwölfjährige Carlotta einst versteckt hatte. Alles schwieg. Wieder krachte Don Emilios faltige Hand auf den Tisch. Eine randvolle Wasserkaraffe schwappte über. Niemand wagte, sich zu bewegen. Die Pfütze auf der Decke lief langsam von der Tischmitte auf den Rand zu.

»Don Arminio, dein Sohn Lasse hat uns das eingebrockt. Und Carlotta, was macht die lästige Zeugin aus Mainz, diese Alexandra von Alban? Du wolltest das übernehmen! Ist die Sache erledigt? Und du, Mira, dir haben wir die verpfiffene Waldhütte zu verdanken, die du dieser Bergbauernbande abgeschwatzt hast.« Dabei drehte er sich nach links, wo seine Schwiegertochter in einer engen Seidenbluse kokettierte.

»Vater, du verdächtigst uns des Verrats?« Don Emilios ältester Sohn Luca baute sich wie ein Hahnengockel auf und schob die Arme auf den Tisch vor. »Du verdächtigst meine Mira?« Weiter kam er nicht.

»Sei still,« herrschte der Don seinen Ältesten an. »Du bist nicht an der Reihe. Ich will erst von Don Arminio hören, was passiert ist.«

Dem Kölner Kunsthändler machte das aufbrausende Gehabe des italienischen Clanchefs nichts aus. Es ließ ihn kalt. Durchgeknallte Kokainisten, und das sah er dem Dorfpaten schon auf die Entfernung an, hatte er zur Genüge erlebt. Irgendwann, wusste der alte Hainburg, verloren sie den Überblick über ihre Geschäfte, den Bezug zur Realität, drehten durch – und landeten meist erschossen in der Gosse. In Deutschland wie in Italien. Man musste ihnen nur etwas Zeit lassen, sie beschäftigen, etwas Großes ankündigen, eine Vision von einer grandiosen Zukunft in den Himmel malen, um sie unter Kontrolle zu halten. »Mein Sohn hat mit dem Einbruch in Mainz sicherlich etwas übereilt und hitzig reagiert«, räumte Armin Hainburg ein – während er Lasse in Wirklichkeit für einen Idioten hielt. Er blickte jetzt nicht einmal zu ihm herüber. »Lieber Don Emilio, das kannst du getrost mir überlassen. Es wird nicht wieder vorkommen.« Zur Bekräftigung seiner Worte klopfte er ein wenig mit der rechten Hand auf die linke Brustseite. Don Emilio nickte zustimmend. Und Armin Hainburg konnte sicher sein, dass seine kleine Beretta, eine handliche Neun-Millimeter-Pistole unter seinem Sakko, an Ort und Stelle war. Eine Absicherung. Für alle Fälle. »Werter Don Emiiilio«, wobei er den i-Vokal besonders langzog, »lass' uns lieber gute Geschäfte machen. Ich habe da was für dich, was dich interessieren wird. Was uns beide reich macht.« Dabei war er in großer Sorge, wie lange Frode im römischen Knast schweigen würde. Alles wusste der Schwede. Alles könnte er verraten, nach den vielen Jahren im Dienst der Hainburgs. Lasse als Auftraggeber für den Einbruch in Mainz, Hainburgs eigene dunkle Geschäfte, die geschmierten Hehlerwege. Seine ganze Firma war in Gefahr, sein Lebenswerk. Frode musste verschwinden. Aber wie? Das wollte er später besprechen.

Don Emilio schlug jetzt wenigstens nicht mehr wie ein Verrückter mit der Hand auf den Tisch. Wo sich die Wasserpfütze ausbreitete und langsam auf Toni Farrenberg zufloss, der – wie von Armin Hainburg verlangt – stumm und regungslos an der Seite von Sandro d'Ariccia saß. Der zweiten Beretta am Tisch.

»Luca, lass' deine Frau jetzt selber sprechen.« In einem barschen Tonfall herrschte Don Emilio seinen ältesten Sohn an, der so gar nicht nach seinen Vorstellungen geraten war, aber mit Mira wenigstens eine hübsche, wenn auch berechnende Deutsche an die Seite bekommen hatte. Das liebte der Don. Was den Sohn für ihn wiederum erträglich machte.

Mira atmete tief ein. Ihre Seidenbluse spannte sich. Carlotta sprang in diesem Moment der Hass in die Augen. »Puttana! Strega tedesca!« Schlampe! Deutsche Hexe! Doch das behielt sie für sich. Noch.

»Bene, ehrenwerter Don, unsere Freunde in den Bergen haben mir zwar die Hütte zur Verfügung gestellt«, Mira machte jetzt eine kleine Pause, »aber unsere Freunde wussten weder Tag noch Uhrzeit, wann die Ware ankommt.« Die Deutsche schaute in die Gesichter des Familientreffens, blickte über Carlotta hinweg wie eine überflüssige Gewitterwolke und warf eine provozierende These in die Runde. »Nur vier von uns – wenn wir mal meine Kölner Familie vom Verrat ausschließen – wussten also Tag und Uhrzeit.« Wieder machte sie eine Pause. »Der ehrenwerte Don, mein Mann Luca, ich. Und Carlotta. Euch, Don Emilio, können wir ...«

Carlotta explodierte auf der Stelle, ließ Mira nicht ausreden und schrie quer über den Tisch. »Du willst Vater und mich beschuldigen? Strega! Hexe!« Sie sprang auf. »Warum sollten wir das tun? Tatsache ist ja, dass es immer die Pläne von Luca und seiner deutschen Hexe sind, die uns in Schwierigkeiten bringen.«

Ihr Gesicht war rot vor Zorn. Ihr Körper spannte sich wie ein Bogen kurz vor dem Abzug. Wie gut sie das Schauspiel beherrschte, sagte sie sich. Wie sehr sie sich dabei unter Kontrolle hatte. Carlotta war stolz auf sich selbst. Natürlich war sie es gewesen, die ihrem Spitzel in der Carabinieri-Zentrale den Tipp mit der Hütte im Wald und dem Beutegut gegeben hatte. Verrat? Ja. Aber nur, um damit ein einziges Ziel zu verfolgen: Luca und diese blonde Hexe aus Germania mussten beschädigt, ihre Macht in der Familie zerstört werden. Sie wollte den Weg frei haben, wenn ihr schwächelnder Vater den Vorsitz als Don abgab. An sie, an Carlotta, die starke und wahre Erbin des Familienunternehmens. Die neue Donna. Donna Carlotta. Dieser Tag, wusste sie, war nicht fern. Sie schaute ihrer Schwägerin Mira frech ins Gesicht. Und sprach kein Wort mehr.

Armin Hainburg beobachtete Carlotta, Luca und seine Tochter Mira aus wachen Augen. Er spürte die

Pistole an seiner Brust. Aber er widerstand der Versuchung, einer drohenden Eskalation zuvorzukommen. »Don Emilio, euren Streit lasst in eurer Familie. Ich habe dir ein Angebot zu machen, das uns alle reich machen wird. Pfeifen wir doch auf die verlorenen Artefakte aus der Mainzer Villa. In der Alban-Sippe gibt es etwas viel Heißeres.« Dabei zog er weltmännisch die Manschetten seines weißen Hemdes unter dem Sakkoärmel hervor und sah fast beiläufig auf die golden schimmernden Knöpfe. Dann konzentrierte er seinen Blick auf den Don. »Ich biete dir – einen Zauber. Ewiges Leben, Schutz vor Gefahr und Krankheiten. Was werden deine sizilianischen Geschäftsfreunde dafür zahlen? Wie groß wird die Gewinnspanne auf dem asiatischen Schwarzmarkt sein. Eine halbe Million? Oder mehr? Für jeden von uns!«

Es wurde still am Tisch. Sogar so still, dass ein leises Knistern des alten Leuchters über dem Salotto-Tisch zu vernehmen war. Toni Farrenberg bildete sich in diesem Moment sogar ein, das stete Tropfen der Wasserpfütze von der Tischplatte auf seine Anzughose zu hören. Und während im Nachbarzimmer ein TV-Moderator aufgeregt herumplapperte, drang von draußen das 22-Uhr-Geläut der Kathedrale am Corso Pierluigi durch das geschlossene Fenster in das Wohnzimmer hinein. Armin Hainburg sah alle Augen auf sich gerichtet. Nichts hatte er in der Hand, wieder hatte er nur gepokert, und er brauchte die Hilfe des Esposito-Clans, um sein Vorhaben umzusetzen. Erneut fokussierte er sich auf sein Gegenüber. »Eine halbe Million! Für jeden!« Noch einmal ließ er diese Summe durch die dicke Luft wabern. »Wir müssen uns den Zauber nur holen, oder zumindest das, was man für Zauber hält.«

»Von was bitte redest du?« Don Emilios Nasenflügel bekamen wieder so eine verdächtige Weite.

»Wir stehen kurz davor, ein Geheimnis aufzudecken, was sage ich, zu finden. Das Geheimnis der Göttin Diana. Ein antikes Artefakt vom Nemi-See. Der Schlüssel dazu – heißt Leon von Alban. Er ist in Rom. Den müssen wir uns kaufen.«

Carlotta horchte auf. »Wieder dieser Name – Alban«, durchfuhr es ihren Kopf. Ihre Wege mit dieser Familie schienen sich aus unerklärlichen Gründen immer häufiger zu kreuzen. Erst ging es um Alexandra von Alban, die sie als Zeugin in einem Mordfall in Deutschland aus dem Weg räumen sollte. Weshalb sie ihr in der Schweiz die Giftmischerin Tufania auf den Hals gehetzt hatte. Und jetzt der Bruder, Leon von Alban, der – wie in der Zeitung zu lesen war – vor drei Tagen mit zwei Commissari vom deutschen Bundeskriminalamt nach Rom gekommen war. Mit einem der Commissari – eine nützliche Zufallsbekanntschaft von einem Flug aus Albanien – hatte Carlotta eine amouröse Beziehung aufgebaut und sich bei den seltenen Besuchen bei ihm in Wiesbaden als sein Coniglietto verdient gemacht. Und dabei so manches über das Vorgehen der deutschen Polizei gegen die Mafia erfahren. Jetzt schwamm dieser Commissario in einem römischen Wasserbecken. Mausetot. Zwar ungeplant, aber notwendig, wie Carlotta mitleidlos feststellte.

Hätte sie nur nicht so leichtfertig dahergeredet, als der Commissario in Prosecco-Laune von seinem Auftrag in Rom erzählte. Und als Bernardo, wie sie Bernhard Brettmeier nannte, von einem durch Carabinieri in den Bergen festgenommenen Mann plauderte. »Ach, der Schwede«, war es ihr herausgerutscht, als sie im Pool ihren Kopf entspannt an die Brust von Bernardo gelegt hatte. »Wie dumm von mir«, sprach sie leise zu sich und schloss die Augen. Für einen kurzen Moment. Beide schwiegen. Eine gefährliche Stille.

Carlotta schaltete als erste. Sie stieg aus dem Wasser, um sich eine kleine Nagelfeile aus ihrer Tasche zu holen, wie sie im Licht der Kerzen zu Bernardo flüsterte. Und das war nicht mal gelogen. Was folgte, war kurz, heftig und nicht geeignet für das übliche Touristenprogramm. Zurück im pudelwarmen Nass löcherte der Hase die Brust des Deutschen. Wie wild stach Carlotta drauflos. Staccatoartig. Bernardo riss die Arme aus dem Wasser. Zu spät. Er atmete schwer. Sehr schwer.

Nach dem zehnten oder zwölften Stich, so genau nahm es Carlotta mit dem Zählen nicht, gab der deutsche Commissario endlich Ruhe. Und sein Blut färbte das Wasser rot. Plötzlich hörte sie Schritte, sah den Kegel einer Taschenlampe im dunklen Gang der Pergola. Und dann war es ausgerechnet dieser Leonardo di Albano, der am Abend zusammen mit dem Capitano in ihre Bar gekommen war, der Pietro erkannt und sie nun im dunklen Treppenhaus am blutdurchtränkten Hotelpool gesehen haben könnte. Weshalb sie nach ihrer Flucht von der Hotelterrasse sofort im Bordell ihrer Freundin Viola untergetaucht war. Nur kurz und vorübergehend, denn schnell hatte sich ihr Spitzel bei den Carabinieri umgehört und aus erster Quelle erfahren, dass sie unerkannt geblieben war. Glück gehabt. Entwarnung. Erstmal.

Aber dieser Leonardo di Albano – er ging Carlotta allmählich schwer auf die Nerven. Ausgerechnet er sollte der Schlüssel sein zu diesem Artefakt, von dem Don Arminio aus Köln erzählt hatte. Ewiges Leben? Millionenschwer? Sie würde das im Auge behalten müssen. Aber zunächst, Carlotta sprach jetzt laut in die still gewordene Runde im Salotto, müsste sie sich um andere Dinge kümmern. »Ich werde euren Frode aus dem Knast holen. Lasst mich nur machen. Und danach knöpfen wir uns diesen Leonardo vor. Papà? Bene?«

La Gazza nickte kurz. »Und was ist mit der anderen, der Schwester?« Dabei drehte er sich zu Carlotta. »Hast du dich drum gekümmert, wie versprochen?«

»Si, Papà, si. Ich warte nur auf die Bestätigung, dass mein Auftrag ausgeführt wurde. Morgen mehr.«

Don Emilio verzog das Gesicht. »Erst morgen? Hm, bis zum Nachmittag will ich das wissen. Keine Fehler mehr! Va bene?« Er goss sich aus der Wasserkaraffe auf dem Tisch sein Glas halbvoll. »Haben wir nichts Besseres als das Zeug hier? Holt mir den Roten, den Lu'Li aus Apulien!« Dann blickte er hinüber zu Armin Hainburg. »Und was aus dem Tedesco rauszuholen ist, amico mio, werden wir sehen. So viel Geld lässt man nicht links liegen. Wir können reich werden. Alle.«

Der Abend und die Streitereien hatten La Gazza zugesetzt. Mehr, als er zeigen wollte. Er war müde geworden und brauchte Ruhe. Emilio Esposito wollte sich ohnehin nur noch um die schönen Dinge des Lebens kümmern. Um Wein. Um Frauen. Und um den Palio, den Wettkampf im Sommer zwischen den Stadtteilen von Palestrina. Wettkämpfe zu Pferd beim Ringstechen, im Laufen und Jonglieren, im Bogenschießen oder beim Seilziehen. Grande festa. Ruhm und Ehre winkten dem Capo des Siegerteams. Diesmal musste es für das Viertel der Porta del Sole klappen, dessen Ehrenpräsident La Gazza war. Er drehte sich zur Tochter. »Noch was, Pupetta. Kümmere dich um diese Bogenschützin. Sie darf uns laut Reglement helfen, um wichtige Punkte für den Sieg zu holen. Pupetta, wie heißt das Mädchen aus unserer Verwandtschaft doch gleich?«

»Die aus dem Olympia-Team? Rubina.« Sie kniff die Augen zusammen und grummelte still in sich hinein. »Noch so ein Weibsbild, das ich hier nicht brauchen kann.« Dann, lauter: »Und nenn' mich nicht so, Papà, Ich bin nicht dein Püppchen! Mein Name ist Carlotta!«

48

Rom 2017, Villa Medici

Leon von Alban hatte sich nach dem Besuch beim Primo Capitano durch das Centro Storico treiben lassen. Gegen Mittag das Tagebuch seines Vaters aus dem Hotelzimmer geholt und sich zum Mittagsbrunch in das neue Café Colbert in der Villa Medici zurückgezogen. Die Räume der Französischen Akademie, die stolz auf einem höher gelegenen Weg zwischen Spanischer Treppe und Piazza del Popolo thronte, atmeten die frische Luft des Monte Pincio, des grünen Hügels über dem alten Marsfeld. Leon setzte sich in einem der hohen Säle seitlich vor ein riesiges Renaissance-Fenster, dessen Flügeltüren zum Stehbalkon weit geöffnet waren. Sie gaben ein eindrucksvolles Panorama frei auf die Stadt zwischen Piazza Venezia, den im milchigen Dunst liegenden Gasometern von Ostiense und dem Petersdom.

Während er auf seine Bestellung – Tagliolini mit Zucchiniblüten, Sardellen und Limette – wartete, schlug er mit sorgenvollen Gedanken das Buch auf und strich seine blonden Locken ein wenig aus der Stirn. Er erinnerte sich an die letzten Seiten und fasste sie zusammen. »Mussolini befreit, Ritterkreuz bekommen, Eintritt in die SS, das Ahnenerbe, Obersturmführer in Diensten von Himmler. Vater, was tust du da?« Auf einmal empfand Leon Scham, fühlte eine Form der Verantwortung. Spürte eine Last auf seinen Schultern, die er früher nie wahrgenommen hatte. Was würde ihn als Nächstes erwarten? Wie wollte er damit umgehen? Er tauchte beim Lesen in eine fremde Welt ein. Und vergaß die Zeit.

Der Auftrag von SS-Archäologe Hugin an seinen Vater, das geheimnisvolle Artefakt, die Trattoria de Sanctis in Nemi, Zimmerwirtin Eugenia, bis hin zum ersten Besuch des alten Tempelgeländes mit Museumsdirektor Luigi della Rocca. Das passierte im Oktober 1943. Leon las manche Seiten aus dem Tagebuch gleich zweimal, um alles zu verstehen, was sein Vater vor über 70 Jahren erlebt, gefühlt und niedergeschrieben hatte. Und was er vor seinen Kindern verheimlichen wollte.

Zwischenzeitlich kamen die Tagliolini mit Zucchiniblüten auf den viereckigen Bistrotisch, ein Käsekuchen mit Beeren, ein Espresso, ein Wasser, um halb fünf ein erstes Glas mit spritzigem Frizzante, natürlich eiskalt. Dann die Rechnung. Als Leon leicht benommen die steinerne Renaissance-Treppe ins Erdgeschoss hinabgestiegen war, traf ihn das grelle Sommerlicht am Ausgangstor wie ein Blitzbündel des Zeus. Die Hitze des Tages hatte sich auf der kleinen Piazza vor dem Gebäude aufgestaut und dem Namen Sonnenbalkon Roms alle Ehre gemacht. Gegenüber der Villa Medici saßen ein paar Jugendliche unter schattigen Baumkronen und erholten sich von ihren Ausflügen. Leon schob sich seine Sonnenbrille vor die Augen und schritt auf einen Brunnen zu, in dem frisches Nass aus einer kunstvoll installierten Kanonenkugel sprudelte. Dann hörte er, ganz nah, die vertraute Fanfare der Verkehrsnachrichten auf Bayern drei.

Da dam-da-dam-da-daaa-daaa.

Das war – sein Klingelton. Er griff zum Mobiltelefon. »Pronto? Hallo?«

»Ich bin's. Robert.«

»Wer?«

»Hallo, Leon? Hier ist Robert, aus Darmstadt, dein Geschäft in Bessungen. Du erinnerst dich? So lange bist du doch nicht weg.«

»Ja, sicher. War nur gerade etwas abgelenkt. Fox, was gibt's?«

»Danke der Nachfrage. Uns geht's gut. Geschäft läuft, dank Sara und mir.«

»Okay, ich danke euch. Wirklich. Aber es könnte mit mir in Rom noch eine Weile dauern.«

»Alles gut. Du hast mir einen Auftrag ausrichten lassen.«

Leon erinnerte sich. Gestern, Zürich Flughafen, das Telefonat mit Sara. Robert Fuchs sollte alles herausfinden über den Diana-Tempel, den angeblichen Zauber und am besten auch alles über Giftmischer. »Fox, du bist klasse. Hast du was?«

»Was glaubst du? Ich kann doch nicht zaubern.« Fox machte eine kurze Pause. »Na gut, ich habe da was. Das wird dich interessieren.«

Leon ging in die Hocke und setzte sich auf die Steinumrandung eines schattigen Baumes gegenüber der Villa Medici. Er schaute dem ruhigen Plätschern aus der Kanonenkugel zu und konzentrierte sich auf die Stimme von Fox.

»Kennst du das Kloster Santa Maria di Palazzolo? Wahrscheinlich nicht. Völlig unbedeutend. Eigentlich.« Fox fasste seine Recherche knapp zusammen. »Ursprünglich eine kleine Kirche, dann Klostergründung und im 13. Jahrhundert eine Abtei der Zisterzienser. Das waren nicht nur Gutmenschen. Böse Zungen sagen, die Zisterzienser waren der IS des Mittelalters. Sie haben Hass gepredigt, zu Kreuzzügen aufgerufen und am Krieg gut verdient.«

»Und was hat das mit dem Diana-Tempel zu tun?« Leon hatte noch nicht den Faden zur Geschichte gefunden, die Fox ihm erzählen wollte.

»Gut, warte, das kommt noch. Bevor unser Kloster gegen Ende des 14. Jahrhunderts wieder den Besitzer wechselte, gab es unter den Mönchen einige besonders scharfe Verfechter des wahren Glaubens. Einer von ihnen war Bruder Girolamo von Ferrara. Ein Zerstörer alles Heidnischen, egal in welcher philosophischen Tradition manche Schriften der Antike auch standen.«

»Wie Jorge von Burgos in Ecos Roman Name der Rose? Verstehe. Der lässt ein antikes Buch von Aristoteles über die Komödie verschwinden. Als wär's vom Teufel. Und ermordet seine Klosterbrüder, die es lesen wollen.«

»Ja, genau Leon. Jetzt muss man wissen, dass unser Kloster am Albaner See liegt, an der Südseite, dem benachbarten Nemi-See zugewandt. Und damit ganz in der Nähe deines Diana-Tempels.«

»Wir kommen der Sache jetzt ja wenigstens räumlich näher.« Leon atmete schwer. Der späte Nachmittag auf dem Sonnenbalkon Roms hatte die Luft auf der Piazza vor der Villa Medici immer schwerer werden lassen, und er fühlte sein Hemd wie eine zweite Haut auf sich kleben. Er hörte Robert Fuchs weiter konzentriert zu, während ein behäbiger Luftstrom den vom Meer aufsteigenden Dunst nach Rom pumpte. Die Schwüle legte sich wie eine nasse Folie über die Stadt.

»Die Mönche wussten vom alten, teils verschütteten Tempel am See, holten von dort Baumaterial, wie alle Bewohner aus der Umgebung«, setzte Fox seinen Bericht fort. »Bruder Girolamo von Ferrara muss dabei eine besondere Entdeckung gemacht haben.«

»Das Artefakt!«

»Nein, etwas anderes. In einem Seitenbau, vielleicht eine Cella oder eine Art Unterkunft, fand er in einer zugewachsenen, teils von Erdmassen verschütteten Mauer ein Schriftstück. Das Vermächtnis eines alten Priesters vom Diana-Tempel.«

»Und woher wissen wir das?« Leon drängte ein wenig aufs Tempo, denn er kannte Roberts etwas umständliche Erzählweise.

»Jetzt kommt ein braver Mönchschüler ins Spiel.«

»Lieber Robert, vielleicht könntest du deine Geschichte nicht erzählen wie Dieter Hallervorden seinen Sketch über die tote Kuh Elsa, in dem die Informationen erst harmlos und hinten raus immer gewichtiger und schlimmer werden.«

»Ja, ja. Gleich. Berengar von Subiacu hieß unser Novize. Er kam zufällig dazu, als sein Lehrer Girolamo alte Schriften aus dem Tempel ins lodernde Kaminfeuer warf, sozusagen ins Fegefeuer der Geschichte, und anschließend den Raum verließ. Da fischte unser tapferer Berengar eine halbverbrannte Pergamentrolle aus der Glut. Er wollte nicht zusehen, wie vielleicht wichtige antike Schriftrollen verbrennen, ohne gelesen zu werden.«

»Robert! Mach schon!«

»Ja doch! Der Inhalt von dem, was noch zu lesen war, muss für die damalige Zeit brisant gewesen sein. Jedenfalls kopierte Berengar das Schriftstück heimlich im Scriptorium des Klosters und versteckte es in einem alten Buch, mit eigenen Anmerkungen zu Fund und Vorfall, wer's verbrennen wollte und warum er es versteckt hat.«

»Und? Wo ist es versteckt? Und wo ist das Original?« Leon hatte inzwischen alle Hoffnungen auf ein schnelles Ende der Geschichte aufgegeben.

»Langsam. Danach verlieren sich die Spuren von Berengar von Subiacu. Vermutlich ist er viele Jahre später im Kloster gestorben, als die Pest 1348 den Mittelmeerraum heimsuchte. Das Original der Pergamentrolle ist zudem verschwunden. Nicht aber die Abschrift, sie wurde in einem Buch mit Kalender, Gottesdienstordnung und vielen langweiligen Wirtschaftsnotizen gefunden. Abrechnungen. Alles auf Latein.« Robert Fuchs wartete kurz, ob Leon von Alban dazu etwas sagen wollte. Doch diesmal blieb es still in der Leitung. Dann erzählte er weiter. »Das Buch war unbeachtet über die Jahrhunderte von einem Klosterarchiv zum nächsten gewandert, bis es 1928 wiederentdeckt wurde. In Rom. Zufällig. Bei Mussolinis großzügigen Abrissarbeiten für eine breitere Straße zwischen Kapitol und Marcellus-Theater. In einem alten überbauten Kirchenkeller, ganz nah am antiken Theater.«

Leon atmete ruhig in sich hinein und hatte weiterhin das muntere Plätschern der Kanonenkugel im Blick. Er vertraute auf Robert, dass nun das Wichtigste kommen würde.

»Ein Geheimnis. Leon! In der Abschrift wird das Geheimnis einer Schatulle erwähnt, versehen mit einem Zauber. Es geht um Schutz und langes Leben. Es geht vermutlich um Ewigkeit. Und von Caligula ist die Rede, also genauer von Gaius Caesar Augustus Germanicus, wie er ja eigentlich hieß. Allerdings fehlt das meiste, wohl zerstört, verrottet, eben bruchstückhaft. Doch auf dem untersten Zipfel der Abschrift ist der Schluss recht gut zu lesen. Und, was meinst du, hat da wohl gestanden?«

»Robert! Ich bitte dich …«

»Ja doch. Ich zitiere mal:

Die Schatulle mit der Gemme, dem göttlichen Zauber und mit meiner Geschichte werde ich gut im Tempel verstecken, bis sie jemand findet, der es verdient. Und dann wird eine neue Zeit anbrechen. Aurelius, rex nemorensis.«

Fox machte eine kleine Pause, dann. »Das ist der Sklavenkönig!«

Leon war wie elektrisiert. Durch seinen Kopf rasten in diesem Moment so viele Gedanken, dass er sie nicht mehr klar ordnen konnte. Er hielt es nicht länger auf der Steinumrandung unter dem Baum aus, schwang sich hoch, griff mit der freien Hand in den Brunnen und wischte sich kaltes Wasser durch Gesicht und Haare. Das tat gut. Fox hatte bei seiner Geschichte tatsächlich mit dem Wichtigsten bis zum letzten Satz gewartet. »Robert, du bist großartig«, sagte Leon. »Woher weißt du das alles? Und wo finde ich die Abschrift unseres netten Mönchschülers, diesem Berengar?«

»Wenn du es nicht weitererzählst – ich habe einen guten Bekannten, der als Archivar im Vatikan arbeitet und der für mich heute in tiefste Bestände abgetaucht ist. Und tatsächlich etwas gefunden hat, eine Notiz, aus den dreißiger Jahren. Demnach verschwand die besagte Abschrift nach der ersten Sichtung schnell im Privatbesitz von Mussolini, der den Fund aus dem Kirchenbesitz einfach beschlagnahmt hatte. Er sah sich ja selbst als Verkünder einer neuen Epoche mit Ewigkeitsanspruch. Dem Faschismus!«

Für einen Moment schien sich die Zeit für Leon in einer großen Schleife mit der Antike, seinem Vater im Zweiten Weltkrieg, Mussolini und den Tagen jetzt in Rom selber einzuholen. Was war, wenn sein Vater tatsächlich ...? Er schwieg. Dann hörte er wieder die Stimme von Robert.

»Leon, bist du noch da? Mussolini ist ja, wie wir wissen, seit 1945 tot. Erst von Partisanen hingerichtet. Dann an den Füßen an einer Esso-Tankstelle in Mailand aufgehängt und zur Schau gestellt. Und schließlich ließ eine tobende Menge ihre Wut am Leichnam aus. Hallo, hörst du mich?«

Er hörte ihn sehr gut. »Fox, nochmal, du bist große Klasse. Vielleicht kannst du ein wenig weiter recherchieren, über den Tempel selbst?«

»Geht klar. Und grüß' Rom von mir. Ciao!«

Leon von Alban erinnerte sich in diesem Moment an das unangenehme Treffen mit der Kölner Sippe im Gutshof »Prinz von Nierstein«, am Tag nach der Beerdigung. Wie hatte Armin Hainburg gesagt? »Ein Artefakt vom Nemi-See, vielleicht in den vierziger Jahren von Ihrem Vater gefunden, vielleicht vom Tempel der Diana. Ihr Vater war während des Zweiten Weltkriegs doch dort! Oder?«

Wie dicht war sein Vater vor über 70 Jahren dran an einer Entdeckung? Und wie dicht stand er, Leon, vor der Wahrheit? Und wenn er das Geheimnis kannte, wie würde er damit umgehen? Je mehr er die Spuren der Vergangenheit sah und sich zu einem Bild festigten, desto fremder wurde ihm sein Vater.

49

Juni 2017, Albaner Berge
Fahrt nach Nemi

Alle ore dieci. Zehn Uhr vormittags. Leon von Alban stieg am Palazzo Wedekind in den Wagen von Raffaele Capriri ein, der seitlich der Piazza Colonna am Fanshop der AS Roma geparkt hatte. Er warf seinen Rucksack auf den Rücksitz. Die Gelb-Roten aus der Hauptstadt hatten in dieser Saison wiederholt den Anschluss an Serienmeister Juventus Turin verloren und klebten bis zum Ende auf Tabellenplatz zwei fest. Zu allem Unglück verkündete Superstar Francesco Totti sein Karriereende im Trikot der AS Roma, wonach die Stimmung bei den Tifosi auf den Nullpunkt gesunken war. Nur hartgesottene Fans und Touristen wühlten zu dieser Stunde im Shop nach Schals in Vereinsfarben oder suchten passende Trikots. Der Capitano winkte einem Verkäufer im Geschäft zu, dann zog er seinen weinrot lackierten Alfa Romeo an den parkenden Fahrzeugen vorbei und schnitt – ganz römisch – die Linkskurve in den Corso hinein.

Leon hatte wieder das ohrenbetäubende Konzert der Straße im Ohr, das er so liebte. Hupen und Fanfaren wechselten sich ab mit schrillen Tönen aus den Trillerpfeifen der Verkehrspolizei, durchbrochen vom tiefen Knarzen alter Gelenkbusse, deren schwarze Faltenbälge sich an den Haltestellen lautstark stauchten und wieder streckten. Er sog die römische Kakophonie in sich auf, während der Capitano nach kurzer Fahrt auf dem Corso scharf rechts auf den Largo Chigi schwenkte und gleich darauf in die verkehrsumtoste Via del Tritone eintauchte. An der Piazza Barberini mit dem großen Tritonen-Brunnen, der inmitten der Blechkarawane surreal wirkte, bog der Alfa nach rechts ab und preschte die bis zur Unkenntlichkeit überbaute Anhöhe des Viminal hoch, einem der sieben Hügel Roms. Innenministerium und Opernhaus flogen vorbei. Die Kirche Santa Maria Maggiore warf ihren Schatten auf die vorbeieilenden Fahrzeuge. Und an der päpstlichen Lateranbasilika warteten die ersten Pilgergruppen an der Scala Santa, der Heiligen Treppe aus Jerusalem, um sie im stillen Gebet emporsteigen zu dürfen. Leon beobachtete, wie der Capitano eine Hand vom Lenkrad löste und sich vor der Brust bekreuzigte. Unter riesigen Akazienbäumen der breiten Via Appia Nuovo und über die Via dei Laghi rollte der Wagen durchs grüne Umland Roms immer weiter gen Süden. Schon bald ging es langsam, aber stetig hoch zu den Seenlandschaften der Albaner Berge. Leon spürte nach der Tagebuch-Lektüre und dem Telefonat am Vortag mit Robert Fuchs eine gewisse Anspannung. Was würde ihn in Nemi erwarten?

Nach zwanzig Minuten hatten sie die Kammstraße über dem Albaner See etwas nördlich von Nemi erreicht, und Leon konnte vom Beifahrersitz den Blick auf das hellblaue Wasser genießen. Er spürte, wie der Capitano vor einer Aussichtsterrasse den Wagen abbremste. Kurz darauf kamen sie auf einem kleinen Parkplatz unter hohen Bäumen zum Stehen. Der Albaner See wirkte von dort oben wie eine mit dickem Pinsel pastos aufgetragene Acryloberfläche, und an einem Strandabschnitt am Westufer tanzten ein paar Boote ausgelassen über den Saum des Wassers.

»Da vorne, an dem Imbisswagen, gibt es einen ganz passablen Espresso. Kommen Sie, Leonardo, ich kenne den Besitzer ganz gut und wir haben noch Zeit. In Nemi werden wir noch nicht erwartet.«

Einen Augenblick später saßen sie in alten Plastikstühlen am Imbisswagen, schlürften ihren heißen Caffè, wurden von ein paar neugierigen Fliegen umschwärmt und schauten gedankenverloren über eine halbhohe Steinmauer auf die Kraterlandschaft. Der Capitano beendete die ruhige Minute. »Auf der anderen Seite, sehen Sie, das sind die Dächer von Castel Gandolfo, und ganz rechts, am Ende des bebauten Kraterrandes, leuchtet die Fassade des Palazzo Pontificio, der päpstlichen Sommerresidenz. Ihr deutscher Papst Benedict hat nach seinem Rücktritt für ein paar Wochen dort gewohnt, bis er in den Vatikan zurückkehrte. Waren Sie schon mal in Castel Gandolfo?«

»Bisher nicht. Auf meinen Italienreisen war ich nur bis Frascati gekommen. Mir scheint, ich muss das bedauern. Schön hier. So ruhig.« Leon hatte das Gefühl, dass der Capitano seinen Blick suchte.

»Das sollten Sie dringend nachholen, also Castel Gandolfo meine ich.« Dann, nach einer weiteren Pause, klang der gut aufgelegte Carabinieri noch ein wenig freundlicher als ohnehin an diesem Tag. »Leonardo, wollen wir uns nicht duzen? So sagt man doch in Germania, non è vero? Wir Italiener sind da eher unkompliziert.«

»Con piacere, mit Vergnügen.« Leon hob die Espressotasse hoch und stieß mit dem Capitano an. Die dicken Ränder der kleinen weißen Tassen mit einer dunkelgrünen Pinie drauf gaben beim Aneinanderstoßen einen dumpfen Ton von sich. »Leon, bitte nicht Leonardo«, sagte er. »Aber das wissen Sie ja schon, ich meine, du weißt das schon.«

»Si, Leon, bene, und für dich ab jetzt bitte Raffaele.«

Fünfzehn Minuten später saßen sie wieder in dem weinroten Alfa. Die Sonne war mild, die Luft klar und nicht mehr so schwül wie am Vortag in Rom. Der

Capitano öffnete das Verdeck seines Cabrios und ließ den Wagen weiter in Richtung Nemi rollen. Der frische Fahrtwind fuhr durch die Haare, und Leon konnte rechts zwischen den dichten Baumreihen immer wieder in die Caldera und auf das gegenüberliegende Castel Gandolfo schauen, wo sich die Häuser auf der Kraterkante wie an einer Perlenschnur entlangzogen.

Nach zwei, drei Kilometern sahen sie östlich ihrer Straße, der Via dei Laghi, dicke Rauchschwaden aus einem Waldstück am Fuße des Monte Cavo aufsteigen, und aus einer kleinen Ortschaft mit blassroten Ziegeldächern heulten Sekunden später die Sirenen der Löschfahrzeuge heraus.

»Vigili del Fuoco, Leon, unsere Feuerwächter. Sie sind schon unterwegs«, sagte Raffaele.

Dann schoss schwarzer Qualm wie aus einem Ofenrohr zwischen den Baumriesen hindurch in den Himmel. Der Capitano schaute besorgt. »Hoffentlich kommen sie rechtzeitig.«

50

Am selben Tag, gegen elf

Es lief nicht gut. Das spürte sie. Und immer, wenn sie das Gefühl hatte, in Bedrängnis zu kommen, entschloss sie sich für harte Maßnahmen. Basta, sagte sie sich dann. So auch heute. »Basta!«

Sie war nach dem Frühstück zu dem kleinen Häuschen am Monte Cavo gefahren, wo gegen 11 Uhr eine aufgeregte junge Frau mit Namen Giulia, glatten blonden Haaren und biederem Mittelscheitel auf sie wartete. Die Tür zum Haus, das unterhalb der Strada regionale 218 versteckt hinter einer Tannenschonung lag, stand offen, und Carlotta fand Giulia im Arbeitszimmer. Aufgelöst. In großer Sorge.

Ihre Mutter – sie vermisse sie seit einigen Tagen, sagte das Mädchen nervös. Von einem neuen Auftrag habe sie gesprochen. Und nach zwei Tagen hatte sie sich zurückmelden wollen. Was nicht passierte. Auch am dritten Tag gab es kein Lebenszeichen. In größter Sorge war Giulia aus Rom, wo sie im sechsten Semester Biologie studierte, zum Häuschen der Mutter gefahren. Der große Garten mit all den schönen Pflanzen, in dem sie als Kind mit der Nonna gespielt hatte, wirkte vernachlässigt. Und im Haus schien nichts darauf hinzudeuten, was ihre Mutter ... da war sie auf einen Notizblock am Telefon aufmerksam geworden. Ein leeres oberstes Blatt. Als sie genauer hinschaute, entdeckte Julia ein paar durchgedrückte Ziffern und Buchstaben, die von dem oberen, abgerissen Blatt stammen mussten. Sie strich mit einem Bleistift flach über die Oberfläche. Erst schwach, dann deutlicher kamen zwei Buchstaben und eine Telefonnummer zum Vorschein.

Giulia zeigte der Besucherin den Block mit den Graphitspuren. CE stand da. Und eine mehrstellige Ziffernfolge.

Carlotta Esposito erkannte ihre eigene Nummer auf den ersten Blick. Und ihre Initialen auf dem Stück Papier wirkten auf sie wie eine blinkende Leuchtreklame. Tufania, war ihr klar, hatte sich vor ein paar Tagen Notizen zu ihrem Anruf aufgeschrieben. Vermutlich auch wieder beseitigt, aber nicht auf das Unterblatt geachtet. »Cazzo!« Wo hatte sie sonst noch Spuren hinterlassen? »Dilettante!« Carlotta sah ein Problem. Nein, viele. Tufania hatte versagt, Alexandra von Alban war am Leben, der inhaftierte Frode konnte identifiziert und zum Risiko werden, die Kölner Sippe würde ihre eigene famiglia in die Ermittlungen wegen Einbruch, Mord, Kunstraub und Hehlerei mit hineinziehen. All das musste verhindert werden. Sie musste es verhindern.

»Du bist CE?«, fragte Julia vorsichtig. »Ich habe dich angerufen. Das warst du am Telefon. Was weißt du? Kannst du helfen?«

»Was weißt du über deine Mutter?«, fragte Carlotta zurück und gab ihrer Stimme den Tonfall einer guten Freundin. Sie musste herausfinden, wie viel dieses Mädchen tatsächlich wusste. Und nichts von sich selbst preisgeben.

»Mutter hat Aufträge für die famiglia übernommen, wie meine Nonna vorher wohl auch. Als Kind hatte ich beim Spielen viele Pässe gefunden. Mit ihrem Bild drin, aber mit unterschiedlichen Namen. Erst war ich verwirrt, aber dann war irgendwann klar ...«

Die Biologie-Studentin Giulia Spara war keine Giftmischerin. Sie war harmlos und naiv. Sie war für Carlotta entbehrlich. Sogar äußerst entbehrlich. Sie war ein Sicherheitsrisiko für die ganze famiglia. Und für Carlotta selbst. Als sie ihr das himmelblaue Telefon mit dem ältlichen Gabelteil das erste Mal über den penibel gekämmten Mittelscheitel zog, schepperte das Innere des Apparates mit einem hellen Ton. Es klang mit den weiteren Schlägen wie Musik, und Carlotta dachte an ihren Vater – la Gazza, die Elster – und warum er den Namen bekommen hatte. Sie war stolz, seine Tochter zu sein.

Donna Carlotta, wie sie sich insgeheim selbst nannte, schlug mit dem Telefon so lange zu, bis sie sicher war. Dann stieg sie in den Keller, schleppte einen Kanister Benzin hoch und verschüttete eine ausreichend große Menge über die Leiche und im Haus. Zum Schluss holte sie ein Feuerzeug mit einem roten Emblem aus der Handtasche, das wie ein Ziegenbock aussah und sie am Vorabend bei Pietro gesehen hatte, der beim Familienrat im stickigen Fernsehzimmer eingeschlafen war.

Ein kurzes Zippen am Zündstein, eine Flamme, ein Kontrollblick. Der Wurf des Feuerzeugs entfachte in Sekunden ein loderndes Inferno. Dann saß Carlotta in ihrem Auto und brauste die Strada regionale 218 in Richtung Norden davon. Als Nächstes, überlegte sie, würde sie sich um den inhaftierten Schweden kümmern müssen, um Frode. Da sie selbst nicht einfach in das Untersuchungsgefängnis hineinspazieren und die Wachmannschaft erledigen konnte, fiel ihr der gute Freund bei den Carabinieri ein. Alfredo! Er musste es richten, wenn er mal wieder an ihrem Dekolleté riechen wollte. Oder mehr? Dann eben mehr. Basta!

Ein paar Minuten später hörte sie die Signalhörner der Feuerwehr. Im Rückspiegel sah sie hinter den hohen Bäumen schwarzen Qualm in den Himmel schießen. Carlotta gab Gas. Sie hatte viel zu erledigen.

51

Nemi

Die schmaler werdende Strada provinciale 217 führte Leon und den Capitano das letzte Stück bis Nemi am Fuße des Monte Cavo entlang. Sie rollten unter blickdichten Baumbeständen und kamen vorbei an einem scharfen Abzweig zum Klosterhotel Villa Palazzolo, dessen Hinweisschild Leon an die Mönchsgeschichte von Fox erinnerte. Irgendwann tauchten aus dem grünen Dickicht die ersten Häuser der Neustadt auf. Und an einem Kreisel kurz vor der Altstadt blickte Leon auf das Hinterteil der Diana. Eine übergroße Bronzeskulptur auf einem rauen Rundbrunnen zeigte die mit Pfeil und Bogen bewaffnete Jagdgöttin, wie sie im kurzen Chiton und mit wehenden Haaren in Richtung Kratersee stürmt.

»Wir sind da. Mein Nemi.« Der Capitano freute sich, und Leon hörte ein leichtes Aufatmen in der Stimme. »Ich war seit ein paar Wochen schon nicht mehr zuhause. Die Arbeit, du weißt schon, kaum freie Wochenenden.« Dann lenkte er seinen Wagen an einem Durchfahrtsverbot vorbei in Richtung Altstadt. »Das gilt nicht für mich. Nicht für den Sohn des Principe.«

Leon erinnerte sich an die zuletzt gelesenen Einträge im Kriegstagebuch seines Vaters, als es jetzt – 74 Jahre später – auch für ihn in Richtung Altstadt ging. Er spürte das unebene Basaltpflaster unter den Reifen, was ihn ein wenig durchschüttelte. In einer Rechtskurve vor einem Kaufmannsladen mit Waldpilzen, Nüssen und Paprikaschoten in der Auslage wurde die Straße schmaler. Die bunten Stellwände der kleinen Geschäfte, Cafés und Restaurants am Corso Vittorio

Emanuele ließen nur so viel Platz zum Durchfahren wie gerade nötig. Links sah Leon das grüne Reklamekreuz einer Apotheke, rechts über einer ansteigenden Gasse die Spitze eines Glockenturms. Einige Fußgänger winkten ihnen zu. »Hey, Raffaele, di nuovo a casa« und »la mamma sarà felice« hörte er sie rufen, *wieder zuhause* und *die Mamma wird sich freuen*.

Der Corso wurde enger. Bunte Sommermarkisen über der Gasse schützten die Warenkörbe vor der Mittagshitze. Ein paar Touristen erfreuten sich an einem lila gestrichenen Fahrrad, das als Blickfang vor einem Lavendel-Shop abgestellt war. Links folgte ein Restaurant, rechts eine Trattoria mit Veranda und Hotel-Betrieb. Im Vorbeifahren blickte Leon auf ein blank poliertes goldenes Schild auf dem Rauputz und las den Aufdruck Albergo de Sanctis. Die Trattoria aus dem Tagebuch? Tatsächlich, es gab sie noch. Er fühlte sich seinem Vater nah, der dort 1943 bei Zimmerwirtin Eugenia abgestiegen war. Gleich darauf, in Höhe einer Weinbar mit weißen Außenmöbeln, öffnete sich ein lang gezogener Platz mit runden Café-Tischen und einer spektakulären Sicht auf den blau funkelnden Nemi-See.

Der Alfa rollte langsam entlang kleiner Stände mit Erdbeertörtchen in Variationen. Mit Eis, Sahne, Waffeln und Likör. Oder gleich mit allem. Leon atmete die Luft mit den süßen Gerüchen ein. Verlockend. So nah. Er müsste nur seine Hand ausstrecken und zugreifen, überlegte er. Aber er hielt es für besser, seinem spontanen Einfall zu widerstehen. Der Süden Italiens, empfand Leon, tobte sich in Nemi in vielen Farben und verlockenden Düften aus. Dann, vor einem trutzigen Gebäude am Ende des Corsos, schwenkte der Capitano mit seinem Auto nach links und stoppte unter einem Straßenkandelaber.

»Wir sind da, ich lasse den Wagen draußen. Und wir gehen zu Fuß durch das große Tor dort.« Raffaele zeigte auf ein barockes Rundbogenportal, das mit einem schmiedeeisernen Tor versperrt war. »Das ist unser guter alter Palazzo. Der Palazzo Capriri.«

Leon schlug die Autotür hinter sich zu, griff seinen Rucksack aus dem Fond und schlenderte um den Platz herum, während der Capitano Gepäckstücke aus dem Kofferraum herausnahm. Dann sah er ihn drei alten Frauen zuwinken, die auf einer Holzbank saßen, und hörte ihn rufen. »Ciao, bellezze, tutto bene?« Freudig grüßten die Schönen, wie Raffaele sie genannt hatte, zurück.

Die Frau in der Mitte, eine stolze ältere Signora mit silbrigweiß-glänzendem Haar, antwortete mit kräftiger Stimme über den Platz zurück. »Si, ragazzo, sto bene.« Ja, mein Junge, alles gut.

Leon kam näher an die Bank im Schatten des Palazzos heran. Soweit, dass er die Sitzenden besser erkennen konnte. Er schätzte jede der Frauen auf vielleicht achtzig. Die Frau in der Mitte wirkte jünger, frischer, ihr erhobener Kopf strahlte Würde aus.

Die drei Seniorinnen folgten seinen Schritten mit wachen Augen. Die Stolze, die mit dem Capitano gesprochen hatte, blieb jetzt stumm. Ihr Blick wurde fester. Sie bewegte sich nicht. Sie drückte ihr schwarzes Brillenetui auf den Knien zusammen. Sie fühlte, wie ihre Hände schwitzten und doch kalt wurden. Völlig unkontrolliert schossen ihr Gefühle wie Freude und Trauer, Furcht und Hoffnung durch Kopf, Herz und Seele. Niemand nahm davon Notiz.

52

Juni 2017, Nemi
Palazzo Capriri

Es war ein guter Morgen. Sie hatte lange geschlafen, viel gefrühstückt, sich einen frischgebrühten Caffè vom Hausmädchen eingießen lassen und ein wenig in der Rom-Ausgabe der La Repubblica geblättert. Eine Hitzewelle in ganz Italien und besonders in Sizilien hatte das Land gestern überrollt, meldete das Blatt aus der Hauptstadt. Über 40 Grad. »Black out per il caldo«, titelte die Zeitung. Totalausfall – der Betrieb zigtausender Klimageräte hatte in Palermo das Stromnetz in die Knie gezwungen. Und morgen sollte in Rom ebenfalls die 40-Grad-Marke geknackt werden. Drohten dann auch in der Ewigen Stadt und im Umland alle Küchengeräte zu streiken, Aufzüge mit Menschen darin zu blockieren, Kassensysteme, Lichtschranken und Alarmanlagen auszufallen? Maria Capelli nahm regen Anteil an den Nachrichten, doch die Hitzewelle ließ sie kalt. Sie fühlte sich gut und absolvierte im Anschluss an die Zeitungslektüre ihre morgendlichen Dehnübungen. Mit einundneunzig.

Gegen halb zehn saß sie vor dem Schminkspiegel in ihrem Zimmer und tupfte mit einem weichen Pinsel einen Hauch von Rouge auf die Wangen. Sie holte sich eine Sommerjeans aus dem Kleiderschrank und dazu helle Sandalen, eine dunkelbraune Bluse und ihre Lieblingshalskette mit nussbaumfarbenen Holzrondellen. Perfekt. Ihr ging es ohnehin besser als anderen Frauen im gleichen Alter. Sie hatte eine gute Gesundheit und wurde von ihrer Familie im Palazzo ausreichend versorgt. Nur manchmal, an schlechten Tagen, holten sie die Schatten ihrer Vergangenheit ein. Nach so vielen Jahren. Aber daran wollte sie gar nicht denken.

Maria Capelli, die Stolze, saß heute Vormittag wie so häufig mit ihren Freundinnen auf der Bank und schaute den Corso hinunter. Und sah, was sie immer sah. Die bunten Markisen der Geschäfte, Touristen in kurzen Hosen, den Kaufmann gegenüber, der wieder mal mit dem Postino, dem Postboten schimpfte, weil der zu spät dran war. Sie kannte die Mädchen aus der Oberstadt, die sich beim Lebensmittelgeschäft mit Süßigkeiten eindeckten, und sie grüßte überaus freundlich, wenn der junge Pfarrer seine Runde machte. Gegen Mittag rollte durch die Gasse ein weinroter Wagen mit dem jungen Raffaele heran. Neben ihm ein Fremder mit blonden Haaren. Und auf dem Platz vor dem Palazzo stieg der Blonde aus. Ein Fremder? Sie spürte plötzlich einen Stich in der Brust, den sie schon so lange nicht mehr gefühlt hatte. Dann, als der Mann näherkam, war sie sich sicher. Und doch wieder nicht. Sie erschrak. Gleichzeitig empfand sie Freude. Es konnte nicht sein. Niemals. Sie hörte ihre Banknachbarin flüstern. »Was will der Fremde bei euch?«

Die Stolze schwieg. Dann sah sie Raffaele und den blonden Mann durch das Portal verschwinden. In den Palazzo hinein. Sie griff sich mit einer Hand vor den Mund. Eine Träne lief ihr verstohlen über das Gesicht.

53

30, Juni 2017, Nemi
Früher Morgen

Leon von Alban lag die halbe Nacht wach und schaute aus dem Fenster seines Gästezimmers hinunter in die Caldera. Das fahle Licht der Sterne schimmerte auf der Wasseroberfläche wie Goldspitzen in einem tintenblauen Seidentuch. Irgendwo dort unten, wo die Dunkelheit das Seeufer schluckte, mussten die Ruinen liegen, die schon sein Vater besucht hatte. Dort, zwischen den steil aufragenden Wänden des Kraters, lag das sagenhafte Reich der Diana, das Revier der Jagdgöttin mit dem schnellen Bogen, der Göttin des Mondes und der Fruchtbarkeit. Leon konnte seine Gedanken nicht mehr von ihr lösen. Von Diana? Nein. Von Rubina. »Schwesterherz«, so erinnerte er sich an die tiefe Stimme von Raffaele, als sie zum Abendessen in den Salon heruntergekommen war. »Unseren Gast kennst du ja bereits.« Schwesterherz – das war das schönste Wort, das Leon an diesem Abend gehört hatte. Rubina war die Schwester des Capitano.

»Lieben Sie Klassik?« Principe Don Agostino hatte Leon mit dieser Frage überrascht und zum Abendessen im Sala Veneta, dem venezianischen Zimmer, italienische Opernstücke spielen lassen. Zur Vorspeise klagte der Herzog von Mantua sein Leid im Gassenhauer »La donna è mobile« aus der Verdi-Oper »Rigoletto«. Zum Hauptgang schmetterte Enrico Caruso ein ergreifendes »Recondita armonia« aus Puccinis »Tosca«, ein wenig später musste Leon bei Carusos »E lucevan le stelle«, der Ode eines Todgeweihten an seine Geliebte Tosca, heimlich seufzen.

Don Agostino, wie Leon im Verlauf des Abends feststellte, war trotz über hundert Jahre alter Opernaufnahmen kein versnobter Edler im Rang eines Fürsten, wie er zunächst befürchtete. Sondern ein Landadliger aus den Bergen, der mit beiden Beinen im Alltag stand und die Abschaffung des italienischen Adels 1946 gut verdaut hatte. Letizia, seine Ehefrau, hielt sich beim Essen aus den Unterhaltungen heraus, kümmerte sich um die Speisenfolge und beäugte Leon hin und wieder interessiert von der Seite, wobei sie ihre leicht rötlich schimmernden kastanienbraunen Haare nach hinten strich. Ihm gegenüber saß der Capitano mit einem aufgekrempelten Sommerhemd, der mit seiner Menügabel in der Hand ein imaginäres Orchester dirigierte. Daneben Rubina, die sich ihre Haare zum Zopf gebunden hatte und – wie Leon glaubte – ihm mit ihren grünen Augen bei »E lucevan le stelle« zugeblinzelt hatte. Oder hatte er sich getäuscht? Leise summte er die Melodie. E lucevan le stelle. Und es funkelten die Sterne.

Am Ende des langen Esstisches aus dunklem Holz, eingedeckt mit zwei Läufern aus Leinen, saß die stolze Signora, die Leon schon auf der Bank am Palazzo aufgefallen war. Zia Maria, wie Don Agostino sie als Tante der Familie knapp vorgestellt hatte, zeichnete sich durch große, unergründliche Augen aus, die den Gast mit den blonden Haaren beobachteten. Zia Maria blieb weitgehend stumm, war dabei keineswegs unbeteiligt, sondern sehr aufmerksam und nickte häufig, als Leon von seiner Liebe zur Musik und zu Verdi erzählte und von seinem Antiquariat in Darmstadt. Von seinem Vater – sprach er kein Wort. Er hielt dies nicht für den richtigen Zeitpunkt, um zu fragen, ob und in welchen Zusammenhang die Fürstenfamilie den Namen schon einmal gehört haben könnte.

Nach dem Essen wechselte die kleine Gesellschaft in einen venezianisch angehauchten Salotto mit längsgestreiften Seidentapeten, wo die Männer in schwere Polstersessel versanken. Zia Maria zog sich auf ihr Zimmer im oberen Stockwerk zurück, Rubina und ihre Mutter Letizia nahmen Platz auf zwei kleineren Damensesseln neben einer Hochvitrine mit Kristallkelchen und silbernen Servierschalen. Auf Leon blickten in diesem Raum die Ahnen der Capriri herunter. An der schmalen Seite lächelte eine junge Frau im lachsfarbenen Ballkleid mit einem Strauß bunter Blumen im Arm. Und an der langen Wand machte es sich auf einem Ölgemälde ein Ehepaar mit vier Kindern und Hund in einer grünen Sommerlandschaft gemütlich. Als sich nach einer halben Stunde auch Mutter und Tochter verabschieden wollten, setzte sich Rubina zu Leons Überraschung neben ihn auf die breite Lehne. Er spürte ihre Wärme, als sie vorsichtig einen Arm auf das hohe Rückenpolster seines Sessels legte. Der Duft des Parfums in ihrem Nacken mit der Mischung aus Bergamotte und Zeder umhüllte ihn wie ein warmer Kokon. Er blickte in ihre Augen, sah ihre geschwungenen Lippen. Dann hörte er ihre Stimme. »Leonardo, wann kommst du mich in Rom besuchen? Ich zeige dir die Stadt.«

Lange hatte er nach dem Essen aus dem Fenster seines Gästezimmers auf den See geschaut. Er fühlte sich in Nemi so anders. So aufgehoben. So ruhig. Und gleichzeitig elektrisierte ihn der Gedanke an Rubina, an seinen Vater und den Tempel. Irgendwann musste er über diesem Gedankenwirrwarr eingeschlafen sein.

»Leeeooon!« Es hämmerte frühmorgens an seine Tür. Er schlief. Nur schwer öffneten sich seine Augen. Wieder krachte eine Hand von außen an die Tür. Wieder diese Stimme. »Leeeooon! Hallo! Andiamo!«

Träge kroch er aus dem Bett, es war hell draußen. Er strich sich mit den Fingern durch die Haare, wankte zur Tür und öffnete sie. Dann riss er die Augen auf. Der

Capitano – er stand vor seinem Zimmer. In voller Uniform.

»Leonardo! Es ist etwas passiert. In Rom. Unser Gefangener in Trastevere, der aus dem Wald, er ist in der Nacht befreit worden. Wir müssen sofort zurück.« Der Capitano stürmte an Leon vorbei ins Zimmer, riss das Flügelfenster zur Caldera auf und warf ihm seine Jeans vom Kleiderstuhl herüber. Er ließ ihm keine Wahl. »In der Cucina stehen Caffè und Cornetto bereit. Du hast fünfzehn Minuten.«

Leon fühlte sich überrumpelt. Die Stimme seines neuen Freundes trompetete wie ein Kavalleriesignal in einem alten US-Western. Was war los? Der Gefangene – entkommen? Er streifte sich Jeans und Hemd über, fegte im Eiltempo durch das Gästebad und lief wenige Minuten später die Treppe ins Erdgeschoss hinunter. Frischer Duft von Kaffeebohnen stieg in seine Nase. Der Capitano saß in der Küche und nippte an einem dampfenden, milchig-weißen Cappuccino. Bevor Leon etwas sagen konnte, hörte er eine weiche Stimme, die ihm vertraut war.

»Buon giorno, Leonardo.« Rubina stand in einem kurzen schwarzen Morgenmantel an der fauchenden Kaffeemaschine, die alle Italiener einfach nur la macchina nannten – die Maschine. Was allerdings auf jedes andere Gerät wie etwa Autos und Motorräder auch zutreffen konnte. Diese Macchina machte Caffè. »Dormito bene?«

Ja, er hatte gut geschlafen. Leon strich sich sein Hemd glatt, das er über die leicht hochgekrempelten Jeans heraushängen ließ, und bewunderte die schlanken Beine und die sportliche Figur der jungen Principessa. »E tu?« Und selbst?«

Rubina lächelte ihn an. Ob alle tedeschi so locker sein konnten? Dann sprach sie auf Deutsch weiter. »Du musst dich von meinem Bruder nicht treiben lassen.«

»Ich soll mit ihm zurück nach Rom«, antwortete Leon. »Der Gefangenenausbruch ...«

»... hat für dich Zeit bis morgen. Das ist Raffis Sache.« Rubina balancierte mit einer vollen Tasse quer durch die Küche und legte am Tisch die Hand auf Raffaeles Schulter. »Oder, fratello caro, mein Bruderherz?« Der Capitano schaute mürrisch und zerpflückte ein Cornetto zwischen seinen Fingern.

Leon schob seine Tasse unter die Doppeldüsen der Macchina und drückte auf einen der runden Knöpfe. Im Fauchen des heißen Wassers, das durch das Brühwerk gepresst wurde, ging seine Frage fast verloren. »Raffaele, was meinst du?«

Der Capitano rutschte auf seinem Stuhl hin und her. »Wie kommst du zurück?« Ihm war der Vorschlag seiner Schwester nicht recht. Mit einer kurzen Handbewegung ließ er seinen Unmut spüren.

»Con me, sempliciotto.« Mit mir, du Einfaltspinsel. Rubina blieb in ihrer Sprache. »Il mio territorio!« Sie nahm in Kauf, dass Leon sie verstehen konnte. Dann, wieder auf Deutsch, sagte sie: »Die Sache ist entschieden. Wenn er will, kommt er später mit mir nach Rom zurück.«

Leon nickte. Für ihn klangen die Worte wie ein Basta. So zart, wie Rubina im Morgenmantel wirkte, so entschlossen trat sie auf. Aber was meinte sie mit il mio Territorio? Während er im Stehen seinen heißen Caffè genoss, freute er sich insgeheim über die Wendung. Er hatte einen Tag mit Rubina gewonnen. Dann nickte er nochmal. »Geht klar. Con piacere, mit Vergnügen!«

Der Capitano trank seine Tasse aus. »Adesso è così. Also gut.« Er würde sich später bei Leon melden, sagte er. Dann eilte er verärgert aus der Küche hinaus.

Nach dem Frühstück ließ sich Leon den alten Palazzo zeigen und die Geschichte des Adelshauses erläutern, was ohne wirkliche Höhepunkte blieb. Stundenlang hätte er Rubinas Stimme zuhören können, selbst wenn sie das Telefonbuch für Rom und Latium vorlesen würde. Sie faszinierte ihn. Und nur kurz war er abgelenkt, als er sich fragte, ob damals auch sein Vater zu Besuch in dem alten Fürstenpalast war? Er wusste es nicht. Und er nahm sich vor, so bald wie möglich im Kriegstagebuch weiterzulesen. Rubina schien seine kurze Unaufmerksamkeit bemerkt zu haben. Sie berührte ihn vorsichtig mit der Hand auf dem Rücken, was bei Leon einen wohligen Schauer auslöste. Sie ging mit ihm aus dem Palazzo hinaus auf den Vorplatz, wo die Sonne das Pflaster zwischen Palazzo und Corso aufwärmte. Beide standen an der Mauer über der steilen Caldera. Der See lag unter ihnen und funkelte verführerisch.

»Mein Lieblingsplatz,« sagte Rubina und deutete auf einen breiten Mauerabschnitt. »Früher, als Kind, habe ich hier gesessen und die Beine baumeln lassen. Jetzt wohne ich in Rom, studiere Sportwissenschaft. Aber mein Zuhause, das ist hier.«

»Wollen wir?« Leon saß schneller auf dem Mauerstück, als er darüber nachdenken konnte, ob er schwindelfrei war. Rubina rutschte neben ihn. Wieder berührten sich ihre Körper. Wie warm sie war. Unten am See glitzerten die Glasdächer zahlreicher Gewächshäuser in der Sonne. Schmale Terrassen schoben sich Schicht für Schicht vom flachen Ufer die Caldera hoch, bis ein grünes, macchia-ähnliches Dickicht die Felder begrenzte und die steil aufsteigende Wand in nackten Felsen überging.

»Erdbeerfelder, alles Erdbeeren. Genauer Walderdbeeren. Nemi ist berühmt dafür, und jeden ersten Sonntag im Juni feiern wir das große Erdbeerfest. Grande festa!«

»Gehen wir runter und pflücken alle ab?« Leon schaute zu Rubina hinüber. Seine blauen Augen trafen sich jetzt unmittelbar mit der durchsichtig grün und am Pupillenrand braun schimmernden Iris der jungen Römerin. Leon war entschlossen, beugte sich zu Rubina und blickte wie gebannt auf ihre zartgeschwungenen Lippen. Er beobachtete, wie sie ihre Augen schloss. Jetzt, sagte er sich. Jetzt.

»Hast du den Verstand verloren? Du sitzt über dem Abgrund!« Eine reibeiserne Stimme zerstörte den Moment. »Wenn das dein Vater sieht, der würde ...«

Leon und Rubina drehten sich wie auf Kommando gleichzeitig um. Ein etwas übergewichtiger Mann mit blauem Poloshirt, an jeder Hand einen vollen Einkaufskorb, kam von der Geschäftsmeile an der Piazza Umberto und lief auf den Corso zu. Wieder rief er den beiden zu. »Wie leichtsinnig!«

»Ja, Tommasino, ist schon gut. Va bene!« Rubina hob ihre schlanken Beine zurück über die Mauer und ließ sie ein paar Sekunden kreisen. »Ich habe das schon als Kind gemacht.«

Tommasino, wie Rubina den Mann genannt hatte, setzte seine schweren Einkaufskörbe ab. »Si, si, und immer schon habe ich dich dabei erwischt. Du weißt doch, dass hier mal eine junge Principessa aus eurer Familie abgestürzt ist.«

»Nur gut, dass du mir nicht bis Rom folgst, wer weiß, was dir dort noch für Gruselgeschichten einfallen«, sagte Rubina mit einem Lächeln. »Tommasino, darf ich vorstellen? Leonardo di Albano, ein deutscher Gast. Leon, das ist Signore Fabrizi, unser Kaufmann von gegenüber. Seit vielen Generationen sind die Fabrizi unsere Nachbarn und Freunde. Und meinen, auf uns als Bambini aufpassen zu müssen. Dabei bin ich doch schon, naja, sagen wir über zwanzig.«

»Si, das war schon immer so zwischen unseren Familien.« Tommasino Fabrizi legte den Kopf leicht schräg und blinzelte gegen die Sonne. »Mein Nonno hat es mir erzählt. Da war ich selbst noch klein, du noch lange nicht geboren. Der Großvater erzählte mir Geschichten, wenn wir in unseren Kastanienwäldern zusammen Maronen gesammelt haben. Eine schöne Zeit.«

Leon sah sich den Mann genauer an. Mitte fünfzig, graumelierte Haare, mit einem listigen Schimmern in den Augen. Er hatte das Gefühl, dass sein Gegenüber ihn prüfte wie ein Scanner im Schnellbetrieb. Leon passte das nicht. Er drehte sich zu Rubina: »Wolltest du mir nicht den See zeigen? Und vielleicht das Museum?«

Sie verstand. Sprang auf und zog Leon von der Mauer. »Tommasino, wir sehen uns. Buona giornata.« Dann liefen sie über den Platz, vorbei am Palazzo, unter einem alten Stadttor hindurch und kamen hinter der schmalen Straße am Kraterrand auf eine Plattform, die eine weitläufige Aussicht bot. »Das, Leonardo, ist unsere Terrazza degli Innamorati, die Terrasse der Liebenden.« Sie legte eine Pause ein, zupfte Leon zart am Hemd. »Wäre hier nicht ein besserer Platz für einen Kuss als ausgerechnet vor dem Palazzo?« Rubinas Augen leuchteten.

Auf Leon wirkte es wie das Funkeln der Sterne. Eine leichte Brise zog an der Caldera-Wand hoch, und er beobachtete, wie der Wind durch Rubinas offene Haare wehte. Er legte seine Hände um ihre Schulter und Taille, zog sie sanft zu sich und fühlte ihre Wärme. Sein Blick versenkte sich in der Tiefe ihrer Iris, dann schaute er auf den Mund direkt vor sich.

Jetzt! In dieser Sekunde kam ihm ein Zitat aus dem Buch »Jenseits von Afrika« von Karen Blixen in Erinnerung.

Leise sprach er vor sich hin: »Rosenlippenmädchen.«

Rubina flüsterte ihm buchgetreu zurück. »Leichtfüßige Jungs.«

Leon spürte, wie sie sich eng an ihn schmiegte. Ihre Hände legten sich auf seinen Rücken und griffen zu, als wollte sie ihn für immer festhalten. Zart berührte sie mit ihren Lippen seinen Mund. Doch dann öffneten sich ihre Hände wieder und schoben ihn sanft von ihr weg.

»Alles andere hat Zeit«, hörte er sie sagen. »Komm mit, Leonardo. Du wolltest zum See runter.«

54

Am See

Leon folgte Rubina nach einem kurzen Stück auf der Straße auf einen abschüssigen, fast zugewachsenen Trampelpfad, der über steile Serpentinen hinunter zum See führte. Das mannshohe Dickicht wurde lichter, dann tauchten die ersten landwirtschaftlich bearbeiteten Flurstücke auf, die penibel abgemessen und mit Bewässerungsschläuchen durchzogen waren. Am Ende der breiten, nach unten schmaler werdenden Felder kamen sie vorbei an Gewächshäusern, Schuppen, Höfen und kleineren Häusern, die sich hinter wuchernden Hecken verbargen. Dann standen sie vor dem Museo delle Navi Romane am Ufer des Nemi-Sees.

Leons Gefühle und Gedanken waren aufgewühlt. Er hörte wieder die Stimme seiner Schwester, die ihm beim Spaziergang am Darmstädter Woog diese beunruhigenden Sätze gesagt hatte:

»Unser Vater hat Blut an den Händen! Als Soldat und als Archäologe! Er ist verantwortlich für den Tod mindestens eines Menschen. Das habe ich später nachgeforscht, und es stimmt. Ein toter italienischer Archäologe am Nemi-See. Keine Zweifel. Und alles passt auch noch zusammen mit einem verheerenden Brand, bei dem zwei antike Party-Schiffe von Kaiser Caligula in einem Museum zerstört wurden. Und vermutlich viele Menschen starben.«

Ihn überkam ein schauriges Gefühl. Das Tagebuch, sein Vater – hier am Nemi-See hatte er das Ritterkreuz verliehen bekommen. Und ein paar Steinwürfe von hier, in den Ruinen des Diana-Tempels, hatte sein Vater als SS-Archäologe nach dem geheimnisvollen Artefakt graben sollen. Er wollte mit Rubina nicht darüber sprechen. Nicht jetzt. Er fühlte sich ihr gegenüber nicht ehrlich, fast hinterhältig. Und dies, obwohl er noch ihren Kuss auf den Lippen schmecken konnte. Dennoch, er musste fragen. »Das ursprüngliche Museum, ist es nicht durch ein Feuer zerstört worden?«

»Ja, gegen Kriegsende in Italien. 1944, in der Nacht vom 31. Mai auf den 1. Juni. Das weiß hier jeder.«

»Es heißt, es waren Flugzeuge der Alliierten, die es bei einem Luftangriff in Brand gesetzt haben.«

»Ah, du bist gut unterrichtet, ja?«

»Ich habe mal Archäologie studiert, und da ging es auch um die antiken Schiffe des Caligula, um das Museum am Nemi-See und den Diana-Tempel.« Leon bemühte sich, nicht als deutscher Oberlehrer rüberzukommen. Wie beiläufig nahm er einen Schluck aus einer kleinen Wasserflasche, die er dann an Rubina weiterreichte.

»Archäologie – das wusste ich ja gar nicht. Hast du gestern Abend beim Essen nicht erzählt. Bei dir gibt es bestimmt noch viel zu entdecken, oder?« Sie trank ebenfalls aus der Flasche. »Das mit den Flugzeugen ist nur eine Version der Geschichte. Vielleicht habt ihr Deutschen das Museum angezündet, als eure Soldaten im Krieg durchgezogen sind. So wird es bei uns in Italien erzählt.«

»Gab es da nicht auch einen toten Museumsdirektor?« Leon ahnte, dass seine Frage den Argwohn bei ihr wecken könnte. Er tat beiläufig.

»Du bist ja wirklich gut unterrichtet. Das wissen selbst bei uns nur die wenigsten. Und es steht auch in keinem Geschichtsbuch.« Rubina wandte sich ihm direkt zu und schaute in seine Augen. »Da gab es einen Deutschen. Von der SS. Ach, darüber sprechen wir in der Familie nicht. Ein Geheimnis.«

»Was meinst du mit darüber sprechen wir nicht?«

»Na, ganz einfach: Non una parola. Kein Wort. Ein Familiengeheimnis.«

»Non una parola? Ich will ja nicht drängen, aber ...« Leon überlegte kurz. Er musste es loswerden. »Rubina, vielleicht war dieser Deutsche mein Vater.« Er spürte im selben Moment, wie sich zwischen ihnen eine Spannung aufbaute. Rubina schwieg. Sie erstarrte. Sie hob ihren Kopf zu ihm hoch. Aber sie schwieg.

»Rubina, ich muss das Geheimnis um meinen Vater lüften. Und um ein Artefakt, das vielleicht unserer Haushälterin in Deutschland das Leben gekostet hat. Und weshalb auf meine Schwester ein Mordanschlag verübt wurde.«

»Non una parola!« Sie schwieg. Dann, nach einer kurzen Pause: »Du hast eine Schwester?«

»Ja, sie heißt Alex, und liegt im Koma, in der Schweiz.« Leon überlegte, ob es richtig war, die Geschichte seines Vaters preiszugeben, doch er sah keine andere Wahl. »Rubina, das ist alles über 70 Jahre her, da muss man drüber reden können.«

»Rubina, ich höre immer Rubina! Hast du mich deshalb geküsst? Um mich auszuhorchen?« Ihr Gesichtsausdruck veränderte sich gerade.

»Ru ..., nein, nicht deshalb. Weil ... du bist so wundervoll!« Er hörte das Knistern der halb leeren Plastikflasche, die Rubina mit ihren Händen zornig hinter ihrem Rücken zermalmte.

»Wundervoll? Magnifico, fantastico? Meinst du, ich falle darauf rein?« Jetzt hatte sie Zornesröte im Gesicht.

Leon sah sich auf verlorenem Posten. Hatte er die falsche Entscheidung getroffen, von seinem Vater zu erzählen? Vielleicht. Doch er gab nicht auf. »Auch dein Bruder hat von einem Familiengeheimnis gesprochen, als wir in Rom unterwegs waren. Und von einem Zauber. Und dass damals jemand sterben musste. Will denn keiner von euch mit mir reden?«

»Non una parola.« Rubinas Stimme hörte sich nicht mehr ganz so verhärtet an.

Leon dachte nicht daran, klein beizugeben, und sprach einfach weiter. »Und was heißt hier, du bist auf mich reingefallen? Wer saß denn gestern Abend auf meinem Sesselpolster? Und du warst es doch, die heute Morgen deinem Bruder eingeschärft hat, ich sei dein, wie hast du es doch gleich bezeichnet, territorio? Bin ich etwa deine Jagdbeute?«

»Nein, das siehst du falsch.« Rubina sah besorgt aus. »Mein Bruder, er ist ...«, sie stockte, »er ist homosexuell, ein Gay.« Sie schaute ihn fragend an. »Verstehst du? Schwul, in Italien. Als hoher Carabinieri! Das ist nicht leicht. Und er hat ein Auge auf dich geworfen. Ich kenne ihn doch. Aber ich dachte, ich würde dir gefallen. Habe ich mich getäuscht?«

»Non ne parlo!« Leon konnte sich jetzt revanchieren. »Non ne parlo. Darüber spreche ich nicht.«

»Meinst du es ehrlich?« Rubinas Zorn war so schnell vergangen, wie er gekommen war. Jetzt wirkte sie fast verlegen und zögerlich.

Leon strich ihr eine Strähne aus der Stirn. »Ich glaube, ich habe mich ganz fürchterlich in dich verliebt. Aber du musst mir helfen.«

»Bei der Liebe? Ober bei dieser Familiengeschichte?« Sie schaute jetzt tief in seine blauen Augen. »Du bist mein Principe azzurro.«

Principe azzurro, blauer Prinz, das gefiel Leon. Er griff mit einer Hand sanft in Rubinas dunklen Schopf und zog ihren Kopf zu sich heran. Er küsste sie. »Wir gehen jetzt ins Museum. Den Rest – sehen wir später.«

Vor Leon öffnete sich eine gewaltige Doppelhalle mit einer Konstruktion von Stützbögen, unter der die Leere des Raumes die Katastrophe des Krieges offenbarte. Auf halbhohen Pfeilern standen im ersten Hangar hölzerne Kopien im Maßstab 1:5 der zwei aus dem See geborgenen Prunkschiffe, die bei der Brandnacht 1944 nahezu restlos zerstört worden waren. Klein und unscheinbar wirkten sie auf Leon, und er stellte sich vor, wie die Originalschiffe mit einer Länge von über 70 Meter auf seinen Vater gewirkt haben mussten. Kolossal. Mit römischer Wucht. Einer der erhaltenen riesigen Schiffsanker rückte das Größenverhältnis ins rechte Licht. Vier helle Marmorsäulen mit zarter Maserung, die zu einem verloren gegangenen, kleineren Diana-Tempel auf einem der Schiffe gehörten, ragten einsam und kalt in die hohe Museumshalle. In Vitrinen ruhten zahlreiche Originalstücke der bis 1932 aus dem See geborgenen Schiffe. Darunter ein als Gorgoneion bezeichnetes Medusenhaupt als Balkenverzierung, bronzene Löwen- und Pantherköpfe als Ruderschmuck und Befestigungsösen sowie zwei Platten mit Unterarmen aus Bronze, die zur Stabilisierung der Steuerruder dienten. Im Übergang zum zweiten Hangar lief in einem kinoähnlichen Raum ein Dokumentarfilm zur Geschichte der Schiffe und des Museums, wo gerade die dreißiger Jahre unter Mussolini abgefeiert wurden. Das interessierte beide nicht. Rubina zog Leon durch die zweite Halle hindurch mit Büsten und Skulpturen, darunter eine übergroße Diana aus Marmor und eine 2,50 Meter hohe, aber nur halbe Sitzstatue, die Caligula darstellte. Carabinieri hatten sie vor ein paar Jahren auf einem

Schmuggler-Lastwagen entdeckt. Auf dem Weg in die Schweiz.

»Eccola, die heilige Straße.« Rubina hatte Leon an den Rand eines schmalen Weges mit blankgewetzten Pflastersteinen geführt. »Ein Stück des Prozessionsweges zum Tempel. Er führt noch etliche Meter nach draußen, liegt unter den Feldern und kommt erst wieder an den Ruinen zum Vorschein.«

Leons Blicke wanderten auf dem gut erhaltenen Basaltpfad bis zu einem bodentiefen Panoramafenster in der Hallenwand, unter dem der heilige Weg durch eine Öffnung ins Freie lief und unter einem Feld verschwand. Sein Interesse steigerte sich, je mehr er sah. Er zeigte nach draußen. »Dort müssen wir hin. Zum Tempel.« Er hörte von Rubina ein aufmunterndes andiamo – los geht's.

Ein staubiger Weg durch die Felder führte sie auf die befestigte Via del Tempio di Diana, wo ein süßlicher Geruch von Erdbeerfeldern über die Uferzone zog. Leon hatte den betörenden Duft in der Nase, der bei ihm ein wohliges Gefühl aus Kindheitstagen weckte. Zwischen wild wuchernden Hecken öffnete sich ein geschotterter Abzweig. Ein altes Schild mit den Aufschriften »Azienda de Sanctis« und »Tempio di Diana« steigerte seine Erwartungen. Schließlich zeigte sich vor Leons Augen das Ausgrabungsgelände.

Der ganze Komplex musste über 40.000 Quadratmeter umfassen, schätzte er. Im Herzen der religiösen Anlage ruhte der Tempel mit einer Breite von vielleicht zwölf und einer Länge von etwa 35 Meter. Verwitterte Treppenstufen führten zu einem ehemals von Säulen umgebenen Vorhof, dem Pronaos, dem Eingang zum Allerheiligsten. Doch vom Tempel selbst und anderen Gebäuden des Heiligtums war wenig vorhanden. Nur

Ruinen erzählten noch die Geschichte eines einst stolzen Priestersyndikats.

Leons Interesse galt dem Ostteil. Dort, wo intakte Mauern den Hang abstützten, wo halbkreisförmige Nischen mehrere Meter aus dem Boden ragten und die Vegetation von Hand zurückgestutzt schien. Genau dort, in einer Senke, blendete in der Mittagssonne ein Dach, das ein Areal vor Regen und Sonne schützen sollte.

Rubina bemerkte seinen Blick. »Komm, ich zeige dir die Stelle, an der mein Bruder und ich als Kinder gespielt haben. Ja, genau dort, wo du hinschaust.«

Über eine schmale Holztreppe stiegen sie in den überdachten Grabungsabschnitt hinunter. Ein breiter Gang führte entlang an einer Reihe mit rotverputzten Säulenstümpfen, die einst die Arkaden getragen hatten. Abrupt endete der Weg an einer Wand. Gegen das Gewicht des Hanges stemmte sich dort eine antike Mauer, die mit Mosaikresten und rötlichen Farbspuren gut erhalten war. Leon deutete auf eine gemauerte Tür mit Rundbogen, die in den Hang hineinführte. Ein kleiner Raum, ein undurchdringlicher Wall aus Erdmasse, Pflanzen, Wurzeln und Geröll. »Und hier? Was ist dahinter?«

»Keine Ahnung. Irgendwann verschüttet und dann zugewachsen«, sagte Rubina und zuckte mit den Schultern. »Unsere Eltern haben uns früher streng verboten, da rumzukrabbeln oder Steine zu lösen. Der Hang mit Resten eines antiken Nymphäums könnte ins Rutschen kommen und uns begraben. Außerdem soll es dort spuken.« Rubina zögerte kurz. »Tief unter dem Schutt liegt angeblich ein Toter, der nachts bei Vollmond ... na, du weißt schon.«

»Der Museumsdirektor?«

»Nein, der nicht. Ein anderer. Aber mehr weiß ich wirklich nicht. Das sind alte Geschichten. Darüber sprechen wir nicht so gerne.«

Leon wollte bei Rubina nicht in Verdacht geraten, sie verhören zu wollen, und lenkte ein wenig ab. »Gespenstergeschichten eben. Und als brave Kinder habt ihr das befolgt, oder?« Er setzte ein verschmitztes Lächeln auf.

»Hast du schon mal ein Erdbeben erlebt? Oder einen Hangrutsch? Das lehrt dir Respekt vor der Natur.«

»Gut, du und dein Bruder habt also nicht Indiana Jones und Archäologie gespielt.«

»Pah! Wir hatten hier unten etwas Besseres zum Spielen, als in alte Erdlöcher zu krabbeln und Gespenster zu suchen.« Rubina drehte sich um und ging langsam auf eine Ecknische zu. »Hier, der Altar unserer Kindheit.«

Leon sah ein aufgemauertes, hüfthohes Steinfragment. Ein Altar? Auf der rauen Oberfläche hatte jemand frische Äpfel, Orangen, Kastanien und kleine Nüsse ausgelegt. Die Flämmchen mehrerer Teelichter tanzten in der fast windstillen Ecke, und es schien, als seien sie gerade erst angezündet worden. »Das sieht ja aus wie bei einem alten Opferritual. Und was genau habt ihr in eurer Kindheit hier gespielt?«

Rubina nahm die Haltung einer Göttin ein, hob ihre Hände, drehte die Schultern, spannte den Oberkörper an und ahmte einen Bogenschuss nach. »Ich bin Diana, die Jagdgöttin.«

»Lass' mich raten. Raffaele war dann Apollon, der göttliche Zwillingsbruder von Diana.«

»Natürlich.« Rubina entspannte wieder ihre Muskeln. »Wir haben hier allein oder mit Freunden die griechisch-römischen Sagen nachgespielt. Und für unsere geheimen Wünsche etwas Passendes auf den Altar gelegt.« Sie schnippte mit den Fingern an einer Walnuss auf dem Stein, die ein paarmal unrund herumkullerte. »Und wie ich sehe, ist das Ritual nicht in Vergessenheit geraten.«

»Sind deine Wünsche in Erfüllung gegangen?«

Hm, tanto in tanto. Ab und zu. Ich wollte immer eine so gute Bogenschützin wie Diana werden und in unseren Kastanienwäldern auf Jagd gehen.«

»Und? Bist du?«

»Si, ich habe fleißig trainiert und es bis in den Olympiakader geschafft. Wir Italiener haben im Bogenschießen eine große Tradition.«

»Respekt. Ein Pfeil hat jedenfalls schon getroffen. Mich.«

Rubina legte sich in seine Arme, drängte jedoch zum Aufbruch. »Wir sollten langsam zurück zum Palazzo. Ich muss heute nach Rom, weil sich unser Bogenteam morgen zum Training trifft. Sehen wir uns danach?«

»Sicher. Du weißt ja, wo ich bin. Im Albergo Obelisco, meinem Hotel am Parlament.«

»Nein, besser, wir treffen uns woanders. Sagen wir um fünf an der Basilica Santi Giovanni e Paolo, auf dem Caelius-Hügel, gleich hinter dem Colosseum.«

Zurück im Palazzo hatten sie noch Zeit für eine leichte Mahlzeit und einen Caffè. Anschließend spülte sich Leon unter der Dusche des Gästezimmers den Staub vom Ausgrabungsgelände ab, ließ seine nassen Haare an der Luft trocknen und schlug sich eines der Handtücher um die Hüfte. Ein Windstoß rüttelte an den Fensterläden. Aus dem Stockwerk über ihm hörte er ein Klirren und Poltern. Dann war es wieder still. Sofort dachte Leon an Einbrecher. Wie in Mainz, sagte er sich. In der Villa ihres Vaters, wo Annette Sternberg ermordet wurde. Und wohnte nicht oben im Palazzo Zia Maria, die alte Frau mit dem vornehmen Auftreten und den unergründlichen Augen? Leon zögerte nicht. Mit schnellen Schritten rannte er aus seinem Zimmer heraus, den Flur entlang und sprang die Treppe hoch, ohne jemandem zu begegnen. Oben war eine Tür auf.

»Hallo? Signora Maria? Sind Sie hier?« Keine Antwort. Vorsichtig schob er die Tür weiter auf. Jetzt stand er mitten im Raum. Ein bordeauxrotes Chesterfield-Sofa, davor ein flacher Tisch in Nussbaumfarben, ein heller Hochflorteppich, ein Fernseher und farblich zum Sofa abgestimmte Vorhänge am Fenster sowie das Bild eines Bauernmädchens an der Wand. Hier hatte jemand Geschmack. Er sah die Tür zum Schlafzimmer offenstehen. Durch den Spalt hindurch konnte er ein leeres Bett sehen, daneben auf dem Boden – da stimmte etwas nicht. Es war jedoch nur eine Vase, die ein geöffneter Fensterflügel vom Nachttisch gestoßen hatte.

Leon war beruhigt. Erst jetzt registrierte er seine knappe Bekleidung. Und außerdem hatte sich der Handtuchknoten gelockert. Vor dem Spiegel im Schlafzimmer zog er ihn zurecht und entdeckte dabei eine kleine Reihe von Fotos, die liebevoll aufgereiht auf einem alten Sideboard standen. Er ging näher heran. Ein paar Aufnahmen zeigten farbige Porträts wohl von Verwandten oder Freunden, und auf einem alten Schwarz-Weiß-Bild blickte Leon ins Gesicht eines jungen Mannes mit wilden Haaren, der Ähnlichkeit mit Tommasino Fabrizi aufwies, den Rubina ihm vorgestellt hatte. Etwas links davon, im Mittelpunkt der Bilderreihe, sah er auf einem braun verfärbten Foto einen jungen Mann in einem Sakko lässig an einem Geländer stehen. Die Revers und der Kragenschnitt ließen den Schluss zu, dass es sich um die Zeit zwischen 1930 und 1950 handeln musste. Und auf dem Kopf des glücklich lächelnden Mannes saß ein Borsalino, einer dieser Hüte, die damals so groß in Mode waren. Leon nahm das Bild in die Hand. Und hielt die Luft an. Das Gesicht – sein Vater, in jungen Haaren.

»Leonaaaardo?«

Er erkannte Rubinas Stimme.

»Leonaaaardo? Bist du hier oben?«

Leon stellt das Foto ab und hielt das Handtuch um seine Hüften fest im Griff. Rubina suchte ihn. Wie sollte er seinen spärlich bekleideten Auftritt im Appartement von Zia Maria erklären? Egal. Er hatte keine Wahl und stapfte auf nackten Füßen zurück auf den Flur.

»Olala! Mein Principe azzurro, bist du auf Abwegen?« Rubina erwartete ihn schon.

»Ach was, rede nicht so.« Leon reagierte gereizt. »Die Wahrheit ist, ich habe Gepolter gehört und an Einbrecher gedacht. Da bin ich schnell hoch. Ich war doch unter der Dusche. Und in Mainz ist unsere Haushälterin ermordet worden.« Er fragte sich, ob Rubina dieses Durcheinander überhaupt verstehen würde.

»Certo! Klar. Aber Zia Maria ist nicht da. Sie ist bei einer Freundin. Und, was ist jetzt mit dem Zimmer?«

»Eine Vase. Der Wind hat ein Fenster aufgedrückt.«

»Also keine Einbrecher?«

»Nein.« Leon wurde schmallippig.

»Du siehst gut aus. Ich meine, nur so mit dem Handtuch.« Rubina verschränkte ihre Arme, legte den Kopf auf die Seite und musterte ihn. Wie eine Sachverständige vor einem Gemälde.

»Non ne parlo! Darüber spreche ich nicht.« Leon musste lachen. »Aber, sag mal, wer ist Zia Maria eigentlich?« Er hatte nicht im Geringsten vor, über das Foto seines Vaters auf dem Sideboard zu reden und darüber, wie es dort hingekommen sein könnte.

»Unsere Großtante? Maria Capelli. Sie ist in den fünfziger Jahren zu uns nach Nemi gekommen. Aus

Milano. Also, ich meine natürlich in den Palazzo zu meinen Großeltern Vittorio und Elena. Familie eben. Aber mehr weiß ich nicht, schließlich bin ich ja erst viel später auf die Welt gekommen. Sie ist jedenfalls schon sehr alt. Und eine echt gute Freundin. Warum interessiert dich das?«

Leon überlegte. Sollte er Rubina weiter ins Vertrauen ziehen? Nein, sagte er sich, das musste warten. »Ah, Milano. Nur so. Ich hatte mir eben Sorgen gemacht.« In seinem Kopf sprangen die Gedanken zurück an jenen Tag, als er die geheime Bodenplatte im Schreibtisch seines Vaters in Mainz entdeckt hatte. Und er – neben anderen persönlichen Dingen wie dem Ritterkreuz – auch Briefe aus Mailand gefunden hatte. Nur Mailand. Mehr vom Absender war nicht zu erkennen gewesen. Zu alt. Zu verblichen. Dann hatte er die Briefe zur Seite gelegt, um sie später einmal zu lesen. Trotzdem, Leon sah immer klarer. Sein Vater und Maria Capelli – sie mussten sich gekannt haben.

»Leonardo! Können wir jetzt?« Rubinas Stimme riss ihn aus jeglicher Überlegung. »Ich muss nach Rom.«

»Geht klar, ich komme.«

»Du solltest dir noch etwas anziehen, mein Principe azzurro. Nicht, dass ich etwas dagegen hätte. Aber wenn meine Mutter dich hier oben so sieht ...«

»... wird sie mich dann so mustern wie du?«

»Das nicht. Aber schon vergessen? Du bist il mio territorio!«

Leon musste wieder lachen. Dabei hatte er seine Gedanken schon neu ausgerichtet. Er musste nach Rom, um das Kriegstagebuch seines Vaters weiterzulesen. Und dann – zurück nach Nemi. Mit Zia Maria reden. Außerdem – irgendetwas hatte er übersehen, unten im Diana-Tempel. Es war nur ein vages Gefühl. Aber was? Die Frage bohrte in ihm.

55

Nemi, 6. Oktober 1943, Tagebuch

*Abends im Gasthaus de Sanctis,
bei einer Flasche Rotwein*

Ich muss es mir von der Seele schreiben. Gestern habe ich mir vom Museumsdirektor zum ersten Mal das Ausgrabungsgelände des Heiligtums zeigen lassen. Sicher, hier und da sind ein paar interessante Mauerreste zum Vorschein gekommen. Und ein großes Theater hat es auch gegeben, lag links vom Tempel, also westlich. Ansonsten: Kraut und Rüben! Wie soll ich da was finden? Und dann gleich ein geheimnisvolles Artefakt. Genauer: ein Geheimnis der Schatulle, wie es auf dem Papier aus Mussolinis Hut heißt. Ob Direktor della Rocca etwas ahnt?

Heute habe ich versucht, das Gelände systematisch zu erfassen. Aber wo soll ich anfangen? Hugin weiß mehr. Warum sonst hätte er Andeutungen gemacht und die Frage gestellt, wo ein Priester etwas verstecken könnte? Etwas, das die Zeit überdauern soll. Hugin sprach von einer möglichen Nische, einem Mauerwerk und einem geheimen Fach. Ich fange mit der Suche ja erst an!

Beim Abendessen in der Trattoria mit Unteroffizier Müller und dem Obergefreiten Schevenen haben wir die Nachrichten von der Front in Süd-Italien besprochen, die Müller besorgen konnte. Vermutlich von unseren Soldaten, die am Seeufer und oben am Kraterrand Flakstellungen gegen Fliegerangriffe aufgebaut haben und unter dem Kommando von Hauptmann Maybaum stehen. Unsere Wehrmacht hat gegen die Invasion eine nach Süden geschobene erste Verteidigungsstellung aufgebaut, die Volturno-Linie heißt und –

weit vor der wichtigen Gustav-Linie – nördlich von Neapel und Foggia verläuft. Es gibt heftige Kämpfe. Und Verluste auf beiden Seiten. Uns steht ein schwerer Winter bevor.

Müller konnte beim Abendessen wieder keine Ruhe geben. Er klatschte Eugenia frech auf den Hintern. Und bevor unsere Zimmerwirtin mit dem Tablett in den Händen etwas sagen konnte, griff zu meiner Überraschung plötzlich Schevenen ein. Er, Müller, solle seine Pfoten von dem Mädchen lassen! Grandios, der Junge! Hätte ich ihm gar nicht zugetraut. Müller, die deutsche Eiche, schaute wie ein Kübelwagen mit Frontalschaden drein. Und Eugenia blickte dem Obergefreiten tief in die Augen. Läuft da was? Ausgerechnet jetzt muss ich an Natalie aus St. Omer denken. Und an ihr dahingehauchtes Missjö l'ljütenand. Ich fühle mich mit meinen 27 Jahren so allein.

***

Donnerstag, 14. Oktober 1943
auf meiner Hotelstube, kurz vor Mitternacht

Unten am Nemi-See habe ich heute in den Ruinen des Tempels geforscht. Nach Nischen, Ecken, Spuren. Nach irgendwas. Aber die früheren Ausgrabungskampagnen haben nichts übriggelassen, was mir weiterhelfen könnte. Der Museumsdirektor, ich darf ihn jetzt Gigi nennen, unterstützt mich mit Grabungswerkzeug und vielen Informationen zum Gelände – blickt mir aber bei jeder Gelegenheit auf die Finger. Daher habe ich Müller und Schevenen verdonnert, bei den Aufräum- und Sicherungsarbeiten in den Museumshallen zu helfen, angeblich im Auftrag von Hugin. Das war ein Trick von mir, um Gigi loszuwerden, der das nicht ablehnen konnte. Seine größte Angst ist nämlich, dass beim Abtransport nach Rom etwas ungeplant aus dem Museum verschwindet. Er traut uns Deutschen nicht und weicht Müller und Schevenen jetzt nicht mehr von der Seite. Jedenfalls meistens. Dadurch habe ich meine Ruhe.

In Nemi selbst werden wir nicht gerade freundlich aufgenommen, viele schauen uns missmutig an. Da nutzt auch meine Zivilkleidung nicht viel. Nur Bürgermeister Jacopo Rossi, dem die Trattoria gehört, sucht unsere Nähe, wie heute beim Abendessen. Er hofft, von uns Deutschen etwas zur Lage in Süd-Italien zu erfahren. Als Mussolini-Anhänger ist seine Position hier erstmal gefestigt. Der Duce regiert aus dem Norden am Gardasee, aber das Sagen hat unser Oberkommando in Rom. Oder gleich Berlin. Und ich werde nichts verraten von meiner Duce-Befreiung. Kein Wort. Ist mir zu heikel. Hier in den Bergen gibt's Partisanen, die mich dafür kalt machen würden!

Hoffentlich halten Hauptmann Maybaum und seine Fallschirmjäger dicht, die mich als Helden vom Gran Sasso kennen. Aber die Soldaten unten am See und die Menschen hier oben im Dorf – das sind zwei Welten. Trotzdem muss ich vorsichtig sein, denn gestern hat uns die italienische Gegenregierung im Süden unter Ministerpräsident Badoglio den Krieg erklärt.

Heute erzählte mir Rossi von einer Einladung beim Principe. Der ist hier so etwas wie ein Fürst, ein kleiner jedenfalls. Rossi fragte mich, ob ich ihn nicht zu der Abendgesellschaft begleiten wolle. Ich würde ja ganz passabel Italienisch sprechen. Schon übermorgen, Sabato, am Samstag. Er will sich drum kümmern. Der Bürgermeister ist mir suspekt, aber etwas Abwechslung täte mir gut. Ich werde Eugenia bitten, mir meinen zweiten Anzug aufzubügeln und die braunen Halbschuhe zu wienern. Ich glaube, das heißt si prega di pulire.

***

Sabato, 16. Oktober 1943
Camera trentuno, mein Zimmer 31

Ich war nur am Vormittag in den Ruinen. Das Museum schickte alle Mitarbeiter nach Hause, und Gigi sagte, seine Frau erwarte ihn zum Essen. Pranzo! Und das sei ihm heilig. Also habe ich mir Müller und Schevenen geschnappt, die darüber nicht unglücklich schienen, und wir sind nach Nemi hochgefahren. Feierabend! Ruine bleibt Ruine und Krieg bleibt Krieg. Aber wir haben heute Pause! Und schließlich wartet ein Empfang auf mich. Und auf Müller, den ich zur Begleitung mitnehme. Ich bleibe in Zivil, er trägt die Uniform. Man weiß ja nie.

Nach dem Mittagsessen in der Trattoria hatte ich Eugenia meinen guten Anzug zum Aufbügeln gegeben. Wenn sie aus dunkler Kehle lacht, glaube ich stets, einen gefallenen Engel vor mir zu haben. Durchgeschwitzt brachte sie mir später meine Hose und das Sakko zurück. Ich wollte sie loben und sagte »molto bello« zu ihr, aber Eugenia reagierte nicht und schien nervös. Als ich sie fragte, was los ist, antwortete sie nur knapp. Freunde von ihr und Verwandte sind demnach am frühen Morgen in Rom von der SS-Polizei verhaftet und abtransportiert worden. Sie sprach von einer Razzia und einer brutalen Jagd auf Juden, am Schabbat, dem Feiertag. Und sie sei doch – un'ebrea, in un quarto – zu einem Viertel hebräisch, also jüdisch. Dann weinte sie. Ich nahm sie in den Arm und drückte sie herzlich. Diese Nazis! Warum nur? Ich schäme mich.

Schließlich bat mich Eugenia darum, nur niemandem etwas davon zu erzählen. Sie würde mir vertrauen, ich sei »un brav'uomo«, ein guter Mensch. Dabei schluchzte sie. Wenn sie wüsste, dass ausgerechnet ich den Duce gerettet habe und jetzt bei der SS bin! Bisher habe sie ihre jüdische Vergangenheit – ihre Vorvorväter, sagt sie, waren einst aus Spanien gekommen – gut vor Trattoria-Chef und Bürgermeister Rossi verheimlichen können. Jetzt aber müsse sie weg aus der Trattoria. Es sei zu gefährlich für sie. Dann weinte sie wieder und rannte die Treppe ins Foyer runter.

Nun stehe ich da in meinem frisch gebügelten Anzug, muss gleich mit Gigi della Rocca, Rossi, seinem Begleiter Minotti und mit Unteroffizier Müller zum Empfang beim Principe. Ich fühle mich beschissen. Und habe keine Ahnung, was mich erwartet.

56

Nemi, 16. Oktober 1943
Palazzo Capriri

Curth von Alban hatte ein ganz mieses Gefühl in der Magengrube. Die Judenrazzia in Rom und die befürchtete Deportation in Konzentrationslager hatten seine Abscheu gegen die Nazis wachsen lassen. Aber wie sollte er damit umgehen? Was könnte er dagegen ausrichten? Als Mitglied der SS, als Obersturmführer, als Archäologe? Er zweifelte. An allem. Auch an sich selbst.

Auf dem Weg von der Trattoria zum Palazzo, der nur knapp hundert Meter vom Corso über die Piazza Umberto I. entfernt war, tuschelten Rossi und Minotti miteinander. Curth schnappte ein paar Sätze auf, die für ihn keinen Zusammenhang ergaben. Von einem Pallucca war die Rede, der verschwunden war und den die beiden Männer zusammen mit ein paar deutschen Soldaten für tot hielten. Rossi erwähnte zudem, dass er etwas Wichtiges im Kirchgarten gefunden hätte, und nuschelte *tempo di verità*, also Stunde der Wahrheit. Und griff immer wieder in die weite Tasche seines hellbraunen Gobelin-Mantels, drückte darin herum. Mehr konnte Curth nicht verstehen, denn Unteroffizier Müller lenkte ihn ab und fragte mit kritischem Unterton, warum er nicht seine SS-Uniform trug.

»Herr Oberleutnant, ich meine Obersturmführer, oder von mir aus auch Herr von Alban, wenn ich mir das erlauben darf, Sie sollten Uniform tragen. Wir sind Deutsche! Und auch Ihr Ritterkreuz werden Sie ja wohl nicht verstecken wollen.«

Curth reagierte ungewohnt eisig und scharf. »Müller, Sie halten jetzt die Klappe. Sie wissen doch, dass ich im geheimen Auftrag des SS-Ahnenerbes in Nemi bin. So blöd können Sie gar nicht sein. Hugin will mich hier als Zivilisten haben.« Er schaute Müller scharf an. »Und wenn Sie irgendein falsches Wort fallen lassen, über meinen Auftrag in Nemi oder meinen Einsatz bei der Duce-Rettung – ich garantiere Ihnen, Sie bekommen nicht nur einen Mordsärger, sondern dank meiner guten Kontakte zu Himmler auch den Marschbefehl an die Ostfront. Darauf können Sie Ihren Arsch verwetten!« Curth sah, wie die Gesichtszüge bei Müller etwas Frostiges bekamen und die Augen sich weiteten. »Und, Müller, wie heißt das?«

»Jawoll! Herr ... von Alban.« Flüsterte Müller. Und leise knallten seine Hacken zusammen. Sehr leise.

In diesem Moment öffnete sich das eiserne Schmiedetor zum Palazzo. Eine ältere Bedienstete empfing die Besucher, nahm die Mäntel ab und führte sie in das Foyer, wo einige Gäste bereits im Gespräch vertieft waren. Eine hellgraue, nach frischem Tabak riechende Dunstglocke schwebte über allem, und Curth erkannte unter den etwa ein Dutzend Gästen Hauptmann Maybaum, einen schwarz gekleideten Priester und – ja, dort, das musste der Principe sein. Er, Rossi und della Rocca, hinter ihnen Müller und Minotti, warteten im gebührenden Abstand, um vorgestellt zu werden.

Curth hatte Zeit, den Principe ein wenig genauer zu beobachten. Ein Mittfünfziger, graumelierte Haare, gut gekleidet, aufrechte Haltung, ein Hauch von Adel umwehte ihn. Ein Mann, der Respekt einforderte. An dessen Seite sah Curth eine deutlich jüngere Frau, die seine Gattin Donna Luisa sein musste und in ihrem modernen, enganliegenden Kleid eine gute Figur machte. Beide sprachen mit dem Priester, der kurz vor ihnen gekommen war. Jetzt waren sie an der Reihe.

Bürgermeister Rossi verneigte sich leicht, obwohl er den Adel missachtete, und sprach mit schmalziger Stimme. »Don Umberto, darf ich Ihnen unseren deutschen Gast Curth von Alban vorstellen, Archäologe aus Magonza.«

»Ah, Mogontiacum, am Rhein, unser altes Legionslager, seien Sie willkommen Signore di Albano.« Der Principe sprach ein raues Deutsch und lächelte den Gast freundlich an. »Nochmal, willkommen bei unserem kleinen Empfang. Meine Gattin und ich wollen die schlechten Zeiten ein wenig vergessen machen, wenigsten für ein paar Stündchen.« Don Umberto gab einem Bediensteten einen Wink. »Signore di Albano, mögen Sie Musik? Verdi? Dann begleiten Sie uns doch ins Esszimmer.«

Bevor Curth antworten konnte, hörte er aus einem schwarz-braunen Grammophon, das in einem kleinen Zimmer zwischen Foyer und Speisesaal stand, Töne einer wohlbekannten Melodie. Verdi, die Oper Nabucco, der Gefangenenchor. Va, pensiero, sull'ali dorate. Die Hymne der Unterdrückten. Rossi und Maybaum schauten grimmig wegen der als Provokation empfundenen Musik. Doch sie schwiegen. Sie ertrugen den bittersüßen Textinhalt, den der Principe ihnen quasi als Vorspeise serviert hatte. Und sie ertrugen die Musik, die allen, die daran glauben wollten, einen Hauch von Hoffnung schenkte. Flieg, Gedanke, auf goldenen Schwingen.

»Hoffnung ist Zukunft, wissen Sie das?« Don Umberto blieb stehen, drehte sich erst dem deutschen Archäologen zu und dann in Richtung der großen Holztreppe im Foyer. »Darf ich übrigens vorstellen, unsere Tochter, Principessa Francesca.«

Curth starrte zur Treppe, während der Gefangenenchor schmerzlich von vergangenen Zeiten klagte und neuen Mut beschwor. Er sah eine schlanke und elegante junge Frau, die in einem taillierten Abendkleid mit einer Farbe aus Kupfer und Pfirsich die Treppe hinunter zu schweben schien. Der weite Halsausschnitt ihres Kleides spielte mit einer freien Schulter. Ihre schwarzen Haare waren kunstvoll zu einem Zopf mit weiß schimmerndem Perlenbesatz zusammengesteckt. Nur eine dünne Strähne wippte frech daraus hervor. Dann lächelte sie. Und ihre leuchtenden Augen wirkten auf Curth wie Sterne in einer dunklen Nacht. Er stand wie angewurzelt und rührte sich nicht. Er spürte ein Beben, das seinen Körper wie eine Welle durchlief. »Ja«, schmachtete er, »so müsste sie sein.«

57

Die Principessa stand auf halber Treppenhöhe und ging langsam die Stufen hinunter. »Was für ein Affentheater da unten!« Sie fühlte sich in dem neuen Kleid, das ihre Mutter und sie selbst ausgesucht hatten, wie eine erwachsene Frau. Und wie zur Bestätigung spürte sie die Blicke der Männer, die sich an ihr festhefteten.

»Ich bin doch kein Zirkuspferd«, dachte sie verärgert. Aber zum Gefallen ihrer Eltern – und weil sie aufgrund der jüngsten Ereignisse einiges gutzumachen hatte – spielte sie die brave Prinzessin des Hauses und schritt elegant hinab. Ihre Augen flogen über die Besucher im Foyer, und sie erkannte vertraute Gesichter. Dort standen ihr Privatlehrer und Pater Lucius zusammen, daneben der Kaufmann Simone Fabrizi und sein Sohn Tommaso, dem wieder mal der Sonntagsanzug zu knapp saß. Sie sah den Apotheker Matteo Mancini und seine Ehefrau, die noch immer auf die Rückkehr ihres ältesten Sohnes von den Schlachtfeldern des Krieges hofften. Und zu ihrem Missfallen entdeckte sie unter den Gästen deutsche Uniformträger, für die sie Hass empfand. Schließlich sah sie Bürgermeister Rossi und seinen Kumpanen Lorenzo Minotti. Tommaso und sie hatten Rossi, Minotti und den im Wald getöteten Pallucca vom Kirchgarten aus ungewollt belauscht und waren nur knapp ihren Verfolgern entkommen. Ohne erkannt zu werden.

»Und der da, gleich neben Bappo?« Francesca sah einen groß gewachsenen, blonden jungen Mann in einem gut geschnittenen Anzug, der sie anstarrte, als sei sie die Sphinx von Ägypten. Obwohl sie nicht wusste, wie und warum man die berühmte Statue von Gizeh überhaupt so bewunderte. »Also, dieser Blonde. Ein Lichtblick in diesem langweiligen Gästeeinerlei«, dachte die Principessa, »und hoffentlich kein Deutscher. Das ertrage ich nicht.«

Der Principe und Donna Luisa lotsten ihre Gäste in den Speisesaal und achteten unauffällig auf das Einhalten der Sitzordnung. Den deutschen Archäologen hatten sie am Ende der Tafel neben dem Museumsdirektor platziert und Unteroffizier Müller rechts von ihm auf den letzten Stuhl gesetzt. Curth hatte gleich zu Beginn Hauptmann Maybaum begrüßt und ihn wegen seiner »geheimen Mission in Nemi« um Verschwiegenheit zu seiner Duce-Befreiung gebeten. Das wirkte. Er konnte sich darauf verlassen.

Curth hatte einen guten Blick auf die junge Principessa. Vor dem ersten Gang wollte er sich noch ein Notizbüchlein aus seinem Mantel holen und schritt durchs Foyer zurück an die Garderobe. Bei der Suche nach seinem Trenchcoat stieß er gegen Rossis braunen Gobelin. Er spürte etwas Hartes darin. War das der Gegenstand, an dem Rossi auf dem Weg zum Palazzo ständig herumgedrückt hatte? Als er von der Stunde der Wahrheit sprach? Curth überlegte. Er schaute über die Schulter. Niemand zu sehen. Er konnte nicht widerstehen. Dann griff er hinein und zog zu seiner Überraschung ein schwarzes Gebetbüchlein heraus.

»Was ... ist das? Ist Rossi jetzt unter die Heiligen geraten?« Curth konnte sich das beim besten Willen nicht vorstellen. Nicht Rossi. Da er auch Minotti und andere Faschisten als Besitzer ausschließen mochte, hatte das Gebetbuch vielleicht mit der Stunde der Wahrheit zu tun? Er steckte das Büchlein in seine Hosentasche. Curth wusste nicht einmal genau, warum er das tat. Er handelte instinktiv. Er traute Rossi nicht.

Rechtzeitig zum ersten Gang war Curth zurück. Mariniertes Gemüse, Bruschetta mit gegrillten Zucchini und Ricotta-Creme, Artischocken, Oliven – Curth konnte sich nicht erinnern, wann er zuletzt so reichlich und gute Antipasti gegessen hatte. Ein robuster Wein, ein kalter Trebbiano-Verschnitt aus den Castelli Romani, rundete das Geschmackserlebnis ab. Dann kam die Primo Piatto mit bissfesten Spaghetti Carbonara auf den Tisch. Auch diesmal ging der dazu passende Wein, ein strohgelber »Est! Est! Est!« vom Bolsena-See, schnell zur Neige. Nachschub kam wie von Geisterhand, was besonders Hauptmann Maybaum auskostete.

Gelegentlich stahlen sich Curths Blicke zum Kopf der Tafel, wo sich die Principessa mit Appetit über die Pasta hermachte und flink die Gabel drehte. Nach einer kleinen Pause rollten auf Servierwagen eine Reihe von Tabletts heran mit Speisehauben wie blanke Spiegel. Ein Traum von einem Hasenbraten kam darunter zum Vorschein. Curth stieg der Bratengeruch in die Nase. Und seine Erinnerungen trugen ihn fort ins ferne Pratica di Mare. Zu seinem Freund Hänschen Kempener, dem Küchenfeldwebel aus dem Offizierscasino, zu dessen Spezialität ein frischer Hasenfang aus den Albaner Bergen gehörte. Wie es ihm wohl ging? Hänschen fehlte ihm. Nach dem schweren Bombenangriff auf das Flugfeld vor vier Wochen hatten ihn Sanitäter schwer verletzt in ein deutsches Lazarett in der Nähe von Rom gebracht. Curth hatte jetzt Messer und Gabel griffbereit, um den saftigen Braten anzuschneiden, den ein kräftiger Rotwein aus Kampanien begleitete. Herzhaft wollte Curth hineinbeißen, da riss ein schriller Ton die Zeit auseinander. In ein vorher. Und in ein nachher. Im selben Moment verstummte alles im lärmenden Speisesaal. Wieder jaulte der schrille Ton auf, der sich durch Wände und Decken des Palazzo bohrte. Unteroffizier Müller brüllte quer durch den Saal: »Fliegeralaaarm!«

Die Deutschen am Tisch sprangen als Erste auf. Hauptmann Maybaum lallte »Scheissallirrte«, womit er die Alliierten meinte. Müller stopfte sich eine Hasenkeule in die Uniformjacke. Der schwarze Priester schaute verstört zum Himmel, begann ein Stoßgebet und blickte wehleidig auf seinen vollen Teller. Donna Luisa und Francesca sahen zu Don Umberto. Rossi und die anderen Italiener am Tisch starrten sich gegenseitig an. Fliegeralarm, hier? In den Bergen? Gegen wen? Was war das Ziel?

»L'artiglieria tedesca«, schrie Minotti, die deutsche Artillerie. Sie hatte sich vor wenigen Tagen in den Albaner Bergen und am Nemi-See in Stellungen eingegraben. »No, stronzate«, antwortete Bürgermeister Rossi. »È quasi notte!« Nein, das ist Blödsinn. Es wird bald dunkel. Doch man müsse in diesen Zeiten mit allem rechnen, sagte er besorgt. Und schaute zum Principe.

Die kräftige Stimme Don Umbertos beendete die Diskussion abrupt. »Meine Herren, ich bedaure sehr, aber wir werden alle sofort in unseren Luftschutzbunker gehen.« Sein Ton war kompromisslos. »Gesittet, aber rasch. Avanti! Er befindet sich im Keller. Folgen Sie unserer Dienerschaft.« Dann zog er Donna Luisa und Francesca an sich vorbei. »Zuerst die Frauen.«

Mit schnellen Schritten ging es eine alte Steintreppe hinab, die zunächst an einigen Vorratsräumen entlangführte und – nach einer weiteren Tür – einen steilen Sturz vorbei an Felswänden in die Tiefe machte. Zu Curths Überraschung waren die Gänge gut beleuchtet und boten einen sicheren Weg. Er sah neben Stromleitungen an den weiß gekalkten Wänden eine schwarze Kabelstrecke, die in einen offenen, halbrunden Zwischenraum abzweigte, in dem ein Stuhl und ein Tisch mit einfacher Bürolampe standen. An der Wand darüber klemmte ein altes Telefon ohne Wählscheibe. Der ganze Bau roch nach frischer Farbe. So, als habe jemand die Arbeiten hier unten erst vor wenigen Tagen abgeschlossen.

Curth wurde in einen kahlen Raum mit vier Schlafpritschen und einem alten Holztisch samt Stühlen einquartiert. Von der Decke baumelte eine nackte Glühbirne. Immerhin, sie hatten Licht. Zusammen mit Hauptmann Maybaum und Unteroffizier Müller bildeten sie das Campo germanico, wie Rossi süffisant anmerkte, der den Deutschen mit Museumsdirektor della Rocca und Minotti zugeteilt war. Im Nachbarbunker warteten Don Umberto und seine Familie sowie Pater Lucius und der Privatlehrer auf ein Ende des Angriffs. Einen Raum weiter saßen der Apotheker Mancini samt Ehefrau und der Kaufmann Fabrizi mit Tommaso. Aber – es passierte nichts. Die Luftschutzsirene heulte noch zweimal auf, dann war Ruhe. Kein Bombenabwurf, keine Detonation erschütterte den Palazzo in den nächsten Minuten. Nur aus der Ferne, wie man später erfuhr, sei drei oder vier Mal ein dumpfes Grollen zu hören gewesen, vielleicht aus Richtung der Stadt Genzano, die auf der anderen Seite des Vulkankraters lag.

Curth war es nach einer guten halben Stunde in seinem Bunkerraum langweilig geworden. Zudem wollte er nicht länger dem Bürgermeister ins Gesicht sehen müssen, dem er ein ominöses Gebetbüchlein aus der Manteltasche gestohlen hatte. Draußen bemerkte er zwischen den kalkweißen Wänden am Ende des Ganges eine Eisentür, durch die sie auf dem Weg nach unten nicht hindurchgekommen waren. Aus einem Nachbarraum hörte er den Fürsten sprechen und den Priester, der darauf antwortete. Er wollte nicht lauschen und ging weiter zur Eisentür, die fest verriegelt war. Zwei dicke Metallbügel lagen in massiven Aufhängungen quer über der Front. Er rüttelte. Vergeblich. Plötzlich schreckte ihn eine Stimme auf.

»Signore? Cosa sta facendo?«

Curth drehte sich um. Die Principessa stand in ihrem Abendkleid vor ihm, eine Schulter frei, die wilde Strähne auf der Stirn. Er war überrascht und antwortete spontan auf Deutsch. »Was ich hier mache? Nichts, Signorina, nichts. Niente.«

»Niente? No! Sniffano!« Francesca wechselte ins Deutsche, das sie so viele Jahre bei ihrem Privatlehrer gelernt hatte. »Sie schnüpfeln. Oder wie heißt das bei Ihnen in Germania?«

Wie schön sie ist, dachte Curth, diese Augen, weich und schwarz, fest entschlossen, wie leuchtende Sterne. »Bei uns heißt das, sich in Dinge einmischen, die einen nichts angehen.« Er sah jetzt ratlose Augen der Principessa. »Ich bin mir nicht sicher, aber im Italienischen irgendwas mit naso in giro?« Dabei musste Curth schmunzeln. »Sie sprechen gut deutsch?«

»Mein Privatlehrer hat es mir beigebracht. Aber das geht Sie nichts an. Sie sind Deutscher und tragen keine Uniform?«

»Ich bin Archäologe.«

»Einer von den Tempelräubern?« Francesca verschränkte die Arme und versperrte Curth den Weg zurück in den Bunkerraum.

»Ich klaue nicht, ich forsche. Und Gigi, der Museumsdirektor, hilft mir dabei.«

»Ihr seid alle Teufel, die uns Krieg und Tod bringen. Und unsere antike Stätte plündern.« Francesca machte eine kleine Pause, um abzuwarten, was der Deutsche erwidern würde. Dann stemmte sie ihre Hände in die Hüfte. »Und ihr rüttelt an verschlossenen Türen herum, die euch nichts angehen. Und ja, es hat was mit naso in giro zu tun.« Francescas unbändiges Temperament war kaum noch zu bremsen.

Curth blieb ruhig. »Und bei uns heißt es nicht schnüpfeln, sondern schnüffeln.« Er legte dabei seine Vorderzähne leicht auf die Unterlippe, um den Laut zu verdeutlichen, und strahlte die Tochter des Fürsten erwartungsvoll an. Doch er sah Feindschaft in ihren Augen. Wie Barrikaden. Er entschloss sich, einfach hindurchzuschauen. »Ihr seid die hübscheste Principessa, die ich jemals gesehen habe.«

»Stupido! Wie viele Prinzessinnen mögen Sie schon in Ihrem erbärmlichen Barbarenleben gesehen haben. Keine!«

»Wir sind keine Barbaren!« Curth wollte sich nicht alles gefallen lassen und ließ seine Stimme ernster klingen.

»Ah, und deshalb haben deutsche Soldaten heute in Rom die Juden zusammengetrieben?«

Curth hatte das Gefühl, das sein Gesicht vor Scham gerade rot anlaufen müsste. Er schämte sich. »Principessa, das alles ist unentschuldbar.« Dann fiel ihm eine List ein. »Doch schauen Sie, ich bin kein Barbar!« Er griff in seine Hosentasche, zog das schwarze Gebetbüchlein heraus und präsentierte es Francesca in seiner offenen Hand wie sein eigenes. »Ich bin guter Katholik, gottesfürchtig. Ein Gebetbuch. Sogar auf Italienisch!«

Francesca starrte auf das Büchlein mit dem gelbgoldenen Aufdruck Massime eterne, Sprüche für die Ewigkeit. Sie erkannte es sofort. Wie war der Deutsche da nur drangekommen? »Il mio libro. Dove l'ha preso?«

»Ihr Buch? Und woher ich es habe?« Curth bemerkte, dass er mit seinem Fischzug aus Rossis Manteltasche in eine heikle Situation hineingeraten war. »Ich gebe es Ihnen gerne zurück. Moment, sagen Sie mir doch zur Sicherheit, woran ich das erkennen kann.«

»Unerhört. Aber bitte. Schlagen Sie es auf. Es ist von einem Doctor Carmignoto. Aus dem Jahr 1932. Ein

Geschenk meiner Mutter. Es fängt auf Lateinisch an mit In nomine Patris et Filii et Spiritus sancti. Amen.« Francesca überlegte kurz, wie sie den Deutschen unter Druck setzen konnte. »Soll ich meine Mutter holen, die Fürstin? Oder gleich meinen Vater?«

Curth blätterte auf ein paar Seiten herum. »Das ist nicht nötig. Ich gebe es Ihnen. Aber verlangen Sie bitte keine Erklärung, woher ich es habe.«

Plötzlich ging die Tür vom Bunkerraum auf. Bürgermeister Rossi kam heraus und sah, wie Francesca das Buch entgegennahm. Es kam ihm bekannt vor, doch sicher war er sich nicht. »Was passiert hier? Woher haben Sie ...« Seine Stimme wurde laut und überschlug sich.

Der Lärm hatte Don Umberto aufgeschreckt, der umgehend auf den Gang hinaustrat und in Richtung der kleinen Personengruppe an der Eisentür rief. »Che succede? Was geht hier vor?« Der Klang seiner Stimme war eindeutig. Er duldete keinen Streit.

Alle schwiegen. Dann hatte Curth eine Idee. »Don Umberto, ich habe mir erlaubt, Ihrer Tochter ein Gebetbuch zu schenken. Zum Trost und zur Erbauung in so manch dunkler Stunde, etwa in einem Luftschutzbunker.«

Während Rossi noch unentschlossen schaute, verstand Francesca sofort. »Ich habe zwar schon eins von Mutter zur Erstkommunion bekommen, aber nun habe ich eben zwei. Ich nehme das Geschenk des Deutschen an.«

Curth sah, wie die Principessa das Büchlein griff, schnell zwischen ihren zarten Händen versteckte und die Arme verschränkte. So war es gegen alle Blicke geschützt.

»Oh, wie aufmerksam. Das wird deinem rechten Glauben dienen.« Dabei schaute Don Umberto so, dass jeder wusste, dass er die Geschichte nicht wirklich glaubte, aber fürs Erste zufrieden war. Dann wandte er sich dem zweiten Problem zu. »Und Sie, Herr Bürgermeister? Was schreien Sie in meinem Palazzo herum?«

Rossi kaute vor Verlegenheit auf seiner Zunge. »Das ist das Büchlein, dass ich ... ach, lassen wir das.« Er spürte, dass er sich selbst in Schwierigkeiten bringen könnte. Bis auf den Patzer mit dem Buch, empfand er, lief an diesem Abend alles nach Plan. Er wollte nichts gefährden.

»Dann können wir ja beruhigt in unsere Bunkerräume zurückgehen.« Don Umberto wies mit den Händen auf Gang und Türen. »Und Sie, Signore Archeologo, werden unsere Eisentür nicht aufbrechen können. Sie ist gut gesichert. Es ist auch kein Geheimnis, wohin sie führt. Dahinter ist ein alter Gang, feucht, kalt, dunkel. Mit Spinnenweben durchzogen. Viel Geröll und Bruch. Eine steile Treppe führt hinunter in den alten Tempelbezirk.«

Lautstark rappelte in diesem Moment das Telefon in der halbrunden Nische. Don Umberto griff sich den altersschwachen Hörer. »Si, che cos'è?« Pause. »Ah, capito. Veniamo.« Dann drehte er sich den Bunkerräumen zu und rief in den Gang. »Meine Herren, Fehlalarm! Wahrscheinlich nur ein Pilot, der sich verflogen hat. Ich schlage vor, wir gehen hoch und alle nach Hause. Dieser Krieg! Sicherlich reicht es uns heute.«

Aus einem der Bunkerräume hörte Curth ein herzhaftes Erbrechen. Hauptmann Maybaum hatte dem kräftigen Weißwein und dem Roten aus Kampanien stark zugesprochen. Er war restlos betrunken. Und der Magen drehte sich folgenschwer um. Curth rief: »Mülleeeer! Sie kümmern sich drum. Klar?!«

Rossi und Minotti waren vorneweg aus dem Luftschutzbunker gegangen und sorgten auf der Treppe für einige Verzögerungen. »Für manche geht es eben nicht nach oben«, rief Pater Lucius dem behäbigen Duo zu. »Das wird ein Gotteszeichen sein! Tut Buße, meine Söhne! Tut Buße!« Er hatte nicht vergessen, was der Bürgermeister ihm in der Beichte erzählt hatte. Und Minotti? »Der ist doch nicht besser«, sagte sich der Priester. »Verzeih mir, mein Gott. Der Teufel soll beide holen, wenn sie sich nicht bessern und bereuen!«

Die Nacht war kalt. Als die Gäste durch das eiserne Schmiedetor wieder hinaus auf den Platz gingen und sich verabschiedeten, wurden sie plötzlich von einem Kommando bewaffneter Carabinieri umringt. Die Munitionsmagazine der Gewehre rasteten bedrohlich ein. Schussbereit. Der Anführer tuschelte mit Rossi. Dann schnappte die Stimme des Bürgermeisters förmlich über. »Arrestateli tutti! Abbiamo le prove!« Alle festnehmen. Wir haben die Beweise. Entschlossen zeigte er mit dem ausgestreckten Finger auf Apotheker Matteo Mancini und seine Ehefrau sowie auf Kaufmann Simone Fabrizi mit Tommaso. »Arrestateli tutti!« Die Carabinieri nahmen ihre Gewehre in Anschlag und zielten mit der Mündung auf das Quartett. »Endlich habe ich euch«, schrie Rossi in die Nacht hinaus. »Während ihr euch hier den Bauch vollgeschlagen habt, haben wir eure Wohnungen durchsucht und heimliche Bekleidungsdepots für Fahnenflüchtige aus unserer Armee gefunden.« Rossi baute sich auf wie ein Feldherr. »Ihr unterstützt Deserteure!« Jetzt leiser und mit der Kälte eines Scharfrichters wandte er sich dem bewaffneten Trupp zu: »Comandante, portatelo via!« Alle abführen!

Don Umberto protestierte mit kräftiger Stimme. »Das können Sie nicht machen. Meine Gäste! Unsere eigenen Leute!« Er hielt Francesca mit beiden Armen fest, die zu Tommaso laufen wollte. »Du bleibst hier. Das ist kein Spiel mehr.«

»Halten Sie sich raus, Don Umberto. Sonst ...« Rossi drohte unmissverständlich. »Wir werden alle verhören. Und vielleicht erfahren wir auch etwas über den Verbleib meines Freundes Diego Pallucca und eines Trupps deutscher Soldaten, die zusammen spurlos verschwunden sind.«

Curth und Unteroffizier Müller, der den betrunkenen Hauptmann Maybaum stützte, sowie Pater Lucius und der Privatlehrer standen überrumpelt auf dem Platz. Sie konnten nur zuschauen, wie die Carabinieri mit den Festgenommenen in den dunklen Gassen verschwanden. Und sie sahen, wie sich Tommaso umdrehte und seine Augen vor Angst weit aufriss.

Pater Lucius betete. »Herr! Steh' ihnen bei!«

58

Tagebuch

Sonntag, 17. Oktober 1943
Nemi, Trattoria de Sanctis

Heute war Sonntagsmesse. Nach dem Tag gestern hatte ich das Gefühl, dass auch mir ein wenig Beistand von oben helfen könnte. Die Kirche Santa Maria del Pozzo liegt in einem Zwickel in der oberen Altstadt, nicht weit von meiner Herberge entfernt. Der Andrang war groß, und niemand beachtete mich, als ich mich zwischen die Gottesdienstbesucher in die hintere Reihe setzte.

Am Altar stand Pater Lucius und hielt die Messe ab. Er wirkt so streng, aber ich glaube, er ist ein guter Kerl. In der ersten Reihe saßen der Fürst, Donna Luisa und die Principessa, die ein knielanges Kleid mit einem unauffälligen schwarzen Mantel darüber trug. Was für ein Gegensatz zu ihrem Auftritt von gestern mit der raffinierten Abendgarderobe! Sie hatte das Gebetbuch von mir dabei, wie ich später beim Rausgehen bemerkte. Und, merkwürdig, obwohl die Kirche randvoll war, blieben die zwei Reihen hinter der Fürstenfamilie leer. Jedenfalls fast leer. Eine Frau verlor sich in der zweiten Reihe. Später erfuhr ich, dass dies Stammbänke der Familien Fabrizi und Mancini sind und von Pater Lucius bewusst – bis auf den Platz für die verweinte Ehefrau von Fabrizi – freigehalten wurden. Aus Protest gegen die Verhaftung vom Vorabend, vermute ich mal. Ein mutiger Priester! Hoffentlich kostet ihm das nicht Kopf und Kragen. Bürgermeister Rossi war nicht zur Messe gekommen. Da ist das Tischtuch seit den Ereignissen vom Vorabend wohl endgültig zerrissen.

Was war da eigentlich genau passiert? Nach meinen Informationen hat jemand – klar, der Bürgermeister – einen Fliegeralarm inszeniert, um freie Bahn für Wohnungsdurchsuchungen zu haben. Und dabei haben die Carabinieri die Bekleidungsdepots für italienische Deserteure entdeckt. Das kann für die Familien vor dem Erschießungskommando enden. Tatsächlich hat Pater Lucius heute was vom Asylrecht in der Kirche angedeutet. Was hat er vor?

Nach der Messe versammelte sich alles auf dem Platz zwischen Kirche und Bürgermeisteramt, wo aber niemand aus dem Rathaus zu sehen war. Der Principe und seine Frau grüßten mich sogar, nur Francesca nicht. Sie ignorierte mich einfach. Vielleicht sollte ich ihr das Gebetbuch wieder wegnehmen! Und weiterhin ein wenig sniffano spielen. Schnüpfeln! Wie hübsch das aus ihrem Mund geklungen hat. So schön wie das Missjö l'ljütenand von Natalie. Aber, wie gesagt, sie ignorierte mich, eisern, fast schon auffällig. Dafür freute sich ihr alter Lehrer, mich nach dem unsäglichen Abend wiederzusehen. Eine Brünette schlich zudem um mich herum. Später, als die meisten Kirchgänger zum Pranzo nach Hause gegangen waren, sprach sie mich an. Sie heißt Rosalie und arbeitet in der Apotheke bei den verhafteten Mancinis. Ob ich wüsste, wie es dort jetzt weitergeht, wollte sie wissen. Warum von mir? Soll sie doch den Bürgermeister fragen. Sie kam mir ziemlich nahe und will mich die Tage abends in der Trattoria besuchen. Hmm, was soll daraus werden?

Apropos: Als Müller und ich am Samstagabend nach dem Fliegeralarm ins Gasthaus zurückkehrten, herrschte dort gähnende Leere. Und Stille. Zunächst jedenfalls. Der Unteroffizier hörte das Geräusch als erster. Da quietschte ein Bettgestell. Im Keller. Ein Stöhnen als wenn ... kurzum: Wir schauten nach. Dann sahen wir durch den Spalt einer alten Holztür, die nur angelehnt war, den nackten weißen Hintern vom Obergefreiten Jan Schevenen. Auf und nieder ging der. Müller bekam den Mund nicht mehr zu und seine Augen wurden immer größer. Ich hörte eine Frau stöhnen und sah dunkle Beine, die sich lustvoll um Schevenens Hüfte gewickelt hatten. Wir zogen uns zurück. Müller war stinksauer. Und ich nur müde. Für was so ein Fliegeralarm und Luftschutzbunker doch gut sind!

***

Freitag, 5. November 1943

Ich bin jetzt seit gut vier Wochen in Nemi. Und gefunden habe ich nichts! Geschweige denn die Spur eines geheimnisvollen Artefakts. Wo soll ich auch suchen. Es ist doch alles längst zu spät, zwei Jahrtausende her, alles zerstört, verschüttet, oder schon ausgebuddelt! Genauso gut könnte ich nach Thors Hammer suchen. Wie Hugin. Der hatte mich gestern nach Rom beordert. In die Zentrale der SS und Sicherheitspolizei in der Via Tasso, nicht weit vom Lateran. In dem Doppelgebäude liegen im linken Flügel die SS-Büros. Im rechten Flügel, wo die Fenster zugemauert sind, verbergen sich Gefängniszellen. Gruselige Atmosphäre. Deutsche Folterknechte!

Hugin klemmte mit seinem knochigen Körper in schwarzer Uniform auf einem hellblauen Sofa. Einfach surreal! Er strotzte vor Selbstbewusstsein. Ob der irgendwas nimmt? Kokain oder Morphin? Man hört so einiges. Na, jedenfalls erzählte er mir mit einem vollen Glas Cognac in der Hand und wie bei einer Siegesmeldung im Reichssender, dass die verhafteten Juden aus Rom nach Auschwitz deportiert wurden. In 18 Viehwaggons über den Brenner, wie er betonte. Es fehlte nur noch die Fanfare aus dem Radio. Er spülte seinen Satz mit einem Schluck aus dem Glas runter. Dabei zog er wieder diese Grimasse und faselte etwas von einer großen Lösung. Mir wurde schlecht vor Ekel, aber ich durfte mir nichts anmerken lassen. Ein Lagerarzt, ich glaube, er nannte den Namen Mengele, habe die Juden vor Ort selektiert. Das hat er tatsächlich so gesagt. Selektiert! In arbeitsfähig und nicht arbeitsfähig. Grausam! Der Tod geht um.

Dann endlich kam er zur Sache. Ich solle den Winter in Rom bleiben, sagte Hugin, und über Quellenstudien in alten Büchern oder Aufzeichnungen an meinem Auftrag dranbleiben. Er empfahl das Deutsche Archäologische Institut in Rom. Er hat mir dort schon ein Arbeitszimmer besorgt und beim Direktor erreicht, dass ich Zugang zu allen Beständen habe. Klingt gut! Nächste Woche soll ich anfangen. Müller und Schevenen werden nach Pratica di Mare zurückbefohlen. Das wird Eugenia nicht gerade freuen. Da läuft was zwischen ihr und dem jungen Obergefreiten. Und ich habe alle paar Tage bei Hugin anzutreten. Zum Rapport. Und zum Saufen. Außerdem muss ich in Rom meine SS-Uniform samt Ritterkreuz tragen und bin wieder Obersturmführer von Alban. Schöne Aussichten. Aber ich bin immerhin in Rom, denn in Nemi ist im Winter der Hund begraben!

Schließlich kam Hugin noch mit einer anderen Sache heraus. Abfällig drückte er seinen Zigarillo im Aschenbecher aus, kippte einen zweiten Cognac hinunter und fragte, ob ich einen Küchenfeldwebel mit Namen Hans Kempener kenne. Aus Köln. Etwas dick und mit krausen Haaren. Klar, habe ich gesagt. Das Hänschen lebt also. Mensch, habe ich mich gefreut. Hänschen arbeitet jetzt in der Villa Wolkonsky, der früheren deutschen Botschaft in Rom, und bewirtet hohe Militärs. Nicht schlecht. Ich kenne dort ja schon die Bar. Und erinnere mich bitter an die vielen Kräuterschnäpse. Jedenfalls habe dieser Küchenfeldwebel bei irgendeiner Gelegenheit nach mir gefragt, sagte Hugin. Der habe seine Ohren wohl überall und würde sich auf ein Wiedersehen freuen. Klar doch. Hänschen, ich komme!

***

Dienstag, 9. November 1943

Jetzt heißt es Abschiednehmen von Nemi. Jedenfalls vorerst. Müller und Schevenen fahren mich morgen nach Rom, wo ich für Hugin weiterforschen soll in Sachen Artefakt für Hitlers Geburtstag. Der ist im April. Und ich habe noch gut fünf Monate. Hugin stellt mich vor die Wahl. Finden oder Ostfront. Warum fällt mir wieder dieser miese Krambock ein? Ich hatte ihn fast vergessen.

Eugenia hat den Abschied von Schevenen und mir nicht so gut verdaut und weinte den halben Tag. Müller ist ihr egal. Solange wir in Nemi waren, hat Rossi seine Finger von ihr gelassen. Und jetzt? Sie will weg aus der Trattoria und hat im Palazzo Capriri nach einer Küchenanstellung gefragt. Inoffiziell. Wenn Rossi das wüsste! Apropos Palazzo. Auf dem Corso habe ich vor wenigen Tagen endlich die Principessa in Begleitung ihrer Eltern wiedergesehen. Ich fragte den Fürsten höflich, ob er etwas von den verhafteten Familien gehört habe. Er zog mich leicht am Arm zur Seite. Silenzio, sagt er, und er sei guter Dinge, dass sich alles als Irrtum herausstellen könnte. Die Ehefrau des Apothekers sei bereits auf freiem Fuß, gegen sie habe Rossi nichts in der Hand. Bei dem Kaufmann Fabrizi und dessen Sohn Tommaso sowie beim Apotheker sehe es jedoch schlecht aus und sie seien womöglich gefoltert worden. Jedenfalls habe er das gehört. Aber Genaues wisse er nicht. Bürgermeister Rossi lasse sich immer weniger in der Öffentlichkeit blicken. Und das Misstrauen untereinander werde in Nemi größer. Immerhin schaute die Principessa nicht mehr ganz so eisig. Ob sie einsieht, dass ich kein Barbar bin? Sie blickte für ein paar Sekunden sogar recht freundlich zu mir. Mehr aber auch nicht. Ich muss mir irgendetwas einfallen lassen. Diese Prinzessin hat mein Herz berührt.

***

Mittwoch, 10. November 1943
Rom, später Nachmittag in der Villa Wolkonsky

Endlich bin ich in Rom! Und vermisse Nemi. Ich vermisse Eugenia, Pater Lucius, den Lehrer und ja, selbst der Museumsdirektor fehlt mir, auch wenn mein Verhältnis zu Gigi nicht unproblematisch ist. Aber vor allem: Ich vermisse die Principessa. Sie geht mir nicht aus dem Kopf. Und aus dem Herzen. Dabei überschlugen sich heute Vormittag vor meiner Abreise noch die Ereignisse.

Erst hatte ich Eugenia einen Zettel zugesteckt, besser ein kleines Briefchen, das ich für die Principessa geschrieben habe. Darin steht, dass ich sie nach meiner Rückkehr aus Rom unbedingt wiedersehen möchte. Und dass ich kein Barbar bin. Bin ich zu vermessen? Eugenia sah mich überrascht an. Doch dann verzogen sich ihre Lippen zu einem schelmischen Lächeln. Sie verstand. Ich hörte sie etwas von »corriere dell'amore« flüstern, also Liebeskurier, und sah, wie sie mein Briefchen in ihrer Kittelschürze versteckte. Dann verschwand sie auch schon.

Kurz darauf traf ich Rossi, der an der Rezeption die Bücher prüfte. Als wenn es außer Müller, Schevenen und mir andere Gäste geben würde. Rossi und ich waren uns die letzten Tage aus dem Weg gegangen. Ich verabscheue ihn, weil er die Fabrizis und den Apotheker Mancini noch immer gefangen hält und vielleicht sogar foltert. Zuzutrauen wäre es ihm. Und er weiß seit der Geschichte mit dem Gebetbuch, dass ich nicht auf seiner Seite bin. Ich sprach ihn an. Die Rechnung, sagte ich, übernimmt die SS in Rom, er solle sich an Hugin wenden. Und dass ich im Frühjahr wiederkommen werde. Er schaute ohne Interesse und kritzelte in seinem Buch herum. Das stank mir gewaltig. Diese Arroganz! Dann sagte ich etwas zu Rossi, das Konsequenzen haben könnte. »Weiß Ihre Partei eigentlich, dass der Bürgermeister von Nemi jüdische Bürger schützt? Und was, glauben Sie, würde die deutsche

SS mit Ihnen machen, wenn sie davon erfährt?« Rossi hörte mit dem Kritzeln auf. Er starrte mir ins Gesicht. Ob ich ihn erpressen wolle, fragte er mich rotzfrech. »Nein, Erpressung würde ich es nicht nennen«, antwortete ich, das sei doch ein schlimmes Wort. Aber eine Hand wäscht die andere.

Während ich schon bereute, Eugenia in Gefahr gebracht zu haben, denn Rossi konnte nur sie damit verbinden, taute der Bürgermeister plötzlich auf und dachte offenbar an seine Karriere. Es sei alles nicht so schlimm, und in diesen Zeiten müsse man sich ja gegenseitig unterstützen. Und woran ich so denke, wobei er mir helfen könnte. Oh, sagte ich, da falle mir schon was ein. Die beiden Fabrizi und den Mancini solle er frei lassen. Und die Geschichte mit den Bekleidungsdepots für italienische Deserteure vergessen. So unter Landsleuten. Er fände schon eine Möglichkeit, sagte ich zu ihm. Dann verabschiedete ich mich und nannte ihm die SS in der Via Tasso als meine neue Adresse. Das war zwar leicht gemogelt, wirkte aber kolossal. Denn die Zentrale der SS und Sicherheitspolizei in Rom hat ihren grausamen Ruf als Foltergefängnis durchaus verdient. Rossi zuckte zusammen. Fast hatte ich das Gefühl, er würde gleich quer durch den Raum »Heil Hitler« schreien. Gott sei Dank unterließ er das. Ich ging mit dem Gefühl, dass Rossi sein Versprechen einhält.

Draußen auf dem Corso ratterte schon der Kübelwagen von Müller im Standbetrieb, und Schevenen saß wieder mit seiner Maschinenpistole auf dem Beifahrersitz. Ich schmiss meinen Kleidersack auf den Rücksitz, als Eugenia etwas abgehetzt um die Ecke aus Richtung Palazzo kam. »Mio Signore«, rief sie. »Signore« hörte ich, immer wieder »Signore«. Ich hatte das Gefühl, dass gleich halb Nemi aus den Fenstern schaut. »Un cestino«, rief sie, »un cestino, per il Signore, aus dem Palazzo." Dann reichte sie mir ein kleines Körbchen in den Wagen. Ich sah eine Weinflasche, Salami, etwas Schinken, Brot und Oliven. »Per il viaggio a Roma!« Sie strahlte mich an. Unsere Rückreise nach Rom war zumindest kulinarisch gerettet. Schevenen stieg aus, nahm Eugenia herzhaft in den Arm und drückte ihr einen dicken Kuss auf den Mund. Ich rief Schevenen zu, dass er das in der Öffentlichkeit besser lassen sollte, Eugenia zuliebe. Dann ließ ich Müller anfahren. »A Roma, signori!« Auf nach Rom.

Als wir den Corso schon halb hinter uns gelassen hatten, sah ich die brünette Rosalie vor der Apotheke stehen, die unsere Abfahrt beobachtete und uns merkwürdig zunickte. Dabei war sie nach unserem Kennenlernen an der Kirche nur zwei oder drei Mal in der Trattoria und hatte sich mehr für Müller als für mich interessiert. Anschließend war sie stets in Richtung des Krämerladens von Mario Mercante verschwunden. Während ich darüber nachdachte und im Korb herumwühlte, geriet mir ein kleines, hellblaues Briefchen zwischen die Finger. Heimlich öffnete ich es. »Für Barbaren habe ich nichts übrig«, stand da mit eiligen Buchstaben geschrieben. Ich war maßlos enttäuscht, drehte das Zettelchen nochmal um und sah auf die Rückseite. »Aber um Ihre Italienisch- und meine Deutschkenntnisse zu verbessern, können wir uns gerne schreiben. P.S. Eugenia hat vorhin gelauscht und mir von Ihnen und Rossi erzählt. Sie hat alles gehört, bitte verzeihen Sie ihr. Meine Mutter will ihr eine Anstellung in unserer Küche besorgen.«

Ich war wie von Sinnen. Köpfte die Rotweinflasche am Seitenfenster und gab sie nach ein paar herzhaften Schlucken nach vorne zu Müller und Schevenen, der – glaube ich – Tränen in den Augen hatte. Prost, rief ich übermütig. Wir gaben wohl ein recht merkwürdiges Bild ab. Denn Pater Lucius kam gerade vorbei und schüttelte den Kopf. Ich rief: »Jetzt kann Rom kommen. Jetzt kann Hänschen kommen.« Gleichzeitig dachte ich an den Moment, als Francesca zu Klängen von Verdi die Treppe im Palazzo herunterschwebte.

Va, pensiero, sull'ali dorate.
Flieg, Gedanke, auf goldenen Schwingen!

***

Samstag, 27. November 1943
Rom, Deutsches Archäologisches Institut

Der Winter ist da. Und es ist schweinekalt in Rom. Heizen ist schwierig, es gibt kaum Brennstoff. Viele Räume haben nicht mal einen Ofen. Auch nicht überall im Archäologischen Institut in der Via Sardegna, wo ich in meinem kleinen Arbeitszimmer unter dem Dach dem geheimen Artefakt vom Nemi-See hinterherspüre. Mit steifen Fingern und einem dicken Mantel über der Uniform arbeite ich mich durch alte Bücher und Schriften durch. Und draußen auf der Straße herrscht eine eiskalte Spannung zwischen den Römern und unseren deutschen Soldaten. In meiner SS-Uniform vermeide ich Alleingänge und versuche, nicht ohne Begleitung durch kleine Gassen zu laufen. Zum Archäologischen Institut und zurück zur Villa Wolkonsky bringt mich ein Fahrer.

Das Institut selbst ist in einem zweigeschossigen Trakt untergebracht und sieht wie eine Kirche aus. Kein Wunder: Das Gebäude gehört der Deutschen Evangelischen Gemeinde, deren Turm gleich um die Ecke zur Via Toscana hoch aufragt. Gegen Mittag kam sogar die Sonne raus. Und ich machte einen kleinen Abstecher zur Aurelianischen Stadtmauer. Drittes Jahrhundert, nur 50 Meter bis dort. Was für eine Stadt! Wenn nur der Krieg nicht wäre.

***

Montag, 29. November 1943
Rom, Via Sardegna

Heute habe ich in der großen Bibliothek gesessen, da es in meinem Büro unter dem Dach zu kalt ist. Der Saal ist wenigstens halbwegs beheizt, und unter seinem weiß gekalkten Deckengewölbe strahlen die dunklen Holzregale mit zig laufenden Metern an Buchbeständen einen eigentümlichen, geradezu Herz erwärmenden Charakter aus. Ich sitze an einem der Arbeitstische am Fenster, rieche das frisch gebohnerte Parkett und schalte mir bei Anbruch der Dämmerung meine Büroleuchte an. Von den schmalen Seiten der Regaltürme schauen die Büsten archäologischer Gelehrter auf mich nieder. Da fühlt man sich klein und unbedeutend. Was habe ich schon vorzuweisen – der Archäologe, der den Duce rettete? Schöne Karriere!

Aber vielleicht wird's ja noch was. Ich komme mit der Arbeit gut voran, alte Unterlagen und Forschungen in antiken Texten haben mich möglicherweise auf eine Spur gebracht. Aus Frazers Buch »Der Goldene Zweig« hatte ich in Erinnerung, dass bei Ausgrabungen in Nemi Votivgaben gefunden wurden, die auf einen Fruchtbarkeitskult hindeuteten: kleine Tonfiguren, mit denen die Frauen in der Antike um gesunden Nachwuchs baten. Oft wandten sie sich dabei direkt an Vesta, an die römische Göttin des heiligen Herdfeuers und der Familie. Fruchtbarkeit! Der goldene Zweig könnte ein Mistelzweig von der heiligen Eiche im Tempel gewesen sein. Noch heute gilt die Mistel als Symbol für neues Leben, Wiedergeburt und für einen Neubeginn. Für eine neue Zeit.

***

Dienstag, 30. November 1943
Rom am Abend, Villa Wolkonsky

Ich habe heute meine Recherchen in Sachen Nemi und goldener Zweig in der Via Sardegna fortgesetzt. Wirklich erstaunlich, was dabei rausgekommen ist. Die Römer berufen sich bekanntlich auf Aeneas als Stammvater. Der Prinz aus Troja geht an der Westküste Italiens an Land und steigt mit der Seherin Sybille von Cumae in die Unterwelt, wo sein toter Vater Anchises ihm Großes prophezeit – das ist der

Gründungsmythos des Römischen Reiches. Die gefährliche Reise in die Unterwelt konnte Aeneas nur mit einem Zweig aus dem Hain am Nemi-See bestehen, den er vorher holen musste. Der Zweig steht also nicht allein für neues Leben, Wiedergeburt und für einen Neubeginn. Sondern er dient auch als Schutz vor bösen Mächten und Geistern.

Ich bin mir jetzt endgültig sicher. Das Geheimnis, das ich finden soll, ist der goldene Zweig selbst, verpackt in ein Artefakt, in eine Schatulle. Das ist das secretum, von dem auf der Abschrift aus Mussolinis Hut zu lesen ist. Der Zweig ist ein Schutz vor Geistern, vor allem Bösen dieser Welt, vor Krankheiten, vor Anschlägen, vor Mord. Verspricht er ein langes Leben? Vielleicht sogar die Ewigkeit? Wer soll diesen Unsinn eigentlich glauben? Und doch, diesen Rex Nemorensis hat es zu Zeiten Caligulas offenbar gegeben. Aurelius war sein Name. Hugin glaubt ja an sowas. Und ich? Ich weiß jedenfalls, wonach ich suchen muss und weshalb. Himmler hängt an solchem Hokuspokus und will ihn Hitler zum Geburtstag schenken. Der Führer soll unantastbar werden. Mein Gott, warum habe ausgerechnet ich das wieder an der Hacke?

Es ist neun. Gleich treffe ich Hänschen nach seinem Dienstschluss in der Villa Wolkonsky. Wir wollen einen an der Bar heben. Ist doch klar. Das habe ich mir redlich verdient.

***

Mittwoch, 1. Dezember 1943
Rom, mit Kopfweh

Heute Morgen hatte ich einen dicken Kater! Aber der Abend mit Hänschen hat gutgetan. Trotz der vielen Biere. Den Magenbitter habe ich nicht angerührt. Wir haben gequatscht, gelacht, über alte Zeiten, den Krieg – und über die Zukunft. Aber von vorne.

Hänschen war nach dem Bombenangriff im September auf Pratica di Mare schwer verletzt in ein Lazarett bei Rom gekommen. Die Ärzte haben ihn zusammengeflickt und die Krankenschwestern gesund gepflegt. Eine der jungen Damen, eine Italienerin aus Neapel, muss sich besonders um den rustikal-charmanten Jungen aus Köln gekümmert haben. Hänschen machte so seine Andeutungen, grinste übers ganze Gesicht und zeigte mir ein Andenken an seine Eroberung. Von »der Hübschen mit den sanften Händen«, sagte er zärtlich. Da sah ich eine blank polierte Münze an einer Kette um seinen Hals baumeln. »Die hat mir meine Alessia geschenkt, als ich aus dem Lazarett entlassen wurde«, sagte Hänschen stolz, »und sich von mir mit einem dicken Kuss verabschiedet. Besser als jedes Verwundetenabzeichen.« Dann erzählte er von seinem kurzen Heimaturlaub und von der anschließenden Versetzung nach Rom. Ach, Heimaturlaub. Wann darf ich mal wieder nach Hause?
Ich erkannte auf dem Medaillon einen Kopf, sogar einen Doppelkopf. Hänschen sah mein Interesse und hielt mir das gute Stück direkt unter die Nase. »Das ist Janus, ein alter italischer Gott, steht für Anfang und Ende, Licht und Dunkelheit. Ein Doppelkopf.« Das sollte ich als SS-Ober-Archäologe ja wohl wissen, stichelte er. Na, das mit dem Ober-Archäologen zahle ich Hänschen bei Gelegenheit wieder heim. Dann sagte er noch, dass Janus ihn beschützen und Glück bringen soll. Ob er daran glaubt? Jedenfalls will er nach dem Krieg seine Alessia in Neapel besuchen. Als er mir das sagte, bekam er glatt einen roten Kopf. Mann, der hat sich tatsächlich in seine Krankenschwester verknallt. Ich habe ihm dann von der Principessa erzählt und von dem Abend beim Principe mit dem Bombenalarm. Aber von meinem Spezialauftrag am Diana-Tempel habe ich nur das Nötigste wiedergegeben. Hänschen weiß nur, dass ich in der SS bin und am Nemi-See für Hugin und das Deutsche Ahnenerbe forsche, was ihn allerdings beunruhigte. Müller und Schevenen kannte er noch aus Pratica di Mare. Wie sagte Hänschen doch gleich und

rollte mit den Augen? »Pass' bloß auf, der Müller ist ein Denunziant!« Recht hat er. Wir wollen sehen, dass wir uns einmal die Woche treffen.

***

Rom, Montag, 6. Dezember 1943
Nikolaustag in der Villa Wolkonsky

Die Feinde rücken im Süden Italiens immer näher. Das habe ich von deutschen Diplomaten aufgeschnappt, die am Vatikan akkreditiert sind und für die es heute Abend im Casino eine Nikolausfeier gab. Wir haben uns hinterher an der Bar unterhalten und uns einen genehmigt. Demnach hält zwar unsere wichtige Verteidigungsstellung, die Gustav-Linie zwischen Ortona an der Adria, dem Monte Cassino in den Abruzzen und Gaeta am Tyrrhenischen Meer. Aber die Kämpfe sind heftig.

Das passt zu einem Gespräch, das ich tagsüber im Archäologischen Institut aufgeschnappt habe. Zwei Bibliothekare unterhielten sich im Nebenzimmer so laut, dass ich sie hören konnte. Na ja, nur fast. Daher habe ich mein Ohr an die Wand gedrückt. Wenn ich alles richtig verstanden habe, sollen die deutschen Bibliotheksbestände aus Rom weggebracht werden – und zwar bevor die Alliierten die Stadt einnehmen könnten. So weit sind wir also schon. Von wegen Endsieg! Alle Buchbestände der Institute für Kunstwissenschaft und Kulturwissenschaften, des Archäologischen Instituts und des Deutschen Historischen Instituts sollen raus aus Italien. Nach Norden, wenn ich richtig gelauscht habe. Und in zwei Tagen wird das Archäologische Institut geschlossen.

Was bedeutet das für mich? Kann ich weiter forschen? Ich muss mit Hugin sprechen. Aber der, so höre ich, ist bei Venedig unterwegs. Ob er dort nach Thors Hämmerchen sucht?

***

Rom, Montag, 13. Dezember 1943
Archäologisches Institut

Das Institut ist jetzt geschlossen, aber ich darf weiterarbeiten. Und manchmal kommen einem die besten Ideen, wenn man nicht damit rechnet. Heute Morgen zum Beispiel, beim Frühstück im Casino. Ein Tischbein wackelte und drohte zu brechen. Was macht Hänschen? Ruft nach dem Tischler, der wiederum holt Hammer und Nagel, klopft ein paar Mal drauf rum. Dann kam vom Tischler der Satz, der mir den ganzen Vormittag durch den Kopf ging: »Hält ewig!« Irgendetwas dämmerte mir. Ich wollte mich nach dem Frühstück bei Hugin melden, aber der bleibt verschwunden. Auf dem Weg in die Via Sardegna kam mir dann die Erleuchtung: Na klar, ewig. Die Ewigkeit!

Der goldene Zweig aus dem Heiligen Hain im Diana-Tempel verspricht Schutz und Ewigkeit. Und was stand schon bei den alten Latinern und bei Römern symbolisch für die Ewigkeit? Das Herdfeuer der Vesta, dieser altitalischen Göttin, deren ewige Flamme ihre keuschen Dienerinnen in jeder Stadt, jedem Dorf, in jedem Tempel bewahren mussten. Und es war Roms Stammvater Aeneas, der das heilige Herdfeuer aus Troja mitgebracht hat. Und da ich annehme, dass die vermutlich hölzerne Schatulle mit dem Zweig nicht in der Nähe des Feuers aufbewahrt wurde, was zu gefährlich wäre, wird der Rex Nemorensis das gute Stück im Haus der Vestalinnen im Tempelbezirk versteckt haben. Im Haus der Ewigkeit. Aber warum nur wurde es überhaupt versteckt? Das wird wohl ein Rätsel bleiben. Meine Aufgabe ist es, das Artefakt zu finden. Jetzt brauche ich Pläne. Und alle deutschen Abschriften des Ausgrabungsgeländes. Um die Stelle zu finden, an der das Haus der Vestalinnen stand. Oder ihrer Kammer. Dort muss ich suchen. Aber vorher geht's in den Heimaturlaub. Ich freue mich riesig auf meine Eltern, die ich schon so lange nicht mehr gesehen habe. Aber was, wenn ich nach Rom zurückkehre und alle Bestände sind verpackt und abtransportiert?

***

Rom, Mittwoch, 15. Dezember 1943
Nachricht von Francesca

Das Beste: Ich habe heute Post bekommen, von Francesca. Sie schreibt mir, dass die Fabrizi und der Apotheker Mancini seit ein paar Tagen wieder zuhause sind. Und wie sehr sich ihre Eltern und sie selbst darüber freuen. Tommaso, der Sohn des Kaufmanns Fabrizi, sieht mitgenommen aus, schreibt sie. Auch die beiden anderen Männer hätten Schrammen im Gesicht. Und nicht nur dort, wie ihr Vater sagte. Sie dankte mir nochmal für das Gebetbuch und dafür, dass ich sie vor einer heiklen Situation mit Bürgermeister Rossi bewahrt habe. Ich weiß zwar nicht, um was es da geht, aber sie scheint mir erleichtert. Und Eugenia lässt grüßen und mir ausrichten, dass sie nun in der Küche im Palazzo angestellt ist und es ihr gut geht. Sie fragt, ob Gianni bald wiederkommt, also Jan, Jan Schevenen. Ich freue mich über die Neuigkeiten. Und darüber, dass Rossi über den Weggang von Eugenia stinksauer war. Gut so! Ich werde Francesca schnell zurückschreiben. Vielleicht zu Weihnachten.

***

Rom, Mittwoch, 19. Januar 1944
Nach einem langen Tag

Die schlechten Nachrichten reißen im neuen Jahr nicht ab. Und die Erinnerungen an den Heimaturlaub bei den Eltern werden blasser. Die Gustav-Linie im Osten bei Ortona ist durchbrochen. Und nur heftige Schneestürme halten die Alliierten vom weiteren Vormarsch ab. Wichtige Stellungen von uns in den Abruzzen sind gestern schwer bombardiert worden. Am Kloster Montecassino, wie ich erfuhr. Auch im Süden der Gustav-Linie, am Meer, wird der Druck auf unsere Verbände größer. Die Front hält, aber sie bröckelt.

In Rom wird reagiert. Die Buchbestände aus dem Archäologischen Institut sind verpackt, und ich sehe Hunderte von Holzkisten im Hof und auf den Gängen stehen. Die große Bibliothek gleicht dem Depot einer Umzugsfirma. Die Kisten sollen in der kommenden Woche ab dem Bahnhof Tiburtina in den Norden verschickt werden. Und ich bin mit meiner Nemi-Mission nicht fertig, weil die Grabungsunterlagen nicht mehr aufzutreiben sind. Schöner Mist! Es kommt noch schlimmer: Nachdem ich Hugin telefonisch von der Lage in der Via Sardegna berichtet habe, hat er mich übel gelaunt in sein Büro bestellt. Morgen. Um zehn. In die Via Tasso 155.

Ach, Nemi: Auf meine Weihnachtspost an die Prinzessin habe ich keine Antwort erhalten. Bin ich zu ungeduldig? Habe ich meine Gefühle nicht unter Kontrolle? Schon der Abschied von meinen Eltern in Mainz fiel mir schwer und war überschattet von der Ungewissheit, ob wir uns wiedersehen werden. Mutter hat sehr geweint. Das ist schon ein paar Wochen her.

59

Rom, 20. Januar 1944
SS-Zentrale in der Via Tasso

Curth von Alban wusste nicht, was ihn erwartet. Mit einem flauen Gefühl in der Magengrube schleppte er sich widerwillig die Treppe der römischen SS-Zentrale in der Via Tasso hoch. Das Büro von Hugin im dritten Stock lag am Ende eines dunklen Flures. Und er überlegte, wie er Hugin mehr Details aus dessen Teil des geheimnisvollen Schriftstücks entlocken konnte. Curth überlegte. Hugin hatte ihn einmal gefragt, wo ein Priester des Tempels etwas verstecken würde, das die Zeit überdauern soll. Er selbst war mit seiner Vermutung, dass es sich um das Haus der Vestalinnen handeln könnte, einen wichtigen Schritt weiter. Das brauchte Hugin nicht zu wissen. Alles, was Curth wollte, war der Zugriff auf die Unterlagen aus dem Archäologischen Institut. Er klopfte.

»Kommen Sie rein, Alban. Brandy gefällig?« Hugin saß hinter einem riesigen Schreibtisch, auf dem – wie Curth empfand – ein Monstrum aus Mary Shelleys »Frankenstein«-Roman Platz gefunden hätte. Das Knochengestell in schwarzer SS-Uniform und mit überlangen Stiefeln über den Reithosen schnellte hoch wie von einer Stahlfeder abgeschossen, schritt staksig wie ein Rabe zu einer Vitrine und öffnete die Flügeltüren. Er griff sich eine halbvolle Flasche. »Brandy Riserva, aus Venetien. Möchten Sie?«

»Nein, danke. Das ist mir zu früh.« Curth schüttelte sich insgeheim. Warum bot Hugin ihm nicht gleich Morphin an? Er schaute ihm jetzt in seine tiefschwarz unterlegten Augen und hatte nicht vor, lange um den heißen Brei herumzureden. »Was ist das mit dem Abtransport der deutschen Institutsbestände aus Rom? Ich brauche noch Unterlagen.«

»Ruhig Blut, Herr Obersturmführer. Sie sind immer so ungeduldig.« Dabei stelzte Hugin zu der Sitzgruppe mit hellblauen Sesseln, zu Couch und Tisch. Genüsslich griff er zu einem versilberten Zigarettenetui. »Setzen wir uns doch.« Nach ein paar Zügen am Zigarillo schlug er die Beine übereinander. »Der Abtransport? Führerbefehl!«, sagte er knapp. »Unsere wertvollen Bestände müssen gesichert und geschützt werden.« Dann schnippte er einen ersten Ascherest in einen buntschimmernden Becher aus Murano-Glas und zeigte darauf. »Aus Venedig. Hat mir mein Freund Kappler geschenkt, als wir neulich dort waren. Ich hatte was gut bei ihm. Hübsch, oder?«

Kappler! Curth hatte das Gefühl, dass er in einem Nest giftiger Nattern gelandet war. Herbert Kappler, Kommandeur der deutschen Sicherheitspolizei in Rom, war verantwortlich für die Judenrazzia und die Deportation nach Auschwitz. Und somit verantwortlich für den sicheren Tod von über tausend Menschen. Und im Casino der Villa Wolkonsky hatte Curth erfahren, dass Kappler wenige Wochen zuvor versprochen hatte, kein Jude aus Rom werde verschleppt – gegen ein Geschenk von 50 Kilogramm Gold aus den Händen der jüdischen Gemeindevorsteher. Das Gold steckte er ein. Das Versprechen brach er. Curth zog es vor, nicht näher auf den Aschenbecher einzugehen. »Ich bin in der Nemi-Sache weitergekommen. Aber jetzt brauche ich Grabungsbefunde.«

»Das sagten Sie bereits. Wie ist der Stand der Dinge? Kommen Sie mit Museumsdirektor della Rocca klar? Lassen Sie hören.«

»Mit Gigi? Sicher. Ich habe ihn ein wenig beschäftigen können.«

Hugin wechselt die Beinstellung und streckte seine schwarzen Stiefel längs über die Tischkante. »Ich weiß. Müller hat es mir berichtet. Keine schlechte Idee von Ihnen. So, Alban, jetzt mal Klartext. Wie steht es um unsere Sache?«

»Die Ausgrabung? Alles Kraut und Rüben. Hier mal ein Graben, da ein Rundfragment im Boden, Mauerreste. Ich habe bisher nichts finden können.« Curth schwor sich, Unteroffizier Müller für seine Indiskretion abzustrafen.

»Und Ihre Forschung in den Institutsunterlagen? Irgendeine Spur? Mann, reden Sie schon.« Hugin blies wieder seine grau-blauen Tabakwolken zur Decke.

»Ich brauche, und das sagte ich ja bereits, Unterlagen aus dem Archäologischen Institut zur Grabungssituation. Wo wurden welche Mauerreste gefunden und mit welcher Zuordnung und Bedeutung?«

»Da sind Sie zu spät dran. Hunderte von Kisten sollen aus Italien ins Reich geschickt werden, in den Raum Salzburg. Weiß ich von Kappler.«

Curth ließ seinen Ärger durchblicken. »Ich kann ja schlecht warten, bis die Engländer in Rom sind und ich in deren Aufzeichnungen von Lord Savile schnüffeln kann.« Warum musste er ausgerechnet jetzt an Francesca denken? Tatsächlich hätte er beinahe schnüpfeln gesagt. Curth konzentrierte sich wieder auf Hugin. »Die Züge dürfen noch nicht abfahren.«

»Unsinn, Alban. Ich sagte doch Führerbefehl. So kommen wir nicht weiter.« Hugin nahm einen großen Schluck aus dem Brandy-Glas. Wodurch ein wenig Röte in sein Gesicht zurückkam. »Wir suchen nach einer Schatulle mit einer magischen Gemme drin.« Die nächste Tabakwolke stieg zur Decke.

Curth musste fast husten, so dick war inzwischen der Rauch in Hugins Büro. Hatte er richtig gehört? Schatulle, Gemme? Endlich kam das schwarze Knochengestell auf den Punkt. Und nur Curth wusste, was in der Gemme verborgen war. Der Zweig. Das aber behielt er für sich.

»Eine Gemme, Alban, wir suchen eine magische Gemme. In einer Schatulle. Mit einem Zauber drin. Was wissen Sie über Gemmen?«

»Ein geschliffener Schmuck- oder Edelstein, aus Achat. In der Antike hat es Künstler gegeben, die ihre Motive meisterhaft hineingeschnitten haben.« Curth kam sich plötzlich vor wie in einer Prüfung an der Universität, und sein Wissen sprudelte förmlich aus ihm heraus. »Mehrfarbige Quarze. Berühmt ist die Gemma Augustea, aus arabischem Sardonyx, vermutlich zehn nach Christi, für den römischen Kaiser. Können Sie sich in Wien anschauen, in der Antikensammlung des Kunsthistorischen Museums.«

»Mein lieber Obersturmführer, Sie überraschen mich. So ganz spurlos ist das Studium nicht an Ihnen vorbeigegangen«, sagte Hugin.

Curth sprudelte weiter. »Und Gemmen haben oftmals einen religiösen, ja glückbringenden und schadenabwehrenden Charakter. Mitunter mit einem Klappmechanismus, der sich aus Intarsien ergeben kann. Das Innere hat magische Wirkung. Angeblich.« Er dachte still in sich hinein und verriet nicht seine Gedanken. Er hatte das Gefühl, ganz nah an des Rätsels Lösung dran zu sein. Jetzt, dachte er, könnte auch er einen Brandy aus Venetien vertragen. »Hugin, wenn's nichts ausmacht, ein Glas für mich.«

»Aber gerne doch.« Mit seiner schmalen Hand schüttete Hugin ein zweites Glas ein, danach füllte er sein eigenes auf. Er kam in Stimmung. »Wissen Sie, diese Schatulle, wir haben da eine alte Abschrift aus dem Mittelalter, naja, jedenfalls ein Stück davon. Darin heißt es: Die Schatulle mit der Gemme, dem göttlichen Zauber und mit meiner Geschichte werde ich gut im Tempel der Diana verstecken, bis sie jemand findet, der es verdient. Und dann wird eine neue Zeit anbrechen.«

Hugin machte eine Pause und richtete sich kerzengerade in den himmelblauen Polstern auf. »Die neue Zeit! Alban, das sind wir! Unsere völkische Bewegung. Das ist unsere Zeit. Die deutsche Zeit! Wir sind es, die den Zauber verdient haben, wir ordnen die Welt neu.«

Wie entrückt Hugin und das SS-Ahnenerbe tatsächlich waren, bemerkte Curth mit Entsetzen. Wir ordnen die Welt neu. Er erkannte, wie gefährlich es sein konnte, sich mit Irren einzulassen. Er verzichtete auf Gegenworte. »Hugin, wenn Sie das Geschenk für den Führer wollen, dann müssen wir die Züge stoppen.«

»Unsinn. Ich unternehme doch nichts gegen einen Befehl von Hitler.« Das schwarze Gerippe drehte sich zum Vorzimmer um, das durch eine kleine Tür mit seinem Büro verbunden war, und rief durch die nur angelehnte Öffnung. »Müller! Besorgen Sie uns ein Zugabteil. Erster Klasse ab Rom. Ziel Altaussee, Österreich, über Salzburg! Und machen Sie uns Quartier. Verstanden?«

Curth staunte, als ein vertrautes Gesicht aus dem Vorzimmer um die Ecke schaute. Es war Müller. »Geht klar, Herr Standartenführer.« Dann mit einem Blick zum Gast: »Ach, Herr Obersturmführer von Alban. Sie sind's. Ich hatte Sie nicht gleich an der Stimme erkannt.« Dabei zog er seinen Mund schief und hauchte ein langes »Scuuusi«, um sich auf Italienisch zu entschuldigen. Müller schlug die Hacken zusammen, dass es über den Holzfußboden krachte, und ließ seinen rechten Arm zum Hitlergruß hinauszucken. Der

Unteroffizier schaute zu Hugin und bellte förmlich: »Zugabteil erster Klasse. Wie befohlen!«

»Müller, Sie hier?« Curth traute seinen Augen nicht. »Sollten Sie nicht in Pratica di Mare sein? Beim Alten?«

»Der Herr Standartenführer war so frei, mich zum neuen Jahr nach Rom abzuberufen.«

»Sie kommen also mit nach – wie heißt der Ort – Altaussee?« Curth drehte sich wieder zu Hugin.

»Müller? Wer redet von Müller? Natürlich werde ich mitfahren. Das ist Chefsache! Wir beide fahren zusammen, Herr Obersturmführer. Ich und Sie.«

Curth von Alban wurde ein wenig frostig ums Herz. Er nahm einen großen Schluck Brandy aus dem schweren Kristallglas auf dem Tisch. Der Weinbrand rutschte ihm mild und aromatisch durch den Mund, stellte sich aber in der Kehle fast quer, als er an die bevorstehenden Stunden mit Hugin im Zugabteil denken musste. Die Reise – hatte er sich anders vorgestellt.

Hugin drängte. »Nehmen Sie warme Winterbekleidung mit. In den Bergen wird es bitterkalt. Schnee und Eis.« Dann schaute er ernst, und seine Augen verengten sich zu Schlitzen. »Ich hoffe, Sie wissen, wo wir suchen müssen. Es ist Ihre letzte Chance.«

60

Österreich, 21. Januar 1944
Salzkammergut, Altaussee

Rom, Florenz. Bologna, Verona. Sie hatten den Apennin hinter sich gelassen und verließen die italienische Poebene. Die Lok schnaufte seitlich des Monte Baldo am Gardasee vorbei, spuckte weißgraue Wolken in die kalte Winterluft hinaus und bohrte sich über Trient und Bozen immer tiefer in die verschneite Alpenlandschaft hinein. Nicht, dass Curth von Alban keine Winterlandschaften kannte, aber die weißen Schneefelder und ihre meterhohen Verwehungen ließen ihn staunen und lösten fast kindliche Freude in ihm aus. Die Lektüre seiner italienischen Tageszeitungen vom Bahnhof in Rom hatte er längst beendet, während Hugin sich seit Stunden in einem Buch aus der Reihe »Deutsches Ahnenerbe« mit dem Titel »Tod und Unsterblichkeit im Weltbild indogermanischer Denker« vertiefte. Curth war dankbar, dass Hugin abgelenkt war und ihn mit seinen neo-germanischen Erkenntnissen verschonte.

In den Schneefeldern am Brennerpass versteckten sich zwischen Felsen und verschneiten Tannen zahlreiche Flakstellungen der Wehrmacht, was auf die Bedeutung der Verbindungslinie zwischen dem Deutschen Reich und Italien hinwies. Bei Innsbruck wechselte die Fahrtrichtung von Nord auf Ost, und die Lok samt Anhängern stampfte durch ein weißes Tirol, das sich nach und nach von einer sanften Berglandschaft in eine zerklüftete Gebirgsregion wandelte. Sie kamen schließlich ins Salzkammergut und erreichten am Nachmittag des nächsten Tages den Bahnhof Bad Aussee. Ein

Wehrmachtsfahrer brachte Curth und Hugin in ihren Gasthof »Zum Rappen« im höher gelegenen Dorf Altaussee, das in einem Tal zwischen drei Bergen liegt. Von dort hatten sie einen guten Blick auf den über 1700 Meter hohen und tief verschneiten Sandling-Berg mit seinen zahlreichen Stollen und Kammern eines stillgelegten Salzbergwerks. Darin sollte in diesem bitter-kalten Kriegswinter das große Depot für Kulturgüter angelegt werden. Zusammengeraubt aus ganz Europa. Curth und Hugin sprachen darüber kein Wort, obwohl ihnen auf der Fahrt zu ihrem Hotel Kolonnen von Wehrmachtslastwagen auffielen, die dreckigen Ruß auskeuchten.

»Die Kultur Europas zieht hier jetzt ein«, sagte spitz ihr Wehrmachtsfahrer, ein Mann um die Fünfzig, der sich mit einer dicken Winteruniform und Fellkappe gegen die Eiseskälte schützte. Neidisch beäugte er die warmen Wollmäntel und grauen Schals der SS-Offiziere. »Von eurer Sorte gibt's hier grad 'ne Menge. Gestern erst kam ein Schwung aus Berlin. Ich glaube, die sind aus dem Reichssicherheitshauptamt.«

»Mann, reden Sie nicht, fahren Sie uns nur. Einfach nur fahren, ja?!« Hugin war nach der zweitägigen Bahnfahrt etwas gallig und wollte ins Hotel. Curth hingegen hörte aufmerksam zu.

»Na, Sie wollen hier am Ende der Welt ja sicher nicht Schneemänner bauen. Da dachte ich, ich versorge Sie mal mit ein paar Informationen zum Tage. Oder?« Der Mann, ein Stabsfeldwebel aus Hannover, schaute in den Rückspiegel und musterte aufmerksam das Totenkopfemblem auf Hugins Mütze und das Ritterkreuz an Curths Kragenspitze. »Wenn noch mehr Schnee fällt, müssen die Kisten mit Raupen nach oben zu den Stollen transportiert werden. Da kommt sonst keiner mehr durch. Und wir erwarten noch Tausende von Kisten. Viel Arbeit.«

Hugin sprach Curth von Alban von der Seite an, schaute aber weiter geradeaus, als redete er mit einer imaginären Person in der Ferne. »Ich habe uns noch einen Dienstbefehl mit Stempel aus Rom besorgt, der uns hier ein paar Türen öffnen sollte. Von meinem Freund Kappler. Und vom Institut habe ich die Erlaubnis, dass wir in den Beständen forschen dürfen.« Dann fingerte er aus seinem Mantelfutter einen Flachmann aus blankem Edelstahl heraus, der mit dem Emblem des Ahnenerbes geschmückt war – der Irminsäule, einem Heiligtum der heidnischen Sachsen zur Zeit Karls des Großen. Nach einem kräftigen Schluck wirkte Hugin entspannter. Er sprach weiter in die Ferne hinaus. »Offiziell sind wir hier im Auftrag von Himmler und dem Ahnenerbe, um nachzuweisen, dass die griechisch-römische Kultur eine Schöpfung der Germanen ist. Und dass der Diana-Tempel einen keltischen Ursprung hat und wir das beweisen können. Klar soweit?«

Curth nickte. Er roch den Brandy im Wagen. Er wusste, dass es seine Aufgabe war, die Kiste mit den Unterlagen zum Grabungsgebiet am Nemi-See aufzuspüren. Und er vertraute darauf, dass die Beamten in der Verwaltung des Archäologischen Instituts in Rom penibel Buch geführt hatten, wo welche Dokumente eingelagert wurden und wie er sie finden konnte. Jedenfalls war das seine Hoffnung.

»Wir sind gleich beim Gasthof«, sagte der Fahrer. »Links, das ist das Gemeindeamt von dem Kaff hier. Da hängt eine Gedenkplatte. Ne Schande ist das, sag' ich.« Er deutete kurz zur anderen Straßenseite. »1938, große Abstimmung zum Anschluss Österreichs. 1226 Ja-Stimmen. Und? Eine Nein-Stimme! Eine Schande! Da ist dem Kaff glatt die Führer-Eiche verwehrt worden, die jeder Ort bei einer hundertprozentigen Zustimmung als Jungpflanze bekam.«

»Wenigstens ein Aufrechter. Oder eine Aufrechte«, dachte Curth insgeheim. Und ob er das von sich einmal behaupten könnte? Immerhin hatte er drei Italienern in Nemi aus der Inhaftierung geholfen, die bei den Faschisten in Lebensgefahr waren, sagte er sich. Doch das beruhigte ihn nicht. Er war SS-Offizier, kein kleines Rädchen mehr im Getriebe wie Koch Hänschen. Neben sich einen Vertrauten des Schlächters, der für das Folterzentrum in Rom verantwortlich war und Juden nach Auschwitz deportieren ließ. Wie viel Schuld klebte an ihm selbst? Er fühlte sich wie in einem Sog, der ihn immer weiter nach unten zog.

Der Wagen bremste. Der Gasthof »Zum Rappen« lag unmittelbar am Westufer des Altausseer Sees, der mit einer am Rand leicht brüchigen, aber sonst festen Schicht aus Eis und Schnee bedeckt war. Vom Wasser her kroch es kalt in den Talkessel, und Curth war froh, als die Wirtin ihnen die einfachen, aber warmen Gästezimmer zeigte.

Am nächsten Tag hatte sich Curth von Alban bei leichtem Schneetreiben gleich am Morgen in der Wehrmachtskommandantur in Altaussee vorgestellt und sein Anliegen vorgetragen. Wobei er versuchte, möglichst zackig aufzutreten. Der Dienstbefehl mit Stempel aus Rom, den Hugin ihm am Vortag zusammen mit der Institutsbescheinigung überreicht hatte, zeigte bei den diensthabenden Offizieren wenig Wirkung. Sie zuckten mit den Schultern, und einer der Soldaten sprach mit rauer Stimme zu ihm. »Was Sie haben, ist ein Dienstbefehl. Was wir brauchen, ist ein Erlaubnisschein. Nur damit können wir den Zugang zu den Kisten ermöglichen.« Dann rappelte das Telefon im Büro der Kommandantur und Curth stand abgemeldet vor dem Schreibtisch herum. Er war stinksauer. Auf Hugin, der ihm diesen nutzlosen Wisch mitgegeben hatte. »Da reisen wir zwei Tage durchs Winterreich und dann – Abfuhr!«

»Ist noch was?« Wieder die raue Stimme. »Herr Obersturmführer, wir haben noch anderes zu tun.« Das Telefon rappelte weiter. Der Soldat am Schreibtisch griff zum Hörer. »Kommandantur Altaussee, Leutnant Bender. Worum geht's?« Dann notierte der Soldat ein paar Stichwörter auf seiner Schreibtischunterlage. »Jawoll, Wege zu den Stollen verschneit, Raupen anfordern. Wird umgehend erledigt!«

Curth horchte auf. Bender? Leutnant? Hatte der Alte, also Major Bender, nicht mal von einem Sohn namens Kläuschen erzählt, der bei der Wehrmacht in Österreich eingesetzt war? Aber es gab doch Tausende von Bender im Land. Trotzdem, er musste es versuchen. »Herr Leutnant, kennen Sie zufällig Major Bender, Kommandant in Pratica di Mare, Italien? Ich war in seinem Stab.«

»Natürlich, mein Vater.« Der Soldat stoppte abrupt in seiner Betriebsamkeit. Er schaute hoch. »Sie kennen ihn? Geht es ihm gut?«

»Zuletzt hat er mir noch mit seiner Hand kräftig auf die Schulter gehauen.« Curth schmunzelte. »Da wirkte er noch ganz agil. Und schlug die Tür zu, dass es in den Schränken nur so rappelte.«

»Ganz der Vater, wie zuhause.«

Curth zögerte nicht. »Herr Leutnant, können Sie für mich mit dem Feldfernsprecher eine Leitung nach Pratica di Mare bewerkstelligen, Verbindung über Rom?«

»Privatgespräche sind nicht erlaubt!«

»Was heißt hier privat? Der Major ist mein Vorgesetzter. Jedenfalls war er es mal, bevor ich die SS-Uniform angezogen habe.«

Etwas später. »Hallo Major Bender? Vater, Überraschung! Ich bin's, Kläuschen. Aus dem Salzkammergut, mitten in den Bergen, heißt jetzt Reichsgau Oberdonau. Hör mal Vater, hier ist ein Obersturmführer der SS, von Alban oder so, will dich sprechen. Kennst du ihn?«

Curth brauchte nicht lange, um dem Alten die Lage zu erklären. Er erzählte auch von Hänschen Kempener, der in der Küche der Villa Wolkonsky in Rom am Herd stand. Major Bender berichtete aus Italien, dass in den frühen Morgenstunden britische und amerikanische Truppen mit Landungsbooten bei Anzio an den Strand gegangen waren, um einen Brückenkopf zu bilden, und seit dem Morgen unter Beschuss deutscher Streitkräfte lagen. Curth schluckte. Anzio – nur knapp 60 Kilometer bis Rom, keine vierzig bis Nemi. Dann gab er den Hörer zurück an den jungen Leutnant Bender, der im weiteren Gespräch mit seinem Vater aufhorchte, das Ritterkreuz an Curths Kragen anstarrte und ihm anerkennende Blicke zuwarf.

Eine Stunde später hatte Curth von Alban die Erlaubnis. Und einen Rat von Leutnant Klaus Bender obendrauf. Viel SS aus Berlin sei in dem kleinen Dorf, und oben am Steinberghaus, wo die Hauptstollen in den Berg geschlagen sind, gebe es einen übel gelaunten Offizier aus dem Reichssicherheitshauptamt. »Viel Glück, Herr Obersturmführer.«

61

Altaussee

Wo war Hugin? Curth hatte sich schon beim Frühstück am Morgen gewundert, wo das knochige Gestell mit der ständigen Alkoholfahne blieb, und an dessen Zimmertür geklopft. Aber keine Antwort erhalten. Die Wirtin konnte ihm nur berichten, dass sein Mitreisender am Vorabend sehr spät aus dem Dorf gekommen war. Und dass sie Stimmen mehrerer Männer auf der Seewiese hinter dem Gasthof gehört hatte. Undeutlich, wie sie bemüht auf Hochdeutsch ergänzte. Curth gab sich damit zufrieden. Vorerst. Er fühlte sich ohnehin besser, wenn dieser obergermanische Vordenker nicht in seiner Nähe war.

Zurück von Leutnant Bender und der Kommandantur, die nur ein paar Steinwürfe vom Gasthof entfernt lag, hatte er erneut bei der Rappen-Wirtin nach Hugin gefragt. Und wieder keine Antwort erhalten, die ihm weiterhalf. Sie habe inzwischen in dessen Zimmer nachgeschaut, sagte sie mit einem Achselzucken, aber – Fehlanzeige.

»Das Bett war unbenutzt, der Koffer nicht ausgepackt«, sagte die Wirtin. »Und ich kümmere mich nicht um Koffer der SS.«

Curth drängte auf mehr Informationen. »Sie haben von mir nichts zu befürchten. Was waren das in der Nacht für Stimmen von der Seewiese?« Er bedauerte, nichts gehört zu haben, da sein Zimmer zur Straßenseite hinausging.

»Zwei, vielleicht drei Männer. Meine Schlafstube ist seitlich, da konnte ich ja nichts sehen. Und verstanden habe ich auch nichts.«

»Also, mitten in der Nacht?«

»Vielleicht gegen zwei Uhr.«

»Sie haben auf den Wecker geschaut?«

»Sicher, ich bin ja wach geworden.«

»Und dann schauen Sie nicht aus dem Fenster, was da los ist?« Curth drängte weiter.

»Nein, ich will nicht spionieren, wenn die SS ums Haus schleicht.«

»Aber Sie haben die Stimme von Hugin erkannt, sagten Sie mir. Und woher wussten Sie, dass es die SS ist? Gute Frau, reden Sie endlich!«

Keine Reaktion. Curth nahm den Druck aus seinen Fragen und sprach betont sanft weiter. »Wie heißt du?«

»Rosalinde Luppitsch, für meine Gäste gerne Resi.«

»Dann zeig mir dein Zimmer, Resi. Ich will sehen, ob du nicht doch aus dem Bett etwas gesehen haben könntest.«

»Ein SS-Offizier in meiner Schlafstube?« Die Rappen-Wirtin erschrak. »Nein, das nicht. Ich bin eine ehrbare Frau. Also, ich habe einen Streit gehört. Dreckshund – ja, so hat einer der Männer gerufen. Es ging vielleicht ein paar Minuten so.«

»Und? Weiter? Resi, was hast du gesehen?«

»Ich bin ans Fenster, es war stockdunkel, die Butzenscheiben gefroren. Der eine Mann war Ihr Reisebegleiter. Der mit dem komischen Namen.«

»Hugin?«

»Genau der. Er muss betrunken gewesen sein, denn er taumelte. Die anderen Männer, einer verpasste ihm einen Schlag in den Bauch, ein anderer an den Kopf, zogen ihn weiter ans Seeufer.« Rosalinde schaute ängstlich. »Dann konnte ich wirklich nichts mehr sehen. Bin ins Bett zurück. Und habe mir die Decke über den Kopf gezogen.«

Curth hatte genug erfahren und war beunruhigt. Er warf sich seinen schweren Wollmantel über und prüfte instinktiv seine Dienstpistole, eine Walther P38. Geladen und gesichert. Was war los mit Hugin? Er musste zum Seeufer, nach Spuren suchen.

Draußen strahlte die Wintersonne wie ein polierter Bergkristall, und hinter dem Gasthof auf der Seewiese schaute ihn ein großer Schneemann mit Kulleraugen aus dicken Kieselsteinen an. Das Kunstwerk hatte am frühen Morgen eine Schicht Neuschnee obendrauf bekommen, und an seinem grauen Schal um den Hals klebten dicke Flockenbällchen. Aber das war jetzt nicht wichtig. Curth ging zum See hinunter, wo das Weiß auf der Wiese alle Spuren der Nacht beseitigt hatte. Als er sich umdrehte, sah er nur seine eigenen Tritte, die vom Gasthof herunterkamen. Nach dem Schneefall war also niemand auf der Seewiese gewesen. Die Erkenntnis half ihm nicht weiter. Und er beschloss, seinen Auftrag im Steinberghaus fortzusetzen. Curth schaute auf die Uhr. Auf zwei wollte ihm der junge Bender einen Fahrer schicken, der ihn zum Bergwerk hochfahren sollte. Das mit Hugin hatte Zeit.

62

Im Stollen

Der Fahrer der Kommandantur gab auf halber Höhe auf und nahm den Fuß vom Gaspedal. »Nee, das wird mir jetzt zu dicke. Der viele Schnee, die Raupen, die hier hoch- und runterfahren.« Er schaute im Rückspiegel seines vor Kälte knarzenden Kübelwagens zu Curth von Alban und erhoffte eine Bestätigung.

»Das geht nicht, ich muss zum Stollen hoch.« Curth wollte sich so kurz vor dem Ziel nicht mehr aufhalten lassen.

»Nee, nee, dann steck' ich auf der engen Straße im Schnee fest, halte den Verkehr auf und bekomme 'nen Riesenärger.« Der Fahrer zeigte auf eine Wegekreuzung. »Da ist Platz, da kann ich wenden. Und Sie können drinbleiben oder aussteigen. Ganz wie Sie wollen.«

Der Mitfahrer stieg aus. »Wie weit ist das noch zu Fuß?«, fragte Curth gereizt durch die halboffene Tür, während er sich seinen Mantelkragen hochschlug.

»Paar hundert Meter. Immer geradeaus, dem Weg nach, nicht zu verfehlen.« Der Soldat tippte sich zum Abschied an die Mütze. »Ich fahr' dann mal.«

Curth schaute dem im Schnee schlingernden Kübelwagen der Kommandantur hinterher, dann musste er einem leeren Raupenschlepper der Wehrmacht ausweichen, der vom oberhalb liegenden Steinberghaus zum Dorf hinunterrasselte. Bei der nächsten Raupe, die hochfuhr, sprang Curth kurzerhand auf die Ladeklappe, die mit einer Plane zugehängt war. Er fand sich unversehens zwischen vierzig oder fünfzig Gemälden wieder, die eng aneinandergereiht und unter Wehrmachtsdecken ihrem Ziel entgegenschaukelten. Er lupfte an einer Decke und legte den Kopf leicht zur Seite. Zum Vorschein kam eine Flusslandschaft mit Bäumen am Ufer, die sich im Wind eines sonnigen Frühlingstages wogen. Es rumpelte kräftig. Die Raupe krallte sich Meter für Meter weiter in den Schnee und den Berg hoch. Dann war er da. Hier oben, in der Abgeschiedenheit des tief verschneiten Waldes, knapp unter der baumlosen Bergspitze des Sandling, war die Luft klirrend kalt. Curth sprang vom Fahrzeug ab. Britische Kriegsgefangene hoben vor dem Haupthaus des Bergwerkes die Kunstgüter von der Raupe und schafften sie unter den Augen einiger Bewacher direkt in die Stollen hinein. Mehr sah Curth noch nicht. Einer der Aufseher mit einer Grubenlampe in der Hand hatte bei der Aktion offenkundig das Sagen.

»Obersturmführer von Alban«, stellte sich Curth vor, »ich habe hier im Auftrag für das SS-Ahnenerbe etwas zu erledigen.« Er zog die Bescheinigung des Deutschen Archäologischen Instituts aus Rom aus seiner Manteltasche heraus. »Wichtig! Es geht um germanische Kulte im alten Rom.«

Der Zivilist griff sich die Bescheinigung. »Ich bin Bürgermeister Abel, und das hier ist – bei allem Respekt – ja wohl ein Witz.« Er las quer über das Papier. »Was soll das? Wir haben hier zu arbeiten. Wenden Sie sich an den Gauleiter.«

Curth hatte genug von Problemen mit unnützen Bescheinigungen, die ihm Hugin untergeschoben hatte. Er wurde schärfer im Ton. »Jetzt hören Sie mal zu. Das hier geschieht auf Befehl von Reichsführer SS Heinrich Himmler, dem Chef des Ahnenerbes. Sein Wort gilt wohl auch bei Ihnen im Reichsgau Oberdonau. Oder wie das hier heißt.« Er bemerkte, wie der Bürgermeister unsicher wurde und sich das Papier erneut ansah. »Ja, schauen Sie genau hin. Der Reichsführer SS will unserem Führer ein besonderes Geburtstagsgeschenk übergeben. Und jetzt, Herr Abel, will sich also der Bürgermeister von Altaussee unserem Reichsinnenminister in den Weg stellen? Wollen Sie das Hitler eigentlich persönlich erklären? In Berlin?« Curth betonte den Namen Berlin wie das Schreckenswort Kolosseum für Verurteilte im alten Rom.

»Jetzt machen Sie nicht so einen Lärm, Herr Obersturmführer.« Abel zog Curth von Alban am Mantel zur Seite und geriet fast in den am Haus aufgeschütteten Tiefschnee. »Um was geht es doch gleich?«

Zehn Minuten später folgte Curth einer hell erleuchteten Grubenlampe in den Stollen. Die in den Felsen gehauenen Wege waren mit Holzbohlen ausgekleidet und führten viele hundert Meter immer tiefer in den Berg. Sie durchschritten mal hell, mal spärlich ausgeleuchtete Kammern und niedrige Hohlräume, wo Curth Hunderte von Kunstwerken auf langen Regalen sah. Es roch muffig. Dann nach frisch gesägtem Holz. Immer wieder kamen sie an Kriegsgefangenen vorbei, die auf Anweisung von Bergleuten und Soldaten etliche Gemälde, Zeichnungen oder Skulpturen von unschätzbarem Wert deponierten.

»Unsere Stollen sind ideal dafür«, sagte der Bürgermeister beim Durchschreiten einer grottenähnlichen Kammer mit Altar, Bildern und kleineren Heiligenfigürchen. »Acht Grad Celsius, 75 Prozent Luftfeuchtigkeit. Das hier ist übrigens die Barbarakapelle unserer Bergleute.«

Sie kreuzten Schienen, und auf einer Lore entdeckte Curth eine hellbraune Holzkiste mit der Aufschrift »Fragile«, das italienische Wort für zerbrechlich. Quer auf dem Förderwagen sah er ein spärlich in eine Decke eingeschlagenes Barock-Gemälde mit einer im Wald spielenden Gesellschaft.

»Wir sind da. Hier müssten die Bestände aus Rom lagern.« Der Bürgermeister hob die Grubenlampe und leuchtete ins Halbdunkel. »Genaue Aufzeichnungen gibt es nicht, alles muss schnell gehen. Ich lasse Ihnen das gute Stück hier, in den hinteren Kammern werden Sie das Licht brauchen.«

Curth stand vor einem Dschungel mit Kisten. »Was für hintere Kammern?«

»Hundert Meter den Gang entlang, dann links, da steht noch mehr aus Rom. Und gegenüber ist ein schmaler, niedriger Gang, auch noch italienische Bestände. Hier blickt doch bald keiner mehr durch. Es kommt immer mehr. Aus ganz Europa. Viel Spaß.« Dann ließ Abel den Besucher allein.

Es schien hoffnungslos. Wie sollte er hier jemals etwas finden, fragte sich Curth, wenn niemand genaue Aufzeichnungen hatte? Bevor er verzweifelte, fing er einfach an. Er suchte nach Aufdrucken an den Latten, nach Registriernummern, Herkunftsangaben. Nach irgendwas. Er nahm sich ein Stemmeisen, das er in der Barbarakapelle fand. Das Aufbrechen der Holzkisten stoppte er nur, wenn in den Gängen Stimmen näherkamen oder Soldatenstiefel zu hören waren. Er gab nicht auf. Dann – er wusste nicht mehr, wie viel Zeit vergangen war – zog er aus einer der Kisten einen dicken Aktenordner heraus. Und las die deutsche Aufschrift: »Latium und die Albaner Berge«. Curth traute seinen Augen nicht. Das Dossier – er hatte es.

Aufgeregt durchblätterte er die Sammlung. Das Heiligtum von Palestrina, Lagepläne und Erläuterungen auf Deutsch. Die zerstörte Stadt Tusculum in den Bergen oberhalb von Frascati. Pläne von Stadtmauern, Fotos, Zeichnungen. Dann las er die Überschrift »Nemi und das Heiligtum der Diana«. Er riss die Augen auf. Das waren sie, die ins Deutsche übertragenen Pläne von Lord Savile. Oder zumindest Kopien davon. Abschriften. Wissbegierig und unermüdlich las er Seite für Seite. Dann schlug er mit dem letzten Blatt eine Handzeichnung auf: »Key to Ground Plan of the Site oft the Artemisium, Nemi, Italy« stand darüber. Das Artemisium, der Tempel der griechischen Göttin Artemis, Göttin der Jagd, des Waldes und des Mondes, der Hüterin der Frauen und Kinder – die römische Diana.

Seine Augen flogen über die Skizze aus dem 19. Jahrhundert. Curth erkannte die Terrasse mit Mauern des Tempels, Treppenstufen, einen runden Altar oder ein Grabmal für einen Helden. Er entdeckte auf dem Plan eine Badeanlage, Säulengänge und dort – er kniff die Augen zusammen, um schärfer lesen zu können – Räume, Nischen, Arbeitsbereiche, Fundstellen von kleinen und großen Terrakotta-Figuren und Statuetten, Fragmente von Inschriften. Aber so konzentriert er auch suchte, fand er doch keinen Hinweis auf ein Herdfeuer der Göttin Vesta, geschweige auf das gesuchte Haus der Vestalinnen. Ein Tempel ohne Vestalinnen-Haus? Daran glaubte Curth nicht. Er erinnerte sich an einen Besuch in den Kapitolinischen Museen in Rom. Dort hatte er den Beleg für seine Annahme gesehen, dass es einen Vesta-Kultbereich im Diana-Tempel gegebene haben musste. Denn auf einer Votivgabe aus der Kaiserzeit stand eine Widmung – für Diana und Vesta. Gemeinsam. Er müsste eben weitersuchen. Im Ordner oder in der Kiste könnte er hoffentlich etwas finden. Er drehte seine Grubenlampe heller auf und hielt das Licht näher an die Skizze von Lord Savile. Da gab es ein Halbrund unter, nein, hinter dem Säulengang – war das nicht ein Altar? Plötzlich schrie jemand. Curth fuhr herum. Eine kräftige Stimme riss ihn aus seiner Welt der Götter und Tempel.

»Alban! Hab' ich Sie endlich!?« Ein baumlanger SS-Offizier baute sich breitbeinig vor Curth auf, der an der Holzkiste auf den Knien rutschte und die Grubenlampe näher heranzog. »Was machen Sie da eigentlich? Geben Sie das Schriftstück her!«

Curth erkannte im Schein der Stollenbeleuchtung zwei Männer in SS-Uniformen. Der eine groß, der andere eher klein. Er hielt sein Grubenlicht höher. Dann sah er es. Die Narbe! Krambock! Er war hier. Im Stollen.

63

Rom, 1. Juli 2017
Im Osten der Stadt

Rubina hatte sich ihre rotbraunen Haare zu einem Zopf nach hinten gebunden. Sie konzentrierte sich. Ihr Blick – scharf wie ein Falke. Die Beinstellung – leicht gespreizt. Schultern und Hüfte – eine direkte Linie zum Ziel. Wie in Zeitlupe hob sie den Bogen und schob das Visier zwischen Auge und Ziel. Dazwischen – nur die Pfeilspitze. Sie fokussierte sich auf die Zehn, das rote Etwas in einer Scheibe aus gepresstem Stroh. 70 Meter vor ihr auf der Wiese. Langsam spannte sie die Muskeln in Schulter und Rücken und zog mit ruhiger Hand die Sehne immer dichter ans Gesicht heran. Bis sie einen leichten Druck auf Kinn und Nasenspitze spürte. Drei, vier Sekunden verharrte sie in dieser Stellung. Die Welt um sie herum – immer kleiner, unbedeutender, bis sie sich im Nichts auflöste. Doch da tauchten diese Gedanken auf. Rubina löste ihre Finger an der Sehne. Sie hatte sein Gesicht vor Augen. Warum ausgerechnet jetzt? Der Pfeil schoss ab. Ein Surren. Ein dumpfer Einschlag. Kurze Stille.

»Otto! Solo un otto!« Wieder nur die Acht. Rubina hörte die verärgerte Stimme ihres Trainers Roberto über das Vereinsgelände von Arco Sport Roma bellen. Sie setzte ihren Recurvebogen ab und schüttelte den Kopf. Was war nur los? Sie haderte mit ihren Leistungen heute beim Kadertraining der Sportschützen. »So wird das nichts mit den Olympischen Spielen«, grummelte sie in sich hinein. Und für den Palio von Palestrina, für den sie ihr Verwandter Don Emilio als

Gastschützin engagiert hatte, sah sie schwarz. Bei diesen Schießergebnissen! Solo un otto.

Was war heute nur los? Natürlich, dieser Blonde, der Deutsche, beantwortete sich Rubina ihre Frage selbst. »So schöne blaue Augen.« Sie dachte wieder an Leonardo und fühlte seine Arme und Hände auf ihrem Körper. Ihr Principe azzurro nahm mehr Platz in ihren Gefühlen und Gedanken ein, als sie zulassen wollte. Das war die eine Sache. Die andere: Was hatte das mit seinem Vater im Krieg zu bedeuten? Was hatte der damals in Nemi zu suchen? Und Zia Maria – warum fragte Leonardo so gezielt nach der Großtante und zeigte dann kein weiteres Interesse? Hatte sie etwas mit der alten Geschichte zu tun? Aber sie kam doch aus Mailand, nicht aus Nemi. Rubinas Gedanken sprangen hin und her.

»Solo un otto«! Zu viele Achten statt Zehner hatte sie heute geschossen. Das war nicht ihr Anspruch. Rubina wollte sein wie Ana Maria de Jesus Ribeiro da Silva, genannt Anita. Revolutionärin aus Brasilien. Wilde Ehefrau und Geliebte von Guiseppe Garibaldi, dem italienischen Freiheitskämpfer. Die imponierte ihr. Die hatte Schneid. Und wurde als Denkmal auf einem galoppierenden Ross unweit ihres Mannes auf dem Gianicolo verewigt – mit Revolver in der Hand und Kind im Arm. Was für eine Frau, sagte sich Rubina. Ob die auch nur Achten geschossen hat?

Sie schaute auf die Uhr. Das Training war für heute beendet, um fünf traf sie sich mit Leonardo an der Basilica Santi Giovanni e Paolo, auf dem Caelius-Hügel südlich vom Kolosseum. Einer ihrer Lieblingsplätze in Rom. Vom Arco Sport Roma an der Via Rolando Lanari im Osten der Stadt brauchte sie mit ihrem Auto eine halbe Stunde. Rubina griff zum Mobiltelefon. Tippte Leons Nummer ein.

64

Rom Centro, am gleichen Tag

Da dam-da-dam-da-daaa-daaa. Leon zuckte kurz zusammen. Es war eng im Bus, heiß, stickig, und irgendwo in seiner Hosentasche schepperte ausgerechnet jetzt sein Telefon mit der Fanfare von Bayern drei. Er war auf dem Corso in einen der roten Linienbusse eingestiegen, um zu seiner Verabredung mit Rubina zu kommen. Eine dickliche Frau von gut siebzig Jahren hatte sich mit ihren vollgepackten Einkaufstüten neben ihn gesetzt. Und kaum Platz zum Atmen gelassen.

Da dam-da-dam-da-daaa-daaa. Wieder die Fanfare. Die mit Lippenstift und Rouge stark geschminkte Frau schaute ohne Gesichtsregung zu ihm rüber. Leon kramte mit einer Hand tief in seiner Hosentasche. »Verflixt nochmal! Entschuldigung!« Ob sie ihn verstand? Wohl kaum. Er drückte seinen Ellbogen in ihre Seite und war überrascht, wie fest sich das anfühlte. Und flüsterte ein »scusi, scusi«. Dabei nahm er ihren Geruch wahr. Ein billiges Parfüm. Blumig und süß, etwas schmalzig. Erneut tönte die Fanfare.

Da dam-da-dam-da-daaa-daaa.

Leon glaubte, ein leises Gebet der Frau zu hören, die regungslos zum Busfenster hinaus starrte. Oder war es eine Schimpfkanonade? Die Piazza Venezia und das Nationaldenkmal für Vittorio Emanuele II. kamen in Sichtweite, er musste umsteigen. In diesem Moment war Leon am Telefon dran. »Pronto?«

»Ich bin's, Robert. Darmstadt! Und frag' nicht wieder wer!«

»Fox, wie schön. Aber ich höre dich kaum, bin im vollen Bus.« Leon rempelte sich durch den schmalen Gang des Busses zum Ausstieg. Die Flügeltüren quietschten beim Öffnen. »Scusi, posso?« Entschuldigung, darf ich? Zu seiner Überraschung machten ihm die Mitfahrenden tatsächlich Platz zum Aussteigen.

»Leon? Hallo? Du bist so schlecht zu verstehen. Wo bist du in Rom? Posso? In der Post?«

»Ich sagte, ich bin im Bus.« Leon stolperte den Tritt hinunter. Die Hitze des frühen Nachmittags schlug ihm entgegen. Er liebte diese Hitze.

»Ich sollte mich doch über den Diana-Tempel in Nemi informieren.«

»Super, Fox. Hast du was?« Leon stand jetzt auf der spärlich von Bäumen beschatteten Piazza d'Aracoeli vis-a-vis des weißen Monuments und unterhalb des Kapitols. Bis zum Anschlussbus auf den Caelius-Hügel hatte er noch Zeit. Um ihn herum wimmelte es von Menschen.

»Das ist ein fortlaufendes Projekt der Archäologie, sogar deutsche Universitäten sind in Nemi fast jedes Jahr mit Projektgruppen dabei.«

»Robert, nicht bei Adam und Eva anfangen. Auch nicht mit der Kuh Elsa.«

»Das heißt nicht Adam und Eva, sondern mythologisch gesehen Diana und Egeria, die Nymphe einer heiligen Quelle. Und eigentlich gehört noch ein dritter dazu, ein gewisser Virbius. Der ist so 'ne Art Nebengottheit. Der war ein schlimmer Finger und ist im Heiligen Hain am Nemi-See untergetaucht. Das nur nebenbei. Und was hat das alles mit einer Kuh zu tun?«

»Lieber Robert, ich stehe hier mitten auf einem der verkehrsreichsten Plätze in Europa. Es ist laut. Und voll. Und du erzählst mir was von Nymphen und schlimmen Fingern.« Leon veränderte seine Tonlage ins Ungeduldige. Mit einem Blick über die Schulter bemerkte er, dass die dickliche Frau aus dem Bus neben ihm stand. Kurz schaute er hinüber und blickte in ihr Gesicht. Sie wirkte verlebt.

»Nur ein bisschen Geduld, Leon, bitte. Schließlich habe ich mich mit nichts anderem als deinem Tempel beschäftigt. Übrigens, ich glaube, auch Sara würde sich ein wenig mehr Aufmerksamkeit wünschen. Wenn ich mir den Hinweis erlauben darf.«

»Gut, geht klar. Ich rufe sie an. Aber jetzt, bitte Robert, bist du dran.« Leon spürte sein schlechtes Gewissen gegenüber Sara. Er hatte sie zuletzt weder angerufen noch wegen Rubina sich größere Gedanken gemacht. Er würde sich später darum kümmern, sagte er sich im Stillen. Und nahm es sich fest vor. Sein schlechtes Gewissen schob er beiseite. Dann hörte er wieder die Stimme seines Mitarbeiters in Darmstadt.

»Wir müssen auch über das Thema Jungfräulichkeit reden.«

»Wie? Ich verstehe nicht. Was hat das jetzt mit Sara zu tun?« Der Nachmittag wurde heißer, und Leons Gedanken arbeiteten im Siesta-Modus, somit schleppend. Die Busse, die im Minutentakt an der Piazza d'Aracoeli hielten, stießen schwitzende Touristen und lautstarke Römer aus. Leon zog es vor, ein paar Meter weiter hinten auf einer Bank zu warten, bis Robert seine Geschichte erzählt hatte.

»Mit Sara? Gar nichts! Aber mit Diana, Egeria, Virbius, der heiligen Quelle, dem Hain mit dem goldenen Zweig, dem Sklavenkönig, dem ewigen Feuer unserer Herdgöttin Vesta. Ich könnte stundenlang referieren. Aber eins ist wichtig.«

Leon wusste, dass Robert Fuchs etwas länger brauchen würde, und konzentrierte sich. Er bemerkte nicht einmal, dass die dickliche Frau sich neben ihn auf die

Bank gedrängelt und ihre Einkaufstüten zwischen ihre Beine gestellt hatte. Er wurde sie nicht los.

»Aus der Quelle unserer Nymphe Egeria mussten die Dienerinnen der Vesta das heilige Wasser holen, um damit den Tempel mit dem ewigen Feuer zu reinigen. Auch in Nemi. Jungfräulichkeit und Gehorsam waren ihre Pflichten, 30 Jahre lang, sonst gab's die Peitsche. Bestenfalls.« Robert Fuchs machte wieder eine seiner kleinen Pausen. »Leon, bist du überhaupt noch dran?« Er wartete keine Antwort ab. »Erinnerst du dich an unseren braven Novizen Berengar von Subiacu aus dem Kloster in den Albaner Bergen? Der hatte im Spätmittelalter eine alte Schrift vor dem Feuer bewahrt und eine Abschrift angefertigt. Darauf ist von einem Zauber die Rede. Und von Ewigkeit! Leon, du willst etwas suchen? Dann suche nach der Ewigkeit, such nach den Dienerinnen der Vesta, suche nach dem heiligen Feuer und der heiligen Quelle.«

Den Bericht von Fox hatte Leon kurz auf sich wirken lassen. Dann fasste er sich. »Nicht schlecht, mein Lieber. Und ich sehe diesen Platz sogar vor Augen. Ruinen eines Nymphäums, auf einem heute abschüssigen Hang über dem Tempel. Unterhalb dieser Quelle befinden sich im Tempel verschüttete Kammern und ein kleiner Altar.« Er rückte weg ans Ende der Bank, blickte kurz und vorwurfsvoll der dicht an ihm klebenden Frau in die Augen und drehte sich zur anderen Seite. »Robert, mein Bus kommt. Ich will zur Basilika von Johannes und Paul und melde mich später. Und bei Sara rufe ich an, versprochen. Grüß' sie von mir.« Er legte auf und stieg in einen erneut vollen Bus, der ihn in Richtung Caelius bringen würde. Die Luft darin war zum Schneiden. Drei Reihen vor ihm – da war sie wieder. Die Frau mit den Einkaufstüten. Sie hatte ein Telefon am Ohr. Wenigstens ließ sie ihn in Ruhe.

Der Bus rumpelte über die breite Via dei Fori Imperiali an den antiken Märkten und am Kolosseum vorbei, das er halb umrundete und wo Menschentrauben mit Kappen, Sonnenhüten, bunten Shirts und die Fähnchen der Reiseleiter einen quirligen Teppich formten. Leon stieg hinter dem Kolosseum aus, warf einen Blick auf die telefonierende Frau im Bus, der er sich endlich entledigt sah, und verschwand in der ruhigen Via Claudia. Dort, einen guten Steinwurf vom Kolosseum entfernt, legten sich Verkehr und Trubel. Es wurde leiser, geradezu still, fast andächtig. Durch einen antiken Torbogen aus Travertin hindurch bog er in die enge und mittelalterliche Via di San Paolo della Croce ab. Eingerahmt zwischen grün berankten Steinmauern schlenderte Leon in Richtung Basilika. Er war in sich gekehrt und dachte nach.

Am Vormittag hatte er sich auf der Dachterrasse seines Hotels das Tagebuch vorgenommen und die Einträge aus dem Kriegswinter 1943/44 bis zum Abtransport der deutschen Institutsbestände aus Rom und dem Gespräch bei Hugin im Januar 1944 nachgelesen. Seine Gedanken wanderten weit in der Zeit zurück. »Wer ist eigentlich diese Francesca? Die Prinzessin aus dem Palazzo Capriri, die im Tagebuch auftaucht?« Und offenbar seinem Vater gefiel. Bahnte sich da was an? Er fragte sich, ob Zia Maria das Mädchen noch kannte. Oder der Fürst selbst? Er würde beide demnächst einfach fragen.

Da-dam-da-dam-da-daaa-daaa. Erneut trötete sein Mobiltelefon. Leon drückte auf den Knopf. »Pronto?«

»Dr. Urs Keller, Spital Luzern. Sind sie es, Herr von Alban?«

»Ja, natürlich, buon giorno Herr Doktor, haben Sie gute Nachrichten für mich? Von meiner Schwester?«

»Das will ich meinen. Jedenfalls in Anbetracht der Umstände.« Chefarzt Keller kam direkt zur Sache. »Sie ist zwar noch im Koma, aber ihr Gesundheitszustand stabilisiert sich zunehmend. Und sie reagiert im Unterbewusstsein auf äußerliche Reize. Ihre Augen sind in Bewegung. Das sind Fortschritte. Kleine, sicher, aber Fortschritte.«

Leon hatte Keller gut in Erinnerung. Kantig, buschige Augenbrauen, langer weißer Kittel. »Wie ist Ihre Prognose?«

»So ein Koma – na, da können wir nicht in die Glaskugel schauen. Aber wir erwarten keine größeren Komplikationen mehr. Sicher ist, dass sie keine sehr schweren Kopfverletzungen hat. Und das ist doch eine gute Nachricht, oder? Wir müssen warten, bis sie aufwacht.«

Über seine schwerverletzte Schwester hätte Leon gerne bessere Nachrichten gehört. Doch nach dem Sturz von der Felskante waren keine Wunder zu erwarten. Er sah Alexandra wieder vor sich auf der Intensivstation liegen. Dick verbundener Kopf, Schrammen und Wunden im Gesicht und dazu die vielen Überwachungsmonitore rund um das Krankenbett. Alles hatte sehr beunruhigend auf ihn gewirkt. »Herr Doktor, vielen Dank für den Anruf.«

»Ich habe noch was«, sagte der Chefarzt. »Rufen Sie Kommissarin Eggberge an, in Uri. Ich darf Ihnen ja nichts sagen, aber da gibt's was Neues, zur Toten aus Italien. Ade mitenand. Ich lüte si aa.«

Leon stand auf dem Vorplatz der frühchristlichen Basilika Johannes und Paul, die ihm aus Studien über romanische Architektur vertraut war. Und erinnerte sich: 5. Jahrhundert, Name zu Ehren zweier christlicher Märtyrer, darunter eine noch ältere antike Wohnanlage. Acht schlanke Säulen aus Granit und Marmor stützten die offene Vorhalle der Basilika gen Osten.

Abseits davon, in der gegenüberliegenden Ecke des Vorplatzes, reckte sich der 45 Meter hohe Campanile gen Himmel. In der Nachmittagssonne leuchteten die meterhohen weißen Grundmauern des Glockenturms, die einst einem großen Tempel für Kaiser Claudius dienen sollten.

Bis zum Treffen mit Rubina hatte Leon noch Zeit. Seine archäologische Neugier führte ihn unter Arkaden längs der Basilika weiter zum Eingang der »Case Romane del Celio« – einem antiken Wohnhauskomplex unter der Kirche. In diesem Stadtpalast, so wusste er, waren bei Ausgrabungen 20 Räume auf mehreren unterirdischen Etagen, eine frühchristliche Gebetsstätte, ein Nymphäum und 13 gut erhaltene Fresken entdeckt worden. Das war sein Ziel. Eine gelangweilte Ticketverkäuferin riss ihm am Museumseingang das Billett ein und lotste ihn durch einen ersten Raum tiefer ins Labyrinth. Seine Augen gewöhnten sich schnell an das abgedunkelte Licht, und schon im nächsten Raum, dem Sala dei Geni, konnte er Dekorationen bewundern mit Vögeln, Girlanden aus Blumen und Früchten, gestützt von jungen geflügelten Menschen. Amoretten als Erntehelfer bevölkerten das antike Fresko bis zur Decke. Leon tauchte ein in eine alte, längst versunkene Welt.

Er bemerkte nicht einmal zwei dunkel gekleidete Männer, die ihm in das Labyrinth mit seinen eng verwinkelten Treppen, Räumen und Nischen gefolgt waren. Leon war ahnungslos.

65

Palestrina, zur selben Zeit

Signora? Wir sind's. Wir haben ihn, sind jetzt dran. Er ist in die römischen Häuser rein. Sag' Donna Carlotta, dass alles nach Plan läuft. Wir sehen uns wie besprochen.« Dann beendete Armando vom Esposito-Clan sein Gespräch am Mobiltelefon.

Am anderen Ende der Leitung wählte die Signora eine neue Rufnummer. »Tesoro mio, läuft perfekt, Schätzchen. Du hast alles gut vorbereitet. Ich konnte dem Tedesco ab seinem Hotel leicht folgen. Blond, halblange Haare, schlank und sportlich. Nicht schlecht. Hast du's mal bei ihm versucht?« Sie wartete die Antwort nicht ab. »Egal, er hat keinen Verdacht geschöpft, als ich im Bus neben ihm saß.« Sie fingerte aus einer ihrer Einkaufstüten eine kleine Handtasche hervor, zog goldglänzende Kreolen heraus und schob sich den Schmuck geübt durch beide Ohrläppchen. »Habe direkt Armando und Benedetto angerufen, als ich wusste, wohin er will. Sprach in einem Telefonat von der Basilica Giovanni e Paolo.« Jetzt zog sich die Signora mit einer Hand den Lippenstift nach. »Am Caelius-Hügel ist er dann ausgestiegen. Und mit dem Van waren deine Jungs schnell da. Sie sind jetzt an ihm dran, sagt Armando.«

Carlotta war zufrieden. Sie legte auf. Von ihrer breiten Couch aus schaute sie auf die Voliere mit dem Ara, den sie aus ihrem Apartment in Rom zu ihrem Vater nach Palestrina in den Bergen mitgenommen hatte. Und während sie Pippo beobachtete, wie er im Käfig fröhlich herumturnte, musste sie schmunzeln. Denn Pippo durfte bei ihr in ihrem früheren Mädchenzimmer bleiben, Pietro dagegen – unter den strengen Augen des eifersüchtigen Vaters – musste zusammen mit den anderen Tedesci im Anbau übernachten. Jetzt war es schon Nachmittag. Und sie hatte noch nichts von Pietro gehört. Ungewöhnlich. Er hing doch sonst wie eine Klette an ihr. Es klopfte.

»Entri, per favore.« An Carlottas ehemaligem Mädchenzimmer hatte schon lange keiner mehr angeklopft. Sie schaute neugierig zur Tür.

Pietro kam herein und schimpfte gleich los. »Ich werde behandelt wie ein Aussätziger. Das ist nicht zu ertragen.« Er war stinksauer. Die Nächte ohne Carlotta – langweilig! Das Bett ohne Carlotta – sinnentleert! Er hatte den Umzug aus Rom in »das Kaff hier« nur schwer verdaut und fühlte sich unter den strengen Augen von La Gazza und seines eigenen Chefs Armin Hainburg sehr beaufsichtigt. Und andererseits nicht wirklich gebraucht. Der alte Hainburg und sein Sohn Lasse waren mit Alessandro d'Ariccia und dem dicken Winzer Toni Farrenberg seit dem Vormittag in Latium unterwegs, um neue Geschäfte einzufädeln. Und Don Arminio, wie Pietro seinen Chef neuerdings nannte, hatte ihm nur einen Auftrag gegeben. Eigentlich zwei. Der Erste: »Bleib' an Carlotta dran. Ich traue ihr nicht.« Wie eng, das könne er ja selbst entscheiden, hatte Don Arminio gesagt. Das klang gut für Pietro. Der zweite Auftrag war schwieriger: Nicht auffallen! Dabei wollte er doch endlich etwas erleben, im Land seiner Vorväter. In Rom zum Beispiel. Und nicht in diesem – »Kaff«.

Natürlich hatte Pietro von der Befreiung Frodes aus der Untersuchungshaft erfahren. Aber das war ihm egal. Er wollte von Frode und der gemeinsamen schiefen Vergangenheit, wie er es nannte, ohnehin nichts mehr wissen. Er hatte es seiner toten Mutter versprochen. Frode war irgendwo in den Bergen oder in einem der römischen Vororte versteckt, wusste Pietro. Mehr nicht. Und das – fand er gut.

»Der Vogel hat mehr Rechte als ich«, schimpfte Pietro in Richtung Carlotta und warf einen giftigen Blick auf Pippo. Dabei wollte er sich mit dem Vogel doch gut stellen. »Der darf bei dir übernachten. Ich nicht.«

»Bei uns heißt es buon giorno zur Begrüßung, jedenfalls bis vier oder fünf. Dann buona sera Und bei euch? Seit wann klopfst du übrigens an?« Carlotta hatte gute Laune. Endlich lief es nach Plan. Auch sie hatte Pietro ein wenig vermisst. Jedenfalls nachts. Besser als Alfredo im Bett war der Kölner auf jeden Fall. Aber das brauchte er nicht zu wissen. Wenn nur Pippo nicht ständig den Namen Alfredo krächzen würde. Wie sollte sie dem Vogel das abgewöhnen? Und wie sollte sie alles Pietro erklären, dass sie diesem Alfredo beim Sex nur etwas vorgespielt hatte? Aus Berechnung. Sie entspannte sich und säuselte. »Pietro, Schätzelein, was hast du heute noch vor? Ich hätte eine gute Stunde Zeit. Du weißt schon wozu ...«

»Amore, amore, immer nur amore.« Pietro war ungehalten. »Sag' mir erstmal, warum dieser Scheißvogel, ich meine natürlich der liebe Pippo immer nach einem Alfredo krächzt.« Der Kölner stand aufgebürstet vor der Voliere. Er wollte es wissen. Jetzt. Pippo tänzelte nicht mehr auf der Stange herum, sondern putzte seelenruhig sein blau-gelbes Gefieder. Pietro hatte den Verdacht, der Ara würde ihn aus seinen zitronengelben Augen mit dem Zebramuster drumherum kritisch begutachten.

»Reg' dich nicht so auf, mein Held.« Carlottas Stimme schnurrte wie ein Kätzchen. »Alfredo? Ein Ex von mir. Von den Carabinieri. In Rom.«

»Von den Carabinieri?! Du? Das glaub' ich ja wohl nicht. Beim Kölner Dreigestirn! Das musst du mir erklären.«

Carlotta passten die Fragen von Pietro nicht. Ihre Laune sackte in den Keller und ihre Stimme schnappte zu wie eine Mausefalle. »Jetzt hör mal, du dummer Tedesco! Ich muss hier gar nichts. Und wenn ich nachts deinen Namen so laut stöhnen soll, damit Pippo ihn sich einprägt, dann musst du mich eben besser vögeln. Capito?«

Pietro war außer sich. Er riss sich Hose und Hemd herunter. »Das werden wir ja sehen.« Carlottas Gegenwehr war zaghaft. Er blickte auf ihren Mund und hörte deutlich ein »oh, Pietro«. Ihr schwarzes Haar glänzte im Licht des Nachmittags. Dann klopfte es wieder.

»Maledetto!« Verdammt! Pietro fuhr herum und schnaubte in Richtung Tür. »Was ist denn?«

Carlotta schreckte ebenfalls auf. Das war schon das zweite Mal an diesem Tag, dass jemand klopfte. Völlig ungewöhnlich. »Non adesso«, rief sie durchs Zimmer. Nicht jetzt.

Zu spät. Die Tür sprang auf. In derselben Sekunde stand ihr Vater mitten im Raum. Sie starrte ihn an. Er wirkte gestört. Sein rechter Arm pendelte am rechten Bein nervös hin und her. Und sie sah eine Spitzhacke in seiner Hand. La Gazza – er war wieder da. Carlotta ahnte, dass höchste Gefahr war.

66

Rom, Centro

Armando und Benedetto hatten ihr Opfer in der Ausgrabungsstätte unbemerkt eingekreist, hielten aber Abstand. Es war ruhig. Niemand zu sehen oder zu hören. Kein Besucher würde sie stören.

Von alldem ahnte Leon nichts. Er bewunderte im antiken Sala dell'Orante, dem Raum der Betenden, eine Dekoration aus dem frühen 4. Jahrhundert in Senf-, Rot- und Ockertönen und mit einem dunkelgrünen Fries aus Akanthus-Blättern. Er sah männliche Figuren mit Schriftrollen und vor allem das vollständig erhaltene Fresko einer Frau in Gebetshaltung. Ihre Tunika war mit einer lila Schärpe geschmückt, eine Kopfbedeckung verdeckte spärlich ihre braunen Locken. Leon entdeckte Olivenzweige auf dem Fresko und erkannte Theatermasken, einen Weinstock und fantastische Seemonster, die in der Luft zu schweben schienen. »Unglaublich schön«, murmelte er.

In diesem Moment stülpte sich ein Sack über seinen Kopf. Es roch muffig, nach Leinen, dann wurde es dunkel, schwarz. Noch bevor Leon die Hände hochreißen konnte, umklammerten zwei Arme seinen Oberkörper. Wie ein Schraubstock. Ein Strick oder Ähnliches zog sich um seinen Hals. Unter dem Leinenstoff spürte er den rabiaten Druck eines Tuchs auf seinen Mund. Es roch nach – Chloroform? Er hatte Nebel im Kopf. Die Knie wurden weich. Noch hielt er sich auf den Beinen.

Da-dam-da-dam-da-daaa-daaa. Sein Handy.

Mit letzter Anstrengung riss er den Oberkörper herum, um sich aus der Umklammerung zu befreien.

Zwecklos. Er wurde schwächer. Wie aus weiter Ferne hörte er das verzerrte Dröhnen einer Fanfare.

Da dam ... daaaaa ...

Seine Sinne versanken tief im Nebel. Er sackte zusammen. Und nur im letzten Moment spürte er, wie ihn zwei Arme auffingen. Dann vergaß er – alles.

Da dam ... daaa ... daaaaaaa ...

***

Rubina gab auf. »Erst immer besetzt, jetzt geht er nicht ran.« Sie wartete, bis der Anrufbeantworter von Leons Mobiltelefon ansprang. »Mein Principe azzurro? Wo bist du? Melde dich doch mal, ich komme vermutlich etwas später.« Sie stand mit ihrem Auto im Stau an der Porta Maggiore, vor der Aurelianischen Mauer. Und hatte die lange Via Statilia noch vor sich. Entlang des antiken Aquädukts von Kaiser Claudius quälte sich ihr Wagen durch die verstopfte Straße in Richtung Centro. Sie würde sonst nie jemanden anrufen, wenn sie sich zu einem Treffen verspätete, sprach Rubina mit sich selbst. Und das passierte häufig. Warum also griff sie bei Leonardo zum Telefonino?

Sie hatte inzwischen den Park der Villa Wolkonsky mit der britischen Botschaft erreicht, durch den sich die steinernen Reste der Aqua Claudia hindurchschlängelten, und fuhr im Schatten großer Bäume in Richtung Lateran. Ihre rechte Hand löste sich vom Lenkrad bei der Vorbeifahrt an der Basilika und der Papstkapelle Sancta Sanctorum mit der Heiligen Treppe aus Jerusalem. Und ihre Finger berührten in rascher Abfolge Stirn, Brust und Schultern. Denn trotz ihrer wilden Seite wie bei Anita Garibaldi – Rubina blieb eine gute Katholikin. Wie Anita.

Vor dem Militärkrankenhaus auf dem Caelius-Hügel parkte sie ihren Wagen, stieg aus, wartete an der Via della Navicella die Vorbeifahrt eines dunklen Vans ab und eilte durch das antike Stadttor zur Basilika Johannes und Paul. Sie schaute zur Uhr. Zwanzig nach fünf. Noch gut in der Zeit. Und Leonardo? Der Platz vor der Basilika war menschenleer. Fast jedenfalls. Rubina entdeckte einen ältlichen Küster, der zwischen den Granitpfeilern der Vorhalle auftauchte und gebeugt über den Platz in Richtung Campanile schlich. Doch er schüttelte bei ihrer Frage den Kopf. »Nein, signora, die Kirche ist leer.« Ob er einen großen Blonden gesehen hatte? Nein, der wäre ihm aufgefallen, murmelte der Küster.

Rubina schaute sich um. Sie hatte sich bisher nicht allzu oft mit Leonardo getroffen, eigentlich war dies das erste Mal. Aber er – unpünktlich? Als Tedesco? Sehr unwahrscheinlich, überlegte sie und ging an der Basilika das Pflaster der antiken Clivo di Scauro entlang. Am Eingang zum Museum Case Romane sah sie eine junge Museumsangestellte auf der Gasse, die gelangweilt an einer Zigarette nuckelte. Ob sie etwas gesehen hatte?

»Groß und blond? Si, Signora. Er schien mir krank. Malato.«

Rubina geriet bei der Schilderung der Museumsmitarbeiterin in Alarmstimmung. Leonardo – krank? Der Kopf hing der Beschreibung nach zur Seite. Zwei Männer hätten ihn stützen müssen und rausgetragen, vor zehn Minuten. Sie griff zum Mobiltelefon und wählte Raffaeles Nummer. »Du musst was unternehmen!«

***

Leon blinzelte mit den Augen, er wachte auf. Er wusste nicht, was passiert war. Er wusste auch nicht, wo er sich befand. Und wie lange er bewusstlos war. Die Zeit? Selbst die vermochte er nicht einzuschätzen. Es konnten fünf Minuten gewesen sein. Oder zehn Stunden. Langsam kamen seine Sinne zurück, erst verschwommen, dann klarer. Er erkannte die Umrisse eines Raums, der auf der Seite lag. Nein, er war es, der schräg lag. Auf einem alten Bett, unter einem Fenster. Ein Kellerfenster. Vergittert. Ein Lichtschacht. Ohne Licht. Dahinter – Dunkelheit. War es Nacht?

Ein flacher Couchtisch, zwei Stühle, mehr gab der Raum nicht her. Von der Decke des hohen Gewölbekellers baumelte eine weiße Kugellampe, die blasses Licht in seine Augen streute. Er wollte seine Hände vors Gesicht halten. Doch enge Fesseln um die Gelenke hinter seinem Rücken stoppten das Vorhaben gleich im Ansatz. Er versuchte, sich zu erinnern. »Was zum Teufel ist passiert?«

Hinter der Tür an einer schmalen Wandseite hörte Leon Stimmen. Männerstimmen. Nichts Genaues, nichts Eindeutiges. Auf jeden Fall Italienisch. Seine Erinnerung kam zurück. Er sah sich vor dem Fresko mit der Betenden stehen. Dann der Sack. Das Tuch mit der Betäubung. Die Dunkelheit. Kopfschmerz pochte an seinen Schläfen. Er hatte Durst. Und rief: »Acqua! Voglio dell'acqua!«

Es dauerte fünf Minuten, dann klackte ein Schlüssel im Schloss der Tür und der Eisengriff zu seinem Gefängnis wurde heruntergedrückt. Schritte, jemand kam herein. Wortlos. Leon wollte sich alles merken, was er sah. Bluejeans, grauer verschlissener Kittel, schwarze Arbeitsschuhe. Vielleicht eins siebzig groß. Maske vor dem Gesicht. Ein Weihnachtsmann, mit Bart und Perücke. Wie originell, dachte er zynisch, mitten im Sommer. Dann bekam er eine Wasserflasche mit Strohhalm an den Mund gehalten. »Avanti, bevi«, sagte der Weihnachtsmann mit tiefer Stimme. Leon verstand. Los, trinken. Der Unbekannte zerrte ihn zum Couchtisch, schob ihn auf den Stuhl. »Aspetta«, hörte er den Weihnachtsmann knurren. Warten. Kurz darauf kam ein zweiter Mann mit einer Teufelsmaske herein und setzte sich auf die andere Tischseite. Auch er sprach italienisch. »Signore Albano, abbiamo alcune domande per Lei.« Wir haben ein paar Fragen an Sie.

Der Atem seines Gegenübers roch nach Espresso. »Non capisco! Ich verstehe nichts.« Leon verstand sehr gut. Aber das mussten seine Entführer nicht wissen.

»Stellen Sie sich nicht an. Wir wissen, dass Sie Italienisch sprechen. Also, nochmal. Wir haben da ein paar Fragen.«

Leon hatte eine kleine Pause zum Nachdenken. Was wollten die Entführer vom ihm wissen? Und wie weit würden sie gehen? Bis zum Mord? Wie bei seiner Schwester, die dem Tod nur durch Glück entronnen war? Er würde es bald wissen, sagte er sich und versuchte erneut, sich Details seines Gegenübers einzuprägen. Unter der roten Maske mit goldenen Hörnern vermutete Leon einen Mann Mitte vierzig. Schwarzhaarig, tiefe Stimme, Espressotrinker. Eine Beschreibung, die auf etwa fünfundneunzig Prozent der italienischen Männer zutrifft, sagte sich Leon. Der Teufel trug ebenfalls Bluejeans und einen grauen Kittel. Wenig ergiebig.

Die Teufelsmaske stemmte die Unterarme auf die Tischplatte. »Also, wo ist das Artefakt?«

»Was für ein Artefakt?« Leon schossen in diesem Moment viele Gedanken durch den Kopf, zu viele. Das erste Mal hatte Armin Hainburg ihn im Clubzimmer des Niersteiner Winzers Toni Farrenberg danach gefragt. Das war vor etwa drei Wochen, am Tag nach der Beerdigung des Vaters. Seitdem war seine Welt nicht mehr dieselbe. Er musste vorsichtig sein.

»Das Artefakt vom Nemi-See. Ich höre.«

»Non capisco!« Leon blieb stur. Der Weihnachtsmann griff ihm in diesem Moment von hinten rabiat in die Haare und fixierte seinen Kopf. Dann sah er noch die Hand, die sein Gegenüber mit Urgewalt in sein Gesicht rammte. Der Schmerz verteilte sich über die Zähne auf Unter- und Oberkiefer, sein Schädel krachte wie in einem Steinbruch. Er hörte das Lachen des Weihnachtsmannes. Und die Stimme des Teufels.

»Wir haben Möglichkeiten, dich zum Reden zu bringen. Capice?«

Leon ließ sich nichts anmerken. Er verzog nicht eine Miene, den Schmerz ignorierte er. Und außerdem – woher sollte er wissen, was das für ein Artefakt ist, das sein Vater möglicherweise gefunden hatte oder auch nicht und wo es sich befinden könnte? Wieder krachte ein Schlag in sein Gesicht, diesmal mit dem Handrücken. Härter als beim ersten Mal. Er schmeckte Blut in seinem Mund. Es war warm. Und bitter.

67

Palestrina, 1. Juli 2017

Carlotta sah ihren Vater in einem desaströsen Zustand. Seine Augen blitzten wie ein Wetterleuchten in den Abruzzen, sein rechter Arm mit der Spitzhacke in der Hand zuckte nervös hin und her. Sie reagierte als erste, rief mit besorgter Stimme: »Papà – siehst du mich nicht? Schau mich an!« Sie hatte diesen Zustand bei ihrem Vater schon einmal erlebt. Das erste Mal vor zwei Jahren, als er zu viel von dem weißen Pulver geschnupft hatte. »Verdammtes Kokain«, flüsterte sie zu Pietro, der auf der Couch mit halb heruntergelassener Hose auf ihr hing. »Bleib' ruhig. Behalt' die Hacke im Auge.«

Don Emilio drehte sich in Richtung Couch, hob die Hacke wie in Zeitlupe bis auf Kopfhöhe. Er war in einer anderen Welt. Dann sprach er zu Carlotta. »Wer ist dieser Mann? Die Ehre meiner Tochter ist mir heilig.«

»Papà, das ist Pietro, ein Freund der Familie.« Carlotta fing an, ihre offene Bluse zuzuknöpfen. Die Situation war zwar eindeutig, aber – »verdammt noch mal, Papà, ich bin doch kein Kind mehr.«

»Pupetta, in meinem Haus wird nicht geflucht!« Don Esposito reagierte unbeherrscht. Und ging einen weiteren Schritt auf Pietro zu, der sich inzwischen aufgesetzt hatte und an seiner Hose nestelte. »Das ist doch dieser, na, dieser ... Sohn von einem Schweinebauern. Ich erkenne ihn.«

»No, no, Don Esposito! Ich gehöre zu Don Arminio, Ihr Freund aus Colonia. Erinnern Sie sich?« Pietro behielt die Spitzhacke fest im Blick, wie Carlotta es gesagt hatte. Er wusste zwar nicht warum, aber es musste einen Grund geben. Und der schien ernst.

Don Esposito ließ nicht locker. »Doch! Du bist der Hurensohn von einem der Schweinebauern, die meinen Vater mit der Schrotflinte abgeknallt haben. Einfach abgeknallt.« Er sah die Bilder aus der Vergangenheit wieder klar vor Augen. Als sei es gestern gewesen. Jahre später, in einer Scheune, hatte er die Mörder mit der Spitzhacke hingerichtet, ihre Schädel gespalten. Auch daran erinnerte sich La Gazza wieder. »Meine Rache – ha, das war ein Spaß! Und jetzt machst du dich über meine Pupetta her? Hände weg! Sie ist versprochen. Für einen Verwandten. In Neapel.«

»Nein, Papà, nein.« Wieder hatte er Püppchen zu ihr gesagt. Wie in der Nacht mit dem erschlagenen Mann im Wohnzimmer. Als der Vater ihr zum Vergessen der blutigen Tat etwas von dem Pulver aus dem Teddy auf die Zunge gerieben hatte. Die Nacht, in der Papà in ihr Bett gestiegen war. Und sie am Morgen als schwarze Prinzessin wieder aufgewacht war. Geschändet. Sie griff langsam in die Schublade neben ihrer Couch. Die Beretta, eine kleine 950 Jetfire, lag von gestern Abend noch da. Geladen mit acht Schuss Munition, wie immer. »Papà, was soll das wieder mit Neapel? Ich geh' da nicht hin!«

Pietro beobachtete, wie La Gazza den Griff an der Hacke fester umklammerte und sich bei ihm Sehnen und Handknochen spannten. Er versuchte, schnell aus der weichen Couch hochzukommen.

»Aalfräädoo.« Pippo spreizte in diesem Moment aufgeregt seine Flügel und machte sich in der Voliere breit wie ein Adler. »Aalfräädoo.« Sein Krächzen hörte sich an wie das letzte Röcheln eines heiß gelaufener Rührstabs.

Don Esposito fuhr in seiner Bewegung herum. »Was? Wer?« Er senkte vor Schreck den Arm mit der Spitzhacke.

Carlotta sprang auf, ließ die kleine Beretta in die Schublade zurückgleiten und griff ihrem Vater in den Arm. »Ruhig, Papà, ruhig. Das ist ein magischer Vogel, weißt du. Er sagt manchmal schlaue Dinge. Dieser Alfredo, glaube ich, das ist der Sohn dieses Schweinebauern, nicht Pietro.«

Das Schreien des Aras, das Eingreifen seiner Tochter – Don Esposito kam ein wenig zur Besinnung, seine Augen blitzten nicht mehr, wurden ruhiger. »Alfredo? Hm, vielleicht hast du recht, Pupetta«, sagte Don Esposito. Er wechselte die Spitzhacke von der rechten in die linke Hand und verließ das Zimmer mit schleppenden Schritten. Als wäre nichts gewesen.

Pietro schaute zur Voliere. Die Anspannung wich aus seinem Gesicht. »Pippo, mein guter Pippo. Ich steh' in deiner Schuld.« Dann blickte er zu Carlotta. »Dein Papa, der tickt nicht mehr richtig, oder? Und was heißt hier Verwandter in Neapel?«

Carlotta schaute besorgt und überlegte in einer Mischung aus Trauer und Entschlossenheit. »Der Don, er muss weg. Früher oder später. Besser früher.« Dann zog sie Pietro am Träger seines weißen Unterhemds und wickelte ihren Finger darin ein. »Jetzt ist Schluss mit lustig. Zieh dich an. Wir fahren nach Rom. Um Papà kümmere ich mich später. Und vergiss Neapel.«

68

Rom, Nacht auf den 2. Juli 2017

Die Lampe über ihm warf den Schatten seines Kopfes auf den Fußboden. Er spuckte Blut aus dem Mund und blickte der Teufelsmaske frech in die Augen. »War das schon alles?« Leon wollte kein Held sein, wunderte sich aber über seinen Mut und erwartete den nächsten Schlag.

»Du hast noch nicht genug?« Sein Gegenüber holte kurz aus und stieß ihm die Faust ins Gesicht. »Überleg' es dir.«

Leon hörte seine Knorpel krachen. Dann spritzte Blut aus der Nase und tropfte auf sein Hemd. Ihm kamen in diesem Moment verrückte Gedanken. Das Blut – ausgerechnet auf sein Lieblingshemd, das er sich für das Treffen mit Rubina übergezogen hatte, dachte er. Er musste fast über sich lachen, da schlug der Handrücken der Teufelsmaske erneut in seinem Gesicht ein.

»Signore Albano, ich höre! Das Artefakt?«

Leon dröhnte der Schädel und er blutete aus Mund und Nase. Das letzte Mal, dass er Prügel bezogen hatte, war – er überlegte – in der Kindheit gewesen. Als drei Mitschüler ihm auf dem Pausenhof etwas heimzahlen wollten. Den Grund hatte er nie erfahren. Aber er hatte sich später jeden einzeln vorgenommen und sich revanchiert. Auf der Schultoilette. Jetzt, hier im Keller, war das anders. Leon wusste, dass er ausgeliefert war. Dennoch blieb er stur. »Non capisco!«

Die beiden Männer ließen von ihm ab und zogen sich in eine Ecke des Kellerlochs zurück, gleich neben der Eingangstür. Sie flüsterten und schienen sich zu beraten, wie sie weitermachen wollten. Leon konnte kein Wort verstehen, aber er bemerkte eine kleine runde Öffnung in der Tür. Ein Türspion. Dahinter sah er etwas aufblitzen. Ein Auge? Täuschte er sich? Wurden sie beobachtet?

Die Männer kamen zurück an den Tisch, wo Leon mit nach hinten gefesselten Händen saß. Die Teufelsmaske griff in seinen Hemdkragen, drehte zu und brüllte.

»Dove? Chi? Parlate!« Wo und wer? Sprich endlich!

Die Weihnachtsmaske hatte den Raum kurz verlassen und war mit einem langen derben Strick in den Händen zurückgekehrt. In der Mitte des Raumes stieg der Mann auf den Tisch.

Leon sah zunächst nur die schwarzen Schuhe seines Entführers direkt vor sich. Dann blickte er an dem grauen Kittel entlang nach oben und sah – falls er sich nicht täuschte – direkt unterhalb der Maske eine Narbe am Hals. Der Mann wickelte den Strick zu kleinen Schlaufen, wobei Staub und kleinere Fussel vom Seil auf Leons Gesicht rieselten. »Du wirst gleich reden«, drohte ihm die Weihnachtsmaske. Dann erkannte Leon den Plan. An einem Haken mit Winde unter der Decke war der Strick eingelegt und baumelte weit hinunter bis zum Fußboden. »Strappado« hörte er die Teufelsmaske mit zynischer Stimme sagen. »Strappare – du wirst reden!« Das Wort, wusste Leon, bedeutet reißen.

Er spürte, wie hinter seinem Rücken die zusammengebundenen Hände an einem Strickende fest verknotet wurden. Die Weihnachtsmaske riss ihn hoch, stieß den Stuhl weg, auf dem Leon saß, und zog mit Urgewalt am anderen Ende des Stricks. Dann zerfetzte er ihm das Hemd. Leons Arme wurden in eine Streckung nach oben gezwungen, bis seine Schultern wie Feuer brannten. Sein eigenes Gewicht ließ ihn mit den Zehenspitzen am Kellerboden schleifen, während seine Kugelgelenke in der Schulter knackten. Er schrie auf vor Schmerz. Und hörte wieder die Teufelsmaske. »Signore Albano! Das Artefakt?« Leon stöhnte, aber er schwieg. Dann wurde er ohnmächtig.

Kaltes Wasser aus einem Blecheimer goss sich ihm ins Gesicht. Das Nass tropfte auf den Betonfußboden unter ihm und hinterließ eine mittelgroße Pfütze. Leon spürte den zerrenden Schmerz, den die Folter in seinen Schultergelenken verursachte. Er war ohnmächtig geworden, erinnerte er sich. Wie lange er schon unter der Kellerdecke hing? Er wusste es nicht. Ihm kam es vor wie Stunden. Von außerhalb des Raumes drang kein Geräusch herein. Das Fenster hinter ihm – nicht einsehbar. War es schon früher Morgen? Die Teufelsmaske schaute prüfend in sein Gesicht. Die Stimme hinter der Maske mit den Hörnern rief zum Weihnachtsmann mit Bart und Perücke, der angelehnt an der Wand stand. »Bring sie rein!« Dann stülpte der Teufel einen Sack über Leons Kopf.

Die Tür knarzte, Schritte kamen näher. Leon versuchte, den Sack nach einem kleinen Loch in Augenhöhe abzusuchen. Doch nichts war zu sehen. Nicht mal ein Löchlein. Wie viele Personen jetzt in seinem Kellergefängnis standen und ihn musterten? Er konnte es nur vermuten. Vielleicht drei? Vier? Oder mehr? Die neuen Besucher sprachen kein Wort. Nur der Teufel und der Weihnachtsmann murmelten ein paar Sätze. Leon hörte das Wort »Capo«. Von einem Chef war also die Rede. Oder eine Chefin? Und er verstand »e dopo?« Und danach? Es ging um sein Schicksal. Eine Frauenstimme flüsterte. Erst sprach sie von »eliminare«. Dann, nach einer kurzen Pause, hörte er »domani.« Sein Todesurteil. Er sollte beseitigt werden. Gleich morgen. Er schrie: »No, no! Ich weiß doch nichts.« Niemand antwortete, es blieb still. Er vernahm Schritte, die aus dem Raum hinausgingen.

Die Teufelsmaske höhnte. »Du hättest besser geredet.«

Leon war verzweifelt. Da waberte ein Geruch in seine Nase, den er von irgendwoher kannte. Ein billiges Parfüm stand in der Luft, das vor den unbekannten Besuchern nicht da gewesen war. Schmalzig, blumig und zu süß. Er erinnerte sich – die Frau neben ihm im Bus, die ständig an ihm klebte und erst am Celius-Hügel allein weitergefahren war. Sie hatte nach diesem Zeug gerochen. Nur Zufall? Nein, daran glaubte er nicht. Er hatte jetzt nur ein Ziel – die Flucht. Er wollte leben. Dann schlug die Tür zu seinem Gefängnis zu. Der Schlüssel drehte. Er war allein. Und hing im Strappado.

69

Keller des Bordells

Pietro kratzte sich nachdenklich unter dem Kinn, als er seine Augen vom Türspion nahm. Ihm war mulmig zumute. Er hatte genug gesehen. Und gehört.

Am Nachmittag hatte Carlotta ihn aus Palestrina wieder nach Rom mitgenommen, wo sie zunächst Pippo ins Apartment in der Via di San Francesco di Sales brachten und anschließend über den Tiber in die Altstadt weiterfuhren. In einem vierstöckigen Palazzo mit abbröckelnder Fassade trafen sie auf Viola, Carlottas Busenfreundin – Veilchen genannt. Pietro schätzte die Frau um die siebzig, bestenfalls, und er hatte sie schnell als Puffmutter und das Haus selbst als Bordell eingeordnet.

Nicht, dass er sich damit etwa auskannte oder es gar nötig hätte, in Bordelle zu gehen, sagte Pietro zu Carlotta. Er doch nicht. Doch fremd sei ihm das Milieu nicht, ob in Köln oder Rom. Carlotta hatte dazu geschwiegen, sehr angespannt auf ihn gewirkt und das Veilchen beiläufig nach einem Tommasino gefragt. Einem Sohn der Bordellbesitzerin, wie es Pietro schien. Violas Bemerkung über diesen Tommasino und ihr Spott über einen Ort namens Nemi interessierten Pietro nicht weiter. Er ließ sich in einem der Salons in einen rostroten Polstersessel fallen und betrachtete gut gelaunt einige spärlich bekleidete junge Frauen, die ihn gelegentlich anlächelten. Gerade wollte er sich zur besseren Abendgestaltung ein Bier an der Bar bestellen. Da hörte er Carlotta aus dem Foyer rufen.

»Piiietro, dove seiii?« Wo bist du denn wieder?

Er hasste es, wenn Carlotta das i so langzog. Das hörte sich für ihn an wie bei Pippo, wenn der in seinen seltenen Sprechanfällen »Iiiieeeetrooo« krächzte, ohne das P zu beherrschen. Er rief aus dem Sessel heraus zurück. »Ich bin hier, im Salon. Bisschen viel Plüsch, aber gemütlich.«

»Hör mal, Tedesco. Ich bin mit Viola mal kurz verschwunden. Du rührst dich nicht vom Fleck, capito?«

Pietro gefiel die Aussicht auf das Dekolleté einer rundlichen Bardame, die schon auf seiner Sesselkante saß und sich an ihn drückte. »Bene, tesoro mio ...«, hörte er die Schwarzhaarige flüstern. Nun, mein Schatz? Nach dem sexuellen Desaster am Nachmittag, als Carlottas Vater ihn gestört hatte, war Pietro nicht gänzlich abgeneigt. Er rief wieder zu Carlotta ins Foyer.

»Was heißt hier, rühr dich nicht vom Fleck? Erst schleppst du mich in diesen Puff, dann soll ich mich nicht bewegen.«

»Völlig egal, was sich bei dir bewegt oder auch nicht. Finger weg von den Pulcini! Von den Hühnchen.«

Zwanzig Minuten später und mitten im Erforschen römischer Miederwaren hatte sich bei Pietro das schlechte Gewissen gemeldet. Was er darauf zurückführte, dass sein Janus-Medaillon vor dem Mund störte, als er tiefer ins Dekolleté des schwarzhaarigen Hühnchens eintauchte. »Verflixt nochmal.« Er schob Rebecca sanft zur Seite. »Meine Mama«, haspelte Pietro und zeigte Becca, wie er die Barfrau jetzt nannte, die Münze am Hals. »Sie erinnert mich daran, anständig zu bleiben.« Er verzichtete auf die italienische Übersetzung, schubste Becca etwas unsanft vom Sessel und stand auf. Wo war Carlotta geblieben, die so geheimnisvoll mit Viola getuschelt hatte? Ihn plagte das Gefühl, dass irgendetwas nicht stimmte. »Scusi, Becca! Aber ich muss mal weg.«

Im Foyer fand Pietro keine Spur von Carlotta und dem Veilchen. Das schmalzige Parfüm der Bordellmutter zeigte ihm aber den Weg. Je tiefer er die Kellertreppe hinabstieg, desto mehr hatte er den modrigen Geruch alter Mauern mit einem Hauch Brackwasser vom Tiber in der Nase, der in der Nähe fließen musste. Nur das Parfüm Violas, die vor ihm die Treppe hinuntergegangen sein musste, war noch stärker. Dann, am tiefsten Punkt unter dem Gebäude, stand er vor einer alten Kellertür mit einem Guckloch. Pietro lugte durch den Türspion. Ein Mann hing gefesselt an einem Seil unter der Decke. Mit einem Sack über dem Kopf. Und er sah Carlotta und Viola, die um den Mann herumschlichen. Und Armando und Benedetto, die wie Schuljungen herumstanden und auf ein Wort von Carlotta warteten.

Pietro blieb wie angewurzelt stehen und blickte gebannt durch den Türspion. Was war da los? Plötzlich hörte er tief in sich die Stimme seiner Mutter. »Junge, was ist da los, in was für eine Sache bist du da wieder hineingeraten?« Er erschrak, jedenfalls kurz. Warum, fragte er sich, musste seine Mutter sich ausgerechnet jetzt aus dem Nirwana melden? »Nein, Mama, ich kann nichts für den Mann an der Decke, habe nichts damit zu tun.«

Doch seine Mutter gab keine Ruhe. »Du hast mir geschworen, dich zu bessern. Mein Bambino, denk an den Wald, wo die Carabinieri auf dich geschossen haben. Sie haben dich nicht getroffen. Das war ein Zeichen. Von ganz oben.«

»Ich weiß, Mama.« Pietro griff instinktiv zu der Janus-Münze und drehte sie nervös zwischen den Fingern. »Unser Erbstück hat mir geholfen. Alles gut.« Er hatte jetzt Besseres zu tun, als sich mit seiner toten, aber schwatzsüchtigen Mutter zu unterhalten.

»Du musst daran glauben!« Ihre Stimme wurde schwächer. Wie bei einem Radio, das den Sender verliert. »Dein Großvater, im Krieg, verliebt in eine italienische Krankenschwester.« Pietro hörte sie kaum noch. »Lazarett, Glücksbringer, Heirat ... glaube dran!«

Pietro seufzte tief. Manchmal nervte seine Mama ganz gewaltig.

Dran glauben. Die letzten Worte hallten bei ihm nach. Er fasste Zuversicht, seinem Leben eine Wendung geben zu können. Wieder drehte er an der Janus-Münze. Jetzt und hier könnte er anfangen, sagte er sich, ein besserer Mensch zu sein. Nicht wie sein Vater, der zu lange gezögert hatte. Und Carlotta? Wollte er trotz allem nicht aufgeben. Seine Gedanken verloren sich in einem Kreis. Noch einmal warf er einen Blick durch den Türspion in den Kellerraum. »Der arme Kerl. Muss das sein? Frode hat doch schon die Haushälterin in Mainz auf dem Gewissen. Nicht wieder eine Leiche«, sagte sich Pietro. Er musste eine Lösung finden.

Das Quartett im Folterkeller kam plötzlich zurück zur Tür. Pietro wollte verschwinden. Wohin so schnell? Er drehte sich um. Alles war dunkel, weil er zur Vorsicht kein Licht angeschaltet hatte. Er entdeckte eine alte Holztür. Auf Zehenspitzen schlich Pietro drei, vier Meter den dunklen Gang entlang. Die Tür war unverschlossen. Er drückte den Griff hinunter, kroch hinter ein Plüschsofa im Raum und wartete gespannt, was passieren würde. Die Tür hatte er angelehnt gelassen, dann hörte er Stimmen. Diesmal echte.

»Hör mal, Schätzchen, es geht mich ja nichts an, und ich habe den Tedesco gerne für dich verfolgt. Aber was willst du von ihm?« Das war die Stimme von Viola, die – wie Pietro heraushören konnte – auf dem Gang vor seinem Versteck stand.

»Genau, mein Veilchen, es geht dich nichts an.« Das war die Stimme von Carlotta. Kalt und hart, wie häufig.

»Eine schöne Freundin bist du! Der Mann baumelt schließlich an meiner Kellerdecke, nicht an deiner.«

Wieder hörte er Carlotta. »Vertrauen gegen Vertrauen? Bene! Wir wissen, dass der blonde Tedesco ein wertvolles Artefakt besitzt, das sehr viel Geld bringen kann. Mit einem Zauber, für ewiges Leben, mit Schutz vor Gefahren. Viel Geld, was sage ich, eine halbe Million. Sein Vater, Soldat aus Mainz, wie die Deutschen sagen, soll es im Krieg am Nemi-See gefunden haben.«

»Am Nemi-See?« Pietro hörte die zögerliche Stimme Violas, die eine kurze Pause machte. »Ein Artefakt mit einem Zauber?« Wieder eine Pause. »Schätzchen, lass' uns hochgehen. Ich glaube, ich muss dir eine Geschichte aus meiner Kindheit erzählen, die du unbedingt kennen solltest. Aus einer Zeit, in der meine Mutter Eugenia dort Köchin war, im Palazzo Capriri, wo ich aufgewachsen bin und jeden Winkel kenne. Es ist die Geschichte eines Deutschen, der in den fünfziger Jahren nach Nemi kam.«

»Nicht jetzt«, schnappte Carlotta unwirsch. »Armando, Benedetto, bringt dem Deutschen was zu essen.« Pietro hörte Carlottas befehlsgewohnte Stimme. »Kein Wort von dem, was ihr gehört habt. Capito? Und wenn der Blonde nicht redet, muss er morgen Früh weg. Ich verlasse mich auf euch.«

Die leiser werdenden Tritte auf der Kellertreppe ließen Pietro in seinem Versteck entspannen. Er hielt es für besser, seinen Lauschangriff für sich zu behalten. Das mit Nemi und dem Artefakt, was ihn seit Mainz in diese missliche Situation gebracht hatte, interessierte ihn nicht. Aber er war entschlossen, dem eingekerkerten Leon von Alban zu helfen. Denn nur um ihn, sagte sich Pietro, konnte es sich bei dem Gefangenen handeln. Er wusste nur noch nicht wie. Ohne erkannt zu werden. Und verließ sich auf seinen Instinkt – und auf Janus. Und wartete.

Während er überlegte, was ein Bordellsofa alles erzählen könnte, hörte er erneut Schritte im Keller, auf dem Gang. Ein Schlüssel, der sich im Schloss drehte. Eine Tür, die beim Aufschieben knarzte. »Pollo in bianco«, hörte er Armando grummeln. »Schneide ihn von der Decke los und nimm ihm den Sack vom Kopf. Er soll noch was essen.« Kurz darauf kamen die Brüder aus dem Raum heraus, schlossen wieder ab, ließen den Sack im Gang zurück und verschwanden nach oben.

Pietro fackelte nicht lange, zumal ausgefeilte Pläne nicht sein Fach waren. Vor der Tür fand er den Sack, stach mit den Fingern zwei Löcher für die Augen hinein und stülpte ihn sich über. Das Schloss knackte er mit einem kleinen Sperrhaken aus seiner Hosentasche. »Perfetto«, flüsterte er sich zu.

Leon fühlte sich schlecht. Seine Schultergelenke brannten, der Kopf schmerzte von den Schlägen, ein Arm klemmte gefesselt hinter seinem Rücken am Stuhl fest. Eben hatte ihm die Teufelsmaske einen Plastikteller hingestellt und »buon appetito« gezischt. Wie zynisch. Dann waren seine Gefängniswärter wieder nach draußen verschwunden. Leon sah ein Hähnchen in Weißweinsoße vor sich. Seine Henkersmahlzeit. Er hatte Hunger. Tierischen sogar. Und vielleicht würde ihm beim Essen die Idee für einen Fluchtplan kommen. Mit seiner freien Hand hielt er das Hähnchen fest und wollte reinbeißen. Wieder knarzte die Tür. Leon schaute auf. Neuer Besuch. Mit einem Sack über dem Kopf. Mal was anderes als Teufel oder Weihnachtsmann, dachte er.

»Buona sera, du Sackgesicht.« Leon war jetzt alles egal. »Ich hätte noch gern einen frischen Weißwein dazu. Vino bianco!«

Mit dieser Reaktion hatte Pietro nicht gerechnet. Was sollte das mit dem Sackgesicht? Vorsichtig erwiderte er ein »buona serata«.

»Buona serata? Du wünschst mir einen schönen Abendverlauf? Sehr witzig, wenn ihr mich doch sowieso umbringen wollt.« Leon biss in das saftige Hähnchen.

Das Gespräch wurde Pietro zu kompliziert. »Jetzt pass mal auf, du dummer Tedesco«, sagte er auf Deutsch. »Ich bin hier, um dich zu retten.«

»Ah. Retten. Mit einem Sack über dem Kopf?« Leon staunte. »Wie wär's, wenn du mich losschneidest, anstatt mir einen schönen Abend zu wünschen?« Er überlegte. Die Stimme – hatte er sie nicht schon mal gehört?

Pietro schüttelte den Kopf, was unter dem Sack mit Augenlöchern kaum zu sehen war, und sagte: »Losschneiden geht nicht! Kein Messer dabei.«

»Das glaube ich jetzt nicht. Du willst mich retten, kannst mich aber nicht losschneiden?« Leon brauchte ein paar Sekunden zum Nachdenken. Der Unbekannte war ein Deutscher. Hier in Rom. Einer, der ihn retten wollte. Ohne Messer oder Schere. Und woher kannte er nur diese Stimme?

Pietro kramte in seiner Hosentasche. Doch so tief er auch griff – nichts, außer dem Sperrhaken. Seit Tagen schon vermisste er sein Feuerzeug mit dem Wappen seines geliebten Heimatvereins 1. FC Köln. Mit dem Geißbock drauf. Und mit dem Feuerzeug war auch sein Springmesser verschwunden. Ein italienisches Modell. Mit hübschen Griffschalen aus Olivenholz. Wo hatte er das gute Stück nur liegen lassen, fragte er sich.

»Was ist jetzt, du Sackgesicht? Du musst doch irgendeinen Plan haben.« Leon wurde ungeduldig und machte Druck. »Versuch's doch mal mit Aufknoten.«

Sein Gegenüber rechnete damit, dass Armando und Benedetto zurückkehrten. Er trieb sich zur Eile, prüfte die Fesseln. Zu fest! Es musste anders gehen. Mit raschen Tritten kletterte Pietro auf den Couchtisch vor Leon, reckte sich zur Kugellampe unter der Decke – doch es langte nicht. »Ich brauch' Glas, was Scharfes.«

Leon war überrascht. Das Sackgesicht schien nicht ganz dumm. »Verstehe. Du willst das Seil durchschneiden. Nimm deinen Schuh. Und schmeiß' die Lampe kaputt.«

Zwei Minuten später – nach drei vergeblichen Versuchen – krachte Glas und die dicke Verschalung zersplitterte mit einem Klirren auf dem Boden. Auf der Stelle war es stockdunkel im Kellerraum. Pietro murmelte »Mist« und krabbelte vom Tisch herunter. Er konnte nichts sehen. »So ein Mist aber auch!« Dann rutschte er auf den Knien, schob vorsichtig seine Hände über den Fußboden und tastete nach einer großen scharfen Scherbe. »Ah, autsch. Ich hab' eine!« Die Augen hinter dem Papiersack hatten sich bald an den fast schwarzen Raum gewöhnt, der nur spärlich Licht vom Kellerfenster über dem Bett bekam. Kurz darauf waren die dicken Seile am Stuhl durchtrennt.

»Du bist ein Held«, sagte Leon. »Ich verdanke dir mein Leben.« Er streckte seinen geschundenen Körper und bewegte die Gliedmaßen.

»Keine Ursache«, antwortete Pietro. Und machte eine saloppe Handbewegung. Unter dem Sack aber strahlten seine Augen.

»Kennen wir uns eigentlich?« Leon versuchte, den Unbekannten trotz der Dunkelheit zu mustern. »Und wie komme ich hier raus?«

»Zu viele Fragen. Wir haben keine Zeit«, unterbrach ihn Pietro. »In einem Nebenraum mit einem alten Sofa ist ein Kellerfenster halb geöffnet. Da kannst du raus.«

»Nimm doch den Sack vom Kopf. Ich will wissen, wer du bist.«

»Nein, das bleibt mein Geheimnis. Verschwinde endlich!«

Kurz darauf hörte Pietro ein Fenster quietschen. Jetzt konnte er den Sack vom Kopf ziehen. Inzwischen war es nach Mitternacht und er lief die Treppe ins Foyer des Bordells hoch. Niemand kam ihm entgegen, niemand sah ihn. Im Salon wartete die schwarzhaarige Becca.

»Mach mir ein Bier. Und noch was, ich bin nie weg gewesen. Capito?« Dann stopfte er der Bardame einen Hundert-Euro-Schein in den Ausschnitt. »Becca, wo waren wir vorhin stehen geblieben?« Mit Freude sah er, dass sie erwartungsfroh in ihr Dekolleté zeigte. Dabei bemerkte Pietro nicht mal, dass er auf nur einem Schuh aus dem Keller hochgekommen war.

Leon war durch das Fenster und einen Lichtschacht nach oben geklettert und in einer Seitengasse zwischen übelriechenden Mülltonnen herausgekommen. Das Haus war von der Gebäuderückseite ein Sanierungsfall. Putz bröckelte, Kabel mit losen Enden hingen an der Wand herunter, ein wackliges Gerüst ragte mit schiefer Lauffläche in den Zwickel hinein. Die Nacht war klar, die Luft mild. In der Ferne hörte er Verkehr rauschen. Eine Sirene heulte auf. Ein Bass wummerte von irgendwoher. Ein helles Lachen drang aus einem der oberen Fenster, dann polterte eine tiefe Männerstimme, die sich wenig freundlich anhörte.

»Ich muss mir alles merken«, sagte sich Leon, »damit ich es wiederfinde.« Er taumelte durch schmale Gassen, an einem alten Hoftor vorbei und stand plötzlich an einer breiten Treppe, oberhalb rauschte der Verkehr. Er sah braune Hinweisschilder, die rückwärts deuteten mit der Aufschrift Piazza Navona und Piazza San Salvatore. Jetzt kannte er seinen Standort. Hinter ihm – zwischen der Via dei Coronari und dem Tiber – ruhte das Altstadtviertel Tor di Nona. Dort lag sein Folterkeller. Vor ihm breitete sich der Straßenzug Lungotevere aus, die viel befahrene Platanenallee entlang des Tibers, der sich hier in einer Schleife um das antike Marsfeld schlängelte. Schräg gegenüber strahlte die ebenfalls in gelborange getauchte Engelsbrücke, dahinter der runde Monumentalbau der Engelsburg, dem Mausoleum für Kaiser Hadrian.

Ihm gingen viele Fragen durch den Kopf. Wer waren seine Entführer und Folterer? Sie mussten mit der Hainburg-Sippe zu tun haben. Und wer war der geheimnisvolle Helfer im Keller? Hatte er nicht »keine Ursache« in einem Tonfall gesagt, der ihm bekannt vorkam? Mit Dialekt? Es fiel ihm wieder ein. Natürlich! Der Deutsche in der Bar »La Quinta Sibilla«, der am Spiegel im Gabinetto stand, in der engen Toilette. Mit der Janus-Münze um den Hals. Leon stutzte. Dann war es vielleicht auch der Mann, mit dem er im Garten der Mainzer Villa gekämpft hatte. Das war alles zu viel. Er spürte die Schmerzen der Folter, alles brannte, sein Kopf hämmerte, die Schläfen pochten. Er blickte auf sein zerrissenes Hemd und sah überall Blut. Sein Blut. Er musste Hilfe holen. Raffaele und die Carabinieri alarmieren. Am besten auch das BKA, das noch in Rom sein musste. Und Rubina. Und Sara und Robert. Ihm war schwindelig, er schwankte und stolperte weiter auf die breite Platanenallee. Er wollte die Arme heben, um Hilfe zu bekommen. Von links rauschten Autos heran.

Das letzte, was er hörte, waren grelle Hupen. Und das Kreischen von Bremsen. Ein Schlag. Dann wurde es ihm schwarz vor Augen.

70

Altaussee, 22. Januar 1944
Im Bergwerksstollen

»Stehen Sie gefälligst auf, wenn ich mit Ihnen rede!« Krambock baute sich in der Stollenkammer breitbeinig vor Curth von Alban auf und stemmte die Hände in die Hüften. »Was kriechen Sie da auf den Knien rum? Sie sind SS-Offizier. Nehmen Sie mal Haltung an!« Dann schaute er triumphierend einen Soldaten neben sich an und zeigte mit einer verächtlichen Handbewegung nach unten. »Schauen Sie, unser Ritterkreuzträger, der eigentlich an der Ostfront sein sollte. Wie erbärmlich.«

Curth spürte, dass es brenzlig werden konnte. Er stellte seine Grubenlampe auf der Holzkiste ab, legte das Dossier von Lord Savile neben sich auf den Boden und drückte sich mit den Händen hoch. »Herr Hauptsturmführer, Sie habe ich hier wirklich nicht erwartet. So weit weg von Berlin, vom Reichssicherheitshauptamt. Was führt Sie hierher?« Er wollte vorsichtig sein, aber nicht ängstlich.

Krambock drehte sein Narbengesicht im Schein der Grubenlampe wieder zu Curth von Alban, der jetzt zwei Meter vor ihm stand. »SS-Sturmbannführer, wenn ich bitten darf, seit meiner Duce-Befreiung. Und Wilkisch, meinen Adjutanten, werden Sie ja noch kennen.«

Mit einem Fingertipp an seine Stirn grüßte Curth den untersetzten Begleiter und schaute wieder Krambock ins Gesicht, seinem persönlichen Feind, der ihn wegen seiner Widerworte bei der Mussolini-Befreiung an die Ostfront versetzen lassen wollte. »Lassen Sie mich raten. Unser Zusammentreffen ist sicher kein Zufall.«

»Keineswegs. Ich bin gestern extra wegen Ihnen von Berlin aus nach Linz geflogen und dann hierher weiter mit dem Wagen. Sonderauftrag. Von ganz oben.«

»Woher wussten Sie ...?«

»Also, wir kürzen das jetzt mal ab. Sie geben mir das Dokument, nachdem sie gesucht haben. Ist es das da unten?«

Curth dachte nicht daran. »Auch ich habe einen Auftrag. Auch von ganz oben. Das Dossier gehört dazu. Und bleibt bei mir.« Er blickte dem Narbengesicht entschlossen in die Augen. Noch einmal, sagte er sich, wollte er sich dem Wiener SS-Offizier nicht so einfach beugen.

Krambock fackelte nicht lange. Er griff zu seiner speckig glänzenden Pistolentasche mit der Walther P38 darin und zog die Verschlusslasche auf. »Soldat, reizen Sie mich nicht zum Äußersten. Ich habe schon ganz andere aus dem Weg geräumt.«

Der Adjutant ging in diesem Moment blitzschnell in die Hocke und griff das Dossier, das vor der Holzkiste lag. »Johann, da, ich habe es. Bleib ruhig, nicht schießen. Der Lärm bricht sich in den Stollen.«

Damit hatte Curth nicht gerechnet. »Geben Sie das wieder her! Standartenführer Hugin und ich – wir haben direkten Befehl von Himmler. Das ist ja wohl auch Ihr oberster Dienstherr.«

»Pah, Hugin. Archäologie. Papperlapapp. Diese Flasche! Wo ist denn Ihr Freund? Sucht wieder nach Thors Hammer? In Asgard? Schneemänner bauen?« Dabei zeigte das Narbengesicht ein kaltes Lächeln wie aus der Eishölle. »Mein Sonderauftrag kommt vom Leiter des Reichssicherheitshauptamtes und Gestapo-Chef Ernst Kaltenbrunner. Unsere Leute haben einen Brief von

Mussolini an Sie in Rom abgefangen. Reine Routine. Ich lese jede Notiz vom Duce. Schließlich geht es um die Sicherheit des Reiches. In dem Brief schreibt er von einem Artefakt, das ewiges Leben verspricht. Das interessiert jetzt auch Kaltenbrunner. Und mich.«

»Der Duce hat mir einen Brief geschrieben?« Curth war überrascht. In Gedanken sah er das dankbare, aber leere Gesicht Mussolinis vor sich, der sich bei ihm im Spätsommer auf dem Flugplatz Pratica di Mare mit dem Borsalino und den Worten *»Den brauche ich jetzt nicht mehr, er ist ein Geschenk für Sie«* bedankt hatte. Im Schweißband des Hutes hatte er später die Abschrift eines Teils des Rex-Nemorensis-Textes gefunden. Von einem Geheimnis der Schatulle war da die Rede. Und auf dem letzten Zipfel des Papiers hatte er den Namen Aurelius lesen können. Curth wurde schärfer im Ton. »Krambock, wo ist dieser Brief? Er gehört mir.« Instinktiv legte auch er seine Hand auf die Pistolentasche.

»Ganz ruhig, Alban. Überlassen Sie mir das Dokument. Ohne Aufsehen. Und ich gebe Ihnen den Brief. Mein Wort als Offizier«. Dann klopfte Krambock auf die Innentasche seines Mantels. »Da ist er drin.«

Curth überlegte kurz. Den Savile-Plan hatte er im Kopf, wenigstens halbwegs. Und der Mussolini-Brief könnte für ihn etwas mehr Licht ins Dunkel um das Artefakt bringen. »Einverstanden. Sie haben das Nemi-Dokument. Ich bekomme den Brief.« Im Kopf schärfte er sich Details aus dem Ausgrabungsplan ein. Dann streckte Curth seine Hand aus.

Irgendwo aus den Stollen dröhnten Stimmen und Stiefeltritte, die näher kamen. Wilkisch wurde nervös und drängte. »Nun mach schon, Johann. Und wir haben das Ganze hinter uns.«

»Noch nicht ganz.« Das Narbengesicht hatte seine Pistole wieder in die Tasche zurückgeschoben und in seine Brusttasche gegriffen. Er hatte in seiner Hand den Brief. »Das Schriftstück, dieser Text aus dem Hut, darf ich bitten? Als kleine Zugabe.«

»Das gehörte nicht zur Abmachung. Ich hatte Ihr Wort.«

»Zum Wohl des Reiches sind alle Mittel recht.«

»Fürs Reich? Wohl eher für Sie und Kaltenbrunner.« Curth gab sich betont abgeklärt. »Der Hut ist in Rom, das Schriftstück somit auch. Oder haben Sie hier im Winter schon Soldaten mit einem Borsalino auf dem Kopf gesehen?«

Krambock zögerte. Dann reichte er mit verkniffenen Augen den Brief zu Curth. »Herr Obersturmführer, Ihre Post. Man sieht sich.«

71

Tagebuch

Samstag, 22. Januar 1944
Altaussee, abends im Gasthof »Zum Rappen«

Was für ein Tag! Ich habe heute in den Stollen den alten Plan von Lord Savile gefunden. Und musste ihn schneller wiederhergeben, als mir lieb ist. Das Narbengesicht und sein Adjutant werden zum Problem. Denn jetzt – und davon muss ich ausgehen – werde ich in Nemi bald Konkurrenz bekommen. Und wo ist Hugin? Wenn man ihn mal braucht, ist er nicht da.

Das Wichtigste aber: Mussolini hat mir geschrieben. Ich weiß nicht, seit wann der Brief schon unterwegs ist und wie lange Berlin auf dem Schreiben gesessen hat. Und jeden Satz ausgewertet hat nach Nutzen und Sicherheitslage. So gut wie jede zweite Zeile und ganze Absätze sind für mich geschwärzt und nicht lesbar. Sogar das Datum des Briefes ist unkenntlich gemacht worden. Hat man Angst davor, dass ich etwas erfahre, was ich nicht wissen darf? Gestapo-Chef Kaltenbrunner und Krambock – ein Oberösterreicher und ein Wiener an den Schaltstellen im Reichssicherheitshauptamt. Ist das eigentlich ein Kartell in Berlin?

Mussolini schreibt auf Deutsch, preist mich überschwänglich als seinen Retter, wirkt aber konfus in den Zeilen, die noch im Zusammenhang lesbar sind. Spricht davon, dass er müde ist und es ihm schlecht geht, er Angst vor Attentaten seiner Landsleute hat. Dann folgen wieder geschwärzte Passagen. Später im Text – ich kann seine Gedanken kaum verstehen und in Verbindung bringen – wird's merkwürdig. Die Zukunft müsse wieder den alten italischen Göttern gehören, schreibt er und erwähnt ausdrücklich Vesta und Janus. Und dass »die Bewegung«, wie er es formuliert, nicht am Ende sei. Er müsse daher eine alte Abschrift aus seinem Borsalino wiederhaben, den er mir geschenkt hat. Den Hut solle ich als Andenken an ihn behalten. Aber das Stück Papier, das ich im Schweißband wohl schon bemerkt hätte, möchte er zurückhaben. Er will nach einem geheimen Zauber suchen, der sein Leben retten könnte. Ziemlich schräg drauf, der Duce.

Ich fasse zusammen: In der Sache bringt mich der Brief mit seinen geschwärzten Passagen nicht weiter. Eine Antwort von mir an Mussolini würde von Reichssicherheitshauptamt und Gestapo abgefangen. Die zurückgeschickte Abschrift würde nie seinen Empfänger erreichen. Wenn doch, würde in Nemi auch noch der Duce auftauchen. Nur das nicht! Also lasse ich es besser. Aber eine wichtige Erkenntnis habe ich dennoch gewonnen. Es muss zwei Abschriften vom Original geben – oder eine in zwei Hälften. Die eine hatte Mussolini und ist jetzt bei mir. Die andere hat Hugin. Wie immer er und Himmler in den Besitz gekommen sind, entzieht sich meinem Wissen. Vermutlich durch dunkle Geschäfte auf dem Antiquitätenmarkt.

Übrigens Hugin. Meine Zimmerwirtin hat zum Abendessen erzählt, dass er nicht aufgetaucht ist. Was ist nur los? Waren die zwei mysteriösen Männer nachts auf der Seewiese, von denen Resi berichtet hat, etwa Krambock und Wilkisch? Haben die sich mit Hugin gestritten? Liegt Hugin totenbleich im zugefrorenen See? Ich muss morgen, wenn nichts passiert, die Kommandantur benachrichtigen. Leutnant Bender soll einen Suchtrupp zusammenstellen. Und ich muss die SS-Zentrale in Rom informieren. Was kann ich denen sagen? Hugin ist weg und ich habe keine Ahnung. Scuuusi!

Das könnte Schwierigkeiten geben. Ich denke, ich setze erstmal Leutnant Bender darauf an.

***

Sonntag, 23. Januar 1944
Altaussee, »Zum Rappen«

Erneut ein bitterkalter Tag mit Schnee satt. Heute Morgen auf der Kommandantur – das Außenthermometer dort zeigte minus zehn Grad – hatte mir Leutnant Bender zugesagt, dass er einen Suchtrupp an den See schickt. Außerdem will er sich im Dorf umhören. Als ich aus seinem Büro raus bin, fuhr eine schwarze Limousine langsam die Dorfstraße entlang. Krambock und sein Frettchen saßen drin. Es geht wohl zurück nach Linz und dann weiter nach Berlin. Ich würde mich nicht wundern, wenn ich die beiden bald in Italien wiedertreffe.

Gegen Mittag kam der Suchtrupp. Hat den See überprüft. Aber es gibt weder ein Loch noch einen Eisbruch, geschweige denn eine Spur von Hugin. Der Mann ist einfach verschwunden – perdu, wie der Franzose sagt. Nicht mal sein Reisekoffer ist ausgepackt. Genau den musste ich heute öffnen, weil mir die Unterlagen für die Rückfahrt nach Rom fehlten. Ich kann ja nicht ewig hierbleiben.

Was für ein Glücksgriff. Bei der Durchsicht fand ich zwei volle und eine halbleere Brandy-Flasche, aus der ich mir einen kräftigen Schluck genehmigte. Außerdem seine Buchlektüre über indogermanische Denker, Wäsche und Munition. Nichts Aufregendes. Doch dann – ich hörte ein Knistern im Deckel – entdeckte ich hinter der Kofferbespannung drei gut in Papier eingewickelte Ampullen mit einem Spritzbesteck. Ohne Aufdruck. Morphin? Ich weiß es nicht. Als ich das alte Papier schon wegwerfen wollte, traute ich meinen Augen nicht – die zweite Abschrift des Rex-Nemorensis-Textes.

Zwei Texte, derselbe Ursprung, von Aurelius. Jetzt wird vieles klarer. Es muss die Schatulle mit der Gemme im Diana-Tempel geben. Darin verborgen ist der Zweig mit dem geheimen Zauber – wie auch immer. Die Gemme gehörte womöglich Kaiser Caligula und kam nach dessen Tod zurück an den

See. Und da der Rex Nemorensis keinen späteren Kaiser für gut genug hielt, vom Zauber zu profitieren, schrieb er die Geschichte auf und versteckte Text und Schatulle an zwei verschiedenen Stellen im Tempel. Bis sie jemand findet, der den Schutz verdient.

Der Plan von Lord Savile gibt mir Hoffnung, die Gemme dort zu finden, wo ich sie vermute – bei den Kammern der Vestalinnen. Dort, wo alles verschüttet und überwuchert ist. Wenn es das Artefakt wirklich gibt – dann finde ich es. Bricht dann eine neue Zeit an, wie Aurelius heraufbeschworen hat? Glaube ich den Hokuspokus schon selbst?

Morgen reise ich ab. Ob mit oder ohne Hugin. Ich werde mich in Rom in der Via Tasso zurückmelden. Die SS wird mir Fragen stellen. Vom Narbengesicht erzähle ich besser nichts.

***

Donnerstag, 24. Februar 1944
Rom, Villa Wolkonsky

Das neue Kriegsjahr schreitet schnell voran. Bei Monte Cassino zwischen Rom und Neapel ist es zur großen Schlacht gekommen und die Alliierten drücken in Süditalien auf unsere Stellungen. An der Ostfront in der Ukraine haben starke russische Verbände unsere 8. Armee eingeschlossen, doch anders als in Stalingrad gelang der Ausbruch. Unter hohen Verlusten. Es sollen 20.000 deutsche Soldaten gefallen sein. Eine Katastrophe. Das erfährt man nur, wenn man abends in der Villa Wolkonsky die Ohren aufsperrt – und dank Hänschen so manches erfährt, was in hohen Offizierskreisen an der Bar erzählt wird. Und in Frankreich? Alles ruhig. Wann kommt dort die Invasion? Ich muss an Natalie denken. Und an Francesca. Ich mache mir Sorgen. Um beide.

Ich bin wieder in Rom, habe ein kleines Büro in der Villa Wolkonsky bekommen. Die Befragung vor ein paar Wochen durch SS und Sicherheitsdienst war glimpflich verlaufen – niemand scheint Hugin zu vermissen und niemand weiß hier, woran er und ich gearbeitet haben. Das ist gut so. Und solange es keine neuen Befehle vom SS-Ahnenerbe oder von Himmler für mich gibt, läuft alles weiter wie geplant.

Der Sicherheitsdienst in Rom hat die Vermisstensache nach Berlin weitergegeben. Abwarten. Braut sich da was zusammen? Und ausgerechnet Kappler, Chef der Sicherheitspolizei in Rom, will mich in seinen persönlichen Stab holen. Nur das nicht! Ob sich Hugin wieder nach Skandinavien davon gemacht hat, fragte er mich neulich auf dem Flur in der Via Tasso, als ich dort ein paar Sachen für meine Grabung am Tempel besorgt hatte. Dabei konnte ich gut in seine stechenden Augen sehen. Ja, was sollte ich sagen? Ich könnte ihm von den Morphin-Ampullen berichten, die jetzt bei mir im Zimmer versteckt sind. Aber ich habe nichts gesagt und mit den Schultern gezuckt.

***

Samstag, 26. Februar 1944
Rom, Büro in der Villa Wolkonsky

Unglaublich. Ich fasse es nicht. Hugin ist wieder aufgetaucht. Oder soll ich besser sagen – aufgetaut? Aber von vorne.

Heute Mittag bin ich die Liste mit Gegenständen durchgegangen, die ich nach Nemi mitnehmen will. Ein paar Sachen sind dabei, die ich für die Prinzessin besorgen soll. Francesca und ich schreiben uns regelmäßig. Und mein Herz schlägt immer einen Takt schneller, wenn ich einen Brief von ihr bekomme. Auf Deutsch. Sie schreibt inzwischen fast fehlerfrei und fragt, wann ich wiederkomme. Ich zähle schon die Tage.

Sie hat mich gebeten, ein paar gute Zigarren der Marke »Toscano Garibaldi« für Ihren Vater mitzubringen, die er so gerne raucht. Und einen neuen Talar für Pater Lucius, den sie wohl sehr schätzt. Sein altes Obergewandt, schreibt sie, sehe aus wie ein Flickenteppich. Und in Rom könnte ich dem Geistlichen ja eine Soutane von Papstschneider Gammarelli besorgen. Na, die junge Dame hat Vorstellungen! Und ich? Ich habe Sehnsucht nach ihr.

Plötzlich klingelte das schwarze Telefon in meinem Büro. Leutnant Bender aus Altaussee meldete sich mit besorgter Stimme. Das sei jetzt wichtig, sagte er, und er müsse mir das mitteilen, bevor die Gestapo oder wer auch immer bei mir aufkreuzt. Und nach einer kleinen Pause sagte er mit steifer Stimme: Hugin ist wieder da! Mausetot. Sozusagen erst tiefgefroren und jetzt aufgetaut.

Der Leutnant berichtete, dass gestern ein warmer Föhnwind die Winterpracht in den Bergen weggeblasen hat. Und dass am Nachmittag die Rappenwirtin aufgelöst vor ihm in der Kommandantur stand. Etwas Grausames sei passiert, habe Resi Luppitsch gestammelt, und er müsse sofort kommen. Mit ein paar Soldaten inspizierte er dann die Seewiese am Hotel, wo aus dem Stumpf eines halb aufgetauten Schneemannes eine gut erhaltene Leiche herausschaute. Total blau. Eine mit spitzer Nase. Und einem grauen Schal über der Uniform. Mit Verletzungen im Gesicht und eingedicktem Blut am Schädel. Die Zimmerwirtin habe ihn als ihren vermissten Gast identifiziert – Hugin. Die Leiche soll grausam ausgesehen haben.

Das hat mich getroffen. Nicht, dass ich ein Freund des dürren SS-Archäologen bin oder war. Der Typ war schräg, gefährlich und ging über Leichen. Aber – was ist da passiert? Wenn ich mir vorstelle, dass ich selbst auf der Seewiese nach ihm gesucht und den Schneemann mit dem Schal bewundert habe, läuft es mir kalt den Rücken runter. Sehr kalt. Steckt das Narbengesicht dahinter? SS und Gestapo werden mir bald wieder Fragen stellen. Aber davor habe ich keine Angst, denn die Rappenwirtin hätte mich unter den Männern auf der Seewiese erkannt. Am besten, ich komme denen zuvor und melde mich bei Kappler in der Via Tasso.

***

Freitag, 10. März 1944
Rom, Villa Wolkonsky

Die Sicherheitspolizei hat mich wieder mal in die Mangel genommen und alles über den Altaussee-Besuch und Hugins Tod wissen wollen. Aber es gibt keinen Verdacht gegen mich. Selbst Befehlshaber Kappler hat am Ende ein gutes Wort für mich eingelegt. Ausgerechnet er, dieser Bluthund und Judenhasser.

Es wird Zeit, dass ich hier verschwinde. Die Stadt wirkt zunehmend bedrohlicher. Die Römer wollen keine Besatzer, sehnen sich nach Frieden und schauen uns hasserfüllt an. Das kenne ich schon – aus meiner Zeit in Frankreich. Nur wenige halten noch zu Mussolini und der faschistischen Bewegung, die am Ende ist und von uns Deutschen künstlich am Leben gehalten wird. Es liegt Rebellion in der Luft, es gibt Anschläge. Tote, Verletzte. Einheimische wie Soldaten. Rom speit in diesen Tagen das Übel der Welt heraus.

Die Tage werden wärmer, der Frühling beginnt früher als bei uns zuhause. Für mich geht es schon bald in die Albaner Berge. Ich freue mich auf die Prinzessin. Wie sie inzwischen wohl aussieht? Und wie geht es Eugenia, die Köchin im Palazzo Capriri ist? Sie wird Jan Schevenen wiedersehen, der erneut als Begleitsoldat für mich abgestellt ist. Leider auch Müller. Der hat momentan keinen Vorgesetzten. Und die SS-Zentrale gibt mir diesen Denunzianten mit nach Nemi. Man traut mir nicht.

72

Nemi, April 1944
Albergo de Sanctis

Dunkel lag der Nemi-See im Krater unter dem Städtchen. Der Tag war sehr jung, und nur der Mond streute schüchtern sein Licht, das sich um die Vorhänge herumstahl und das Zimmer in graublaue Streifen tauchte. Curth drehte sich im Bett herum und war noch nicht richtig wach. Sein Schlaf ähnelte einem Dämmerzustand in glückseliger Zufriedenheit. Mit einem Auge blinzelte er zum Stuhl vor dem großen Schreibtisch, wo er am Abend seine Anzughose eilig über die Lehne geworfen hatte. Sein helles Hemd entdeckte er auf dem Fußboden. Überhaupt herrschte Chaos in seinem Zimmer im Gasthaus de Sanctis. Eine Flasche Spumante und zwei halbvolle Gläser standen auf dem Nachttisch. Am Ende des Bettes, wo nackte Füße herausragten, lag achtlos zusammengerafft ein Kleid, das jemand schnell ausgezogen haben musste. Neben ihm, unter dem Zipfel seiner Bettdecke, verbarg sich ein schwarzer Haarschopf. Von dort vernahm er entspanntes Atmen.

»Bella mia, du solltest aufwachen.« Curth hob die Bettdecke ein wenig zur Seite und strich mit seiner Hand über das zerzauste Haar. »Es wird Zeit. Bevor dich jemand sieht oder du vermisst wirst.« Dann hörte er eine junge Stimme, weich und sanft.

»Bella mia, meine Schöne – bin ich das für dich?« Die junge Stimme hörte sich verschlafen an. »Ich bin ja so glücklich in deinen Armen. Die Nacht war viel zu kurz.«

Er schob vorsichtig eine Hand unter das warme Gesicht der Frau. »Wir wollen diese Nacht nie vergessen, sie war so schön.« Dann ließ er die andere Hand langsam an ihrem Rücken heruntergleiten und spielte dabei mit den Fingerkuppen wie auf der Tastatur eines Cembalos. »Ja, das bist du, bella mia.« Er neigte den Kopf und berührte ihren Nacken mit der Spitze seiner Nase. »Bella mia«, flüsterte er, und wieder »bella mia«.

Die junge Frau drehte sich um und drückte mit halb geschlossen Augen ihren Mund auf die Lippen des Deutschen. Wie warm das war. Und süß wie ein Honigtopf. Es durchströmte sie wie eine Welle, die in ihrem Schoß brandete. Das also war das große Geheimnis der Liebe, sagte sie sich. Das Geheimnis, über das niemand sprach. Über das nur Andeutungen gemacht wurden. Und das sie bisher nicht spüren durfte, weil sie so jung war. Sie fühlte, dass nach den blutigen Ereignissen im Spätsommer des letzten Jahres im Wald bei Nemi das Leben in sie zurückgekehrt war. Dieser dunkle Schatten, der ihr den langen Winter über nicht von der Seele gewichen war – er war auf einmal verschwunden. Aufgelöst wie ein Morgennebel unter der frühen Sonne in den Albaner Bergen. Dank ihm. Ausgerechnet einem Deutschen. Sie schwor sich, nie von seiner Seite zu weichen, und hauchte ihm ins Ohr. »Amore mio, ich werde immer bei dir bleiben.«

Curth spürte Francescas Verlangen nach Liebe und Leben. »Wir müssen vernünftig bleiben«, sagte er und bereute seine Worte im selben Moment. Er hatte sie am Abend zuvor über eine Hinterhoftreppe in sein Hotelzimmer geschmuggelt, bei einem Glas Spumante seine Arme um sie geschlungen und ihre Schläfen geküsst. Sie hatte sein Hemd aufgeknöpft und ihre Lippen an seiner Brust spielen lassen. Ihr Kleid war heruntergerutscht. Erst über die Schultern, dann über die Hüften.

Jäh unterbrach Curth seine Erinnerung an die Nacht. »Wenn uns jemand sieht, wird mich dein Vater töten. Und du bist in Nemi geächtet für alle Zeiten.«

»Si, du hast recht. Aber lass' mich noch einmal an dir schnüpfeln.« Sie vergrub ihr Gesicht tief in Curths Halsbeuge und atmete den Geruch seiner Haut ein.

»Das heißt schnüffeln, meine Schöne, schnüffeln.«

Kurz darauf standen beide vor dem Spiegel im kleinen Badezimmer und machten sich zwischen vielen Umarmungen wieder zurecht. Eine Kerze gab ihnen Licht genug. Curth holte aus seiner Anzugjacke eine einzelne Lire-Münze heraus. »Die wollen wir hier als Erinnerung verstecken.« Er drehte die Vorderseite mit König Vittorio Emanuele III. herum und zeigte auf der Rückseite auf den italienischen Adler mit ausgebreiteten Schwingen. Curth sprach den Refrain des Gefangenenchores aus Verdis Oper »Nabucco« nach.

»Va pensiero sull' ali dorate
va, ti posa sui clivi, sui colli,
ove olezzano tepide e molli
l'aure dolci del suolo natal!«

Francesca nahm das Geldstück in ihre Hand, spielte damit zwischen den Fingern und überlegte, wie oft sie solche Münzen schon in den Händen hatte. Dann flüsterte sie. Auf Deutsch.

»Flieg, Gedanke, auf goldenen Schwingen,
lass dich nieder auf jenen Hängen und Hügeln,
wo sanft und mild der wonnige Hauch
der Heimaterde duftet.«

Curth schaute sie an. Wie schön sie war, so nackt wie sie vor ihm stand. Eine Göttin. Sein Herz klopfte und er versank in seiner Erinnerung an den ersten Kuss. Drei Tage nach seiner Ankunft aus Rom hatte er Francesca unten am Nemi-See getroffen, als er das Areal oberhalb des Tempels durchstreifte. Er war allein geblieben, da Direktor Luigi della Rocca sich um die Unterbringung von Kriegsflüchtlingen aus Süditalien im Museum kümmern musste, wo nur noch die antiken Schiffsrümpfe standen. Die Sonne hatte an jenem Nachmittag den Kraterrand aufgewärmt. Die Stauden der kleinen Walderdbeeren waren bereits prächtig gediehen und verströmten einen frischen, leicht süßlichen Geruch. Curth schwitzte und hatte sich die Ärmel seines Hemdes hochgesteckt, das er sich vorne locker in die Hose gestopft hatte. Zwischen zwei verwilderten Brombeerhecken war plötzlich die Principessa aufgetaucht, die eine weite Hose und eine hellblaue Bluse unter einer groben Strickjacke trug. Hatte sie ihn beobachtet? Curth wusste es nicht. Er spürte ein Karussell in seinem Bauch.

»Signore di Albano, wie schön, Sie hier zu treffen.« Francesca war aufgeregt und ihr Herz klopfte bis zum Hals. Denn das Treffen war keinesfalls zufällig, sondern heimlich von ihr geplant. Der Deutsche war seit Tagen in Nemi, doch zu mehr als zu einem kurzen Aufeinandertreffen beim Kaufmann am Corso war es nicht gekommen. Da stand sie also zwischen struppigen Hecken in der Caldera, überlegte und haderte mit sich. »Wie schön, Sie hier zu treffen« – war ihr nichts Besseres eingefallen als dieser dumme Satz?

»Principessa, Sie hier? Ich bin überrascht. Aber hatten wir uns in unseren Briefen nicht schon mit Vornamen angesprochen?«

»Ich, si, certamente, sicher.« Wenn Francesca unsicher wurde, rutschte bei ihr die Muttersprache durch.

»Ho pensato, ich meine, ich dachte, vielleicht kannst du mir mal zeigen, wo du arbeitest?«

Die nächsten Minuten gingen sie schweigend in den Hof des Tempels hinunter, wo Curth sie in das Ausgrabungsareal zwischen kleineren Nischen in der Nordwand und Nordostecke führte. »Hier, Francesca, hier suche ich. Weiter oben habe ich nur ein paar Ruinen gefunden.« Er fühlte eine Anspannung in sich, die seine Wahrnehmung für alle Geräusche, Gerüche und Augenblicke aufs Äußerste schärfte.

Francesca hatte ihre Sicherheit wiedergefunden, zupfte Curth am Ärmel und zog ihn zu einem steinernen Aufbau im Winkel der Mauer. »Als Kinder haben wir hier gespielt, bevor dieser della Rocca etwas zu sagen hatte und uns alles verbot.« Wie gut der Deutsche roch, sagte sie sich. Ein warmes Gefühl durchzog ihren Bauch. »Wir haben Apollon und Diana gespielt. Und Tommaso, unser Freund, hat manchmal den Hephaistos gemimt.« Sie beobachtete Curth. Schaute auf seine großen Hände, in seine blauen Augen, zählte jede noch so kleine Falte an den Augenrändern, bewunderte die breiten Schultern und musste sich zurückhalten, um nicht mit den Fingern durch seine blonden Haare zu streichen.

Curth sah das Verlangen in den Augen von Francesca. Oder bildete er sich das nur ein? Vielleicht wollte er es so sehen? Er griff um die schmale Taille der jungen Frau und zog sie näher zu sich heran. Er spürte keinen Widerstand. »Hephaistos, der Feuergott«, flüsterte er ihr zu, »hatte er nicht Aphrodite zur Frau, die Göttin der Liebe?« Er schaute Francesca tief in ihre Augen. Ja, da war es. Das Funkeln der Sterne. Er legte seinen Mund auf ihre Lippen und küsste sie das erste Mal. Dann sahen sie sich an. Schweigend. Francescas Mund war leicht geöffnet, und er konnte ihr Atmen hören.

»Küss' mich«, hörte er sie sagen, »küss' mich noch einmal.«

Das war vor einigen Wochen. Und jetzt sah Curth sie stolz und mit freiem Oberkörper aus dem Bad heraus in das blau-fahle Mondlicht seines Hotelzimmers gehen. Sie war jung und schön. An dem Bild an der Wand mit Bauernmädchen und zwei Ziegen blieb Francesca stehen. Sie nahm es vom Haken, steckte die Lire-Münze auf der Rückseite in einen Schlitz zwischen Holzrahmen und Bespannung und hängte es zurück. »Dies soll an unsere Liebe erinnern, die zu uns kam wie auf den Schwingen eines Adlers. Wir werden zurückkommen, immer wieder. Wir müssen es schwören. Schwöre es, amore mio, schwöre es. Zur Erinnerung an diese Nacht.«

Curth fühlte es. Die wenigen Stunden mit Francesca, sie waren traumhafte Zeitperlen des Glücks in einer aus den Fugen geratenen Welt. Er nickte. »Ja, ich schwöre, bei meiner Liebe. Aber jetzt – musst du gehen.«

Die Principessa zog sich ihr Kleid und ihren grauen Wollmantel über und schmiegte sich ein letztes Mal eng an Curth. »Sehen wir uns morgen?«

»Ich bin unten am Nemi-See. Die Ausgrabung, du weißt. Und am späten Nachmittag sehe ich Pater Lucius. Ich habe eine Einladung.«

Vorsichtig schlich Francesca die Treppen des Gasthauses hinunter und verschwand ins Freie durch den Hinterausgang, den sie seit ihrer Kindheit kannte. Sie betete, dass sie nicht dem neuen Zimmermädchen begegnete, das Bürgermeister Rossi nach dem Ausscheiden von Eugenia eingestellt hatte. Draußen auf dem Corso war es dunkler als erwartet, da im Krieg nachts kein Licht brennen durfte und das Mondlicht nur schwach in die tief liegende Gasse streute. Sie schaute auf ihre schmale Armbanduhr und konnte kaum die

Zeiger erkennen. Halb fünf, schätzte sie. Da spürte sie eine kräftige Hand auf ihrer Schulter und zupackende Finger, die sie grob herumrissen. Sie erschrak und zuckte zusammen. Ihr Vater?

»Was machst du hier? Um diese Uhrzeit? Bist du von allen guten Geistern verlassen?«

Sie sah jetzt direkt hinein in ein schwarz verschmiertes Gesicht. War das nicht ...? Und wer war die schmale Person dicht dahinter?

Tommaso Fabrizi holte Luft, doch er sprach sehr leise. »Wir sind in großer Gefahr. Die Deutschen. Sind uns auf den Fersen. Haben uns am Waldrand gesehen.«

Francesca zuckte zusammen. »Was für eine Gefahr, Tommaso? Wovon sprichst du?« Dann hörte sie eine zweite Stimme. Die Stimme einer Frau hinter ihrem Freund.

»Keine Zeit, wir müssen verschwinden. Sofort. Tommaso, nimm die Kleine mit, sonst läuft sie noch der deutschen Nachtpatrouille über den Weg.«

Die Principessa erkannte die Frau. Blond, struppige Haare, schlanker Körper, Kluft der Partisanen, eine große Gürtelschnalle vor der Jacke. Entschlossenheit in der Stimme. Elisa! Sie war wieder da, sagte sich Francesca. Die Frau, die ihre Feinde mit einem großen Kampfmesser tötete.

Tommaso griff entschlossen zu und zerrte Francesca trotz seiner Gehbehinderung den Corso entlang, weg vom Palazzo, um ihre Familien nicht in Gefahr zu bringen. Zur Kirche hoch. Schließlich stoppten Tommaso, Elisa und Francesca an einer dunklen Haustür. Tommaso schlug im schnellen Rhythmus an die Tür, fünfmal, wobei er den vierten Anschlag betonte: Tock-tock-tock-**tock**-tock.

Francesca summte mit. »U-na mat-**ti**-na.« Nach einer kurzen Pause pochte Tommaso mit den Fingerknochen erneut gegen die Tür. Abermals summte Francesca leise mit. »Mi son sveg-**lia**-to.« Sie wusste es wieder. Es war das Erkennungszeichen der Partisanen und ihrer Helfer. Sie sang den Refrain im Flüsterton. »O bella, ciao! Bella, ciao! Bella ciao ciao ciao!«

Dann öffnete sich die Tür. Vor ihnen stand – Pater Lucius.

73

Pfarrhaus in Nemi

Es war still in der Pfarrwohnung. So still, dass Curth von Alban das große Pendel der altertümlichen Wanduhr schlagen hörte, die im Hausflur zur kleinen Via Salita della Chiesa ein einsames Dasein fristete. Andere Möbel – mit Ausnahme eines Schirmständers mit durchgerosteter Bodenplatte – hatte er beim Hereinkommen nicht gesehen. Auch das Wohnzimmer, wo ihm die Haushälterin einen weichen Sessel vor dem Fenster angeboten hatte, wirkte spartanisch auf ihn. Ein Tisch, vier Stühle, eine dunkle Anrichte mit ein paar Büchern und an der Wand ein tieftrauriger Jesus am Kreuz, der zu ihm herüberblickte. Der bleiche Gottessohn mit Heiligenschein und einem geknoteten Tuch um die Hüfte erinnerte Curth an ein Freskengemälde von Giotto, das er lange vor dem Krieg in Padua gesehen hatte.

Das Kruzifix an der Wand sprach den Katholiken in Curth an – und ins Gewissen. War das vor Gott richtig mit der jungen Principessa, in die er sich so sehr verliebt hatte? War die vergangene Nacht im Albergo nicht gefährlich? Vor allem für Francesca? Ein störendes Gefühl mit Gewissensbissen stieg in ihm auf. Was passierte mit Francesca, wenn ...? Er mochte den Gedanken nicht zu Ende denken.

»Signore di Albano, wie schön, dass Sie da sind. Aber Sie sehen sehr bedrückt aus.« Die sonore Stimme von Pater Lucius, der aus einem Nebenzimmer hereinkam, war zu hören und durchbrach die Stille. »Mein Sohn, willst du beichten?«

»Buona sera, Pater Lucius, ich habe Sie nicht kommen hören. Und gehe so meinen Gedanken nach.« Curth versuchte, von der Frage des Geistlichen abzulenken. »Hochwürden haben hier einen schönen Blick in den Garten.«

Der Priester ließ sich nicht abbringen. »Die Deutschen hätten viel zu beichten in diesen schweren Zeiten.« Er strich seine neue Soutane aus Rom glatt, die ihm jüngst die Fürstenfamilie geschenkt hatte, und setzte sich in einen Sessel gegenüber. »Wissen Sie, nicht erst seit dem März-Massaker an über dreihundert unschuldigen Zivilisten in den Ardeatinischen Höhlen haben sich die Deutschen als das Böse in der Welt offenbart. Und was ist mit den vielen Juden, die in Viehwaggons ins Deutsche Reich verschickt wurden? Auschwitz, Dachau. Ich weiß es von Eugenia.«

Curth schämte sich, wollte sich aber nichts anmerken lassen. »Ich bin als Archäologe und nicht als Soldat in Nemi.« Er hatte in diesem Moment die verzweifelte Eugenia vor Augen, die ihm nach der Judenrazzia in Rom unter Tränen gestanden hatte, zu einem Viertel jüdisch zu sein – un'ebrea, in un quarto. Das waren ihre Worte, die er noch im Ohr hatte.

»Kein Soldat? Und was sind Sie in Rom? Erzählen Sie mir nichts, bitte. Ich weiß, dass Sie von der SS sind und unten am Tempel irgendetwas suchen.«

Der Deutsche überlegte. Wer hatte ihn verraten? Schevenen? Nein, den schloss er aus. Gigi, der Museumsdirektor? Vielleicht. Müller? Wahrscheinlich. Pater Lucius wollte offensichtlich Druck auf ihn ausüben. Aber warum, was hatte er vor? Curth hielt es für besser, im Moment zu schweigen.

»Signore di Albano, sind Sie eigentlich Katholik? Ich meine ein guter Katholik? Kennt man das in Hitler-Deutschland noch?« Die Stimme des Geistlichen klang weder fordernd noch strafend. Sie klang sanft. Aber eindringlich, mit Tiefenwirkung.

»Haben Sie mich deswegen eingeladen? Zur Beichte?« Curth dachte nicht daran, sein schlechtes Gewissen zu zeigen. Sollte das heute im Pfarrhaus nicht ursprünglich ein gemütliches Treffen werden? Doch jetzt, so fühlte er, ging es um etwas anderes. Etwas ganz anderes.

»Damit Sie mich nicht falsch verstehen, ich halte Sie für einen guten Menschen, auch wenn Sie wohl lange nicht gebeichtet haben.« Pater Lucius schaute hinaus auf die Wiese und holte Luft. »Wir brauchen Ihre Hilfe, Signore. Nein, was sage ich, Italien braucht Sie. Und, wenn ich so sagen darf, Gott braucht Sie.«

Das hatte Curth schon einmal gehört. Jedenfalls so ähnlich. Nur ging es damals nicht um Italien oder Gott, sondern um Hitler. »Von Alban, der Führer braucht Sie!« Das waren die Worte von Hugin gewesen, der ihn bei der Ritterkreuzverleihung am Nemi-See aufgespürt hatte, um ihn für die Suche nach dem Artefakt zu gewinnen.

»Hochwürden, mich braucht niemand, schon gar nicht der Krieg. Vielleicht noch meine Eltern und ...« Er verstummte.

»Die Principessa?« Pater Lucius bekam einen ernsten Ton in seiner Stimme. »Was passiert da zwischen Ihnen beiden?«

Curth wollte im Boden versinken, aber er fasste sich. »Hochwürden, wie zum Teufel ...?« Ihm passte das alles nicht und er entschloss sich zur Direktheit. »Was genau wollen Sie eigentlich von mir?«

»Apropos Teufel.« Pater Lucius bekreuzigte sich. »Das ist nicht gut für die Principessa. Tommaso hat das Mädchen letzte Nacht vor dem Albergo de Sanctis aufgegriffen, bevor es zu dieser Stunde deutschen

Soldaten in die Hände gefallen wäre, und zu mir ins Pfarrhaus gebracht. Überall waren kleine Trupps der Wehrmacht unterwegs. Gefährlich. Erst am Morgen konnte Francesca unbehelligt in den Palazzo zurück.« Der Priester sah ihn streng an. »Signore, Sie wohnen doch im Albergo de Sanctis, oder? Ich kann Sie beruhigen, niemand im Palazzo hat etwas bemerkt. Auch nicht Rossi, unser Bürgermeister.«

Der Gast überlegte. Tommaso, der Fabrizi-Sohn – was machte der nachts auf dem Corso? Curth, von Hauptmann Maybaum und den deutschen Soldaten am See gut über das Kriegsgeschehen informiert, blieb nur eine Schlussfolgerung. Die Wehrmacht sicherte das Hinterland gegen italienische Partisanen und stöberte intensiv nach deren Helfern, wie Tommaso. Soldaten durchstreiften Wälder, Städte, Dörfer und schreckten vor nichts zurück. Auch in Nemi. Daran hatte er nicht gedacht, als er Francesca in der Nacht verabschiedet hatte. Curth machte sich schwere Vorwürfe. Tommaso, der Pater und wer weiß, wer noch in diesem Dorf – sie alle, sagte er sich, waren Partisanen oder Helfer.

»Wissen Sie, Signore di Albano, das Leben geht manchmal merkwürdige Wege.« Pater Lucius schaute jetzt nicht zum Fenster hinaus, sondern hinüber zum Kruzifix. »Unser Herr bestimmt die Wege. Er hat mich zu seinem Werkzeug gemacht. Und Sie, Signore, welchen Weg wollen Sie gehen? Quo vadis?«

In diesem Moment kam eine schwarz gekleidete Frau aus der kleinen Pfarrküche heraus, die zur Straßenseite lag. Sie war schmächtig und trug ein Holztablett. »Reverendo, es ist fünf. Darf ich einen Marsala anbieten? Ein Roter, aus Sizilien. Meine Heimat.«

»Teodora, muss das jetzt sein?« Der Priester schaute verärgert zu seiner betagten Haushälterin, die zwei Gläser und eine Flasche auf den Tisch zwischen den

Sesseln abstellte. »Wir haben Wichtiges zu besprechen.«

»Der Arzt sagt, Sie sollen sich stärken. Daher habe ich Ihnen Marsala mit Ei gemacht. Altes Rezept. Dann schaute Teodora abschätzig zum Deutschen. »Für den Gast ohne Ei.«

Curth sah ihr in die Augen, die einen trüben Eindruck machten. Ihre Kleidung roch nach Putzmittel und Weihrauch, die weißen Haare hatte sie unter einem Häubchen streng nach hinten gebunden. »Danke, Teodora, den Marsala nehme ich gerne. Schon seit Jahren keinen mehr getrunken.« Die Haushälterin reagierte nicht, sondern schien entrückt.

Pater Lucius fasste sich an die Schläfe. »Manchmal ist sie, wie soll ich sagen, in einer anderen Welt.« Er strich über seine Soutane. »Sie verstehen? Aber die Arbeit macht sie gut.«

Die Augen von Teodora weiteten sich. Dann sprach sie wie zu jemand Unsichtbaren. Mit fester Stimme. »Als er auf dem Ölberg saß, wandten sich die Jünger, die mit ihm allein waren, an ihn und fragten: Sag uns, wann wird das geschehen, und was ist das Zeichen für deine Ankunft und das Ende der Welt?«

Pater Lucius schaute verlegen und entschuldigte sich. »Das hat sie öfter in letzter Zeit. Einfach nicht beachten.«

Teodora sprach weiter. »Ihr werdet von Kriegen hören und Nachrichten über Kriege werden euch beunruhigen. Gebt Acht, lasst euch nicht erschrecken! Das muss geschehen.«

Der Geistliche wurde unruhig. Er stutzte. »Das ist aus dem Matthäus-Evangelium. Mit wem spricht sie eigentlich?«

»Denn ein Volk wird sich gegen das andere erheben und ein Reich gegen das andere und an vielen Orten wird es Hungersnöte und Erdbeben geben ...«

Curth sank angesichts der entrückten Haushälterin tiefer in seinen Sessel hinein. Ein Schluck Marsala könnte ihm jetzt guttun, sagte er sich und füllte sein Glas randvoll. »Die Frage ist nicht mit wem, Hochwürden, sondern wer spricht da?« Ihm wurde es unheimlich.

»Kapitel 24. Die Endzeit.« Pater Lucius war beeindruckt von Teodora. »Jesus spricht im Matthäus-Evangelium über die Endzeit. Was passiert hier gerade?«

Wie in Trance ging die Haushälterin näher an das Fenster heran und schaute mit trüben Augen ins Leere. »Ich sehe Erdbeben und Feuersbrünste, die Erde wird sich auftun und es werden Flammen vom Himmel fallen und der See wird brennen. Ich sehe Tote. Tote, überall Tote ...« Mit dem letzten Satz fiel sie in Ohnmacht und stürzte zu Boden.

Pater Lucius kippte seinen Marsala hinunter. Mit Ei. Sprang auf, um Teodora zu helfen. Er legte ein Kissen unter den Kopf und tätschelte besorgt ihr Gesicht. »Das ist nicht das erste Mal. Es wird schon wieder.«

Curth half dem Priester. Dann wurde es so totenstill, als wäre die Zeit stehengeblieben. Sogar das Pendel der alten Wanduhr im Hausflur schien für einen Moment zu verstummen. Curth spürte etwas Merkwürdiges und doch Vertrautes um ihn herum. Er sah überraschend die Reliquienmonstranz aus seiner Heimatkirche in Mainz-Laubenheim vor seinem geistigen Auge. Mit einem Dörnchen der Krone Christi. Ein Zeichen? Und wofür?

Pater Lucius schaute zu ihm herüber. »Mein Freund, ich habe es in Ihren Augen gesehen, schon an dem

Herbstabend im Palazzo des Principe, als die Fabrizi und Mancini verhaftet wurden. Sie gehören zu uns.«

Wie durch einen dicken Vorhang nahm Curth die Worte des Priesters wahr. Stand er noch auf der richtigen Seite? Er wusste es nicht mehr. Oder – doch, er wusste es. Dann hörte er wieder Pater Lucius sprechen.

»Wir brauchen Ihre Hilfe, Signore. Italien braucht Sie. Und ja, unser Gott braucht Sie.«

74

Anfang Mai 1944
Im Tempelbezirk am Nemi-See

Es war der zwanzigste Tag. Der zwanzigste Tag mit Dreck im Gesicht und Staub zwischen den Zähnen. Der zwanzigste Tag mit Erdklumpen, die sich mit jedem Spatenstich mehr lösten. Mit der Spitzkelle schabte Curth festere Formen aus dem Schutt der Jahrhunderte und säuberte sie mit einem breiten Pinsel aus Tierhaarborsten. Mal kamen kleine Bruchstücke einer Mauer zum Vorschein, mal winzige Tonscherben – das Ergebnis gemessen am Ziel war entmutigend. Doch Curth gab nicht auf, denn der alte Plan von Lord Savile, den er sich im Stollen von Altaussee eingeprägt hatte, schien ihm eindeutig. Wenn es im Tempel kleine Kammern für die Dienerinnen der Vesta gab – dann grub er an der richtigen Stelle. Wenn nur der Abhang über ihm nicht so mächtig wäre.

Endlich, am zwanzigsten Tag an der Nordmauer des Tempels. Ein kleiner, braun-schwarzer Erdklumpen, den er einen Meter tief im Boden unter dem Türsturz einer Cella gefunden hatte, weckte sein Interesse. Und seine Hoffnung. Unter den weichen Borsten seines Pinsels kam langsam eine kleine Terracotta-Figur zum Vorschein. Nicht groß, kaum künstlerisch gestaltet. Eher grob. Nicht für den Hauptraum eines Tempels gedacht, sondern für eine Nische im Pronaos oder in der Mauer der Kolonnade, wo Bittsteller etwas abstellen konnten, um der Göttin zu huldigen. Curth hielt eine vielleicht zwölf Zentimeter große Frauenstatuette in der Hand, Kopf und Füße abgeplatzt, bekleidet mit einer knöchellangen Tunika. Der Bauch war anatomisch freigelegt und zeigte Innereien wie Niere und Leber. Mit der Statuette als Geschenk, war Curth klar, hatte eine Frau in der Antike die Schutzgöttin Diana angerufen, um gesundheitliche Probleme im Bauchbereich heilen zu lassen. Und Vesta, die Göttin jedes Opferfeuers, war mit im Bunde – als Hüterin der Familie. Ein großartiger Fund. Curth fieberte seinem Ziel entgegen.

Er schickte Jan Schevenen, der im Gras unter einer Baumkrone lag und den weiß auf blau ziehenden Wolken nachträumte, zum Museumsbau zurück. Dort sollte der Obergefreite nach Unteroffizier Müller und Museumsdirektor della Rocca schauen, damit sie nicht im falschen Moment in den Ruinen auftauchten – und ihn für diesen Fall vorwarnen. Müller wiederum hatte den Auftrag, sich beim deutschen Flak-Kommando über den neuesten Frontverlauf zu informieren. Denn die Schlacht um Monte Cassino tobte seit Januar 1944 mit großen Verlusten auf beiden Seiten. Und die Alliierten sammelten nach Informationen der deutschen Aufklärung starke Verbände für eine neue Offensive gegen die Gustav-Linie – dem Rückgrat der deutschen Verteidigung in Mittelitalien. Fällt »Gustav«, hatte Hauptmann Maybaum bei einem Treffen am See befürchtet, wäre der Weg für Amerikaner und Briten frei bis nach Rom. Della Rocca war mit einer Handvoll Vertrauter aus seinem Heimatort Ariccia damit beschäftigt, den Strom von Kriegsflüchtlingen in den Griff zu bekommen. Auf Anweisung der italienischen Behörden und von Bürgermeister Rossi quartierte er obdachlose Frauen, Kinder und Männer in den leergeräumten Museumshallen ein, wo neben und unter den Schiffsrümpfen kampiert, gekocht und geschlafen wurde. Seitdem war es voll am Nemi-See.

Curth grub weiter. Hinter der Schwelle der alten Cella-Tür schachtete er vorsichtig einen zweiten kleinen Graben im verschütteten Gelände aus.

Ziegelstücke einer Wand kamen zum Vorschein. Schräg geschichtet, wie nach einem Erdrutsch. Jetzt stieß er auf ein fast intaktes Mauerstück von drei, vier Steinreihen, das in den Jahrhunderten durch den Druck des Hangs verschoben worden war. Er griff wieder zum Pinsel und säuberte die gebrochenen, aber noch zusammenhängenden Reste. Curth spürte eine große Anspannung. Dann – er war so nervös, dass seine Hände leicht zitterten – schimmerte etwas Dunkles in einem Spalt zwischen zwei Ziegeln, die halb in der Erde steckten. Er war wie gebannt. Nahm die Welt um sich herum kaum wahr. Mit Daumen und Zeigefinger zog er ein verwittertes Kästchen heraus. Groß wie ein Handrücken. Zwanzig Zentimeter lang, zehn breit. Hart und schwer.

Er pustete den oberflächlichen Schmutz weg. Wischte mit dem Ärmelrücken drüber. Sein Pinsel flog über das Fundstück. Schwarzes Holz. Vorsichtig arbeitete er sich weiter an das Kästchen heran. Ein Schlitz kam zum Vorschein. Erst an einer, dann an drei Seiten. Curth stand unter Hochspannung. War das die Schatulle mit der Gemme des Caligula? Mit dem goldenen Zweig? Er legte das Artefakt in seine linke Hand, fühlte eine rätselhafte Wärme. Vorsichtig lupfte er den Deckel. Langsam, sagte er sich, nur nichts zerstören.

Dann sah er sie. Das hatte er nicht erwartet.

Er war – überwältigt.

75

Er empfand eine Energie in seiner Hand, wie er es vorher nicht erlebt hatte. Wie bei flüssigem Kerzenwachs, das noch die Kraft des Feuers in sich trägt. Curth säuberte mit den Spitzen seines Pinsels das hühnereigroße Oval aus der Schatulle. Tupfte den Staub von fast zweitausend Jahren ab. Er sah die rotbraune Grundfarbe eines Steins mit grauweißen Erhebungen. Dann schimmerte die Gravur eines kleinen Frauenkopfes durch, den ein antiker Künstler aus der obersten Schicht millimeterdünn herausgeschnitten hatte.

Curth schaute sich besorgt um und prüfte das Gelände in seinem Rücken, wo einmal der große Hof des Diana-Tempels gelegen hatte. Niemand zu sehen. Kein Schevenen, kein Müller. Kein Museumsdirektor und auch keine Kriegsflüchtlinge. Er war allein, fühlte sich unbeobachtet und widmete sich wieder dem Fund. Seinem Fund! Denn Hitlers Geburtstag im April war ohne das Artefakt als Geschenk verstrichen, und von Himmler oder der Forschungsgemeinschaft Deutsches Ahnenerbe hatte er seit dem Tod Hugins nichts mehr gehört. Wer wusste überhaupt von seinem Auftrag? Curth war klar, dass er Gestapo-Chef Kaltenbrunner und Krambock auf der Rechnung haben musste. Er konzentrierte sich wieder auf seinen Fund. Es handelte sich um die Meisterarbeit eines antiken Gemmenschneiders.

Auf dem gelockten Schopf des Frauenkopfes pinselte er eine kleine, oben offene Mondscheibe mit spitzen Enden frei. Über der rechten Schulter erkannte er einen Köcher, über der linken das Ende eines locker gespannten Bogens. Eine zartgeschwungene Nase kam zum Vorschein und ein leicht geöffneter Mund, der Schönheit und Sinnlichkeit betonte. Curth zweifelte nicht. Die mehrschichtige Gemme zeigte Diana mit ihren Attributen – Halbmond, Pfeil und Bogenköcher. Während er sich fragte, wie oft Kaiser Caligula oder Aurelius den Schmuck getragen hatten, kamen ihm wieder Zweifel. Sollte er die Geschichte mit dem heiligen Baum wirklich glauben? Mit dem Zweig, der Heilkraft und Schutz versprach? Eine Art Lebensversicherung? Aber wo war der Zweig?

So oft Curth die Gemme mit dem Kopf der Göttin drehte und wendete, konnte er doch keinen Mechanismus zum Aufklappen entdecken. War der Mythos nur Unsinn? In der Ferne hörte er ein Motorrad knattern. Er schaute auf. Zwei oder drei Wehrmachtslastwagen rußten den schmalen Weg an der Caldera hoch. Seine Finger drückten leicht auf die mit Patina verwitterte Einfassung der Gemme. Nichts geschah. Ein paar wenige kleine Erhebungen auf der Rückseite des Steins weckten sein Interesse. Doch auch dort versteckte sich kein Klappmechanismus. Curth haderte mit sich selbst. Warum nur hatte er diesen Unfug geglaubt? Warum hatte ihn Hugin so überzeugen können, den Auftrag anzunehmen? War es seine Angst vor dem Einsatz an der Ostfront, den ihm Krambock angedroht hatte? Nein, sagte er sich, es war seine Eitelkeit als Archäologe, seine Geltungssucht. Und es war eine Genugtuung für ihn, dass die verhasste SS ausgerechnet ihn brauchte. Den kleinen Leutnant, den Piloten einer unbedeutenden Kuriermaschine hinter der Front. Es war der Weg, der ihn zu Francesca geführt hatte.

Francesca! Allein der Gedanke an sie ließ ihn sanft mit der Hand über die Gemme streichen. Seine Finger glitten über den Kopf der Göttin, tasteten die Oberflächen ab, während er die Augen schloss und sich konzentrierte. War da nicht eben eine Erhebung? Bestimmt nur ein Staubkorn, sagte er sich. Mit einer Fingerkuppe strich er über die Stelle mit dem Halbmond. Ja, da war etwas. Eine Winzigkeit. Millimetergroß. Er spürte es deutlich. »Jetzt!« Curth hoffte. »Jetzt!« Ein sanfter Druck. Die Gemme schnarrte. Er riss die Augen auf. Ein Geheimfach. Darin ein Zweig, eingewebt in eine Staubschicht. Er war am Ziel.

Curth fuhr herum. Ein Knacken im Strauch. Ein Rumoren, gleich hinter der Mauer. Von oben in der Caldera-Wand. Ausgerechnet von der Mauer, die die Cella der Vestalinnen einst gegen den Hang sicherte. Genau wo er jetzt stand. Er blickte hoch. Geistesgegenwärtig ließ er das Geheimfach mit dem Zweig wieder zuschnappen und legte die Gemme zurück in die Schatulle. Er setzte ein Bein aus dem schmalen Graben im Boden. Wollte das andere Bein nachziehen und stützte sich seitlich an den Ziegelresten ab. In diesem Moment gab das marode Mauerwerk nach. Curth stürzte nach hinten, zur Hofseite, und hörte ein Geräusch über sich, das wie langsam rollende Wellen grollte und lauter wurde. Grobe Erdmassen und Steinplatten rutschten den Hang herunter und begruben seine Beine. Ein Stein schlug gegen seinen Kopf. Benommen tastete er die Wunde ab und schaute auf blutverschmierte Hände. Die Schatulle, wo war die Schatulle hingefallen?

Er sah sie, in einer Erdspalte. Er dehnte seinen bis zur Hüfte festsitzenden Körper und streckte die Arme bis es schmerzte. Nur eine Handbreite, dann war er dran. Die Fingerspitzen kratzten am Holz.

»Ja, Grüß Gott, Herr Obersturmführer! Da hab' ich Sie ja!«

Curth traute seinen Ohren nicht. Dieser österreichische Dialekt. Dieser arrogante Ton. Das Herrenrassen-Timbre in der Stimme. Krambock persönlich, das

Reichssicherheitshauptamt aus Berlin machte seine Aufwartung. Curth hätte kotzen können.

»Herr Sturmbannführer, wenn ich bitten darf ... vielleicht können Sie mir aus meiner misslichen Lage heraushelfen?« Curth reichte ihm die Hände. Nach Altaussee hatte er mit dem Auftauchen des Narbengesichts am Nemi-See gerechnet. Aber warum gerade jetzt? In seiner Situation – eingeklemmt und hilflos – sogar von Nutzen, dachte Curth. Und verwarf gleich wieder seinen dummen Einfall.

»Jetzt Obersturmbannführer, wenn ich bitten darf. Es geht voran, Berlin zählt auf mich. Ach, wie ist denn so da unten?« Krambock stellte sich in seiner SS-Uniform in sicherer Entfernung zum Erdrutsch auf. »Bei unserem letzten Treffen im Stollen von Altaussee haben Sie auch so eine unglückliche Figur abgegeben, so vor mir auf allen vieren.« Das Narbengesicht machte keine Anstalten zur Hilfe und beachtete nicht Curths ausgestreckte Arme. »Ihre Lage hat sich seitdem nicht verbessert.«

»Könnten Sie mir bitte mal heraushelfen? Ich klemme fest und bin verletzt.« Curth hatte das dumpfe Gefühl, dass er ausgeliefert war. Wo waren Schevenen und Müller, wenn er sie mal brauchte?

»Gestapo-Chef Kaltenbrunner hat mich beauftragt, den Zauber zu ihm nach Berlin zu bringen. Wie ich sehe, sind Sie ja schon vorangekommen. Was ist das für eine interessante Schatulle dort? Zeigen Sie mal her.«

»Ich denke nicht daran. Holen Sie sich das Stück doch selbst.«

»Damit ich auch verschüttet werde? Nee, Herr von Alban, nicht mit mir. Sie kommen bestimmt dran. Sie angeln das gute Stück, geben es mir und ich hole Sie als Gegenleistung da unten raus. Versprochen! Mein Ehrenwort.«

»Ihr Ehrenwort? Kenne ich schon.« Curth ruckelte mit seinen Beinen, aber die Erdmassen gaben ihn nicht frei. Er saß fest.

Krambock wurde ungeduldig. Seine Augen verrieten Jähzorn. »Wenn Sie sich nicht fügen wollen ... denken Sie mal an Hugin. Diese Knalltüte vom Ahnenerbe. Wollte uns in Altaussee auch nicht helfen und fing in seinem betrunkenen Zustand einen Streit an. Erledigt. Wir haben ihn zum Abkühlen ein wenig in Schnee eingelegt.« Das Narbengesicht verzog seinen Mundwinkel zur Grimasse.

Curth erschrak. Das Narbengesicht, Hugins grausamer Tod. Und jetzt war er selbst in Not. Da sah er Müller und Schevenen kommen. Er rief quer über den Tempelhof. »He, ihr Beiden. Holt mich raus!«

Krambock drehte sich um, wurde wütend angesichts der beiden Soldaten. »Was ist das für eine Komikertruppe. Hände weg von dem Mann, niemand hilft ihm, das ist ein Befehl!« Seine Hand schob sich über die Pistolentasche. Dann brüllte er. »Wilkisch, zu mir!«

»Passt auf seine Hand auf, die Waffe.« Curth schrie jetzt ebenfalls. Er beobachtete das Gelände hinter dem Trio und befürchtete, dass jeden Augenblick Krambocks SS-Frettchen auftauchen würde, der sich in einem anderen Teil der Ruinen aufhalten musste.

Müller griff an seinen Pistolengurt. Schevenen klammerte sich an seiner Maschinenpistole fest und drehte sie ängstlich in Richtung Krambock. Da schrillte eine kalte Stimme von der Seite.

»Jetzt wollen wir mal alle die Nerven behalten. Soldaten, wenn Ihr den Abend noch erleben wollt, legt ihr jetzt die Waffen nieder. Jetzt. Langsam. Ganz langsam.«

Curth sah SS-Mann Wilkisch. Mit einer Walther P38 in der Hand. Den Lauf auf Müller und Schevenen gerichtet. Finger am Abzug. Nur kein Blutvergießen, hoffte er und blickte zu seinen beiden Soldaten. »Jungs, macht genau das, was er sagt.«

Krambock hatte ebenfalls seine Pistole in der Hand, fuchtelte damit zu Schevenen hinüber und dann auf die Schatulle unter dem Hangabbruch.

Schevenen verstand, nickte, grätschte über aufgetürmte Erde direkt an Curth vorbei und angelte mit spitzen Fingern das Artefakt. Der Hang hielt. Dann drückte er Krambock die Schatulle in die Hand.

»Na also«, sagte das Narbengesicht mit seinem breiten oberösterreichischen Dialekt. »Meine Herren, habe die Ehre.«

»Niemand empfiehlt sich hier!« Museumsdirektor della Rocca tauchte urplötzlich aus dem Dickicht hinter den Tempelruinen auf. Er hatte drei mit Schrotflinten bewaffnete Männer um sich geschart, die ihre Waffen im Anschlag hielten. »Mani in alto! Tutti. Das heißt so viel wie Hände hoch, alle! Ist das klar?!«

Krambock war außer sich. »Was soll das? Wir sind von der SS!«

»SS o no. Für Sie auch auf Deutsch: SS hin oder her. Das hier sind antike Artefakte im Besitz des italienischen Staates. Schon vergessen?« Er stand jetzt direkt vor Krambock und öffnete seine Hand. »Darf ich bitten? Und keine falsche Bewegung. Meine Leute sind schnell und gute Schützen. Capito?«

Curth zappelte in seinem Erdloch. Della Rocca mit der Schatulle und seine schussbereiten Männer verließen im Rückwärtsgang das Gelände. Krambock und Wilkisch standen wie angewurzelt. Nach ein paar Minuten zogen sie sich mit wüsten Drohungen an die Adresse der Italiener zurück.

Müller und Schevenen bekamen nur langsam ihre flatternden Nerven wieder in den Griff. Dann halfen sie Curth aus dem Loch. Der Hang – er hielt.

76

Tagebuch

Freitag, 12. Mai 1944,
Nemi, abends im Gasthaus de Sanctis

Ich fass' es nicht. Da grabe ich mich durch diese Ruine durch und finde tatsächlich eine antike Gemme mit Zweig in einem Geheimfach. Dass es sowas noch gibt! Merkwürdig, diese Wärme, die in meiner Hand pulsierte und in mich hineinstrahlte. Und was passiert? Statt dass ich mit dem Artefakt vielleicht ein berühmter Archäologe werde, kommt der halbe Hang runter und ich stecke im Erdloch fest. Ausgerechnet da taucht mein Erzfeind Krambock auf, der Hugin auf dem Gewissen hat, und bekommt die Gemme in die Finger – und schließlich klemmt sich der Museumsdirektor die Schatulle unter den Arm. Mit Hilfe seiner Brigade von Schrotflinten! Und ich? Ich stehe mit leeren Händen da.

Aber so schnell gebe ich nicht auf. Ich will mir meinen Fund zurückholen. Er gehört mir. Della Rocca hat die Schatulle im Museum versteckt, vermutlich im Büro, wo es einen Tresor gibt. Das weiß ich von Hauptmann Maybaum, der sich dort neulich zum Vin-Santo-Trinken eingeladen hatte. Apropos Maybaum, unser Kommandant für Nemi, Befehlshaber der Fallschirmjäger und der deutschen Flak-Stellungen am See. Er erzählte mir, dass die Alliierten seit heute Morgen mit einer großen Offensive unsere Gustav-Linie angreifen. Wenn das man gutgeht. Schließlich sitzen seit Januar die Amis und Tommys mit ihrem Brückenkopf in Anzio fest, nur 40 Kilometer von dort bis Nemi, 60 bis Rom. Und binden deutsche Wehrmachtsteile. Was ist, wenn der Feind durchbricht?

Aber wer ist Feind, wer Freund? Pater Lucius hat mich bei meinem Besuch im Pfarrhaus unter Druck gesetzt – von wegen guter Katholik – und an die Verbrechen der Deutschen erinnert. Gott braucht mich, hat er gesagt. Für wen? Für die Partisanen in den Albaner Bergen und Wäldern? Ich soll für ihn Informationen beschaffen, wo und wann in Nemi die deutschen Soldaten ihre Patrouillen laufen. Lässt er mich im Gegenzug mit Francesca gewähren, ohne den Eltern etwas zu sagen? Schwer vorzustellen. Aber ich will nicht zum Verräter werden.

Ach, es wird alles nur schwerer.

***

Samstag, 13. Mai 1944,
Nemi, Italien

Ich werde Francesca niemals aufgeben. Letzte Nacht war sie erneut heimlich bei mir. Wir haben uns geliebt. Und die Lire-Münze hinter dem Bild mit dem Bauernmädchen angeschaut. Die mit dem italienischen Adler drauf und den großen Schwingen. Wir schworen ewige Treue und flüsterten »Flieg, Gedanke, auf goldenen Schwingen«. Ich habe ihr mein Herz ausgeschüttet, von der Gemme erzählt, von meinem Auftrag, von Hugin und Krambock. Und von Mussolini auf dem Gran Sasso und seinem Borsalino habe ich erzählt. Sie weiß jetzt alles und bleibt doch gefasst. Schaute mir in meine Augen. Und sagte »ti amo« und »sei la mia stella«, ich sei ihr Stern. Und wenn mir so viel an der Gemme mit dem Zweig liegt, könne sie bestimmt helfen.

Beim Abschied – es war noch dunkel – sind wir am Hinterausgang des Hotels von einer Frau erwartet worden, die sich in einer Nische versteckt hielt. Kurze Haare, derbe Jacke über einem Arbeitshemd, weite Hose. Sie sprach kein Wort. Ich habe ein Messer am Gürtel gesehen. Und bekam einen

Riesenschreck. Doch Francesca beruhigte mich schnell. »Das ist zu meinem Schutz«, sagte sie, »wenn es zurück in den Palazzo geht. Sie heißt Elisa.« Elisa? Ob das ihr richtiger Name ist? Die Frau ist Partisanin, ganz klar. Ein Gesichtsausdruck wie Stein – na, der möchte ich nicht allein im Dunkeln begegnen. Ich vermute Pater Lucius hinter dieser Art von Leibwache. Wie soll das nur enden?

***

Donnerstag, 18. Mai 1944
Nemi, Italien

Heute ist Christi Himmelfahrt. Sonne den ganzen Tag. Die Fürstenfamilie hatte mich und Pater Lucius zu einem Mittagessen eingeladen und anschließend durch weite Erdbeerfelder am Hang der Caldera geführt. Wie das duftet! Francesca lief in einem dunkelblauen Kurzmantel gesittet neben ihrer Mutter, man merkt ihr wirklich nicht an, dass wir uns lieben. Sie ist eine gute Schauspielerin. Und ich habe mir allergrößte Mühe gegeben, mich auf Fürst Umberto und seine Ehefrau Luisa zu konzentrieren. Über Verdi haben wir gesprochen, über die Landwirtschaft, über meine Arbeit im Tempel. Über den Krieg – kein Wort. Natürlich habe ich auch mit Francesca ein paar Höflichkeiten ausgetauscht, wobei mein Herz heftig schlug. Pater Lucius hat mich heimlich in die Seite gestoßen, wenn es ihm zu viel wurde. Ich könnte schwören, dass ich Francescas süßen Geruch am Nacken riechen konnte. Ich meine schnüpfeln. Dann kam die Ernüchterung. Am späten Nachmittag, als wir einen Tee im Salon tranken, bekam der Principe – er rauchte gerade eine Zigarre »Toscano Garibaldi« – einen Zettel von einem Angestellten zugesteckt. Umberto holte Luft und wedelte den Tabakqualm zur Seite. Die Alliierten, sagte er, haben die Gustav-Linie durchbrochen und sind auf dem Marsch nach Rom. Das

Kloster Montecassino ist gefallen. Die Deutschen sind auf dem Rückzug. Auf breiter Front. Und dabei sah Umberto keineswegs traurig aus.

Zum Abschied schenkte er mir die Zigarrenkiste mit noch drei Toscano Garibaldi darin. Zur Feier des Tages, sagte er. Und zum Andenken an diesen schönen Tag. Ich verließ den Palazzo und sah meinen Obergefreiten Schevenen, der sich in der Küche bei Eugenia rumdrückte. Wenn die Alliierten hier sind, ist das alles vorbei. Von wegen deutsch-italienische Freundschaft. Ich muss die beiden warnen. Und ich, was werde ich machen?

***

Mittwoch, 24. Mai 1944
Nemi, Italien

Der Krieg frisst sich den Stiefel hoch und schiebt eine Flutwelle von Flüchtenden aus dem Süden vor sich her, die zu Tausenden an Bahnhöfen stranden oder zu Fuß oder mit Eselskarren in die Berge ziehen. Das 2. US-Korps und seine Verbündeten haben die eilig aufgestellte Hitler-Linie zwischen Terracina am Tyrrhenischen Meer und dem Bergland nördlich von Cassino pulverisiert. Viele Tote, sagt Maybaum. Die Italiener flüchten vor der Front und verlassen ihre Orte, bevor sie angegriffen werden. Zudem hat das 6. US-Korps den deutschen Gürtel um den alliierten Brückenkopf bei Anzio durchbrochen. In der Nacht war Geschützdonner zu hören. Es muss aus der Ebene bei Aprilia gekommen sein. Das sind nur zwanzig Kilometer! Im Nordwesten davon liegt Pratica di Mare. Ob es Major Bender dort noch gibt? Ich höre ihn »Aaalbaan« schreien. Den Alten vermisse ich am meisten, und Hänschen natürlich. Der wird aus Rom bald verschwinden müssen, wenn niemand den Angriff stoppt.

Hauptmann Maybaum hat Weisung vom Heereskommando bekommen. Die nächste Verteidigungslinie – sie ist nach

Caesar benannt – führt quer durch die Albaner Berge, durch Nemi und den See! Der Krieg rückt näher. Alles wird gesperrt und für die Verteidigung vorbereitet. Wege, Plätze, alles. Stellungen werden gegraben, die Stadt gegen Fliegerangriffe befestigt. Wehrmachtsverbände sind auf dem Weg zu uns in die Berge. Nemi wird zur Frontstadt.

Dabei ist in vier Tagen Pfingsten. Pater Lucius steckt mitten in den Vorbereitungen für die Gottesdienste und eine Prozession. Ich glaube, daraus wird nichts. Selbst Bürgermeister Rossi packt seinen Koffer. Verwandtenbesuch im Norden, heißt es offiziell aus dem Rathaus. Wer's glaubt. In seiner Begleitung sind Rosalie, die Brünette aus der Apotheke, und sein Handlanger Minotti. Das weiß ich von Tommaso, dem Freund von Francesca. Er sagte mir auch, dass sich ein deutscher SS-Offizier in der Stadt Ariccia auf der anderen Kraterseite rumtreibt, mit einer Narbe im Gesicht, und der mit dem örtlichen Paten sprechen will, dem della Rocca verpflichtet wäre.

Ich habe keine Ahnung, woher Tommaso das alles weiß. Aber ich tippe bei dem SS-Offizier auf Krambock, den ich nicht loswerde. Da braut sich was zusammen.

***

Samstag, 27. Mai 1944

Nemi, Italien, früher Morgen auf meinem Zimmer

Francesca hat sich in der vergangenen Nacht besonders eng an mich herangekuschelt. Ahnt sie, dass unsere Tage gezählt sind? Ich mache ihr keine Hoffnung, dass ich bleiben könnte, wenn die Alliierten kommen. Als SS-Archäologe und Retter von Mussolini – ich würde direkt in Gefangenschaft gesteckt und dann ins Zuchthaus wandern. Nicht mit mir. Aber auch ohne Francesca?

Wenn der Krieg aus ist, komme ich sie in Italien besuchen. Das habe ich versprochen. Ja, ich will sie heiraten. Aber sie muss Geduld bewahren. Ihre Augen strahlten in diesem Moment. Dann weinte sie. Und schließlich kam sie mit einem tollkühnen Plan. Die Schatulle mit der Gemme – sie könne mich nachts unbemerkt bis ans Museum führen. Vorbei an den Sperren und Wachen, die die Deutschen bei der Zufahrt zum See und rund um das Museum mit den Flak-Stellungen aufgebaut haben. Niemand würde mich sehen. Und einen Schlüssel habe sie auch, für die Büroräume. Und ich sollte nicht fragen woher, da sie mich nicht anlügen wolle. Francesca sprach von einem Geheimgang. Sie will durch die Eisentür im Keller des Palazzo bis zum Diana-Tempel hinunter. Ich kenne die Pforte. In vier Tagen, Mittwoch nach Pfingsten, sagt sie, sei ein guter Tag. Abends, wenn es dunkel wird, soll es losgehen. Das ist die Nacht vom 31. Mai auf den 1. Juni.

Ich bin bereit und zu allem entschlossen. Ich will meinen Fund zurück. Niemand sollte sich mir in den Weg stellen!

77

Anfang Juli 2017
Rom, Poliklinik

Der Abend dämmerte. Leon von Alban klappte die Seiten zu und legte den Ledereinband auf den Nachttisch am Krankenhausbett. Er hatte das Kriegstagebuch gelesen, wobei die letzten Einträge seines Vaters wie eine Drohung klangen.

»Ich bin bereit und zu allem entschlossen. Ich will meinen Fund zurück.«

Hier, in der römischen Poliklinik, hatte Leon seit ein paar Tagen die Folgen seiner Folter und des Unfalls auf dem Lungotevere auskuriert, wo er einem Auto vor die Motorhaube getaumelt war. Primo Capitano Raffaele Capriri hatte nach Rubinas Anruf eine Fahndung ausgelöst und in allen Krankenhäusern der Stadt nachgefragt, ob ein blonder Deutscher eingewiesen worden war. So hatte er ihn gefunden. Kaum ansprechbar, aber am Leben. Dank der Ärzte und Besuche von Rubina ging es Leon rasch wieder gut, auch wenn ihm die Schultern noch schmerzten und er nach dem Unfall einen Kopfverband tragen musste. Doch er war aufgewühlt. So aufgewühlt, wie man sein konnte, wenn man gerade seinen Mördern entkommen war und ein verborgenes Geheimnis des Vaters gelüftet hatte.

»Niemand sollte sich mir in den Weg stellen!«

Der letzte Satz aus dem Tagebuch arbeitete in ihm weiter. Sollte seine Schwester recht haben? Hatte ihr Vater Blut an den Händen? Was war mit dem Feuer im Museo delle Navi? Und handelte es sich bei Francesca um die Prinzessin, die – wie er in Nemi gehört hatte – bei einem Sturz von der Caldera-Mauer ums Leben gekommen war? Unter dem weißen Kopfverband brummte Leons Schädel gewaltig. Er erinnerte sich. Alexandra hatte von einem weiteren Eintrag im Kriegstagebuch gesprochen. Jahre später, aus den Fünfzigern. Leon schaltete das kalte weiße Licht seiner Nachttischlampe an. Dann griff er wieder zum Tagebuch.

Er brauchte nicht lange zu suchen. Der hintere Buchdeckel. Eine Lasche. Ein Zettel. Mit einer Notiz. Eilig geschrieben.

***

Juni 1953,
Rom, Flughafen Ciampino,
kurz vor Abflug nach Deutschland

Damals, am See. Neun Jahre ist das jetzt her. Mein Gott, es war Krieg. Es ging nicht anders. Der Museumsdirektor musste sterben. Das Feuer, die vielen Toten, der Wachmann. Was hätte ich machen können?

Wir hatten so große Pläne. Nein, ich hatte so große Pläne. Es ist alles anders gekommen. Und ich bin todunglücklich. Meine tapfere Francesca, bella mia, meine Schöne – Sie gibt es nicht mehr. Sie darf es nicht mehr geben. Und doch – unser Geheimnis wird uns für immer verbinden.

Addio Roma! Arrivederci Nemi. Per sempre. Für immer.

***

Leon ließ seine Augen wieder und wieder über die wenigen Zeilen fliegen. Er spürte die Wucht der anderen Welt, in der sein Vater damals gelebt hatte. Eine Welt, von der Leon bislang nichts gewusst, nichts geahnt hatte. Und die ihm fremd war. Dann flüsterte er den einen Satz aus dem Tagebuch.

»Der Museumsdirektor musste sterben.«

Jetzt war er sich sicher. Sein Vater hinterließ eine große Schuld. Und eine große Liebe. Leon war sich im Klaren, dass er in Nemi die Antworten auf seine Fragen finden würde. Wo war das Artefakt? Warum besaß Zia Maria ein Bild seines Vaters? Was wusste die alte Frau?

Es klopfte. Die Tür zu seinem Zimmer wurde aufgeschoben.

»Leon, mein Freund, wie geht es dir heute?« Raffaele trug die Uniform der Kulturgutpolizei und war direkt vom Büro aus der römischen Innenstadt zu ihm in die Poliklinik gekommen. »Es ist zwar spät, aber ich bringe dir die restlichen Sachen aus deinem Hotelzimmer. Und ein neues Telefonino für dich.« Der Primo Capitano wirkte erschöpft. »Und von Rubina soll ich grüßen. Sie kann erst übermorgen kommen, da sie schon in Palestrina ist. Der Palio, du weißt, sie spannt den Bogen bei den Wettspielen.«

»Ein Handy, das ist gut.« Leon schob sich mit dem Rücken am Kopfteil seines Bettes hoch. »Ich muss dringend telefonieren. Mit Darmstadt und mit der Schweiz. Am besten auch gleich mit dem Bundeskriminalamt.«

»Langsam, es ist Abend. Alles zu seiner Zeit. Und ich habe Neuigkeiten.« Raffaele setzte sich zu ihm auf die Bettkante. »Gute und schlechte Neuigkeiten. Die schlechte zuerst?«

»Schieß los. Ich bin Schwierigkeiten gewohnt.«

»Du erinnerst dich, der Gefangenenausbruch? Es gab einen Stromausfall im Stadtteil Trastevere. Die Hitzewelle, die vielen Klimageräte, sie liefen auf Hochtouren. Irgendwann ging die Energieversorgung im Viertel in die Knie.« Der Primo Capitano sah, dass Leon sich schwertat, dies als alleinige Ursache anzusehen. »Gut, im Gefängnis muss jemand geholfen haben, der viel Ahnung von diesen Dingen und einen genauen Plan im Kopf hatte. Inklusive eines guten Wissens über alte Zugänge für Lieferanten.«

»Und die Pläne für eure Gefängnisse, die kann man sich am Kiosk kaufen?« Leon schaute Raffaele an wie bei einem schlechten Witz.

»Du hast recht. Natürlich nicht. Also – wir sind uns sicher. Wir haben einen Maulwurf in unseren Reihen. Einen Verräter.«

»Schöne Zustände. Ich will endlich den Mord an unserer Haushälterin geklärt wissen.«

Raffele nickte ihm zu. »Jetzt die gute Nachricht. Wir haben das Smartphone des Mannes weiter ausgewertet. Demnach war er kurz vor der Tatzeit in einem Mainzer Funknetz. Später in italienischen Netzen, unter anderem über einen Sendemast bei Palestrina. Telefonierte in ein deutsches Mobilfunknetz, Raum Köln.«

»Das sollte vielleicht unser BKA mal erfahren.«

»Schon erledigt. Wir arbeiten eng zusammen. Von einem unserer Leute wissen wir, dass sich beim Palio in Palestrina ein Syndikat von Kunstdieben und Hehlern treffen wird. Vermutlich sogar bei entfernten Verwandten von mir. Du kennst ja schon Carlotta, die Chefin der Bar in Rom. Meine Leute und ich werden dort sein. Wir sind vorbereitet.«

»In Palestrina? Beim Palio? Und du lässt deine Schwester dorthin?«

»Ich kann sie doch jetzt nicht zurückpfeifen. Erstens lässt Rubina das nicht mit sich machen. Und zweitens könnte das Syndikat Verdacht schöpfen. Schließlich weiß man in Palestrina, dass sie meine Schwester ist. Nein, das würde alles gefährden.«

Leon reagierte ungehalten. »Wann ist der Palio?«

»Geht morgen los. Dauert bis spät in die Nacht. Ein Wahnsinnstrubel über mehrere Tage.«

»Ich muss da hin! Rubina beschützen. Das ist ein Schlangennest!«

»Gar nichts musst du. Außer gesund werden. Ich kann selber auf meine Schwester aufpassen. Vertraue mir. Ich habe einen meiner besten Männer zur Bewachung abgestellt. Brigadiere Conti. Er ist zuverlässig. Von ihm haben wir auch den Hinweis auf das Syndikat-Treffen.«

Der Carabinieri am Krankenbett von Leon hatte eine kleine Pause eingelegt und nachdenklich gewirkt. »Erinnerst du dich an unsere Fahrt nach Nemi? Der Rauch im Wald am Monte Cavo? Ein Hausbrand, wie es zunächst schien. Unsere Feuerwehr hat dann eine Leiche im Schutt gefunden.« Raffaele blickte ernst. »Mit eingeschlagenem Schädel. Wir reden also von Mord.«

»Du würdest mir das nicht erzählen, wenn es nicht von Bedeutung wäre.«

»Stimmt. Die Ermittler fanden bei der jungen Frau einen halb verkohlten Studentenausweis. Demnach handelt es sich um Giulia Spara, Biologie-Studentin aus Rom. Vermutlich ist sie die Tochter der Hausbesitzerin Tufania Spara, von der jede Spur fehlt. Im Schutt fanden sie ein halb verkohltes Feuerzeug, deutsche Marke, mit dem Kopf eines Ziegenbocks und einem kleinen Fußball drauf.«

»Eine Ziege? Mit Fußball? Das Vereinswappen des 1. FC Köln. Die Hainburg-Sippe ist aus Köln. Hat das was zu bedeuten?«

Der Capitano schaute nachdenklich. »Unser altes Colonia Claudia Ara Agrippinensium? Mit einer Ziege als Feldzeichen statt dem Legionsadler? Das ist ja total schräg. Ich gebe es weiter an unsere Questura. Die soll sich drum kümmern.« Er zog an seiner dunkelblauen Krawatte und lockerte sie am Hals. »Was viel wichtiger ist, die Brandermittler haben im Schutt eine fast zerstörte Metallkiste gefunden. Mit Papieren drin, kaum zu lesen. Und mit Pässen. Mit vier oder fünf Namen, aber immer dasselbe Foto. Ein Reisepass ist auf den Namen Angelina Dardelli aus Bergamo ausgestellt, der passende Personalausweis dazu liegt in der Schweiz. Beim Kommissariat Uri.«

»Das sind ja wirklich gute Nachrichten. Und so sehr es mir um die junge Studentin leidtut, der Brand hat die Polizei im Fall meiner Schwester einen großen Schritt weitergebracht.« Leon erinnerte sich wieder an das Telefonat mit Dr. Urs Keller in Luzern und dessen Worte. »Rufen Sie mal bei Kommissarin Eggberge an. Da gibt's was Neues.« Die Entführung war dazwischengekommen.

»Ich habe noch etwas, von den Kollegen aus der Questura.« Raffaele hatte jetzt seine Krawatte in der Hand und wickelte sie um seine Finger. »Die Namen in den gefälschten Pässen führen zu Bankkonten. Mit viel Geld drauf.«

»Also eine Auftragskillerin, ist ja wohl klar.« Leon geriet außer sich und sprang fast aus dem Bett.

Raffaele hielt ihn zurück. »Bleib ruhig. Unsere Kriminalpolizei kümmert sich drum. Und prüft, woher das Geld kam. Wir haben morgen unseren Einsatz in Palestrina. Und du, du wirst erstmal ganz gesund.

Auch für Rubina. Oder gibt es da noch jemand anderes? In Deutschland?« Der Capitano warf Leon einen strengen Blick zu. »Es ist spät. A presto. Wir sehen uns.«

Leon schlief über seinen vielen Gedanken irgendwann ein. Hin und wieder wachte er auf, weil ihn Träume plagten. Wie in der Nacht vor dem Mord an Annette Sternberg, als er seinen Vater erst als Nazi und dann als Sklavenkönig und sich selbst als Satyr mit Ziegenbeinen gesehen hatte. Die Morgensonne weckte Leon kurz vor sechs. Um zehn nach sechs hatte er Jeans und ein frisches Hemd aus seinem Trolley angezogen und den Kopfverband abgewickelt. Mit einem breiten Pflaster über der Stirn schlich er über Flure und Treppenhaus ins Freie. Die Busstation war direkt am Haupteingang der Poliklinik, und der Fahrer ließ ihn an einer Autovermietung aussteigen. Eine Viertelstunde später fuhr Leon in die Albaner Berge hinein.

Ziel eins – Nemi. Ziel zwei – Palestrina. Zu Maria und ihrem Geheimnis. Zu Rubina und dem Palio. Er hatte das Lenkrad fest umgriffen und sprach laut vor sich her.

»Niemand sollte sich mir in den Weg stellen!«

78

Süditalien, 31. Mai 1944
Alliierter Luftwaffenstützpunkt Foggia

Major John Tygger aus Tuckertown, einem Nest in South Carolina, hatte ein gutes Gefühl. Ein gutes Gefühl, um Nazis zu töten. Zwei Soldaten der US-Luftflotte hatten den Sternmotor seines Jagdbombers angeworfen, sich vor der rotierenden Schraube rasch in Sicherheit gebracht und einen letzten Gruß in Richtung des Cockpits geschickt. »Big Asshole«, *großes Arschloch* – wie Staffelkapitän Tygger seine Maschine getauft und mit weißer Farbe bepinselt hatte – vibrierte und schüttelte sich, bevor der Pilot gegen den Westwind steil nach oben zog. Mit ihm starteten fünf weitere Maschinen auf dem Rollfeld nördlich von Foggia. Und nach ihnen stiegen immer mehr Jagdflieger und Bomber der Alliierten hoch, die den in Kobaltblau gefärbten Himmel verdunkelten und mit tiefem Brummen die Apokalypse ankündigten. Ihr Ziel, 300 Kilometer westlich: die Caesar-Linie mit den deutschen Stellungen. Die große Offensive auf Rom hatte begonnen.

Bärenjagd! Tygger fiel die Bärenjagd in den heimischen Appalachen ein. Der Major dachte zurück an den letzten Ausflug mit seinem Vater, bevor die Air Force ihn im Herbst 1943 zum Kriegseinsatz in Afrika und Europa gerufen hatte. In dem Gebirgssystem im Osten der Staaten, das an South Carolina grenzt, hatte er mit Daddy zwei Tage auf der Lauer gelegen, bis an einem eiskalten Fluss ein Schwarzbär aufgetaucht war. Und vor ihre Flinten lief. In Italien hatte er keine Flinte im Anschlag. Sondern eine breite Batterie mit 12,7-mm-

Maschinengewehren an Bord, zwei Tausend-Pfund-Bomben am Hintern und Raketen unter den Flügeln. Major John Tygger aus Tuckertown wollte viele »Fritz« abschießen, wie er die Deutschen nannte. Sein Auftrag: Zerstören der Flakstellungen in den Albaner Bergen.

300 Kilometer weiter westlich, am Nemi-See, hatte Hauptmann Maybaum gewaltigen Geschützdonner aus dem Raum Anzio in der Pontinischen Ebene gehört. Minuten später schrillte sein Feldtelefon im Artillerie-Unterstand. Er hörte das Brüllen eines jungen Feldwebels. »Herr Hauptmann – der Feind kommt – Offensive – auf breiter Front. Bomber und Jagdflieger von Osten, Panzer im Süden.« Maybaum war ruhig geblieben und hatte auf eine Rüge für die schlampige Meldung verzichtet. Er schaute in den Himmel. Schon bald würden Bomben vom Himmel regnen und Geschosse der feindlichen Jagdflieger in den Stellungen einschlagen. Dann die US-Panzer anrollen.

Über die Menge an Flüchtlingen, die ein paar Steinwürfe weiter im Museum auf einige hundert Menschen angewachsen war, machte sich Maybaum keine Gedanken. Das war Sache der Italiener. Nicht seine. Wieder schaute er in den Himmel. Wie lange noch? Während er überlegte, hörte er in der Ferne tiefes Grollen. Er blickte nach Osten. Dunkle Punkte am Himmel. Dann ging alles sehr schnell.

Major Tygger stürzte sich mit seinem »Big Asshole« als erster aus der Staffel auf den Feind, nachdem seine beiden Brandbomben am Seeufer eingeschlagen waren. Auf dem Wasser unter ihm breitete sich das Feuer aus. Immer mehr Benzin, das aus einem getroffenen Lastwagen am Uferrand sickerte, rann in das Wasser. Flammen schlugen hoch. Und im Schutz schwarzer Rauchschwaden führte Tygger die nächste Angriffswelle zum Ziel. Seine Bordgeschütze feuerten ohne Pause auf die deutschen Stellungen. Erst nach einer letzten Salve zog er seinen Jagdbomber über dem Museo delle Navi steil hoch und drehte auf die kleine Stadt am Felsen zu, von wo aus Störfeuer aufblitzte.

Pater Lucius hatte den Luftangriff der Alliierten vom Fenster seines Wohnzimmers aus beobachtet. Weiße Lichtkegel der deutschen Suchscheinwerfer tanzten am Himmel. Seine Gebete mit dem Kruzifix in der Hand begleiteten die Einschläge der Bomben, das Rattern der Bordgeschütze und die dumpfen Kanonenschüsse der Flak. Dann war es ihm im Pfarrhaus nicht mehr sicher genug. Er rief seine Haushälterin, die ihm in die Katakombe unter der Kirche folgen sollte. Teodora aber folgte ihm nicht, sondern lief in den Garten, tauchte durch die Hecke hindurch auf den Weg über der Caldera – und betete mit erhobenen Armen.

»Die Erde wird sich auftun. Flammen werden vom Himmel fallen und der See wird brennen. Ich sehe Tote, überall Tote«, schrie die schwarz gekleidete Teodora in den Wind. Dann segnete sie mit dem Zeichen des Kreuzes einen der Jagdbomber, der in einer rasanten Kurve über die Stadt donnerte.

Tygger war voll Adrenalin. Da unten, war da was? Eine dünne schwarze Figur, gleich unterhalb der Kirche. Eine SS-Uniform? Bärenjagd! Erneut feuerte er eine zerstörende Salve.

Zwei 12,7 Millimeter dicke Geschosse durchschlugen Teodora. Sie zuckte, sackte zusammen und stürzte nach hinten. Wie Jesus am Kreuz lag sie mit gespreizten Armen und Beinen auf dem Weg. Mit zwei tiefen Kratern in der Brust. Die Augen weit aufgerissen.

Unten in der Caldera sammelten sich nach dem Angriff die überlebenden deutschen Soldaten. Und suchten ihren Hauptmann. Ringsherum wütete Feuer, Verwundete schrien, Zerstörung überall. Maybaum lag zwischen zwei Gefechtsständen, zerrissen. Es würde lange dauern, die Toten und Verletzten zu bergen und auf Wehrmachtstransportern aus der Caldera hinaus hinter die Front zu bringen. Bevor die US-Panzer anrollten.

***

Elisa, die Partisanin, hatte den Luftangriff mit einem Feldstecher aus sicherer Warte nahe der Kirche beobachtet, wo Pater Lucius sie und ihr kleines Kommando in einem Keller versteckt hielt. Sie notierte die Treffer in den deutschen Flak-Stellungen, setzte Funksprüche über die Schäden ab, wischte sich mit dem Ärmel über ihr verschwitztes Gesicht und steckte das Notizheft zurück in die Seitentasche ihrer Hose. »Und jetzt«, flüsterte sie ihren beiden Begleitern zu, »kaufen wir uns den Rest der Deutschen.« Dabei umfasste sie den Holzknauf ihres Kampfmessers und schaute entschlossen zum Krater hinunter. Wenn nur das Feuer auf dem See endlich verlöschen würde, dachte sie, und die Dunkelheit ihrem kleinen Kommando mehr Schutz böte. Dann machten sich die Partisanen auf den Weg zum Palazzo. Dem Treffpunkt.

***

Francesca war nervös. Angespannt. Aber das wollte sie sich nicht anmerken lassen. Sie hatte sich ihr Haar nach hinten gesteckt, aus dem Schrank ihres Bruders eine alte schwarze Hose besorgt, deren langen Beine hochgekrempelt und den weiten Bund mit einem Gürtel eng zusammengezogen. Ein dunkler Wollpullover, den Vittorio vor vielen Jahren getragen hatte, vervollständigte ihre Tarnkleidung für diese Nacht. Sie begrüße Curth mit einem flüchtigen Kuss auf den Mund, als der Deutsche wie verabredet an einem kleinen Tor hinter dem Palazzo auftauchte. Dann erschrak sie. Sein Gesicht war schwarz gefärbt und er trug nicht das Zivil eines Archäologen, sondern eine Uniform mit SS-Abzeichen und einen Militärrucksack auf dem Rücken. Sie sah eine Pistolentasche. Und ein Kampfmesser, das an seinem Gürtel mit der SS-Koppel steckte. So kannte sie ihn nicht. So fremd. So deutsch. War das noch ihr Stern, la sua stella? Sie fasste sich wieder. »Komm schnell«, flüsterte sie und zog Curth durch den Garten in den Palazzo hinein, der nach einem Stromausfall im Dunkeln lag. Die Luftangriffe hatten aufgehört und nur gelegentlich grollten Kanonenschläge in der Ferne.

»Wo sind deine Eltern«, hörte sie ihn fragen.

»Nicht zuhause, bei Freunden in Palestrina.« Francesca war sich nicht sicher, ob das stimmte. Ihr Vater Umberto und ihre Mutter Luisa hatten das Bergdorf beim Abschied tags zuvor nicht erwähnt. Aber zuletzt hatten sie viel getuschelt. Von Vittorio war die Rede, ihrem großen Bruder. »Aber Eugenia ist noch im Haus, sie kocht für mich – wenn wir wieder Strom haben«, ergänzte sie für Curth. Durch das Foyer hindurch, wo sie ihn das erste Mal gesehen hatte, liefen sie in den Keller zu den Luftschutzräumen. An der Eisentür mit den schweren Querriegeln stand ein Zusammentreffen bevor, das sie Curth bislang verschwiegen hatte.

»Elisa kennst du ja. Und das sind ihre Freunde. Ich habe sie darum gebeten, uns auf dem Weg zum Museum zu beschützten. Danach haben sie ihre eigenen Pläne. Und Tommaso kennst du ja auch.« Francesca sah in diesem Moment Elisas Augen gefährlich aufblitzen.

Die Partisanin giftete. »Du hast immer davon gesprochen, dass er Archäologe ist. Jetzt stellt sich heraus, dass er von der SS ist. Sogar mit Ritterkreuz! Diavolo!

Du hast mich getäuscht!« Elisa griff instinktiv zu ihrem Kampfmesser, ihre Begleiter an die Pistolen.

Curth hatte seine Waffe bereits in der Hand. Partisanen der Resistenza – er war in Lebensgefahr.

Tommaso griff ihm in den Arm und blickte den Deutschen wie auch Elisa streng an. »Calmatevi, va tutto bene. Beruhigt euch, alles in Ordnung. Er wird sich später mit den Deutschen treffen, da kann er nicht zivil tragen. Er ist Soldat. Aber auf unserer Seite.«

Ein paar Minuten später stiegen Francesca und Curth sowie Elisa und ihre Begleiter mit Fackeln in den Händen die steilen Stufen hinunter. Sie sprachen kein Wort. Es war feucht, kalt und dunkel, von Spinnweben durchzogen. Ein alter Gang, von dem niemand mehr wusste, wer ihn in den Felsen geschlagen hatte. Und warum.

Tommaso mit seiner Behinderung blieb zurück. Diese Treppen waren nichts für ihn. Er rief den fünf hinterher. »Denkt daran. Ich schließe die Tür hinter euch und warte. Erst auf unser Zeichen öffne ich, ihr kennt es.« Er schlug die Knöchel seiner Hand gegen die Eisentür. »U-na mat-**ti**-na.«

***

SS-Sturmbannführer Krambock war in Eile. Die Offensive, die toten deutschen Soldaten und zerstörten Flakstellungen, das Feuer auf dem See und die brennenden Fahrzeuge, aus denen die Flammen hochschlugen – es stand nicht gut um sein Vorhaben. Das Narbengesicht und SS-Mann Wilkisch ließen ihren Geländewagen vor dem Museo delle Navi stehen und stampften in ihren Stiefeln entschlossen durch das Hauptportal. Sie waren überrascht und stoppten abrupt. In der Halle war es nach dem Stromausfall dunkel, doch Dutzende große und kleine Kerzen tauchten das Gewölbe mit den antiken Schiffen in der Mitte in ein diffuses Licht. Ringsherum – quirliges Leben. Gut zweihundert italienische Flüchtlinge hatten sich neben und unter den Stützpfeilern eingerichtet, auf denen die beiden aus dem See geborgenen Rümpfe ruhten. Leinen mit Wäsche hingen zwischen den Pfosten, Öllämpchen flackerten. Babys schrien, Mütter weinten oder beruhigten ihre Kinder. Feldbett an Feldbett reihte sich an den Hallenrändern. Männer in dicken Jacken zündeten ein Feuer in einer Feldküche an. Und der Geruch von Kaffee zog durch das Gewölbe.

Wilkisch war außer sich. »Was soll das sein? Ein Museum? Dass ich nicht lache!« Er legte instinktiv die Hand an seine Walther P38. Er traute keinem Italiener. »Klein-Rom oder was?« Seine Stimme überschlug sich. »Aufräumen muss man hier.«

Das Narbengesicht schaute verächtlich zu einem Pulk von Männern, die unter dem Bug des kleineren Schiffes an einem Herd standen. »Kaffee statt kämpfen! Das kennen wir.«

Eine Gruppe von Flüchtlingen hatte die beiden SS-Offiziere bemerkt. Erst langsam, dann immer entschlossener bildeten einige Männer und Frauen einen Ring um das Duo und versperrten den Weg. »La guerra è finita!«, skandierten sie und ballten die Fäuste. Erst leise, dann lauter. »La guerra è perduta! Andate a casa!« Der Krieg ist verloren, geht nach Hause! Ihre Gesichter verrieten Zorn und Wut.

Krambock und Wilkisch brauchten keine Übersetzung. Sie zogen ihre Pistolen. Zur Not müssten sie sich den Weg freischießen, überlegte das Narbengesicht. Hinten, im Büro der Verwaltung, wartete schließlich Museumsdirektor della Rocca auf sie, um ihnen – wie mit dem Paten von Ariccia vereinbart – das Artefakt auszuhändigen. Dafür hatte Krambock bezahlt. Nicht mit Geld. Das hatte den Paten nicht interessiert. Was er mit dem Geld der Deutschen solle, hatte der Pate gefragt, wenn der Krieg bald verloren wäre. Und mitleidlos gelächelt. Kupfer wollte er. Große Mengen an Rohstoffen wie Zink oder Messing. Für die Zeit danach. Krambock hatte seine Verbindungen nach Norditalien spielen lassen und auf Lastwagen wertvolle Rohbestände aus einem Depot bei Mailand in die Albaner Berge bringen lassen. Und jetzt sollte sein Plan an diesen aufgebrachten Flüchtlingen scheitern? Nein! Das Narbengesicht entsicherte seine Pistole.

»Fate largo«, schrie er. Aus dem Weg.

***

Curth hatte sich nach dem Abstieg in den Tempelbezirk durch das dunkle Gelände geschlichen und sich immer wieder umgedreht. Wo war seine sogenannte Schutztruppe? Spurlos verschwunden. Das war ihm egal. Elisa war ihm ohnehin unheimlich. Er brauchte sie nicht. Aber er brauchte Müller und Schevenen, die oben im Geländewagen auf seine Rückkehr warteten. Und sich – falls er bis Mitternacht nicht auftauchen würde – ohne ihn hinter die Front absetzen sollten. Curth drehte sich um. Francesca lief geduckt neben ihm durch das hohe Gras und suchte immer wieder einen Sichtschutz hinter Hecken und Baumstämmen. Er hatte auch ihr Gesicht mit dunkler Erde verschmiert und auf sie eingeredet. »Bleib dicht bei mir. Und wenn geschossen wird, leg' dich flach auf den Boden.«

Das Museum kam in Sichtweite. Der Feuerschein vom brennenden Wasser tauchte das Gebäude in ein seltsames Licht. Curth flüsterte. »Hinten, wir müssen von hinten rein. Hast du den Schlüssel?«

Francesca nickte stumm und drückte mit der Hand einen metallischen Gegenstand in ihrer Hosentasche. Sie hatte sich ein Messer eingesteckt. Und war entschlossen, es diesmal zu nutzen. Wenn es darauf ankam. So, wie es Elisa ihr gezeigt hatte. Nicht denken. Sondern entschlossen zustechen, dann die Klinge drehen. Mehr Geschick als Kraft. Und Mut. Francesca wollte mutig sein und hatte dennoch Angst. Wie bei der Schießerei im Wald, als sie die Pistole des deutschen Offiziers an ihrem Nacken gespürt hatte.

Nicht denken. Stoßen. Drehen.

Stoßen. Drehen. Nicht denken.

»Was ist? Worüber denkst du nach?« Curth legte seine Hand auf ihre Schulter. Sie war kalt.

»Nichts, es ist nichts.« Sie drängte. »Wir müssen weiter.«

***

Luigi della Rocca war ein Verwandter des Paten von Ariccia. Aber nicht sein Freund. Er kochte sein eigenes Süppchen. Und er dachte nicht daran, das Artefakt an die Deutschen auszuliefern, wie es ihm der Pate befohlen hatte. Weder an einen SS-Mann aus Berlin noch an einen deutschen Archäologen. Die Schatulle mit der Gemme barg ein Geheimnis. So viel war ihm klar. Die Wärme, die von dem Kästchen ausging, wenn er es in die Hand nahm, faszinierte ihn. War darin der Zweig aus dem Hain der Göttin Diana versteckt? Er würde es herausfinden. Er brauchte nur Zeit. Und er würde berühmt werden. Vielleicht reich. Zu seinem Schutz hatte er sich für den Besuch der SS-Offiziere drei Freunde mitgebracht. Mit doppelläufigen Schrotflinten. Die vier Männer hatten den Fliegerangriff im hinteren Teil des Museums gut überstanden. Jetzt blieben zwei

Schrotflinten bei ihm im Büro mit der Schatulle im Tresor. Die dritte Flinte wachte am Hinterausgang, zu dem eine rückwärtige Tür und ein schmaler Flur führten.

Im Museo delle Navi wurde es lauter. Stimmen, Rufe, die durcheinandergingen. »Andate a casa!« Luigi della Rocca hörte den Lärm. Geht nach Hause – was ging da vor? Er stieß die Tür zu den Hallen auf. Sah im Licht der vielen Kerzen einen Pulk von Männern. Italiener. Mittendrin zwei Deutsche. Er sah SS-Uniformen. Zwei Pistolenläufe. Er riss einem seiner Begleiter die Schrotflinte von der Schulter. Und feuerte in die Luft. Der Knall aus der Büchse verteilte sich unter dem Gewölbe wie Detonationswellen einer Kanonenkugel.

Die Menschen im Museum erstarrten vor Schreck. Kinder brüllten auf. Eine brennende Petroleumlampe zerrutschte einem der Flüchtlinge aus der Hand und zersprang auf den Treppen unter einem der Schiffsrümpfe. Schnell züngelten weißgelbe Flammen hoch. Doch alles schaute nur auf den Pulk von Männern. Wilkisch spuckte ein paar Worte zwischen den Lippen heraus. »Zum Teufel! Was ist hier los?«

Das Narbengesicht nutzte die Verwirrung und sprang mit raschen Schritten aus dem Kreis heraus. Sofort entdeckte er hinten am Eingang zum Verwaltungsbereich die kleine Gruppe mit den Schrotflinten. Er brüllte. »Deutsche SS! Das Schießen einstellen.« Er hob seine Pistole in ihre Richtung und drohte. »Ich will Direktor Rocca sprechen. Subito!«

***

Am rückwärtigen Teil des Museums hatten sich Curth und Francesca näher an den Hinterausgang herangepirscht. Von Elisa fehlte weiterhin jede Spur. Curth entdeckte den Wachmann. Sah dessen Flinte.

»Francesca, den musst du mir überlassen. Du bleibst hier in Deckung.« Im selben Moment robbte er sich seitlich in Richtung Hinterausgang. Eine Hecke gab ihm Schutz. Nur fünf Meter noch. Da krachte ein Schuss im Inneren des Gebäudes. Der Wachmann blickte sich um, öffnete die Tür zur Halle. Curth sprang auf. Dann warf er sich von hinten auf ihn. Der Kolben der Schrotflinte bohrte sich ihm tief zwischen Magen und Brustkorb. Er bekam keine Luft. Aber seine Fäuste trommelten auf den Gegner ein. Ein letzter Schlag. Curth rollte sich zur Seite. Der Wachmann war ausgeschaltet.

Francesca rannte zu ihm. »Per Maria e Gesù, sei ferito?« Sie legte ihre Hände auf das Gesicht des Deutschen. »Tutto bene?«

»Ja, ich bin nicht verletzt«, antwortete Curth. »Pack an.« Dann zogen sie den bewusstlosen Wachmann hinter die Hecke. »Und wo sind deine Freunde? Elisa und die Partisanen? Wenn man sie braucht, sind sie nicht da. Schöner Schutz.«

Francesca zuckte mit den Schultern. Mit einer Hand deutete sie zum Museum. »La porta, die Tür, sie ist auf.«

***

Gut zweihundert Meter entfernt, nah an den deutschen Stellungen, hatten sich die Partisanen um Elisa näher an den Feind herangeschlichen. Die drei lagen in einer Mulde und duckten sich weg vor dem Feuerschein vom See. Elisa zog ihr Kampfmesser aus dem Schaft, die Männer klammerten die Finger um die Bügel ihrer wurfbereiten Handgranaten. Sie blickten in das schwarz verschmierte Gesicht ihrer Anführerin, der kaum eine Regung anzusehen war. Und warteten auf das Kommando. Dann nickte sie und zog ihre Wollmütze tiefer in die Stirn.

Die Sicherheitsbügel der Granaten schnarrten lautlos zurück. Sekunden später explodierten die Sprengkörper in einem Pulk deutscher Soldaten. Elisa hörte die Schreie. Sie sprang auf, das Kampfmesser in der Hand, warf sich wütend in die Reihen der Feinde und erledigte, was die Granaten übriggelassen hatten. Einzelne Schüsse trommelten durch die Nacht. Ein Maschinengewehr ratterte. Elisa spürte einen Schlag in der Seite, der sie zu Boden warf. Sie fühlte den Schmerz, tastete an ihre Rippen. Überall Blut. Ein paar Hände packten die Verletzte. »Dorthinein, ins Gebäude«, hörte sie eine Stimme rufen. Dann verlor sie das Bewusstsein.

***

Zur selben Zeit standen Krambock und Wilkisch mit schussbereiten Pistolen vor della Rocca und seinen bewaffneten Helfern. Krambock zischte. »Wir haben eine Verabredung. Schon vergessen?« Das Narbengesicht blickte sich kurz zur Halle um. Die aufgebrachten Flüchtlinge hinter ihm hatten sich unter den Schiffen versteckt und waren keine Gefahr mehr. »Also, Kamerad Direktor, du sprichst doch Deutsch. Wo ist das gute Stück?«

Von draußen war Gefechtslärm zu hören. Handgranaten, Maschinengewehre. Della Rocca versuchte, ruhig zu bleiben. »No problema. Kommen Sie mit. Venga!« Er führte die Deutschen über einen langen, kahlen Flur in sein Büro, das durch eine zweite Tür und über einen weiteren Flur mit dem Hinterausgang verbunden war. Eine große Kerze brannte auf seinem Schreibtisch und beleuchtete spärlich das

Arbeitszimmer. »Der Stromausfall. Capito? Ich muss den Tresor aufmachen.«

Das Narbengesicht wurde nervös. Er traute niemandem. »Und wenn der Direktor einen faulen Zauber plant? Ich bin so dicht vor dem Ziel.« Er überlegte. Was sollten die Schrotflinten? Hatte er nicht einen Handel mit dem Paten? Was war der wert? Er und Wilkisch richteten immer noch ihre Pistolen auf della Rocca. Und dessen Freunde hielten mit ihren doppelläufigen Schrotflinten dagegen. Die Hähne gespannt, schussbereit.

Della Rocca öffnete langsam den Tresor. Er zögerte. Sein alter Armeerevolver lag darin. Geladen. Vorsorglich. Sollte er jetzt das Kommando für seine Helfer geben und selbst zur Waffe greifen? Wo war eigentlich die dritte Flinte? Noch am Hinterausgang? Plötzlich hörte er von dort ein Krachen und drehte sich um. Die Tür flog auf. Kurz glaubte er, im Schein des Kerzenlichts den deutschen Archäologen von Alban erkannt zu haben. Aber in SS-Uniform. War das eine Falle für ihn und seine Leute? Was sonst!

Der Luftzug ins Freie blies die Kerze aus. Dunkelheit. Della Rocca schrie. »Truffa!« Seine Männer verstanden – Verrat! Schüsse krachten, Mündungsfeuer blitzten auf, gewaltige Detonationen aus den Schrotflinten ließen die Wände erzittern, Glas splitterte. Überall Rauch, ein beißender Geruch nach Treibgas, dazwischen immer wieder peitschende Pistolenschüsse. Das Brüllen der Stimmen stach durch die Hölle. Ein vielfaches Stöhnen. Dann – Stille.

***

Francesca hatte hinter Curth an der Tür gestanden. Und das Losbrechen des Infernos hatte sie nach hinten geworfen. Sie rappelte sich auf, ihr Kopf schmerzte. Sie sah Curth auf der Türschwelle liegen. Er blutete aus vielen Wunden. Sie rief nach ihm. Er antworte nicht. Sie kniete sich neben ihn und nahm seinen Kopf auf ihren Schoß. Er wirkte plötzlich so zerbrechlich. Licht, sie brauchte Licht. Francesca stand wieder auf, tastete sich durch das dunkle Arbeitszimmer, hörte das Wimmern von Verletzten und Sterbenden. Auf dem Schreibtisch fand sie eine Kerze samt Zündhölzer. Sie hatte Licht. Und erschrak. Sie erkannte im Durchgang zum Museum zwei deutsche SS-Offiziere. Der eine mit zerfetztem Gesicht. Tot. Der andere blutete aus Brust und Schulter. Er lebte. Direktor della Rocca schleppte sich auf Händen und Füßen vom geöffneten Tresor weg, in Richtung Hinterausgang, wo Curth lag. Im Schein des Kerzenlichts bemerkte sie zwei Italiener in Zivil, die leblos auf dem Boden lagen. Mit Einschüssen in Kopf, Hals und Bauch.

Curth lebte. Aber wie lange noch? Francesca sah, wie er sich vor Schmerzen krümmte. Dann entdeckte sie einen Revolver in della Roccas Hand. Sie schrie stumm in sich hinein. Und wurde plötzlich ganz ruhig. Hob den Kopf. Diesmal würde sie nicht zögern. Ihre Finger glitten in die Hosentasche, umklammerten den Griff ihres Messers. Della Rocca zielte bereits auf Curths Gesicht. Sie aber dachte an Elisa und deren Worte.

Nicht denken.

Dann stach sie zu.

Stoßen, drehen.

Er röchelte nicht einmal.

Curth öffnete die Augen. Und spürte, dass er vor Schmerz jeden Augenblick wieder ohnmächtig werden würde. Alles war verschwommen, er sah Francesca, hinter ihr Tote auf dem Boden. Er hob seinen Arm.

»Francesca«, stammelte er, »Francesca, die Schatulle... wo ist ...«

Die Principessa wusste, dass alles vorbei war. Es gab keine gemeinsame Zukunft für sie und Curth. Wenn es überhaupt eine Zukunft gab. Für sie. Oder für Curth. Sie hörte das klopfende Geräusch von Dieselmotoren. Lastwagen. Sie schaute durch ein geborstenes Fenster hinaus zum hinteren Museumshof. Transporter der deutschen Wehrmacht rollten heran, mit einem roten Kreuz auf weißem Rund. Soldaten sammelten ihre Verwundeten ein. Francesca verstand. Und instinktiv griff sie aus dem geöffneten Tresor die Holzschatulle und steckte sie mit zwei kräftigen Schüben in den Rucksack des schwer Verwundeten. Curth sah sie noch einmal an. Dann verloren seine Blicke ihre Augen. Er war ohne Bewusstsein. Francesca weinte. Sie wusste, dass sie ihn nie wiedersehen würde.

Leise summte sie eine Melodie.

E lucevan le stelle. Und es funkelten die Sterne.

Lärm kam auf, Flüchtlinge drängten durch Flur und Büro zum Hinterausgang. Zwischen den Leibern hindurch sah Francesca im Hintergrund ein rotgelbes Lodern – Feuer.

Schnell zog sie Curth samt Rucksack mit aller Kraft ins Freie. In die Nacht hinaus. Zu einem der Lastwagen. Helfende Hände von der Ladepritsche streckten sich ihr entgegen. Sie hörte von oben eine aufgeregte Männerstimme: »Deutscher SS-Offizier, schwer verwundet. Major Bender, wir müssen ihn mitnehmen.«

Ein älterer Soldat steckte seinen Kopf zwischen den Planen hervor. »Mein Gott, das ist ja... Alban! Aaalbaan! Hören Sie mich?«

Francesca sah in das vom Krieg gezeichnete Gesicht des Älteren. »Bitte helft ihm«, sprach sie auf Deutsch.

Zwei junge Soldaten sprangen von der Ladepritsche und stemmten den Bewusstlosen hoch, während ihn Major Bender und ein Sanitäter in den Lkw hievten.

»Gut, dass ich da bin, mein Freund.« Francesca hörte einen der beiden Soldaten brummen, dessen kurze Haare sich wild auf dem Kopf kräuselten. »Wir sind alle auf dem Rückzug. Pratica di Mare ist verloren, Rom folgt.« Der Krauskopf klopfte mit seinen Händen auf Curths Wangen herum. »Dich hat's ja bös' erwischt.«

»Vorsichtig!« Major Bender sorgte sich um den Verletzten und schaute den Helfern streng auf die Finger. »Mensch, Hänschen, pass' doch auf! Das ist kein Hasenbraten.«

»Hörst du, Curth? Unser Major! Er hat mich aus Rom abkommandieren können. Curth, hörst du mich?«

Dann beobachtete Francesca wieder den alten Major auf der Ladepritsche, der sich nach vorne umdrehte und brüllte. »Weiter, Abmarsch! Alle aufspringen! Die Halle brennt lichterloh. Wir müssen sehen, dass wir hier wegkommen.« Der Dieselmotor ratterte und spuckte schwarzen Qualm aus dem Auspuffrohr.

Francesca warf Curths Rucksack auf die Ladepritsche. Dann sah sie die Rücklichter des Lastwagens im Dunkeln verschwinden. Im selben Moment drängten hinter ihr aus dem Museum viele Menschen ins Freie. Sie schrien. »Fuoco! Brucia!« Feuer! Es brennt! Die Principessa drehte sich um. Aus dem wellenförmigen Dachgeschoss züngelten Flammen in die Nacht. Sie hörte Todesschreie. Und wusste, dass Hilfe nicht mehr möglich war. Sie musste verschwinden, überlegte Francesca. Sie war gesehen worden, mit einem SS-Soldaten im Arm, vielleicht auch beim Töten des Direktors. Sie musste weg. Weg vom See, zurück nach Hause. In den Palazzo, wo Tommaso wartete. Und Elisa? Was war mit Elisa und den Partisanen geschehen?

»Du Flittchen entkommst mir nicht!«

Francesca erschrak. Diese Stimme! Woher? Auf einmal stand ein baumlanger deutscher Soldat vor ihr. Blutverschmierte Uniform, verwundet. Mit hässlichen Narben im Gesicht. Er taumelte.

»Du verdammtes Flittchen!« Krambock hatte sich im Getümmel aus dem Gebäude gerettet. »Wo ist die Gemme?« Er hob schwerfällig seine Hand mit der Pistole. »Ich habe gesehen, wie du am Tresor warst. Und wie du den Direktor abgestochen hast. Respekt, Kleine. Aber jetzt gib mir endlich, was mir gehört!«

Francesca schaute in das Narbengesicht. Sie hörte das Spannen des Pistolenabzugs vor ihrer Stirn, stand wie versteinert und war vor Angst gelähmt. Sie schloss die Augen. »Jetzt«, sagte sie sich, »jetzt also ist alles vorbei.« Dann hörte sie das metallene Geräusch eines Bolzens, der ins Leere schlug. Nochmal hörte sie den Schlagbolzen. Nichts geschah. Dann hörte sie die Stimme des Deutschen.

»Verdammt nochmal! Leergeschossen.«

Francesca riss die Augen auf und sah den SS-Mann mit unsicherer Hand am Patronengurt stochern. Entschlossen versetzte sie ihm einen Tritt zwischen die Beine. Krambock krümmte sich vor Schmerz und sackte zusammen. Sie hörte sein Fluchen. Rannte zurück zum Tempel und zum Geheimgang. »Elisa, wenn nur Elisa da wäre«, schickte sie ein Stoßgebet zum Himmel. Doch Elisa tauchte nicht auf. Dann hörte sie nach einer Weile – sie hatte die Hälfte der Strecke geschafft – das Stampfen schwerer Stiefel hinter sich und ein Schnaufen und Stöhnen, was sich anhörte wie das zornige Aufjaulen eines verwundeten Raubtieres. Das Narbengesicht. Es war dicht hinter ihr. Schon glaubte sie, seinen Atem zu spüren.

79

Rom, Juli 2017
Trastevere

Carlotta hatte Mühe, ihre Beherrschung zu bewahren. Sie trommelte mit ihren rotlackierten Fingernägeln auf dem Küchentisch ihres römischen Apartments in der Via di San Francesco di Sales herum, während ihre Freundin Viola auf dem Herd einen Espresso aufbrühte. In das Zischen und Röcheln der Macchina hinein schlug Carlotta mit der flachen Hand auf den Tisch. So laut, dass sogar Pippo im Schlafzimmer aufgeregt mit den Flügeln schlug.

»Es reicht mir, Veilchen! Wie ist der Deutsche aus dem Keller entkommen? Der ist bestimmt gleich zu den Carabinieri gerannt.«

»Stimmt. Aber erst zwei Tage später sind die Carabinieri bei uns im Viertel aufgetaucht und haben überall ihre Nase reingesteckt. Gezielt waren die nicht bei uns, sie haben viele Häuser durchsucht.« Viola zog zwei dickwandige Espressotassen aus dem Regal und stellte sie neben der Macchina ab. »Im Keller haben sie auch rumgeschnüffelt. Becca war mit nach unten gegangen. Gut, dass Armando und Benedetto vorher Spuren und Glasscherben beseitigt haben. Den Kellerraum haben wir anders möbliert, mit einem Sofa aus einem Nachbarraum.«

»Becca? Die mit meinem Pietro rumgemacht hat? Und dann mit ihm verschwunden war? Puttana!«

»Genau die.« Viola goss genüsslich den heißen Caffè ein. »Becca hat mir berichtet, dass die Carabinieri keinerlei Verdacht geschöpft haben. Der Deutsche, von dem wir einen Schuh im Keller gefunden haben, hat also keine Ahnung, wo er war.«

»Der Deutsche, der Deutsche, pah!« Carlotta setzte den Mund an den heißen Caffè und schaute vorsichtig um die Ecke in Richtung Bad, wo sie Pietro unter der Dusche singen hörte. »Der Mistkerl muss einen Helfer gehabt haben. Er wird ja wohl kaum selbst die Deckenlampe zerschlagen und sich mit den Scherben die Fesseln durchschnitten haben. Der Albano geht mir schwer auf die Nerven.« Pietro röhrte jetzt lauter, auf Deutsch.

Azzurro, so ist der Himmel für Verliebte,
denn Azzurro heißt blau.

Viola verzog den Mund zu einem Grinsen, wurde aber gleich wieder ernster. »Was weiß ich. Aber mit der Aktion hast du uns alle in Gefahr gebracht. Die aufgescheuchten Carabinieri stören meine Kundschaft.«

Azzurro, so ist mein Leben,
weil ich azzurro bin,
wenn du mich küsst.

»Wann ist dein Pietro denn fertig? Ist ja nicht zum Aushalten.« Viola strich sich mit den Händen durchs Haar. »Haben wir noch Zeit? Ich meine ohne ihn? Ich wollte dir meine Geschichte aus Nemi doch noch erzählen, wo ich im Palazzo des Fürsten aufgewachsen bin. Ich glaube wirklich, dass du zuhören solltest. Von wegen Artefakt und so.«

Carlotta legte ihre nackten Beine quer über den Küchentisch und ließ die roten Fußnägel im Licht der römischen Sonne funkeln, die durch das Küchenfenster hereinblinzelte. »Pietro? Unser Operntenor? Das dauert noch. Schieß endlich los mit deiner Geschichte.«

Viola starrte auf Carlottas Fußspitzen. Und zählte. Die Zehen, vier statt fünf. »Was ist da passiert, Schätzchen?«

»Eine alte Geschichte. Ich war noch Kind. Eine verfeindete Familie hatte mich entführt und von meinem Vater die Kontrolle über zwei Dörfer in den Bergen verlangt. Als La Gazza sich weigerte, schickten ihm die Entführer meinen rechten kleinen Zeh. Dann erst lenkte mein Vater ein.« Carlotta stockte. »Er hat mich immer wie seinen persönlichen Besitz behandelt, wie eine Sklavin. Seine Hände waren überall. Und nicht nur die. Irgendwann werde ich es ihm heimzahlen.«

»Oh, wie schlimm. Weißt du, meine Mama Eugenia, auch sie hatte kein leichtes Leben.« Dabei legte Viola ein Gesicht voller Mitleid an den Tag. »In den Kriegswirren hatte es sie nach Nemi verschlagen und sie musste wegen ihrer jüdischen Vergangenheit vor den Faschisten und den Nazis auf der Hut sein. Ende 1943 bekam sie eine Küchenstelle im Palazzo Capriri, bei Verwandten von dir.«

»Jetzt wird es spannend. Du kommst aus Nemi? Das wusste ich ja gar nicht.« Carlotta richtete sich im Stuhl auf. Ihre Neugier war geweckt. »Vor weit über hundert Jahren hatte eine Großtante von uns den Principe in Nemi geheiratet. Der Landadel brauchte damals unser Geld. Und einen Stammhalter.«

»Warte ab, es kommt noch besser«, sagte Viola. »Meine Mutter war im Dorf geächtet, weil sie im Krieg eine Liebschaft mit einem deutschen Soldaten hatte. Das hat sie mir unter Tränen erzählt und von einem Gianni oder Jan gesprochen.« Die Bordellbesitzerin verzog verächtlich den Mund. »Es ging immer gegen sie und gegen uns.«

Nach einem Schluck Caffè erzählte Viola weiter. »Irgendwann hat der Nachbarssohn sie verführt. Oder sie ihn. Wer weiß das schon so genau. Tommaso Fabrizi hieß der junge Kerl, der durch eine Kinderlähmung behindert war. Mama bekam jedenfalls einen dicken Bauch und hatte die Hoffnung, dass er sie heiratet. Doch der strenge Vater des Jungen verbot ihm das und drohte mit Enterben. So kam ich 1946 als uneheliches Kind auf die Welt. Damals eine Katastrophe für jede Mutter. Und für das Kind. Ich war ein Bastardo.«

Azzurro, so ist die Welt für mich,
wenn tief ich in die Augen dir schau,
ich merk es immer schlimmer, wie es ist,
wenn du mal nicht bei mir bist.

»Der ist noch mitten im Lied.« Carlotta machte ihrer Freundin mit einer Handbewegung klar, dass noch Zeit war. »Pietro duscht immer so lange, bis er alle Strophen durchgesungen hat. Auch mehrmals.«

»Wo waren wir? Ach ja. Bastardo. Ich wuchs also bei Mama in der Küche auf und kannte den Palazzo irgendwann in- und auswendig. Auch die versteckten Türen und Zimmer auf den Stockwerken. Es war meine Welt, in die ich abtauchen konnte, um der Wirklichkeit zu entfliehen. Eines Tages, im Frühsommer 1953, geschah etwas Merkwürdiges. Ein Deutscher tauchte in Nemi auf und besuchte eine Verwandte des jungen Fürsten Vittorio. Diese Frau war zwei Jahre vorher aus Mailand gekommen, um die alte Fürstin Donna Luisa nach einem Schlaganfall zu pflegen. Sie wohnte ganz oben. Ich denke, sie hieß Capelli. Ja, und sie nannten sie Zia Maria.«

80

Nemi, am gleichen Tag

Leon von Alban war mit seinem Wagen an der Diana-Skulptur am Ortseingang von Nemi vorbeigerauscht und durch die leere Altstadtgasse geprescht. Mit quietschenden Reifen stoppte er direkt vor dem Palazzo. Er rannte den Dienstboten fast um, der ihn mit »Die Herrschaften sind nicht im Haus« stoppen wollte, beachtete dessen Proteste nicht weiter und lief die große Treppe hoch, nach oben. Zu den Zimmern von Maria Capelli. Er klopfte voller Ungeduld.

»Entrare.«

»Buona giornata, Signora Capelli, ich bin's, Leon von Alban.«

Die alte Frau saß in ihrem bordeauxroten Sofa und schaute auf. »Ah, der Deutsche. Dann lass' uns auf Deutsch weiterreden.«

Leon war überrascht. »Also auf Deutsch.« Er blickte zu der Signora und dann in Richtung Schlafzimmertür, hinter der er das Foto seines Vaters auf einem Sideboard entdeckt hatte.

Maria Capelli folgte aufmerksam seinen Blicken. Sie verstand schnell. »Es hat lange gedauert, bis du gekommen bist. Aber du hast in der Zwischenzeit auch Schlimmes erlebt.«

»Signora, ich verstehe nicht ...«

»Hör' mit der Signora auf. Das klingt ... so alt. Für dich Zia Maria, bitte.« Sie musterte ihn. »Diese Ähnlichkeit, die Augen, die blonden Haare«, dachte sie, »wirklich erstaunlich.« Dann spürte sie wieder diesen Stich in ihrer Brust.

»Also, gerne, dann Zia Maria. Für dich Leon. Ich war neulich bei dir oben und ...«

»Ich weiß, Rubina hat es mir erzählt. Der Windstoß am Fenster.«

»Ja, und da stand ein altes Foto von meinem Vater.«

Sie reagierte einfach nicht darauf. »Geht es dir nach deinen Verletzungen besser?«

»Ja, danke. Also das Foto?« Leon hatte den Eindruck, dass die Signora ihm ausweichen wollte. »Ich bin mir sicher ...«

»Sicher? So, so.« Zia Maria legte ihren Kopf leicht auf die Seite und blickte Leon liebevoll an. »Was weißt du schon.«

»Ich weiß viel. Aus dem Tagebuch meines Vaters. Ich habe es gelesen. Hast du Francesca gekannt? Lebt sie noch?«

»Ein Tagebuch?« Zia Maria schwieg und überlegte. Dann antwortete sie, eher förmlich und mit festem Blick. »Die junge Principessa? Eine gute Freundin von mir, lange tot. Abgestürzt, von der Mauer unten an der Piazza. Ihr Lieblingsplatz, wirklich tragisch.« Im Stillen dachte sie weiter. »Er braucht nichts zu wissen. Nichts. Nur das Nötigste.«

»Mein Vater hat sie sehr geliebt. Steht alles im Tagebuch.« Leon suchte in den großen Augen von Zia Maria nach Hilfe. »Und bei dir im Schlafzimmer steht dieses Bild. Wie kommt es dahin? Und wo kommst du her? Aus Mailand, hat mir Rubina gesagt.«

Die Signora blieb stumm. Der Stich in ihrer Brust wurde stärker.

Der Besucher wurde ungehalten. »Alles hat mit diesem geheimnisvollen Artefakt zu tun, das verschwunden ist. Will denn niemand darüber reden?«

»Er braucht nichts zu wissen. Nur das Nötigste«, überlegte sie erneut. Dann erzählte sie. »Du willst wissen, wo ich herkomme? Ich war in Mailand verheiratet. Mit einem reichen Kaufmann aus der Capelli-Familie. Schon lange her. Seine Schwester hieß Elisabeth. Eine Partisanin, die im Weltkrieg in den Bergen bei Nemi gekämpft hat. Über Elisa haben Francesca und ich uns kennengelernt.«

»Und was weißt du über meinen Vater und das Artefakt?«

»Über das Artefakt? Nichts. Über deinen Vater? Wenig. Als 1944 die US-Armee kam, verschwand er hinter den deutschen Linien. Mir blieb ein Foto aus besseren Tagen, welches du im Schlafzimmer gesehen hast.«

Leon hatte Zweifel an der Geschichte. Zu viele Fragen drängten sich auf. Sprach die Frau überhaupt die Wahrheit? »Zia Maria, versteh' doch. Mein Verhältnis zu Nemi ist gespalten. Unser Vater war SS-Archäologe und hat im Diana-Tempel eine antike Gemme gefunden. Doch er hat Blut an den Händen. Das Museum, das Feuer, der tote Direktor. Bei alldem steckt mein Vater mitten drin. Was war damals? Das musst du doch wissen. Und wo ist die Gemme?«

Wieder schaute er zu Zia Maria, dann zur Schlafzimmertür, hinter der das ominöse Bild stand. »Seit dem Tod unseres Vaters vor Pfingsten geht das Morden um. Unsere Haushälterin – erdrosselt. Meine Schwester – nach einem Mordversuch im Koma. Und ich – entführt, gefoltert, nur knapp dem Tod entronnen. Sprecht endlich mit mir!«

Leon bemerkte, wie Zia Marias Augen unruhiger wurden. Sein Blick streifte die Signora, glitt über das Sofa zum Fenster, vorbei an dem Gemälde mit dem Bauernmädchen und führte zum Fenster hinaus. Er stutzte. Da war etwas. Seine Augen wanderten zurück.

Zum Bauernmädchen. Hatte sein Vater im Tagebuch nicht beschrieben, wie er und Francesca eine Lire-Münze in der Bespannung hinter einem Bauerngemälde versteckt hatten? Er schaute wieder zu Zia Maria, die seinen Blicken gefolgt war. Und nervös schien.

»Was ist da? Ich meine das Bild.« Leon sprang auf, während Zia Maria wie versteinert im Sofa sitzen blieb. Dann zog er das Gemälde von der Wand ab, drehte es. Da – da steckte sie. Die alte Lire-Münze. Mit dem Adler drauf. So wie es sein Vater in einem seiner letzten Einträge beschrieben hatte. Leon erinnerte sich an die Zeilen und sprach sie laut vor sich her.

»Wir schworen ewige Treue und flüsterten. Flieg, Gedanke, auf goldenen Schwingen.«

Er drehte sich um zu Zia Maria. Die Augen waren gerötet, Tränen liefen ihr über die Wangen. Der Stich in ihrer Brust war so tief, dass sie den Schmerz nicht mehr ertragen konnte. Dann schlug sie die Hände vors Gesicht und schluchzte.

Jetzt erkannte Leon, wer vor ihm saß. »Du bist Francesca. Die Principessa aus dem Tagebuch.«

Schweigen. Langes Schweigen.

Und dann, ganz leise. »Ja, mein Junge. Dein Vater und ich. Das war unsere große Liebe.« Sie rang nach Luft und machte eine kurze Pause. »Und er hat noch gelebt? Die ganzen Jahre über?« Francesca atmete tief in sich hinein. Dann fasste sie sich ein wenig. »Alles werde ich dir erzählen, alles. Von unserer Liebe. Sie war so warm und weich. Wie der Sommerwind bei uns in den Bergen. Und spannungsgeladen. Wie die Luft kurz vor einem Gewitter. Von den Ereignissen im Krieg will ich dir erzählen, und von unserem Familiengeheimnis. Alles.«

81

Francesca hatte sich mit einem Taschentuch die Wangen getrocknet und blickte zum Fenster hinaus. »Weißt du, dein Vater war ein guter Mensch. Das konnte man damals nicht von allen Deutschen sagen. Auch nicht von allen Italienern.« Dann winkte sie Leon zu sich auf das Sofa. »Komm hierüber, ich will dein Gesicht näher sehen.«

Und sie erzählte. Von ihren heimlichen Treffen in der Trattoria de Sanctis, von ihrem gemeinsamen Plan, die Gemme zurückzuholen. Vom letzten Tag im Mai 1944, als die Jagdbomber kamen und die deutschen Flak-Geschütze in den Himmel spuckten. Vom brennenden See, von den Partisanen um Elisa und vom großen Feuer im Museum, das die antiken Schiffe zerstörte und viele Menschen tötete.

»Nicht Curth ist schuld«, sagte sie, »das war der Krieg. Eine Granate, ein Treffer von einem Jagdbomber oder eine Lampe, die in der Halle heruntergefallen war. Wer kann das heute noch sagen?«

»Aber mein Vater hat Blut an den Händen«, unterbrach Leon. »Im Tagebuch gibt es einen Nachtrag von 1953, als er nochmal in Nemi war. Er schreibt, es ging nicht anders. Der Museumsdirektor musste sterben. Und er schreibt, dass es dich nicht mehr geben würde. Wie kann das sein, wenn du doch vor mir sitzt?«

Francesca schaute ihn verwundert an. »Das hat er tatsächlich geschrieben?« Sie holte Luft. »Da gibt es mehr. Mehr als du weißt.«

Mit Spannung beobachtete Leon die ergraute Frau neben sich auf dem Sofa, die ihm auf einmal so vertraut vorkam. »Was noch für eine Geschichte? Wer hat den Museumsdirektor getötet?«

»Ich.« Francesca schluchzte laut auf. »Ich war's. Im Büro des Direktors gab es ein kurzes, aber heftiges Feuergefecht. Mit Toten und Verwundeten. Della Rocca wollte deinen Vater erschießen. Mit einem Revolver. Aber ich war schneller. Mit meinem Messer.«

Aufgewühlt rief sie weiter. »Ich musste ihn retten. Ich musste ihn doch retten. Meinen Curth.« Plötzlich hatte sie nach so vielen Jahrzehnten wieder die Worte von Elisa im Kopf. Nicht denken. Stoßen, drehen. Sie blickte in das bestürzte Gesicht von Leon. »Das mit dem Messer, das hatte mir Elisa beigebracht. Die Partisanin.«

»Was bist du für eine mutige Frau. Und mein Vater hat dich in Schutz genommen?«

»Vielleicht im Tagebuch. Aber bei uns in Nemi war die Realität eine andere.« Francesca brach diesen Gedanken ab. »Lass' mich zunächst weitererzählen. Curth war schwer verwundet, bewusstlos, und ich habe ihn mit letzter Kraft zu einem deutschen Lazarettwagen gezogen. Soldaten haben mir geholfen, ihn auf die Pritsche zu heben.«

Leon hörte diese Geschichte seines Vaters zum ersten Mal. Er war erschrocken und fasziniert zugleich, innerlich aufgewühlt. Dann sammelte er sich wieder. »Francesca, sag' mir, wie ging es weiter, mit Dir, mit Vater, mit Euch?«

»Der 31. Mai 1944 – das war das letzte Mal, dass ich ihn gesehen hatte, jedenfalls bis 1953. Und ich musste um mein Leben laufen, denn ein SS-Offizier mit einer Pistole war hinter mir her.«

Leon ging ein Name durch den Kopf. »Etwa Krambock?«

»Weiß nicht, habe keinen Namen. Einer mit Narbe im Gesicht.«

»Krambock! Der persönliche Feind meines Vaters.«

»Er wütete, wollte die Gemme haben. Sprang mir hinterher, als ich den Gang in den Palazzo hochlief. Er brüllte irgendwas, ich glaube Flittchen war das Wort. Oben, an der Eisentür zum Keller, hinter der mein Freund Tommaso wartete, trommelte ich voller Angst und schrie. Ich erinnerte mich an das Klopfzeichen der Partisanen. Ich schlug hastig den Takt an das Portal.« Francesca machte eine Pause und überlegte kurz, dann fuhr sie fort. »Leon, hast du die Melodie schon mal gehört?« Sie sang mit leiser, zittriger Stimme.

»U-na mat-ti-na. Mi son sveg-lia-to«

Er kannte das Lied aus dem Radio und sang weiter.

»O bella, ciao! Bella, ciao! Bella ciao ciao ciao!«

»Du kennst es ja, mein Junge. Das ist das Lied der Partisanen.« Francesca liefen erneut die Tränen aus den Augen. Gemeinsam flüsterten sie sich zu.

»Eines Morgens erwachte ich
und fand den Eindringling vor.
O Partisan, bring mich fort,
O Schöne, tschau, Schöne tschau,
Schöne tschau tschau tschau,
O Partisan, bring mich fort,
denn ich fühle, dass ich bald sterben werde.«

Die Principessa erstarrte im selben Moment, durchlebte noch einmal jene Minuten und erzählte mit bewegter Stimme weiter. »Der SS-Offizier stand plötzlich hinter mir. Seine Hände griffen in meine Haare und rissen mich zu Boden. Er brüllte mich an, dass ich ihm die Gemme geben sollte. Ich schrie zurück. Er brüllte weiter. Endlich öffnete sich die Tür. Tommaso stürzte sich auf den Soldaten. Ich sah ein Jagdmesser in seiner Hand. Ich sah beide über die Stufen rollen, hörte

Schreie. Dann wurde es still. Tommaso stand auf, wischte das Messer an seiner Hose ab und stieß den leblosen Körper die Stufen hinunter.«

Leon war wie gebannt. »Was für eine Geschichte! Francesca, und die Gemme? Sie ist bei dir?«

»Nenn' mich Zia Maria. Francesca – ist tot. Aber zurück ins Jahr 1944. Ich hatte Curth die Schatulle mit der Gemme in den Rucksack gestopft und mit auf den Lazarettwagen gegeben.«

»Dann hat er das Artefakt also bei uns zuhause in Mainz versteckt. Und Mailand? Was war mit Mailand?«

»Eins nach dem anderen. Ich galt in Nemi als Mörderin des Museumsdirektors, weil mich viele Flüchtlinge gesehen hatten. Auch meine Rettungsaktion für Curth war beobachtet worden und sprach sich herum – Principessa hilft SS-Offizier! Unsere Fürstenfamilie war blamiert und ich gesellschaftlich erledigt. Ich hatte keine Zukunft mehr. Francesca musste sterben.«

»Der Sturz von der Mauer? Ich verstehe langsam.«

»Meine Eltern erfanden die Geschichte. Und unser guter Pater Lucius damals – der gab seinen Segen und las die Totenmesse. Vittorio und Elisa, die nach einer Schussverletzung wieder genesen war, begleiteten mich nach Mailand, zu Salvatore, ihrem Bruder. Übrigens ein sehr liebevoller und vermögender Mann, der homosexuell war und eine Ehefrau brauchte, um in seinen Kreisen zu bestehen. Dort tauchte ich eine Zeit lang unter und wurde bald Signora Francesca Maria Capelli. Meinen ersten Vornamen strichen wir aus den Heiratsurkunden. Allen schien geholfen.«

Angespannt hörte Leon zu. »Elisa, die Partisanin, hat dich also nach Mailand mitgenommen. Mein Vater erwähnte sie kurz im Kriegstagebuch. Was ist aus ihr geworden?«

Francesca schloss die Augen und hörte wieder ihre Freundin flüstern. *Nicht denken. Stoßen, drehen.* Sie schluckte und sagte mit zitternder Stimme, dann immer klarer. »Meine Elisa, ohne sie würde dein Vater nicht mehr leben. Und du – du wärst nie geboren. Sie ist nach dem Krieg zurück in die USA, wo sie vorher schon viele Jahre bei einem Onkel in New York gelebt hatte. Wir haben uns das letzte Mal in Mailand zur Beerdigung von Salvatore gesehen.«

Angespannt hörte Leon zu. »Die Briefe aus Mailand, die ich zuhause in Mainz gefunden habe. Von dir also?«

»Ich war sehr einsam. Salvatore ging seiner eigenen Wege nach, und meine Sehnsucht nach Curth wurde immer größer. Ich schrieb ihm, verheimlichte aber, dass ich verheiratet war. Wir hatten uns schließlich ewige Treue geschworen. Er wollte kommen, ich lehnte ab. Dann, nach dem Tod meines Vaters, bekam meine Mutter einen Schlaganfall und ich kehrte zur Pflege nach Nemi zurück, wo mein Bruder Vittorio der neue Principe war. Und eines Tages, im Juni 1953, ich weiß es noch genau, da stand er vor mir. Curth! Mein Puls raste. Und ich spürte wieder den warmen Sommerwind in meinem Herzen, der mir das Glück zurückbringen könnte. Doch ich fühlte auch, dass wir selbst nur der Wind waren, der vorüberweht.«

82

Trastevere

Viola hatte das Gefühl, heute besonders wichtig zu sein. Ihre Familiengeschichte schien für Carlotta von großem Interesse. Sie legte beide Unterarme auf den Küchentisch, öffnete die Hände und nahm die Haltung einer Priesterin ein. »Also, du wirst es nicht glauben.«

Azzurro, so ist der Himmel für Verliebte,
denn Azzurro heißt blau.

»Veilchen, mach hin. Mein Caffè wird kalt.« Carlotta schaute angespannt. »Pietro kommt mit seiner Arie zum Schluss.«

»Dieser Deutsche damals, ich sehe ihn noch vor mir. Mitte dreißig, groß, blond, blaue Augen. Ein stattlicher Mann. Nicht wie dein Pietro. Obwohl der sicher auch seine Vorzüge hat, wenn auch nicht beim Singen.« Viola lächelte süffisant. »Aber zurück ins Jahr 1953. Ich war, wie gesagt, sieben, mordsneugierig, wie alle Kinder, und schlich in eine schmale Abstellkammer neben dem Zimmer von Zia Maria. Zwischen Staubsauger und kleiner Werkbank war ein Guckloch in der dünnen Wand. Ich konnte sie sehen. Und hören, halbwegs. Sie umarmten sich stürmisch, dann ging der Deutsche vor ihr auf die Knie. Faselte was von Liebe und Sehnsucht. Darauf stehen Kinder ja nicht so.«

»Viola, komm zur Sache.« Carlotta wurde ungehalten. »Deine Gefühle als Rotzgöre, darum geht es jetzt nicht.«

»Na gut. Also, er setzte ein feierliches Gesicht auf und machte ihr einen Heiratsantrag. Er sprach sie mit Francesca an, obwohl sie doch anders hieß, und schmachtete bella mia. Er sagte noch, das habe er ihr versprochen. Sie weinte und schien verzweifelt. Dann zog der Besucher etwas aus seiner Sakkotasche. Ich dachte erst, das sei ein Ring. Für immer und ewig flehte er sie an und reichte ihr eine Schatulle. Und was macht die Capelli? Sie heult wie ein Schlosshund. Er stand auf, nahm ein größeres Schmuckstück heraus, das in seiner Hand aufklappte, und überreichte es ihr.«

»Die Gemme! Das Wunder.« Carlotta war wie gefesselt.

»Weiß ich nicht. Aber wenn du es sagst.« Viola empfand Carlotta auf einmal verstörend. Die Stimme hörte sich hart und kalt an, wie Hammerschläge auf einen Amboss.

»Weiter. Was dann? Was hast du noch gesehen? Oder gehört?«

»Der Deutsche sprach von einem Talisman, den Sie ja kenne. Hab' aber nicht alles verstanden. Nur eins noch. Antiker Glücksbringer, hörte ich, und Zauber gegen Krankheiten. Na, wer's glaubt. Der Quatsch vom ewigen Leben eben.«

»Haben sie denn geheiratet?«

»Nein. Die Capelli erzählte, dass sie schon verheiratet ist. Und ihrem Ehemann nicht untreu werden könne.«

»Und dann? Was dann?«

»Was heißt hier was dann? Nichts war.« Viola äffte Carlotta nach. »Sie behielt die Schatulle. Er war todtraurig und reiste ab. Sie heulte tagelang. Basta!«

»Und? Komm schon!«

»Ich weiß, was du hören willst. Die Schatulle. Da gab es einen alten Ölschinken an der Wand, mit einem bunten Bauerntrampel drauf, dahinter eine Klappe, genau gegenüber von meinem Versteck. Mit einem Schloss. Der Schlüssel baumelte damals am Hals der Capelli.«

»Warum hast du das nicht früher gesagt? Hätte uns viel erspart.«

»Hast du gefragt? Nein. Wusste ich, wonach du suchst? Nein.«

Carlotta gab nicht nach. »Also ist die Gemme in Nemi?«

»Tja, so eine Sache. Ich blieb noch einige Jahre im Palazzo und wurde irgendwann beim Klauen im Salotto erwischt. Gab ´nen Mordsärger. Ich riss nach Rom aus, kehrte schwanger zurück, vom Kindsvater keine Spur. Da war ich sechzehn. Meine Mama starb aus Gram darüber und mein leiblicher Vater Tommaso Fabrizi adoptierte mein Kind, seinen unehelichen Enkelsohn. Er glaubte sich verantwortlich und wollte wieder gut machen, was er meiner Mama angetan hatte. Ich aber hatte die Schnauze voll von dieser ehrenwerten Gesellschaft und verschwand nach Rom. Mein Kind blieb in Nemi und wurde Tommasino getauft. Das war 1962. Bis zu diesem Zeitpunkt, da bin ich mir sicher, hatte die Capelli den Schlüssel am Hals baumeln. Ende der Geschichte.«

Die beiden Frauen in der Küche schwiegen sich an. Carlotta dachte nach. In die Stille hinein sprang die Badezimmertür auf und ein feuchter Nebel aus Heißwassertropfen mit einem Aroma aus Mandelmilch und Seife zog durch Flur und Küche. Pietro hatte sich nur ein Handtuch umgeschlagen, das an der Seite bis zu den Knien reichte und vorne nur knapp Carlottas Morgenvogel bedeckte.

»Hallo, ihr Hübschen«, flötete Pietro. »Was geht?«

Die beiden Frauen in der Küche blieben stumm. Carlotta schaute an Pietro runter. Viola an ihm hoch. Dann stand die Bordellmutter auf und verabschiedete sich mit einem Grinsen. »Find's raus.«

Pietro blickte abwartend zu Carlotta. »Wer so schön singt, bekommt doch bestimmt eine Belohnung, oder?« Dabei wippte er aufreizend mit seinem Badetuchzipfel zwischen den nackten Oberschenkeln.

»Pavarotti ist nichts dagegen.« Carlotta machte selten Scherze. »Was bedeutet eigentlich was geht?« Sie wartete die Antwort nicht ab. »Pass' auf. Wir verschwinden wieder, kann sein, dass wir so schnell nicht wiederkommen und abtauchen müssen. Pack' deinen Kram.«

»Das geht immer hin und her.« Pietro rollte die Augen. »Und warum abtauchen? Ist doch alles in Butter.«

»Nichts ist in Butter. Hast du schon vergessen, du wirst von der Polizei gesucht. Und – mal was Neues – in den Albaner Bergen ist bei einem Mord mit Hausbrand ein verkohltes Feuerzeug gefunden worden. Ein rotes.« Jetzt legte sie den Kopf auf die Seite und ließ ihre Augenbrauen nach oben zucken. »Mit Resten deutscher Wörter drauf. Und 'nem weißen Geißbock als Emblem. Lag gleich neben dem eingeschlagenen Schädel einer jungen Frau.«

»Moment mal! Mein Feuerzeug mit dem Wappen des 1. FC Köln ist doch weg.« Pietro wurde blass, trotz der Hitze im Bad. »Bestimmt geklaut. Und die Tote? Was läuft hier eigentlich?« Er hatte das flaue Gefühl, dass sich gleich seine verblichene Mutter mit einer Moralpredigt bei ihm melden könnte. »Ich habe damit nichts zu tun.«

»Das kannst du der Polizei erklären. Wenn sie dich haben«, hörte er Carlotta quäken. »Du bist doch aus Köln, oder?«

»Woher weißt du das mit dem Feuerzeug?«

»Schon vergessen? Alfredo, mein Spitzel bei den Carabinieri. Er hat mir das gezwitschert.« Manchmal war Carlotta stolz auf sich. Es war so einfach, Menschen hereinzulegen und an sich zu binden.

Pietro überlegte. Besser abtauchen. Zu heikel schien ihm die Sache mit dem Feuerzeug. Aber konnte er Carlotta noch trauen? Manchmal war sie nett, aber dann wieder ... Er schlurfte mit halbnassen Füßen ins Schlafzimmer, wo Pippo angesichts der feuchten Spur auf dem Parkett aufgeregt die Flügel schlug. »Was ist mit dem Vogel«, rief er in Richtung Küche. »Nehmen wir ihn mit?«

»Nein, stört nur. Der Hausmeister kümmert sich drum«, schrillte es zurück. »Mach' hin. Wir müssen nach Palestrina.«

»Guter Pippo«, flüsterte Pietro. »Du hast mir beim verrückten Vater von Carlotta das Leben gerettet. Jetzt schenke ich dir die Freiheit.« Er öffnete das Fenster im 4. Stock und schaute zum Garibaldi-Denkmal auf dem Gianicolo. Etwas unterhalb, fast am Ufer des Tibers, lag der Palazzo Corsini mit seinem botanischen Garten und Baumbeständen aus aller Welt. Oft hatte Pietro in den Palmenkronen eine grüne Papageien-Art gesehen und lustiges Gezwitscher gehört. Er lauschte. Auch heute war am Himmel ein vergnügtes Quietschen zu vernehmen. »Dort wirst du dich wohlfühlen, mein Lieber.« Dann öffnete er die Tür der Voliere. »Hörst du, Pippo? Verwandte von dir.«

Der große Ara wackelte aus seinem Gefängnis heraus und kletterte auf die Spitze der Voliere. Streckte die Flügel seines blau-gelben Gefieders. Hüpfte auf die Fensterbank. Blinzelte zu Pietro wie zu einem Komplizen. Dann äugte er um die Ecke, zur Sonne, spreizte sich – und warf sich steif, aber mutig in die Freiheit.

Nach einem Durchsacken schwang er sich gekonnt durch die Straßenflucht. Pietro schaute lange hinterher. Irgendwie war ihm der Fingerhacker ans Herz gewachsen. Und wie gerne hätte er Pippo noch einmal gehört. Iiiieeeetrooo! Vielleicht auch mal mit einem P.

83

Palestrina

Der Tag war heißer geworden. Und schwüler. Wie ein Krake aus der Tiefsee hatte sich Hoch Hanna vom Tyrrhenischen Meer über die römische Ebene geschoben, mit jeder Stunde mehr Feuchtigkeit aus dem tintenblauen Wasser aufgesogen und mit der Strömung ins Landesinnere gespült. Über den ausgedorrten Feldern der Campagna Romana flirrte die Luft, Vögel verkrochen sich ins Unterholz oder suchten Schutz unter schattigen Baumkronen. Auch in den Hügeln bei Rom hatte Hanna das Thermometer auf weit über 30 Grad getrieben, und erst in den frühen Abendstunden erwachte dort langsam wieder das Leben.

Leon hatte den Nachmittag bei Zia Maria in Nemi verbracht und mit ihr Erinnerungen ausgetauscht. Es gab ja so viel zu erzählen. Er kehrte irgendwann zu seinem Mietwagen zurück und befand sich rasch auf der Provinzstraße nach Palestrina. Während der Fahrt wanderten seine Gedanken wieder in den Palazzo. Er sah Zia Marias rot geweinte Augen vor sich. »Ich gebe dir die Gemme mit dem Zweig«, hörte er ihre sanfte Stimme. »Dein Vater hat sie gefunden. Du hast ein Recht darauf.«

Immer mehr Details hatte Zia Maria ihm vom Besuch seines Vaters 1953 in Nemi anvertraut, vom Heiratsantrag und vom Geschenk als ewigen Liebesbeweis erzählt. Und wieder unter Tränen hatte sie von ihrer Verzweiflung berichtet, weil sie schon mit Salvatore verheiratet war, der später in den Sechzigern verstarb. Dann hatte sie eine Kette am Hals geöffnet, einen kleinen Schlüssel abgezogen und eine verborgene Klappe in der Wand aufgeschlossen. »Für dich«, hatte sie leise gesagt. Und ihm eine alte Schatulle aus Ebenholz in die Hände gedrückt.

Er hatte auf das Kästchen gestarrt, es an sich genommen und eine eigenartige Wärme zwischen den Fingern verspürt. Das also war das Objekt der Begierde, nach dem so viele gesucht hatten. Verrückte Gedanken waren ihm durch den Kopf gegangen. Glaubte er selbst an den Mythos vom ewigen Leben und an den Schutz vor Krankheiten und allerlei Unglück? Wie alt war doch gleich Zia Maria? Vorsichtig hatte er die Gemme aus der Schatulle herausgeholt und die fein geschnittene Diana-Büste betrachtet. Die zarten Gesichtszüge, die filigrane Mondscheibe und der geschwungene Jagdbogen – ein Bravourstück antiker Gemmenkunst. Kaiser Caligula und der Sklavenkönig Aurelius waren einst die Besitzer. Ein Artefakt von unglaublich hohem Wert. Diese kleine Diana-Büste – glich sie nicht dem Stein aus Onyx auf dem Familiengrab in Mainz-Laubenheim? Natürlich. Jetzt wusste Leon, warum sein Vater sie auf dem Grabstein hatte anbringen lassen. Es war ein letzter versteckter Gruß – an seine große Liebe in Italien. An Francesca.

Zia Maria hatte Leon zugeschaut, wie er die Gemme in seinen Händen drehte, und in seinen Gesichtszügen nach Curth gesucht. Das markante Gesicht, die meerblauen Augen mit den Fältchen drumherum, die blonden Haare – da war er wieder, ihr Curth. Sie war überglücklich. Gleichzeitig betrübt. Sie hatte seine Hand genommen und seine Finger vorsichtig über den versteckten Mechanismus geführt. »Hier, an dieser Stelle, am Halbmond. Du musst vorsichtig drücken.«

Ein sanfter Druck. Die Gemme schnarrte, der Deckel klappte auf. Ein kleiner, mit Blattgold überzogener Zweig kam zum Vorschein, der vor Jahren offenkundig einer fachmännischen Restaurierung unterzogen worden war. Ein Mistelzweig, wie Leon an den verästelten Sprossen mit kleinen ovalen Blättern erkannte. Und der – wie es die Mythologie überlieferte – von der heiligen Eiche im Tempel am Nemi-See stammen sollte. »Vermutlich antike Feuervergoldung«, flüsterte er fast andächtig, »mit Silber- oder Bronzemantel, der wiederum einen kleinen Zweig umhüllt.« Nachdenklich drehte er das weich und edel schimmernde Aurum in seiner Hand. »Großartig, einfach großartig.« Dabei erinnerte er sich an einen alten, dicken Einband im Bücherzimmer seines Vaters in Mainz. Der Goldene Zweig – The Golden Bough, das Buch von James George Frazer. Lange schaute Leon den goldenen Zweig an. Dann legte er ihn vorsichtig in die Gemme zurück. Die Gemme in das Kästchen aus Ebenholz. Und drückte das Kästchen wieder Zia Maria in die Hände.

»Nein, nicht für mich«, hatte er gesagt und ihr in die dunklen Augen geschaut. »Das ist ein Geschenk meines Vaters gewesen. An seine große Liebe. Und so soll es bleiben. Es ist jetzt unser Geheimnis.«

***

Leon erreichte Palestrina am frühen Abend. Aus seiner Studienzeit war ihm das Bergdorf unter dem antiken Namen Praeneste mit dem Heiligtum der Fortuna Primigenia bekannt. Ein Monumentalbau mit einem bedeutenden Orakel der Schicksalsgöttin Fortuna, dessen Überreste sich oberhalb der Altstadt auf mehreren Terrassen erstreckten. Noch außerhalb des Stadtkerns, auf der langen Viale Pio XII, kam Leon an der örtlichen Station der Carabinieri vorbei, wo er vor der Sandsteinfassade den schnellen Alfa Romeo von Renzo, dem korpulenten Fahrer aus Rom, erkannte. Zur Razzia gegen die Kunst- und Hehlerbanden war die Kulturgutpolizei also schon vor Ort. Leon hielt es für besser, der Station keinen Besuch abzustatten. Er wollte schnell zu Rubina. Und die hatte er beim Bogenschießen zu suchen, mitten im Trubel des Palio, der sich auf den Plätzen und in den engen Gassen der Altstadt ausbreitete.

Etwas unterhalb des Ortes parkte er seinen Wagen. Dann schritt er durch die barocke Porta del Sole und stieg über eine breite Treppe ins Zentrum hoch. Oben in den Gassen spürte Leon, wie das Mauerwerk die Hitze des Tages in warmen Wellen wieder ausatmete. Lärm und Trubel drangen durch die Abendluft, gelegentlich übertönt von einer verzerrt dröhnenden Stimme aus einem Lautsprecher. Dort musste er hin. Dorthin, wo an einem hochaufragenden Campanile das Zentrum des Festes zu sein schien.

Der Lärm war sein Wegweiser. Leon duckte sich weg an einer von Rauchschwaden umhüllten Grillbude. Eilte vorbei an einer Jahrmarktorgel, die mit martialischem Klingklang die Gassen beschallte. Dann war er da. Auf der Piazza Regina Margherita zwischen Rathaus und Kathedrale. Das Spektakel war ohrenbetäubend. Hunderte, nein, Tausende Kehlen kreischten und schrien durcheinander. Die Leiber der Menschen umflossen eine Wettkampfarena und schienen fest miteinander verbunden. Leon drängte sich auf eine Stehtribüne, um alles besser beobachten zu können. In der Gasse hinter ihm plärrte ein kleines Karussell mit Kinderliedern aus neonfarbenen Boxen. Vor ihm, in der Mitte des Platzes, im grellen Licht der Scheinwerfer, zerrte ein Dutzend kräftiger Männer an einem langen Tau. Je sechs auf jeder Seite, in Rotblau oder mit goldweißen Streifen, je nach Farbe des Stadtviertels. Sie stemmten sich mit aller Wucht in das Seil und gegen ihre Gegner.

Das dicke Tau zitterte. Ein rotes Tuch in seiner Mitte flatterte leicht, schob sich Zentimeter für Zentimeter in

Richtung Kathedrale und näherte sich in Zeitlupe einer Markierung auf dem Boden. Leon konnte erahnen, wie den Athleten der Schweiß über Gesicht und Rücken rann. Dann ein Schrei. Ein Pfiff. Die rechte Hand des weißgekleideten Schiedsrichters schnellte hoch und wieder herunter. Finito! Es war entschieden. Die Goldweißen der Porta del Sole hatten gesiegt. Die Arme der Anhänger auf der Stehtribüne rauschten in die Höhe. Siegestaumel. Die Piazza bebte. Leon wurde von den Tifosi angesteckt und riss ebenfalls die Arme empor. Ein Stich in der Schulter rief ihm schmerzlich seine Folter in Erinnerung. Leise stöhnte er auf.

In all dem Trubel bemerkte er einen Balkon an der gegenüberliegenden Seite der Piazza, vis-a-vis der Kathedrale, mit sechs oder sieben begeisterten Zuschauern. Oberhalb dieser Loggia warf ein Scheinwerfer sein Licht auf die Arena und streute Strahlen an der ockerfarbenen Hausfassade hinunter. Ein Schild »Gran Caffè da Mira« leuchtete rot im Erdgeschoss. Plötzlich blitzte im Streulicht auf dem Balkon etwas auf. Blau, Gold, wieder Blau. An einer Hand, die ständig auf die Schulter eines alten Mannes zu klopfen schien. Leons Aufmerksamkeit war geweckt, er schaute genauer hin. War das nicht Alessandro d'Ariccia, der Freund des zwielichtigen Kölner Kunsthändlers Armin Hainburg, mit seinem dicken Protzring in Blau-Gold am Finger? Und der Mann neben ihm – natürlich, das war Armin Hainburg selbst. Jetzt glaubte Leon, auch Lasse Hainburg zu erkennen, daneben eine hochgewachsene, ihm unbekannte blonde Frau und – Leon kniff die Augen zusammen – die Wirtin aus der Bar »La Quinta Sibilla« in Rom. Das Schlangennest. Es war hier.

84

Vittoria! Pupetta, sieh' nur. Vittoria!« Sieg. Don Esposito war völlig aufgedreht und steigerte sich in eine bizarre Stimmung hinein. Auf dem Balkon über der Piazza nahm er seine Tochter in den Arm und drückte sie eng an sich. Zu eng. »Pupetta, seit fünfzehn Jahren haben wir nicht mehr gewonnen. Gut, dass mein Luca beim Tauziehen mitgemacht hat. Mein Sohn ist ja so stark. Jetzt kommt das Bogenschießen, die Entscheidung.«

Carlotta kochte. Immer nur Luca, mein Luca! Und wieder dieses Wort – Pupetta! Sie hasste es. Zu fest war der Kosename verknüpft mit der Erinnerung, als ihr Vater sie mit Kokain gefügig gemacht hatte. Sie war zwölf gewesen. Und seit dieser Nacht eine schwarze Prinzessin. Im Gedränge spürte sie wieder seine Hände. Es musste passieren. Jetzt. Sie beugte sich an sein Ohr.

»Papà«, sagte sie, »Papà, hörst du mich bei diesem Krach?«

La Gazza nickte. Seine Hände drückten fester, ohne dass es im Getümmel auf der Loggia jemand sehen konnte.

»Papà, ich liebe dich, weißt du das?«

La Gazza nickte. Aber er ahnte nichts.

Carlotta zog ihn vom Balkon ins Wohnzimmer, in den Salotto, wo sie als Kind so gerne auf dem weichen Teppich unter dem Tisch gesessen hatte. Und wo La Gazza seinen Feind erschlagen hatte. Sie drückte ihrem Vater ein Sektglas in die Hand. Füllte es randvoll.

»Trink, Papà.«

Dann schaute sie sich zu Armando und Benedetto um, die im Salotto gewartet hatten.

»Türen zu! Ich will die blonde Hexe und ihre deutsche Bagage nicht dabeihaben.« Carlotta drehte sich zurück in den Arm ihres Vaters, legte den Mund an sein Ohr. Und flüsterte.

»Papà, du musst mir nicht verzeihen.«

Sie klang wie ein Engel. Mit sanfter Stimme. Ein Engel mit einem Messer in der Hand. Pietros Messer.

La Gazza verstand nicht. Dann bohrte sich ein Stich tief in seinen Rücken. Erst kalt, dann heiß. Der Schmerz breitete sich aus. Mit jedem weiteren Stich. Wie eine Kette detonierender Dynamitstangen. Er hörte noch die giftige Stimme seiner Tochter am Ohr.

»Papà, – dies – ist – von – deiner – Pu – pet – ta«.

Und sackte zusammen.

Carlotta hielt ihn fest. Wie leicht er war. Sie schaute kalt auf den Toten in ihren Armen und hievte ihn zu Armando und Benedetto. »Schafft ihn weg.«

***

Rubina wartete im Mannschaftslager der Porta del Sole, das im Rathaus gegenüber dem Familienpalazzo des Esposito-Clans untergebracht war. Jetzt war sie an der Reihe, zum Schießen mit dem kurzen Jagdbogen, dem letzten und alles entscheidenden Wettbewerb. Brigadiere Conti, vom Primo Capitano zu ihrem Schutz eingeteilt, hatte seit der Ankunft in Palestrina ein wachsames Auge auf sie. Jetzt aber ging es für Rubina und ihre Mitstreiter aus den anderen Vierteln hinaus in die aufgeheizte Arena. Aus den Lautsprechern quollen blechern die Namen der Schützen, die sich vor der Jury tief verbeugten. Nur unterbrochen von den Anfeuerungsrufen der Anhänger.

Rotblonde Haare, die Statur, das entschlossene Gesicht. Leon erkannte Rubina in der Mitte der Piazza. Im goldweißen Dress machte sie eine gute Figur. Die jungen Männer neben ihm pfiffen anerkennend mit den Fingern, und er hörte Rufe wie »una volpe rossa« und »una bomba« – ein Rotfuchs und eine Bombe. Schließlich entdeckte er Brigadiere Conti, der sich in Uniform auf der anderen Seite des Platzes postiert hatte.

Auf ein Zeichen der Jury hob Rubina als Erste den Bogen. Sie spannte den Rücken und taxierte das Ziel, eine grün-weiß-rot markierte Strohscheibe in 50 Meter Entfernung. Für erfahrene Wettkämpfer kein Problem. Aber in der Dämmerung, unter Flutlicht, bei schwüler Hitze und mit dem Getöse der Festbesucher? Eine kniffige Aufgabe. Sie hatte drei Pfeile für je drei Runden. Und einen zehnten Schuss – falls ein Stechen folgen sollte.

Die Pfeilspitze über ihrer linken Hand zeigte auf die Zehn. Ihre Fingerkuppen an der Sehne schnellten zurück. Der Schuss. Treffer!

»I dieci«, rief der Schiedsrichter. Die Zehn.

Die Tifosi im Block der Porta del Sole gerieten aus dem Häuschen.

***

Jenseits der Piazza, hinter dem »Gran Caffè da Mira«, war der Lärm vom Palio nur schwach zu hören. In einem der beiden als Lieferwagen getarnten Fahrzeuge der Carabinieri saß Primo Capitano Raffele mit seinen Leuten und wartete auf das verabredete Zeichen für die Razzia. Alles schien ruhig. Auf dem kleinen Platz unterhalb der Kathedrale schlichen zwei dunkel gekleidete alte Frauen entlang. Und in einem Cabrio vor einem Brunnen saß ein Fahrer, der die linke Hand herausbaumeln ließ und mit seiner rechten an einer Münze am Hals spielte. Raffaele wartete auf ein Zeichen von Brigadiere Conti, der oben an der Kathedrale stand. Sein bester Mann. Von ihm war der Hinweis auf die Hütte in den Albaner Bergen mit dem Beutegut aus Mainz gekommen. Und es war der Brigadiere, der den Tipp aus Händlerkreisen auf das Bandentreffen in Palestrina geliefert hatte. Manchmal fragte er sich, woher Conti seine Informationen hatte.

Raffaele dachte jetzt aber nicht darüber nach. Er beschäftigte sich mit dem Einsatzplan. Ein Teil seiner Männer würde auf sein Kommando das Lager unter dem Palazzo stürmen, wo Kunstgegenstände aus verschiedenen Raubzügen in Italien vermutet wurden. Er selbst und ein zweiter Trupp würden das Wohnhaus durchkämmen und Verdächtige festnehmen. Dabei versuchte er auszublenden, dass er vor entfernten Verwandten stehen würde. Vor seinem zwielichtigen Großonkel dritten Grades, der als La Gazza wegen diverser Verbrechen und krummen Geschäften längst unter Beobachtung stand. Und vor Carlotta, die als Barchefin trotz ihrer Verbindungen in die römische Bordellszene eine saubere Weste behalten hatte. Bisher. Und schließlich vor Luca, den er kaum kannte und der – wenn die Hinweise stimmten – als Oberhaupt der famiglia bereitstand. Falls La Gazza abtreten sollte. Oder musste.

***

Leon hatte Rubina im Blick, beobachtete den Balkon mit dem Hainburg-Clan und dann wieder Rubina. Der Brigadiere stand noch immer – nein, Conti, er war –

weg, verschwunden. Leon traute seinen Augen nicht. Wo war Conti? Irgendwo musste doch die Uniform des Brigadiere zu sehen sein. Auch wenn die Piazza überfüllt war. Seine Blicke suchten die Menge ab. So viele Köpfe, so viele Menschen. Dann sah er ihn, nur kurz. An der Schaufensterfront des »Gran Caffè«. Er beobachtete, wie Conti sich zur Piazza umschaute. Es öffnete sich eine Tür, Conti ging hinein. Leon war beunruhigt und gab seinen Beobachtungsposten auf der Stehtribüne auf. Er wollte weiter vor, zur Kathedrale, näher zu Rubina, und drängte sich zwischen Festbuden an der Häuserfront und dem Pulk feiernder Menschen hindurch. Es roch nach würzigem Rotwein, süßem Spritz, nach der Glut heißer Kohle und gegrillten Calamari. Jetzt stand er seitlich zum Schießstand, und eine Lücke in der Menschenwand ermöglichte es ihm, bis an die Absperrung der Arena vorzugehen. Rubina war zehn Meter von ihm entfernt. Er winkte ihr zu. Keine Reaktion. Er rief ihren Namen. Keine Regung. Zu laut, einfach zu laut und zu voll, sagte er sich.

Der Bogenschütze der Rotblauen aus dem Viertel San Martino hatte in diesem Moment ebenfalls die Zehn getroffen. Deren Tifosi auf einer Tribüne am Rathaus jubelten laut auf. Leon konnte kaum sein eigenes Wort verstehen. Dann – endlich – hatte Rubina ihn entdeckt. Mit ein paar Schritten war sie bei ihm an der Absperrung.

»Mein Principe azzurro, was machst du hier?« Sie fasste mit der Hand an seine Stirn, auf der das breite Pflaster aus der Poliklinik klebte, und blickte ebenso besorgt wie überrascht. »Solltest du nicht im Krankenhaus sein?«

»Ich, nein, bin weg. Habe dich gesucht.« Wie sollte er Rubina auf die Schnelle alles erklären? Der Lärmpegel um ihm herum stieg weiter an.

Sie beugte sich zu ihm über die Absperrung. »Jetzt hast du mich ja gefunden. Aber, wie du siehst, bin ich beschäftigt. Vielleicht später?«

»Brigadiere Conti ist weg«, rief Leon. »Er sollte auf dich aufpassen.«

»Aufpassen?« Rubina reagierte knapp, drehte sich kurz von Leon weg und beobachtete angespannt den Bogenwettbewerb. Sie hatte noch Zeit. »Du meinst Alfredo? Mein Bruder hat ihn gebeten, mich zu begleiten, weil er selbst einen Einsatz hat und verhindert ist. Du musst wissen, dass kein Italiener seine kleine Schwester allein auf ein Fest gehen lässt. So ist das bei uns.« Sie drängte. »Ich bin gleich dran.«

Der Kommentator in der Arena kündigte über den Lautsprecher die nächste Bogenschützin an. »Rubina Capriri, per la Porta del Sole.«

Leon wollte nicht warten. Er wollte handeln und Conti folgen. Zum Gran Caffè. Zur Tür. Er wollte wissen, was dort passierte. Er tauchte unter dem Balkon ab, damit die Hainburg-Sippe ihn nicht sehen konnte. Schlich zum Eingang. Verschlossen. Ging unauffällig weiter ums Haus herum. Das metallische Dröhnen der Kirmesorgel verfolgte ihn bis zur Hausecke, hinter der sich eine Piazzetta öffnete, auf der zwei Lieferwagen und ein Cabrio standen. Dann wurde es stiller. Und Leon hörte in der hereinbrechenden Dunkelheit Stimmen aus einem halb geöffneten Fenster des Palazzos.

***

»Du musst hier weg.« Die eindringliche Stimme von Brigadiere Conti war zu hören. »Die Razzia ist nicht aufzuhalten. Du wolltest ja, dass mit meiner Hilfe der ganze Laden hier auffliegt. Wenn ich anrufe, kommen die Carabinieri.«

»Ich hatte noch was zu erledigen.« Carlotta machte eine Pause. Dann sprudelte sie los. »Die ganze Familie ist nichts wert. Und ich sehe nicht tatenlos zu, wie sich mein Bruder und die deutsche Hexe alles unter den Nagel reißen. Dann wird eben alles hochgehen. Und ich – ich verschwinde. Habe aber noch was in Nemi zu erledigen, im Palazzo meiner stinkenden Verwandtschaft. Eine goldene Altersversicherung, sozusagen.«

»Denk' daran, wer dir die Tipps gibt.« Conti hörte sich vertraulich an. »Ich will meinen Lohn. Seit Jahren muss ich auf eine Beförderung verzichten und unter meinem schwulen Vorgesetzten leiden, darf den Ausputzer spielen und ihm Caffè und Zuckerstückchen reichen. Scheiß' drauf! Da will ich wenigstens mit dir meinen Spaß haben.«

»Finger weg! Nicht jetzt, Alfredo!« Carlottas Stimme ähnelte wieder dem Fauchen eines Panthers. »Ein Freund von mir steht draußen auf der Piazzetta und wartet auf mich. Am Brunnen.«

Conti ließ nicht locker »Wann sehe ich dich? Und wo?«

»Ich melde mich. Und jetzt ruf deine beschissenen Carabinieri an.«

***

Leon stand direkt unter dem Fenster und hörte eine Tür zuschlagen. Gleich darauf öffneten sich weit die Fensterflügel über ihm. Carlotta, die Chefin der Bar »La Quinta Sibilla« in Rom, lehnte sich heraus. Er blickte hoch und erkannte sie sofort. Die Frau, die ihm so schöne Augen gemacht hatte. Sie suchte jemanden auf dem Platz.

»Wo ist denn nur wieder Pietro?« Dann entdeckte Carlotta im Dämmerlicht der Piazzetta einen Mann unter ihr an der Wand lehnen und blickte auf einen blonden Haarschopf.

»He, was machst du da?«

Sie erschrak auf der Stelle. Der Deutsche aus Mainz, von der Hotelterrasse in Rom, auf der sie den BKA-Mann getötet hatte, und aus dem Folterkeller im Bordell. Carlotta ahnte, dass er alles gehört haben musste.

Sie eilte ins Zimmer zurück. »Armando, Benedetto!« Ihre Stimme schrillte wie eine Sirene bei Feueralarm. »Der Blonde, unter dem Fenster, schnappt ihn euch!«

Die Männer antworteten hektisch. Leon erkannte die Stimmen sofort. Das waren die Maskierten aus dem Folterkeller. Teufel und Weihnachtsmann. Die Handlanger der Bar-Chefin.

Leon wollte schnell weg und lief eine kurze Treppe hinab auf die Piazzetta. Als er sich umdrehte, sah er zwei Männer mit Pistolen aus dem Palazzo stürmen. Jetzt rannte er um sein Leben. An einer Poststation bog er ab in eine schmale Gasse. Und folgte einem braunen Hinweisschild hoch zum Fortuna-Tempel, das zu einer steilen Treppe führte. Er hatte keine Wahl. Hinter ihm waren die Schritte seiner Verfolger zu hören. Würden sie schießen? Hier, in der engen Gasse mit Wohnhäusern?

***

Pietro war in seinem Cabrio am Brunnen hin und her gerutscht. Er hatte Leon von Alban am Palazzo erkannt, Carlotta am Fenster gesehen und gehört – und wollte sich weder dem Deutschen noch Armando oder Benedetto zu erkennen geben, die kurz darauf aus einem Seiteneingang heraushetzten. Er war fassungslos. »Bei Janus, ich kann ihn doch nicht ständig retten.« Da hörte er eine Stimme in seinem Kopf.

»Junge, was passiert denn wieder?«

»Mutter, jetzt nicht.« Seine tote Mutter trug nicht gerade zu seiner Beruhigung bei. Er drehte an seinem Janus-Talisman. »Carlotta – wann kommt sie endlich. Sie wollte doch mit mir einen Ausflug machen, nur ein paar Sachen holen.«

»Du darfst Carlotta nicht trauen.« Seine Mutter gab keine Ruhe.

Er rutschte ein Stück im Sitz hinunter. Der Deutsche, Carlotta und ihre Handlanger – vor denen konnte er sich verstecken. Aber nicht vor seiner Mutter. Das stank ihm gewaltig. »Halt dich da raus, Mamma.« Pietro wurde lauter. Und impulsiver. »Halt doch endlich mal die Klappe.«

»Was heißt hier Klappe halten?« Carlotta stand aufgeregt am Wagen und wirkte gereizt. »Wie sprichst du mit mir?« Sie warf eine Reisetasche auf den Rücksitz und schwang sich auf den Beifahrersitz. »Und jetzt, mein Morgenvogel, gib Gas. Avanti.«

Im Moment hielt es Pietro für besser, einfach mal zu schweigen. Nur ganz still summte er in sich hinein.

Azzurro, so ist der Himmel für Verliebte,
denn Azzurro ...

Aber die Melodie hakte. Und seine Mutter setzte ihm weiter zu. Hatte sie recht mit Carlotta? Das Cabrio holperte über das Pflaster, die Gasse hinunter. Richtung Nemi.

Im selben Moment brummte das Mobiltelefon vom Primo Capitano. Das war das Zeichen. Von Brigadiere Conti. Für den richtigen Zeitpunkt der Razzia. Raffaele ahnte nichts von Contis Verrat und Komplott mit Carlotta, die die Razzia nutzte, um ihre Familie auszuschalten. Er stieß die Tür des Einsatzwagens auf und rief zu seinen Leuten. »Andiamo! Jeder weiß, was zu tun ist.« Im selben Moment liefen zwei Männer aus dem Palazzo heraus und sprinteten quer über die Piazzetta hinter einem blonden Mann her. Mit Pistolen in den Händen. Der Blonde – Raffaele erkannte ihn sofort – war Leon. »Das muss ich nicht verstehen«, murmelte er und kommandierte Renzo und zwei weitere Männer ab. »Hinterher. Schützt den Deutschen.« Dann stürmten die Carabinieri den Palazzo. Und Raffaele übersah ein eilig wegfahrendes Cabrio. Mit Carlotta auf dem Beifahrersitz.

***

Die Treppe zum Fortuna-Heiligtum war steil und kurvenreich. Sehr steil, wie Leon mit keuchendem Atem feststellen musste. Die Windungen schützten ihn zwar davor, dass seine Verfolger auf ihn schossen. Aber sie waren noch da. Er hörte sie, als sie sich anschrien. »Hinter uns« und »Sie kommen« konnte er verstehen. Was bedeutete das? Er wusste es nicht.

Immer höher führte die Treppe. Er war allein. Niemand außer ihm und seinen Verfolgern. An einer weißen Kirche kam Leon auf eine lange und flache Straße, er atmete durch. »Bestes Schussfeld«, ging es ihm dann aber durch den Kopf. Er musste weg, weiter. Ganz nach oben. Zum Heiligtum. Mit ein paar kräftigen Griffen und Tritten kletterte er über einen Metallzaun mit speerähnlichen Spitzen, stieg einen Felsvorsprung hoch und rannte über eine Freitreppe auf die nächst höhergelegene Terrasse. Wieder hallten Rufe aus der Gasse unter ihm. »Stehenbleiben«, hörte er. Dann – ein Schuss. Ein zweiter. Aber nicht auf ihn. Wurden die Verfolger selbst verfolgt?

Leon war oben. Vor Anstrengung brannten seine Muskeln im Oberschenkel. Er brauchte Zeit. Zeit zum Erholen. Und schaute sich um. In einer langen Reihe von Bögen und Nischen aus Mörtelmauerwerk konnte er sich vielleicht verstecken. Er duckte sich weg in eine der Wandvertiefungen. Am schwarzen Horizont sah er Blitze aufleuchten. Ein fernes Sommergewitter, irgendwo in den Albaner Bergen. Dann kamen sie. Der Teufel und der Weihnachtsmann. Sie schienen unentschlossen, drehten sich immer wieder um. Leon wollte nicht abwarten, ob und wann er entdeckt werden würde. Mit einem beherzten Sprung warf er sich auf die zwei, riss sie zu Boden und verpasste Benedetto einen Faustschlag ins Gesicht. »Rache für den Folterkeller«, dachte Leon kurz, dann spürte er den Würgegriff, mit dem Armando ihn in die Zange nahm. Leons Ellbogen schnellte heraus und traf sein Ziel hart in der Magengrube. Armando krümmte sich am Boden, erholte sich aber rasch und versuchte, die Pistole zu greifen, die er verloren hatte. Er fingerte am Schaft und zog die Waffe zu sich heran. Benedetto kam wieder zu sich.

»Finito – maledetti Furfanti!«

Verdammte Schurken. Nie war Leon glücklicher als jetzt, die tiefe Stimme von Carabiniere Renzo zu hören. Die breite Stiefelsohle des korpulenten, aber zähen Polizisten drückte unbarmherzig auf das Handgelenk von Armando. »Waffe weg!« Dabei richtete er den Lauf seiner Beretta direkt auf die kleine Stelle zwischen den Augen des Clanmitglieds. Dann klickten die Handschellen der zwei anderen Carabinieri. Erst bei Benedetto, dann bei Armando.

»Renzo«, sagte Leon erschöpft, »du glaubst ja nicht, wie froh ich bin, dich zu sehen.« Er nahm die Hand des Carabiniere und ließ sich hochziehen.

»Immer zu Diensten, Tedesco.«

»Wo ist dein schneller Alfa? Wir müssen sofort nach Nemi. Ich glaube, dass Zia Maria in Gefahr ist.« Leon berichtete kurz, was er am Fenster des Palazzos bei dem Gespräch zwischen der Bar-Chefin Carlotta und dem Verräter Alfredo Conti gehört hatte und dass die beiden Festgenommenen seine Folterknechte in Rom waren. Dann hörte er Renzo mit Raffaele telefonieren. Fünf Minuten später stand der 510 PS starke Alfa Romeo am Archäologischen Museum oberhalb des Tempels bereit.

Renzo schwang sich hinein, Leon warf sich auf den Beifahrersitz. Die Reifen drehten kurz durch. Dann beschleunigte der Wagen die schmale Via Barberini hindurch und kratzte in der engen Durchfahrt der Porta Santa Croce mit dem Außenspiegel an der Mauer. Bis Nemi waren es knapp 30 Minuten. Carlotta hatte einen Vorsprung.

85

Nemi, Palazzo Capriri

Hoch Hanna hatte bis zum späten Nachmittag genügend Feuchtigkeit vom Meer bis an den Rand der Albaner Berge gepumpt, um ein kräftiges Sommergewitter auszulösen. Zia Maria, die sich nach dem Besuch von Leon an ein offenes Fenster gesetzt und über den See geblickt hatte, fühlte sich heute trotz ihrer 91 Jahre wie die junge Francesca. Der Sommerwind streichelte über ihre Haut und hinterließ ein wohliges Gefühl von Nähe. Von Vertrautheit. So wie in den warmen Mai-Nächten von 1944, als sie und Curth sich im Hotelzimmer der Trattoria de Sanctis geliebt hatten. Doch wie im Krieg spürte sie die Spannung in der Luft und beobachtete am frühen Abend erste Gewitterzellen über dem See. Mit Einbruch der Dunkelheit grollte es am Himmel, und Blitze schnitten wie Laserschwerter durch den schwarzen Nachthimmel. Wind kam auf. Schwere Regentropfen klatschten wie dicke Perlen an die Fensterscheiben.

Aus dem Stockwerk unter ihr, wo sich die Zimmer des Fürstenpaares befanden, war ein Rumoren zu hören. Kein Gewittergrollen, wie Zia Maria anfangs noch glaubte. Ein Geräusch, als wenn ein Tisch oder Stuhl zur Seite geschoben wurde. Obwohl Don Agostino, der Sohn ihres verstorbenen Bruders Vittorio, und seine Ehefrau Letizia nicht im Haus waren, sondern in Urlaub am Meer. Einbrecher? Die Katze? Wohl kaum. Zia Maria wollte der Sache auf den Grund gehen, fasste Mut und schlich vorsichtig die Treppe zum ersten Stock hinunter. Alles war still. Nur die alten Holzstufen knarrten. Nichts Verdächtiges. Sie ging weiter treppab in Richtung Foyer und blieb genau auf der Stufe stehen, von wo aus sie Curth einst zum ersten Mal gesehen hatte. Vor über 70 Jahren. Groß, blond, gut gekleidet. Das markante Gesicht. Die wachen Augen, so blau. Und er hatte sie angestarrt, als sei sie die Sphinx von Gizeh. Sie erinnerte sich wieder an ihr prächtiges Abendkleid mit einer Farbe aus Kupfer und Pfirsich, an die Perlen in ihrem Haar. Später, im Luftschutzbunker, hatte Curth ihr das verlorene Gebetbuch mit den Sprüchen für die Ewigkeit gegeben.

Zia Maria kämpfte mit den Tränen und zog es vor, wieder hoch in ihr Appartement zu gehen. Sie wollte sich das alte Foto von Curth anschauen, auf dem er so glücklich lächelte und stolz den Borsalino trug. Ein greller Blitz zuckte auf und ein gewaltiger Donner krachte zeitgleich in die Nacht. Stromausfall. Überall Dunkelheit. Im Palazzo, auf der Piazza, auf dem Corso am Kraterrand. Danach – Stille. Das Unwetter war mit dem letzten Schlag wie aus einer Kanone verstummt und zog weiter. Nur das Prasseln des Regens und der Wind, der an den Häusern zerrte, waren noch zu hören. Sie tastete sich das dunkle Treppenhaus hoch. Kurz vor ihrer Tür hörte sie eine giftige Stimme. Eine Frauenstimme.

»Verdammt noch mal, wo ist dieser Wandtresor. Ist das jetzt die richtige Etage? Und wo ist die alte Hexe mit dem Schlüssel?«

***

Unmittelbar vor dem Palazzo rutschte Pietro tiefer in den Sitz des Cabrios. Carlotta hatte ihn nach Nemi gelotst, ansonsten recht wenig gesprochen und ihn auf einem Parkplatz unterhalb eines alten, grauen Gemäuers sitzen lassen. »Warte hier«, hatte sie knapp gesagt.

Und war durch ein schmiedeeisernes Portal verschwunden. Jetzt saß er da. Im fahlen Licht eines Straßenkandelabers. Und wartete. Nur schwerlich hatte er die ewig mahnende Stimme seiner Mutter unterdrücken können. Dann war ein Unwetter aufgezogen, und Wind und Regen rissen an dem geschlossenen Stoffverdeck. Nicht, dass Pietro Angst vor Gewitter gehabt hätte, nein, nicht er, aber ein paar Umdrehungen am Medaillon, sagte er sich, könnten ja nicht schaden. Vielleicht noch ein Vater unser dazu.

So waren wohl fünfzehn Minuten vergangen. Und plötzlich – wer ist denn bei dem Sauwetter unterwegs, fragte sich Pietro – preschte ein Einsatzwagen der Carabinieri durch Gischt und Dunkelheit. Mit Blaulicht. »Wie gespenstisch«, dachte er noch, dann stoppte der Wagen zu seiner Überraschung direkt vor dem Portal, durch das Carlotta verschwunden war. Zwei Männer darin. Der eine, in Uniform, blieb am Steuer sitzen und telefonierte. Der andere, in Zivil, stieg aus und rannte durchs Portal. Pietro rieb sich die Augen. Dann erkannte er den Mann – Leon von Alban. Schon wieder Leon von Alban. Jetzt blickte der Carabiniere am Steuer auch noch interessiert zum Cabrio. Fast gleichzeitig rauschte ein Blitz durch den dichten Regen. Ein gewaltiger Schlag. Die Lichter erloschen. In diesem Moment drang Pietros Mutter zu ihm durch. Sie flüsterte. *Sieh zu, dass du hier verschwindest.*

***

Zia Maria war der Schreck in die Glieder gefahren. Erst Blitz und Donner, dann der Stromausfall und jetzt die unheimliche Stimme in ihrem Appartement. Zögerlich ging sie hinein. »Wer ist da?«

Die Stimme antwortete. »Alte Hexe, gib mir den Schlüssel! Und wo ist der Tresor?«

»Tresor? Was machen Sie da?«

Plötzlich flackerte ein Licht in der Hand der Frau auf. Ein Mobiltelefon mit Taschenlampe. Das Licht blendete Zia Maria, streute helle Bündel in den Raum hinein. Sie blinzelte und war sich sicher. »Moment mal! Du bist doch, ja, du bist – Carlotta. Carlotta Esposito. Aus Palestrina.«

»Fottiti!« Fick dich. Carlotta ging einen Schritt auf Zia Maria zu. Mit der einen Hand leuchtete sie in ihr Gesicht. Mit der anderen zog sie etwas aus dem Hosenbund. »Jetzt hör' mal gut zu. Ich habe keine Zeit zum Plaudern.« Dann drückte sie ihre kleine Beretta 950 Jetfire in die Magengrube von Zia Maria. »Spürst du das, alte Frau? Macht Löcher.« Sie blickte eiskalt. »Der Schlüssel. Mach schon!«

»Du bist eine Schande. Für uns alle.« Zia Maria war es egal. Was sollte einer alten Frau schon passieren?

Carlotta sah die Kette am Hals. Die Kette mit dem Schlüssel zum Wandtresor. Von der Viola erzählt hatte. Von ihr wusste sie auch, dass eine alte Abfallklappe im Erdgeschoss des Palazzos leicht von außen aufzuschrauben war und eine schmale Person durchlassen konnte. Mit einem Ruck riss Carlotta die Kette ab. Jetzt hatte sie ihn, den Schlüssel. Grob stieß sie Zia Maria von sich weg. Leuchtete die Wände ab. Da war der alte Ölschinken mit dem Bauernmädchen, den Viola beschrieben hatte. Rasch hatte sie das Bild abgehängt, schloss den Tresor auf, leuchtete hinein. Griff gierig zu und klemmte sich die Schatulle unter die Schulter. »Da ist ja das gute Stück.« Sie sah sich am Ziel. Dann hob sie langsam ihren rechten Arm mit der Pistole in der Hand. »Ich muss leider schon wieder gehen.« Der Lauf zielte direkt auf den Kopf von Zia Maria.

Zia Maria war außer sich. »Nicht du! Nicht die Gemme!« Sie schrie. »Hände weg von dem Kästchen!« Carlotta schlug ihr ins Gesicht. Zia Maria taumelte. Mit den Händen stützte sie sich an einer Kommode ab. Fingerte im Dunkeln die oberste Schublade auf. Tastete darin nach dem Messer, das ihr Elisa geschenkt hatte. Da war es. Sie fühlte die Kälte des Metalls.

Nicht denken. Stoßen, drehen.

Ob sie es noch einmal schaffen könnte? Zia Maria spannte ihren Körper und erflehte die Kraft der jungen Francesca. Sie war bereit. Und wollte um ihr Leben kämpfen. Plötzlich ein Geräusch. An der Tür. Leon war da. Drei Schritte – er warf sich schützend vor sie. »Nein, nicht Francesca«, rief er. »Dann musst du mich zuerst umbringen.« Da zuckte es hell im Zimmer auf. Licht, das Licht war wieder da.

»Soll mir recht sein. Erst du, dann sie.« Carlotta krümmte den Finger am Abzug ihrer Beretta. Ein dumpfer Schlag füllte den Raum. Ihr vor Hass verzerrtes Gesicht löste sich auf. Erst vor Überraschung, dann vor Schmerz. Sie griff unter ihre linke Brust, Blut sickerte durch ihre Finger. Ein leises Stöhnen, sie fiel auf die Knie, kippte vornüber auf den Boden. Die Schatulle entglitt ihr. Es war vorbei.

Raffaele stand zwischen den Türpfosten. In seiner Rechten qualmte die Mündung seiner Waffe. Dann schnaufte Renzo an ihm vorbei, stürmte mitten ins Zimmer hinein. »Komme ich zu spät?«

Leon drehte sich um zu Zia Maria und nahm sie in die Arme. Drückte sie sanft. Wie mutig, sagte er sich, heute wie damals. Francesca wie Zia Maria.

Die alte Frau lehnte ihren Kopf an seine Schulter. Die blonden Haare, die Silhouette – wie Curth, überlegte sie. Eine kleine Träne rollte ihr aus dem Augenwinkel.

86

Darmstadt, 1. August 2017

Tagebuch

Ich weiß gar nicht, womit ich zuerst anfangen soll. Die Geschichte von meinem Vater, die Ereignisse in Italien, die Gemme, meine Schwester im Krankenhaus. Es ist so viel passiert, ich muss es aufschreiben. Auch das, was noch kommt.

Seit wenigen Tagen erst bin ich zurück in Darmstadt, habe mich von Zia Maria, Rubina, Raffaele und dem Fürstenpaar in Nemi verabschiedet. Es fiel mir schwerer als ich dachte. Besonders bei Rubina, die ich sehr vermisse. Und unsere letzte Umarmung am Flughafen – na, da bekam ich glatt eine Gänsehaut. Wie ich das alles Sara beibringen soll, weiß ich noch nicht. Seit ich zurück im Buchladen bin, schleicht sie um mich herum. Klar, sie ahnt was.

Aber der Reihe nach. Raffaele hat berichtet, dass außer Luca Esposito und seiner deutschen Ehefrau Mira alle in Untersuchungshaft sind, natürlich auch der Verräter Alfredo. Dazu die komplette Hainburg-Sippe aus Köln. Diebstahl, Hehlerei, Einbruch, Anstiftung zum Mord, Folter, Mittäterschaft und was weiß ich noch alles wird den Familienclans vorgeworfen. Auch das BKA ist dran. Den alten Don haben die Carabinieri in einer Kühltruhe im Keller gefunden. Seine Hauspuschen standen noch davor. Und der aus dem Gefängnis in Trastevere ausgebrochene Mann, ein Schwede mit Namen Frode, wurde vor ein paar Tagen in den Bergen geschnappt. Dieser Frode ist mittlerweile geständig, gibt den Mord an unserer Haushälterin zu und entlastet seinen Komplizen in Mainz, den er Pietro nennt und der untergetaucht ist. Ich werde das Gefühl nicht los, das sich meine Wege mit diesem Pietro mehrfach gekreuzt haben. Erst beim Kampf im Garten der Villa, dann in der Bar »La Quinta Sibilla« in Rom und vermutlich im Folterkeller, wo ausgerechnet er mich befreit haben könnte. Ich verdanke ihm mein Leben. Ob ich ihn je wiedersehe? Was ist mit der Janus-Münze an seinem Hals? Ist das etwa die aus dem Tagebuch meines Vaters? Die von Hans Kempener? Oder ist das alles nur ein Zufall?

Dann die tote Carlotta. Sie ist für den Mord an BKA-Kommissar Brettmeier auf der Hotelterrasse in Rom verantwortlich. Nachrichten auf ihrem Handy und ein fehlender Zeh, was mir ja bei dem nassen Fußabdruck am Pool aufgefallen war, haben den Fall geklärt. Was immer das Motiv war.

Ich finde nur schwer in meinen Alltag zurück. Zumal mich die Geschichte um unseren Vater sehr mitnimmt. Nichts hat er uns erzählt. Nichts. Alexandra und ich werden nie mehr alles erfahren.

Doc Keller vom Spital in Luzern hat heute Morgen angerufen. Bei Alex tue sich was, sie wache langsam aus dem Koma auf. Ich muss hin. Will sie sehen. Morgen schon reise ich ab. Mit der Frühmaschine. Und dann weiter nach Rom. Zu Rubina. Zu Raffaele. Nach Nemi, zu Zia Maria.

Jetzt habe ich sofort diese Melodie wieder im Ohr. Das Lied der Partisanen. Bella ciao!

Epilog

Neapel

Die späte August-Sonne über dem Golf von Neapel ging langsam unter. Blutrot, wie der Wein von den Hängen des Vesuvs. Und fesselnd, wie das Finale einer Oper von Guiseppe Verdi. Am fernen Meereshorizont, gleich hinter Capri, tauchte der Sonnengott Sol mit seiner Quadriga in eine andere Welt ab. Und an einer Hafenmole in Posillipo, einem malerischen Stadtteil von Neapel, träumte ein Angler in den Sonnenuntergang hinein. Er beobachtete die kleinen Fischerboote auf dem Meer. Wie sie auf den Wellen tanzten. Mal waren sie weiß und blau. Dann wieder blau und weiß. Das beruhigte ihn. Eine Melodie kam ihm in Erinnerung. Ein altes Lied, das ihm seine Mutter oft vorgesungen hatte. Leise summte er in sich hinein.

»Wenn bei Capri die rote Sonne
im Meer versinkt«

Dabei drehte er an einer Münze am Hals. Wie schön, dachte er, dass Janus ihn durch alle Schwierigkeiten hindurch gelenkt hatte. Anfang und Ende. Licht und Schatten. Jetzt, sagte sich der Angler, war er auf der Lichtseite, der glücklichen Seite des Lebens angekommen.

»Und vom Himmel die bleiche Sichel
des Mondes blinkt«

Wieder drehte er an der Münze, dem Erbstück seiner Familie, das sein Großvater geschenkt bekommen hatte, den alle Hänschen riefen. In einem Kriegslazarett. Aus Liebe. Von Alessia, einer Krankenschwester. Oma Alessia aus Neapel, die als junge Frau zu Opa Hänschen nach Köln gezogen war.

Da schreckte den Angler das Poltern rollender Fässer auf der Terrasse über ihm auf. Und rief ihn ihm das Gewitter von Nemi wach. Wo er einfach weggefahren war. Ohne Reue. Vor allem ohne Carlotta. Sie war nicht gut für ihn. Und wie er einen Zettel in der Brusttasche seines im Bordell frisch gebügelten Hemdes gefunden hatte. Mit nur einer Zeile darauf.

»Komm zu mir nach Napoli. Deine Becca.«

Darunter ein roter Kussmund mit Lippenstift. Das, sagte sich der Angler, war ein Wink von Janus, dem doppelköpfigen Gott. Dies war ein neuer Anfang. Dies war Licht. So war er Becca nachgereist. Mit Carlottas Cabrio, ihrer Kreditkarte im Rucksack und einem dicken Konto auf der Bank, das er beim ersten Zwischenstopp in den Süden leergeräumt hatte. *Janus, ich danke dir!*

Er hatte seine Vergangenheit hinter sich gelassen. Sicher, um ein paar Dinge müsste er sich noch kümmern. Um die Sache mit der Haushälterin, die Frode auf dem Gewissen hat. Er selbst hatte ja Leon von Alban das Leben gerettet. Das sollte zu seinen Gunsten sprechen. Aber bis dahin – und bei diesen Sonnenuntergängen – hatte alles noch Zeit.

Eine warme Stimme drang von der Terrasse zu ihm auf die Mole hinunter.

»Pietro, Abendessen ist fertig.«

Wie schön es klang, seinen Namen so zu hören. Warm und weich. Er hatte das Gefühl, dass dies der Beginn einer wundervollen Zeit sein könnte.

Iiiieeeetrooo krächzte es ihm plötzlich durch den Kopf. Pippo! Dieser Vogel! Vielleicht, sagte sich Pietro, müsste er bald nach Rom fahren. Ihn suchen. Und heimholen.

Ende

Danksagung

Brief nach Neapel

Lieber Pietro!

Wie soll ich Dir nur danken? Du hast so viele Stunden virtuell an unserem Frühstückstisch gesessen und über Deine anfänglichen Auftritte im Manuskript gemault. Selbst abends bei einem Glas Wein auf der Terrasse hast Du noch geknurrt, bis ich nachgegeben und Dir eine bessere Rolle auf den Leib geschrieben habe. Neben anderen im Roman bist Du das Salz in der Suppe. Und natürlich Deine tote Mama, die sich immer dann bei Dir meldet, wenn Du sie gerade nicht hören willst. Die Mama hast Du mir zu verdanken! Ich musste sie Dir als nervendes Korrektiv Deiner kindlichen Seele an die Seite stellen, als moralische Instanz aus dem Himmelreich. Oder von wo auch immer.

Doch der Dank gehört nicht Dir alleine. Auch andere haben mir bei der Arbeit zum Roman sehr geholfen. Meine Ehefrau Berit hat mir als Korrektorat, Lektorat, kreative Impulsgeberin und erste Leserin stets zur Seite gestanden. Ohne sie wäre das Buch vermutlich nicht zustande gekommen.

Geduldige und wertvolle Ratgeber waren zudem mein Bruder Dieter und meine Freunde Christiane Dierk und Oliver Fürste. Dann ist da der Gemmenschneider Gerhard Schmidt, der mir in seinem Atelier in Idar-Oberstein die meisterhafte Arbeit der Edelsteinschneider näherbrachte.

Den Klassischen Archäologinnen Dr. Marion Achenbach (Rom), Dr. Francesca Diosono (München/Nemi) und Brigitte Lowis (Darmstadt) danke ich für die Bereitstellung von Abbildungen antiker

Artefakte und für wertvolle Hinweise auf Textquellen. Dem Stadtarchiv der Stadt Mainz, dem Militärarchiv im Bundesarchiv Freiburg und dem katholischen Pfarrbüro in Mainz-Laubenheim danke ich für ihre bereitwilligen Auskünfte. Und zu guter Letzt danke ich Thomas Fuhlbrügge, der die Realisation des Buches im Verlag Coortext erst ermöglicht hat.

Lieber Pietro, lass es Dir am Golf von Neapel jetzt gut gehen. Aber ich weiß, dass es Dich zurück nach Rom drängt, um Pippo zu suchen. Ist in Arbeit, versprochen.

Dazu gibt es bereits eine gute Nachricht: Pippo lebt!

Uwe Niemeier — Darmstadt, 2024

MÖBIUSSCHLEIFE
Wie frei willst du sein?
THRILLER
MARC MANDEL

HEIKE WEMPEN-DANY
LÄUFEROPFER
EIN DAUBORN-KRIMI

THEATERSPUK
Roman
STEFAN BENZ

JANNIK & THOMAS FUHLBRÜGGE
WOLFSHATZ
Ein historischer Kurzkrimi aus Altheim

Uwe Niemeier ist ein renommierter Journalist aus Darmstadt, der sich seit vielen Jahren in der lebhaften Medienbranche bewegt. Er arbeitete als Redakteur bei verschiedenen Zeitungshäusern, zuletzt in der Chefredaktion des Darmstädter Echo. Seine Begeisterung für Historie und Kunst führte ihn anschließend zum Studium der Archäologie und Kunstgeschichte in Mainz.

Nun legt der gebürtige Norddeutsche aus Stadthagen seinen Debütroman vor – ein fesselnder Thriller mit überraschenden Wendungen und packender Atmosphäre. Darmstadt, Mainz und Rom sowie Frankreich, die Schweiz und Österreich bilden die Kulissen für zwei Zeitepochen.

Zeitfracht Medien GmbH
Ferdinand-Jühlke-Straße 7,
99095 - DE, Erfurt
produktsicherheit@zeitfracht.de

FSC
www.fsc.org
MIX
Papier | Fördert
gute Waldnutzung
FSC® C083411

Druck:
CPI Druckdienstleistungen GmbH
im Auftrag der
Zeitfracht Medien GmbH
Ein Unternehmen der Zeitfracht - Gruppe
Ferdinand-Jühlke-Str. 7
99095 Erfurt